Generell macht Elvira Dones wiederholt die Rolle der Frau in der Emigration in ihren Werken zum Thema. Ihre Schilderungen in *Verbrannte Sonne* der albanischen Mafia und des Frauenhandels in Italien lösten in ihrer Heimat Albanien heftige Diskussionen aus.

Robert Elsie

Gender issues are the centre of Dones's work; she describes the ease of movement across boarders when the goods are women's bodies to be sold for prostitution, in contrast when the rejection of other immigrants and fears of immigration.

Graziella Parati

Die Prostituierte dagegen hat nicht die Rechte einer Person: In ihr finden sich alle Formen der Unterdrückung und der Sklaverei vereint.

Simone de Beauvoir, *Das andere Geschlecht*

Published by arrangement with Agenzia Santachiara

Die albanische Originalausgabe erschien 2001 unter dem Titel *Yjet nuk vishen kështu* bei Sejko Publishing House, Elbasan.

Erste Auflage 2020

www.ink-press.ch

Übersetzung des albanischen Romans Florian Kienzle
Lektorat Carina Obster
Korrektorat Alba Ristovski
Reihengestaltung und Satz Ernst und Mund, Leipzig
Umschlagbild Katarina Schröter mit Juliane Elting und Schokofeh Kamiz
© Ink Press, Zürich
Druck und Bindung DZA Druckerei zu Altenburg GmbH
Papier Courios Matter Goya White, RecyStar Polar
Schriften Gerstner Programm (Karl Gerstner/Stephan Müller), Lector (Gert Wunderlich/Reymund Schröder), www.forgottenshapes.com

traduki

Die Herausgabe dieses Werks wurde gefördert durch TRADUKI, ein literarisches Netzwerk, dem das Bundesministerium für Europa, Integration und Äußeres der Republik Österreich, das Auswärtige Amt der Bundesrepublik Deutschland, die Schweizer Kulturstiftung Pro Helvetia, die Interessengemeinschaft Übersetzerinnen Übersetzer (Literaturhaus Wien) im Auftrag des Bundesministeriums für Kunst, Kultur, öffentlichen Dienst und Sport der Republik Österreich, das Goethe-Institut, die Slowenische Buchagentur, das Ministerium für Kultur der Republik Kroatien, das Ressort Kultur der Regierung des Fürstentums Liechtenstein, die Kulturstiftung Liechtenstein, das Ministerium für Kultur der Republik Albanien, das Ministerium für Kultur und Information der Republik Serbien, das Ministerium für Kultur Rumäniens, das Ministerium für Kultur von Montenegro, das Ministerium für Kultur der Republik Nordmazedonien, das Ministerium für Kultur der Republik Bulgarien, die Leipziger Buchmesse und die S. Fischer Stiftung angehören.

Printed in Germany
ISBN 978-3-906811-13-0

tadoma 7

Verbrannte Sonne

Roman

Elvira Dones

Aus dem Albanischen von Florian Kienzle

ink press

Im Schneidersitz
schlag ich mit dem Hammer
die Zeit
die sie mir tot
gegeben haben.

Natasha Bega, aus dem Band *Intuition*

Die Ereignisse und Figuren dieses Romans sind frei erfunden. Jede Ähnlichkeit mit realen Ereignissen oder Personen ist rein zufällig.

Wenn ich nicht so traurig wäre, wäre ich glücklich. Nieselt es? Ich kann nicht erkennen, was draußen passiert. Ich wäre glücklich, wenn mich nicht diese tückische Welle des Schmerzes überflutet hätte. Am Ende ist es besser so, ich kehre dorthin zurück, wohin niemals zurückzukehren ich mir geschworen hatte. Mit diesem Land hier verbindet mich nichts mehr, darum gehe ich weg, ich würde aber nicht weggehen, wenn man mich hätte leben lassen. Nein, was ich höre, ist kein Regen. Das ist das Rauschen des Meeres, das sich räkelt und Knochen aufweicht.

Wie wird mir ums Herz sein, wenn ich dich aufschreien höre, sobald du meiner ansichtig wirst? Mutter, was hätte ich nicht gegeben, dich umarmen zu können. Aber ich werde dein Weinen ertragen müssen, ohne deinen Kopf an die Brust drücken zu können: Psst Mutter, jetzt bin ich da, es ist vorbei, der Schmerz ist verflogen, jetzt bin ich da, und du brauchst nicht mehr zu klagen; weißt du noch, was du mir versprochen hast? Wenn wir nur beieinander sind, lässt sich alles überstehen, das Gift der Gedanken, die Heimtücke der Sonne, sogar die blaue Kälte des Mondes. Ich werde aber kein Wort hervorbringen können, und Gott weiß, wie ich diesen Moment ertragen werde.

Ich hatte beschlossen, nicht zurückzukehren, nicht so heruntergekommen, wie ich war, nicht so zugerichtet, wie ich bin. Auf gar keinen Fall zurückkehren. Dann lieber hierbleiben, auch wenn mich nichts an dieses Land bindet. Du bist ein Dickkopf, darum wirst du es nicht weit bringen im Leben. Richtig, ich bin ein Dickkopf, oder, besser gesagt, ich war einer. Leila, du wirst deinen Fuß dort nicht auf die Erde setzen, ehe du sauber geworden bist.

Tagsüber war dieser Entschluss glasklar, fest, endgültig. Aber die Nacht ließ mich abtrünnig werden. In den wenigen Nächten, in denen ich schlief wie alle anderen Menschen auch, träumte ich von der Rückkehr nach Dortunten.

Ich stieg von der Fähre, es war ein Sonnentag, wie man ihn nur in Dortunten erleben konnte. Eine Wahnsinnssonne. Ich stieg aus und umarmte Mutter, die sich mir in die Arme stürzte und in Tränen ausbrach; die kleine Gestalt vor mir mit ihrem Scheitel unter meinem Kinn.

Leila.

Psst, Mutter, siehst du, dass ich zurück bin?

Leila.

Rings um unsere Umarmung wühlen streunende Köter im Müll, der über die Mole verstreut vor sich hinfault. Kinder mit wunderbaren Augen tanzen einen gespenstischen Reigen. Koffer fliegen durch die Luft, den Verwandten entgegen, die nur darauf warten, etwas daraus zu ergattern. Polizisten in ausgeblichenen Uniformen kratzen sich am Hintern und sehen neidisch zu. Dichter Staub pudert die Augenbrauen. Zänkische Hupen betäuben gnadenlos den Himmel.

Wir umarmen einander noch immer. Reglos. Mutters Augen in meiner Seele, meine Augen in der glühenden Hitze. Im Traum komme ich nämlich manchmal im Sommer in Dortunten an. Wenn ich dann mit einem Schlag aufwache, bin ich glücklich. Ich sehe mich im engen Zimmer um, der Zelle dieses Alptraums, und bin immer noch glücklich über diese Begegnung mit der Rückkehr. Es ist noch Nacht. Ich lege mich wieder hin und möchte den Traum weiterträumen, der mir ein Fitzelchen Traum beschert. Ich weiß, dass ich es mir am Morgen anders überlege und zum alten Entschluss zurückkehre: nie wieder zurück! Jetzt ist aber Nacht, ich möchte in dem Trugbild bleiben.

Ich schließe die Augen, und alles fängt da an, wo ich mich ausgeklinkt hatte. Mutter, ich, Großmutter, die auf dem rechten Bein hinkt, Aurora, die nicht gestorben ist und nicht aufgehört hat zu wachsen, Vater, der uns mit Gepäck beladen folgt, der Lärm der Stadt, die uns mit ihrem träge vor sich hin starrenden Staunen begleitet. Wir haben einander die Arme um die Schultern gelegt, meine linke Hand liegt auf Auroras klopfendem Herzen.

Leila, ich hab dir ja so viel zu erzählen.

Sie sagt es tief gerührt. Sie ergreift meine Hand, die ihr Herz berührt, und blickt zu meinen Augen auf. Ich schaue aber geradeaus, aus Angst, sie könnten mich verraten.

Du erzählst mir doch, wie es drüben war, was für Sachen du gelernt hast, und wie viele schöne Männer du gesehen hast?

Ja, Aurora, wenn wir Zeit haben.

Morgen.

Ich lache und versuche mein Möglichstes, damit das Lachen fröhlich klingt. Obwohl das ein komisches Gefühl ist, denn eigentlich bin ich fröhlich, das hier ist ein fröhlicher Traum. Großmutter sagt etwas, sie hat nur noch einen einzigen Vorderzahn im Mund und um den schlingt sich ihre Zunge wie Blätterteig. Wir verstehen kein bisschen, was sie sagt. Aber wir lachen alle drei: Aurora, Mutter und ich. Großmutter macht uns nach, zuerst unwirsch, dann lacht auch sie aus vollem Hals. Das rettet mich aus der Verlegenheit. Wir gehen weiter auf das Haus zu, zu dem man nie gelangt. Von hinten ist Vaters Keuchen zu hören, der die Gluthitze verwünscht und die Reisetaschen von einer Hand in die andere nimmt. Wir gehen weiter ins Nirgendwo. Und da endet der Traum. Endgültig.

•

In diesem Teil des Hafens, vor der Fähre, sind keine Passagiere. Ein Mann um die fünfundfünfzig schaut auf seine Schuhe und raucht eine Zigarette, die fast bis zum Filter heruntergebrannt ist. Ohne auf den Boden zu fallen, hat sich die Asche gekrümmt und sieht von der Seite aus wie eine graue Verlängerung seiner Finger, die leicht zittern. Der Kopf mit den weißen Haarbüscheln an den Schläfen zittert auch. Er wendet den Blick nicht von den Schuhspitzen ab. Würde er die Körperhaltung ändern, würden die Tränen sein Geheimnis preisgeben. Würde er die Augen von dort wegwenden, würden seine Tränen aus der Erstarrung erlöst werden und auf den Asphalt stürzen, ohne die Wangen auch nur zu berühren. Doch der Mann möchte nicht weinen, er wird noch genug Zeit dazu haben, wenn seine Frau von Verzweiflung und Entsetzen gepackt wird. Der Mann weiß, dass er das nicht wird ertragen können. Jetzt aber versucht er, an sich zu halten. Die Asche fällt zu guter Letzt doch noch von der Zigarette ab, ein Teil wird dabei zu Staub, der andere landet auf der rechten Schuhspitze. Er schiebt den Filter durch die Finger, bis die Fingerspitzen ihn ganz am Ende zu fassen bekommen. Es brennt nicht mehr. Der Mann steckt die Kippe in die Tasche. Ein Polizist tippt ihm auf die Schulter.

„Sie können einsteigen. Hier entlang, kommen Sie mit."

Der Polizist ist jung, vielleicht zehn Jahre älter als Leila. Er gibt den anderen beiden Polizisten ein Zeichen, die herüberkommen, um den Sarg zu holen.

„Nein", bedeutet der Mann, räuspert sich und blickt die drei Hafenpolizisten fest an, einen nach dem anderen, während sie sich aufrichten und die Arme an den Uniformen herunterbaumeln lassen. „Ich heb ihn selber hoch."

„Sind Sie sicher?", will der erste fragen, bringt aber keinen Laut hervor. Der Mann hebt den Sarg und geht auf den Einstieg der Fähre zu. Sie gehen hinter ihm her. Sie geben ihm die Schlüssel zu einer Kabine, doch er schüttelt ablehnend den Kopf und geht zum Bug.

„Hier wird dir wohler sein, Tochter, später gehen wir rein, wenn du willst."

Die drei Polizisten weichen nicht von seiner Seite. Die Worte bleiben ihnen im Mund kleben. Nun hat der Mann den Sarg sorgfältig zurechtgerückt, flüstert ihm wieder etwas in seiner Sprache zu und widmet sich dann ihnen. Derjenige, der eine Art Chef ist, reicht ihm den Pass, den Führerschein, die polizeiliche Erlaubnis, den Autopsie-Bericht, die Genehmigung des Krankenhauses, die polizeiliche Genehmigung von Dortunten, die Fotos von Leila, bevor sie eine Leiche wurde, die Fotos von Leilas Leiche.

„Unser Aufgabenbereich ist hiermit erfüllt."

Die Lippen des Polizisten beben, und er versucht, seine Stimme fester klingen zu lassen. Die beiden anderen Polizisten schauen zur Seite, auf das Meer, die Möwen, auf andere Schiffe, auf den Rost im Wasser, der Schüttelfrost zu haben scheint.

„Sie verstehen unsere Sprache, oder?"

„Ja, ich verstehe Sie."

„Haben Sie... andere Kinder?"

„Hatte ich." Die drei Männer sehen einander ganz kurz an. Einer von ihnen zuckt mit den Schultern.

„Ich hatte noch eine Tochter. Die hab ich vor zwei Jahren begraben."

Oh Gott, sagt sich der jüngste Polizist, was für ein schrecklicher Tag. Am liebsten nähme er die Beine in die Hand, schämt sich dafür aber zu sehr, steckt die Hände stattdessen in die Hosentaschen und versucht so auszusehen, als sei er schwer von Begriff. Mein Gott, was für ein Tag.

„Signore, wir wissen nicht, wie wir Ihnen unser Mitgefühl aussprechen können. Sie sollen wissen, sollte es Sie wieder hierher verschlagen... Sollte es irgendetwas geben, was wir für Sie tun könnten... Ich habe zwei Söhne, Zwillinge, im Kindergartenalter... Ich meine, ich bin auch Vater und ..."

Der Polizist, der eine Art Chef ist, ist ganz ergriffen und den beiden anderen zittern die Schultern, ärger als der Kopf des Mannes mit den weißen Haarbüscheln, der den Sarg getragen hat. Sie geben ihm nacheinander die Hand zum Abschied. Er blickt sie an, trocken, welk, seine Stimme springt aus dem Körper und kauert sich in die Sargbretter. Er bringt es nicht fertig, den Polizisten zu danken. Gerade jetzt musst du mir Streiche spielen, du Verräterin? Er spannt den Hals an, um zu sprechen, aber – nichts. Er lässt es bleiben, möchte nur alleine sein, denn wenn diese Szene auch nur noch ein wenig andauert, wird er losschreien, und Leila neben ihm wird sich erschrecken, und er will doch nicht, dass sie sich erschrickt.

Die Polizisten gehen. Der Mann setzt sich auf den Boden. Kramt Tabak und Zigarettenpapier hervor. Der Augenblick für eine Selbstgedrehte ist gekommen. Er fängt an, sich eine zu drehen.

„Die rücken einem den Kopf wieder zurecht."

Aus dem Inneren des Sarges kein Laut. Zwei Seeleute schreien etwas von einem Fischkutter herüber. Es vergeht viel Zeit, bis er sich diese verflixte Zigarette gedreht hat. Er zündet sie an.

„Bloß noch ein bisschen, dann fahren wir los, Leila."

Lastenarbeiter verhandeln über das Verladen einiger Autos auf die Fähre. Der Mann raucht und scheint im starken Tabak etwas wie ein Heilmittel zu finden. Was für ein Luxus, eine ganze Fähre für sich allein, selbst im Film bekommst du keinen solchen Komfort zu sehen. Er und Leila kehren nach Hause zurück und sonst niemand. Keine Menschenseele.

Als er gegangen war, um die Passage für die Rückfahrt zu lösen, hatte man ihn im Hafen mit aufgerissenen Augen angeschaut.

„Sie sind der einzige Passagier, der nach Dortunten zurückfährt. Haben Sie eine Ahnung davon, was in Ihrem Land gerade passiert? Krieg, alles steht in Flammen. Sind Sie sicher, dass Sie zurück wollen? Täglich kommen Hunderte, Aberhunderte von Verzweifelten hierher, und niemand fährt hinunter. Niemand setzt mehr seinen Fuß dorthin, verstehen Sie?"

„Krieg habe ich hinter mir gelassen, Signori, Krieg werde ich wieder vorfinden. Ich will mir nichts vormachen und streue mir keinen Sand in die Augen."

Sie sahen ihn immer noch wie vom Donner gerührt an. Er musste ihnen erzählen, dass der Sarg nicht leer war, und der Körper seiner Tochter nicht mehr warten konnte; dass es drei Jahre her war, seit sie von zu Haus fortgegangen war und dass er sie jetzt als Tote abholte, dass er sie beerdigen musste, bevor sie zu stinken anfing. Der Beamte hatte ihm erschüttert mit der Hand ein „Genug" bedeutet und ihm gesagt, er werde die Dokumente zur Einsichtnahme einbehalten. Die Sache sei vertrackt, mit einem Leichnam... An der Wand hinter dem Hafenbeamten hing eine große Farbfotografie von einer jungen Frau, um sie herum scharrten sich drei Kinder, wie Küken.

„Wir fahren weg, und machen es uns endlich zu Hause bequem. Was hält uns beide noch hier? Na, Leila, was meinst du?"

•

Ich weiß, dass Er alles sieht, versteckt irgendwo an der Mole. Die Polizei hat Ihn überall gesucht und wird Ihn bestimmt nie finden. Aber nun ist Er hier, ich spüre, dass Er hier herumhängt. Ich habe jetzt so einen Riecher und weiß genau, wo Er ist und was Er gerade denkt. Zu spät. Ich habe gelernt, mich vor Ihm zu schützen, jetzt, da ich diese Fähigkeit nicht mehr gebrauchen kann. Diese Beziehung war eine pechschwarze Liebe, wie ein Schacht, in den ich ohne Kerze und Spaten geschlittert war. Ich hatte mich darauf eingelassen, ohne zu wissen, dass es von dort kein Entrinnen mehr gab. Es war ein Tunnel, so finster, dass ich mich selber darin verirrte. Jetzt beobachtet Er meinen Sarg, mit einer Leichenbittermiene, im Innersten zerrissen, mit Schande beladen durch den Mörderinstinkt, den Er in sich entdeckt hat. Er jammert jetzt meinetwegen, die ich hier eingeschlossen bin, meinetwegen und wegen Vaters Tabak, der Ihm bange macht. Der Jammerlappen.

Ich fasse mich in Geduld, ich muss nur noch meinen Körper nach Hause begleiten, Mutter ein letztes Mal und Auroras Grab zum ersten Mal sehen. Dann mache ich mich für immer und ewig auf und davon.

Es ist Montag. An diesem Tag ist mir immer alles gut gelungen. Montag, der 5. März 1997. Ich sehe gleichzeitig meinen wie Melonenscheiben zerschnittenen Körper und den Menschen, der mich so zugerichtet hat. Er ächzt und gibt acht, nicht hinter dem Mast hervorzutreten, hinter dem Er sich versteckt hat. Wie ist wohl einem zumute, der sich in einem Sarg liegen sieht. Du weißt, du wirst nie wieder einen Lebenden mit der Hand berühren, eine Tasse Kaffee trinken oder dir die Haare kämmen. Seltsam, den zu sehen, der deinen Körper mit dem Messer zerfetzt hat, und Ihm nicht zu erscheinen, Ihn nicht – wie in den Tragödien – aufheulen und in panischem Schrecken ins Endlose davonrennen zu lassen.

Er keucht gepeinigt, aber nicht so gepeinigt, dass Er zur Polizei ginge, um sich zu stellen. Ihm ist klar, dass man die Ermittlungen einstellen wird. Eine Zeitlang wird man den Mörder einer Prostituierten suchen, dann wird man alles zu den Akten legen. Es lohnt sich nicht, Geld für eine Prostituierte auszugeben, die von Dortunten kommt. Dieses Pack, kommt hierher, liegt uns auf der Tasche und fällt uns zur Last. Haben wir keine einträglicheren Nachbarn abbekommen als so ein unseliges Land? Aber Nachbarn kannst du dir ebenso wenig aussuchen wie Blutsverwandte. Ist böses Blut darunter, ist es aus, das bleibt dir ein Leben lang. Ist dir ein übler Nachbar an die Seite gesetzt, stehen dir zwei Wege offen: Entweder nimmst du ihn an die Kandare, oder du wechselst die Wohnung. Aber

Staaten können nicht das Land wechseln, sie können andere Dinge wechseln, Gesetze, Strategien, Armeen, Präsidenten, Verbündete, sogar – so sie wollen – ihre Namen, aber nicht das Land. Und so eine verdorbene Bande an die Kandare, aah, unmöglich...

Die Akte wird in irgendeiner Ecke der Registratur verstauben. Auf Aktenblättern geistern Fotos von mir herum, wie ich auf den Strich gehe, in dieser grässlichen Aufmachung, die ich gehasst habe, darunter kleben Fotografien von meinem Körper, abgeschlachtet wie ein Schaf.

Der von der Kripo schoss Fotos und brummte einen Song vor sich hin, der dort ein Hit war. Während er knipste, schrillte das Handy. Er schoss gerade Nahaufnahmen von meinem Hals und hatte seine Beine in meine Hüften gestemmt, knipste und sang.

Ciao... Nein, ich kann jetzt nicht, wieso, ist es dringend? Wir reden am Abend, jetzt habe ich zu tun, die haben eine Prostituierte umgebracht, wie bitte? Übel zugerichtet, kannst du dir nicht vorstellen, die haben aus ihr einen Riesenhaufen Hackfleisch gemacht.

Habe ich wirklich wie ein Haufen Hackfleisch ausgesehen? Ich bin keine Prostituierte, bin nie eine Prostituierte gewesen. Gott sei Dank habe ich immer ein Stück Papier mit meinen Personalien bei mir gehabt, das hat die Polizei gefunden, ich werde also nicht unidentifiziert bleiben, und meine Eltern können benachrichtigt werden.

Na gut dann, reg dich nicht auf, wir reden beim Abendessen, gut, gut, wir gehen essen, nichts Großes, ja? In diesem Monat bin ich ein bisschen knapp bei Kasse, eine Pizza, gut, ciao, Küsschen, ich dich auch, ich dich auch, also dann, Wiedersehen.

Uff, stöhnte der Fotograf. Che strazio, sta donna. Er schaltete das Telefon aus und knipste am laufenden Band weiter, bis er den Befehl „Genug“ erhielt.

Vater wischt sich eben den Schweiß von der Stirn. Er stöhnt, dass die Planken der Fähre vibrieren. Verzeih mir, Papa. So einen Schlag hattest du nicht erwartet. Zum Glück erröten Leichen nicht, wie hätte ich dir sonst in die Augen blicken können? Lebend wollte ich nicht zurück, wie hätte ich euch ins Gesicht lügen können? Wie hätte ich deine rührende Art ertragen können?

Leila, Vaters Augapfel, mein Schatz. Mein Schatz Leila, du meine Freude, du schönste Tochter auf der ganzen Welt, du bist mir wie ein Sohn.

Ssatz, bin Ssatz, wiederholte ich laut das erste Mal, als ich – ein Kleinkind – ein ganzes Wort aussprechen konnte. Meine Eltern lachten lauthals. Mutter nahm mich in die Arme, die nach Seife rochen. Und später, als ich erwachsen war: Leila, Vaters Schatz, pass auf dich auf. Ich geb mir Mühe, Vater. Ich spiele den Ssatz mit diesen viehischen Kerlen hinter und auf meinem Körper und sage mir dabei wieder und wieder, dass ich der Schatz bin.

Wer weiß, wie sehr du gelitten hast, mein Mädchen. Was haben sie nur mit dir gemacht, mein Augapfel? Sag doch ein Wort. Wie soll ich dich zu deiner Mutter bringen, Leila, mein Herzblatt?

Die Fähre legt ab, sie schwankt wie ein alter Mann, der nur mit Mühe aus dem Bett hochkommt, sie hustet zweimal und fährt los. Auf dem Meer regt sich keine Welle. Vater beugt sich herab und legt die Lippen auf die Sargplatte.

Nimmst du mich auch mit nach Dortoben, Leila? Wenn du mit Fatos verheiratet bist und ihr so ein reizendes Haus habt wie im Film?

Unbedingt, Schwesterherz, ich hab's dir versprochen.

Und ich werde auch groß und gut wie du.

Du bist sehr gut, Aurora. Du bist die allerbeste Schwester und die allerschönste und überhaupt die allererste.

Als ich wegfuhr, hat mich Aurora bis zum Hafen begleitet, auf der anderen Seite des Meeres, dort, wo Vater und ich in einigen Stunden aussteigen werden. Es war ein Regentag, Sprühregen. Es war das letzte Mal, dass ich meine Schwester sah, das konnte ich aber nicht wissen.

Sechs Monate später brachten sie mir ein Foto von ihrer Leiche. Wenn dir der Mord an deiner Schwester nicht reicht, machen wir mit deinem Vater und deiner Mutter weiter, drohten sie. Auroras Augen standen offen, in ewigem Erstaunen. Einen Tag, nachdem ich die Fotos von ihr als Leiche gesehen hatte, willigte ich ein, mich zu prostituieren. Und zu sterben, unablässig, von jenem Tag an.

Mögen deine Lippen nicht mehr lächeln, mögest du dich nicht mehr an deinen Namen erinnern können, du Mörder. Ich bete, dass dein Gedächtnis in die Wellen dieses Meeres gespült wird. Denn, geschähe das nicht, wie könnte deine Seele dieses Grauen hinunterschlucken, riefest du dir in Erinnerung, was du getan hast? Ich würde für dich sterben, so sehr liebe ich dich, hast du einst gesagt. Aber du bist lebendig, und ich kann dir nicht ins Gesicht spucken.

Das Meer trägt uns sanft im Arm. Mich und Vater und diese gottverlassene Fähre. Eine sanftere Straße als das Meer wird man nie erfinden.

•

„Tu mir einen Gefallen, Mariana, ich bin dir doch noch nie zur Last gefallen. Hilf mir diesmal, gib mir ein Medikament, um mein Hirn zu betäuben, damit ich das Mädchen nicht erschrecke, wenn es von der Fähre steigt. Ihr Krankenpfleger habt doch immer irgendein Mittelchen. Hilf mir, bitte."

Die Hand der Frau hielt den Unterarm der Nachbarin wie in einem Schraubstock fest.

„Was redest du da“, sagte Mariana zu Ikbal, ohne zu wissen, wo sich die richtigen Worte finden ließen. „Ich geb dir eine Tablette, auch noch mehr, wenn du willst, Gott sei Dank hab ich noch ein paar übrig. Warte, ich hol dir auch noch etwas Wasser.“

Sie ging zur Kochnische, schüttete Wasser aus einer Milchflasche in ein Glas und brachte es Ikbal.

„Die nimmst du gleich. Und die andere schluckst du, wenn du im Hafen ankommst. Wenn ihr nach Hause kommt, sehen wir weiter.“

„Nein, wenn ich zurück bin, will ich nüchtern sein, um mit Leila zu sprechen. Es ist nur wegen dem ersten Treffen, dachte ich mir, nur wenn ich sie sehe. Ich hab Angst, dass mich dann das Herz im Stich lässt, und ich will meine Tochter nicht aus dem Schlaf reißen.“

Die Krankenschwester stand still da und hielt das leere Glas in der Hand. Ihre Hände zitterten. Sie wollte es in den Taschen der Krankenhauskleidung verstecken, aber das Glas passte nicht in die rechte Tasche, und so sah sie sich nach einem Platz um, wo sie es abstellen konnte. Sie stellte es auf den Stuhl, aber es stand nicht gut und kullerte mit einem trockenen Poltern auf den Boden, ohne zu zerbrechen.

„Oh“, meinte Ikbal, „meine Schuld.“

Die Krankenschwester legte ihr schweigend eine Hand auf die Schulter und holte den Kragen, der nach innen umgeschlagen war, am Kleid der Frau hervor.

„Mit wem gehst du, um Leila und Qazim abzuholen?“

„Allein.“

„Du kannst nicht allein gehen. Auf den Straßen schießen sie wie die Verrückten. Es ist zu gefährlich.“

Die Andere entgegnete nichts. Der Krankenschwester wurde die Unerheblichkeit dieser Sorge bewusst, und sie schämte sich über die Nichtigkeit, die ihr entfahren war.

„Es tut mir leid, Ikbal, ich weiß nicht, wie...“

„Seit drei Jahren habe ich das Mädchen nicht mehr gesehen. Ich will sie zuerst alleine sehen. Wenn wir zuhause sind, werden die Leute zum Beileidsbesuch kommen, und ich werde keine Zeit mehr haben, um allein bei ihr zu sein."

Ikbal ging fort. Die Krankenschwester nahm die Arbeitstasche, die sie mitten auf dem Flur stehengelassen hatte, und wandte die Augen nicht vom Rücken der Nachbarin ab. Vom Stadtzentrum her waren wahnsinnige Schusssalven zu hören. Sie schloss die Tür und machte sich schnellen Schritts davon. Die Busse fuhren wegen des Kriegszustands nicht. Von ihrem Haus aus war es zu Fuß fast eine Stunde bis zum Krankenhaus. Als sie am Holztor von Ikbals Haus vorbeikam, schlug sie eilig ein Kreuz. Die Frau im Hof drinnen tat dasselbe.

„Oh Gott, vergib mir und bestrafe mich nicht." Ikbal schlug ein weiteres Kreuz, diesmal langsamer und genauer. „Bestraf mich nicht, Gott." Sie ging weiter die Straße entlang und schlug ein Kreuz. Das muslimische Gebet hatte sie nie gelernt, aber die christlichen Gebete kannte sie alle von ihrer Schwiegermutter, Gott hab sie selig.

Auf dem Hauptplatz knallten die Gewehre. Die Menschenmengen schlugen Schaufenster ein und riefen alle möglichen Dinge. Die Tablette, die ihr Mariana gegeben hatte, fing an zu wirken, und der Frau kam es vor, als schwebte sie in dieser merkwürdigen Luft umher, mal im Himmel und mal auf Erden. Sie musste nur die Taxis erreichen, nur bis dorthin kommen, und sie wäre gerettet. Gott bewahre, dass sie sich eine Kugel einfing, bevor sie Leila sah. (Leila, vergiss nicht, Aurora von der Schule abzuholen.)

Die Parolen und Rufe der Masse gegen die Regierung waren voller schmutziger Wörter. Eine Gruppe Polizisten mit zerrissenen Uniformen rannte davon und verlor auf dem Weg die blauen Mützen und die Schlagstöcke. Die Menge verfolgte sie wütend und steigerte sich in immer wüstere Schimpftiraden hinein. Zwei der Randalierer sprangen auf ein Auto, das an einem Gehsteig geparkt war, und fingen an, darauf herumzutanzen, wobei sie sich so schwer machten, wie sie konnten. Ikbal blieb stehen, um ihnen zuzusehen. Es war keine schlechte Idee gewesen, eine Tablette gegen die Traurigkeit zu nehmen. Sie hatte es vor einigen Monaten in einem Film gesehen. Der Frau im Film war der Mann gestorben, und eine andere Frau hatte ihr Tabletten gegeben. Sie lachte auf. Die beiden Gorillas sahen, wie sie lachte und tanzten noch rabiater auf dem Autodach. Ein dritter näherte sich mit einem der Schlagstöcke der Polizei. Er fing an, die Scheiben einzuschlagen. Ikbal überkam nun eine große Müdigkeit, doch hier war zu viel Unordnung, als dass man etwas einnicken konnte...

„He, Alte", brüllte einer der vierschrötigen Kerle, „du findest das wohl komisch, was?"

Er sprang vom Auto herunter und stieß mit dem Fuß gegen einen Reifen. Dabei tat er sich weh und hüpfte vor Schmerz auf und ab.

„Fick deine Mutter!"

Der Randalierer kam auf Ikbal zu. Die zwei anderen fuhren emsig fort, das Auto zu demolieren.

„He, wer kommt und hilft uns?"

Ein Teil des Menschenauflaufs hatte einen Polizisten erwischt und prügelte ihn gründlich durch, während der andere Teil mit vor Freude entstellten Gesichtern dastand und glotzte. Einige andere rannten eilig in Richtung des Wagens und sprangen auf. Ein feister Kerl, der vor Wut kaum Luft bekam, holte einen großen Hammer hervor und begann, große Löcher in die Karosserie zu schlagen. Der vierschrötige Typ war nun ganz dicht bei Ikbal.

„Hm, Alte, was gibt es hier zu grinsen?"

Sie sah ihm direkt ins Gesicht, ohne dass die Drohung sie beeindruckte. Von Nahem sah der Halbstarke jünger aus. Er roch nach Achselschweiß und hatte eine Alkoholfahne.

„Bilal, lass die Alte und kuck, was ich hier für dich hab."

Bilal machte ein Zeichen, dass sie ihn in Ruhe lassen sollten und kam der Frau noch näher. Hinter seinem Rücken zerschnitt eine Salve aus einem Schnellfeuergewehr den Himmel. Ikbal stellte sich auf die Zehenspitzen, um hinter Bilals Schultern zu sehen. Er drehte sich nach dorthin um, wo der Lärm herkam. Eine große Menschengruppe mit Schnellfeuerwaffen, Schlagstöcken und Pistolen kam triumphierend heranmarschiert.

„Hier, Bilal, nimm."

Sie warfen ihm ein Sturmgewehr zu, das er in der Luft auffing.

„Alte, verschwinde von hier und geh nach Hause, bevor ich deine Fresse durchlöchere."

Sie warfen ihm noch ein volles Patronenmagazin zu. Aus dem Augenwinkel heraus sah Ikbal den Polizisten, den das Rudel kurz zuvor zusammengeschlagen hatte. Er lag auf dem Boden, in seinem eigenen Blut. In diesem Moment war ihr nicht mehr nach Schlafen oder Schweben zumute. Sie war wieder völlig nüchtern. Das Gesicht des Angreifers hatte sie einst gesehen, als es jünger und wesentlich liebenswerter gewesen war als an diesem Tag.

Bilal feuerte eine Salve auf das Auto ab. Splitter von Karosserie und Scheiben stoben durch die Luft. Die Meute war ganz auf seiner Seite und unterstützte ihn mit Sprechchören und einzelnen Rufen gegen die Regierung. Ikbal trat von hinten an ihn heran und klopfte ihm auf die Schulter. Er drehte sich um, die Augen blutrot vor Freude.

„Ich bin die Tante von Xhaf, deinem Freund", sagte sie zu ihm.

Sie wartete auf eine Reaktion. Der Halbstarke fixierte die Falten in Ikbals Gesicht. Er wurde sanftmütig.

„Tante Ikbal“, entfuhr es ihm.

„Bilal, hilf mir, bis zu den Taxis zu kommen, tu’s bitte mir Alten zuliebe!“

„Natürlich“, sagte er, nun aber bemüht, Autorität in seine Stimme zu legen, nicht die des Autodachs, doch auch nicht die des Tante-Ikbals, sondern etwas dazwischen.

Er kratzte sich am Kopf.

„Bist du sicher, dass du zu den Taxis gehen willst?“

Sie machte eine zustimmmende Kopfbewegung.

„Aber siehst du nicht, was hier auf der Straße los ist?“

„Hilf mir, ein Taxi zu finden, Junge, es ist mir wichtig.“

Bilal schulterte die Kalaschnikow und gab den anderen ein Zeichen, dass sie auf ihn warten sollten. Er machte sich mit der Frau in Richtung der Taxis auf.

„Wir sind hier, um die Autos zu schützen, damit sie nicht zerstört werden, und nicht, um Fahrgäste durch dieses Chaos zu befördern“, beschwerten sich die Fahrer, die ebenfalls bewaffnet waren.

Bilal drohte ihnen, indem er mit der Hand auf die aufgebrachte Menge wies, die sich für einen neuen Angriff bereit machte. Verzweifelt machte einer der Fahrer der Frau ein Zeichen zum Einsteigen. Bilal rannte zu seinen Freunden, ohne sich von Ikbal zu verabschieden. Das Taxi sprang mit einem klagenden Ton an.

„Wohin?“

„Zum Hafen, dort, wo die Fähren von Dortoben ankommen.“

Während das Auto beschleunigte, warf Ikbal einen letzten Blick auf Bilal und seine Bande, wie sie die Platten aus dem Boden des großen Platzes herausrissen und dabei immer wieder Salven aus ihren Sturmgewehren in die Luft abfeuerten. Die Stadt bebte. In der Luft lag der Geruch von Schießpulver. Eine Gruppe von Kindern und Frauen schleifte Kalaschnikows und Säcke mit Lebensmitteln hinter sich her.

An was für einem Tag du bloß heimkehren musstest, Leila! Würde sie es schaffen, ihre Tochter nicht zu verunsichern? Sie war immer so sensibel gewesen, als ob sie Federn anstelle von Knochen hätte. Von den beiden Töchtern war Leila die zerbrechlichere gewesen. Aurora war wie ein Lausebengel, und Ikbal hatte nie verstanden, weshalb ihr Mann darauf bestand, Leila „ihres Vaters Sohn" zu nennen, wo der wahre Sohn doch Aurora war. Aber die Männer hatten nun mal so ihre Fixierungen, die sollte eine mal verstehen.

Ikbal war plötzlich zum Heulen zumute, aber sie presste die Kiefer zusammen. Diese Tablette war schuld, so eine tolle Sache war das wohl auch nicht, selbst die schien die Traurigkeit nicht verbannen zu können.

Es war ein Nachmittag mit einer entzündeten Sonne, als wäre sie gerade dem Krankenbett entstiegen. Bis sich die beiden Mädchen auf dem Friedhof gegenüber liegen würden, musste sie stark bleiben, solange, bis sie gemeinsam ihre letzte Ruhe fänden – dann würde sie die Augen schließen können. Sie hatte den Totengräber bezahlt, hatte alles selbst organisiert, auch als das Loch für Leilas Grab geschaufelt wurde, gegenüber von Auroras; sie hatte die Blumen besorgt, düstere Winterblumen, zum Glück lagen auch die bereit; zu guter Letzt hatte sie das Kleid genäht, das Leila tragen sollte. Und sie würde auch die Scheren mit in den Sarg geben. Undenkbar, dass Leila ohne die Scheren von dieser Welt ginge.

•

„Oh", sagte Soraja erstaunt, „so nett habe ich es mir hier gar nicht vorgestellt."

Fröhlich grüßte sie nach links und nach rechts. Die anderen Mädchen sahen sie schweigend an und machten ihr Platz. Es waren zehn von ihnen, auf zwei Zimmer verteilt, aber die Zimmer waren groß. In jedem standen zwei Betten für die Organisatorinnen, die anderen Mädchen schliefen auf dem Fußboden. Es gab aber auch zwei Badezimmer. Die Anordnung lautete, dass sie sauber zu halten waren, nicht nur die Mädchen, sondern auch die Bäder. Jeden Morgen kam jemand, um zu kontrollieren. Wer kontrollierte sie? Sie sollten nur für einige Tage hier bleiben, bis man Arbeit für sie gefunden hatte. Hast du verstanden, wurde sie von einer gefragt, die so etwas wie eine Kommandantin war. Was gab es da schon nicht zu verstehen? Soraja lächelte und stellte sich vor. Die anderen sahen sie irgendwie missmutig an.

„Nun, du bist also die Neue“, sagte die Verantwortliche, „ich heiße Mira und bin für die Mädchen hier drinnen zuständig, solange sie da sind. Danach“, und hier machte sie eine Geste, als würde sie sich die Hände waschen, „kümmert sich jemand anderes um sie.“

Soraja fragte die anderen nach ihren Namen. Einige stellten sich interessiert vor, die anderen unwillig.

„Bist du heute aus Dortunten gekommen?“

„Ja, heute, zusammen mit meinem Verlobten. Ein Freund von ihm hat mich hierher gebracht. Er schläft heute bei einem Bekannten. Die wissen, wie sie uns mit einer Wohnung, einem Job und dem Übrigen versorgen können.“

„Wie heißt der Freund?“

„Welcher Freund?“

„Na, der von deinem Verlobten?“

„Luan.“

„Luan... Luan Kapo“, lachte eines der Mädchen bitter auf.

Warum lachte sie so? Nur so, einfach nur so. Hast du Hunger? Ein bisschen? Isst du jetzt oder isst du nichts? Soraja machte eine zustimmende Kopfbewegung. Mira musste um die 25 sein, eine lieb aussehende Frau, die mit dem Akzent einer Hauptstädterin sprach. Sie hatte kurzes, knallrot gefärbtes Haar, das gut roch, und trug ein Paar enge Hosen und eine kurze gelbe Bluse. Sie wirkte wie die Ausländerinnen, die Soraja auf dem Weg hierher gesehen hatte – auch wenn sie nicht viele hatte sehen können, so gut wie die Männer sie im hinteren Teil des Lastwagens versteckt hatten.

Besnik, der Verlobte, hatte im Führerhaus Platz genommen, bei seinem Freund, der sie beide von dieser Seite des Meeres hergebracht hatte. Soraja hätte gerne gehabt, dass Besnik hinten bei ihr im Wagen gesessen wäre, hatte aber nichts dergleichen von ihm verlangt. Sie stellte nicht gerne Forderungen. Letztendlich würde er selbst zu ihr kommen, wenn er wollte. In letzter Zeit wurde Besnik schnell nervös, besonders nachdem sie begonnen hatten, die Abreise vorzubereiten. Die ganzen letzten Wochen über hatte er kaum ein Wort gesagt. Vielleicht, weil sie dabei waren, ihr Zuhause ein für alle Mal zu verlassen.

Mira zeigte ihr, wo das Geschirr und das Essen war, wo der Kühlschrank und wo die anderen Lebensmittel.

„So ein großer Kühlschrank. Wie in den Filmen!"

Mira bejahte und füllte ihr einen Teller mit Suppe. Guten Appetit, danke, doch der eben Angekommenen war nicht nach Schweigen zumute:

„Kommen dauernd Mädchen aus Dortunten, so wie ich? Und ihr helft ihnen allen?"

Erst jetzt merkte Soraja, wie viel Hunger sie hatte. Sie aß einen Löffel und spürte das Essen wie einen Stein im Magen. Seit der Fähre und die ganze Zeit über im Lkw hatte sie nur trockene Kekse und Bonbons zu essen bekommen. An einer Tankstelle hatte sie aus dem Wagen steigen wollen, bloß um sich etwas die Beine zu vertreten.

„Na schön", hatte Besniks Freund gemurrt, „aber bitte nur fünf Minuten."

„Ich möchte auch auf Toilette gehen."

Ihr Verlobter hatte sie irgendwie widerwillig begleitet und vor der Tür zur Damentoilette eine Zigarette geraucht. Sie war erfrischt herausgekommen und hatte Besnik auf den Hals geküsst. Sie waren praktisch gleich groß. An diesem Tag hatte er eine finstere Miene gehabt und war überhaupt nicht liebenswürdig gewesen.

„Ich kann es immer noch nicht glauben, dass wir außer Landes sind", hatte Soraja gesagt, „gibst du mir auch eine Zigarette?"

„Wir haben jetzt keine Zeit, wir müssen los."

„Ach Nik, lass deinen Kumpel doch erstmal das Benzin bezahlen."

„Nur einen Zug von meiner."

„Freust du dich gar nicht, dass wir jetzt zusammen und von dort weg sind?"

„Ich werde mich freuen, wenn wir gut untergebracht sind."

Er hatte recht. Ich Dummerchen, ich schwebe mal wieder in den Wolken. Noch etwas Geduld, dann würde sie Nik ganz für sich alleine haben. Sein finsteres Gesicht war in der Sorge um sie beide begründet. Sobald sie gut untergebracht wären, würde sein früheres Ich zurückkehren, jenes, das er hatte, bevor er seine Arbeit verlor, bevor er einige Dortuntige traf, die ihm geraten hatten, mitsamt der Verlobten hierher zu kommen.

Sorajas Eltern hatten gesagt, gut, wenn sie es so wollten, sollten sie heiraten und gemeinsam gehen. Besnik hatte im ersten Moment nicht widersprochen, aber dann hatte er Soraja beiseite genommen und ihr gesagt, dass die Heirat doch auch warten könne. Waren sie nicht modern, anders als die Eltern? Sahen sie nicht jeden Tag im Fernsehen, wie

Paare zusammenlebten, ohne zu heiraten? Das war der Fortschritt. Die Zeiten waren vorbei, als man noch Hochzeit mit der gesamten Verwandtschaft feierte, bis fünf Uhr morgens tanzte. Wenn sie in Dortoben wären, würden sie heiraten und auch die Eltern aus Dortunten einladen. Wieso mussten sie es mit dem Heiraten so eilig haben?

Soraja hatte die Eltern überredet, sie gehen zu lassen, ohne vorher zu heiraten. Mit schwacher Stimme hatten sie eingewilligt. Wie hätten sie der einzigen Tochter etwas abschlagen können? Sollte sie doch glücklich sein, es würde schon ohne Hochzeit gehen. Zu guter Letzt war es besser so, es fehlte ihnen ohnehin das Geld. Der Vater war arbeitslos, ebenso wie der Schwiegervater. Womit sollten sie feiern? Und die Leute schienen auch nicht mehr recht Lust zum Feiern zu haben. Die Zeiten änderten sich.

Sorajas Vater hatte ein Wort mit dem Bräutigam wechseln wollen. Bei dem Gespräch hatte er versucht, Augenkontakt zu Besnik herzustellen, aber dieser hatte seinen Blick nicht erwidert. Seine Augen hatten sich in der Ferne verloren, jenseits der heruntergekommenen und kahlen Wohnblocks.

„Pass mir auf Soraja auf, Junge. Dort drüben gibt es viele Versuchungen, wie die, die wir im Fernsehen sehen, und die jungen Frauen verlieren darüber schnell den Verstand."

Besnik war ein schweigsamer junger Mann, so als würde er fürs Reden bezahlt. Aber er hatte das Mädchen lieb, das sah man am Leuchten seiner Augen. Sollten sie diese Müllhalde hier doch lieber verlassen. Sie hatten ihr Leben gelebt, aber die Jungen hatten ihres noch vor sich. Es würde schwierig werden am Anfang, doch dann würden sie schon zurechtkommen.

„Pass auf, dass du nicht schwanger wirst, bevor ihr heiratet", hatte die Mutter zu Soraja gemurmelt, in der Nacht, bevor die jungen Leute losfahren sollten, „triff diese Vorsichtsmaßnahmen, so wie die Ausländer, hörst du?"

Sie hatte eine zustimmende Kopfbewegung gemacht, und die Mutter auf dem großen Bett fest umarmt.

„Und vergiss nicht, mir einmal in der Woche zu schreiben. Wenn du mir nicht schreibst, werde ich mich zu Tode ängstigen. Ruf mich nicht oft an, denn das kostet ein Vermögen. Ja, Schatz? Hörst du mir zu, oder bist du mit dem Kopf schon ganz woanders?"

„Klar hör ich zu."

Soraja hatte lachen müssen. Wenn ihre Mutter sprach, hörte sie sich wie eine Lokomotive an, schnell und schnaufend.

„Und lass dich nicht gehen, auch wenn du alle Hände voll zu tun hast und müde bist. Ein wenig Rot solltest du immer auf den Lippen haben, denn die Männer von heute schauen gern anderen Frauen nach."

„Nicht erst seit heute", hatte Soraja laut aufgelacht. „Die Männer haben schon immer anderen Frauen nachgeschaut, Mama."

„Oh, bei Gott, dein Vater hat sich solche Sachen bei mir nie erlaubt. Halt du deinen nur schön fest, denn gute Männer sind heutzutage schwer zu finden."

Soraja berichtete von all dem und gestikulierte dabei die ganze Zeit mit den Händen. Mira hörte gleichgültig zu, zeigte ihr, wo sie das Geschirr nach dem Spülen hinstellen sollte, und wies auf das Bett.

„Heute schläfst du hier, weil es deine erste Nacht ist, und du die lange Reise hinter dir hast. Aber morgen Abend schläfst du auf dem Boden. Komm, ich zeig dir, wo das Badezimmer ist."

Soraja lächelte ihr zu.

„Die geht einem vielleicht auf die Nerven, die Neue", sagte Hëna zu dem Mädchen neben ihr, das auf einer Matratze an der Wand saß. „Die kriegt sich ja nicht mehr ein vor guter Laune, als ob sie die hergebracht hätten, um eine Prinzessin aus ihr zu machen."

„Lass sie doch heute noch lachen, morgen wird sie nichts mehr zu lachen haben."

„Wow", rief Soraja verblüfft, „das ist ja fantastisch, dieses Bad!"

Sie ließ die Finger über die Wanne gleiten, die blau war, beinah himmelblau.

„Wow, meine Güte, wo bin ich hier gelandet", sagte sie laut.

Doch in Miras Blick lag keine Zustimmung. Na klar, dachte die frisch Angekommene, für sie ist das schon ganz normal, die hat sich mittlerweile an all die schönen Dinge gewöhnt. Sachte nahm sie die verschiedenen Flaschen und Tuben in die Hand, die auf einem kleinen Bord über der Wanne standen.

„Kann ich auch ein Bad nehmen oder nur duschen?"

„Ich lass dir ein Bad ein."

Soraja schaute zu, wie die Andere zunächst den Warmwasserhahn und dann den Kaltwasserhahn aufdrehte, bis sie die richtige Temperatur gefunden hatte. Dann sagte Mira zu ihr, sie solle mit der Hand prüfen, ob es so in Ordnung war. Ja, herrlich.

„Warum nennen sie dich die Verantwortliche?"

„Steig jetzt rein, die nächsten Male machst du es selbst."

„Kann ich ein Bad nehmen, so oft ich will?"

„Natürlich, in deiner freien Zeit, aber du wirst sehen, dass du nicht viel davon haben wirst."

„Ich werde ja nicht ewig hier bleiben. Ich und Besnik wollen heiraten."

Mira sah sie nun etwas milder an.

Sie ist kein schlechter Mensch, trotz allem, wer weiß, was sie für Sorgen hat, dass sie so verbissen ist, dachte Soraja und schenkte ihr ein aufrichtiges und entwaffnendes Lächeln.

Du raubst mir noch den Verstand mit deinem Herumgealber, wenn ich bloß wüsste, wie ich dir den Kopf zurechtrücken kann, sagte ihr Vater für gewöhnlich.

Soraja lächelte noch mehr. *Für gewöhnlich,* ihr gefiel dieser Ausdruck, er klang so literarisch.

Mira machte eine unbestimmte Handbewegung, ging hinaus, schloss die Tür hinter sich und sah die anderen an. Vier von ihnen hatten sich inzwischen ausgehfertig gemacht und warteten an der Tür.

„Die weiß von nichts, was?“, fragte Silva, die gerade ihre Haare nach hinten kämmte.

Miras Augen sagten *Nein.* Hëna, Bardha und Rudina standen da wie Zinnsoldaten.

„Wann hast du vor, es ihr zu sagen?“, beharrte Silva.

„Es ist nicht meine Aufgabe, ihr die Wahrheit zu erzählen. Und ihr haltet schön den Schnabel. Wir gehen jetzt, und für euch andere ist Schlafenszeit, und zwar ohne Radau.“

Die Mädchen machten zustimmende Kopfbewegungen. Mira gab ein Zeichen, und Silva öffnete die Tür. Alle fünf verschwanden. Die anderen, die drinnen geblieben waren, hielten sich an die Anweisung, bis sie den Aufzug anfahren hörten.

Wahnsinn, Mädel, wo warst du gestern Abend und wo bist du heute... Soraja strich sich über den Bauch und sah genüsslich schwelgend an die Decke. Das war eine wahre Badewanne. Es hieß, dass es auch in Dortunten welche gab, die sich so eine hatten einbauen lassen, die Reichen, die auf der Straße mit Luxusautos herumkurvten. Meine Güte, ich werde eine Pfirsichhaut bekommen, seufzte Soraja zufrieden. Wenn Besnik morgen käme, um sie abzuholen, würde er den Unterschied sicher bemerken. Sich in einer Wanne mit Wohlgerüchen zu verwöhnen, das war nicht dasselbe, wie sich einmal die Woche mit Wasser aus einem Krug zu waschen. Wer weiß, was jetzt gerade in Dortunten im Viertel passierte. Na was schon? Das Übliche. Ob sie wohl das Kalb von Shaban vom Wohnblock heruntergeholt hatten? Ein Kalb auf der Terrasse eines fünfstöckigen Gebäudes, kicherte sie.

Shaban würde heiraten, und dafür hatten sie das Kalb wie einen Ochsen gemästet, dort oben auf der Terrasse. Das Problem war, dass sie es wieder herunterbekommen mussten, um es für die Hochzeit zu schlachten.

„Ich mach keine Schlachtungen auf einem Wohnblock", hatte sich der Metzger geziert, „entweder ihr holt das Kalb von dort runter, oder es soll euch noch lange erhalten bleiben. Ich schlachte im Schlachthaus, wie es sich gehört, schließlich bin ich kein Anfänger, sondern ein seriöser Handwerksmeister. Wer es dort hochgebracht hat, der soll es auch wieder aus dem Schlamassel befreien."

Es war vergebliche Liebesmüh, den Fleischer umzustimmen. Wenn Shaban saubere Arbeit wollte, so waren das die Bedingungen, wenn nicht – alles Gute, dann geht jeder seines Wegs.

Soraja lachte lauthals auf. Solche Verrücktheiten konnten nur in Dortunten passieren. Sie würde jetzt ausländisch werden, kultiviert, wie die hiesigen Frauen. Und wenn sie für einen Besuch dorthin zurückginge, würde ihre Tochter (sie hatte beschlossen, eines Tages eine Tochter zur Welt zu bringen, die Melodia heißen sollte, gab es einen schöneren Namen?), Melodia also würde neben der Sprache Dortuntens die hiesige Sprache sprechen. Das hieß, sie würde sogar in zwei Sprachen mit ihr sprechen, aber die dortuntige würde sie mit dem Akzent der anderen Sprache sprechen, und die ignoranten Leute würde das in Erstaunen versetzen. Es war so schick.

Soraja stieg aus dem Wasser und blieb eine Weile in das Handtuch gehüllt stehen. Sie rieb den Dampf vom Spiegel und betrachtete darin ihre Brust. Sie setzte sich auf den Wannenrand, neigte den Kopf nach links, küsste leicht die Schulter und lauschte dem Abend. Der Abend toste.

•

Mit unstetem Blick musterte Soraja die neue Wohnung, in die Mira sie gebracht hatte. Diese stand da wie angewurzelt und traute sich nicht einmal, sie anzusehen.

„Aber wie kann das sein, dass Nik nicht angerufen hat?", fragte Soraja. „Wenn du mir die Telefonnummer von dem Haus gibst, in dem er wohnt, rufe ich ihn an. Ich zahle das Gespräch dann auch."

„Von dem Telefon in dieser Wohnung aus kann man keine Anrufe machen."

„Wofür ist es dann da, zur Zierde?"

„Damit uns die anderen anrufen."

„Und wer sind die anderen?"

„Das geht dich nichts an."

„Aber es sind schon vier Tage vergangen, Besnik meldet sich sonst mindestens zweimal am Tag."

„Das ist eure Sache."

„Aber bitte, ich weiß doch gar nicht, wo er steckt!"

„Der wird sich schon rühren, mach dir keine Sorgen."

„Und du kannst mir wirklich gar nicht weiterhelfen?"

„Das gehört nicht zu meinen Aufgaben."

„Was ist denn dann bloß deine Aufgabe, du machst mich verrückt! Warum hast du mich hierher gebracht?"

Mira zieht tief an ihrer Zigarette und fährt sich mit einer Hand in die Haare. Soraja macht unwillkürlich einen Schritt zurück. Nicht vor mir solltest du Angst haben, möchte Mira ihr sagen, aber das *darf* sie ihr nicht sagen. Willst du eine Zigarette? Ohne die Antwort abzuwarten, reicht sie ihr eine. Soraja zündet sie an, und Tränen steigen ihr in die Augen, obwohl sie keinen Grund zum Weinen hat. (Vater: Ihr Frauen habt nichts Besseres zu tun, immer ist bei euch der Wasserhahn auf. Mutter: Von Tränen hat bisher noch kein Mensch auf dieser Welt Schaden genommen, von Schlägen und Beschimpfungen schon.) Sicher ist Besnik mit diesem Freund unterwegs, um das mit den Papieren zu erledigen, oder um eine Wohnung zu suchen. Wenn sie nur herkämen, dann würde alles wie am Schnürchen laufen. Eine Hand wusch doch die andere, so lief es bei allen Dortuntigen, oder nicht? Womöglich ist das ja die Wohnung, wo sie leben werden, und gleich geht die Tür auf, und Besnik kommt rein. Was das Geld betrifft, geht es ihnen gar nicht schlecht, immerhin hat sie zwei Jahre als Kellnerin gearbeitet und das Gehalt... Ihr ist klar, dass das Geld von Dortunten hier keinen Pfifferling wert ist, aber trotzdem, sie hat es Nik gegeben...

Soraja sieht Mira bittend an. Aber die ist härter als ein Betonklotz, in all ihrer Schönheit und den modischen Kleidern. Soraja wischt sich die Tränen ab. In diesem Moment steckt jemand einen Schlüssel in die Tür. Als die Tür aufgeht, wirft sich Mira energisch die Handtasche über die Schulter, setzt einen herzlichen Gesichtsausdruck auf und legt eine Hand auf den Bauch. Da stehen zwei junge Männer. Soraja bemerkt sofort, dass es Dortuntige sind. Sie grüßen nicht. Langsam steht Soraja auf. Mira murmelt etwas und geht in Richtung Tür.

„Mira!", ruft Soraja ihr nach.

„Psst, die hat was zu erledigen", sagt einer der Männer mit leiser Stimme zu ihr.

Mira verschwindet, ohne sie noch einmal anzusehen. Der Mann, der gesprochen hat, gibt Soraja mit einem

Zeichen zu verstehen, dass sie sich aufs Sofa setzen soll. Soraja gehorcht. Die beiden starren sie auf eine Weise an, als würden sie etwas berechnen. Unwillkürlich spielt sie mit ihren Fingern, doch dann hält sie inne und bemüht sich um Beherrschung. Sie darf keine Angst haben, es gibt gar keinen Grund, keinen Grund, so ein Hasenfuß zu sein, und vor allem darf sie ihre Angst nicht offen zeigen, die Angst, die sie in Schach hält. Aber es ist der Verstand, der diese Entscheidung trifft, das HERZ hingegen ist an rationalen Dingen nicht beteiligt. Im Gegenteil, das HERZ ängstigt sich nur umso mehr, es hüpft davon und springt die Wand entlang, bis hoch zur Decke. Dort hält es still und wartet ab. Soraja blickt ihm nach. Besser so, jedes Mal, wenn ihr das HERZ in die Quere kommt, verjagt sie es für einige Zeit aus ihrem Körper, bis sie aus der misslichen Lage raus ist. Lügnerin, sagt ihr das HERZ, ich bin es, der dich nicht will in diesen Augenblicken, nicht umgekehrt. Trotz allem verspürt Soraja nun weniger Angst, da ihr HERZ nicht mehr im Körper ist.

„Morgen fängst du an zu arbeiten“, sagt einer der Männer.

Er ist um die 30 und riecht gut, aber seine Hände sehen gegerbt aus. Er teilt ihr das mit, als wäre es eine Schreckensbotschaft.

„So schnell habt ihr mir eine gefunden? Wie schön. Wo ist Besnik?“

„Den wirst du sehen, keine Sorge.“

„Wann?“

Mit Mühe versucht sie zu lächeln, zu lächeln und... Wie soll sie sich geben? Sie weiß es nicht. Der andere von den beiden zieht einen Schlüsselbund aus der Tasche, steckt den Mittelfinger in den metallenen Ring, der die Schlüssel zusammenhält und macht eine Bewegung, als würde er Jo-Jo spielen.

„Bald, wenn er Zeit hat, wird er kommen und dich treffen."

„Wo werde ich arbeiten?"

Sie will aufhören, wie eine alberne Gans die Lippen zu verziehen, aber sie schafft es nicht. Ihre Mundwinkel ziehen sich noch mehr hinauf. Jetzt grinst auch der, der bisher nicht gesprochen hat. Er holt ein echtes Jo-Jo hervor und reicht es dem anderen. Der fängt an, damit zu spielen.

„Ihr macht mir Angst", sagt Soraja.

Sie schauen einander an und grinsen höhnisch. Zieh dich aus, befehlen sie ihr wie aus einem Mund. Soraja erstarrt. Das HERZ presst sich nun sehr fest an die Decke.

„Ich bin die Verlobte von Besnik, ihr kennt ihn doch sicher, Besnik. Besnik K. und ich sind gemeinsam aus Dortunten gekommen, wir wollen niemandem zur Last fallen. Wenn ihr uns nicht helfen wollt, lasst uns einfach gehen, wir werden euch nie in die Quere kommen. Ich bin die Cousine von Bilal, ihr kennt Bilal doch sicher, Bilal kennt jeder. Er hat uns diese Adresse gegeben und gesagt, dass er mit Leuten gesprochen hat, die uns dabei helfen würden, hier gut anzukommen, und dass er später selber zu Besuch kommen wird, Bilal..."

„Genau."

Der Jo-Jo-Mann ist jetzt sehr ernst, er wirkt sogar gereizt. Er steht auf und geht auf Soraja zu. Er setzt sich neben sie und tätschelt ihr das Knie, wie einem kleinen Kind.

„Ganz genau. Bilal hat dich geschickt, dein Cousin, mitsamt Verlobtem. Sie wissen über alles Bescheid. Und jetzt zieh dich aus, bevor ich die Geduld verliere und dir deine idiotische Fresse poliere."

Er steht auf und setzt sich wieder auf seinen alten Platz. Dann wartet er gierig und spielt dabei mit dem Jo-Jo.

„Nein."

„Aha."

„Ich..."

„Schätzchen, ich zähl bis drei. Wenn du dich ausziehst, geschieht dir nichts, wenn du's nicht tust, mach dich auf die Folgen gefasst."

Der andere steht wortlos auf, geht ins Nebenzimmer und kehrt mit einer Peitsche zurück.

„Wenn ich mich ausziehe... ich ziehe mich nur aus, und weiter nichts?"

Schweigen.

„Mir passiert nichts?"

„Nichts, Schätzchen. Zieh dich aus, du wirst sehen, dass nichts Schlimmes passieren wird."

„Kann ich nur noch kurz was fragen?"

„Sicher."

„Warum wollt ihr, dass ich mich ausziehe?"

„Zieh dich aus!"

Sie tut es. Ihre Hände fühlen sich an, als seien sie aus Karton, einem grau- bis beigefarbenen Karton, rau und doch zerbrechlich. Nun ist sie vollkommen kalt und emotionslos. Wenn sie ihre Körperglieder, die wie Espenlaub zittern, unter Kontrolle hätte, wäre sie noch ruhiger. Wie gut, dass die anderen Mädchen nicht da sind, dass niemand da ist, so wird Besnik nicht erfahren, was sich hier abspielt. Schließlich und endlich ziehen sich die Menschen ja auch in den Filmen aus, oder in den Werbungen für Büstenhalter oder Körperlotionen...

Hände hinter den Rücken, sagen die Männer zu ihr. Sie tut es. Die Männer halten den Atem an. Soraja will auf die Straßengeräusche lauschen, aber hier hört man nichts von der Straße, seltsam, sie hat nicht gewusst, dass sie hier so weit weg vom Stadtzentrum ist. Jetzt im Profil. Sie gehorcht. Als sie mit Mira hier angekommen war, hatte sie gedacht, das Wohnhaus sei mitten in der Stadt. Der Wortkarge heult wolfsgleich auf. Wenn nur irgendein Geräusch zu hören wäre, denkt sich Soraja, egal was...

„Seit wie viel Jahren fickst du schon?"

Soraja schafft es nicht, den Kopf zu heben, sie *kann* ihn nicht heben, und das HERZ presst sich nun noch fester an die Decke.

„Jetzt zier dich nicht, wie lange machst du diese Sache schon?"

Ihr rinnen Tränen hinunter, sie bedeckt mit den Händen ihr Geschlecht. Wenn sie wenigstens den Rock wieder anziehen dürfte.

Ich bin seit einem Jahr mit Besnik verlobt, und wir wollen heiraten. Tränen gehen mir auf die Nerven. Soraja schluckt. Und davor, irgendwelche Liebesaffären? Sie schüttelt langsam den Kopf.

„Die ist ja so gut wie neu. Wir können sie glatt als Jungfrau verkaufen", sagt der Wortkarge und heult auf.

Der Jo-Jo-Mann macht ihm ein Zeichen, dass er den Mund halten soll.

„Ab morgen wirst du mit anderen ficken. Fürs erste beginnt die Schicht um neun Uhr abends und geht bis ein Uhr nachts, zum Eingewöhnen. Danach wirst du längere Arbeitszeiten haben, wie alle."

„Ich, nein... Niemals!"

„Die näheren Details und Regeln erfährst du von Mira. Wenn du sie auswendig weißt, reden wir wieder miteinander, und vielleicht siehst du dann auch deinen Geliebten."

„Ich bin hierher gekommen, um eine ehrenwerte Arbeit zu finden!"

„Kleines, du gehst uns auf den Sack, halt jetzt die Klappe."

„Ihr seid Verbrecher!"

Soraja greift nach dem Rock und steigt hinein, aber der Wortkarge springt auf und zieht ihn ihr aus den Händen, sodass er zerreißt. Der Mann gibt ihr eine Ohrfeige, sie fällt aufs Sofa. Der Wortkarge ist jetzt über ihr, Schläge treffen ihr dröhnendes Ohr. Sie spürt einen brennenden Schmerz. Die beiden fangen an, nach ihr zu treten, sie zu schlagen, auf sie zu spucken. Sie krümmt sich auf dem Boden. Eine Schuhspitze tritt ihr immer wieder in den Hintern: du dreckige Nutte, du Haufen Dreck, Schlampe, du Loch, du schmutziges. Sie bewegt sich, damit die Schuhspitze eine andere Stelle trifft, aber die Schuhspitze ist listiger und trifft wieder dieselbe Stelle. Schweres Atmen, Speichel, Hände, die sie überall verletzen, Feuer, das vom Fleisch Besitz ergreift, Flecken, die in den geschlossenen Augenhöhlen einen höllischen Tanz aufführen.

Die Wölfe lassen ab und setzen sich auf die Stühle, richten ihr Haar, ziehen Kämme aus den Taschen und machen sich fein.

„Dreckige Fotze, du Hündin, du Müll."

Das HERZ oben an der Decke möchte die Augen verschließen, um nicht sehen zu müssen, aber die Augen gehorchen ihm nicht. Es sieht. Auf Soraja, wie sie die Hand ausstreckt, um sich mit ihrem blutverschmierten Oberteil zu bedecken. Das Knarren von Stühlen und von Kämmen, die wieder in die Taschen gesteckt werden. Die Widerlinge halten den Atem an, um lustvoll den Klagen des Opfers zu lauschen. Doch von diesem kommt kein Laut. Keiner? Jo-Jo springt auf und gibt ihr einen weiteren Tritt, in den Bauch. Uuhhh, der Magen spuckt Galle. Soraja ist bedeckt von gelbem Erbrochenen. Doch danach kein Laut. Die beiden stehen vor ihr und stemmen die Hände in die Hüften. Sie rümpfen die Nase. Dieser Anblick stört ihr ästhetisches Empfinden. Sie gehen hinaus, schließen die Türe langsam, behutsam, in aller Stille, manierlich.

Und als sie wiederkommen, sind sie zu siebt. Sie haben Soraja den Luxus einer Nacht gelassen, die sie in Ruhe verbringen konnte. Vor ihren Augen liegt ausgestreckt auf dem

Sofa ein Ex-Mensch. Die Augen sind fast geschlossen, die Haut um sie herum hat eine eigenartige Farbe.

„Jungs, ich will doch keine Leiche vögeln, so kriege ich keinen hoch."

„Recht hast du. Lassen wir sie, bis sie sich erholt hat und wieder bei Bewusstsein ist."

„Eine Schande, die Arme."

„Was habt ihr sie so zugerichtet, Jungs? Eine gute Tracht Prügel, ja, aber doch kein Trümmerfeld. Alter..."

„Bäh, sie stinkt auch nach Kotze. Mach dich sauber, du Kadaver. Ich warte unten auf euch, hier kriegt ja nicht mal ein Schwein Luft."

Sie gehen lärmend raus. Die Füße bewegen sich, stoßen gegen ein paar Kisten, ein taubes Geräusch, sie murmeln etwas, dann gehen sie hinaus und schließen vorsichtig die Tür.

Als die Peiniger nach drei Tagen zurückkommen, riecht es nicht mehr unangenehm in der Wohnung. Soraja hat das Fenster geöffnet, um ein wenig zu lüften, aber ihre Hoffnung ist geschwunden – das Fenster ist vergittert – unmöglich, da rauszuspringen. Sie hat sich in beide Zimmer geschleppt, aber es gibt keinen Balkon, die Wohnungstüre ist gepolstert, und Fäuste richten hier nichts aus. Sie hat nicht geweint, sie konnte nicht weinen. Das einzige Wesen, das sich um sie gekümmert hat, ist das HERZ, als wäre es ihre Mutter. Es hat ihr die Wunden geküsst, als hätte es Lippen, und es hat geblinzelt, als ob es ein Augenlid wäre.

Bevor sie gegangen waren, hatten die letzten Füße ihr einen Karton Milch dagelassen, den sie unter großen Anstrengungen schließlich öffnen konnte. Die linke Hand war ihrer Wut entkommen und ist nicht schwer verletzt. Sie hat Milch getrunken und sich übergeben, Milch getrunken und sich übergeben. Aber weinen konnte sie noch immer nicht.

Dieses Mal finden die Männer sie *in Form* vor, sie feixen angesichts dieses Beiworts, *wie ein Kätzchen,* bereit für eine feurige Besteigung.

Sie stoßen sie auf das große Bett im anderen Zimmer und machen es der Reihe nach. Bis auf einen, der das Ganze mit Forscherblick verfolgt, mit dem Blick eines Meisters. Von ihr kein Laut. Zwei von ihnen, die beiden ersten, wiehern wie Pferde, sie müssen aus einer Familie stammen, vielleicht Brüder, oder gar Zwillinge. Die anderen schauen zu, achten aber darauf, dem Forscher nicht die Sicht zu versperren. Zum Glück ist das Bett sehr weich, so spürt sie die Wunden auf dem Rücken weniger. Sie beschweren sich, dass man diesem Flittchen nicht an die Brüste greifen kann. Sie hat zwei so herrliche Möpse, dass einem die Augen aus dem Kopf fallen. Allgemeines Gelächter, bis auf den Forscher. Wieso zum Teufel haben sie ihr auch auf die Brust geschlagen, wer bumst schon eine Frau, ohne ihr ein bisschen an die Titten zu grapschen?

Der dritte spritzt ab, kaum dass er drin ist. Aus Wut, dass er nicht lange seinen Spaß hatte, spuckt er ihr auf den Bauch. Der vierte ist der Wortkarge, der jault und jault, er steckt den großen Zeh in den Mund, während er in ihren Körper hineinstößt und lutscht und beißt.

„Jungs“, sagt der fünfte, „hier ist alles überschwemmt mit eurem Saft, ich hab keine Lust, mich damit zu besudeln.“

Er geht von ihr weg und in Richtung Küche, von wo er eilig mit Seife und Feuchttüchern zurückkommt. Als er sie wäscht, brennt es so sehr, dass sie nicht anders kann, als zu weinen. Heul nicht, Soraja, du Dummerchen, aber die Tränen strömen die Schläfen entlang. Der fünfte steckt ein Tuch rein und trocknet sie ab, als handelte es sich um einen Flaschenhals. Uuuhh, du hast ja eine Latte, Alter. Eines der beiden Pferde lacht wiehernd auf. Der fünfte nimmt sie so, wie sie ist, aber der sechste, Jo-Jo-Mann, ist rasend vor Ungeduld.

„Euch zuliebe nehm ich sie von hinten."

Er packt sie an einem Arm und dreht sie wie eine alte Matratze auf den Bauch. Zwei von den Männern, die im Nebenzimmer Zigaretten rauchen, kommen reingelaufen. Jo-Jo zieht Soraja an den Füßen. Nein. Er öffnet ihre Beine noch weiter. Untersucht die Stelle, wo er eindringen wird. Tu es nicht! Er kratzt sich an der Nase. Er geht in die Küche und kommt gleich wieder zurück. Uuuhh, macht es ringsum. Der Forscher hat einen Block hervorgeholt und macht sich Notizen.

Jo-Jo schmiert den unberührten Anus mit Butter ein und macht sich bereit, einzudringen. Nein. Nein. Nein. Er aber stößt zu, mit einem gierigen, befriedigten, kriminellen *Oh.* Weiter rein, ja, er zieht sie noch weiter, bis er sie in einem rechten Winkel ans Bett gelehnt hat. Nein. Er stößt. Jungs, ein Jungfrauen-Arsch, an der Stelle hat sie dieser Trottel noch nie berührt. Uuh, uuh. Er stößt und drückt. Soraja überkommt ein Brechreiz. Sie übergibt sich und liegt im Erbrochenen, zu beiden Seiten, von oben nach unten.

„Was soll das denn, du dumme Sau...! Aaah!"

Er beschleunigt seine Bewegungen, und sie erbricht weiter Exkremente. Er spritzt inmitten ihrer Exkremente, und die anderen flüchten sich vor dem Gestank zur Tür.

„Du dreckige Hure, musstest du mir das antun?"

Aber er schlägt sie nicht, denn sie erbricht sich weiter aus dem Mund, aus dem Körperende, aus den Augen.

Sie gehen aus der Wohnung. Als letzter geht der Forscher.

„Bemüh dich, bald wieder auf die Beine zu kommen", sagt er zu ihr mit gleichgültiger Stimme und klappert mit seinem Schlüsselbund, „wir haben dich nicht hierher gebracht, damit du Speck ansetzt."

•

„Junge, Junge, so viel hättest du für deine alte Mutter doch nicht ausgeben müssen! Wer soll denn das alles essen?"

Die Frau schlägt sich leicht mit ihren verrunzelten Händen auf die Wangen. Sie hat einen stattlichen Körper, kräftig, und weiße Haut, wie Brot, das mit dem hellsten Mehl gebacken wird. So einen Gabentisch hat sie selbst auf der prächtigsten Hochzeit in Dortunten nicht gesehen. Ganz zu schweigen davon, dass erst Morgen ist. Mit dem, was hier vor ihren Augen aufgetischt ist, könnte die Familie ihres Bruders in Dortunten mitsamt der vier Kinder und der Frau alle drei Mahlzeiten bestreiten. Sanija fühlt sich doppelt schuldig: wegen des Sohnes, der ihr das alles aufgetischt hat, und wegen der Neffen, die dieses Wunder nicht mitgenießen können. Man kann es in ihren Augen sehen. Und dem SOHN, der ihr gegenüber sitzt, vergeht die Freude und sein Magen verkrampft sich.

„Iss, Mutter, zerbrich dir nicht den Kopf. Ich hab genug, um dir alles aufzutischen, was dein Herz begehrt."

Du drückst dich auf einmal so gewählt aus, will ihm die Frau sagen, aber sie gibt keinen Laut von sich, da sie weiß, dass dem SOHN schöne Worte nicht gefallen. Ihm steht nicht der Sinn danach, dass man ihm schöne Dinge mit Worten sagt – man soll sie ihm mit Blicken und Streicheleinheiten sagen. Und vor allem mit der Haltung. Sie muss ihm zu verstehen geben, dass er der Beste ist, anders als die anderen Nullen, die sie aufgezogen hat. Auch wenn die sogenannte Gruppe der Nullen sonst nur aus seinen beiden Schwestern besteht, Sanijas Töchtern. Sie freut sich so, dass er sie jetzt *Mama* nennt und nicht mehr *Alte*. Diese neue Angewohnheit – seit zehn Monaten nennt er sie nun so, sogar wenn er anruft, Rrrring, sie rennt auf den Flur, ja bitte, Mama, ich bin's – diese Angewohnheit also macht die Frau noch stolzer. Diese Art zu sprechen hat der SOHN von dieser Seite des Meeres her, als hätte er die alte Art zu sprechen bei der Überfahrt in den Fluten versenkt. Es ist nicht Sanijas Verdienst, dass der SOHN jetzt so wohlerzogen ist. Sie hat keine Schulbildung, und diese Tatsache tut ihr im Herzen weh, es ist ihre heimliche Wunde, denn tief im Innersten wäre sie gerne gebildet gewesen. Aber trotz allem, auch anderer Mütter Söhne hat's hierher verschlagen, und die nennen ihre Mütter zuhause immer noch *Alte.* Sanija pickt an einem Stück Weißbrot herum. Der SOHN steht auf und geht zu ihr rüber.

„Soll ich es dir mit Butter und Marmelade bestreichen, Mama, oder mit Honig?"

„Verwöhn mich nicht so, Junge, ich will nur ein bisschen Milch und ein wenig Käse zum Brot, nichts weiter. Ich bin's nicht gewöhnt, morgens viel zu essen, das bläht nur den Bauch, und dann fällt mir die Hausarbeit schwer."

Der SOHN sieht sie beunruhigt an. Die Mutter hat Herzprobleme. Die Wächter haben es ihm gesagt, die sich in Dortunten um sie kümmern, und es ist auch offensichtlich. Im letzten Jahr hat sie stark zugenommen, obwohl sie kaum etwas isst. Die Wächter haben sie zum Arzt gebracht, aber haben die Pfuscher in Dortunten einen Schimmer? Deshalb hat der SOHN ein Treffen mit einem Spezialisten hier ausgemacht.

Der behandelt sie stumm, sanft, als wäre die Frau einer jener kristallenen Vögel, die ein Vermögen kosten und hierzulande häufig zur Zierde auf Möbel gestellt werden, und nicht diese hundert Kilo schwere Tonne. Der Spezialist stellt ihr ein Rezept aus, rät dazu, zweimal wöchentlich den Blutdruck zu messen, regelmäßig – hinter diese Anordnung setzt er ein Ausrufezeichen – und verschreibt ihr eine ausgewogene Diät. Der Sohn übersetzt alles geduldig und ausführlich, für die Mama, die ob all dieser Einschränkungen erschrickt und auch nervös wird angesichts all dieser Minuten, die hier verstreichen und sich mit Sicherheit in blankes Geld verwandeln, das beim Gehen zu zahlen sein wird. Denn man hat ihr gesagt, dass dich die Ärzte dort selbst für die Luft zahlen lassen, die du bei ihnen atmest. Aber sie machen dich auch weiß Gott gesund, so viel steht fest, nicht wie diese Einfaltspinsel in Dortunten. Die da oben können dir Abhilfe schaffen. Sanija versucht dem Jungen mit den Augen ihre Angst klarzumachen. Er fängt ihren Blick auf, gerät aber nicht in Panik.

„Diese anderen Tabletten noch und diese Tropfen", beharrt der Arzt. „Ich rate Ihnen, immer die Kompressionsstrümpfe für die Venen zu tragen. Und Sie sollten den Aufenthalt in der Sonne vermeiden."

Dieser Rat erscheint Sanija völlig überflüssig. Wie soll man bitteschön die Sonne in Dortunten meiden? Das geht ja gar nicht, aber der Arzt hat keine Ahnung davon, wie es in Dortunten ist. Sie soll viel Mineralwasser trinken, das Heben schwerer Gegenstände unterlassen, ausreichend schlafen und mit möglichst wenig Öl kochen. Noch so ein sinnloser Rat, denkt Sanija, wie soll man den Leuten ein Essen mit wenig Öl vorsetzen? Die werden denken, dass sie spart, und das ist Schmach und Schande. Sie kann es kaum erwarten, dass sie da rauskommen. Der SOHN hat ihr gesagt, dass sie nach dem Arzt einkaufen gehen, um Geschenke für die Neffen, die Söhne ihres Bruders, zu besorgen, und für die Nachbarn in Dortunten, die Armen, zwei Frauen, die niemanden mehr haben. Und das freut Sanija. Wenn es nach ihr gegangen wäre, hätte sie diese Einkäufe schon vor Tagen erledigt. Und wenn der SOHN zu seiner wichtigen Arbeit gegangen wäre, hätte sie die schönen Päckchen auf dem großen Bett aufgereiht und sich den Moment vorgestellt, in dem sie den Lieben die Geschenke überreichen würde.

Die werden sich freuen, vor allem die Söhne des Bruders, aber auch der Bruder, wenngleich er ihr immer noch sagt, dass er keine Geschenke vom SOHN annehmen möchte. Er sagt das mit einem versteckten Groll, auch wenn er am Ende die Geschenke doch stets annimmt. Flicken am Hintern und überheblich tun. Tief im Inneren nimmt sie es ihrem Bruder übel, dass er es nicht zu Wohlstand gebracht hat. So viele Leute sind reich geworden und haben sich Villen wie Traumschlösser gebaut, und er hat dagegen rein gar nichts geschaffen, ein Versager auf der ganzen Linie. Nun, so ist diese Welt wohl eingerichtet, philosophiert Sanija, um sich zu trösten. Es können nicht alle reich werden, denn wenn es so einfach wäre, wen würden die Reichen dann noch beeindrucken? Es musste Arme geben, damit die Reichen begriffen, dass sie reich waren. Sonst wären ja alle so gleich wie Ziegenfüße. Und wenn du dem Menschen den Wunsch entziehst, so viel Geld wie möglich anzuhäufen, um sich von den anderen abzuheben, das ist gleich so, als ob du ihm den Sinn des Lebens entziehst. Aber wenn dem Bruder nicht dieses Los als armer Teufel zugefallen wäre, das wäre noch besser, wenn die Armut gleich vor ihm Halt gemacht hätte, das wäre der Idealfall.

Die vier Neffen von Sanija, die Söhne ihres Bruders, sind vom Alter her nicht weit auseinander, einer hübscher als der andere und einer gefräßiger als der andere. Wenn sie die Kleidung anziehen, die Sanija ihnen bringt, jedes Mal, wenn der SOHN nach Dortunten kommt, leuchten sie wie Sterne, die Schätze der Tante. Der SOHN betritt nie das Haus des Onkels, er bringt Päckchen mit allen guten Dingen dieser Erde, aber die Türschwelle überquert er ums Verrecken nicht. Als gäbe es zwischen den beiden Männern eine ungeschriebene Abmachung in der Art „Ich nehm, was du mir bringst, weil ich vier Mäuler zu stopfen hab, aber erwarte nicht, dass ich Danke sage“, und „ich bring dir diese

Sachen, weil ich auf dem aufsteigenden Ast bin und weil du der Bruder meiner Mutter bist, sonst würde ich dir nicht mal meine Rotze abgeben."

Sanija hätte sich von ganzem Herzen gewünscht, dass sich der Onkel und der Junge gut vertragen hätten, aber es war unmöglich, und so hatte sie diese Hoffnung begraben. Sanija war natürlich auf der Seite ihres Jungen. Ihr Bruder Idriz war neidisch auf den Erfolg des SOHNES, auch wenn Neid eigentlich nicht in seiner Natur lag. Aber was den Neffen anging, spielte ihm der Verstand einen Streich. Der Neid hatte sich wie ein hässlicher Wurm in seinem Hirn eingenistet und fraß ihn von innen auf. Jung, ledig und wohlhabend, gutaussehend und respektiert, wie er war, sorgte der SOHN nicht nur für seine Mutter, sondern auch für die Familie von Idriz, und der war aus irgendeinem Grund eifersüchtig auf ihn.

Idriz hatte das selbst eines Nachts zugegeben, als der Schnaps auf leerem Magen das seinige tat. Sanija hatte den Tisch fürstlich gedeckt, doch er hatte keinen Bissen angerührt.

„Auf die Ehre, Schwester, ich will ehrlich sein: Ich hab nur noch Fetzen am Leib und bin tiefer gesunken als ein Bettler. Meine Frau und die Kinder werden jeden Tag dünner, selbst die Mäuse haben nichts zu fressen, aber ich trage die Nase hoch. Wär ich doch bloß tot."

So waren die Männer nun mal, dachte Sanija zuweilen, sie verloren wegen irgendeiner Kleinigkeit die Orientierung und weil sie aus dem Schlamassel nicht mehr herausfanden, stieg ihnen die Galle hoch, und ihre Gedanken trübten sich. Frauen passierte das nicht so schnell. Frauen stand gar nicht das Recht zu, die Orientierung zu verlieren. Die Männer bauten die Straßen, sie kannten den Weg und waren auch die Polizisten, die den Verkehr kontrollierten. Frauen waren schon mit ihrer Geburt verloren, was konnte ihnen noch Schlimmes zustoßen?

Sie hatte den SOHN, Gott sei Dank, und aus ihm war wirklich etwas geworden. Jetzt wo er in Dortoben lebte, war er auch weltgewandter geworden und hatte andere Manieren. Er wog seine Worte ab und bewegte dazu die Hände so schön, ihr liiieber kleiner Goldjunge.

Nachdem sie beim Arzt gewesen waren, brachten die jungen Männer, die für den SOHN arbeiteten, die Mutter zum Friseur. Er selbst hatte in der Zeit etwas Dringendes zu erledigen. Ganze zwei Stunden verbrachte Sanija beim Haarstylisten. Sie färbten ihre Haare in ein zartes Grau, das die weißen und die wenig verbliebenen schwarzen Haare miteinander in Einklang brachte. Einer der Männer wartete draußen auf sie. Er war ein ruhiger Typ mit einer so roten Hautfarbe, als hätte man ihn diesen Morgen mit Brennnesseln ins Gesicht geschlagen. Als er sah, dass die Friseurin fertig war, ging er hinein, zahlte und brachte Sanija zu einem Restaurant.

Es war ein volles und lautes Lokal mit lauter schick angezogenen Menschen. Sanija sah sich etwas unwohl um.

„Junge, in welches Lokal hast du mich hier nur gebracht! Ich bin noch ganz satt, ich kann nichts mehr essen."

„Mir ist aufgetragen worden, Sie hierher zu bringen, ich tue nur, was der Chef mir sagt."

„Wie heißt du?"

„Xhafer."

„Bist du aus derselben Stadt wie wir?"

„Nein."

„Wo kommst du her, Xhafer?"

„Aus Ganzdortunten."

„Da war ich noch nie."

Das Gegenüber zuckte mit den Schultern und wusste nicht, was es entgegnen sollte. Er tat Sanija irgendwie leid, obwohl sie wusste, dass es keinen Grund für Mitleid gab.

„Bei euch haben die Leute ein heißes Gemüt."

„Mhm."

„Aber du wirkst gar nicht so."

„Hmmm."

„Sprichst du mit deiner Mutter auch so? Mit Mhm und Hmmm?"

Seine Mutter war gestorben, als er zehn Jahre alt war. Ach, machte Sanija, deshalb hatte er ihr leid getan, wenn sie nur gewusst hätte, dass... Wie ist sie gestorben?

„Ist vom Dach gefallen."

„Die arme Frau! Aber was hatte sie dort oben zu suchen?"

Xhafer fiel in ein tiefes Schweigen und sah aus den Fenstern des Lokals. Die Leute rannten wie verrückt von links nach rechts und von rechts nach links. Niemand, der die Dinge nüchtern besah wie in Dortunten. Sanija verfolgte aus den Augenwinkeln eine Frau, die etwa in ihrem Alter sein musste, auch ihre Haare sahen fast wie ihre aus, jetzt wo sie modern frisiert waren. Aber sie ging anders, mit geraden Schultern und vorgereckter Brust, so als ob sie einen Stock verschluckt hätte. Sie trug Hosen – da sei Gott vor – und ein Paar von diesen Schuhen, die man oft an den Jungen sah. Pah, also das – niemals, irgendwann war man aus dem Alter heraus. Ihren Freundinnen in Dortunten könnte man mit Erhängen drohen, sie würden sich trotzdem nicht dazu herablassen, sich so wie... wie Vogelscheuchen anzuziehen. Aber auch dort änderten sich die Sitten. Heutzutage konnte man alles Mögliche sehen, aber so weit – Nein, Nein, Nein. Tss, tss. Da sei Gott vor, entfuhr es ihr.

„Sie wollte die Dachziegel in Ordnung bringen", sagte Xhafer.

„Wie?"

„Meine Mutter, sie brachte das Dach in Ordnung. Die Katzen hatten da oben gespielt und die Ziegel verrückt. In eins der Zimmer hat es immer reingetropft, wenn es geregnet hat."

Sanija wollte etwas fragen, besann sich aber eines Besseren.

„Sie werden sagen, das ist Männerarbeit", sagte Xhafer, „aber in unserer Gegend machen die Frauen die Männerarbeit."

„Und die Arbeit der Frauen?"

„Die erledigen auch die Frauen."

Er lächelte und zog dabei eine hasenartige Grimasse.

Xhafers Mutter hatte den ganzen Morgen gearbeitet. Es war ein Samstag. Zum ersten Mal nach einem Monat schien wieder die Sonne. Der Himmel hatte seine Wassermassen hinunterdonnern lassen und den Menschen keine Ruhepause gegönnt. Es waren Frühlingsregenfälle gewesen, lang und beharrlich wie zänkische Weiber.

Xhafers Vater schärfte seine Messer an der Hausmauer, dabei pfiff er und sonnte sich. Für diese Messer würde er töten, sie waren sein ganzer Stolz. Schöne Messer, jedes individuell geformt und aus Edelstahl. Die Männer im Dorf benutzten diese Messer für ein Spiel, in dem es darum ging, wer das Ziel traf. Ihr Dorf war bekannt für dieses Spiel. Sie malten Zeichen auf Eichenstämme und spielten, bis ihre Augen vor Konzentration schmal wie Schlitze wurden. Der Vater war der Meister und gleichzeitig Leiter dieses Spiels. Während der Tage, an denen die Wettkämpfe stattfanden, kochten die Frauen und tischten unter den Eichenbäumen auf, wo sich die Leute versammelten, auch die aus den beiden Nachbardörfern. Wann immer in der heißen Jahreszeit die Sonne schien, wurde dieses Spektakel veranstaltet.

Als sie mit der Arbeit auf dem Dach fertig war, hatte Xhafers Mutter gerufen, man möge ihr die Leiter halten, damit sie heruntersteigen konnte.

„Xhafer", hatte der Vater gebrüllt, „halt deiner Mutter die Leiter!"

Xhafer, ganz verdreckt vom Spielen, kam herbeigerannt und drückte sich mit all seiner Kraft gegen die Leiter. Dabei betrachtete er fasziniert die Messer, die der Vater mit den Spitzen nach oben in einem Holzbehältnis aufreihte, jedes in einer eigenen Vertiefung.

„Warum stellst du sie mit den Klingen nach oben hinein?" hatte das Kind gefragt.

„Damit ich sehe, wie sie glänzen, du Esel, warum sonst? Schau dir mal diese Prachtstücke an. Keine Frau aus unserem Dorf glänzt so schön."

In diesem Augenblick war das Poltern von Ziegeln und der Aufschrei der Frau zu hören, deren Körper mit Wucht zu Boden geschleudert wurde. Xhafer wandte den Kopf, noch in der Drehung sah er, wie seine Mutter wie ein schwarzes Kalb mit einem dumpfen Geräusch auf die Erde fiel.

„Auf meine Messer, die blöde Kuh!", schrie der Gatte heiser und sprang auf.

Von der Frau aber kam kein Laut, jetzt nicht und auch nicht später. Nach kurzer Zeit entstand ein Blutfleck, der sich zu beiden Seiten des Kopfes zu einer Lache ausbreitete. Als sie die Frau hochhoben, sahen sie, dass drei Messer in ihrem Hals steckten.

Das Schlimmste war das mit dem Blut gewesen. Die von den Regengüssen gesättigte Erde hatte das Blut der Frau beim besten Willen nicht aufnehmen wollen. Als sie sahen, dass das Blut nicht in den Boden drang, hielten sie es für besser, es abzuwaschen. Doch obwohl sie ganze Wassereimer ausschütteten, bewegte sich das Blut nur hin und her.

Es rutschte wie Öl auf der Oberfläche, bis es sich einen Weg zu den Grundmauern des Hauses bahnte.

„So war's", schloss Xhafer mit gleichgültiger Stimme.

Das Blut war für eine lange Zeit am Fuß dieser verfluchten Mauer geblieben. Vielleicht war es später während der großen Hitze verdampft.

„Was für ein Schicksal, Xhafer", brachte Sanija hervor und wusste selbst nicht, ob es ihr mehr leid tat um das Ende dieser Unglückseligen oder um die Szene, die sich Xhafer ins Gedächtnis gegraben hatte.

Bevor die Lautsprecher im Flughafen ein letztes Mal die Passagiere nach Dortunten aufriefen, hatten sich Sanija und der SOHN alles sagen können. Er erklärte ihr nochmals einige Details, die die Frau auf gar keinen Fall durcheinanderbringen durfte.

„Ich hab schon verstanden, mein Junge, ich hab dir gesagt, dass ich dran denke, so verkalkt ist deine Mutter nun doch noch nicht. Ich behalte die Sachen, bis deine Freunde kommen, um sie abzuholen. Das macht mir keine große Mühe, keine Sorge, ich fass schon nichts an, vertrau mir."

Etwas abseits warteten zwei Freunde des SOHNES. Sanija hatte an diesem Tag sogar ein wenig Parfüm aufgetragen. Der SOHN hatte darauf bestanden, ihr eines zu kaufen, und sie konnte ihm den Gefallen nicht abschlagen. Aber er sollte doch wenigstens eines von denen kaufen, die ganz leicht nach Seife und Sauberkeit rochen, schließlich wollte sie nicht zum Gespött des Viertels werden.

Der SOHN streichelte ihr Haar. Sie würde ihm fehlen, doch sie hier zu behalten, war zu gefährlich, abgesehen davon, dass es für ihn besser war, wenn sie in Dortunten lebte. Ihre liebevolle Unwissenheit war Bajram dort von größerem Vorteil. Er trug ihr noch eine letzte Bitte auf. Die Frau machte eine eifrige, zustimmende Kopfbewegung.

„Ich hab dir gesagt, dass du dir keine Sorgen machen musst, mein Junge. Aber ich versteh nicht, warum du vor deiner alten Mutter so viele Geheimnisse hast."

„Mama, ich hab dir schon erklärt, dass es Dinge gibt, die du nicht verstehen kannst, haben wir darüber nicht schon geredet?"

„Ist ja gut, mein Junge, reg dich nicht auf."

„Ich reg mich überhaupt nicht auf. Du musst jetzt zum Flugzeug."

„Geh du auch los, Junge, du hast genug Zeit verloren wegen mir. Ich fürchte, man fragt auf der Arbeit schon nach dir?"

„Nach mir fragt niemand, Mama, aber steig jetzt ein."

Sanija umarmte ihr Kind fest und sah aus dem Augenwinkel die Fahrgäste, die die Kontrolle passierten. Leicht panisch löste sie sich von ihm. Ich geh dann los, mein Schatz, rufst du mich bitte heute Abend an, ja? Gut, aber geh jetzt. Sanija dachte einen Augenblick zweifelnd nach.

„Junge", sagte sie dann, „kann ich dich etwas fragen, was deine alte Mutter nicht recht verstanden hat?"

„Frag", lächelte er.

„Wenn mich meine Freundinnen fragen, was du für eine Arbeit hast, was soll ich ihnen sagen?"

„Ich bin im Transportwesen, hab ich dir gesagt, ich leite ein großes Transportunternehmen."

„Transport, in Ordnung, ich geh schon. Warte, einen Kuss geb ich dir noch."

Sanija hätte es gefreut, einmal das Unternehmen zu sehen, in dem er arbeitete. So hätte sie sich ihn tagsüber immer wieder dort drin vorstellen können und gewusst, wo sie den Jungen in Gedanken einzuordnen hatte. Doch das war nicht geschehen.

Geduld, dachte sie, nachdem sie zu ihrem Platz im Flugzeug gefunden hatte, ein Fensterplatz. Beim nächsten Mal würde sie den SOHN um diesen Gefallen bitten, und er würde ihn ihr mit Sicherheit tun. Zum Glück startete das Flugzeug, und es gab keinen Aufenthalt auf dem Weg nach Dortunten, sodass sich Sanija nicht in den Wolken verlor.

•

„Das lässt sich machen“, sagte Lenin K. und tat so, als hätte er noch Reserven, „aber ich will Garantien.“

„Bis jetzt haben wir immer Geschäfte gemacht, ohne einander zu betrügen, ist es nicht so?“

„So ist es.“

„Seid ihr in irgendeiner Form unzufrieden mit den Zahlungen, der Behandlung, war irgendetwas nicht korrekt?“

„Nein, bis jetzt ist alles wie am Schnürchen gelaufen.“

„Dann komm doch zum Punkt, wo liegt das Problem?“, sagte der Geschäftsmann und verriet dadurch eine plötzliche Anspannung der Nerven.

„Die Sache ist die, dass dieses Kontingent delikater ist als die anderen. Deshalb sind die Schwierigkeiten auch größer als die anderen Male.“

„Aber der Preis, den wir dafür zahlen, ist ziemlich anständig, nicht wahr?“

„Das versteht sich von selbst.“

„Wann stehen uns die Mädchen zur Verfügung?“

„Wie viel Zeit gebt ihr mir für die Vorbereitung?“

„Eine Woche.“

„Zwei Wochen, ich brauche zwei Wochen, außerdem die Zusage, dass ich noch eine Woche bekomme, falls ich die geforderte Ware nicht rechtzeitig finde.“

„Also bei diesen Bedingungen geht der Preis aber runter. Die Kundschaft wartet nicht gern.“

„Dann soll es so sein. Zwei Wochen, kein Tag mehr, zum selben Preis.“

„In Ordnung."
„Zehn Stück."
„Zehn Stück für den Anfang, abgemacht."

•

Marika schrubbt das Waschbecken mit Stahlwolle, aber der Schmutz will einfach nicht verschwinden. Diese Arbeit macht man eigentlich nicht mit kaltem Wasser, aber sie muss sich beeilen, solange noch Wasser da ist. Jeden Moment kann der Hahn versiegen und dann weiß nur der liebe Gott, wann es wieder Wasser gibt. Wo steckt jetzt auch bloß dieses Mädchen?

„Raina!", ruft sie.

„Ja, Mama?"

„Wann sollte deine Schwester heute kommen?"

Die jüngere Tochter kommt in die Küche. Sie trägt ein Paar kurze Hosen, die Marika aus einem alten Rock gebastelt hat.

„Was weiß ich, Ma! Die ist schon so gut wie da, was machst du dir Sorgen. Sie wird mit dieser hochnäsigen Ziege tratschen, ihrer Freundin, die immer importierte Kleider trägt... Bla, bla, bla...", macht sie verärgert.

„Raina!"

„Ist schon gut, aber du musst zugeben, dass all ihre Freundinnen verwöhnt und eingebildet sind, im Gegensatz zu meinen."

„Deine Freundinnen sind allesamt Engel und die deiner Schwester Teufelinnen", lacht Marika.

„Teufelinnen hab ich nicht gesagt, eingebildet hab ich gesagt, dreh mir nicht das Wort im Mund herum."

„Zu Befehl, Chef."

Marika schrubbt weiter am Spülbecken, um sich von ihrer Angst abzulenken.

„Warum ziehst du keine Handschuhe an, gute Frau, wofür hab ich sie dir gekauft, damit sie im Schrank verstauben?"

Raina zieht sie heraus und reicht sie der Mutter. Es sind Gummihandschuhe. *Für den vielseitigen Gebrauch bei allen Hausarbeiten,* heißt es auf dem Etikett.

„Ich bin jetzt fertig, Schatz."

Marika wischt sich die Hände ab und dann den Schweiß von der Stirn.

„Mein Liebling, tu mir den Gefallen und lauf zu Luljeta, es kann doch nicht sein, dass sich deine Schwester so verspätet, es ist schon viertel vor drei, bitte, ja?"

„Na schön", fügt sich Raina.

Sie zieht Sandalen an und geht grußlos nach draußen. Marika staubt in der Zwischenzeit die Möbel ab, steckt das Bügeleisen ein und wartet, bis es heiß wird. Aber als das Gerät aufblinkt, zieht sie den Stecker wieder heraus, sie kann ihre Sorge nun nicht länger im Zaum halten.

Sie klingelt heftig bei der Nachbarin. Ohne zu warten, dass man ihr öffnet, tritt sie ein.

„Sofie, pass kurz auf die Wohnung und die Hähnchenschenkel im Backofen auf, bis ich wiederkomme."

Die Nachbarin wäscht gerade Kleider im Badezimmer. Noch bevor sie sich die Hände abgewischt hat, ist die andere schon aus der Tür.

„Was ist los, Marika, wo rennst du hin?"

„Ich suche das Mädchen."

„Was ist passiert?", ruft sie ihr vom Treppenhaus aus nach.

„Wenn ich das wüsste!"

Woher soll ich wissen, was passiert ist, wiederholt sie mit leiser Stimme, als würde ihr das Aussprechen Kraft geben. Die langen Haare stören sie beim Gehen. Mit den Hausschuhen kann sie nicht so schnell laufen, wie sie gerne möchte. Ob ich sie ausziehen soll, denkt sie, aber das ist eine blöde Idee. Barfuß im Schmutz der Straße mit all dem Müll wäre sie noch langsamer. Diese verdammte Angst. Sie wird bei Luljeta sein, wo sonst, und so albern, wie sie sind, werden sie die Uhrzeit vergessen haben. Diese verrückten Mädchen, wie oft habe ich es ihnen schon gesagt? Vor allem Elena, Raina hat ihre fünf Sinne beisammen.

„Marika!", ruft ihr jemand hinterher, aber sie dreht sich nicht um.

Noch hundert Meter und sie wird Elena auf dem Sofa in Luljetas Wohnung vorfinden und über Brad Pitt sprechen hören, oder wie dieser blonde Schauspieler heißt, für den die Gymnasiastinnen alle schwärmen. Sie wird sie gehörig ausschimpfen. Ach, diese Hitze.

„Marika! Bleib mal stehen!"

Sie hält an und dreht den Kopf. Marikas Vater steht mit einem Netz Kartoffeln in der Hand da.

„Wohin rennst du denn wie eine Wahnsinnige? Ist was geschehen?"

„Ach, Papa, Elena ist noch nicht von der Schule zurück, und ich hab Angst."

Der Vater ist schweißgebadet und sieht krank aus. Er hat immer schon krank ausgesehen, aber an diesem Tag sieht er aus, als hätte man seine Haut mit Zitronen bestrichen.

„Was für eine Angst denn, mein Kind, du bist doch nicht bei Trost."

Er nimmt sie am Arm, und sie eilen beide weiter. Aber in der Nähe des Wohnblocks von Elenas Freundin – der nur fünf Minuten vom Gymnasium entfernt ist – kommt eine kleine Menschenmenge auf sie zu, mit Luljeta und Raina an der Spitze, die ganz außer sich sind.

„Sie ist nicht bei Luljeta, Mama. Sie wissen nicht, wo sie ist!", schreit Raina.

Luljeta weint, ihre Eltern laufen zu den Wohnungen der anderen Mädchen aus ihrer Schulklasse. Sie fragen und vergehen vor umbarmherziger, panischer Angst. Alle, die man kennt, werden mobilisiert. Sie gehen zum Haus der Vertrauenslehrerin, die die Polizei benachrichtigt. Die Polizisten schütteln den Kopf, traurig, aber auch mit einer müden Resignation.

Denn das ist kein Einzelfall. Allein in den letzten beiden Monaten haben wir so viele Anzeigen wegen verschwundener Mädchen gehabt, dass wir gar nicht mehr wissen, wo wir überhaupt anfangen sollen. Kommen Sie trotzdem bei uns vorbei, falls sie in den nächsten Tagen nicht zuhause auftaucht, dann notieren wir uns den Namen. Fürs erste können wir nicht mehr tun.

Eine letzte Hoffnung hat Marika noch, sie rennt zum Gemüseladen der reichgewordenen privaten Geschäftsleute, in dem Elena an den Wochenenden arbeitet, um ein klein wenig Geld nach Hause zu bringen. Wieso ist sie nicht früher darauf gekommen, dort nach ihr zu suchen? Ich bin zu durcheinander. Doch der Mann und die Frau machen verneinende Kopfbewegungen. Nein, in den letzten drei Tagen haben sie Elena nicht gesehen. Hier ist sie nicht aufgetaucht.

Vielleicht kommt sie zurück, wer weiß, wo sie hin ist, vielleicht in die Bibliothek, vielleicht in den Park, vielleicht machen wir uns völlig zu Unrecht solche Sorgen, sagt die erschöpfte Menschenmenge.

Raina befielt ihnen, aufzuhören, den Mund zu halten und nach Hause zu gehen. Sie nimmt Marika am Arm und bringt sie nach Hause. Dort warten sie vergeblich, Mutter, Tochter und Marikas Vater, der sich mit Gliederschmerzen auf einem Stuhl mitten im Wohnzimmer krümmt.

Elena kommt nicht wieder. Sie kann nicht wiederkommen. Man hat sie an Armen und Beinen festgebunden, in ihrem

Mund steckt ein schmutziger Lappen. Sie befindet sich einige Schritte von ihrem eigenen Haus entfernt, in einer hübschen Villa, deren Besitzer angesehene Leute in der Stadt sind. Marika und Raina beten zu Gott, dass Elena zurückkommt und dieser ganze schlimme Traum zu Staub zerfällt, als wäre er nie passiert. Aber Elena wird nicht mehr an ihre Tür klopfen.

„Es ist ein Film", denkt Elena in den wenigen Augenblicken, in denen sie noch denken kann, „das ist alles nur ein Film."

•

Es muss sich um eine Verwechslung handeln, denkt Laura angesichts dessen, was ihr widerfährt. Man hat ihr brutal ins Gesicht geschlagen, Sterne tanzen vor ihren Augen, aber immer noch glaubt sie, dass all das so wenig Sinn macht, dass es nichts mit ihr zu tun haben kann. Sicher haben die Männer sie mit jemandem verwechselt. Wer weiß, für was sie diesen Jemand bestrafen wollen. Und trotzdem versteht Laura nicht, was eine Sechzehnjährige wie sie so Schlimmes getan haben kann, dass sie sie so behandeln. Sie haben ihr beinahe das eine Auge ausgeschlagen. Das Gesicht von dem, der ausgeholt hat, kam ihr bekannt vor, auch wenn sie nicht weiß, wo ihr ein solches Tier schon einmal über den Weg gelaufen sein könnte.

Es ist Mittag. Noch wird sich die Großmutter keine Sorgen machen, schätzt das Mädchen. Laura sollte in dem Haus, in dem sie als Putzfrau arbeitet, bis zwei Uhr bleiben, bis die Hausherrin zurückkehren würde, eine dieser Neureichen, deren Verstand und Benehmen zu wünschen übrig lassen. Hoffentlich lassen sie mich vor drei laufen, bittet Laura im Stillen. Um vier Uhr muss sie zu ihrer ersten Englischstunde. Sie hat ein halbes Jahr dafür geschuftet, das

Geld für diesen Kurs zusammenzukriegen, um nicht den Eltern auf der Tasche zu liegen, und jetzt wird sie es nicht einmal schaffen hinzugehen.

Laura betrachtet das schön möblierte Zimmer. Es ist Freitag. Freitag ist immer ihr Glückstag gewesen. Seit der Schulzeit ist Freitag der Wochentag, den sie am meisten mag.

Ihre Mutter war an diesem Morgen wie gewöhnlich früh aufgestanden. Noch verschlafen hatte Laura gehört, wie Vjollca der Großmutter die üblichen Anweisungen fürs Mittagessen gab und sich dann eilig auf den Weg zur Arbeit machte.

„Laura", hatte sie sich noch einmal auf der Türschwelle umgedreht, „heute fängst du den Englischkurs an, oder?"

„Ja", war die gähnende Antwort zurückgekommen.

Die Tochter hatte sich geräkelt, sich aufgesetzt und mit den Füßen nach ihren Schlappen unter dem ausziehbaren Sofa in der Küche gesucht.

„Schade, dass ich nicht hier bin, sonst hätte ich dich gerne begleitet", meinte Vjollca.

„Ach, als würde ich sonst wohin gehen, es ist nur ein Englischkurs, um halb sieben bin ich wieder da."

„Aber du konntest es doch kaum erwarten, und hast dich krumm und bucklig geschuftet, um das Geld zusammenzukratzen, und jetzt..."

„Werd nicht so pathetisch, Ma."

„Nicht so was?"

„Pathetisch, hab ich gesagt."

„Was willst du damit sagen? Wie kommst du gerade auf dieses Wort?"

„Ach, was verstehst du schon, lassen wir das."

„Willst du den Kurs etwa gar nicht mehr besuchen, hast du's dir anders überlegt?"

„Nein, ich kann's kaum erwarten, aber ich kapier nicht, warum du dich so reinsteigerst, und es dir sogar leid tut, dass du nicht hier bist. Und mich dann noch begleiten willst..." – Laura machte ein Zeichen, wie um zu sagen, lass gut sein. Wozu die Dinge unnötig aufblasen?

Vjollca schaute ihre Tochter einen Moment lang verwirrt an, machte die Tür ganz auf, doch ihre Füße gehorchten nicht. Entschlossen drehte sie sich um, und bevor Laura wusste, was los war, gab ihr die Mutter einen Kuss auf die Wange und einen auf die Stirn.

„Mein Schatz."

Schnell ging sie hinaus, um nicht vor Laura weinen zu müssen.

Sie wird erwachsen, sagte sie sich, als sie die Treppen hinunterging, sie ist wie ich in dem Alter. Nur dass wir uns nicht getraut haben, auch nur einen Mucks zu machen vor den Eltern, die hingegen... Die Tochter wuchs heran, sie war schön und selbstbewusst. Hauptsache, sie geriet nicht auf Abwege, denn was man heutzutage so alles über die Jugend hörte...

Reiß dich zusammen, Vjollca, du bist spät dran. Wenn sie doch fünf Minuten früher losgegangen wäre... Mit dem Bus brauchte sie fast eine halbe Stunde bis zur Schuhfabrik, zwanzig Minuten mit dem Bus und zehn zu Fuß. Vjollca war den ganzen Tag außer Haus. Wenn sie schließlich zum Abendessen nach Hause kam, konnte sie vor Erschöpfung kaum noch die Arme bewegen. Da auch Laura arbeitete, kümmerte sich die siebzigjährige Schwiegermutter um die Wohnung, soweit sie es schaffte. Und auch wenn Vjollca einmal die Kraft fand, das bescheidene Zuhause auf Vordermann zu bringen, musste sie das tun, während die Schwiegermutter schlief, um sie nicht zu beleidigen. Doch die alte Frau schlief äußerst wenig. Sie wälzte sich in dem durchgelegenen Bett und sprach mit lauter Stimme, mal mit ihrem dreißig Jahre zuvor verstorbenen Gatten und mal mit ihrem Sohn Gjergj, Vjollcas Mann. Er war seit drei Monaten als Flüchtling in einem kalten und sehr fernen Land und hatte seither noch keinen Pfennig nach Hause schicken können.

Die Herrin des Hauses, in dem sie putzen ging, war grob in ihrem Benehmen, hatte aber Vertrauen zu Laura. Sie war einst eine Mitschülerin von Vjollca gewesen und kannte die Familienverhältnisse gut, weshalb sie Laura auch einen Zweitschlüssel überlassen hatte, damit sie dort in ihrer Abwesenheit arbeiten konnte. In Gedanken versunken hatte das Mädchen die Tür aufgeschlossen. Nachdem sie von innen abgeschlossen und das Netz mit den Arbeitsschlappen und der Schürze auf den Boden gelegt hatte, war ihr Blick auf die beiden Männer gefallen.

Sie ließen ihr keine Zeit, um Hilfe zu rufen oder die Tür zu öffnen, um zu fliehen. Sie schlugen ihr so heftig ins Gesicht, dass der ganze Hausflur vor ihren Augen ins Wanken geriet.

„Wenn du dich ordentlich benimmst, ohne Schreien oder sonst irgendwelche Mätzchen, lassen wir dich nach Hause gehen, andernfalls... Kapiert?“

Sie hatte mit dem Kopf bejaht und versucht zu verstehen, sie konnte es aber nicht verstehen.

„Wir kennen dich, deine Mutter und die Großmutter, also keinen Mucks, klar.“

Das bekannte Gesicht schmierte ihr noch eine.

„Vorsicht, du schlägst sie bewusstlos“, sagte der Andere, dessen Gesicht Laura nicht gesehen hatte, weil er mit dem Rücken zu ihr stand.

Aber der Erste verpasste ihr weiter Ohrfeigen, bis seine Hand ermüdete. Laura fiel wie ein nasser Sack auf ein Sofa. Nachdem die Männer sie eine Weile schweigend beobachtet hatten, gingen sie zur Tür.

„Wir sind in der Wohnung nebenan und hören jeden Ton von dir“, sagte Flache Hand, „wenn du auch nur einen Laut von dir gibst oder zu flennen anfängst, machen wir dich kalt. Verstanden?“

„...“

„Ob du verstanden hast!“

„Ja“, stammelte Laura.

„Gut. Wir sind gleich zurück. Bleib da sitzen, und bleib vom Fenster weg. Wenn du dich rührst, wirst du’s bereuen.“

Sie gingen raus. Nach der ersten Überraschung und Unvorsichtigkeit hatte sich Laura bemüht, den Männern nicht in die Augen zu schauen. In einem Film hatte sie gesehen, dass die Übeltäter noch wütender werden, wenn du ihnen ins Gesicht schaust, dann setzt du wirklich dein Leben aufs Spiel, wenn du dich hingegen ruhig verhältst, dann... vielleicht... Sicher haben die sie mit einer anderen verwechselt, zweifellos. Wie gut, dass Vjollca bei der Arbeit war. Großmutter brachte oft die Uhrzeiten durcheinander, selbst wenn man sie also erst später als zur gewohnten Uhrzeit gehen ließ, würde sich die alte Frau vielleicht keine Sorgen wegen ihrer Verspätung machen, und niemand müsste davon erfahren. Später würde sie schon wissen, wie sie Vjollca die Dinge in aller Ruhe beibringen könnte.

Zunächst, gleich nachdem die Männer rausgegangen waren, hatte Laura eine schreckliche Angst überfallen, die nun aber irgendwie verflogen schien. Sicher hatte man sie verwechselt. Ganz sicher.

Warum war sie am Morgen so unfreundlich mit ihrer Mutter umgesprungen? Die Arme trug die ganze Last des Hauses auf den Schultern, jetzt, wo Vater im Ausland lebte, und sie war überhaupt nicht so garstig wie andere Mütter, die ihre Töchter grundlos ausschimpften und ihnen tausend Hausarbeiten aufhalsten. Vjollca kümmerte sich selbst um alles und blieb dabei lieb und sanftmütig. Laura nannte ihre Mutter gerne beim Vornamen. Nicht in ihrer Gegenwart, aber für sich, oder wenn sie mit Freundinnen über sie sprach.

„Wir gehen heut Abend aus, kommst du mit?"

„Ich kann nicht, sonst rastet Vjollca aus."

Ein halb gleichgültiges, halb genervtes Achselzucken. Auch in den Telenovelas, die im Fernsehen ausgestrahlt wurden - den ausländischen, denn in Dortunten wurden keine produziert -, behandelten die Kinder in ihrem Alter die Eltern oft herablassend und überheblich. Warum sollte es die dortuntige Jugend nicht genauso machen? Das war doch so was von westlich. Es bedeutete, dass man frei war und auf einer Stufe mit den Eltern stand. Wenn man sich so verhielt, gewann man an Charakterstärke.

Und trotzdem: Hätte sie ihrer Mutter an diesem Morgen auf andere Weise geantwortet, sie hätte sich jetzt besser gefühlt. Na ja, am Abend wäre immer noch genug Zeit, um sich zu entschuldigen. Vjollca war verletzlich, gleichzeitig fiel es ihr schwer, sich zu verteidigen. Streit war ihre Sache nicht, und Konflikten ging sie aus dem Weg. Aus diesem Grund bekam Laura noch mehr Gewissensbisse. Jedenfalls war nun der Entschluss gefasst. Sie wusste, dass es ihr nicht schwerfallen würde, ihre Mutter wieder für sich zu gewinnen. Sie könnte sie indirekt um Verzeihung bitten, indem sie ihr einen Kaffee kochte oder den abendlichen Abwasch machte. Vjollca würde verstehen und nicht nachtragend sein.

Die Tür ging auf, und Laura vergrub sich noch tiefer im Sofa. Die zwei Männer - sieh ihnen lieber nicht ins Gesicht, senk den Kopf und heb ihn auf gar keinen Fall, selbst, wenn sie es von dir verlangen, denn das könnte eine Falle sein und sie noch mehr in Rage bringen - raschelten mit ein paar Tüten, die sie irgendwo abstellten. Einer von ihnen kam auf zwei Schritte heran.

„Heb den Kopf.“

Sie gehorchte, hielt die Augen aber geschlossen. Der Mann berührte leicht ihr Gesicht an der Stelle, wo man sie geschlagen hatte. Es tat höllisch weh.

„Ihr Gesicht ist ja total blau“, sagte er zum Anderen, „und wer kriegt jetzt wieder Ärger mit den Chefs?“

„Ach was, wir tun Eis drauf, und in ein paar Tagen ist es weg.“

Der Mann maß ihren Puls. Das Mädchen bemühte sich verzweifelt, ihre Angst im Zaum zu halten.

„Der Kleinen pocht wie wild das Herz“, sagte er lächelnd.

Die Stimme desjenigen, dem sie nicht ins Gesicht geschaut hatte, klang reifer als die des Anderen. Er musste älter sein, aber Laura hätte nicht sagen können, wie alt. Das sind Dinge, die du erst lernst, wenn du erwachsen bist, und Erfahrung hast, das ist wie mit den Falten bei Frauen. Wie kam sie auf die Falten von Frauen? Die Großmutter würde leise zu weinen anfangen, wenn sie erfuhr, dass Laura nicht bei der Arbeit war, obwohl sie an ebenjenem Ort war, aber man hatte sie nicht putzen lassen. Wie war es möglich, dass die Männer die Schlüssel zu diesem Haus hatten? Denk so angestrengt nach, wie du kannst, damit dich die Angst nicht erstickt, denk an irgendeinen Blödsinn, und du wirst sehen, wie sich das Herz von selbst beruhigt und nicht mehr verrückt spielt, hatte ihr Majlinda einmal gesagt, die ständig von ihrem Vater mit dem Gürtel geprügelt wurde, während er sie wie in einem Verhör ausfragte: „Warum lügst du mich an? Was fällt dir ein, mich dauernd anzulügen, Majlinda? Mach den Mund auf, du weißt, was dich sonst erwartet!“ Majlinda wusste genau, was sie erwartete, und das Einzige, was ihr half, um sich vor dem Gürtel nicht fürchten zu müssen, war die Methode des ununterbrochenen Denkens.

„He, Kleines.“

Der Mann kniete sich vor ihr hin und hob ihr Kinn an. Laura sah nur einen stark ausgeprägten Kiefer und schloss wieder die Augen, um nicht mehr zu sehen.

„Schau mir in die Augen."

Was sollte sie tun? Gehorchen oder nicht? Der Mann ließ nicht locker und griff ihr unters Kinn. Es schmerzte. Sie machte die Augen auf und blickte zur Seite.

„He. He, hier, sieh mich an."

Laura sah ihn an. Er war gutaussehend und wirkte sanft. Er musste ungefähr im Alter ihres Vaters sein. Der Mann lächelte sie an und ließ das Kinn los.

„Keine Panik, dir wird nichts Schlimmes passieren. Sei ein braves Mädchen, und alles wird gut."

In der Zwischenzeit kam Flache Hand näher. Er hielt eine Spritze in der Hand. Der wohlerzogene Mann nahm ihren Arm, den sie, vor Schreck gelähmt, vergeblich etwas wegzuziehen versuchte.

„Schschschtt, ich habe auch Kinder, ein braves und schönes Mädchen so wie du, meinst du, ich würde meiner Tochter etwas antun?"

Er drückte sich gewählt aus und ohne die üblichen Grammatikfehler. Flache Hand fluchte, weil er die Venen nicht fand. Sie banden den Arm ab und zogen fest an. Die Nadel stach zu, und Laura traten Tränen in die Augen. Jetzt konnte sie es, es war angebracht zu weinen, wenn sie ihr eine Spritze setzten. Schschschtt, so, das war's schon, gut gemacht. Sie spürte die Tränen nicht mehr. Es war, als ob sich ihr Verstand öffnete, und leicht wie eine Pfirsichblüte wurde. Ihr passierte nichts Schlimmes. Wie viel Uhr war es?

•

Die STADT hört, wie die sich unruhig windenden Seelen sprechen, obwohl die Besitzer der Seelen schlafen. Hunderttausende geschlossene Augenpaare, aber nur scheinbar. In ihrer Brust schließt sie altehrwürdige Städter ein, die seit Jahrhunderten dort wohnen, seit der erste Samen ihrer Stämme durch den Bauch einer Frau auf diese Welt gekommen ist, von der sicher keiner von ihnen mehr weiß, wie sie hieß. Die neueren Bewohner der STADT, die wie Dörfler aussehen und sprechen, sind in den letzten Jahren zugezogen, inmitten der großen Wirren, mit brennenden Hoffnungen und begrenzten Möglichkeiten. Sie alle schlafen in diesem Augenblick, aber mit aufgerissenen Augen unter den geschlossenen Lidern.

Die STADT atmet schwer. Es ist nicht leicht, so träumerische und glühende Menschen in sich zu tragen. Wenn sie aussprechen könnte, was sie denkt und fühlt, wenn sie sich mit anderen Städten austauschen könnte auf einer jener Tagungen, wie sie die Bewohner dieser Erde so gerne abhalten, würde die STADT die Welt in Erstaunen versetzen mit dem, was sie zu berichten hätte. Denn die Leute, die in ihrer Brust wohnen, sind keine gewöhnlichen Leute. Sie schlafen nicht, wenn es Zeit zum Schlafen ist, und sie denken nicht, wenn es Zeit zum Denken ist. Sie träumen nur, mit offenen oder geschlossenen Augen. Beim Schimpfen oder beim Schwitzen, wenn sie sich im Schmutz der Straßen suhlen oder sich stolz in den vielen Bars aufplustern, immer träumen die Leute einfach nur.

Die STADT lauscht. Hunderttausende verrückte Träume, die in der schweren Luft der Zimmer umherschweben, durch die Fensterscheiben dringen und die nächtliche Finsternis durchstoßen.

Was für ein schreckliches Durcheinander, murmelt die STADT.

Zum Glück haben Träume keine Knochen, denn sonst würde sie bei jedem Morgengrauen in einem riesigen Berg aus rasselnden Gebeinen aufwachen, mehr, als alle Krankenhäuser je aufnehmen könnten.

Alles hat seine Zeit, führt die STADT ihren Gedanken fort, eine Zeit im Sinne eines verlängerten Augenblicks, eine Begrenzung, imstande, diese oder jene menschliche Handlung in sich zu enthalten. Es gibt eine Zeit für das Leiden - obwohl die leider einen viel zu großen Raum einnimmt -, eine Zeit für die Träume, eine Zeit für Enttäuschungen, eine Zeit des Aufbaus, eine Zeit des Verfalls und eine ewige Zeit für die Geduld.

Doch ihre Bürger haben sich entschieden, sich allein dem Traum zu widmen. Und noch nie zuvor haben sie etwas so leidenschaftlich und ernsthaft betrieben. Ob sie wohl wissen, dass sich Träume nicht dergestalt erfüllen, in einem reinen, unverbrauchten Idealzustand? Ob sie wohl wissen, dass es unweigerlich auch wieder eine Zeit für Enttäuschungen geben wird?

Die STADT ist bereit, Rede und Antwort zu stehen. Sie stellt der Nacht nicht zum ersten Mal diese Fragen. Aber jetzt will sie sich keine Gedanken mehr darüber machen. Was käme schon dabei heraus? Die Finsternis ist ein Teppich, gewebt aus wahnsinnigen Wünschen. Ihre Bewohner wollen einfach nur in einem fort träumen, ohne daran zu denken, dass der Augenblick, in dem all diese Träume wahr werden, schon ganz schön lange auf sich warten lässt. Sie wollen nicht einsehen, dass es sich um ein Trugbild handeln kann, das die Augen rissig werden lässt wie spröde, ausgetrocknete Erde, und diese Weigerung ist allzu natürlich - menschlich. Besser so, mit geschlossenen Augen in der frischen Kühle und Dunkelheit der Nacht, denn alles ist greifbar, machbar, am nächsten Tag, morgen, immer morgen, wenn - vielleicht - ein neuer Tag anbricht. Jetzt ist es dunkel, die Träume jagen wie Geschosse aus den bewegten Seelen und werden im bleiernen Blau des Mondes noch schöner. Die Finsternis hält alles in einem bewundernswerten ästhetischen Gleichgewicht: die Gesichter der Träume, die sich schälenden Rücken der Wohnblocks, die Kleider, die auf den Leinen vor den Balkons hängen, der Hunger in den Mägen der Menschen, die Hässlichkeit derer, die mit Schicksalen handeln. Die Dunkelheit ist der einzige Verbündete dieser Leute. Seit Jahrzehnten werden sie von ihr gutmütig eingehüllt. Und sie wollen nicht nachdenken, mit den Überlegungen hat es noch etwas Zeit, die können warten, ebenso wie sie – die Einwohner – auf das Glück gewartet haben.

Ich bin keine wichtige Hauptstadt, hätte sie den Tagungsteilnehmerinnen in den anderen Teilen der Welt gerne gesagt, aber ich bin Wächterin des größten Panzerschranks voller Träume. Den verrücktesten, sicherlich, aber auch den geduldigsten.

Irgendwo kräht ein Hahn, und selbst sein Gruß scheint völlig fehl am Platze, zumal die Hähne anderswo aus anderem Anlass und auf andere Art krähen.

Die Körper der Schlummernden beginnen, sich in den unbequemen Betten zu bewegen. Die Augenlider fangen an zu zucken. Die ersten Gedanken proben Aufstände in den Köpfen, doch die Menschen vertreiben sie eifrig. Das ist die Zeit zum Träumen, oder nicht?, knurren die Menschen in die warmen Kissen. Auf dass diese Träume eine Ewigkeit währen mögen.

•

Teutas ganze Wut entlud sich wie eine Gewehrsalve auf die Mutter, die wie versteinert dastand und nicht wusste, was sie sagen sollte.

„Bist du taub geworden, Mama, oder was? Nur damit du's weißt, du hast mir gar nichts zu sagen, ich geh in die Disko und basta, du hältst hier umsonst deinen Vortrag."

„Was ist mit dir los, mein Kind, was ist das für ein Ton, in dem du mit mir sprichst?", sagte Rosi zu ihr, mehr bittend als schimpfend.

„Wieso, soll ich dir die Hand küssen? Die ganze Woche in dieser Drecksschule, und da hab ich nicht mal heute am Samstag das Recht, tanzen zu gehen?"

„Wenn du nur noch an Diskos denkst, liest du kein gutes Buch mehr und stehst nur noch die ganze Zeit vor dem Spiegel. Ach", seufzte die Frau, „wenn dein Vater noch am Leben wäre..."

„Ist er aber nicht. Was willst du noch?"

Rosi setzte sich auf das Bänkchen in der Kochnische. Teuta sah sie zornig an und hielt einen Eyeliner in der Hand, wie eine Pistole. Sie hatte sich die Lider wohl ein wenig zu stark geschminkt, aber auch dieses Thema schnitt man besser nicht an.

Es klingelte, und das Mädchen rannte zur Tür.

„Ben, Gott sei Dank bist du da, Rosi fängt wieder an, rumzunerven..."

Begrüßungsküsschen.

„Wo ist sie?"

„Da hinten."

Ben, Maks, Leo, Ard, sagte sich Rosi. Der Tag würde kommen, an dem sie die Namen zu B, M, L, A abkürzen, bis sie völlig verschwinden, dachte sie und wartete darauf, dass ihr Neffe auf der Küchenschwelle auftauchte. Seine Schritte hielten vor dem Wohnzimmer inne. Die Frau bemühte sich vergeblich, etwas von dem Geschnatter der jungen Leute zu verstehen.

„Tante!"

Rosi langte sich mit den Fingern ins Gesicht, als könnte sie dadurch besser sehen.

„Arben, wie geht es dir, Junge?"

Sie stand auf.

„Wie geht es Diana?"

„Gut, aber was hast du?"

Rosi sah den Sohn ihrer Schwester an, wie um ihm zu sagen, lass das doch. Er kam ganz nach dem Vater, er hatte nichts von der strahlenden Schönheit Dianas, aber auch so war er recht gutaussehend mit seinen fast zwei Metern, den schwarzen Haaren und den breiten Schultern eines Sportschwimmers.

„Was soll ich schon haben? Wie geht es bei euch zuhause?"

„Diana lässt dich grüßen. Sie meinte, dass sie morgen Nachmittag vorbeikommt. Wir gehen los, Tantchen."

„Bring Teuta nicht zu spät zurück, ich möchte, dass ihr vor Mitternacht zurück seid."

„Spinnst du jetzt völlig?", fauchte Teuta erbost, „was soll das von wegen Mitternacht? Was denkst du, wie alt ich bin, zehn?"

Ihr Tonfall war jetzt, wo sie auch die Unterstützung des Cousins hatte, noch abfälliger geworden. Sie hatte sich die Haare oben auf dem Scheitel zu einem Pferdeschwanz gebunden, wodurch sie wie eine Zwiebel aussah. Wenn sie wenigstens nicht so dick und provokativ Lippenstift auftragen würde, dachte Rosi betrübt, so sah sie derart durchtrieben, wie ein leichtes Mädchen aus, und das zwischen all den üblen Typen, die sich dort in den Diskotheken herumtrieben.

„Es ist jetzt schon fast Mitternacht, Rosi, mach dich nicht lächerlich", sagte Arben, „ich bin doch bei Teuta, weshalb machst du dir Sorgen?"

Eben deshalb, lag ihr auf der Zunge, eben weil du bei ihr bist, das ist *noch* eine Sorge mehr, wollte sie sagen, hielt sich aber zurück. Teuta war mittlerweile an der Haustür. Rosi ging hinter ihr her.

„Wann kommt ihr denn nun zurück?“

„Gegen zwei, allerhöchstens gegen drei.“

„Was?!“

„Wir sind dann weg, Rosi“, sagte der Neffe und strich ihr kurz über die Wange, „geh schlafen und warte nicht die ganze Zeit auf uns.“

„Teuta“, rief die Frau, „du weißt, dass ich nicht schlafen kann, bevor du kommst, deshalb, bitte, pass auf dich auf.“

Die jungen Leute gingen weg, wobei sie auf eine Weise mit den Armen schlenkerten und mit den Hüften wackelten, wie es gerade groß in Mode war. Rosi sah ihnen eine Weile nach, auch nachdem sie bereits verschwunden waren. Mit verlorenem Blick ging sie wieder hinein und schloss die Tür zweimal ab. Warum konnte sie kein Vertrauen in den Neffen haben? Sie setzte sich an den Tisch, wo die Arbeiten ihrer Schüler darauf warteten, korrigiert zu werden. Sie schlug ein Heft auf, doch ihr Kopf war woanders. Sie wandte den Blick zu der vergrößerten Fotografie ihres Mannes, die an der Wand hing.

„Und was siehst du mich nun so an?“, sagte sie zu ihm, ohne Groll in der Stimme, aber auch ohne Güte, als wäre es seine Schuld, dass er so früh verstorben war und sie ihre einzige Tochter nicht unter Kontrolle hatte.

„Und was, wenn wir nicht in die Disko gehen?“, fragte Ben Teuta, als sie schon fast am Eingang waren.

Mach, dass sie Ja sagt, heute ist die letzte Frist, und er brauchte dieses Geld, mach, dass sie nicht zu viele Fragen stellt.

„Waaas?“

„Ich meinte, was, wenn wir unseren Plan ändern?“

„Und warum?“, empörte sich Teuta.

Vorsicht, die ist nicht zum Scherzen aufgelegt, warnte Ben sich selbst, die kann fuchsteufelswild werden. Er lächelte ihr sanft zu. Wenn sie nicht die Tochter seiner Tante gewesen wäre, wäre er mit ihr ins Bett gestiegen, so viel war sicher, die war bestimmt eine von denen, die... Er bekam eine Gänsehaut. Besser so, sie wollten Jungfrauen. Er küsste die Cousine auf die Wange, sehr nahe am Mund. Sie spielte mit und erwiderte den Kuss auf dieselbe Weise.

„Ich hab einen glänzenden Plan, Cousinchen."

„Und der wäre?"

„Wir haben ein bisschen Koks und tolle Musik in einer Wohnung am Start, die Jungs da sind voll lässig."

„Und die Mädels?"

„Dir kann keine von denen das Wasser reichen."

„Schwör."

„Auf den Tod."

„Verarsch mich ja nicht."

„Ich schwör's doch."

„Sind die älter als ich?"

„Das versteht sich von selbst. Vergiss nicht, Cousinchen, dass du nächste Woche erst 17 wirst. Auch wenn du schon ganz schön weit entwickelt bist" – hier deutete er mit den Händen übertriebene Rundungen an, die großzügige Kurven symbolisieren sollten, wodurch sich Teuta sehr geschmeichelt fühlte – „also trotz all der guten Dinge, die dir Gott da oben geschenkt hat, bist du noch immer ein Küken. Sagen wir's doch so, wie es ist."

„Halt den Rand und erzähl mir, wo das ist."

„Da, wo wir letztes Mal waren."

„Und die Jungs sind die Kings da?"

„Leonardo DiCaprio würde grün vor Neid, wenn er sich mit ihnen vergleichen müsste."

Er nannte zwei Namen, die ihr nichts sagten, aber da sie der Cousin als die angesagtesten Kerle der Hauptstadt anpries, tat Teuta so, als würde sie sie kennen. Wird da Koks oder H geschnupft? Beides, und noch mehr, Gras gibt's sowieso. Lieber Koks, H ist gefährlich, hast du etwa *Trainspotting* nicht gesehen? Na und. Das ist bloß ein Film, Mädel, langweil mich nicht. Das ist der Job von Regisseuren, je tragischer sie die Sachen im Film darstellen, umso erfolgreicher sind sie. Für mich Koks. In Ordnung.

Teuta hakte sich zustimmend bei ihrem Cousin unter und zog ihn mit sich. Aber es überkam sie ein Zweifel. Sie blieb wieder stehen und sah zu einer Gruppe von Gleichaltrigen, die lautstark in die Disko stürmten.

„Und wenn wir ein, zwei Songs hier mittanzen und dann dorthin gehen?"

„Ach, komm mir nicht mit dem Scheiß... Ist dein zweiter Vorname jetzt auch schon Gewissensbiss? Die warten da nicht die ganze Nacht auf uns. Entscheid dich jetzt, du hast noch 50 Sekunden Zeit zum Überlegen, von denen 45 gerade vorbei sind."

„Na gut", lachte Teuta, „auf geht's."

Etwas entfernt wartete ein Auto auf sie, inmitten der Lichter, der Restaurants und der lärmenden Heiterkeit der Leute auf der Straße. Als sie einstiegen, grinsten die beiden Freunde von Ben, der eine am Steuer und der andere auf dem Rücksitz, Teuta herzlich an, und der Wagen preschte vor in Richtung Norden der Stadt.

„Ist das Haus nicht irgendwo in der Nähe des künstlichen Sees?", flüsterte Teuta ihrem Cousin ins Ohr.

„Geduld, Herzchen", lachte er, „du musst dir diese Tugend aneignen, die fehlt dir noch."

Doch die Straßen wurden finsterer, und sie kamen in einige hässliche und berüchtigte Viertel, in die Teuta noch nie einen Fuß gesetzt hatte.

„Wo fahren die uns hin, Ben?"

„Cousinchen“, gab er beiläufig zurück, „ich hab dich vergessen zu fragen, du hattest dein erstes Mal noch nicht, oder?“

„Was redest du da!“, rief Teuta aufgebracht.

„Ja oder nein?“

„Bist du übergeschnappt, mich so was zu fragen?“

Die zwei anderen Typen lachten laut auf.

„Hm, sag schon, ist da in den letzten zwei Wochen was passiert?“

„Nein“, sagte sie nun und fühlte sich, als säße sie auf glühenden Kohlen.

(In so einer runtergekommenen Gegend sollte ein Abend mit coolen, modernen Leuten stattfinden?!)

„Ich hab dir gesagt, dass ich kein erstes Mal hatte, wie kommst du jetzt darauf?“

„Nur so, Cousinchen, reg dich nicht auf, ich hab nur so gefragt.“

Er gab ihr einen Klaps auf das linke Knie und lächelte sie an, wobei alle seine Zähne zum Vorschein kamen.

Bis zwei Uhr früh machte Rosi nichts. Um halb drei trank sie einen Kaffee, der ihren Kopf zum Kribbeln brachte. Um drei war sie vollständig angezogen und lief wie ein Roboter von einer Ecke der mit Büchern vollgestopften Wohnung in die andere. Um vier Uhr hängte sie ein mit Großbuchstaben beschriebenes Stück Pappe an die Tür und machte sich auf zum Haus ihrer Schwester, das zu Fuß eine Dreiviertelstunde entfernt war.

TEUTA, ICH BIN DICH SUCHEN GEGANGEN, BITTE WARTE AUF MICH, BIS ICH ZURÜCK BIN. MAMA.

Unsicher hatte sie eine Weile auf den blödsinnigen Teil WARTE AUF MICH, BIS ICH ZURÜCK BIN gestarrt, war aber auf nichts Besseres gekommen. Wenn die Tochter nach Hause käme, würde sie auf keinen Fall nochmal weggehen, so erledigt wäre sie von dem Rumgehüpfe die ganze Nacht über.

In Dianas Haus schlief alles. Rosi klopfte wie wild an die Tür, anstatt zu klingeln.

„Ben und Teuta sind hier", sagte sie in das verschlafene Gesicht der Schwester, ohne den Satz mit einem Fragezeichen zu beenden, „sie sind zurück und schlafen, stimmt's?"

„Nein", Diana kratzte sich am Kopf, „sie sind nicht hier, sie sind nicht zurück, warum?"

•

Qazim schloss sich im Bad ein und hielt sich die Ohren zu.

Der Schlag soll mich treffen, bei Gott, fluchte er laut.

„Qazim, mach auf. Ich hab lauter nasse Wäsche, und es tropft auf den Boden", schrie seine Frau vor der Tür.

„Lass mich in Ruhe, geh nicht auch du mir noch auf die Nerven."

„Mach doch auf, was ist los mit dir?"

Er kniete sich hin und drückte mit der Schulter gegen die Tür, ohne die Hände von den Ohren zu nehmen. In der Küche brüllten die Kinder im Chor.

Gott, hilf mir, den Verstand zu bewahren, sagte der Mann wieder laut.

„Qazim!"

„Ihr macht mir das Leben zur Hölle", fuhr er die Frau an, „lass mich in Frieden, hab ich gesagt, du Quälgeist, du bist noch schlimmer als deine Brut."

„Als ob es nur meine Brut wäre", sagte Myrvet verärgert und ging weg.

Sie stieß mit dem Knie die Küchentür auf. Die Kinder brüllten aus Leibeskräften: Esel, Schweinsgesicht, Stinker, Aas. Schluss jetzt!, rief sie und die Kinder hielten einen

Moment inne, aber als sie sahen, dass ihre Mutter die Hände voller Kleider hatte, aus denen das Wasser tropfte, fingen sie erneut an, sich zu beschimpfen. Sie ging auf den Balkon. Sie hatten ihn mit Glasscheiben verschlossen und so zu einer Art Anbau gemacht, nur dass die Scheiben mittlerweile fast alle entweder gesprungen oder zerbrochen waren. Myrvet warf die Sachen wieder in den Bauch der Waschmaschine.

„Zum Teufel mit dem Strom", stöhnte sie.

Der Chor der Beschimpfungen wurde noch wüster. Scheißkerl. Pissnelke. Schwachkopf. Idiot. Du bist der allergrößte Idiot. Der Tod soll dich holen. Krebs sollst du kriegen, ich bete zu Gott, dass du morgen nicht mehr aufwachst.

Myrvet trat zwischen die beiden und packte die älteste Tochter am Ärmel.

„Entela, genug jetzt, euch müsste man den Mund mit Seife auswaschen!"

„Arschloch!" Das war an Adrian gerichtet.

„Und du bist ein verlauste Ziege!"

„Entela", schrie Myrvet wieder, „ich zähle bis drei, wenn ihr dann nicht den Mund haltet, kriegt ihr eine gelangt."

Sie griff sich das große Nudelholz und schwang es drohend in der Luft. Entela, die eben vierzehn geworden war, gab den Befehl zum Waffenstillstand. Die anderen gehorchten.

„Setzt euch hierher, alles setzen!", befahl Myrvet.

Die fünf Kinder stiegen herunter, das eine vom Tisch, das andere vom umgestürzten Sofa, und nahmen nebeneinander Platz, einander wütend anstarrend.

„Wer hat mit dem Streit angefangen?"

Die Kinder hoben die Köpfe, um zu sprechen. Die Augen leuchteten vor Rachedurst.

„Nein", sagte Myrvet noch strenger, „nicht so durcheinander, der Reihe nach, zuerst du, Altin."

„Bardhi hat als erster angefangen, Ma."

„Warum?"

„Weil er Entelas Tomate gegessen hat und sie sich aufgeregt hat."

„Und wegen einer Tomate stiftet ihr so ein Chaos?", steigerte sich Myrvet in ihre Wut hinein.

„Aber ich hatte nur diese eine Tomate", protestierte Entela gekränkt, „ich hab Kohldampf, den ganzen Morgen hab ich geputzt und geschrubbt, und die Schweine haben nichts gemacht."

„Schon wieder nimmst du solche Worte in den Mund? Schämst du dich gar nicht? Du bist schon fast groß. Anstatt deinen Brüdern ein Vorbild zu sein, schimpfst du noch schlimmer als ein Straßenmädchen."

Entela erstarrte. Eine solche Strenge hatte sie von ihrer Mutter nicht erwartet. Sie warf einen Blick auf die Kleinsten, die warteten und die Ohren spitzten.

„Es tut mir leid", sagte sie und fing an zu weinen.

Altin streckte ihr höhnisch die Zunge raus.

„Jetzt komm", sagte Myrvet zu ihr. „Davon geht die Welt nicht unter. Ich geb dir meine Tomate. So weit sind wir noch nicht, dass wir einander wegen einer erbärmlichen Tomate die Augen ausreißen. So tief sind wir nicht gesunken."

Lügnerin, sagte sie zu sich selbst. Sie setzte sich zu Entela, nahm sie in den Arm und legte den Kopf auf ihre Schulter, über die verschwitzte Achsel.

„Du bist die Größte, reiß dich zusammen, schau, wie die anderen spotten."

„Das ist mir ganz egal, ob sie mich auslachen", entgegnete die Tochter zwischen Schluchzern, „auch die Großen weinen, du auch."

„Das stimmt, aber nicht wegen einer Tomate."

„Ich weine auch wegen einer Tomate."

Myrvet wusste nicht, wie sie die Tochter beruhigen sollte. Die Brüder standen Seite an Seite mit ihren fast kahlgeschorenen Köpfen und den verschwitzten Gesichtern, in die sie sich gespuckt hatten. Sie waren ratlos und wussten nicht, wie sie sich verhalten sollten.

„Ma, wir gehen raus zum Fußballspielen", sagte Blerim.

„Gut", gab Myrvet müde ihr Einverständnis und horchte auf Qazims Bewegungen im Badezimmer. „Passt auf, dass ihr euch nicht wehtut und streitet nicht mit den anderen, sonst bekommt ihr Ärger mit mir. Hast du gehört, Blerim?"

„Mhm."

Er ging in den Flur hinaus, gefolgt von den anderen. Auf der Küchenschwelle hielt er inne und sah Myrvet und Entela zweifelnd an.

„Nicht mal mit Kujtim, dem Zigeuner, darf ich mich streiten, Ma?"

„Erst recht nicht mit Kujtim, dem Zigeuner, beim letzten Mal hat er dich zu Brei geschlagen, oder hast du das schon vergessen?"

„Aber der fängt doch immer an, Ma", meldete sich Dritan zu Wort, „was sollen wir machen, wenn er selber anfängt?"

„Kümmert euch nicht um ihn, geht ihm aus dem Weg."

„Wieso, sind wir etwa Mädchen, dass wir nicht zuschlagen dürfen, wenn uns jemand ärgert?"

Die vier stürmten zur Haustür. Altin gab Bardhi einen Tritt in den Hintern.

„Hast du gesehen, Ma?"

„Altin, Schande über dein Bein, lass deinen Bruder in Frieden."

Die Kinder stürmten die Treppe hinunter wie eine Räuberbande, die der Verfolgung entgehen will. Entela beruhigte sich allmählich, Der Arm der Mutter auf ihrer Schulter störte sie nun. Myrvet zog einen Stuhl heran und setzte sich der Tochter gegenüber.

„Warum hast du so geheult, Liebes? Ist dir was passiert?“

„Nein, ich hab nur Hunger“, sagte Entela und wich dem Blick der Mutter aus.

Im Bad stieß Qazim einen Eimer um und fluchte. Die beiden schreckten kurz auf.

„Was hast du, Entela, sag’s deiner Mama, mein Schatz.“

„Ich hab nichts.“

„Warum siehst du mir nicht in die Augen?“

Anstatt sich aufzurichten, kauerte sich das Mädchen noch mehr zusammen und senkte den Blick. Entela, bat Myrvet sie, aber die Tochter brach in ein neuerliches Weinen aus. Als sie einsah, dass sie es nicht schaffte, die Tochter zu trösten, fing auch Myrvet zu weinen an, doch nur leise, damit Qazim es nicht hörte.

Nach einiger Zeit kam er aus dem Badezimmer, wobei er zwischen den Zähnen Worte wie „verfluchte Bande“ herauspresste. Mutter und Tochter versuchten, die Tränen zu verstecken, aber es war zu spät. Er tauchte in der Tür auf und als er sie mit geschwollenen Gesichtern da sitzen sah, verging ihm die Flucherei. Er setzte sich auf das Sofa, weit weg von Entela, und wartete, bis sich die beiden wieder gesammelt hatten.

„Vielleicht wird es dir da besser ergehen als hier, Entela“, sagte der Mann nach einer Weile mit schuldbewusster Stimme. Er wagte es nicht, der Tochter in die Augen zu sehen. „Du bist ein kluges Mädchen und wirst dich zurechtfinden. Sieh dich um, in diesem Haus können wir dir nur einen leeren Bauch und alte Fetzen bieten. Was hast du von Eltern wie uns? Einen Scheißdreck. Uns wie die Karnickel zu vermehren, das war alles, wozu wir fähig waren. Es ist zum Kotzen. Und es wird alles nur noch schlimmer.“

Entela wollte etwas sagen, besann sich aber eines Besseren. Sie drehte sich halb zu Myrvet um, doch ihr trauriges

Profil ließ sie die Augen wieder abwenden. Sie heftete den Blick auf die Stange am Fenster und die ausgeblichenen Vorhänge, die daran hingen, und verlor sich für eine lange Zeit in ihrer Betrachtung. Qazim und Myrvet sahen sich an und wussten nicht, was sie tun sollten. Die Frau nahm die Hand der Kleinen.

„Ich geb dir jetzt etwas zu essen, Schatz."

Das Mädchen nickte, ohne den Blick von den Vorhängen zu nehmen. Myrvet machte den Schrank mit den Lebensmitteln auf und holte die einsame Tomate heraus, die sie später mit ihrem Mann zum Abendessen geteilt hätte. Sie legte sie der Tochter auf einen Teller und tat etwas Käse und zwei gefüllte Weinblätter dazu, die vom gestrigen Mittagessen übriggeblieben waren.

„Komm und iss jetzt was, Liebes."

„Ich hab Angst, nach Dortoben zu gehen", sagte Entela schließlich, „ich hab Angst."

Als die fünf Kinder auf dem großen Bett eingeschlafen waren, hier ein Kopf und da ein Bein, nahm Myrvet die Flasche, in der noch ein Rest Joghurt war, füllte sie zur Hälfte mit Wasser, schüttelte sie fest und verteilte die gleichmäßige Masse auf zwei Gläser. Qazim schnitt derweil Brotscheiben ab und legte sie zusammen mit zwei Zwiebeln und der letzten Scheibe Käse, die nach dem Abendessen der Kinder übriggeblieben war, auf den Tisch.

„Guten Appetit!", sagte Myrvet.

„Einen guten!"

Sie aßen schweigend und lustlos. Nach dem Abendessen traten sie auf den umgebauten Balkon. Die Waschmaschine drehte friedlich die Kleider in ihrem Bauch und verbreitete neben dem Geräusch einen angenehmen Duft nach Waschmittel. Hoffentlich geht dieser Wäschegang wenigstens bis zum Ende, sagte Myrvet leise, ich bin ganz erledigt von der Handwäsche, zehnmal am Tag gibt es Stromausfall. Wozu sagst du mir das, klagte Qazim, als ob ich dir nicht den ganzen Tag im Weg rumstehe und es nicht selbst sehe.

Sie zündeten sich eine Zigarette an. Er wollte das Fenster öffnen, aber Myrvet hielt ihn ab. Du hältst sonst den Griff in der Hand, siehst du nicht, wie verrottet der ist? Bis vor zwei Tagen ging es noch auf, widersprach der Mann. Bis vor einer Woche, verbesserte Myrvet, jetzt rührt man es lieber nicht an.

Die Frau lehnte sich mit dem Rücken an die Brust des Mannes. Ein säuerlicher Geruch ging von ihm aus. Wie auch nicht, dachte sie, mit welchem Wasser sollten sie sich waschen? Wer weiß, wie ich selber rieche, inzwischen bin ich wohl ganz versifft. Qazim umarmte sie von hinten und legte den Arm unter ihr Kinn, das schwer auf seine linke Schulter fiel.

„All die Pläne, die wir einst hatten, was, Myrvet?“

Sie antwortete nicht und zog fest an der Zigarette, wobei sie darauf achtete, ihrem Mann nicht den Rauch ins Gesicht zu pusten. Er war einen Kopf größer als sie.

„Und jetzt geben wir unser Schicksal in die Hände eines kleinen Kindes wie Entela, Schande über Schande.“

„Sprich nicht davon, Qazim, wenn du noch einen Rest Glauben hast, nicht heute Abend. Es ist jetzt zu spät für solche Gedanken.“

„Was bin ich bloß für ein Mann, der seine Familie nicht ernähren kann?“

„Du bist weder der erste noch der letzte, Qazim, lass das, ich bitte dich.“

„Wir schicken ein Kleinkind auf den Weg über das Meer“, fuhr er fort, als habe er sie nicht gehört, „der Blitz soll mich treffen.“

„Qazim.“

„Das Kind wird sich irgendwo weit weg abschuften, und ich steh hier tatenlos rum, wie eine Salzsäule, ein ganzes Jahr arbeitslos."

„Also gut", verlor Myrvet nun die Geduld, „wenn du dich entschieden hast, dich selbst und auch mich zu quälen, nur zu. Warst du es nicht, der diesen Arbeitsplatz für sie gefunden hat? Warst es nicht du, der hier mit Veli ankam, um mich zu überreden, dass sie dort als Kindermädchen bei einer reichen Familie arbeiten könnte und sie für sie die Papiere machen würden und so weiter und so fort? War es etwa meine Idee, das arme Kind wegzuschicken?"

Myrvet löste sich von ihm, ging ins Wohnzimmer, drückte die Zigarette auf einem der ungewaschenen Teller aus und ließ sich aufs Sofa fallen. Er folgte ihr und setzte sich neben sie. So saßen sie beide eine lange Zeit schweigend da.

„Es sind vertrauenswürdige Leute", sagte Qazim endlich, eher zu sich selbst als zu Myrvet, „Veli und Hajria wissen, was sie tun. Ein halbes Jahr, nur solange, bis ich eine Arbeit gefunden habe, dann kommt Entela zurück. Ein halbes Jahr und keinen Tag länger. In der Zeit wird sie auch die Sprache dort lernen und neue Gewohnheiten annehmen, die man heutzutage kennen muss, oder nicht?"

Er wartete. Myrvet blieb stumm.

„Und hier, auf der Straße, ohne Bildung und Beruf, was soll sie da lernen?"

Immer noch Schweigen.

„Warum bist du sauer auf mich, Myrvet?"

„Wer ist sauer auf dich?"

„Du."

„Das stimmt nicht."

„Was ist dann?"

„Mein Herz fühlt sich wie ein Stein an, Qazim, wie vergiftet."

„Nur sechs Monate, bei meiner Seele. Vielleicht finden wir in dieser Zeit auch einen Ausweg. Vielleicht gibt es neue Arbeitsplätze, die Ausländer nehmen sich ein Herz und bauen hier irgendeine Fabrik auf, wir werden nicht das ganze Leben lang am Hungertuch nagen. Wer weiß? Vielleicht kümmert sich Gott auch mal um dieses verfluchte Land."

„…"

„Wenn es mir in Dortoben anders ergangen wäre, wenn sie mich nicht gefasst und zurückgeschickt hätten wegen der Aufenthaltsgenehmigung, wer weiß, wie es uns heute ginge, dann hätten wir alles, was wir brauchen."

„Ja sicher, beruhig dich nur damit", rutschte es Myrvet in einem Tonfall heraus, den sie nicht beabsichtigt hatte.

„Was willst du damit sagen?"

„Wir sind abgebrannt auf die Welt gekommen und werden abgebrannt bleiben. Solange uns solche Ganoven regieren, kennt dieses Land kein Mitgefühl. Hoffen wir nur, dass Entela dort eine gute Familie findet. Vielleicht sind sie reich genug, dass man sie dort behält und auf eine Schule schickt. Sie ist so lieb, ein wahrer Engel. Wenn sie eine Ausbildung kriegt, lernt sie die Welt kennen und kann sich um sich selber kümmern, denn wenn sie auf uns wartet, kann sie es gleich vergessen."

„Sprich nicht so, sechs Monate, hab ich gesagt", warf er bittend ein.

„Gut, gut, du hast damit angefangen. Gehen wir schlafen."

„Wer wird heut Nacht schon ein Auge zukriegen?"

Veli und Hajria kamen früh am Morgen, um Entela mit einem nagelneuen Auto abzuholen, oder zumindest schien es Myrvet so, die noch nie ein so schönes Auto gesehen hatte. Aber später erzählte Qazim ihr, dass es ein Gebrauchtwagen war, aus einer Werkstatt in Dortoben, wo Veli als Mechaniker arbeitete. Der Besitzer hatte es ihm zu einem guten Preis überlassen. Und mit seinem goldenen Händchen, das Gott ihm geschenkt hatte, hatte Veli das Auto auf Vordermann gebracht, sodass es wie neu gekauft aussah.

Entela hatte sich rechtzeitig fertiggemacht. Myrvet hatte sich fest vorgenommen, sich zusammenzureißen und keine Träne zu vergießen, bis ihre Tochter gegangen wäre. Danach konnte sie heulen, so viel sie wollte, nur das Mädchen sollte sie nicht dabei sehen. Entela hatte die gestrigen Ängste vergessen und war heute nur durcheinander, weil es etwas ganz Neues für sie war, das Land zu verlassen.

Mensch, Mädchen, wie kannst du nur so viel Glück haben?, hatten ihr die Freundinnen aus dem Viertel mit neidischen Blicken zugerufen. Dortoben, echt? Das ist das schönste Land der Welt, hast du es nicht im Fernsehen gesehen? Auch der da arbeitet dort und hat so viel Geld verdient, dass er den Eltern ein Haus gebaut hat, und der und der, erinnerst du dich noch, dass er sich früher nicht mal die Schuhe binden konnte? Die Freundinnen hatten ihr eine lange Liste mit den ganzen Wundern in Dortoben erstellt. Stimmt, stimmt, hatte Entela zwischen den Zähnen hervorgepresst, weil sie nicht den Eindruck hinterlassen wollte, dass sie verängstigt sei. Innerlich war sie sich allerdings dieses großen Glücks überhaupt nicht sicher.

An diesem Morgen aber war dann alles auf wundersame Weise verflogen, die Angst, die schlimmen Gedanken und die Sehnsucht, die sie nach der Mutter, dem Vater und diesen Nervensägen von Brüdern empfinden würde. So wie eine Erwachsene würde sie sich auf den Weg machen, arbeiten, auf den Straßen in Dortoben spazieren gehen, ganz wie eine dortige Bürgerin, sie würde in einem reichen Haus essen, trinken und schlafen – genau wie in den Filmen.

„Macht euch keine Sorgen, ihr könnt ganz ruhig schlafen. Jetzt müsst ihr nur noch an eure vier Racker denken", beruhigte Hajria Myrvet und Qazim zum hundertsten Mal, „um das Mädchen machen wir uns jetzt Gedanken."

„Wir erwarten euren Anruf heute Abend, ja?", bat Myrvet. „Wir gehen zu meiner Mutter und warten, dass ihr uns anruft und sagt, wie die Reise war. Habt ihr die Telefonnummer an einem sicheren Ort verstaut, damit ihr sie nicht verliert?"

Das befreundete Pärchen stieg mit Entela ins Auto, unter den Abschiedsgrüßen und dem Lärm der Söhne, die aufgewacht und die Treppen heruntergestürmt waren, um ihre Schwester zu begleiten.

Entela winkte vom Rückfenster des Wagens aus, bis er hinter der Kurve des Sträßchens, das auf die Hauptstraße führte, verschwunden war.

„Ich könnte vor Neid platzen", sagte Altin aufgeregt zu Bardhi.

„Wieso?"

„Wenn ich zwei Jahre älter wäre, dann wäre ich anstatt dieser Heulsuse gefahren. Ich hätte euch allen Geld geschickt, und ihr hättet euch wie die Prinzen angezogen. So weit ist es jetzt, dass uns die Frauen durchfüttern."

Bardhi kicherte und blickte Altin unterwürfig an. Jetzt war Altin der Älteste, der Kommandant also, und da war es ratsam, sich mit ihm gut zu stellen. Besser, von einem Mann Befehle zu erhalten als von einer Frau. Die waren wirklich nicht zu ertragen.

•

21. Juni 1995

Heute fange ich ein Tagebuch an. Ich kann nicht so gut schreiben, aber das macht nichts. Selbst wenn ich wüsste, wie man schön schreibt, hätte ich doch keine schönen Dinge, von denen ich erzählen könnte. Seit zwei Monaten plage ich mich damit: Soll ich Tagebuch führen oder nicht? Das Heft habe ich an einem Montag im Supermarkt gekauft, so ist es bei allen Dingen, die gut laufen sollen, immer fange ich sie an einem Montag an. Auch der Tag, an dem ich sterbe, soll ein Montag sein. Mein Problem ist nicht, wann ich Tagebuch schreibe, sondern wo ich es verstecken kann. (Jetzt habe ich schon einen Fehler gemacht, hier hätte ich einen neuen Absatz anfangen sollen, also den Satz „Mein Problem..." in einer neuen Zeile beginnen, weil es ein neuer Gedanke ist. Egal, es wird doch niemand diese Zeilen lesen.)

Wenn du niemanden zum Reden hast, ist es besser als nichts, mit den karierten Blättern eines Schulhefts zu reden. Gut, dass ich heute das Tagebuch angefangen habe. Ich werde sogar die Uhrzeit eintragen, es ist jetzt Mittag und fünf Minuten, aber als ich „21. Juni" geschrieben habe, war es zehn Minuten vor Mittag, denn die Zeit habe ich zum Nachdenken gebraucht.

Er ist rausgegangen. Er hat mich geweckt, bevor Er ging, wollte mir auch einen Kuss geben. Ich hab Ihm mein Gesicht hingehalten und dabei die Zehenspitzen angeschaut, nur um Ihm nicht ins Gesicht sehen zu müssen. Er hat mich dann doch nicht geküsst. Gut so. Ich habe Ihn nicht gefragt, wo Er hingeht. Ich frage Ihn nie nach irgendwas. Er meinte, dass Er zurück ist, bevor ich die Schicht anfange, und ging weg. Sicher kommt Er zurück, um meine Kleidung zu kontrollieren, ob ich aufreizend genug für die Kunden bin. Dann begleitet Er mich bis zu meinem „Arbeitsplatz", und wenn Er sicher ist, dass ich mit allen anderen in der Reihe stehe, winkt Er mir zum Abschied zu und fährt in Seinem Auto weg.

Während ich zusehe, wie Er wegfährt, stelle ich mir vor, dass das Auto in die Luft fliegt. Es gibt eine so große Explosion, als wäre es eine Munitionsfabrik und kein Golf GTX. Ich stelle mir die Körperteile vor, die Locken der Gemeinheit, die in der Nachtluft vernichtet werden, die Schurkenfinger, Teile vom Knie, vom Herz, möglicherweise, die sich ein für alle Mal in Nichts auflösen. In diesem Augenblick bin ich frei. Ich kann die Kleider, die ich anhabe, dort ausziehen, mitten auf dem Gehweg voller Menschen, vor ihren erstaunten Augen, bis ich nackt bin und in aller Ruhe fortgehe, um – endlich – mein Leben zu beginnen.

Aber es geschieht nicht. Das Einzige, was Nacht für Nacht geschieht, ist, dass Er zum Abschied winkt, obwohl Er weiß, dass ich Seinen Gruß nicht erwidere, und wegfährt.

Und ich bleibe dort, inmitten des Schmutzes dieser erbarmungslosen Vorstellung. Nichts hat sich geändert, nichts wird sich ändern, nur meine Worte werden von Tag zu Tag spärlicher, verkriechen sich in die Seele, meine Worte entledigen sich meiner Stimme, bringen sich um.

In der Schule wurde die Lehrerin nicht müde, immer wieder zu betonen: „Leila, du musst auf die Universität und Literatur studieren, das ist deine große Begabung." Sie las meine Aufsätze den anderen Schülern vor, aber mir war das alles gar nicht wichtig, ich bildete mir nichts darauf ein. Dutzende Male hatte ich ihr gesagt, dass ich etwas anderes wollte als zu studieren, die Bücher langweilten mich. „Dann sag es mir, was ist denn dein verflixter Wunsch, was willst du einmal werden?" Aber warum sollte ich es ihr sagen? Das war meine Sache, nicht ihre. Schreib etwas, was immer du willst, ließ die Lehrerin nicht locker, irgendetwas, und gib es mir zum Lesen, ich zeige es auch keinem. Aber ich habe ihr kein einziges Mal gehorcht.

Und nun schreibe ich. Doch sie wird dieses Tagebuch niemals zu Gesicht bekommen. Und auch ich werde diese Seite, nachdem ich sie geschrieben habe, nicht wieder lesen. Ich schreibe nicht, um zu schreiben, sondern um zu sprechen. Und wenn du sprichst, kehrst du nicht zurück zu den Worten, die du zum Beispiel vor einer halben Stunde gesagt hast, sodass dir nichts anderes übrigbleibt, als weiterzumachen.

Meiner Ansicht nach gibt es einen großen Unterschied. Zwischen den gesprochenen und den geschriebenen Wörtern, meine ich. Die, die du schreibst, kannst du ausradieren, wenn sie dir nicht gefallen, und ein Kreuz drauf stellen. Du kannst das Blatt zerreißen. Die hingegen, die du aussprichst, kannst du von dem Augenblick an, in dem sie aus deinem Mund kommen, um keinen Preis der Welt mehr zurücknehmen. Wenn es sich um schöne Wörter handelt, gut, aber wenn es hässliche sind, bleiben sie ausgesprochen, so leid es dir tut. Du kannst sie nie wieder besitzen. In unserer Familie sind alle schweigsam. (Auch diesen Satz hätte ich in einem neuen Absatz beginnen sollen, aber die Chance ist vertan.)

Leila, denk gut nach, bevor du sprichst. Lieber ein Wort zu wenig als eine Torheit zu viel. So haben mir Mutter, Vater und Großmutter oft geraten. Worte haben Gewicht und wollen respektiert werden. Hast du keinen Respekt vor ihnen, respektierst du weder dich selbst noch deinen Gesprächspartner.

Damals fiel es mir schwer, diese Logik zu verstehen, aber ich fügte mich ihr, zumal ich gar kein großes Verlangen hatte zu sprechen. Ich mochte viel lieber zuhören. Aber wem sollte ich zuhören? Außer Aurora, die in einem fort schwatzte, alle anderen bei uns zuhause schwiegen. Worte bedürfen nicht immer einer Stimme. Meine Eltern sprechen mit den Augen, mit Seufzern und Gesten. Wie lange ich sie schon nicht mehr gesehen habe. Sie können so schön mit den Augen sprechen. Ich habe Sehnsucht nach ihnen. Mir fehlt Vaters Zärtlichkeit, wenn er Mutter einen Kaffee macht und ihn ihr bringt, und sie nimmt die Tasse und sieht ihrem Mann in die Augen, als hätte sie sich gestern in ihn verliebt. Doch solche Dinge lassen sich nicht aufschreiben, nicht einmal in einem versteckten Tagebuch wie diesem. Niemand könnte sie gebührend beschreiben, geschweige denn eine Ungebildete, wie ich es bin.

Wie dumm ich bin, ich habe vergessen, abzuschließen, und was, wenn Er zurückkommt, oder einer von den anderen?

Jetzt habe ich abgeschlossen, so kann mich keiner plötzlich erwischen. Ich habe auch aus dem Fenster gesehen. Es ist schönes Wetter heute, zum Fürchten schön. Für mich ist es so unglaublich, dass an einem so schönen Tag so schrecklich hässliche Dinge passieren können. Ich kenne die Hässlichkeiten der Nacht, aber ich kenne auch die des Tages. Es tut mir leid, dass der Tag mitansehen muss, was in seiner Brust geschieht, und nichts dagegen tun kann. Wie bei mir. Auch ich kann nichts tun, obwohl ich die Dinge sehe, die um mich herum, über mir und unter mir passieren. Ich spüre die Hässlichkeit, wie sie an meinem Körper klebt, und tue nichts, um sie abzuschütteln. Die Angst ist stärker als der Mut. Ich war noch nie mutig. Jetzt bin ich es noch weniger als früher. Deshalb tut es mir für diesen so schönen Tag leid. Wer weiß, wie hässlich er sich vorkommt, wenn er den Schmutz sieht, der in sein Herz dringt.

Aurora war tapfer.

Nimm dir ein Beispiel an deiner Schwester, pflegte mein Vater mir zu sagen. Obwohl sie klein ist, ist niemand so geschickt und flink wie sie, nicht so wie du, los, steh nicht da wie bestellt und nicht abgeholt. Und ich nenne dich deines Vaters Sohn, aber was für ein unglückseliger Sohn? Du bist so sanft wie ein neugeborenes Schaf.

Ich hörte gar nicht hin, wenn Vater so sprach, denn er wollte sich dabei vor allem selbst Mut machen. Er wusste, was er war, ein sanfter Mensch, ein Mann mit dem Herz einer Frau, und er wollte nicht, dass ich, seine Tochter, dieselbe Sanftheit erbte.

Nimm dir ein Beispiel an Aurora, sie ist ein echter Mann.

Aber Aurora ist jetzt unter der Erde. Aurora, die Richterin werden wollte. Ihre zwölf Lebensjahre, so schön wie die Sonnenstrahlen über dem Meer, haben sie mit einem Kugelhagel zerstört.

Ich will nicht an Aurora denken. Ich will auch nicht daran denken, wie lange ich schon dieses Leben führe. Ich weiß nur, dass ein ganzes Jahrhundert vergangen ist.

Jetzt muss ich die Hausarbeit erledigen, mit dem täglichen Zorn. Die Schlacke von Ihm und Seinen Mitstreitern aufputzen. Ich werde mir den Kopf zerbrechen, wo ich das Tagebuch verstecken werde. Ich muss einen Ort finden, wo es kein Mann jemals entdecken wird. Wenigstens dieses Heft sollen Seine widerwärtigen Hände nicht berühren dürfen. Ich will Ihm weder meine Gedanken noch meine Erinnerungen schenken. Er hat mir die Hoffnung gestohlen und sie begraben. Ich werde Ihm meine Seele stehlen, von der Er meint, dass Er sie in Seiner Faust hält, ich werde sie Ihm heimlich wegnehmen und sie unter Verschluss halten. Er denkt, dass Er meine Seele besitzt. Aber die gehört mir, auch wenn sie so beschmutzt ist, dass ich mich übergeben möchte. Es gibt nichts, auf das ich in diesen anderthalb Jahren stolz wäre, keine einzige Sache, keine. Vielleicht, dass ich nicht vor Ihm geweint habe, und nicht vor den anderen. Alle Tränen dieser Welt habe ich in meiner Einsamkeit vergossen. Er hat mich geschlagen, viele von ihnen haben mich geschlagen. Vor allem am Anfang.

Ich werd dich prügeln, bis dir die Tränen zu den Ohren rauskommen. Doch die Tränen wollten um keinen Preis kommen.

Er hat mich ausgepeitscht, so fest es Seine Arme zuließen, so fest, dass Ihm vor Wut fast selbst Tränen in den Augen standen. Er weinte vor Wut, dass Er mich nicht zum Weinen bringen konnte. Aber diese Genugtuung habe ich Ihm nicht gegeben. Die Tränen, wenigstens sie, gehören mir, und wenn sie kommen, sollen sie in Reinheit fließen. Er aber vergiftet selbst die Luft, ganz zu schweigen von meinen Tränen.

Ich habe mitbekommen, dass heute andere Unglückselige aus Dortunten ankommen werden, aber sie scheinen wie von einem Geheimnis umgeben. Irgendwas hecken sie aus mit diesen Mädchen. Eine noch schrecklichere Falle als jene, die sie uns damals stellten, als sie uns hierher gebracht haben. Es war die Rede von viel Geld und einem wertvollen Kontingent, das wie eine Bombe einschlagen wird, mit einem Knall, der die Taschen der Perversen zum Bersten füllen wird. Es ist so, als ob sie von Krieg reden, die Unersättlichen: Bombe, Knall und Kontingent. Normalerweise will ich nichts von ihren Plänen hören, aber dieses Mal ekelt mich diese Freude besonders an.

Die Armen, die noch kommen werden. Wenn ich an die Folter der Anfangszeit denke, bin ich schon fast froh über die jetzige Lage. Wenigstens ist jetzt alles festgelegt und läuft nach klar vorgeschriebenen Regeln ab, streng, aber gleichförmig. Ich weiß, was mich heute Abend erwartet und was mich morgen erwartet. An meinem Arbeitsplatz habe ich gelernt, mich zu schützen, um meine bloße Haut zu retten. Doch zu Beginn war es eine solche Hölle, dass es mir wehtut, auch nur daran zu denken. Besser nicht daran denken. An alten Wunden soll nicht gerührt werden.

Jetzt höre ich aber auf, ich werde diese verfluchte Wohnung in Ordnung bringen. Der Kopf tut mir weh, ich schlafe zu wenig. Wenn ich es schaffe, schnell zu arbeiten, kann ich mich vielleicht noch kurz hinlegen. Ich muss auch noch Einkäufe machen, Seine Hemden bügeln, Sein Abendessen kochen.

Ob Mama wohl den elektrischen Herd gekauft hat, von dem Geld, das ich ihr geschickt habe? Sie hat mich gebeten, nicht zu viel auszugeben, weil sich in Dortunten der Strom wie ein Glühwürmchen verhält, so oft geht er in den vierundzwanzig Stunden an und aus, man kann nicht mal einen anständigen Auflauf kochen. Doch ich habe ihr das Geld geschickt und sie im Brief gebeten, den Herd zu kaufen. Mir liegt es mehr, ihr zu schreiben, es fällt mir leichter, Mama in einem

Brief anzulügen als mit meiner Stimme. Lässt sich eine Mutter belügen? Aber ich kann ihr nicht immer nur schreiben und sie nie anrufen. Wenn ich mich dazu entschließe, sie anzurufen, bereite ich mich einige Tage darauf vor. Im richtigen Moment kippe ich zwei Gläser Brandy auf nüchternen Magen hinunter, warte auf die Wirkung und wähle die Nummer. Ich rede mit sehr lauter Stimme und mache auf fröhlich und albern, sodass sie nichts von meiner Traurigkeit bemerkt. Wenn ich mit dem Anruf fertig bin, schwitze ich aus allen Poren. Wieder einmal geschafft, sage ich mir dann.

Und jetzt muss ich wirklich, wirklich loslegen. Ich vergaß zu schreiben, dass ich Leila heiße und gerade zweiundzwanzig Jahre alt geworden bin. Wie komme ich auf so was. Als ob ich nicht weiß, wie ich heiße. Ich bin Leila.

•

Als Leila mit allem fertig ist, mit dem Anziehen, dem Kämmen, dem Schminken, präsentiert sie sich Ihm mit gesenktem Blick. Sie wartet, bis Er den Kopf hebt. Er schneidet sich die Fingernägel. Als sie Seinen Blick auf sich spürt, lässt Leila einige Sekunden vergehen und dreht sich dann langsam im Kreis. Wenn sie nur immer so ruhig wäre in diesen Momenten, denkt sie, wenn sie immer so die Fassung bewahren könnte. Sie würde sich durch nichts erschüttern lassen, alles würde an ihrer Haut abperlen, ohne einzudringen, die Wut, die Angst, die Scham, die Verzweiflung, der Kummer, der Hass. Aber dieser magische Moment ist einzigartig und dauert bloß wenige Minuten. Er wiederholt sich jeden Abend, bevor sie aus dem Haus geht, zwischen dem Sich-zurecht-Machen und dem Einnehmen der Rolle, in diesem Raum, wenn Er kontrolliert, ob sie genug in Form ist, um diese Rolle zu spielen.

Leila ist ruhig. So ruhig, dass sie neidisch auf sich selber ist. Sie wartet darauf, dass Er etwas sagt. Der Geruch des Gratins hängt in der Luft. Sie hat Ihm den Tisch gedeckt, hat Ihm sogar die Flasche Wein und das passende Glas hingestellt, alles perfekt. Er wird alleine essen, nachdem Er sie begleitet hat. Er wird sich sattessen und dann losziehen, um die Gruppe der anderen Wüstlinge zu treffen, oder sie werden hierherkommen und wenn Leila von der *Arbeit* zurück ist, wird die Wohnung einem Schlachtfeld gleichen.

„Dreh dich zu mir um!", befiehlt Er.

Sie dreht sich zu ihm, noch immer mit gesenktem Blick. Er steht auf und nimmt eine Haltung an, die sie zwingt, Ihn anzusehen.

„Willst du, dass ich dich nach der Schicht abhole?"

Leila verneint mit dem Kopf. Er fasst sie bei den Schultern und schüttelt sie leicht.

„Sag was, Leila, bitte."

Sie löst sich von Ihm und geht zu der kleinen Tasche im Flur. Er folgt ihr.

„Warum antwortest du nicht, wenn ich mit dir rede?"

„Ich hab dir geantwortet."

„Tun deine Augen weh, wenn du mich siehst?"

Ja, sagt sie sich und sieht Ihm direkt ins Gesicht. In seine schönen, hinterhältigen Augen.

„Nein", sagt sie.

Er umarmt sie, sie lässt sich umarmen.

„Es ist soweit, bring mich hin, ich muss los."

„Warte."

Sie wartet. Er streicht ihr über die Haare. Sie sieht Ihn wütend an. Der Moment der magischen Ruhe ist vorüber, wie er für gewöhnlich immer vorbeigeht. Eine plötzliche Wut auf Ihn ergreift Besitz von ihr, so gewaltig, dass ihr der Atem stockt. Er kehrt ihr den Rücken zu. Er wagt es nicht, ihrem Blick standzuhalten. Er will von ganzem Herzen, dass sie Ihn ansieht, aber nicht so.

„Ich weiß, dass du mich nicht wie früher ansehen kannst“, murmelt Er in Richtung Wand, „aber schau mich wenigstens nicht so an wie jetzt.“

Sie scheint gar nicht da zu sein. Er hält inne, um ihren Atem im Rücken zu spüren, aber nichts, gar nichts. Eins, zwei, drei, vier, fünf, sechs, zählt Leila langsam, doch die Wut verebbt nicht, sondern wandelt sich nur von brennend zu bitter.

„Sag mir ein Wort, bevor wir gehen. Es ist spät.“

„Gehen wir.“

„Sag mir ein richtiges Wort.“

„Gehen wir, das sind sogar zwei Wörter.“

„Mach dich nicht lustig, sonst...“

„Sonst weiß ich, was mich erwartet?“

„Das wollte ich nicht sagen.“

„Was wolltest du dann sagen?“

„Es reicht!“, brüllt Er. Er dreht sich um und schreit ihr die zwei Wörter viele Male ins Gesicht.

Ihre Augen brennen.

„Schlag zu“, sagt sie leise.

Die Worte kommen tonlos aus ihrem Mund, wie Spucke.

„Schlag zu, verprügel mich, bring mich um, hau mir ins Gesicht.“

„Leila, ich bitte dich, nicht so.“

„Wie denn, wenn nicht so? Sag mir, wie?“

„Du bist grausam.“

„Ach ja?“

Leila fängt an zu lachen. Sie setzt sich auf den Stuhl im Flur und lacht. Zunächst mit leiser Stimme, dann immer lauter werdend. Das Geräusch der Straßenbahn, die vor dem Wohnhaus vorbeifährt, vermischt sich mit ihrem Lachen und erstickt es. Sie steht auf und richtet sich den Rock.

„Gehen wir?“ Die *Arbeitszeit* der Grausamen fängt an, sie darf sich nicht verspäten.

Sie tritt aus der Tür. Er folgt ihr die Stufen hinunter und fasst sie leicht am Ellenbogen.

„Bitte, ich bitte dich“, sagt Er weinerlich.

Wenn Er in diesen Momenten aufgebracht wäre, arrogant, drohend, denkt Leila, könnte sie es eher ertragen. Doch dieses weinerliche Bitten hasst sie. Wie oft Er sie schon betrogen hat mit dieser hinterhältigen Weinerlichkeit.

Sie gehen auf die Straße. Sie hält sich an die Anweisungen. Hier im Viertel müssen sie sich wie ein normales Pärchen verhalten, verliebt. Deshalb hakt sie sich bei Ihm unter, bis sie in das Auto steigen, das fünfzig Meter weiter geparkt ist.

•

„Großer Gott“, sagt eine der Sexarbeiterinnen zu Leila, „heute bist du aber spät dran. Einer deiner Freier kam vorbei und hat uns in den Ohren gelegen, wo du bist, wo ist Leila, wann kommt Leila, Leila hier und Leila da. Er kommt um zehn nochmal vorbei. Er hat uns gesagt, dass du auf ihn warten sollst.“

Sie sind eine Gruppe von acht Frauen, bereit zum Abendappell, bevor sie sich verteilen, und jede an ihre Stelle geht. Leila sieht sie aufmerksam an.

„Willst du unsere Maße nehmen, oder warum siehst du uns so an?“, fragt Rudina und bricht in Gelächter aus.

Die anderen fallen mit ein.

„Welcher war es? Welcher der Kunden?“, fragt Leila.

„Der Banker.“

„Ist der Chef zum Kontrollieren vorbeigekommen?“

„Nein, Gott sei Dank nicht.“

Die Frauen richten sich Gürtel, Haare, Brüste. Eine von ihnen, Buqja, klagt über Bauchschmerzen. Sie ist um die Dreißig, die älteste in der Gruppe. Sie sind alle schön, ohne Ausnahme, sie sind Teil des Kontingents der auserlesenen Dirnen.

„Sie haben neue Mädchen gebracht", sagt Buqja, „meine Güte, wenn du die gesehen hättest, das tat einem ja in der Seele weh. Der Schrecken steht ihnen förmlich ins Gesicht geschrieben."

„Und warum?", fragt Mirjeta, die eher aus Berufung als aus der Not heraus anschaffen geht.

Sie hat eine blonde Perücke auf, die sehr gut zu dem Rock und dem weißen Oberteil passt, das fast ganz den Blick auf ihren Busen freigibt.

„Warum haben die Angst? Die isst doch niemand auf."

„Halt lieber den Mund", sagt Leila gelangweilt zu ihr.

Marjeta schweigt. Mit der gibt man sich lieber nicht ab, denkt sie und sieht Leila von der Seite an, die tut wie die Jungfrau Maria.

„Ich geh los", sagt Marjeta, „ich geh zu meinem Platz. In Ordnung, Chefin?"

Marjeta betont das Wörtchen *Chefin* spöttisch, aber Leila sieht sie weiter gelangweilt an. Ich bin keine Chefin, möchte sie ihr sagen, doch mit Marjeta zu sprechen ist wie an eine Mauer hinzureden.

„Alle wieder um zwei Uhr hier", sagt sie sanft zu den anderen und geht zu ihrem Posten.

Dumpfbacke, sagt sie bei sich mit Blick auf Marjeta, wenn ihr nicht unter meinem Schutz wärt, wer weiß, wie viel Prügel mehr ihr eingesteckt hättet. Das ist das einzige Privileg, das ihr die Prostituiertenhändler zugestehen.

Da sie Sein Besitz ist, ist sie die Verantwortliche für die Gruppe der acht Frauen, was es ihr erlaubt, sie hin und wieder in Schutz zu nehmen.

Sie blickt in die Nacht und in die vielen Lichter. Lieber Gott, gib, dass dieser Banker kommt. Mit dem musste sie wenigstens keine schmutzigen Sachen machen, der wollte nur klassische Stellungen. Lieber Gott, mach, dass er vor den anderen Kunden kommt. Erfüll mir nur diesen einen Wunsch, mehr verlange ich nicht von dir.

•

„Sind alle zehn Jungfrauen?"

„Sicher, so wie abgemacht."

„Wie alt sind sie?"

„Die jüngste ist vierzehn, die älteste achtzehn", antwortet Bajram K.

„Hihihi, gibt es tatsächlich noch Jungfrauen mit achtzehn Jahren bei euch da drüben?"

„Ich verstehe nicht, was es da zu lachen gibt."

„Ich finde das schon komisch. Bei uns hier haben die Mädels mit achtzehn ihr erstes Mal längst hinter sich. Funktionieren eure kleinen Freunde nicht so recht oder stellt ihr euch nur zu blöd an?"

„Hör zu, du... Herr, soweit ich weiß, haben wir beide eine Abmachung. Ich hab die Ware geliefert, jetzt will ich das Geld, und damit hat's sich. Ihre Kommentare können Sie sich schenken."

„Klar doch, kein Grund zur Aufregung. Gib uns die Kontonummer, und wir überweisen die Summe, so schnell könnt ihr gar nicht kucken."

„Wir wollen das Geld bar auf die Hand, wie bei der Anzahlung, sonst läuft gar nichts."

„Bevor nicht sichergestellt wurde, dass sie authentische Jungfrauen sind, rücke ich keinen Pfennig raus."

„Was wollen Sie damit sagen, authentisch?"

„Dass sie sich nicht als falsche rausstellen. Authentisch heißt authentisch, steht das nicht in eurem Wortschatz? Da darf noch keiner einen Finger reingesteckt haben, hab ich mich jetzt klar ausgedrückt?"

„Dafür garantieren wir."

„Ich bring den Arzt, und du bringst die Mädels zur Untersuchung. Sonst läuft nichts, das ist eine hochkarätige Klientel, und wir können es uns nicht erlauben, es uns mit ihnen zu verscherzen."

„Wann und wo?", fragt Bajram K. mit gespielter Ruhe.

Sein Gegenüber nennt die Adresse.

„In zwei Stunden."

Jeder macht sich auf seinen Weg. Der Dortobige flüstert seinem Bodyguard zischend etwas zu, und beide grinsen. Bajram K. beobachtet sie verächtlich.

„Xhafer."

„Ja, Chef?"

„Das ist das letzte Mal, dass wir mit diesem Wichser Geschäfte machen. Das Maß ist voll. Ich traue dieser Fresse nicht. Und ich hab es satt, die Gewinne mit dem zu teilen. Jetzt spielt eine andere Musik."

„Und wenn sie nicht damit einverstanden sind, die Geschäftsbeziehung aufzulösen, Chef?"

„Wen kümmert das?"

„Aber was, wenn sie Verbindungen zu einer noch mächtigeren Gruppe haben und es uns heimzahlen wollen?"

„Wir schaffen sie aus dem Weg, die Möglichkeiten haben wir."

„Meinst du, wir haben so viel Macht?"

„Mach dir keine Sorgen, ich hab den Überblick. Eventuell verlieren wir zuerst etwas dabei, das lässt sich nicht vermeiden, aber dann..."

„Wie du es für richtig hältst, ich folge nur den Anweisungen."

„Ab heute führen andere die Anweisungen aus. Du gehst zu sauberen Geschäften über, du wirst mit Aranit zusammenarbeiten."

„Welche anderen meinst du?"

„Die, die die Jungfrauen gebracht haben. Sie haben gute Arbeit in Dortunten geleistet, ohne Spuren zu hinterlassen, da lief alles wie am Schnürchen. Sie haben es verdient, hier zu bleiben. Auch aus dem Grund, dass sie drüben jetzt kompromittiert sind."

„Das stimmt", sagt der eben in der Verantwortung Aufgestiegene,.der nun auch ein höheres Gehalt beziehen wird. Mehr Geld, das nach Dortunten fließt.

„Aber ich hab noch eine letzte Aufgabe für dich."

„Sag ein Wort, und es ist erledigt, Chef."

„Diese neuen Mädchen richtest du mir gut her, und zwar richtig gut."

•

Ein paar der jungen Frauen haben den offenen, mutigen Blick, der ihrem Alter eigen ist. Die anderen sind noch wie betäubt, unter dem Einfluss der Drogen, und sehen aus wie gekochte Tintenfische. Bajram sieht eine nach der anderen an. Nach einigen Tagen werden sie alle wie Tintenfische aussehen, denkt er, nicht ohne ein leises Bedauern. Dieses Schicksal ist uns allen zuteil geworden, euch und uns gemeinsam, sagt er mit Blick auf die Mädchen zu sich selbst, unser Los, das wir erdulden müssen, was bleibt uns übrig? Bajram setzt sich bequemer in den Stuhl und schlägt die Beine übereinander.

„Was drängt ihr euch aneinander wie die Lämmer? Macht euch locker, setzt euch, wenn ihr wollt."

Keine setzt sich. Sie bewegen sich, aber keine weicht von der anderen mehr als ein paar Zentimeter weg. Bajram muss lächeln. Er dreht sich um zu Xhafer. Hast du ihnen was getan, dass sie so dastehen? Xhafer zuckt mit den Schultern. Wo hast du die Liste? Xhafer zieht sie aus seiner Jacke und reicht sie ihm. Bajram liest sie in aller Ruhe durch.

„Alle aus der Hauptstadt, was?"

Jetzt drängen sie sich wieder wie zuvor aneinander. Xhafer hustet, wie um das angstgeschwängerte Schweigen aus dem Raum zu vertreiben.

„Also, sehen wir mal, wer hier zu welchem Namen gehört. Elena, wer ist Elena?"

Er lässt erneut den Blick über sie gleiten, mit größter Aufmerksamkeit, dann schaut er auf seine neuen Schuhe hinunter. Die passen ausnehmend gut zu seinen feinen und eleganten Knöcheln. Er muss sich einen Vorrat von diesem Schuhmodell zulegen. Bajram war immer schon ein großer Schuhliebhaber und nicht alle Treter, die in den Läden angeboten werden, können ihn überzeugen. Seinen Fuß auf ästhetisch vollendete Weise zu kleiden, ist etwas grundlegend Wichtiges. Ohne den Blick von den Füßen abzuwenden, lauscht er in Richtung der Mädchen. Noch wartet er geduldig, und als die Antwort auf sich warten lässt, wendet er sich an Xhafer. Der zeigt mit dem Finger auf die, die den Namen Elena trägt. Nein, gibt Bajram mit dem Blick zu verstehen, ts, ts, die sollen selbst antworten. Die verängstigten jungen Dinger lesen in seinem Blick, der sich immer mehr verfinstert. Jetzt halten sie sich an den Händen, diese Geste stellt Bajrams Geduld auf eine harte Probe.

„Mädchen", sagt er und versucht, sich zu beherrschen, „es wäre schön, wenn wir mit dieser Angelegenheit durch sind, bevor es dunkel wird. Also lasst die Sperenzien. Ich rufe euch auf, und ihr antwortet. Klar? Sonst kann ich gerne andere Saiten aufziehen. In Ordnung? Wer ist Elena?"

Sie hebt zögernd die Hand und sieht ihm in die Augen. Bajram lächelt ihr wohlwollend zu.

„Wie alt bist du, Elena?"

„Sechzehn."

„Ihr anderen, sagt mir auch euer Alter, wenn ich euch aufrufe."

Laura. Sie ist den Tränen nahe. Achtzehn. Teuta. Einen Schritt vor, siebzehn. Entela. Vierzehn. Gut. Die nächste, was hast du hier geschrieben, Xhafer? Fatma. Fünfzehn. Lindita. Sechzehn. Maja. Achtzehn. Ines, oh, ein schöner Name! Fünfzehn. Klaudia. Ich auch. Was ich auch? Fünfzehn Jahre, wie Ines. Und die letzte, Belinda, das bist du, hm? Siebzehn.

„Was meinst du, Xhaf?"

Der gibt keine Antwort.

„Ich würde sagen, ausgezeichnete Ware. Als wir in deren Alter waren, waren solche Schönheiten in Dortunten nicht leicht zu finden. Aber jetzt, pah, so eine Qualität, phantastisch."

Xhafer lächelt, auch wenn er etwas unruhig ist. Bajram stößt einen bewundernden Pfiff aus. Er steht auf und verschränkt die Arme vor der Brust.

„Gut, Mädchen, machen wir es jetzt kurz, denn Zeit ist Geld, und wir wollen kein Geld verlieren, hab ich recht? Es ist ganz einfach. Ich glaube, ihr könnt euch vorstellen, weshalb wir euch auf diese Seite des Meeres gebracht haben. Alle Dortuntigen lassen nichts unversucht, um hierher zu kommen und ein besseres Leben führen zu können. Euch dagegen ist das alles in den Schoß gefallen, ohne dass ihr einen Finger krummmachen musstet."

An dieser Stelle ist Xhafers ordinäres Lachen zu hören.

„Es ist weitaus besser, hier zu arbeiten, anstatt in Dortunten zu verrotten, wo euch nicht einmal euer eigener Schatten gehört. Hier werdet ihr arbeiten und bezahlt werden. Und wie jede Arbeit hat auch unsere bestimmte Regeln. Regel Nummer eins lautet: Gehorsam. Ihr gehorcht, und wir lassen euch ein menschenwürdiges Leben. Regel Nummer zwei: Der Kunde muss um jeden Preis auf seine Kosten kommen, sein Wort ist für euch Gesetz. Regel drei: Das Geld wird jeden Morgen an den jeweiligen Chef abgegeben, in eurem Fall Xhafer, der, wie ihr seht, einer meiner Stellvertreter ist. Nach einigen Wochen werden wir einen anderen Verantwortlichen ernennen, weil er" – hier dreht er sich halb zum anderen um – „Aufgaben mit mehr Verantwortung übernimmt. Regel vier: Euren Familien in Dortunten sagt ihr, dass ihr als Kellnerinnen oder als Verkäuferinnen in einem Supermarkt oder Laden arbeitet. Die Telefonate mit ihnen werden von unserer Seite aus kontrolliert, und so häufig wie nötig sein, nicht mehr und nicht weniger. Das soll heißen, dass ihr mit euren Leuten zuhause nur so redet, dass kein unnötiger Verdacht aufkommt. Haben wir uns verstanden? Regel fünf: Ihr müsst um jeden Preis verhindern, von der Polizei geschnappt zu werden."

Bajram wiederholt diesen Satz noch zwei weitere Male, indem er jedes einzelne Wort betont, als würde er es mit einer Axt durchtrennen.

„Wenn ihr denen in die Hände fällt, ist es aus mit euch."

Eines der Mädchen hebt die Hand. Bajram sieht auf die Liste.

„Du bist... Entela, ja? Was gibt es?"

„Ich hab schon eine Arbeit, Sie müssen also keine für mich finden."

Uff, ich hab's ihm gesagt, denkt die Kleine. Dieser Mann sieht gar nicht so streng aus, wir haben umsonst so viel Angst vor ihm gehabt. Sie wartet schweigend. Das Mädchen zu ihrer Rechten greift wieder nach ihren Fingern, Entela hält sie fest.

„Was für eine Arbeit hast du denn, Entela?"

„In... bei einer Familie. Ich... Onkel Veli, der Freund von meinem Vater, und seine Frau, sie haben mir eine Arbeit als Kindermädchen in einer reichen Familie besorgt."

„So klein und schon Kindermädchen? Du brauchst doch selbst noch ein Kindermädchen. Welche Familie ist das, die ihre verwöhnten Kinder dir anvertrauen würde? Na ja, alles ist möglich heutzutage. Wie kommt es, dass wir davon nichts gewusst haben?"

Bajram lächelt liebenswürdig. Schließlich ist sie so jung, die reine jugendliche Unschuld. Eben, macht Entela erleichtert und muss aufseufzen, sie hat gewusst, dass es eine Verwechslung war, sie lächelt dem Mann zu, wie gut er angezogen ist, er riecht auch gut nach Parfüm.

„Könnten Sie Onkel Veli nicht sagen, dass er mich abholen soll, sie machen sich bestimmt schon Sorgen. Tante Hajria, seine Frau, war wie ein Mitglied unserer Familie in Dortunten. Sie ist es, die mich zu der Familie bringen wird."

„Aber warum meinst du, dass dich Onkel und Tante zu uns gebracht haben?"

„Ich weiß nicht", sagt das Mädchen verwirrt.

Die zu ihrer Rechten, Fatma war das wohl, drückt ihre Hand noch fester.

„Na, Entela", beharrt Bajram mit derselben Liebenswürdigkeit, „wie erklärst du mir, dass du hier bist und nicht bei dieser famosen Familie?"

„Onkel Veli hat mir gesagt, es sei nur für zwei Nächte, weil sie weggehen würden, und niemand zuhause ist. Ich war bei ihnen in ihrem schönen Haus und..."

Der gutgekleidete Mann lächelt nicht mehr. Den anderen Mädchen pochen die Schläfen vor Anspannung. Sie fürchten, dass sich der Mann aufregen könnte, daher senken sie die Köpfe noch mehr.

„Ich kenne Velis Haus gut, Entela, das ist nicht sein Haus, sondern unseres, verstehst du mich?" – Xhafer verzieht sein Gesicht zu einem eigenartigen Grinsen. – „Veli hat dich hierhergebracht, damit du für mich arbeitest."

Entela reißt die Augen auf.

„Veli arbeitet für mich, gutes Kind, so wie Xhafer hier neben mir."

Er dreht sich zu Xhafer.

„He, schläfst du?"

„Nein, Chef."

„Na also. Kannst du bestätigen, dass Veli für mich arbeitet?"

„Auf jeden Fall."

„Das kann nicht sein, Onkel Veli wird mich abholen, wenn Sie ihm Bescheid geben, er ist ein Freund meines Vaters."

Ihre Stimme beginnt stark zu zittern, ihre Worte werden zäh wie Brotteig.

„Beenden wir jetzt endlich diese unnötige Diskussion? Wir bringen euch jetzt an einen anderen Ort, in eine nette Wohnung. Dort werden andere Mädchen sein, die euch helfen, euch anständig zu waschen und zu kämmen, damit ihr bereit seid für die ärztliche Untersuchung."

Er wartet auf Reaktionen. Es kommen keine. Entela sieht jetzt vollkommen entsetzt aus. Dabei hat Bajram gar nicht geschrien. Er ist der Ansicht, dass Schreien nicht zur Lösung eines Problems beiträgt. Die Kleine klammert sich noch fester an die anderen.

„Was ist das für eine ärztliche Untersuchung? Wir sind nicht krank", sagt Laura.

Was soll ihnen jetzt noch Schlimmeres passieren. Wenn man sie umbringen wollte, hätte man sie in Dortunten umbringen können.

Bajram betrachtet sie auf Brusthöhe und überprüft die Liste. Aha, Laura heißt die hier. Sie ist groß, fast wie er.

„Wir werden eure Jungfräulichkeit überprüfen. Ende der Fragestunde."

Seine Stimme lässt deutlich erkennen, dass er keine weiteren Dreistigkeiten duldet. Er wendet sich zur Tür und macht so etwas wie einen militärischen Gruß mit der rechten Hand in Richtung der Mädchen.

„Xhafer, wir treffen uns dort. Ich schick die anderen hoch."

„Okay, Chef."

„Sag nicht immer okay, Xhaf, das klingt so ordinär."

„In Ordnung, Chef."

Er tritt aus der Tür. Die jungen Frauen fühlen sich ein klein wenig erleichtert. Sie sehen einander an. Wenn dieser Xhafer sie nur ein paar Minuten alleinlassen würde, könnten sie miteinander sprechen und etwas mehr herausbekommen. Xhafers Gesicht verfinstert sich.

„Keine Gespräche. Nach der ersten Phase werdet ihr Zeit zum Plaudern haben."

•

Die jungen Frauen treten nacheinander zu zweit ins Badezimmer, um zu duschen, wechseln aber keine Worte. Eine Frau, die eine Art Chefin sein muss – sie heißt Mira, soweit sie gehört haben –, steht wie eine Polizistin davor. Und wenn da nicht auch dieser sehr hässliche junge Mann wäre, dessen Stimme wie die eines Höhlenmenschen klingt, und der mit dem Akzent des Nordens spricht und den Befehl gegeben hat, die Badezimmertür offen zu lassen, dann hätten sie vielleicht ein paar Worte gewechselt. Doch die Höhlenmenschenstimme begafft die Nacktheit und das Schweigen der Mädchen von der Türschwelle aus. Sie seifen einander den Rücken ein und sprechen mit den Augen. In den Augen steht nicht viel, nur Angst. Zwei Mädchen trocknen sich ab, und zwei weitere treten ein, um sich zu waschen. Derweil reicht Mira den ersten beiden den Fön und bringt sie in ein anderes Bad, wo sie ihnen dabei hilft, sich hübsch zurechtzumachen. Laura wird so etwas wie eine Kommandantin der frisch Angekommenen. Sie ist die größte und die am weitesten entwickelte. Sie hilft den kleinsten Mädchen, sich die Kleider anzuziehen, die Mira ihnen gegeben hat. Jetzt gleichen auch sie den Mädchen, die sie in den Filmen gesehen haben, mit kurzen Röcken, die nicht länger als eine Handbreit sind, und Blusen, die den Bauchnabel freilassen. Lindita macht eine Bemerkung über diese Art von Kleidung, die sie widerlich findet, aber Höhlenmenschenstimme sieht sie bedrohlich an. Ich hab nichts Schlimmes gesagt, beharrt sie, ich mag nicht so einen Mini-Minirock anziehen, wo man fast die Unterwäsche sieht.

„Halt den Mund, und lass die Faxen“, sagt Mira unbeteiligt.

„Warum soll ich den Mund halten?“

„Darum.“

„Aber wir sind keine Gefangenen.“

„Ich will zu meiner Mama“, sagt Entela und weint laut, „ich will nach Hause.“

Auch zwei andere Mädchen fangen an zu weinen. Mira schüttelt genervt den Kopf.

„Sag diesen Gänsen, sie sollen damit aufhören“, sagt sie zu Laura, ohne sie eines Blickes zu würdigen.

„Ich will zu meiner Mama, ich will zu mir nach Hause!“, schreit Entela.

Höhlenmenschenstimme geht zu ihr hin, nimmt ihr Gesicht in die Hand, hebt es an und hebt auch seine Hand. Nicht, ruft Mira. Die Hand des Mannes hält auf halbem Weg inne. Nicht ins Gesicht, sagt Mira, nicht ins Gesicht, hab ich gesagt. Er schlägt ihr mit der Faust auf den Kopf, dann in den Magen. Die Kleine sackt zusammen. Laura geht zu ihr hin, doch auch sie kriegt einen Schlag ab, und

Mira zieht sie weg. Entela liegt auf dem Boden, und Höhlenmenschenstimme versetzt ihr Fußtritte, bis Mira dazwischengeht.

„Nein, nicht, hab ich dir gesagt, die Befehle lauten anders, du hast gehört, was Bajram gesagt hat."

Entela gibt keinen Laut von sich. Mira hilft ihr auf und bringt sie ins Bad. Die anderen Mädchen drücken sich erschreckt gegen die Wand.

„Alle in Ordnung", sagt der Arzt zu Bajram, „eine jungfräulicher als die andere."

Er lacht nasal, zieht sich die Jacke an und fährt sich durch die Haare.

„Dann wären wir wohl fertig."

„Hmm."

„Also, auf Wiedersehen."

Er reicht ihm die Hand. Bajram ergreift sie nicht. Der andere bleibt einen Moment stehen und zieht dann die Hand zurück. Er nimmt seine Tasche und macht sich auf zum Gehen.

„Ist es möglich, sie nach dem ersten Mal wieder zuzunähen?", fragt Bajram.

„Was?" – Die Hand des Arztes erstarrt auf dem Türgriff. – „Ich verstehe Sie nicht."

„Ich habe gefragt, ob sie sich nach dem ersten Mal Sex zunähen lassen, ob wir das Jungfernhäutchen bei den Mädchen wiederherstellen können. Es wäre sehr einträglich, Mädchen, die mehrmals Jungfrauen sind... Sie verstehen mich."

„Aber das ist absurd."

„In meinem Land wird diese Methode von den Mädchen angewandt, die ihre Unschuld verloren haben und nicht als Jungfrauen vor ihren Mann treten können."

„Ach so, damit sie in der ersten Hochzeitsnacht wie unberührt wirken, ja?"

Der Arzt grinst höhnisch, jede Primitivität hatte auch ihre amüsanten Seiten. Er sieht seinen Gesprächspartner an, aber dem ist es todernst.

„Ich weiß nicht, was daran so erstaunlich sein soll. Soweit ich weiß, herrschen im Süden Ihres Landes dieselben Bräuche, oder etwa nicht?“

„Machbar ist alles, aber ich gebe mich nicht mit solchen Sachen ab. Ich hab getan, was Sie wollten, jetzt... *che orrore.*“

„Wir bezahlen Sie anständig, sehr anständig, wie mir scheint, darum ist Ihr Entsetzen wohl eher gespielt und völlig fehl am Platz. Ich werde Sie in einigen Tagen anrufen. Wenn Sie das nicht machen, bekommt ein anderer das Geld.“

„Geben Sie mir Zeit zum Nachdenken.“

Heuchler, denkt Bajram.

Nichts regt ihn so auf wie Heuchelei.

Sie trennen sich im Guten. Bajram ist gut gelaunt. Draußen ist wunderbares Wetter. Die Mädchen haben sich als einwandfreie Ware herausgestellt, so wie von ihm verlangt. Er streckt sich, bevor er nach draußen geht. Es kann zur zweiten Phase übergegangen werden: dem Einkassieren des Geldes.

•

Teuta schreit Mira so laut an, dass ihr die Kehle wehtut. Die lächelt gleichgültig, ohne sich aus der Ruhe bringen zu lassen.

„Auf keinen Fall“, wiederholt Teuta, „nie und nimmer, hörst du? Und wenn sie mich grün und blau schlagen. Ich werd euch alle der Reihe nach anzeigen, beim ersten Polizisten, der mir über den Weg läuft.“

„Überleg dir gut, was du da sagst, Mädel“, warnt Mira sie, jetzt schon etwas beunruhigt, „red keinen Unsinn.“

„Und ich sag es nochmal, ich zeig euch an, was willst du jetzt mit mir machen?“

„Wiederhol, was du gesagt hast, ich glaube, ich hab dich nicht richtig verstanden."

„Ich zeig euch an! Was hast du denn gedacht, dass ich mit mir machen lasse, was ihr wollt?"

Die Verantwortliche sieht sie kühl an. Du Arme, du hast ja keine Ahnung, sagt sie sich. Sie überlegt. Das hier liegt nicht mehr in ihrem Aufgabenbereich. Das Abrichten der Mädchen ist Xhafers Aufgabe. Aber ein plötzliches Mitleid überkommt sie.

„Hör mir mal zu... Teuta, wir mussten da alle durch, verstehst du? Am Anfang ist es etwas schwer, aber dann gewöhnst du dich daran."

„Das ist mir doch egal, wo du durch musstest, du hinterhältige Kuh. Genau das bist du. Es ist so fies, anstatt uns zu helfen, machst du den Henker."

„Du hast keine Vorstellung davon, was ein Henker ist, du hast noch nie einen mit deinen eigenen Augen gesehen", entgegnet Mira mit Eiseskälte in der Stimme.

Das Einzige, was sie sich nicht erlauben darf, ist Schwäche zu zeigen vor ihnen. Wehe dir, wenn du zulässt, dass sie in dir eine Stütze sehen, weil du so bist wie sie. Das ist die Regel Nummer eins für sie. Deshalb bemüht sie sich, sie zu befolgen, sie *muss* sie befolgen.

„Anstatt uns zu helfen", wiederholt Teuta.

„Ich helfe dir, will das nicht in deinen Kopf? Ich sage dir, wenn du dich nicht fügst, wartet die Hölle auf dich."

„Lieber noch das, als Prostituierte zu werden."

„Bist du dir da wirklich so sicher?"

„Darauf kannst du Gift nehmen."

„Gut, ich hab dich gewarnt."

Mira geht aus dem Zimmer, schließt ab und setzt sich auf das Sofa im anderen Zimmer. Sie schaltet den Fernseher an und holt ihr Mobiltelefon aus der Tasche.

„Du musst sofort kommen. Ich hab ein Problem hier."

Er muss unterwegs sein, denkt Mira aufgeregt, der Autolärm übertönt beinah Xhafers Stimme, in einer Viertelstunde bin ich da, versichert er ihr.

Ganz genau nach einer Viertelstunde taucht er auf. Mira erklärt ihm in wenigen Worten die Lage. Xhafer stößt dabei mehrmals auf.

„Irgendwas ist mir nicht bekommen", entschuldigt er sich bei Mira.

Die macht sich fertig zum Gehen.

„Wohin gehst du?"

„Das ist jetzt deine Aufgabe", sagt Mira entschieden und versucht vergeblich, unterwürfig zu klingen, „ich will da nicht dabei sein."

„Du bleibst hier, ich brauch dich später noch."

„Bitte", fleht sie ihn an, „bitte, Xhafer, lass mich nicht hier drinnen bleiben. Ich warte draußen auf dich, sobald du mich anrufst, bin ich sofort hier."

Er zögert.

„Tu mir diesen Gefallen, bitte."

„Also gut, weil du's bist. Geh und hol auch die Tasche mit den Medikamenten."

„Ich hab schon dran gedacht, steht in der Wohnung."

Mira geht eilig fort. Sie nimmt die Treppen. Aus Erfahrung weiß sie, dass Xhafer eine gute halbe Stunde in der Wohnung bleiben wird, sie kann sich also Zeit lassen und eine Runde im Viertel drehen, so hat sie keine Zeit zum Nachdenken. Gut, dass sie Hosen anhat und Schuhe ohne Absätze, so kann sie problemlos laufen. Sie eilt atemlos die Treppen runter. Als sie bei dem schönen Ausgang des Wohnhauses ankommt, rast ihr Herz wie verrückt. Wo sind die Zigaretten? Sie kramt in ihrer Tasche. Sie hat sie oben vergessen. Wie ein angeschossenes Tier stürmt sie in die nächstbeste Bar und lässt sich auf einen Stuhl fallen.

Xhafer öffnet die Tür. Das Mädchen springt auf und legt schützend ihre Arme vor die Brust. Der Mann taxiert sie lange.

„Wie alt warst du nochmal?"

„Siebzehn."

„Wo liegt das Problem, warum gehorchst du nicht?"

Er hat keine Lust, sich heute die Hände schmutzig zu machen. So eine Scheiße, denkt er, wieder so ein nutzloser Tag. Er rülpst. In seinem Magen brennt es unangenehm.

„Ich... will keine Prostituierte sein."

„Und du wirst uns bei den Bullen verpfeifen, ja?"

„Das hab ich nur gesagt, um... Wenn ihr mich nicht gehen lasst. Aber wenn ihr mich gehen lasst, finde ich eine Möglichkeit, um nach Dortunten zurückzugehen."

„Mit dieser Logik kommst du nicht weit, weder auf Erden noch im Himmel", sagt Xhafer sanft und bekommt Schluckauf, wodurch das letzte Wort abgeschnitten wird.

Sie kann ein hysterisches Lachen nicht unterdrücken. Er fühlt sich dadurch gekränkt und knurrt sie an. Mit dem Handrücken schlägt er ihr – nicht ins Gesicht, das sie instinktiv zu schützen sucht, sondern – auf die Brust, und sie stößt einen Schrei aus. Er schlägt sie weiter, und sie windet sich hin und her in der vergeblichen Hoffnung, einem der Schläge ausweichen zu können. Ein eiserner Faustschlag trifft sie am Hals, und sie fällt aufs Sofa. Genug, bitte! Er sieht sich an, wie das junge Ding zusammengekrümmt unter ihm liegt, spuckt ihm seinen schleimigen Auswurf ins Gesicht und läuft ins andere Zimmer, um den Fernseher auszuschalten. Der zeigt die lustigen Episoden von Mister Bean. Wenn Xhafer arbeitet, kann er keine unnötigen Geräusche um sich herum haben.

Im Badezimmerschrank findet er, was er benötigt, und geht zurück zu dem Mädchen, das noch immer unbeweglich in derselben Position verharrt. Er beugt sich vor und berührt leicht ihre Schulter. Sie bewegt sich nicht. He, du, steh auf, steh auf, sag ich. Er fasst sie unter den Achseln. Der Schluckauf will ums Verrecken nicht weggehen. Puh, so eine erbärmliche Scheiße, flucht Xhafer laut. Steh auf, hab ich gesagt, verschwende nicht meine Zeit! Mühsam bewegt sie sich und steht auf, wobei sie vor Schmerzen ihr Gesicht verzieht. Hände hintern Rücken. Sie hält sie vor ihre Brust. Hinter den Rücken, hab ich gesagt! Teuta gehorcht. Er fesselt ihre Hände, stopft ihr einen nassen Putzlumpen in den Mund und versiegelt ihn mit einem breiten Streifen Klebeband, der den gesamten Mundbereich bis hin zur Nase abdeckt. Bitte, sagt ihm das Mädchen mit den Augen. Ich gehorche ja, nur schlag mich nicht mehr. Aber er versteht die Sprache der Augen nicht und hat auch gar keine Lust, sie verstehen zu lernen, sodass die Worte schmutzig an dem nassen Lappen klebenbleiben. Nun kann er in Ruhe arbeiten, er lächelt. Er gibt ihr einen Stoß, und sie fällt aufs Sofa. Teuta verspürt wegen des Lappens im Mund einen Brechreiz, ihre Lungen scheinen zu platzen, da sie nicht genug Luft bekommt. Der Mann geht in die Küche. Durch die offene Tür sieht sie, wie er den Kühlschrank öffnet und zwei Flaschen Bier herausholt. Sie rappelt sich hoch und folgt ihm mit aufgerissenen Augen. Er macht sich ein Bier auf und während er genüsslich trinkt - vielleicht wird er diesen verdammten Schluckauf ja mit dem Bier los –, weidet er sich am Entsetzen in ihren Augen.

„Was schaust du mich so an wie ein verschrecktes Reh?“

Sie schüttelt den Kopf.

„Du hast es dir selbst so ausgesucht, Rehlein. Jetzt bist du am Arsch.“

Zunächst benutzt er den Sandsack. Eine alte und äußerst effiziente Methode aus Dortunten, die einst von den Polizisten angewandt wurde, wenn sie die politischen Angeklagten oder Häftlinge schlugen. Nicht ins Gesicht, auf keinen Fall, kein einziger Kratzer darf das Gesicht verunzieren. Die Perlen sollen glänzen, goldene Regel, sonst sind sie keine müde Mark wert, und wir müssen sie auch noch durchfüttern. Wie du willst, Chef. Aber jetzt zeig es ihr, jetzt wisch den Boden mit ihr. Okay, in Ordnung, Chef. Er schlägt solange auf sie ein, bis nicht nur sein Schluckauf, sondern auch sein Sodbrennen vorübergeht.

Vom Mädchen hört man kein Schnaufen mehr. Sie liegt am Boden, mit dem Gesicht zur Erde, und der Sack schlägt auf sie ein, auf den Rücken, in die Seiten, ein Schlag mit dem Sack und ein Tritt mit dem Fuß, aber nicht mit der Spitze, sondern mit der Unterseite des Schuhs. So wird die Wunde einheitlich, ebenso wie die Schwellung. Einmal der Sack, einmal ein Tritt, so fährt Xhafer gleichmäßig fort, bis es ihm zum Hals heraushängt. Sie bewegt sich nicht mehr, er springt auf ihren Rücken, er drückt sich mit seinem ganzen Körpergewicht auf sie, uff, macht das menschliche Gewichtstück, das gequetschte Fleisch ächzt, Knochen knirschen, und er drückt noch fester zu.

„Du dreckige Nutte, du schäbiges Flittchen, ich werd dir deine Launen schon austreiben, elendes Miststück."

Es sind die einzigen Wörter, die er ausspricht, aber sie hört sie nicht mehr, weil sie das Bewusstsein verloren hat. Ein Tritt hat sie am Ohr getroffen, aus dem Blut tritt. Er packt sie an den Haaren und gibt ihr mit dem Sack noch zwei Schläge auf den Hintern, damit sie sich auch beim Pinkeln daran erinnert, dass die Jungs keinen Spaß verstehen.

Ob es wohl genug ist? Er dreht sie um. Das Gesicht des Mädchens ist schrecklich geschwollen, und die Haare hängen verklebt darin.

„Pfui Teufel!"

Er setzt sich aufs Sofa und zieht die Zigaretten aus der Tasche. Er zündet sich eine an und denkt nach. Ihn überfällt eine plötzliche Müdigkeit. Das passiert ihm jedes Mal, wenn er eine von den Stricherinnen schlägt. Ob es dafür wohl irgendeine wissenschaftliche Erklärung gibt, ob das Gehirn wohl irgendeinen Stoff absondert, der...? Er muss lachen. Er überprüft den Zustand des Schlachtviehs. Ihr Puls schlägt noch. Sehr gut. Das ganze Blut kommt nur aus dem einen Ohr, also kein Grund zur Beunruhigung. Diese Huren überleben einfach alles, die haben keine sieben, die haben mindestens hundert Leben. Frauen! Ugh, was für eine widerliche Gattung.

Er wählt Miras Nummer. Ich bin hier, meldet sie sich sofort, mit der gewohnt milden, servilen Stimme. Komm nicht gleich her, sondern bring noch jemand mit. Warum? Weil ich es sage, in zehn Minuten seid ihr da. Ist es schlimm, geht es ihr sehr schlecht? Der geht's prima, sie ist in Hochform.

Als die fassungslosen Frauen den Körper ihrer Leidensgenossin auf der Seite liegen sehen, der Kopf blutüberströmt, das Blut mittlerweile getrocknet, trinkt Xhafer gerade sein viertes Bier und ist gut gelaunt. Nicht, dass er seine fröhliche Stimmung offen zur Schau stellt. Er war noch nie ein Freund von Schenkelklopfen, doch in seinen Augen liegt ein gewisses Lächeln.

„Seht euch diese Laus da gut an, ihr Fotzen. Wenn ihr Lust habt, dass ich bei euch auch mal Hand anlege, müsst ihr es mir nur sagen, und ich tu euch die Freude."

Er hat ordentliche Arbeit geleistet, auch dieses Mal wieder hat er *ganze Arbeit* geleistet. Wie die Profis, sagen die Chefs in diesen Fällen. Vorausschauend, wie Mira ist, hat sie auch eine Schlampe mitgebracht, die früher mal Krankenschwester war. Auch ein Profi. Eine Frau zwar, aber ein Profi.

•

Professor Oliver S. war an diesem Tag ganz besonders guter Dinge und wenngleich er es vorgezogen hätte, den Morgen im Bett anstatt im Hörsaal zu verbringen, spürte er doch nach etwa einer Viertelstunde der Vorlesung, dass zwischen ihm und den Studierenden etwas Ungreifbares entstanden war, für das sein Unterricht berühmt war, unabhängig von der Trägheit, die einige Male im Jahr für eine recht ausgedehnte Zeitspanne von ihm Besitz ergriff – und dieser Monat fiel ganz genau in diese Spanne.

Er selbst nannte diese schwer dechiffrierbaren Anfälle von Faulheit *Sabotagespannen im Schaffensprozess,* zumal sie in der Regel so lange wie das Öffnen einer Handspanne zwischen Daumen- und Kleinfingerspitze währten, nach Oliver S.' eigenem Wortschatz also für die Dauer von rund drei Wochen oder höchstenfalls einem Monat.

Im Vergleich zu anderen Malen saßen nur wenige Studentinnen und Studenten im Auditorium. Oft war es zum Bersten gefüllt mit Köpfen in allen Farben und auf dem äußersten Rand des Podiums, auf dem das Rednerpult stand, drängten sich Diktiergeräte, mit denen die Hochschüler seine Vorträge aufnahmen. Nicht selten waren ihm bei Prüfungen besonders Begeisterte untergekommen, die auswendig ganze Unterrichtseinheiten aufzusagen wussten, ohne auch nur eine einzige Kunstpause zu ändern. Obgleich eine solche Erscheinung fraglos sein Ego ganz ungemein streichelte, folgte Oliver S. seiner Berufung hingebungsvoll genug, dass er ein *derartiges* Nachäffen vonseiten der Studierenden nicht akzeptierte.

„Hast du nichts Eigenes einzubringen?", war der Ausdruck, mit dem er sich für gewöhnlich an Studenten dieser Kategorie wandte, selbstverständlich *nachdem* er sie benotet hatte, sprich nach der Folter der mündlichen Prüfung. „Etwas Eigenes, und wenn es auch etwas ganz Dummes ist, nur etwas von dir sollte in dieser Ausführung stecken. In jedweder Ausprägung von Kunst oder Wissenschaft ist die pedantische Imitation gleichbedeutend mit dem Tod. Vor allem in dieser Kunstform, junger Mann, vor allem hier. Das Kino hat einen weiten Weg zurückgelegt, eben *weil* es in seiner Denkweise keine Klischees und Hierarchien respektiert hat. Es ist eine freie Kunstform, bei der oft Mut gefragt war, um alles umzustürzen. Und was trägst du mir hier vor? Eine staubtrockene Kopie, einen zweistündigen Vortrag von Oliver S., nur mit anderer Stimme. Nun, dass du's weißt, mich ödet es über alle Maßen an, mir selbst zuzuhören." (Auch wenn das nur bis zu einem gewissen Grad stimmte.)

Er war ein korrekter Professor und ein strenger Kritiker. Außerhalb der Mauern des Hörsaals der Akademie der Künste verwandelte er sich in etwas völlig Anderes. Das Dozieren vor Publikum und seine sonstige Art zu sprechen unterschieden sich praktisch völlig voneinander. Er hatte mittlerweile mehrere Standardwerke zur Geschichte der Filmkritik veröffentlicht, auf den Filmfestivals war er ein Halbgott, neben dem alle anderen wie verlorene Schuljungen wirkten.

Doch die größte Genugtuung gab ihm das Sprechen vor einem universitären Kreis an Zuhörern. Vielleicht kam dies von seinem einstigen und nun verborgenen Wunsch, Schauspieler zu werden, wodurch der Auftritt vor einem Saal voller rebellischer, ausgeflippter Studentinnen und Studenten, in denen die ganze Überheblichkeit der Jugend steckte, zu einer Herausforderung wurde, der er sich bereitwillig stellte.

Nie entging Oliver S.' Blick, welchen Platz die Studierenden in den Sitzreihen einnahmen. Die, die eines Tages als bloße Schreiberlinge seichte Kritiken für mittelmäßige Blätter oder regionale Privatsender verfassen würden, setzten sich immer in die ersten Reihen. Sorgfältig positionierten sie ihre Aufnahmegeräte so nah wie möglich und erhoben sich dann und wann, um sie während der längeren Intervalle auszuschalten, in denen Oliver S. abschweifte und sich in Exkursen erging. Nie konnte diese Spezies eine direkte Verbindung zur Vorlesung herstellen, die gerade im Gang war. Sie waren sorgfältig angezogen, in wohlkombinierten Farben und Markenkleidern, die in teuren Geschäften erstanden worden waren. In den hinteren Sitzreihen und überall verteilt erblickte er die, die sich ernsthaft und leidenschaftlich mit dem Kino beschäftigen würden, die, die vielleicht etwas Neuartiges in den Filmen machten, die sie drehten, wahre Cineasten und Rebellen. Sie verstanden es, wirklich zu lieben und zu respektieren, wenn nicht auf perfekte, so doch auf essenzielle und radikale Weise. Man erkannte sie an der Art, wie sie ihre Haare kämmten oder nicht kämmten, an den Pigmentierungen dieser Erde, an ihrer sanguinischen Selbstsicherheit. Sie waren Exemplare des bunten und lauten Zirkus des Lebens.

An ebendiese richtete sich Oliver S. in seinen Vorlesungen mit einem kaum zu verhehlenden Verlangen, sie für sich zu gewinnen. Doch dies suchte er heimlich zu erreichen, nicht offen, da seine manische Auffassung eines Unterrichts der Ästhetik ihm keine Parteilichkeit gestattete. Sie hatten es mit Kunst zu tun, unabhängig davon, ob die fatale Anziehungskraft, die dieses Ausdrucksmittel ausübte, noch in den Kinderschuhen steckte oder schon weiter fortgeschritten war. Deshalb musste sich diese Erforschung einer genuinen Ästhetik auch in den Hörsälen manifestieren, in denen von dieser Kunst gesprochen oder in denen sie vorbereitet wurde.

An diesem Herbsttag, der ungewohnte Farben und Aromen bereithielt, fühlte sich Oliver S. in völligem Einklang mit sich selbst, dem Saal und der Tatsache, dass er noch keinen Kaffee getrunken hatte. An den anderen Tagen dieser Woche wäre dies undenkbar gewesen.

Er hatte die U-Bahn zur Akademie im letzten Moment erwischt. Ebenfalls im letzten Moment, bevor das Gespräch zu zerfasern drohte – in seinem persönlichen Wortschatz nannte er das Penelopismus –, hatte Oliver S. seinem guten Freund Valentino Cucurnia sein Einverständnis gegeben, der ihm für den nächsten Tag eine andere Abendgestaltung als üblich vorgeschlagen hatte, für den Abend also, der ihn in etwa acht Stunden erwartete.

Die Zustimmung war aus derselben Logik erwachsen, mit der er Mitglied in einem Fitnessstudio unweit seines Hauses geworden war, zum ersten Mal in seinem Leben, nach der erschütternden Einsicht, dass das Fleisch seines Leibes, das sich bis dahin gut gehalten hatte, mit atemberaubender Geschwindigkeit erschlaffte.

Zu dieser Zeit ging er alles logisch an, um sich der Sabotagespanne im Schaffensprozess zu widersetzen, der er sich regelmäßig drei- bis viermal im Jahr ausgesetzt sah. Da jede von ihnen fast einen Monat andauerte, zeigte eine einfache Rechnung, dass er ein Viertel des Jahres im Schneckentempo arbeitete. Und so etwas konnte er sich niemals erlauben. Die Bequemlichkeit hatte ihn dazu gebracht, die Rolle des Forschers und Kritikers einzunehmen, anstatt selbst Kunstschaffender zu sein. Um ganz vorne mit dabei zu sein, bedurfte es neben einer außergewöhnlichen körperlichen und geistigen Energie auch des heiligen Feuers. Er verfügte über diese heilige Flamme in Bezug auf das Kino und allem, was damit zusammenhing, es fehlte ihm aber an der körperlichen Kraft und der Beharrlichkeit eines Wahnsinnigen, Eigenschaften, die dem wahren Künstler vorbehalten sind.

Das ist die Strafe der Natur, mein lieber Freund, als Gegengewicht dafür, dass du reich bist, hatte ihm Valentino Cucurnia öfters gesagt, und es ist eine vernünftige und überhaupt nicht übertriebene Kopfsteuer. Die Natur gibt dir etwas von der einen Seite und nimmt dir etwas von der anderen. Wie mir scheint, läuft es für dich auch in der Richtung gut, in die du gerne das Steuer einschlagen möchtest, nicht wahr?

„Regisseur, du?!", hatte seine Ex-Frau weitaus spürbarer gestichelt.

Dies war nach der Ehescheidung passiert, als die beiden im Zuge einer geheuchelten Bemühung, die gute Beziehung zwischen zwei geistig offenen Menschen aufrechtzuerhalten, versucht hatten, hin und wieder in einem der großbürgerlichen Restaurants der Metropole zusammen Mittag zu essen.

„Deine Filme wären die kostspieligsten auf dem gesamten Kontinent, mein Lieber", war sie fortgefahren, „denn nach jeder Einstellung würdest du eine Teepause einlegen, danach einen kleinen Powernap und dann ein paar Yoga-Übungen."

„Ah."

Er hatte dünn gelächelt, scheinbar indifferent, und nicht gewusst, wie er mit dieser so plötzlichen 180-Grad-Wendung umgehen sollte. Nicht mehr als fünf Monate vor der Scheidung hatte sie ihm in einer einwandfreien Argumentationskette dargelegt, dass er der geborene Regisseur war und sein Intellekt sowie seine Gelehrsamkeit derart vielseitig waren, dass er die heilige Flamme der Kreativität um ein Vielfaches vergrößern würde, wenn er sich endlich dazu entschlösse, das Drehbuch zu verwirklichen, das seit geraumer Zeit in seiner Schublade lag. Als er sich die Dinge jedoch genauer besah, kam er zu der Einsicht, dass sie während der Phase der entfesselten Begeisterungsstürme für seine Kunst auch ihre sexuellen Instinkte entfesselt hatte, indem sie bis zu dreimal am Tag mit seinem besten Freund ins Bett stieg, für den sie ihn auch fünf Monate später verließ. Die 180-Grad-Wendung hatte zu dieser Zeit begonnen.

Jetzt hatte Joëlle es nicht mehr nötig, irgendetwas vor ihm zu verbergen, und profitierte nicht mehr von ihm. Was zu bekommen gewesen war, hatte sie genommen und sich in die Tasche gesteckt. Alles war nun getrennt, selbst die Rechnung im Restaurant.

Es war ihr letztes gemeinsames Mittagessen. Nur dorthin zu gehen, um sich die Dekonstruktion seines Talents anhören zu müssen, durch die Frau, die sein ansonsten so erhabenes Leben zum Einsturz gebracht hatte, das wäre wirklich masochistisch gewesen. Hinzu kam, dass Oliver für den Weg von dem Villenviertel, in dem er lebte, bis ins Stadtzentrum ein Taxi nehmen musste, wodurch sich die Kosten für das Mahl zu einer Unsumme steigerten, die er nicht länger hinnehmen wollte. Dafür bezahlen, sich beleidigen zu lassen? Auf Wiedersehen, meine Liebe. Wir sehen uns wohl auf der Premiere von Turandot am Samstag. Ich fahre morgen in den Urlaub. Ich merke, dass ich den dringend nötig habe – ich werde mich sechs Wochen einfach nur entspannen. Ach so? Dann einen schönen Urlaub. Fährst du zusammen mit...? Der Name seines ehemaligen Freundes war tabu. Ja, hatte seine ehemalige Lebensgefährtin gelächelt, so süß wie Apfelmost, zusammen mit... Mögt ihr euch den Hals brechen, hatte ihr Oliver S. im Stillen gewünscht und sie zum Abschied auf die Wange geküsst. Er war ein toleranter Mensch, doch nicht so tolerant, dass nach fünf Monaten mir nichts, dir nichts das so überaus schmerzhafte Gefühl des Betrogenwordenseins in ihm erloschen wäre. Das Hörneraufsetzen stellte keine neue Erscheinung in der Geschichte der Menschheit dar, doch der persönliche Schmerz, den das Wissen um das Tragen der Hörner verursachte, blieb immer gleich neu und bitter für den Gehörnten.

Oliver S. sah auf die Armbanduhr. Noch zwanzig Minuten, bis die Stunde zu Ende war, was ihm plötzlich viel zu lange erschien angesichts des verflixten Rhythmus dieses profillosen Tages.

„Kommen wir zu Georges Méliès und seiner Rolle bei der Entwicklung des narrativen Films, oder, wie wir heute sagen würden, des fiktionalen Films", sagte er zu den Studenten und bemühte sich, Herr über den vertikalen Absturz seiner Stimmung zu werden. Einige der Anwesenden verließen relativ laut das Auditorium. Eine Studentin der Sorte „viel guter Wille, kein Talent", die stets in der ersten Reihe saß, lächelte ihm wie in den vergangenen drei Sitzungen zu. Hübsches Gesicht, hatte Oliver S. letztes Mal flüchtig gedacht. Wenn man diesem Mädchen an einem Schreibtisch gegenübersäße, könnte man den Eindruck gewinnen, dass sich ihre feinen Züge auch auf die anderen Körperteile erstreckten. Aber oh weh, von dem Katheder aus, hinter dem Oliver S. dozierte, ließ sich durch die ungünstige Zurschaustellung der übereinandergeschlagenen Beine die Vorstellungskraft nicht belügen. Sie hatte fleischige Beine. Es war eine Blondine des Typs „nicht schön, aber drall", was den meisten Männern gut gefiel. Auch wenn die Vermarktung des weiblichen Typs vonseiten der allmächtigen Gestalter der Mode und der ästhetischen Meinung zur mageren und androgynen Frau tendierte, so bewahrten die Männer doch etwas Primitives in ihrem Geschmack. Sie fuhren immer noch auf kurvige Frauen ab, besonders am Hintern und am Busen durfte es füllig sein.

Dies stand in keinerlei Zusammenhang mit der Kultiviertheit oder einem Mangel an Kultiviertheit des männlichen Geschmacks, sondern mit dem Tastsinn, dem Berühren. Während das Auge nach schlanken, leicht nervösen, langen und glatten Formen dürstete, wollten die Hände noch immer opulente Fleischmassen umgreifen, selbst, wenn diese Masse nicht immer ästhetisch vollendet war.

Die Studentin, die sich so schamlos exponierte, zählte zu dieser Gruppe. Sie hatte ein hübsches Gesicht, das durch die formlose Üppigkeit ihrer idiotisch zur Schau gestellten Beine sabotiert wurde. Ein dunkles, enges, elastisches Paar Hosen, von der Sorte, die dünner machen und das übermäßige Fleisch in ihre Grenzen weisen, hätte ihr besser gestanden. Oliver S. erwiderte das Lächeln des Mädchens auf neutrale Weise, wie er es nur vermochte, wenn ihn eine Frau nicht interessierte. Doch das Mädchen verstand die Botschaft nicht und ließ die selbstmörderischen Beine weiterhin übereinander geschlagen. Dumm für sie, sagte sich Oliver S. und beendete damit endgültig seinen Gedanken.

„Eines Nachmittags im Herbst des Jahres 1896, während Méliès eine gewöhnliche Straßenszene filmte, hatte die Kamera einen Defekt. Doch lasst uns einen kleinen Schritt zurückgehen. Méliès hatte zu Beginn desselben Jahres vergeblich versucht, den Brüdern Lumière einen Kinematograph abzukaufen. Diese witterten sogleich die Gefahr, die für das Kino der damaligen Zeit, welches sich bis zu jenem Tag in den Händen der Brüder Lumière befand, von der Konkurrenz Méliès' ausgehen könnte. Méliès hatte, bevor er Schauspieler wurde, als Illustrator, Fotograf und Bühnenbildner gearbeitet. Ebenfalls gebrauchte er seit geraumer Zeit im Theater Robert Houdin, dessen Eigentümer er war, eine magische Laterne, wenn er selbst Vorführungen gab. Daher ahnte er mit der Schöpfung der ersten kinematographischen Programme im Jahre 1895 schneller und tiefgehender die großen Möglichkeiten der *bewegten Bilder* voraus. Und so entmutigte ihn die Weigerung vonseiten der Brüder Lumière, ihm einen Kinematograph zu verkaufen, keineswegs. Monate später erstand er durch den Erfinder Robert W. Paul – von dem wir zu Beginn der Vorlesung gesprochen haben – einen animatographischen Projektor, den er modernisierte, indem er dessen mechanisches Prinzip veränderte. Auf diese Weise erschuf Méliès seine eigene Filmkamera.

Kommen wir nun noch einmal auf den berühmten Nachmittag zu sprechen, als bei einer Aufnahme in der Straße die Kamera einen Defekt erlitt, und Méliès seine Arbeit für einige lange Minuten unterbrechen musste. In dem Moment, als die Szene zum Stehen kam, filmte er einen Omnibus, der gerade aus einem Tunnel herausfuhr. Als es ihm gelang, das Filmen wiederaufzunehmen, war der Omnibus schon lange vorbeigefahren und an derselben Stelle kam nun eine Beerdigungsprozession vorbei, die er selbstverständlich filmte. Doch durch diesen kleinen, auf den ersten Blick völlig unwichtigen Zwischenfall entdeckte Méliès, dass es keinen ersichtlichen Grund gab, weshalb sich der Film an die empirischen Gesetze der Realität zu halten hatte, wie seine Vorgänger dachten. Aus dem einfachen Grund, dass der Film in einem gewissen Sinn seine eigene Wirklichkeit und seine ganz eigenen strukturellen Gesetzmäßigkeiten besitzt."

Die Studierenden waren inzwischen fast alle aufgestanden, und einige sammelten bereits ihre Aufnahmegeräte ein. Oliver S. schloss mit den Worten „Den anderen Teil findet ihr natürlich ausführlich besprochen im Vorlesungsskript."

„Wann kommen Sie dazu, einen Blick auf meinen 8-Millimeter-Film zu werfen, Professor?", rief ihm einer der *Ethnischen* zu.

„Ach", machte Oliver S., mehr zu sich selbst.

Seit Wochen hatte er ihm versprochen, den Kurzfilm anzusehen, den der Student – zweifelsfrei der fähigste des Kurses – als Semesterarbeit einzureichen beabsichtigte.

„Nicht heute, junger Mann. Ab morgen kannst du mich anrufen, und dann sprechen wir uns ab, in Ordnung?"

Der *Ethnische* stieß ein Danke zwischen den Zähnen hervor und verschwand.

Das übereifrige Mädchen tat, als bräuchte es lange mit dem Verstauen der Aufzeichnungen, trug schnell etwas Lipgloss auf und wandte sich ans Rednerpult.

„Wann können Sie mir zehn Minuten Ihrer Zeit widmen, Herr Professor?“, fragte sie, ihre Stimme schraubte sich dabei gleich zweimal hintereinander nach oben.

Oliver S. lächelte ihr wie zuvor praktisch ausdruckslos zu, in seinen Tonfall legte er aber nun eine Kühle, die eher vernichtend als neutral klang.

„Nicht heute, wie Sie gehört haben.“

„Vielleicht in der nächsten Stunde?“

„Ich kann nicht wissen, wie viel Arbeit ich in einer Woche haben werde“, sagte er jetzt, mit mehr Härte in der Stimme, als er es beabsichtigt hatte.

„Entschuldigen Sie“, sagte das rubeneske Frauenzimmer und verließ eilig den Saal.

Eine von denen, die nicht beharrlich genug sind, lächelte Oliver S., ein dummes Ding, karrieregeil, aber nicht skrupellos genug, um nach oben zu kommen.

Er verließ die Akademie, ohne noch einmal ans Institut zu gehen. In einer bekannten Vinothek traf er eine sorgfältige Auswahl und gab in Auftrag, dass ihm die Weinkartons nach Hause geliefert werden sollten. Dann schaute er in der Redaktion einer der Zeitungen vorbei, in denen er mitarbeitete, aß ein einsames Mittagessen in einem kleinen Restaurant, in dem mehr als die Hälfte der zehn Tische leer war, und nahm ein Taxi zurück nach Hause. Wie wohl das Treffen mit der jungen Dame ablaufen würde, das Valentino Cucurnia ihm für diesen Abend arrangiert hatte? Es war das erste Mal, dass er dafür bezahlte, die Nacht mit einer Frau zu verbringen, für seinen Freund war das Normalität. Aber nach sechs Monaten ohne jeden sexuellen Kontakt bis auf den mit seiner Hand, und angesichts der Faulheit, die ihn zu dieser Zeit überfallen hatte, war das zu guter Letzt doch keine schlechte Lösung. Ob sie auch intelligent sein mochte?, fragte sich Oliver S. flüchtig. Wie auch immer es ablaufen würde, er hatte genug Zeit zur Verfügung, um sich auszuruhen und zu regenerieren, bis es Abend würde. Zuallererst würde er in seine Sauna gehen.

•

Dortunten, 15. August 1995

Sehr geehrte Polizei des Staates Dortoben,

ich habe lange nachgedacht, ob ich diesen Brief schreiben soll. Mag sein, dass er ganz umsonst ist, doch die Verzweiflung treibt den Menschen dahin, wo er es nicht vermutet, und ich bin verzweifelt, denn:

Meine Tochter Laura Isufi wurde von hiesigen Banden entführt, die Frauenhandel betreiben. Auch das Fernsehen in Ihrem Land hat in letzter Zeit viele Nachrichten darüber gebracht. Ich bin mir dessen sicher. Man hat Laura entführt. Auch die hiesige Polizei sagt mir, dass es wohl so ist, aber sie haben keinerlei Handhabe, um die Wahrheit aufzudecken. Sie schaffen es nicht, die Probleme vor Ort zu lösen, geschweige denn die außerhalb der Landesgrenzen.

Bitte, finden Sie meine Laura. Es ging alles so schnell, und schon war sie verschwunden. In ihrer Freizeit nach der Schule arbeitete sie als Putzfrau, um ein klein wenig Geld zu verdienen, und plötzlich war das Mädchen verschwunden. Zeugen, die Angst haben, etwas in der Öffentlichkeit zu sagen, haben mir bestätigt, dass sie Laura gesehen haben, wie sie in das Haus ging, in dem sie putzte, doch niemand hat sie wieder herauskommen sehen. Nach meinem inständigen Bitten hat die

Polizei das Haus durchsucht, aber es war zu spät. Das Haus war leer, und die Besitzer hatten das Land verlassen. Die Polizei hier hat jetzt Beweise, dass sie unter den Führern dieser Clans waren, doch was bringt uns das?

Ich flehe Sie an, mir zu helfen. Ich werde diesen Brief in vielen Abschriften an alle Polizeistellen der größeren Städte in Dortoben versenden. Ein Jurastudent, der Ihre Sprache kann, hilft mir dabei.

Laura Isufi, 1 Meter 75 groß, mit langen, schwarzen Haaren, sie hat seit der Kindheit eine Narbe unter dem Kinn. Ich weiß nicht, was für andere Erkennungsmerkmale ich Ihnen geben kann. Sie ist ein sanftes Kind, schön und lieb wie das Licht.

Laura hat ihr Zuhause nicht aus freien Stücken verlassen. Man hat sie entführt. Eine Mutter weiß sehr gut, was für eine Tochter sie hat. Nehmen Sie sich ein Herz, denn hierzulande werden Familien ausgelöscht, es sind schon so viele Mädchen verschwunden, und jeden Tag verschwinden mehr. Helfen Sie uns, sie zu finden. Nicht wenige der Mädchen sind sogar noch jünger als Laura. Eine von ihnen namens Entela ist erst 14 Jahre alt. Auch ihre Eltern verlieren den Verstand. Sie wissen ganz sicher, wer ihr kleines Kind entführt hat, es ist ein Pärchen, Veli und Hajria Ajkani, und sie wissen genau, dass die beiden in Ihrem Staat leben. Es waren Freunde von Qazim und Myrvet Shala, den Eltern Entelas. Vielleicht nützen Ihnen diese Einzelheiten, um die Kriminellen zu fassen. Vielleicht wissen sie auch, wo meine Laura ist.

Mein Leben ist erloschen seit dem Tag, an dem Laura verschwand, sie ist das Licht meiner Augen, wie Sie sich leicht vorstellen können. Ich habe sie kaum ernähren können in diesem zerstörten, von Gott vergessenen Land, aber sie ist wie eine Blume gediehen.

Darf ich eine Hoffnung hegen, dass Sie vielleicht Zeit finden werden, um sich meines Problems anzunehmen, neben all den anderen Problemen, die Sie mit Sicherheit beschäftigen? Retten Sie meine Laura, ich flehe Sie an. Ich weiß nicht, an wen ich mich sonst wenden soll und wem ich mein Leid klagen könnte.

Im Glauben, dass Sie mir antworten werden, wenn Sie diesen Brief erhalten, bin ich dankbar und verbleibe mit herzlichen Grüßen.

Ihre Vjollca Isufi

Hauptstadt, Freiheitsstraße, Block 15, Wohnung 6.

PS: Ich füge diesem Brief auch den der Eltern bei, deren Tochter namens Entela entführt wurde, und den derselbe Jurastudent übersetzt hat, der Nachbar der Familie Shala.

•

Sehr geehrte Herren Polizisten des Staates Dortoben,

unsere Tochter Entela Shala, 14 Jahre, mit kurzem, blondem Haar und von kleiner Statur, mit blauen Augen, wurde uns vor vier Monaten hinterhältig von Veli und Hajria Ajkani geraubt. Seither haben wir nichts von unserem kleinen Kind gehört. Sie hatten uns versprochen, sich um Entela zu kümmern, nachdem wir beide unsere Arbeit verloren hatten. Zuhause müssen wir noch vier weitere Kinder satt bekommen, unsere Söhne, alle kleiner als Entela, die die größte war/ist. Sie haben uns gesagt, dass sie in Dortoben als Kindermädchen bei reichen Familien arbeiten könnte, die sie kennen würden. Und wir haben ihnen geglaubt, verehrte Polizisten. Hier im Viertel war Veli Ajkani nicht als schlechter Mann bekannt.

Er kam von Zeit zu Zeit aus Ihrem Land zurück, wo er seit zwei Jahren lebt, und alle konnten sehen, dass er es zu etwas gebracht hat und wohlhabend geworden ist.

Und so hat er unser Mädchen zu sich genommen, und seit jenem Tag haben wir keinen Schimmer, wo es steckt.

Die Adresse und die Telefonnummer, die uns Veli Ajkani gegeben hatte, waren falsch. Allein die Hoffnung, dass Sie den Hund aus dem Loch holen werden, in dem er sich verkrochen hat, hält uns am Leben. Wir wissen nicht, in welcher Stadt er ist. Aber es muss eine große Stadt sein.

Die Polizei hier? Die soll der Teufel holen. Das sind keine Polizisten, sondern Vogelscheuchen. Jeder Schuft kann sie sich für einen Apfel und ein Ei kaufen. Deshalb ist es sinnlos, von denen Hilfe zu erwarten. Und selbst, wenn wir einmal mit einem anständigen Polizisten sprechen, der gerne seine Arbeit tut, hat er es nicht in der Hand. Ich als Entelas Vater fühle mich zehnmal schuldig, weil ich es war, der auch meine Frau Myrvet dazu überredet hat, unsere Tochter zu einem besseren Schicksal loszuschicken. Wer weiß, wohin sie das Mädchen verschleppt haben und was sie dem armen Ding antun, Herr Polizist. Sie sind unsere einzige Hoffnung. Nehmen Sie sich ein Herz. Kontrollieren Sie bitte auch die toten Mädchen und nicht nur die lebenden. Entela ist, wie gesagt, von kleiner Statur, so dünn, dass man ihre Rippen sieht, mit einem schönen Gesicht, und sie spricht nicht viel. Sie ist noch ein Kind, verehrte Polizisten. Helfen Sie uns!

Mit letzter Hoffnung und hochachtungsvoll,
Qazim und Myrvet Shala

Hauptstadt, Freiheitsstraße, Block 17, Wohnung 1.

„Mach den Umschlag gut zu", sagt Qazim Shala zum Briefeschreiber, „warte, gib ihn mir, ich mache ihn zu."

Ohne ein Danke reißt er ihm den Brief aus der Hand, leckt den Rand des Umschlags ab und drückt fest zu. Myrvet knüllt in ihren Händen ein Taschentuch zusammen, das schon ganz feucht ist von den Tränen.

„Es ist geschafft, Qazim“, sagt sie zu ihrem Mann, „mehr können wir nicht tun. Vielleicht hilft uns Gott ja dieses Mal. Vielen, vielen Dank, mein Junge, dass du das für uns getan hast.“

„Keine Ursache“, sagt der Jurastudent erschüttert, „so viel in meiner Macht stand...“

Er geht. Die beiden halten den Brief in den Händen, als trügen sie eine Ikone. Gott erlöse euch, ihr Armen, sagt der junge Mann zu sich selbst, während er hinuntereilt und zwei Stufen auf einmal nimmt, wenn es für ein solches Elend Erlösung gibt.

„Ist er weg?“, fragt Qazim seine Frau und lässt den Brief von einer Hand in die andere wandern. Versunken starrt er auf das weiße Papier.

„Ja, er ist weg.“

„Haben wir ihm Danke gesagt?“

„Ich schon.“

„Und ich?“

„Ich glaube nicht, was weiß ich?“

Qazim schaut Myrvet aus glasigen Augen an.

„Das war unhöflich, oder?“

„Zerbrich dir nicht den Kopf deswegen“, versucht sie ihn zu beruhigen, „ich gehe morgen zu seiner Mutter und bedanke mich noch einmal, in Ordnung?“

„Wir müssen höflich sein, damit er uns das nächste Mal hilft, wenn wir ihn brauchen.“

„Es wird kein nächstes Mal geben, Qaz, sie werden Entela finden, schau, mir ist, als wäre sie gerade nach Hause gekommen, ich fühle das, das sagt mir mein Herz.“

„Unser niederträchtiges Herz.“

„Sprich nicht so.“

„Was hatten wir nur Schändliches im Sinn. Wir zwei Gottlosen, die ihre Tochter im Stich gelassen haben. Kein Tier würde so was tun.“

„Ich bitte dich, Qazim... sag das nicht. Ich kann solche Worte nicht länger ertragen, verstehst du?"

„Meine liebe Entela, die kleine, gute Entela, Gott soll mich strafen."

„Qazim, es reicht, hab ich gesagt, wenn du noch ein wenig Glauben an Gott hast..."

„Nein, dieser Schlampe von Gottheit glaube ich kein Wort. Wo ist die jetzt, warum sieht sie uns hier unten nicht, warum sieht sie nicht das kleine Kind, das sie, wer weiß wo, foltern? Wo ist Gott, dieser Nichtsnutz?"

Qazim springt auf, fasst seine Frau an den Schultern und schüttelt sie, als wäre sie ein leerer Sack Mehl. Sie lässt es zu. Das nasse, schmutzige Taschentuch fällt auf den Boden. In den Augen des Mannes steht Bitterkeit. Sie betet, dass die Söhne jetzt nicht aus der Schule kommen, dass sie sich noch ein wenig verspäten mögen.

„Sag etwas!", schreit Qazim. „Was stehst du starr da wie ein Stock? Warum taucht dieser große Gott nicht mal hier auf, damit ich ihm die Fresse einschlage? Wo ist er, der Allmächtige? Wo ist er, sag du es mir, Myrvet, du bist stärker als ich. Ruf diesen Schuft her zu uns, damit ich ihm selbst ein paar Dinge in seine verlogene Visage sagen kann. Meine Haut ist keinen Pfifferling wert, aber der ist doch genauso ein Taugenichts! Ein Taugenichts, der ein Kind auf irgendeiner Straße dieser Welt allein lässt. Entela, mein Schatz. So ein Taugenichts."

Er fällt aufs Sofa und heult schluchzend. Myrvet sieht ihm von oben zu, sie bleibt wie angenagelt stehen, ohne eine Träne vergießen und ohne einen Gedanken fassen zu können. Wer hätte ahnen können, dass ich so ein Taugenichts bin, Myrvet, wie hältst du es mit mir noch aus, warum bringst du mich nicht um. Taugenichts, Kanaille, Lump. Bring mich um, Myrvet, ich hab meinen Verstand und meine Seele eingebüßt, Myrvet, erlöse mich.

Sie lässt es geschehen, dass er weint, sie würde ihn ein Jahrhundert lang weinen lassen. Dann setzt sie sich zu ihm und legt ihm eine Hand auf den Kopf. Schschscht, Qaz, die Jungs kommen aus der Schule, die Jungs kommen, nimm dich zusammen. Vom Treppenaufgang her hören sie das Getöse ihrer Schritte und Stimmen. Steh auf, Qazim, tu's mir zuliebe, sie sollen dich nicht so sehen, bittet sie ihn sanft. Er rührt sich nicht vom Fleck. Qazim, ich fleh dich an. Und er: ein Stein.

„Qazim", ruft die Frau, „verschwinde jetzt von hier! So dürfen sie dich nicht sehen!"

Qazim schleppt sich zum Bad, und während er die Tür hinter sich zumacht, stürmt die Rasselbande unter wüstem Schimpfen in den Flur. Oh, wenn ich einen Kaffee trinken könnte, wenn ich wenigstens einen Schluck Kaffee hätte...

•

Sie beschließen, Aranit in der Gruppe zum Flughafen zu begleiten. Milika sagen sie etwas ins Ohr, was sie nicht hören kann, und sie will es auch gar nicht hören. Sie macht nur eine zustimmende Kopfbewegung. Die Männer machen sich bereit, die Wohnung zu verlassen, nicht alle gemeinsam, jeweils zu zweit, um keine Aufmerksamkeit zu erregen. Je weniger sie weiß, umso geringer die Gefahr, dass man sie tötet, schlägt, oder... Als sie im Salon Staub wischt, hält sie für einen Moment mit dem Putzlumpen in der Hand inne. Milikas schlanke Figur zeichnet sich auf dem dunklen Bildschirm ab, vom Bauchnabel bis oberhalb der Brust. Ihr Kopf bleibt außerhalb. Und was können sie ihr schon antun, außer sie zu schlagen oder zu töten? Nichts. Doch diese Antwort erscheint ihr gelogen, denn sie weiß ganz genau, was sie mit ihr anstellen können, dass sie ihr weit Schlimmeres antun können. Aber es ist besser, nicht daran zu denken.

Du bist doch Dienstmädchen bei ihnen, bittet Hëna sie manchmal, versuch doch, so viele Einzelheiten wie möglich rauszukriegen, vielleicht nützen die uns eines Tages. Dann tausch doch mit mir, wenn du denkst, dass es so leicht ist, hm, wieso versuchst du's nicht?, bohrt Milika. Wenn sie mich nehmen würden, warum nicht, ich bin kein Feigling so wie du, irgendwas würd ich schon tun. Bitteschön, sagt Milika in bitterem Spott, wer hält dich auf? Sag es ihnen: He, ihr Herren Schurken, meine Freundin ist leider eine Memme und traut sich nicht, euch ordentlich auszuspionieren, kann ich nicht kommen und euch zur Schnecke machen? Weißt du, wovon du redest, Hëna? Du hast keine Ahnung, was du da von dir gibst, du schläfst nicht unter einem Dach mit denen. Ihr schlaft wenigstens alle zusammen, das ist ein Unterschied. Sie ausspionieren, das klingt so einfach. Du kannst Gott danken, dass wir noch am Leben sind. Hach, lebendig, sagte Hëna früher, aber nun spricht sie dieses Wort nicht mehr aus. Jetzt sind wir nichts weiter als zerkratzte Platten, so sieht's aus.

Besser, ich hör gar nicht hin, beharrt Milika, niemand würde ihnen zuhören, selbst, wenn sie die Möglichkeit hätten, die Bosse anzuzeigen und Beweise zu liefern. Wer wäre schon so ehrenhaft und würde ihnen ein Ohr leihen? Ihnen, die nichts weiter waren als ein paar... Dieses Wort wird Milika nicht aussprechen, und wenn man sie totprügelt. Warum, grinst Marjeta, ist da irgendein Unterschied zwischen dem, was wir sind, und dem, wie wir uns nennen? Es ist genau dasselbe, ob du's willst oder nicht, ob du das Wort aussprichst oder nicht, du bist und bleibst *so* eine. Doch Milika fällt es schwer, mit Marjeta ein Gespräch zu führen. Marjeta hat selbst diesen Beruf gewählt, niemand hat sie dazu gezwungen, nicht so wie sie, wie alle anderen. Es gibt da also einen Unterschied, einen ganz wesentlichen, zwischen diesen beiden Dingen.

Wo bin ich bloß mit meinen Gedanken, weist sie sich selbst zurecht und putzt eilig weiter. Die beiden letzten von ihnen gehen zur Tür raus. Milika folgt ihnen aus den Augenwinkeln. Sie beobachtet sie auch heimlich hinter dem durchsichtigen Vorhang, wobei sie gut achtgibt, dass sie ihn nicht durch ihren Atem in Bewegung versetzt, denn die haben auch am Hinterkopf Augen. Vier steigen ins Auto, zwei andere gehen zu Fuß weg. Sie rennt los und schließt die Tür ab. Sie rennt durch die Zimmer, sie reckt sich und streckt sich, macht Gymnastik, lässt Rücken und Becken kreisen, öffnet weit die Fenster, um zu lüften, streichelt sich: gute, liebe Milika.

Sie setzt sich in den Sessel und betrachtet das Stück Himmel, das ihr die offenen Fensterflügel schenken. Der Himmel hat ein gerötetes Gesicht, so als wäre er betrunken. Was ist mit dir los, Himmel. Er schweigt. Das Dröhnen der pulsierenden Straße steigt aus dem Schoß der Erde zornig zu ihm hinauf. Was für eine Stadt... Wie kommt es, dass ich sie kein einziges Mal ruhig erlebt habe?, sagt das Mädchen laut. Das heißt, jenen Teil der Stadt, den sie sehen darf, den man sie sehen lässt, und der sich im Kern auf eine Mahalla beschränkt, maximal zwei, mehr nicht. Milika kommt es seltsam vor, das Wort *Mahalla* zu benutzen. Das Wort *Viertel* wäre passender. In einer so modernen und großen Stadt ist kein Platz für provinzielle Wörter wie *Mahalla,* die keiner versteht. In Dortunten, ja, da gibt es Mahallas, aber da ist alles anders, nicht nur der Schmutz und die Armut, nein, auch die Art, wie sich die Menschen verhalten. Dort gibt es eine besondere Verrücktheit. Dortunten, ich habe Sehnsucht nach dir. Mutter, ich hab Sehnsucht, Mutter. Nicht, dass sie hier nicht genügend Verrücktheiten gesehen hätte, besonders mit den Freiern hat sie weiß Gott genug erlebt, aber die hiesige Verrücktheit tritt anders in Erscheinung. Hier hält man sie versteckt, wohingegen dort derjenige, der sie am offensten zur Schau stellt, am wichtigsten ist. Hierzulande geben sie der Verrücktheit andere Formen, sie übertünchen und parfümieren sie, aber Dort...

Ach, du nervst mit deinen Gedanken ohne Hand und Fuß, würde Besa sagen, wenn sie Milika so reden hören könnte.

Besa kann Gedanken lesen, ohne es zu wollen. Ihr liegt gar nichts daran, in die Köpfe der anderen reinzusehen, sie ist keine von denen, die ihre Nase überall hineinstecken, es passiert ihr unabsichtlich. Besa weiß, was den Leuten am nächsten Tag zustoßen wird. Und wenn der nächste Tag kommt, stellt sich die Vorahnung als wahr heraus, und alle sind sauer auf sie.

Aber es ist nicht meine Schuld, Mädels, ich will es doch gar nicht!

Sie hat alle Prügel- und sonstigen Strafen der letzten zwei Monate vorausgesehen. Aber sie haben beim besten Willen nicht auf sie gehört, sich taub gestellt, und die Bestrafungen traten unbarmherzig ein, genau so, wie sie es geweissagt hatte. So war es am Anfang. Jetzt meiden die Mädchen aus Milikas Bürgersteiggruppe Besa oft, weil sie Angst haben, dass sie für den kommenden Tag Schläge und Strafen prophezeit, und das wollen sie gar nicht wissen. Besser, in Unkenntnis darüber zu sein, wann sie dich verdreschen. So schnürt dir zumindest die Angst nicht die Kehle zu, bevor es passiert. Der Schreck fährt dir in die Glieder, wenn du an der Reihe bist, aber nicht schon davor.

Sie erschrecken sich nun ohnehin gar nicht mehr sehr. Ihre Haut ist verhärtet, sie haben alle ein dickes Fell bekommen. Wenn einer der Bosse sie fragt: „Was verdienst du für diesen Fehltritt?“, so antworten sie sofort: „dass du mich schlägst.“ Nichts einfacher als das. Sie schlagen, um ihre innere Wut loszuwerden. Es kommt auch vor, dass einer Schuldgefühle bekommt – doch freilich kaum spürbare –

und wenn die Prügeleinheiten sichtbare Zeichen auf der Haut hinterlassen, haben die Mädchen womöglich das Glück, für zwei Nächte nicht auf den Strich gehen zu müssen. Die Kunden wollen astreines Fleisch, keine schwarzweißen Leoparden.

Aber Leoparden sind doch schwarz-gelb, Mädel, sogar nicht mal ganz gelb und ganz schwarz.

Na und?

Keine konnte sich erinnern, wer den Ausdruck *eine Leopardin aus dir machen* erfunden hatte. Tatsache ist, dass sie ihn jetzt häufig verwenden, um nicht das Wort schlagen zu gebrauchen, das so banal, so gewöhnlich klang. *Sie haben eine Leopardin aus dir gemacht* hatte etwas Angenehmeres, es erinnerte an Abenteuer, an den Wald usw. und gab dieser ganzen Hässlichkeit einen etwas akzeptableren Anstrich.

Auf der Treppe waren Schritte zu hören. Milika fuhr zusammen. Sollten sie schon so früh zurück sein? Die von Stimmen begleiteten Schritte entfernten sich in das obere Stockwerk. Bis sie bei dem dichten Verkehr am Flughafen ankämen, rechnete das Mädchen, bis sie die zwei Verbrecher begleitet hätten, die sich mit den Koffern voller Geld auf den Weg nach Dortunten machten, bis sie irgendwo einkehrten, um vor der Rückfahrt etwas zu trinken und wieder hier angekommen wären – nein, sagte Milika laut, vor zwei Stunden sind sie nicht zurück, bleib ganz ruhig. In diesen beiden Stunden konnte sie tun und lassen, was sie wollte, nur nicht das Haus verlassen, was streng verboten war. Sie könnte ein wenig die Grammatik der hiesigen Sprache lernen, genau, das würde sie machen. Es ging ihr auf die Nerven, dass der größte Teil der Mädchen beim Sprechen Fehler machte, als ob alle, die aus Dortunten kommen, solche Holzköpfe wären.

Ihr gefiel es, so wie die Leute hier zu sprechen, auch wenn sie natürlich einen Akzent hatte, den wurde sie nun mal nicht los.

Milika stand auf und schloss die Fenster. Sie versprühte ein wenig Deodorant. Wenn sie all das in Dortunten gehabt hätte: Deodorants, Grammatikbücher, Badezimmer ohne einen Makel, Bettwäsche mit Blumen und weichem Stoff... Aber diese Dinge hatte sie nicht gehabt. Das Einzige, was sie gehabt hatte, dachte sie, während sie das Grammatikbuch aus seinem Versteck hervorholte, war die Freiheit. Doch sie hatte nichts mit ihr anzufangen gewusst. Es war eine sinnlose, allzu ärmliche Freiheit gewesen.

Sie machte es sich auf dem Sessel bequem und schlug das Buch auf, aber irgendwie war ihr zum Weinen zumute. Ich will nicht weinen, sagte sie wütend, hast du kapiert, dass ich nicht weinen will? Wenn du den Tränen nahe bist, dann schimpf mit dir, hatte ihr Hëna eines Tages gesagt, ich mache es so, das ist keine schlechte Methode, weißt du?

Milika schrie, sie schrie in einem fort. Bis es die Tränen mit der Angst zu tun kriegten und den Körper verließen. Und so schlief sie ein, zusammengekauert auf dem Sessel, über dem Buch, das bei der Stelle mit dem Futur II aufgeschlagen war.

•

Aranit steigt aus dem Wagen. Frau und Tochter springen von den Hintersitzen und jauchzen begeistert auf. Er betrachtet in aller Ruhe das Haus, mit dem Blick desjenigen, der mittlerweile die große Welt gesehen hat. Er misst es in seiner Höhe und Breite. Die beiden Frauen stehen untertänig hinter ihm und warten auf ein Zeichen. Die Handwerksmeister haben wirklich ganze Arbeit geleistet, daran gibt es keinen Zweifel. Auch jetzt noch, nach all der Zeit, in der er weg war, über den Kontinent gestreift ist und atemberaubend schöne Dinge gesehen hat, bleibt sein Haus noch immer eine feine Stute, ein erstklassiges Freudenmädchen, unübertrefflich. Er hat gut daran getan, so viel Geld in dieses Haus zu stecken. Aranit dreht sich zu seiner Gattin um. Der Fahrer hat in der Zwischenzeit Koffer und Taschen aus dem Auto geholt und in das Vorzimmer getragen.

„Na, meine Teure, was schaust du mich so an?"

„Wie schaue ich denn, mein Göttergatte?"

Er lacht und legt ihr den Arm um die Schulter. Die Tochter kommt von der anderen Seite, und gemeinsam gehen sie ins Haus. Der Sohn ist noch nicht da, wird aber kommen, haben sie ihm gesagt. Er schweigt zu diesem Thema; besser, nicht danach zu fragen. Aber die Ehefrau liest ihm das Fragezeichen von den Augen ab.

„Gëzim ist unterwegs, er..."

„Wie geht es euch überhaupt? Wie habt ihr es ohne mich so lange ausgehalten?"

Dabei bricht er in ein Lachen aus, das etwas gestellt klingt.

„Weißt du, Gëzim...", hebt Tefta erneut an, doch ihr Mann umarmt jetzt die Tochter.

„Wie schön du geworden bist, mein Augapfel."

Silvana reibt ihre Wangen an seinen. Papa, wie du mir gefehlt hast! Ach was, ich hab dir doch gar nicht gefehlt. Doch, Papa, ich hatte solche Sehnsucht... Ich weiß schon, nach was du dich so gesehnt hast, du verwöhntes Ding.

„Loni", ruft Aranit dem Chauffeur zu, der geduldig im Vorzimmer wartet, „bring dem Kind die Koffer ins Zimmer, Junge."

Loni gehorcht, er ist nicht älter als zwanzig, wirkt aber so, als wäre er zehn Jahre älter, sowohl was die Reife als auch was die Zuverlässigkeit angeht. Nicht umsonst hat er ihn als Mädchen für alles angestellt, um sich um die Familie zu kümmern, denn wenn er auf den Sohn zählen würde, na dann gute Nacht.

Die Tochter stürzt sich auf die Koffer und macht die Tür zu ihrem Zimmer zu. Tefta folgt ihr. Aranit schielt nach Loni. Sollen sie in ihren Sachen ertrinken, was? Sie beide würden jetzt ein Bierchen trinken und ein wenig plaudern.

Gesagt, getan. Sie sprechen vorsichtig, denn an der Vorsicht ist noch niemand gestorben. Loni berichtet in allen Einzelheiten.

„Ich geh duschen. Und wenn wir da hingehen, stellst du sicher, dass die auf uns warten und nicht wir auf sie."

„Es ist alles in Ordnung, Chef."

„Während du auf mich wartest, erledigst du die Anrufe."

„Ich habe alle Vorkehrungen getroffen, Chef. Mach dir keine Sorgen. Sie werden dich wie einen König empfangen."

Loni lächelt mit dem selbstbewussten Ausdruck eines Managers. Aus Silvanas Zimmer sind Bewunderungsrufe zu hören.

„Aber du hast ihnen doch nicht gesagt, was wir mitgebracht haben, oder, Loni? Wir müssen uns erst über ihre Absichten klar werden."

„Die können sich das schon gut vorstellen, selbst ein Hund wittert das Geld, und erst recht ein Bankier."

Tefta tritt aus dem Zimmer, ihre Augen leuchten vor Freude. Silvanas ebenso. Oh Papa, als ob du gewusst hättest, was ich mir wünsche, lieber Papa, du hast mir alle Wünsche auf meinem Wunschzettel erfüllt. Er gibt ihr einen Kuss und streichelt ihr Haar.

„Tefta, ich geh duschen, ich bin verschwitzt."

„Wie du willst, mein Liebling, aber meiner Nase nach riechst du nach Rosen."

„Loni, in genau einer halben Stunde bin ich fertig zum Gehen."

„Wohin willst du denn gehen? Du bist doch gerade erst angekommen.“

„Schatz, stell keine Fragen, dann lügt man dich nicht an, heißt es.“

Er geht in Richtung Badezimmer, sie rennt hinter ihm her, um das Wasser in den Jacuzzi einzulassen.

„Warum solltest du mich anlügen, Liebling, wenn du gehst, dann zur Arbeit, das weiß ich schon.“

„So ist es, Chérie. Wenn man nicht hart arbeitet, gibt es all diese wunderbaren Sachen nicht.“

Sie bereitet alles eifrig vor, er zieht sich aus und steigt ins Wasser. Hätte er sie nur etwas mehr liebkost, das wäre schön gewesen, denkt Tefta, aber wenn die Männer aus Dortoben kommen, haben sie andere Angewohnheiten, sie sind nicht mehr so wie früher. Das haben ihr auch die Frauen von Aranits Freunden bestätigt.

Tefta lässt den Gatten in seinem Badewasser und ruft noch einmal in dem Restaurant an, in dem er ein Abendessen für dreißig Personen reserviert hat. Ja, sicher, sagt der für den Empfang Zuständige, wir tun alles zu Herrn Aranits Zufriedenheit, wo denken Sie hin? An dieses Abendessen wird man sich lange erinnern.

In einem Moment, der Aranit günstig erscheint, öffnet er vor den Augen des Bankiers die mit Währungen gefüllten Koffer. *Bankiers,* so nennt man sie nun, dass ich nicht lache. So, wie sich die Dinge in Dortunten entwickelt hatten, wurde aus einem Tischler ein Wissenschaftler und aus einem Zigeuner ein Bankier. Doch solange die goldene Regel gilt, dass sich jeder um seine Angelegenheiten kümmert, stellt Bexhet R. Aranit keine Fragen, und er macht es ebenso. Zu wie viel Prozent wollen Sie das Geld anlegen? Das ist die einzig zulässige Frage. Zweihundert? Wie viel? Zweihundert, in Ordnung? So soll es sein, zu zweihundert Prozent.

Sie unterschreiben Verträge, stoßen an, sprechen über große Pläne, vereinbaren ein weiteres Treffen in den kommenden Tagen. Vielleicht wären Sie am Bauwesen interessiert?, wagt der Bankier zu fragen. In Dortunten oder in Dortoben? Beides. Über Dortunten könnte man sprechen, was Dortoben angeht, sind wir zufrieden. Aber wir sprechen noch darüber. Wir sprechen schon noch, weshalb die Eile? Wir haben in den nächsten Tagen genug Zeit. Ein Gespräch regt das andere an, und eine Idee führt zur nächsten, nicht wahr? So ist es. Wir haben alle Zeit der Welt.

Als Aranit mit Loni losgeht und sich dem Stadtzentrum nähert, heften sich zwei Leibwächter an ihre Fersen. Loni, sagt der Chef und gibt ihm mit dem Finger ein Zeichen, dass er an seine Seite kommen soll. Du hast diese zwei doch gut ausgesucht? Auf jeden Fall, es sind die Besten. Loni kuckt zu den beiden und setzt ein halbes Lächeln auf. Sie erwidern es mit einem Grinsen über beide Ohren.

Als er später in das neue Luxushotel kommt, wird Aranit von vielen Leuten gegrüßt, von so vielen, dass es ihm auf die Nerven geht. Hätten sie ihm bloß noch vor einigen Jahren so zugelächelt, als er am Hungertuch nagte, aber damals hätte er sich auf den Kopf stellen können, und niemand hätte ihn auch nur eines Blickes gewürdigt.

„Es läuft, es läuft... das Rad dreht sich", hatte Bajram des Nachts zu ihm in Dortoben gesagt, wenn sie die Schar der Bordsteinschwalben auf die Bürgersteige geschickt hatten.

„So ist es", pflichtete Aranit ihm bei, wobei er in seinem Inneren doch leicht erstaunt war, mit welcher Geschwindigkeit sich das Rad drehte. „Gebe Gott, dass es nicht aufhört, sich zu drehen, sonst sind wir erledigt."

„Pah, neee, die Angst brauchst du nicht zu haben."

„Warum nicht?"

„Uns erledigt nichts, Aranit, darüber brauchst du dir gar keine Gedanken zu machen. Der Geldstrom kommt nie zum Versiegen. Am Anfang ist es schwierig, ihn zum Fließen zu bringen, aber wenn er erst einmal fließt, hält ihn nichts auf, und du bist aus dem Schneider."

„Hoffen wir's."

„Wir brauchen nicht zu hoffen, so ist es."

„Nun gut."

„Deiner Ansicht nach hat der Mensch erst gestern die Höhle verlassen, was?"

„Nicht erst seit gestern, Bajram, was soll die Frage."

„Seit es den Menschen gibt, denkt dieser gerissene Hund an nichts anderes als an den Gewinn, wie er zu Geld kommen und die anderen unten halten kann. Je mehr Geld du in der Tasche hast, umso höher steigst du auf, das ist eine ganz einfache Logik, wie das Ei des Kolumbus. Diese Demokratisierung ist ein echter Glücksfall für uns."

„Von wem ist dieses Ei?"

„Lass gut sein, mit wem spreche ich hier überhaupt."

Doch Aranit nahm ihm den Seitenhieb nicht übel. Bajram gab gerne den Intellektuellen, und er war nicht der Einzige. Andere taten es noch verbissener, aber er tat es aus Leidenschaft, nicht aus Geltungssucht. So oft er konnte, schloss er sich stundenlang in der Bibliothek ein. In seinem Haus hatte er nicht viele Bücher, weil er den Händlern der rivalisierenden Banden, mit denen er von Zeit zu Zeit Friedensabmachungen traf, nicht zu verstehen geben wollte, dass er ein Bücherwurm war, also ohne Rückgrat, oder schlimmer noch, wie eine fünfte Kolonne. Männer mit Eiern geben sich nicht mit Büchern ab. Die ohne Eier schon. Oder...? Die mit Eiern jedenfalls nicht.

„Sag mir mal, Aranit, was hättest du getan, wenn unser Projekt hier nicht in Gang gekommen wäre?", hatte ihn Bajram in einer dieser Nächte gefragt, vor einem Glas

Whiskey, in einem Nachtlokal, das sie zu kaufen beabsichtigten und in dem man auch ohne zu trinken berauscht wurde, durch die Schönheiten, die um einen herumstrichen.

„Ich weiß nicht, worauf du hinauswillst."

„Welchen Beruf hättest du ergriffen, das mein ich, wie hättest du es angestellt, wenn..."

„Ganz einfach, ich hätte mir eine Kugel durch den Kopf gejagt. Was wäre mir in diesem Drecksloch von Land sonst übriggeblieben?"

„Ach."

Bajram hatte eine Art zu lachen, auf die Frauen standen, erinnerte sich Aranit, das hatte seine Tochter Silvana vor einiger Zeit zu ihm gesagt.

„Und du, Bajram?"

Der Blitz soll mich treffen, dachte Aranit, als er die Ballerinagöttin sah, die gerade ihren BH auf seinen Tisch warf, und ich lebe seit zwanzig Jahren mit dieser unförmigen Tefta zusammen, ach, seufzte er.

„Ich, wenn ich nicht den Boss gegeben hätte, wäre ich Komparatist geworden."

„Was für ein Ding?"

„Komparatist, ich hätte Komparatistik studiert."

„Ist das schon eine Wissenschaft, ist das nicht zu neu?"

„Wie, neu?"

„Na, so lange gibt es Computer doch noch nicht."

Bajram hatte sich vor Lachen den Bauch gehalten. Aber auch diesmal hatte es ihm Aranit nicht übel genommen. Bajram war schon in Ordnung, ihm machte keiner was vor. Und Bücher hin oder her, bei ihm konnte man beruhigt sein, denn er machte keine krummen Sachen hinter dem Rücken von anderen.

Aber wie kam er jetzt auf diese Komparatistik? Er würde Silvana fragen, vielleicht wusste die ja, was für eine Wissenschaft das war. Gëzim wüsste es bestimmt, aber eher ließ er sich den Kopf abschlagen, als den zu fragen.

„Dieses Arschloch", sagte Aranit laut.

„Wer, Chef?"

„Ach nichts, ich hab mit mir selbst geredet."

Mal sehen, ob dieser Hosenscheißer heute Abend kommen würde, der ihn von oben herab ansah, als ob Aranit ein Wurm wäre und nicht der Vater, der ihm das Leben geschenkt hatte und es ihm an nichts fehlen ließ.

Gëzim kam zum Abendessen, hatte es scheinbar eilig und war in Begleitung eines anderen Rumtreibers, der ihm wie ein Lämmchen an den Fersen klebte. Er tat vielbeschäftigt und gab den Anschein, an diesem Abend alle Probleme der Welt lösen zu müssen. Die Leute hatten an dem großen T-förmigen Tisch Platz genommen, die Luft schwirrte vor Stimmen. Silvana hatte sich groß herausgeputzt, sie steckte von Kopf bis Fuß in Markenkleidern und trug ihr naturblondes Haar in einem modernen Schnitt, nur links nach hinten über die Schulter geworfen, bis zum Schlüsselbein.

„Willkommen, Vater", begrüßte ihn Gëzim, ohne ihm in die Augen zu sehen.

Selbst falls er ihn angesehen hatte, hatte Aranit den Blick nicht aufgefangen, so flüchtig war er gewesen. Als Aranit ihn umarmte, spürte er einen Knoten im Magen. Er hatte diesen Wichtigtuer doch tatsächlich vermisst! Der Sohn ließ es zu, dass sein Vater ihn umarmte, blieb aber steif und zeigte keinerlei Zuneigung.

„Das ist Marko, ein Freund von der Uni."

Marko war ein untersetzter Typ, er hätte von Tefta sein können. Sie gaben sich die Hand, doch aus der Art, mit der sich Marko an Aranit wandte, verstand dieser, dass der Sohn kein gutes Wort über ihn verloren hatte.

„Ich nehme leider nicht am Abendessen teil, ich bin nur gekommen, um dich zu begrüßen."

Gëzim rang sich ein entschuldigendes Achselzucken ab.

„Wir haben morgen ein wichtiges Seminar und müssen unbedingt lernen."

Hilfesuchend sah er zu Marko, der zustimmende Kopfbewegungen machte.

„Wenn ich könnte, wenn es auf einen anderen Tag gefallen wäre... aber heute geht es wirklich nicht, ich schwöre es dir, tut mir leid."

Was zum Teufel willst du mir schwören?, hätte Aranit ihn gerne gefragt, aber lass gut sein, Aranit, dachte er bei sich, soll er sich doch das Genick brechen, der verehrte Herr Sohn. Das Geschnatter von Familie und Freunden wurde lauter. Wann stoßen wir endlich einmal an?, rief der Schwager, der Mann von Teftas Schwester, der bereits betrunken war, bevor das Essen überhaupt begonnen hatte.

„Wir sehen uns die Tage, bleibst du länger...?"

Gëzim winkte seiner Mutter zu und verschwand, ohne Aranits Antwort abzuwarten. Marko rannte, um mit der Geschwindigkeit von Gëzims kilometerlangen Beinen mitzuhalten.

„Aranit", bat ihn Tefta, „komm, Liebling, die Leute warten auf dich."

Sollen sie doch alle krepieren, fluchte er bei sich und nahm an der Stirnseite des Tisches Platz. Was tat er nicht alles für seine Frau. Nur Tefta zuliebe hatte er dieses Abendessen ausrichten lassen. Sie war es, die in Erscheinung treten wollte, und er brachte es nicht übers Herz, ihr das abzuschlagen. Und so war es jedesmal die gleiche Leier, wenn er aus Dortoben kam. Sollte die arme Tefta doch ihren Spaß haben. Nicht nur, dass sie unansehnlich und dick war wie eine Kugel Fett auf zwei Beinen, sie war auch noch das ganze Jahr über allein ohne Mann. Sollte sie sich doch ein wenig aufplustern, so war sie zufrieden und ließ ihn in Ruhe. Er hob das Glas. Die Kellner standen kerzengerade da und warteten auf ein Zeichen, um mit dem Bedienen anzufangen.

„Liebe Freunde, mögt ihr lange leben! Danke für euer Kommen!"

„Danke dir, dass du wieder heil zu uns zurückgekommen bist!"

„Der erste Toast geht auf meine teure Frau Tefta, die euch alle hier versammelt hat und mir immer all diese Pracht bietet, wenn ich aus der Fremde zurück bin."

„Ach, Aranit", sagte sie verschämt und wurde rot bis zum Haaransatz.

Schön gesagt! Zum Wohl! Gut, dich unter uns zu haben! Auf Teftas Gesundheit! Auf die deine! Ein frohes und langes Leben!

Aber Aranit schaffte es nicht, sich des Schmerzes über Gëzims Auftritt zu entledigen. Gott sei Dank sah er Ana morgen, die wusste, wie sie ihn trösten konnte.

•

Als Ana ins Hotelzimmer trat, hatte Aranit bereits alle Hoffnung fahren lassen, dass sie noch kommen würde. In dem Augenblick, in dem sie die Tür öffnete, warf er gerade einen letzten Blick auf die Notiz, die er unter die Blumenvase gesteckt hatte: *Versuch nicht, mich an zu rufen. Ich komme selber auf dich zu. A.* An zu rufen, schrieb sich das zusammen oder getrennt? Ana war in Rot gekleidet und trug ihre schwarzen Haare im Wuschel-Look.

„Oh, Aranit, verzeih mir, Schatz, wartest du schon lange auf mich?"

Sie näherte sich ihm und umarmte ihn etwas leidenschaftslos. Er griff energisch nach ihr, achtete aber darauf, nicht allzu sehnsuchtsvoll zu wirken. Doch als er Ana in seinen Armen hielt, ging die Vorsicht flöten und inbrünstig seufzte er: „Ana, Liebes“ – ein klares und aufrichtiges Wort, das er Tefta gegenüber nicht einmal gebraucht hatte, als sie beide noch jung gewesen waren.

„Ich hab dich warten lassen.“

„Das macht nichts, meine Prinzessin, kein Problem, ich hatte nichts Besonderes vor, aber es kommt mir wie eine Ewigkeit vor, seit wir uns gesehen haben.“

Sie lächelte und löste sich von ihm, um die Sandalen mit den hohen Absätzen auszuziehen. Sie waren so hoch, dass man Gefahr lief, sich das Genick zu brechen, wenn man damit hinfiel.

Sie ist irgendwie kühl, stellte er erneut fest. Doch sie lächelte ihm so betörend zu, dass sich Aranit schuldig fühlte wegen seiner Zweifel. Magst du die Sandalen nicht wieder anziehen, Liebes? Wieso? Sie gefallen mir. Ana zog die Sandalen etwas unwillig an, behielt dabei aber ihr Lächeln. Aranit merkte, dass er nervös wurde. Ruhig Blut, sagte er sich, mach dich locker, du Idiot. Er zog nun die Jacke aus und legte sich aufs Sofa. Zuvor rief er jedoch den Zimmerservice an und ehe Ana mit ihrer Toilette fertig war, hatten die Kellner den Tisch reich gedeckt.

„Machen wir es jetzt oder nach dem Essen?“, fragte sie Aranit in ihrem professionellen Ton.

Ihm lief es eiskalt den Rücken hinunter bei dieser schamlosen Frage, aber er gab sich nicht geschlagen. Schließlich hatte sie einfach nur die Umgangsformen im Gewerbe gut verinnerlicht, war es nicht so?

Sie machten es davor, da er für gewöhnlich nach dem Essen ein wenig döste. Sie übernahm alles, er musste nicht mal seine Position auf dem Sofa verändern.

„Wenn du willst, dass wir es beim zweiten Mal anders machen, sagst du es mir, ja, Schatz? Du auf mir, oder Doggy, wie du magst.“

Schon wieder dieser verflucht professionelle Ton.

Wie immer knabberte sie nur an etwas herum, anstatt richtig zu essen, während er aß, bis er platzte. Trotzdem war ihm danach nicht nach Schlafen, im Gegenteil, sein Gehirn lief auf Hochtouren. Sie öffnete den Koffer mit den Geschenken und tat, als würde sie sich über alle Maßen freuen. Ach, Aranit, das ist ja fantastisch, ich weiß gar nicht, wie ich dir danken soll.

„Lass gut sein, Ana, lass uns lieber über die Arbeit sprechen."

„Oh, morgen Abend, wenn wir ausgehen, ziehe ich eines von den Kleidern an, die du mir gebracht hast."

So eine Speichelleckerin, dachte er, plötzlich unsagbar müde. Lass gut sein, hab ich gesagt, verkauf mich nicht für dumm. Das kränkte sie, warum sagte er das zu ihr? Freute es ihn nicht, dass sie sich trafen? Katzbuckelndes Dirnengewäsch. Diese sinnliche Art zu sprechen, die in der Hauptstadt so in Mode war, störte ihn, mit diesem federweichen „r", wie es die modernen und gebildeten jungen Frauen gebrauchten. Seine Tochter Silvana redete auch so.

„Weshalb bist du so ungehalten, Schatz? Wolltest du mich denn gar nicht sehen?"

Sie sehen wollen? Wie ein Wahnsinniger, auch wenn ein Mann wie er niemals die Fassung verlieren durfte. Niemals.

„Nein, nein, daran liegt es nicht, ich bin nur müde."

„Stimmt irgendwas nicht? Wie laufen die Geschäfte?"

„Ich hab dir das Geld auf dein Konto überwiesen."

Schweigen. Sie überlegt, wie sie sich am besten bedankt, dachte Aranit. Ana sah ihn etwas erstaunt an und entschied sich für ein trockenes Dankeschön.

„Danke."

Aranit war ihr wiederum dafür dankbar. Eine größere Hure als sie gab es nicht. Mehr als von ihrem Äußeren fühlte er sich von ihrer überragenden Intelligenz angezogen, zack, in einem einzigen Augenblick durchschaute sie einen und begriff, wie sie sich verhalten musste, wo sie die Falle auslegen musste, wann die Schlinge locker zu halten und wann sie festzuziehen war.

Aranit war besonders stolz auf seinen guten Instinkt, den er vor zehn Monaten bewiesen hatte, als er gekommen war, um eine Gruppe von Edelprostituierten auszuwählen.

Dreißig Elfen hatten sie vor ihm aufgereiht, eine schöner als die andere, so bezaubernd, dass entweder das Herz zu schlagen aufhörte oder anfing, Derwischtänze aufzuführen. Er hatte ein paar ausgesucht, die in den Luxushotels der Stadt arbeiten würden und eine, die die Chefin abgeben sollte. Es war Ana, keine Frage. Er würde sie nach Dortoben mitnehmen, damit sie von den dortigen Superluxushuren lernen könnte. Bajram hatte ihm freie Hand gelassen und sich nicht in seine Auswahl eingemischt.

In zwei Monaten hatte Ana so viel gelernt, dass sie einer der dortigen Bosse unter Vertrag nehmen wollte. Doch sie war klug genug, um abzulehnen. Und auch in diesem Fall mochte Aranit ihr keine Ratschläge erteilen. Besser den Spatz in der Hand als die Taube auf dem Dach, hatte Ana gesagt. Und war zurückgekehrt. Seither lief es für sie wie geschmiert. Für Aranit ebenso. Auch wenn er, als sie nach Dortunten zurückgekehrt war, einen heftigen Schmerz im Magen verspürt hatte, den kein Arzt lindern konnte.

„Die Zeit ist jetzt reif, Ana."

„Für was?"

Sie zog gerade ein schwarzes Dolce & Gabbana-Kleid an, das so enganliegend war, dass sich sogar die Form ihrer Leber darunter abzeichnete, ganz zu schweigen von den anderen Formen.

„Um mit mir zu kommen und dort zu arbeiten. Wir dehnen momentan unsere Aktivitäten aus, und es klappt so gut, dass wir es selbst kaum für möglich halten. Es sind ideale Bedingungen. Dein Augenblick ist gekommen."

„Aber ihr braucht mich doch auch hier."

„Du hast deinen Teil getan und säckeweise Geld gescheffelt. Deiner Familie kannst du von dort aus mehr helfen. Wir wissen schon, wen wir hier an deiner Stelle einsetzen."

Ana setzte sich neben ihn, und er betrachtete den kleinen Leberfleck auf ihrer linken Brust, der mit listiger Berechnung außerhalb des Büstenhalters und des Dekolletés verblieb.

„Mir geht es sehr gut hier, Schatz", sträubte sie sich, „die Geschäfte laufen immer besser, du hast doch die Kontoauszüge gesehen, oder?"

„Aber du hast immer noch Freier, obwohl du nicht mehr darauf angewiesen bist."

„Schatz, das ist mein Metier, natürlich habe ich meinen eigenen, engen Kreis, warum kauen wir wieder die alten Sachen durch?"

„Und wenn ich dir befehle, nach Dortoben zu kommen?"

„Ach was, nein, ich glaube nicht, dass du das tust, so böse bist du nicht."

„Aber ich bin dein Arbeitgeber, ich kann dich auch dazu zwingen, oder?"

Ana stand auf und nahm ihm gegenüber Platz. Der Mann machte einen so ausgezehrten Eindruck, dass er ihr leid tat.

„Kannst du eine Massage gebrauchen? Du wirkst so angespannt."

Ich bin angespannt, weil ich will, dass du mit mir kommst und wusste, dass du Nein sagen würdest, sagte er sich, deshalb bin ich giftig. Und wie konnte er von ihr verlangen, mit ihm zusammenzuleben, wo er doch nur zu gut wusste, dass sie ihm in Dortoben einer der anderen wegnehmen würde, einer, der mächtiger und jünger war als er?

„Überleg es dir", sagte er kühl, „es wäre sehr einträglich, und dort müsstest du nicht mal mehr anschaffen gehen."

„Aber ich wäre nicht vor dem Zugriff der Bullen sicher, oder?"

Er schwieg. Er wollte sie nicht anlügen. Sie war zu schlau, um ihm auf den Leim zu gehen. Ana liebte ihn nicht, das hatte sich Aranit nie eingeredet, aber sie sollte doch zumindest seine Männlichkeit achten.

„Die Polizisten hier sind aus Zucker. Hier sind wir sicherer als der Papst. Lass mich noch eine Weile bleiben, gib mir noch etwas Zeit zum Nachdenken, Schatz."

„Wenn du mir dein Wort gibst, dass du selber nicht mehr dem Gewerbe nachgehst."

„Das kann ich nicht versprechen."

„Und warum nicht?"

„Weil es mir gefällt, Schatz."

Aranit sah sie wie vom Blitz getroffen an. Er stand auf und ging im Zimmer auf und ab.

„So wie es dir gefällt, in Dortoben mit anderen Frauen zu gehen, so gefällt mir eben der Beruf."

Es gefällt dir. Ein solcher Beruf, sagte er, mehr zu sich selbst. Das Verheerende war, dass er mit keiner anderen Frau gegangen war, seit er Ana kennengelernt hatte, doch das durfte er nicht zugeben, denn was wäre er dann für ein Mann? Und es kam noch etwas hinzu. Er verstand sie, wenn sie sagte, dass ihr die Tätigkeit gefiel, denn ihm gefiel die seine auch. Das hielt Aranit jedoch nicht davon ab, dass ihm diese durchtriebene Ehrlichkeit fast das Herz zerriss.

„Lass mich hier bleiben, bitte", sagte sie, „hier kann ich mich auch besser um diese Bande von Parasiten in meiner Familie kümmern. Du weißt, dass ich die Einzige in dem Haufen bin, die arbeitet."

„Hat dein Vater keine Arbeit?“

„Wo denkst du hin.“

„Und diese Stelle als Wächter, die ich für ihn gefunden habe?“

„Ich hab ihn hingeschickt, eine Woche hat er gearbeitet und dann wieder aufgehört.“

„Und wieso?“

„Solange ich für ihn schufte, was kümmert es ihn?“

Schmarotzer, schnaubte Aranit. Er sah auf die Uhr: Er musste los. Er zog sich die Schuhe und den Gürtel an. Gott sei Dank, dachte Ana.

„Und mit den Kunden keine Probleme?“

„Kein einziges.“

„Zahlen sie anständig, behandeln sie dich anständig?“

„Wie eine Königin“, sagte Ana leicht ironisch, „du kennst ja meine goldene Regel: Geh niemals mit einem der hiesigen ins Bett, sondern nur mit Ausländern.“

„Und diese Ausländer sind wahre Gentlemen im Vergleich zu uns, was?“, fragte Aranit säuerlich und nahm einen Schluck Fernet-Branca aus der Flasche.

„Absolut.“

„Die Mädchen, die in Dortoben arbeiten, haben es mit ebendiesen ausländischen Kavalieren zu tun und denken anders darüber“, widersprach er und ging zur Tür.

„Vielleicht, weil sie die einheimischen Männer noch nicht ausprobiert haben.“

Oh, und ob sie die ausprobiert hatten, sie hatten sie so oft ausprobiert, dass sie es ihr Lebtag nicht vergessen würden, dachte sich Aranit, aber diese Einzelheiten sollte selbst Ana lieber nicht erfahren. Sollte sie den Respekt bewahren, Respekt vor ihm und vor dem Bankkonto, das er ihr von Zeit zu Zeit auffüllte.

„Warum bin ich nicht zwanzig Jahre jünger“, seufzte er auf der Türschwelle.

Ana hatte nun eine ungeduldige Pose eingenommen und war froh, ihn bald los zu sein. Sie hätte ihn liebend gern mit einem Freudenschrei die Treppe hinuntergestoßen.

„Willst du wirklich zwanzig Jahre jünger sein?"

„Wer wollte das nicht?"

„Dann lass uns tauschen, du nimmst mein Alter, und ich wäre glücklich damit, deines zu haben."

„Ach hör doch auf, das sagst du so daher, es ist noch nie vorgekommen, dass eine Frau alt sein will."

„Nein", entgegnete sie, „du hast mich nicht verstanden. Ich habe nicht gesagt, dass ich alt sein will, ich würde nur gerne nicht diese Jahre durchmachen müssen, ich würde mir wünschen, dass dieser Lebensabschnitt vorüber wäre und ich schon da drüben wäre. Mehr gibt es nicht zu verstehen."

„Aber das widerspricht dem, was du vorhin gesagt hast, dass dir der Beruf gefällt."

Er hatte recht. Ana machte die Tür auf und umarmte ihn. Sie war fast eine Handbreit größer als er. Er hatte recht, die zweite Aussage widersprach scheinbar der ersten, aber... Sie hatte keine Lust, näher darauf einzugehen, vielleicht würde er es nicht verstehen, oder vielleicht doch. Egal.

„Falls du dein Studium wieder aufnehmen möchtest", spielte Aranit seine letzte Karte aus, „kannst du nach Dortoben kommen und dich einschreiben, für was du willst."

„Ich hab's mir anders überlegt."

„Wie kommt das?"

„Es ist so, dass... ich weiß, du..."

Sie machte eine vage Handbewegung.

„Ich bin noch vier Tage hier, Ana, dann muss ich zurück. Schlaf noch mal drüber. Komm mit mir, und niemand wird dir auch nur ein Haar krümmen."

Wenn nur alles so einfach wäre, wie er tat, wenn die Dinge tatsächlich so einfach wären.

„Ich schulde dir noch eine Nummer, Aranit, du bist nur einmal gekommen", sagte Ana ernst, „lass uns das morgen nachholen."

Er stand auf der Schwelle des Aufzugs.

„Warum redest du so, Ana? Du weißt, dass es mir nicht darum geht, wie oft ich komme."

Was sollte das, Arbeit war Arbeit, trotz allem, was er für sie tat... Ich liebe dich, Ana, wollte Aranit ihr sagen, tat es aber nicht, und Anas Tür schloss sich, noch ehe sich die des Aufzugs schloss.

Uff, machte sie und lehnte sich an die Tür, was für ein anstrengender Tag. Sie ging zum Fenster, von dem aus ein Teil der Stadt zu sehen war, der schönere, mit Massen an Lichtern, Cafés und Geldscheinen.

Vor zwei Monaten hatte ihr in einer solchen Nacht ein Geschäftsmann, der mit seinem Privatflugzeug nach Dortunten gereist war, einen Ausflug über der Stadt angeboten. Er wollte Sex, während das Flugzeug am finsteren Himmel kreiste.

Ist das nicht romantisch, hatte der Kunde gesagt. Beim Fenster, hatte sie ihn gebeten. Er war einverstanden. Er wollte es von hinten machen. Er habe noch nie ein so schönes Gesäß wie das ihre gesehen, hatte er sabbernd gesagt.

Er wollte mit einer einheimischen Frau schlafen, während das Flugzeug über dieser so sonderbaren Stadt schwebte. *C'est tellement excitant.* Verstehst du, warum mich das so scharf macht?, hatte er nicht locker gelassen. Sie hatte keine Antwort gegeben. Der Kunde war keiner von denen, die man anspornen musste.

Er hatte getan, was er sich gewünscht hatte und dabei auf geradezu lächerliche Art gestöhnt. Derweil hatte Ana, wobei sie sich den Stößen des Mannes anzupassen versuchte, damit es nicht so schmerzte, aufmerksam die STADT betrachtet, das heißt ihren erleuchteten Nabel. Auf ihm versammelten sich zahlreiche Lichter, von der Höhe des Flugzeugs aus schien in der anonymen Schönheit der Nacht alles perfekt. Der andere Teil der STADT lag in völligem Dunkel.

Oh Gott, hatte sie gemurmelt, diese STADT hatte nur ein einziges Auge, als wäre sie so auf die Welt gekommen, mit einem Makel, oder als hätte ihr jemand wütend das eine ausgerissen und dieser Akt des Vandalismus hatte – gemäß dem natürlichen Gleichgewicht – die übermäßige Vergrößerung des verbliebenen Auges verursacht. Wo immer auch die Wahrheit liegen mochte, eines war sicher: Diese STADT-Zyklopin war mit ihrem schrecklichen Auge in der Mitte dazu verurteilt, auf ewig so weiterzuleben. Und die Bewohner der STADT, die nicht mehr auf das Wunder hofften, dass auch sie zu Lebewesen wie alle anderen Leute auf dieser Erde würden, hatten sich ebenfalls damit abgefunden, für immer halb blinde Zyklopen zu bleiben.

Aranit ging von Ana direkt nach Hause, wo Loni mit den letzten Neuigkeiten und den Einzelheiten zu den morgigen Arbeitstreffen auf ihn wartete. Morgen, Loni, jetzt bin ich müde. Morgen um punkt acht erwarte ich dich. Tefta warf sich in Aranits Arme, sobald sie allein im Vorzimmer waren.

„Jetzt haben wir endlich einmal Zeit für uns, Liebling!"

Sie verpasste ihm eine Portion Lippenstift, den sie zentimeterdick aufgetragen hatte.

„Wo ist die Brut?", fragte er, um sich aus der Affäre zu ziehen.

„Silvana ist in der Disco, und Gëzim schläft heute bei diesem Freund, wie heißt er noch, Marko."

Aranit versuchte sich loszueisen, doch Tefta blieb ihm auf den Fersen.

„Aranit", bat sie ihn wehleidig.

Wenn sie ein solches Gesicht machte, juckte es ihm in den Fingern, ihr eine zu schmieren.

„Nun, Schatz, wollen wir essen?"

„Aber wir haben uns noch gar nicht richtig gesehen, Liebling, seit zwei Tagen hast du kaum das Haus betreten."

„Ich hab zu tun, Tefta, viel zu tun, das Geld fällt nicht vom Himmel. Sieh dich doch um."

Sie stand da wie ein Rindvieh und hielt die Arme über ihren schlaffen, lastwagenreifengroßen Brüsten verschränkt.

„Sieh dich bitte um, schau dir nur dieses Haus an."

„Ich bin Tag und Nacht hier", sagte sie schuldbewusst, „ich kenne jeden Winkel dieses Hauses und muss mich nicht umsehen."

„Wenn ich immer an deinem Rock kleben würde, gäbe es all diese schönen Dinge nicht, Tefta. Darum kann ich nicht still sitzen und die Hände in den Schoß legen."

Tefta ging in Richtung Küche und hantierte eine Weile mit Töpfen und Pfannen. Er schaltete einen der dortobigen Fernsehsender ein. Tefta, Teeefta! Sie erschien auf der Schwelle zum Wohnzimmer, mit einem weinerlichen Ausdruck in den Augen. Was ist? Wo meintest du, ist Silvana hingegangen? Zum Tanzen. Mit wem? Mit Freundinnen. Kenne ich die? Woher soll ich das wissen, Liebling? Wie heißt die Disco? *Quattro salti folli.* Was?

Sie wiederholte den Namen und verschwand wieder in der Küche. Aranit holte sein Mobiltelefon hervor und wählte. Loni, hast du eine Ahnung, wo diese Disco ist, *Quattro,* wie war das noch... *Quattro salti folli?* Silvana ist da drin, schau mal nach, ob alles in Ordnung ist und bring sie nach Hause. Lass sie nicht aus den Augen, ja? Okay.

„Wieso hast du Loni geschickt?"

Aranit setzte sich an den Tisch. Tefta machte den Salat an und zog die Nase hoch, sie schien geweint zu haben. Aranit betrachtete ihre nackten Oberarme. Links hatte sie eine alte Brandnarbe vom Bügeleisen. Er schenkte sich ein Glas Wein ein. Willst du auch? Sie zögerte. Ja, gerne, aber nur einen Schluck.

„Du hast mir nicht geantwortet, Aranit, warum hast du Loni losgeschickt, um auf das Mädchen aufzupassen?"

„Weil in den Discos alle möglichen Schindluder getrieben werden."

„Ach", sagte sie, füllte die Salatschüsseln und setzte sich. „Und wenn du nicht hier bist, was machen wir dann? Sie geht ja nicht zum ersten Mal da hin. Niemand tut Silvana etwas zuleide, du kannst beruhigt sein."

„Das meinst du, aber das Böse kommt von da, wo man es nicht erwartet."

„Nicht für uns."

„Was willst du damit sagen?"

„Dass alle wissen, dass es deine Tochter ist, deshalb..."

„Deshalb was?"

„Deshalb traut sich keiner, sie auch nur anzusehen, und darum mache ich mir keine Sorgen."

Er besah sich lange ihr Profil. Sie hatte eine hübsche Nase. Einst war Tefta schön gewesen, aus der Provinz, aber schön. Bevor sie zwei Kinder mit Kaiserschnitt bekommen hatte, was ihren Bauch gänzlich verunstaltet hatte, und bevor sie die Tonnen an Fett zugelegt hatte. Brrr, schauderte Aranit, als er an die hässliche Naht auf ihrem Bauch dachte, wie der grinsende Mund eines Clowns, widerlich. Sie aß langsam, war mit den Gedanken woanders. War sie wirklich so blöd, wie sie tat?, überlegte Aranit.

„Und warum sollen sie Angst haben?"

„Aus Respekt, Liebling."

Sie räumte die Salatschüsseln ab und stand auf, um den Topf mit der Suppe zu holen.

„Wie, aus Respekt?"

„Aus Respekt eben."

Entweder ist sie blöd, oder sie schauspielert, dachte er und entschloss sich, dieses Gespräch zu beenden. Vom Fernseher, den er vergessen hatte abzustellen, kam der Lärm von einer dieser Quizsendungen, nach denen die Leute in Dortoben verrückt waren.

„Aber einen Gefallen könntest du mir tun, Aranit, bevor du gehst."

„Lass hören."

„Mynyrja, Liebling, dem armen Mädchen, das die Hausarbeiten für mich erledigt, ich möchte, dass du ihr hilfst."

„Aber wir helfen ihr doch schon genug, Tefta, wir bezahlen sie nicht schlecht, oder?"

„Ihre Eltern stehen mit einem Bein im Grab, und Mynyrjas ganzes Gehalt geht für die Medikamente der beiden drauf."

„Ich bin doch nicht Mutter Teresa, ich kann nicht einfach so um mich werfen mit Geld."

„Sie will nicht mehr Geld für ihre Arbeit hier, sie weiß genau, dass niemand sie besser bezahlen würde. Sie möchte, dass du eine andere Arbeit für sie findest, sodass auch ihr uneheliches Kind satt wird. In Dortoben, wenn es sich machen lässt."

„Mynyrja in Dortoben? Aber sie ist Analphabetin, Schatz, sie kann kaum ihren Namen schreiben."

„Eben drum", sagt Tefta, „eben drum."

Sie stellt die Koteletts auf den Tisch, die ihr so gut gelungen sind, dass Aranit trotz seines geplagten Magens zwei hintereinander verschlingt.

„Schatz, gib mir keine Rätsel auf. Worauf willst du hinaus?"

„Sie ist arm dran, Aranit, sie rackert sich ab und kann kaum alle ernähren. Du hast schon so vielen geholfen, hilf auch ihr."

„Unmöglich. Vielleicht finde ich hier etwas für sie, aber nicht dort. Wir brauchen keine Fleischstücke mit zwei Augen, dafür sind unsere Anforderungen zu anspruchsvoll."

Genau *die* braucht ihr doch, denkt sich Tefta, ihr braucht Fleischstücke, und wenn sie keine Augen haben, umso besser.

„Nimm sie als Putzfrau, oder als Dienstmädchen im Büro", redet sie weiter ihrem Mann zu, „oder was weiß ich, was ihr dort habt. Das kleine Kind bemerkt man gar nicht, das ist viereinhalb und wird euch keine Scherereien machen. Mynyrja ist fähig und schwatzt nicht viel. Hilf ihr, wegen den anderen frag ich dich erst gar nicht."

„Von welchen anderen redest du? Hab ich nicht für die ganze Sippschaft gesorgt?"

„Ich rede von den Leuten hier im Viertel, die zu mir kommen und mich um Hilfe bitten."

Aranit springt auf. Wie, das Viertel? Du hast doch nicht etwa irgendwelche Versprechungen gemacht? Es sind eben die Leute, was regst du dich denn so auf, sie haben Sorgen und kommen damit von Zeit zu Zeit zu mir, aber ich verspreche nichts, sondern rede ihnen nur gut zu, ein gutes Wort hat noch niemandem geschadet, oder? Aber Versprechungen, ts, ts, Tefta schüttelt energisch den Kopf, bei ihren Kindern, schwört sie, versprochen hat sie nichts.

„Warum hast du mir nie davon erzählt, dass dich jetzt das ganze Viertel kennt?"

„Du fragst mich ja nie, was ich tue, wenn du nicht da bist."

„Hmm", macht Aranit und kratzt sich zwischen den Beinen, „da hast du auch wieder recht."

„Wenn ich recht habe, tu mir dieses Mal den Gefallen. Es geht nur um Mynyrja. Es tut mir in der Seele weh um sie. Was die anderen angeht, mach, was du für richtig hältst. Ich stecke meine Nase nicht in deine Angelegenheiten, und ich bin auch keine Nervensäge, die an dir klebt."

Er verspricht ihr, Mynyrja zu helfen. Morgen wird er ein paar Anrufe machen, er wird sich mit seinen Geschäftspartnern in Dortoben besprechen, aber nicht, dass sie denkt, er sei ein Gott dort oben, ja? Er wird rumfragen und sehen, was sich machen lässt, aber es ist das erste und letzte Mal, dass sie so etwas von ihm verlangen soll. Er ist großherzig, aber weiß Gott nicht debil.

„Gut, danke, Aranit, du bist wundervoll, wirklich. Du sorgst für uns alle hier, Gott soll uns strafen, wenn wir uns beklagen."

„Dein Sohn ist da aber anderer Meinung, er schaut drein wie sieben Tage Regenwetter, wenn er mich sieht, auch wenn er mein Essen isst und mein Geld ausgibt."

„Ich habe eine Überraschung: Zum Nachtisch habe ich Baklava gemacht."

„Du willst mich wohl in ein frühes Grab bringen, dass du mich wie einen Truthahn mästest?"

Er lacht und sieht sie aus den Augenwinkeln an. Gut, dass sie den Frauen in Dortoben die Mäuler gestopft haben, die hier fürchten sich vor gar nichts mehr. Gelobt seien die Huren, die lecken dir auch noch die Stiefelspitze, ohne aufzumucken. Ana...

Zum Teufel mit Ana.

•

15. September, vormittags

Gott, wo bist du? Du wirst dich verirrt haben, genau wie ich. Heute regnet es. Ich stelle mir dich dort oben vor, über den Wolken, wo auf ewig die Sonne herrscht, ohne zu wissen, wie du den rechten Weg wiederfinden kannst. Es muss auch auf jener Seite ein großes Durcheinander geben: ohne Ampeln, ohne die Trillerpfeifen der Polizisten, ohne Schilder, die die Richtung anzeigen. Darum bist du verloren.

Es regnet, doch es ist ein tauber Regen ohne Wind. Als ob er Angst davor hätte, zu fallen. Heute ist Mutters Geburtstag. Ich habe es gerade noch geschafft, eine Erlaubnis zu kriegen, damit ich nicht auf die Straße muss, wenigstens nicht an diesem Tag. Ich konnte mich nicht beschmutzen lassen, heute, und dabei an Mutter denken, die jetzt gerade an mich denkt und für mich betet, während ich...

Heute wird Vater Mutter bekochen. Sie wird protestieren, es ist ihr unangenehm. Verwöhn mich nicht so, wird sie zu ihm sagen, was bedeuten in unserem Alter schon Geburtstage? Aber sie ist erst 46 Jahre alt, und er wird eine Kerze anzünden, wenn aufgetischt ist. Er wird eine Kerze anzünden, und sie werden ein Kreuz schlagen, auch wenn sie nicht gläubig sind, was macht das schon.

Später werden sie in die Moschee gehen und beten und danach in die Kirche, um noch eine Kerze anzuzünden. Vielleicht gerade jetzt, in diesem Moment, in dem ich in mein Tagebuch schreibe? Wenn sie auf die Straße treten, werden sie sich fest an den Armen halten. Sie werden kein Wort wechseln, sondern nur eng eingehakt die Straßen entlang gehen.

Ich bin müde, aber ich will nicht schlafen. Heute ist ein reiner Tag. Heute wird niemand meinen Leib besudeln und deshalb möchte ich dieses Gefühl ganz auskosten.

Er ist gegangen, keine Ahnung, wohin. Er hatte mir einen Zettel dagelassen, aber ich habe ihn ungelesen in den Müll geworfen. Ich sah, dass Er gegessen, Kaffee getrunken und Seinen Teller, das Glas und die Tasse abgewaschen hat. In letzter Zeit tut Er das öfters, damit ich weniger Hausarbeiten habe. Soll ich Ihm deshalb verzeihen? Meint Er, mich mit solchen Kleinigkeiten beschwichtigen zu können? Soll Er es machen. Es ist umsonst. Es ist zu spät, als dass Er mich besänftigen könnte.

Die Worte wollen heute einfach nicht fließen. Also mache ich Schluss.

Ich vergaß zu schreiben, dass sie eines der Mädchen so fest geschlagen haben, dass ihr ein Arm gebrochen wurde. Ich weiß nicht, was sie getan hat, dass man sie so zugerichtet hat. Sie haben sie irgendwo in einem der vielen Folterzentren weggesperrt, bei Brot und Wasser. Natürlich haben sie uns nicht erlaubt, sie ins Krankenhaus zu bringen.

Was mag die Arme nur so Schlimmes angestellt haben? Ob sie wohl Geld von den Kunden für sich beiseite gelegt hat? Wir haben uns lange den Kopf zerbrochen über den möglichen Grund, wir haben auch ihre enge Freundin gefragt, aber es bleibt ein Rätsel, niemand weiß etwas Genaues. Nicht, dass es einen triftigen Grund braucht, um uns in Leopardinnen zu verwandeln. Sie schlagen uns, weil sie selbst verkrüppelt sind, sie rächen sich an uns für ihre verkrüppelten Seelen. Kein Gott steht ihnen bei, deshalb haben sie ihn durch Geld ersetzt.

Als ich Suela eines Tages mit diesen komplizierten Gedanken konfrontierte, widersprach sie mir. Wieso, die Männer hier, die in Gedanken mit einer der mächtigsten Gottheiten der Welt geboren und aufgewachsen sind, spielen sie etwa nicht mit unseren Körpern? Es liegt nicht daran, dass sie keinen Gott in der Seele haben. Es ist etwas anderes, etwas, was sich nicht erklären lässt. Vielleicht sind alle Männer so, sagte Suela, die Männer sind alle gleich.

Aber mein Vater ist nicht so. Auch Suelas Vater ist nicht so. Sie tragen den Herrn der Barmherzigkeit in ihrem Herzen. Auch Sorajas Vater. Woher nimmt dann diese Bande von Zuhältern all diese Grausamkeit?

Ich werde niemals mehr in meinem Leben einem Mann vertrauen, hat Suela geschworen.

Bist du sicher, fragte ich sie.

Wieso, würdest du einem Mann noch jemals Glauben schenken?

Nein, niemals. Ich auch nicht, sagte Soraja erleichtert.

An jenem Tag haben wir uns durch diesen Schwur besser gefühlt. Ich erinnere mich, dass wir uns fest umarmten. Ich führe mir wieder vor Augen, wie diese Umarmung war, ihr Geruch und ihre warme Färbung. Nach der Umarmung schien es uns, als würden unsere Herzen all dieses plötzliche Glück nicht aushalten, sodass wir zu der sorgenvollen Frage zurückkamen: Was hatte dieses unglückselige Mädchen so Schlimmes getan?

Du kannst es rauskriegen, haben mir die anderen Mädchen aus der Gruppe gesagt, du lebst mit Ihm, wenn du Ihn fragst, wird Er es dir sicher verraten. Aber Ihn zu fragen hieße, mit Ihm zu sprechen. Und diese Genugtuung will ich Ihm nicht geben. Ein gebrochener Arm mehr oder weniger, was für einen Unterschied macht das schon?

Vor Kurzem haben sie auch eine bemitleidenswerte Frau mit einem kleinen Sohn nach Dortoben gebracht. Ich habe sie selbst noch nicht gesehen, aber man hat mir gesagt, dass sie seit einem Monat hier ist, und keiner weiß, wo man sie versteckt hält. Es heißt, sie sei sehr schön, und drei, vier Jahre älter als ich. Es heißt, dass sie nicht einmal ihren Namen schreiben kann.

Sie haben Frischfleisch gebracht, aus allen vier Himmelsrichtungen von Dortunten, und es heißt, dass sie gerade abgerichtet werden. Einer der Bosse hat uns mitgeteilt, dass wir in einer Woche Verstärkung bekommen und dass ein paar von uns, die am wenigsten verdienen, in eine weiter entfernte Gegend gebracht werden...

Ich bin doch selber schuld. Ich war entschlossen, am heutigen Tag nicht an diese Dinge zu denken, es sollte ein reiner Tag sein, und nun haben sich diese Traurigkeiten doch wieder in meine Gedanken geschlichen. Ich mache jetzt Schluss, bevor ich noch üblere Sachen schreibe. Nächstes Mal schreibe ich von schönen Ereignissen. Ich schwöre es bei meiner Mutter, das werde ich tun.

•

Mynyrja sieht die großen, breiten Schultern des Mannes, der ihr gegenübersteht und schafft es nicht, auch nur einen einzigen klaren Gedanken zu fassen.

„Was schaust du mich so erschrocken an?", knurrt der Mann.

Sie erschreckt sich noch mehr. Jemand kommt in die Wohnung, im Flur ist Gemurmel zu hören, aber die Zimmertür ist geschlossen, und der bedrohliche Schrank steht davor.

„Wo kommst du her?"

„..."

„Woher du kommst, will ich wissen."

„Aus Dortunten."

Er nähert sich und verpasst ihr eine Ohrfeige, die sie wie ein Hammerschlag trifft. Mynyrja hat das Gefühl, dass ihr vor Schmerz die Augen aus den Höhlen treten.

„Willst du mich verarschen, du Kröte?"

Ein Fausthieb in den Magen, der Gürtel wird ausgezogen, zwei schreckliche Peitschenhiebe in die Luft, Mutter, winselt die Frau, hilf mir...

„Bei mir läuft so was nicht. Wenn ich dich was frage, dann antwortest du mir genau und machst keine Mätzchen. Woher kommst du?"

„Aus Mitteldortunten."

„Aus der Stadt oder aus einem Dorf?"

„Aus der Stadt."

„Echt?"

„Ja."

„Und warum sagst du Zicke mir nicht gleich, dass wir Landsleute sind?"

„Du bist auch von da?", fragt sie und schöpft etwas Hoffnung.

Wenn dem so ist, gibt es für sie womöglich eine Rettung. Ach, Gott sei Dank, das Schicksal meint es gut mit ihr, die sie ohne irgendeinen Menschen in diesem furchtbaren Land ist. Sicher bin ich von da, aber jetzt bin ich hier. Und in welchem Viertel hast du gewohnt? Sie nennt ihm den Namen des Viertels. Das waren unsere Rivalen, die Wichser aus deinem Viertel. Ist einer von denen vielleicht ein Cousin von dir? Nein, widerspricht sie energisch und trocknet sich die Tränen ab. Sie weint nicht, aber diese Ohrfeige hat ihre Augen zum Brennen gebracht. Ich habe mit niemandem was zu schaffen, ich bin allein mit meinen Eltern, die jetzt in der Hauptstadt wohnen. Wir sind dorthin umgezogen, weil wir in F. nicht genug zu essen hatten. Es reicht, befiehlt er, du musst mir nicht die ganze Lebensgeschichte deiner verlausten Sippschaft erzählen.

„Wo ist Bledi", fragt Mynyrja flehend.

„Wer hat dir erlaubt, Fragen zu stellen?"

Er nähert sich ihr erneut drohend, doch etwas hält ihn zurück.

„Jetzt scheiß dich nicht ein, reiß dich zusammen, ich bin doch kein Tier, vor allem jetzt, wo ich weiß, dass wir Landsleute sind..."

Der Mann kratzt sich am Ohr.

„Ich werd dir helfen. Zieh dich aus, zieh dich ganz nackt aus, damit ich sehe, was deine Haut wert ist."

Mynyrja spürt, wie sie anfängt zu glühen und rot zu werden. Sie macht zwei Schritte zurück.

„Aber du hast gesagt, dass du mir hilfst."

Er knöpft sich die Hose auf.

„Ha, ha", feixt er und holt sein Glied raus, „na, schau dir das doch mal an, kuck nur, was für eine schöne Rute ich hier für dich habe. Wenn der mal drin ist, wirst du vor Spaß so laut stöhnen, dass man es im ganzen Haus hört."

„Ich ziehe mich nicht aus."

Die junge Frau hält sich die Ohren zu und schließt die Augen.

„Runter mit den Fetzen!"

Er zieht sie mit einer Hand an den Haaren und wedelt mit der anderen mit seinem Gemächt vor ihrem Bauch herum.

„Dir werd ich das Nichtausziehen schon austreiben, du Fischritze, ihr wagt es auch noch, zu widersprechen, ihr Drecksschlampen, Mund auf, sonst kannst du dich begraben lassen!"

Er stößt ihr das Knie in die Vagina. Sie krümmt sich vor Schmerzen.

„Mach das Maul auf, hab ich gesagt!"

„Nein, nein, nein!"

Er schlägt ihr mit der eisernen Faust auf den Hals, sie fällt auf die Knie.

„Ich bring dich um, ich mach dich kalt, aufmachen, hab ich gesagt, ah, ah, oh."

Er drückt ihren Kopf an seinen ungewaschenen Penis, er reibt ihr Gesicht an seinen Schamhaaren, mach das Ding auf, sonst bist du tot, sie tut es, er rammt ihn ihr ganz hinein, sie bekommt keine Luft und hustet, lutsch ihn mir gut, du Fickflittchen, oh, oh, oh, ja, so, gut so, warte, warte, lass mich noch nicht kommen, ooooh, ich halt's nicht mehr, ich komme, du Drecksbitch, da hast du's.... ooooh, wie geil. Er nimmt ihn aus ihrem Mund und spritzt sein Sperma in ihr Gesicht. Sie will sich mit den Händen schützen, aber es ist zu spät. Der Schmutz rinnt über ihre zierliche Nase, und er heult weiter auf, immer wieder. Er fasst die Frau an den langen Haaren und wischt sich damit ab. Er säubert sein blau angelaufenes Ding und lacht höhnisch, als er die Spermalandschaft auf dem Gesicht der Knieenden sieht.

„Ja, das macht Freude. Jetzt putz dich ab, mir wird ja ganz übel, wenn ich dich so sehe."

Die Gepeinigte stürzt ins Bad, dreht den Hahn auf und hält ihren Kopf ins Waschbecken. Das kalte Wasser fließt nur langsam, als würde es sie ebenfalls verspotten, sie dreht mehr auf. Mit dem Wasser rinnt ihr auch der säuerliche Geschmack des Spermas in den Mund, und er schließt sich von alleine. Entsetzt öffnet sie ihn wieder, lässt das Wasser in den Mund laufen, so viel, so viel wie möglich.

„Was machst du eine Stunde da drin? Komm jetzt raus, wir machen hier keinen Filmstar aus dir."

Sie bemüht sich, das Zittern ihrer Hände in den Griff zu kriegen. Sie putzt sich die Haare so gut es geht ab, aber der Gestank des Ejakulats will einfach nicht weggehen. Die Bluse ist ebenfalls befleckt. Sie benetzt sich die Hände und versucht, die Flecken wegzubekommen. Vergeblich. Er bellt weiter, dass sie rauskommen soll. Mynyrja eilt aus dem Bad. Er erwartet sie mit einer schallenden Ohrfeige, sodass sie sich anderthalbmal um die eigene Achse dreht. Auf den Schlag folgt ein Tritt, durch den sie weggeschleudert wird und gegen den schweren Holztisch fliegt. Die Kante trifft sie an der Brust, genau an der Stelle, hinter der das Herz sitzt. Er geht zu ihr hin und versetzt ihr weitere Fußtritte, wobei er lacht, er lacht und tritt, er tritt und lacht. Dann wird er auf einmal ernst.

„Nächstes Mal, wenn ich dir sage, dass du ihn mir langsam blasen sollst, damit ich nicht so schnell komme, gehorchst du gefälligst, wenn dir dein Leben lieb ist."

Sie weiß nicht, was sie tun soll, ob sie den Kopf gesenkt halten und die Augen geschlossen lassen soll oder ob sie den Kopf heben und antworten soll. Oder soll sie so tun, als sei sie gar nicht da? Steh auf. Mynyrja versucht es, aber ihre Knie zittern, und sie fällt hin. Mach jetzt, dir ist noch nichts passiert, steh schon auf. Er packt sie und stellt sie wie ein Plastikspielzeug auf die Beine.

„Was soll der Scheiß, hast du Angst?"

„…"

„Antworte."

„Ja… nein."

„Was nun, ja oder nein?"

„Ja."

„Da hast du eine gute Gelegenheit verpasst und mich umsonst wütend gemacht. Wenn du dich ausgezogen hättest, wäre mir die ganze Mühe erspart geblieben. Wir hätten uns amüsiert, du und ich, ich hätte dich nach allen Regeln der Kunst beglückt, und du wärst auf deine Kosten gekommen, wo wir doch auch Landsleute sind, aber du bist ja wohl dumm wie Brot!"

„…"

„Du hast es versaut, und ich hab dich immer noch nicht nackt gesehen. Zieh dich aus."

Sie zieht sich blitzschnell aus. An der Brust blutet sie wegen des Stoßes gegen den Tisch. Er umkreist sie. Wow, was für ein Anblick, die Mädels heute sind eine wahre Augenweide, da lässt sich Geld rausschlagen, ohne Ende… Er stellt sich hinter sie und fasst ihren Hintern an, der so fest und schön ist, dass er Tote aufwecken könnte.

„Bück dich."

Sie steht erstarrt da.

„Bücken!"

Er stößt sie mit den Händen.

„Mach den Buckel krumm, Alte!"

Mynyrjas Beine sind schwarz von den Schlägen, das Gesäß noch schlimmer, der ganze Körper ist schrecklich geschwollen und gleicht einer Landschaft voller Täler und Hügel. Er zieht ihre Pobacken auseinander. Bäh, gut, dass er es ihr in den Mund gemacht hat, hier sieht es ja grauenhaft aus.

„Wann haben sie deinen Arsch so zugerichtet?"

„Vorgestern."

„Was haben sie mit dir bloß angestellt, Landsfrau, unsere Jungs waren das?"

„Ja."

„Wer von ihnen?"

„Ich kenne sie nicht. Ich weiß nicht, wie sie heißen."

„Wieso, wie viele haben dich...?"

„Sie waren zu fünft."

„Die Schweine..." Er pfeift durch die Zähne. „Die haben dich ja ganz schön rangenommen. Zieh dich an."

Sie zieht sich langsam an. Die Wunden sind jetzt kälter und schmerzen bis in die Seele. Als sie fertig ist, steht sie wieder wie erstarrt da.

„Was für Halunken, hm?", spottet der Mann.

Die Frau scheint nicht zu atmen.

„Und mir haben sie kein Wort davon gesagt, dass sie dich so ordentlich durchgefickt haben. Du brauchst ein paar Tage Erholung und was zu essen, damit dein Körper wieder in Schuss ist. Eine Schande, bei all der Pracht, die dir Gott geschenkt hat. Hat dir schon jemand gesagt, dass du bildhübsch bist?"

„..."

„He, antwortest du mir oder nicht?"

„Was soll ich sagen?", wispert sie, mehr klagend als forsch.

Sie ist jetzt nahe dran, lautstark loszuheulen, versucht, es zu unterdrücken, doch je mehr sie sich anstrengt, umso stärker steigt es in ihr hoch.

„Na, dass du wunderschön bist."

„Meine Eltern zuhause, ja, und mein Sohn sagt es mir."

„Hast du eine Ahnung, wie viel Geld du hier scheffeln kannst? Du könntest nicht nur deine Alten aushalten, sondern alle Alten in Dortunten, wenn du willst. Weißt du das?"

„Ich würde gerne eine anständige Arbeit finden. Egal was, egal wie schwer, nur nicht diese, sondern eine anständige Arbeit."

„Die wirst du kriegen, keine Sorge."

Sie hebt den Kopf und sieht ihm in die Augen. Was denkst du denn, dass ich hier blödes Zeug fasle? Wenn du dich anständig benimmst, bekommst du auch einen anständigen Job, eine anständige Wohnung und alles, was dazugehört. Du glaubst mir nicht, was? Warte, du wirst es selber sehen. Arbeite eine Weile für uns, und dann wirst du merken, wie alles in Ordnung kommt. Er tätschelt ihr die Schulter, leicht, er ist auch ein Mensch, es tut ihm leid, und ob es ihm leid tut, er hat nichts gegen sie, *gerade* gegen sie hat er nichts, wo sie doch aus derselben Stadt ist. Stadt, na ja, Ansichtssache. Von jetzt an werde ich dich beschützen. Du wirst in meiner Obhut sein und für mich arbeiten. Okay? Was meinst du? Ich würde gerne meine Haare waschen, mit warmem Wasser und Seife, denkt Mynyrja, doch zum Glück rutscht es ihr nicht raus. Okay, sagt sie und versucht, ein möglichst zugängliches Gesicht zu machen. Ich beschütze dich, und du gibst mir alles, was du verdienst. Ich regel das mit den Bossen, die sind mir noch was schuldig. Wenn du dich gut benimmst, wirst du deinen Sohn sehen.

„Wann, heute?"

„Du sollst ihn heute sehen, aber er wird bei mir leben. Ich werde mich um ihn kümmern, als wäre es mein eigener Sohn, und du wirst ihn von Zeit zu Zeit sehen."

„Was willst du damit sagen?"

„Es hängt davon ab, wie du dich benimmst. Wenn du gut verdienst und nicht auf die anderen Frauen hörst, dann wird alles gut für dich laufen, ansonsten... Da sind so zwei Luder, die denken, sie seien was Besseres und müssten uns Probleme machen."

„Ich nicht, ich mache niemandem Probleme, ich werde tun, was du mir sagst, ich schwöre."

„Gut für dich."

„Und wenn ich dir viel Geld bringe, darf ich dann mit Bledi leben?"

Er stößt einen fröhlichen Pfiff aus.

„Langsam, immer mit der Ruhe, wozu die Eile? Uns verfolgt doch keiner."

„Entschuldigung."

„Ihr Frauen seid alle gleich, man reicht euch den kleinen Finger, und ihr nehmt gleich den ganzen Arm."

„Entschuldigung."

„Aber du hast Glück bei mir, ich seh es dir nach. Ich gehe jetzt und bring deinen Sohn zu dir."

„Oh, vielen Dank. Danke!"

Er bindet sie an das Rohr der Badewanne und verlässt die Wohnung. Mynyrja versucht jede noch so kleine Bewegung zu vermeiden, weil sich die Schellen sonst in ihr wundes Handgelenk graben. Bledi, mein Schatz. Bledi, Bledi, Bledi. Sie horcht, doch im Treppenhaus ist nichts zu hören, nur ein Geräusch, das wie das Jubeln einer Menschenmenge klingt. Ob hier in der Nähe wohl ein Fußballstadion ist? Das muss sie sich merken. Oder nein, besser nicht, je weniger sie weiß, desto weniger können sie Bledi antun. Ich flehe dich an, hatte sie ihn gebeten, als er sie im Badezimmer anband, wenn ihr kommt, achte darauf, dass mich der Kleine nicht gefesselt sieht.

„Für was hältst du mich, für ein Biest? Ich hab auch Neffen, die Töchter meiner Schwester."

„Entschuldigung."

„Dumpfbacke."

„Wie heißt du?", hatte sie gefragt, um ihn zu besänftigen.

„Engjëll heiß ich. Bin ich nicht ein wahrer Engel?"

„Das bist du."

„Ein schöner Name, oder?"

„Sehr."

Engjëll hält sein Wort. Als er zurück ist, bindet er sie los und macht ihr ein Zeichen, dass sie sich zusammenreißen soll. Sie nickt und bemüht sich, nicht zu zittern. Wenn du dich dumm anstellst, dreh ich dir den Hals um. Mach dir keine Sorgen. Soll ich jetzt raus? Geh raus.

Mama. Bledi, mein Liebling. Oh, Mama, ich hab mich so erschreckt, Mama, Mama. Ich bin doch hier, Bledi, Schatz. Mama. Das Kind weint, Engjëll beobachtet sie, seine baumstammgroßen Arme vor der Brust verschränkt. Hast du so was schon mal gesehen, dumm wie Brot, aber schön wie eine Prinzessin?

Die Welt ist doch merkwürdig. Seine eigene Schwester hat so eine schöne Mutter, sieht aber selbst aus, als hätte man sie aus alten Lappen zusammengeflickt. Seine Eltern hatten es ihr an nichts fehlen lassen, doch selbst jetzt, wo er ihr alle möglichen Kleider und Gesichtscremes schickte, schien sie nur immer noch hässlicher zu werden. Zum Teufel, verfluchte er zum hundertsten Mal seine Schwester, nicht nur, dass sie als Frau zur Welt gekommen ist, nein, sie musste auch noch hässlich werden. Kuck dir die hier an, selbst mit blauen Flecken in der Fresse sieht sie noch atemberaubend aus.

So, ihr habt jetzt genug geschmust, greift Engjëll ein, aber sanft, damit er das blonde Kind nicht erschreckt, es hat zwei schwarze Augen, herzzerreißend. Wir müssen jetzt los, hm, Bledi, geh mit Onkel Engjëll. Ich will bei Mama bleiben, Maaama. Geh jetzt mit Onkel Engjëll – nicht weinen, Mynyrja, nicht vor dem Kind, befiehlt sie sich selbst verzweifelt –, er wird sich um dich kümmern, Mama muss sich jetzt eine gute Arbeit suchen und ein Zuhause mit vielen schönen Spielsachen, ja, Schatz. Sei ein braver Junge und ärger Onkel Engjëll nicht. Mama. Geh jetzt. Ich hab Angst, Mama. Du brauchst keine Angst zu haben. Onkel Engjëll wird dir gute Sachen geben, und du kannst viele

Cartoons im Fernsehen anschauen. Ich werde dir auch den König der Löwen auf Kassette kaufen, verspricht Engjëll vorschnell. Wann? Jetzt, sobald wir losgehen. Oh, wie schön, sagt das Kind und küsst seine Mutter noch einmal, jetzt mit klaren Augen, ohne Tränen, nur die Angst hat sich immer noch in ihm verkrochen, nur die Angst, doch sie wird vorübergehen. Sie brechen auf. Der Mann lässt das Kind vor der Türe stehen und kommt zurück. Er sagt etwas zu Mynyrja, geht hinaus und dreht den Schlüssel zweimal um, nachdem er die Frau am Klorohr festgebunden hat.

•

Es ist kalt in Dortoben, der Herbst ist dieses Jahr besonders aggressiv über das Land hereingebrochen, als wollte er die Leute dafür bestrafen, dass sie sich den ganzen Sommer über an den Stränden, in den Schwimmbädern und in den Parks vergnügt haben. Es ist kalt da drin. Dieses Gebäude muss einst eine Fabrik gewesen sein, oder etwas in der Art. Verrostete Maschinen und riesige Ratten – ständige Bewohner der Halle – haben jeden Winkel in Beschlag genommen. An den Wänden befinden sich Inschriften in fernen Sprachen, in allen möglichen Alphabeten. Jemand hat eine riesige Vagina hingesprayt, die von einem Schwarm von Penissen penetriert wird. So wie die hier gemalt sind, ähneln sie einem unschuldigen Blumenstrauß.

Nachdem sie sie aus verschiedenen Teilen der Stadt hergebracht haben, lassen die Männer die Gruppe der Frauen die Qual des Wartens erdulden, als würden sie sie am Spieß braten. Sie zittern und halten sich aneinander fest. Nach einer geraumen Zeit, in der man nur das streitlustige Fiepsen der Ratten in den entfernten Ecken hört, sondert sich einer der Männer von den anderen ab und nimmt vor den Frauen eine Kommandohaltung an.

„Ich will kein Sterbenswörtchen von euch hören, ich will Disziplin und Gehorsam, Ordnung und Sauberkeit. Kapiert?"

Die Mädchen machen eilig zustimmende Kopfbewegungen, eine eifriger als die andere. Die Männer stehen ein paar Meter weiter weg und warten darauf, sich auf die Beute zu stürzen. *Coño,* liest Delina an der Wand. Viele Mädchen aus Lateinamerika werden dasselbe Schicksal wie sie erlitten haben. In Dortunten hatte sie in den Nachrichten der ausländischen Fernsehsender oft davon gehört, dass die Mädchen aus diesen Ländern hierhergeholt wurden, um sie zu prostituieren. *Coño.* Gab es einen passenderen Ort für dieses Wort?

I love Nigeria. I miss you Wesley. Art, where are you? Te quiero. Delina liest die Worte noch einmal von vorn. Besser, diese Worte zu lesen, als die Befehle von Xhafer zu hören, den ihre Großmutter ein ums andere Mal gewaschen hatte, einst, bevor er zum Gangster wurde. *Wanna fuck ya.*

„He, Delina, hörst du mir zu?"

„Ich höre dir zu, Xhaf."

„Das ist das letzte Mal, dass du meinen Namen laut aussprichst, verstanden?"

„Warum?", entgegnet Delina trotzig.

Die anderen schauen sie entgeistert an. Hat sie den Verstand verloren?

„Was willst du mir noch antun?"

„Klappe zu, hab ich gesagt."

„Zu Befehl."

„Xhaf, wieso lässt du dir das von der gefallen?", wirft einer aus der Bande ein.

Ich hab nicht vor, mir das gefallen zu lassen, denkt sich Xhafer. Die schöne Nachbarin, dieses hochnäsige Gör. Aber ich lass mich hier auf keine Diskussionen ein, wir haben es gar nicht nötig zu sprechen. Wenn die Leibesübungen erst mal vorbei sind – er betont das Wort *Leibesübungen,* stolz auf seinen feinen Humor, hi, hi, ha, hu, wiehern die anderen –, dann wollen wir mal sehen, ob sie noch widersprechen. Es sind sechs Mädchen, und sie sind achtzehn Männer. Delina hat sie genau gezählt und sich auch die Gesichter eingeprägt.

Schau die Wand an, schau die Wand an und schrei nicht, heul nicht und beschwer dich nicht, befiehlt Delina sich selbst.

Sie stürzen sich auf die Beute. Die jungen Frauen wehren sich, wissen aber, dass es vergeblich ist. Der Mond wirft einen fassungslosen Blick durch die vergitterten Fenster der verlassenen Fabrik. Die Mädchen kreischen, außer Delina. Zwei Männer werfen sich gleichzeitig auf sie. Sie presst die Zähne zusammen. Das ist nur Fleisch, nur Fleisch, und sie hat nichts mit diesem Schmutz zu schaffen.

Delina hätte einen Tag, nachdem sie entführt wurde, mit einem Stipendium das Land verlassen, um zu studieren, und wäre niemals mehr nach Dortunten zurückgegangen, in dieses Land ohne Namen. Sie wurde nur einen Tag vor der Abfahrt entführt, es ist also, ab ob sie gegangen wäre, als ob sie frei wäre.

Sie küssen sie ab, lecken sie ab, kneifen, kneten ihre Brüste, dringen in sie ein. Der Mond blickt nun noch fassungsloser drein, wenngleich er solche Szenen mit Sicherheit schon zuvor gesehen hat. Die Mädchen schreien, eine Ausscheidung von Wörtern, eine Orgie der Schmerzen, ein Grölen von Niederträchtigkeiten, ein Beschimpfen von Seelen, Exkremente menschlicher Schicksale. Delinas Körper gleicht einem übergroßen Waschbecken, das mit allem Möglichen gefüllt ist, außer mit Tränen.

(Wirst du mich wirklich immer lieben, Delina? Ach, da kannst du ganz beruhigt sein, hatte sie gelacht, wir werden uns schreiben, jeden Tag werden wir uns schreiben, also, wir sehen uns dann morgen früh, Delina, gute Nacht, gute Nacht, Ben, Geliebter.)

Sie versucht aufzustehen, doch man wirft sie erneut auf den Zementboden. Eine wird verprügelt und beschimpft. Du Stück Dreck, dir treib ich das Widersprechen schon noch aus, du Miststück, Flittchen, Hure, Dreckloch, ich mach all deine Löcher weiter. Jungs, wie geil, was für ein Spaß. Delina versucht ein weiteres Mal aufzustehen. Wer ist diese Arme, die sie da auseinandernehmen? Sie kommt nicht dazu hinzusehen, zwei andere stürzen sich auf sie, ein dritter kommt dazu. Sie drehen sie auf den Bauch.

I'll tell Thee All – how Blank it grew –
How Midnight felt, at first – to me –
How all the Clocks stopped in the World –
And Sunshine pinched me – 'Twas so cold –

Delina starrt auf die jungen Dinger, die wenige Tage zuvor Menschen waren, und jetzt nur noch Fleisch sind, Armteile, blutige Beine, Schreie, die wie Stalagmiten empor steigen, nein, nein, nein, nein, nein, genug, nein, genug – *how blank it grew, blank it grew, it grew, blank, ‚twas cold.*

Als sie von ihr ablassen, hat sie sieben Männer gezählt, die auf ihr waren und in allen Mundarten von Dortunten gesprochen haben. Sieben armselige, zum Vergessen, aber sie ist entschlossen, nicht zu vergessen. Falls nicht andere, noch fürchterlichere Schicksalsschläge diesen heutigen tilgen. Falls man ihr die Möglichkeit lässt, sich zu erinnern.

(Du wirst es schaffen, Delina, du wirst gehen, du wirst es bringen und genau das machen, wovon du schon immer geträumt hast. Meinst du nicht, dass du mein Talent etwas übertrieben darstellst? Warum schmeichelst du mir so? Weil du es verdienst, du bist eine außergewöhnliche Frau, Delina, und ich bin sehr glücklich, dass du meine Freundin bist. Ach, mein lieber Ben, wir sehen uns also morgen, Ben, morgen ist der letzte Tag, an dem wir uns sehen.)

Wenn sie ihn wenigstens gesehen hätte, an jenem letzten Tag, dem morgigen, dem Vortag ihrer Abfahrt. Aber die Entführer hatten sie überrascht, ihr einen Sack über den Kopf gezogen und sie dann in ein Auto geworfen, der Geruch von ungewaschenen Männern und synthetischen Hemden auf keuchenden Leibern. Los, fahr los, weg von hier, niemand hat uns gesehen, Gott sei Dank, gib Gas.

Keine der Vergewaltigten sieht in Richtung der Männer, es ist auch nicht nötig hinzusehen. Sie hören, wie Gürtel geschlossen werden, wie Reißverschlüsse zugezogen werden, einer hustet trocken, ein anderer spuckt aus.

„Gehen wir, Jungs, lasst uns was essen. Ich hab einen Mordshunger."

„Hunger, was, Alter, reicht dir das ganze Fleisch hier nicht?" Gelächter.

„Du bist ja sowas von witzig. Gehen wir?"

Sie gehen und verschließen das Tor mit schweren Ketten. Das Echo ihrer Schritte und Stimmen hallt eine Weile in der Leere der Halle nach. Sie lassen den Frauen nichts da, nicht einmal die zerrissenen Kleider. Sie haben sie in einen schwarzen Plastiksack gesteckt und mitgenommen. Sie haben dort alle Sachen reingestopft, mitsamt allem, was die Frauen vor diesem Ereignis *waren*. Delina betrachtet den Mond. Er steht jetzt woanders am Firmament.

•

Freitag, 25. Oktober

Ich träumte davon, eine Schneiderin zu werden. Aber nicht so eine, die nur näht, und damit hat's sich. Ich hätte mich so perfektioniert, dass ich neben dem Ausführen der üblichen

Modelle auch andere, ganz wunderbare entworfen hätte, ohne sie aus Modezeitschriften oder solchen Sachen zu kopieren. Hier nennen sie dieses Handwerk Design. Doch irgendwie behagt es mir nicht, dieses Wort zu gebrauchen, es wirkt zu groß für eine wie mich.

Designer reisen um die Welt, eine Modenschau hier und eine da, an wichtigen Orten und auf allen Kontinenten, aber sie kommen sicher nicht in dieses Mauseloch namens Dortunten. Das wir Dortunten nennen, denn es ist tatsächlich unten, im ganzen Sinne des Wortes und zu allen Seiten hin. So denken die Leute dort. Ich habe nicht so gedacht – früher – aber jetzt schon. Ich bin der Meinung, dass es besser ist, wir vergessen den wahren Namen dieses Landes. Der bloße Gedanke daran schmerzt uns und lässt uns, uns schlecht fühlen. Darum schließe ich mich den anderen an und nenne es Dortunten. So ist es, als ob der Schmerz ein wenig fern bleibt, als würde er etwas gedämpft. Wer hat dem anderen mehr Schmerz zugefügt: wir unserer Heimat, oder sie uns?

Doch das ist ein langes Thema. Zurück zur Schneiderei. Dort habe ich drei Jahre lang einen Kurs für dieses Handwerk belegt, und mir wurde gesagt, dass ich so fähig und talentiert sei, dass ich keine Ausbildung mehr nötig hätte. Was ich anfasste, wurde zu Gold, wie man so schön sagt. Aber ich hatte dieses Lob gar nicht nötig, weil ich selbst wusste, dass ich ein goldenes Händchen hatte. Das war genug, um eine gute Schneiderin zu sein, um eine Designerin zu werden, braucht es jedoch sehr viel mehr. Ich denke, um den entscheidenden Schritt zu tun, durch den das Handwerk zur Meisterschaft wird, braucht es noch mehr ein goldenes Auge als ein goldenes Händchen. Ein goldenes Auge und silberne Hände, das macht dich zum Meister. Jetzt habe ich mich unnötig in diese Wörter Gold und Silber verstrickt, ich wollte nur erklären, was ich eigentlich meine. Viele können gut nähen, aber nur wenige schaffen es, zu kreieren. Es ist so wie in der Architektur: Die

Maurer müssen ihr Handwerk verstehen, aber mit einem schlechten Architekten stürzt das Wohnhaus eines Tages in sich zusammen, mit allem, was darin ist.

Ich wollte auch noch einen anderen Kurs belegen, eben um Designerin zu werden. (So, ich bleibe jetzt bei diesem Wort, um mir das Tagebuchschreiben zu erleichtern, denn wenn ich über ein anderes, passenderes Wort nachgrüble, bringe ich die ganze Nacht damit zu.)

Ich hatte mir gewünscht, alle Mädchen und Frauen in Dortunten einzukleiden. Ich war gut im Zeichnen, und mir kamen Tausende Modelle in den Sinn, ganz von allein, ohne Druck. Du bist großartig, Leila, sagte Aurora erstaunt, wie denkst du dir nur all diese Sachen aus? Entwirf auch für mich ein Kleid aus Papier. Ich hatte alle Arten von Kleidern, Hosen und Röcken gemacht, alle aus Papier. Aus einem Seidenkleid meiner Großmutter hatte ich auch zwei Kopftücher geschneidert, eines schöner als das andere. Die Kunst bestand nicht in den Tüchern, denn sie bleiben doch gleich, wie man sie dreht und wendet, die Kunst lag in der Art, wie ich die Seidenstücke zusammennähte. So entstand ein atemberaubendes Mosaik aus allen Farben. Wie man sich denken kann, war das Kleid schon sehr alt, aus der Zeit, als Großmutter jung war.

Frauen und Mädchen wollte ich ankleiden, ich wäre ausschließlich eine Designerin für Frauen geworden. Ich wünschte mir von ganzem Herzen, dass sie sich durch mich in ihrem tiefsten Inneren schön fühlen würden. Dass sie leuchteten und sich im Vergleich zu den Frauen aus Dortoben nicht mehr minderwertig fühlen müssten. Die armen Frauen von Dortunten. Es war der Zeitpunkt gekommen, an dem auch wir dort ebenso schöne Kleidung tragen sollten wie die Frauen von dieser Seite des Meeres. Das hieß, auch nach der Heirat und nach dem Kinderkriegen schön zu bleiben. Ich träumte davon, die schönen Seelen dieser Frauen in sanfte Kleider zu hüllen, auf dass sie nicht mehr zu leiden hätten, wenn sie

Frauen aus Dortoben im Fernsehen sahen und flüsterten: Das sind Frauen, würdig, um geliebt zu werden, nicht wie wir... dabei fiel ihr Blick auf alte Kleider, ein- und dieselben für alle Jahreszeiten, krumme Schuhe, unansehnliche Modelle, die gleichen für die Älteren wie für die Jüngeren.

Als ich klein war, wurden die Frauen in Dortunten so erniedrigt, dass man sich kein Bild davon machen kann. Es bräuchte eine Schriftstellerin, eine Frau, um von dieser Erniedrigung zu erzählen, ich kann das nicht gut genug, obwohl es mir ganz tief drin gefallen würde, den Schmerz rauszulassen, raus aus mir. Denn die Erniedrigung tut weh, sie tut ja so weh. Mehr als die Schläge, mehr als der Hunger, mehr als die Erschöpfung. Die Erniedrigung trocknet dir entweder das Herz aus, oder sie füllt es dir mit Gift und Galle, und dir bleibt kein Ausweg.

Und auch all die Männer, die uns peinigen, müssen so viel Gift in sich haben, wie ließe sich sonst all diese Gemeinheit erklären?

Manchmal möchte ich Ihn fragen, und will Ihm sagen: Wie konntest du mir all das antun, mir, die du einst dein Augenlicht genannt hast? Einst warst du in mich verliebt. Lässt sich das Licht so entstellen? Und für einen Augenblick denke ich, dass ich nicht Sein Augenlicht war, denn dieser Ausdruck ist viel zu groß, um wahr zu sein. Um es zu verdienen, das Licht von einem anderen zu sein, muss man so schön wie eine Fee sein, etwas aus sich gemacht haben, klug sein, und stark, und viele andere Dinge mehr. Ich dagegen bin gewöhnlich, nicht einmal besonders schön, auch nicht sehr klug, und nicht sehr groß – wenn ich die Mädchen von heute mit ihren kilometerlangen Beinen sehe, fühle ich mich wie ein Zwerg – ich hab noch nicht einmal die Hochschule besucht. Anstelle des Lichts hätte ich also eine Blume sein können: deine Blume (es gibt Blumen, die nicht allzu schön sind, die aber anziehend wirken und Freude bereiten), und du hast mich so mit Füßen getreten.

So. So? Wie konntest du? Das möchte ich fragen, wenn du mich aus diesen schönen Augen ansiehst. Seine Oberfläche ist so schön, so schön ist diese Oberfläche, dass ich manchmal Angst bekomme, dass ich Ihn noch ein wenig liebe, dass mir noch ein wenig geblieben ist... Oh Gott, bist du denn irgendwo?

Wie hast du mich zertreten. Was steckt da in deiner Haut, was für ein Gift hat bewirkt, dass ihr uns derart zugerichtet habt? Ich will weinen. Auch sie werden Demütigungen erlitten haben, sonst wären es Monster, und... Wieso versuche ich, sie zu verstehen? Ich will sie nicht verstehen, ich will sie hassen, ich will sie töten. Aber wieder betrügen mich die Fragen und steigen mir ungefragt zu Kopf. Ich finde keine Antwort. Mein Geist und mein Herz sind in Aufruhr. Das letztere ist sehr ermüdet. Mutter, hilf mir. Aurora, wieso hast du mich allein gelassen? Ich habe Sehnsucht nach dir. Sogar nach dem alten Bett mit den kaputten Sprungfedern habe ich Sehnsucht bekommen, eine unglückselige Sehnsucht. Warum habt ihr uns so kaputt gemacht? Warum hast du mich so in Schrecken versetzt? Wenn mich mein Entschluss, nicht mit Ihm zu sprechen, nicht zurückhielte, würde ich Ihn fragen. Aber ich fühle mich schrecklich blockiert, als ob Zement auf meiner Zunge läge. Sprich, sagen mir Seine Augen.

Sprich mich einmal mit meinem Namen an, sagt Er bittend. Leila. Ich bitte dich, ich flehe dich an, hab Mitleid, sprich mich nur ein einziges Mal mit meinem Namen an. Leila.

Er spricht meinen Namen zärtlich aus, wie einst, nur das Süße ist aus Seiner Stimme verdampft, doch das versteht Er nicht. Wie könnte da noch Süße sein nach all diesem Unheil?

Ich liebe dich, Leila, ich liebe dich von ganzem Herzen, ich liebe dich wie mein eigenes Leben.

Sag nicht solche Lügen, sonst wird deine Seele im Morast verrotten.

Leila, hast du mich gehört?

Ich will dich nicht hören, sagen Ihm meine Augen.

Sag etwas! Er schüttelt mich, Tränen laufen Ihm herunter.

Nein.

Das ist das einzige Wort, das ich ausspreche. Er heult Rotz und Wasser. Das verhärtet mein Herz noch mehr. Er schaut mich aus tränenvollen Augen an. Tut es dir denn gar nicht leid, klagt Er.

Modedesignerin wollte ich werden, Modistin nannten sie in Dortunten einst die Schneiderin, die auch Modelle entwarf. (Ob sie wohl immer noch dieses Wort gebrauchen? Mir gefiel es. Die leitende Schneiderin, bei der ich in die Lehre ging und von der ich viel lernte, nannte sich selbst Modistin.)

Eines Tages machte ich für Aurora ein Brautkleid aus Zeitungen. Sie kriegte sich nicht mehr ein vor Lachen, als sie die Nachrichten aus aller Welt las, die ihr auf die Brust fielen, und die über die Landwirtschaft, unterhalb des Knies. Sie lachte so viel an diesem Tag. Wir waren allein zuhause, und auf der Feuerstelle kochte der Eintopf. Wir hatten die Wohnung geputzt, bis alles glänzte.

Aber ich will nicht von Aurora sprechen. Ich hatte beschlossen, heute von normalen Dingen zu schreiben, aber geschrieben habe ich wieder so... so... ich weiß nicht, wie. Ich bin keine Modistin geworden, von einer Designerin ganz zu schweigen. Nun ist es mein größter Wunsch, diese großen Träume aus meinem Kopf verbannen zu können und mir kleine Träume zu nähen, wie zum Beispiel ein Kopfkissen. Ich möchte gern ein kleines Kopfkissen nähen, weich und angenehm, wo ich das HERZ darauflegen würde, damit es sich ausruhen kann. Das HERZ fühlt sich so gequält an. Oder habe ich davon schon weiter oben geschrieben?

•

Das Schiff wurde vor den gleichgültigen Augen der Hafenpolizei entladen. Mit einer für den landestypischen Rhythmus unglaublichen Schnelligkeit sind alle Zollformalitäten erledigt worden. Die Ware wandert von den Hafendepots in die Lastwägen, um zu sicheren Standorten gebracht zu werden, bevor damit Handel betrieben wird.

Die Dortuntigen verwöhnen die Freunde von jenseits des Kontinents auf eine Art, wie nur sie es verstehen.

Zuerst bringen sie die Gäste in ein landestypisches Lokal, voll mit hübschen Kellnerinnen und gebratenem Fleisch. Man isst und trinkt, spricht über Geschäfte. Wann das nächste Kontingent kommt und wie es verteilt werden soll. Sie tauschen Adressen, Losungen, Handynummern, Namen von Bossen und weniger wichtigen Mitarbeitern aus. Doch irgendwie will nicht recht Stimmung aufkommen.

„Stimmt etwas nicht?“ fragt der dortuntige Boss.

„Todo bien, nos encontramos bien, nos gusta el sitio, qué lindo, qué dices? Me gusta sí, de verdad.“

„Was ist mit denen, Alter? Versuch mal rauszukriegen, was los ist, vielleicht taugt ihnen das Essen nicht.“

„Liegt Ihnen unsere Küche nicht“, fragt der Übersetzer mit sklavenhaftem Eifer, „bevorzugen Sie internationale Küche?“

Die Gäste schütteln den Kopf, dann nicken sie.

„Ich werd nicht schlau aus ihnen“, meint der Übersetzer betrübt.

„Dann werd schlau aus ihnen, dafür bezahlen wir dich.“

Der Übersetzer macht sich schlau. Die Freunde von der anderen Seite des Meeres möchten gern mehr essen und, wer hätte das gedacht, nach dem Essen weibliche Gesellschaft. Das Ei des Kolumbus, lächelt Bajram, es sind doch alle gleich.

„Gehen wir, und bringen sie ins Grand Hotel!“

Dort bestellen die Gäste pikante Speisen und suchen sich Mädchen aus. Bajram steckt dem Hoteldirektor, der gerade wie zufällig vorbeikommt, ein Trinkgeld zu. Später begrüßt er zwei Leute aus der Politik, die ihn auf einen Kaffee einladen wollen. Auf gar keinen Fall, tut Bajram gekränkt, es ist mir eine Ehre. Die Politiker geben natürlich nach, wie immer, und er lädt sie nicht nur auf einen Kaffee, sondern zum ganzen Abendessen ein, großzügig, wie er ist, nicht wie diese armen Schlucker, er könnte ein ganzes Bataillon von ihnen durchfüttern. Aranit, der rechte Arm von Bajram, sieht sich um, sichtbar erschüttert.

„Du wirst sie schon treffen, alter Knabe, außerdem rennt man einer Frau nicht hinterher."

Bajram klopft ihm auf die Schulter.

Nach dem Essen lassen sich die Gäste entschuldigen, sie sind *cansados, muy cansados,* und entschwinden in Begleitung der Mädchen im Aufzug, wobei sie sich noch einmal in dieser Sprache verabschieden, die wie Musik klingt.

„Wann meinten sie, dass wir uns heute Abend sehen?"

„Um acht Uhr", sagt der Übersetzer beflissen.

„Ach ja, um acht...", seufzt Aranit.

Ob er Ana bis dahin treffen kann? Zuhause geht sie nicht ran, und hier im Hotel ist sie auch nicht.

„Gut, dann haben wir alle Zeit der Welt, um noch einmal in Ruhe die Qualität der Ware zu begutachten, die sie gebracht haben."

„Chef, darum kümmere ich mich", bietet sich Lenin als Freiwilliger an.

„Nein", widerspricht Bajram, „wir gehen alle zusammen, ich will selber dabei sein. Ihr", sagt er in Richtung der Leibwächter, „könnt jetzt zu euren Familien, wenn ihr wollt, und wir sehen uns wieder hier um acht."

„Bist du sicher, Chef, dass du uns nicht mehr brauchst?"

Der Boss weist mit den Händen auf den Platz vor dem Hotel.

„Meint ihr, dass uns hier eine Gefahr droht?“

Sie lachen alle erleichtert auf.

Agim macht sich bereit zum Aufbrechen. He, wo willst du hin?, rufen ihm die anderen Bodyguards zu. Nach Hause, sagt er, wohin sonst? Bardha ist bei der Arbeit, und ich muss mich um meine Tochter kümmern. Warte, wir fahren dich hin, aber du bist echt ein Langweiler geworden, du redest ja nur noch von deiner Tochter und deiner Frau. Er schweigt. Selbst wenn er es erklärt, würden sie es doch nicht verstehen. Es ist nicht ihre Schuld, dass er anders ist, aber es ist auch nicht seine Schuld, dass sie nicht sind wie er. Sie eint dieser Beruf, und damit hat's sich. Es sind gute Burschen, Dörfler und Hauptstädter, sollen sie sich zusammen ihr Geld verdienen und sich dann um ihre eigenen Angelegenheiten kümmern.

„Diese Ausländer von heute, das sind mal richtige Bosse“, sagt einer der Leibwächter, nachdem sie ins Auto gestiegen sind. Sie kommen in den südlichen Teil der Stadt, und je länger sie fahren, umso trostloser sieht es auf den Straßen aus.

„Die scheffeln Kohle ohne Ende, ihr Land ist berühmt für dieses Geschäft.“

„Hast du die Chefs gesehen, wie sie ihnen in den Arsch gekrochen sind?“

„He, Gim, du bist doch gebildeter als wir. Wie viel ist die Ladung wert, die sie gebracht haben?“

„Was?“, fragt Agim in dem Versuch, Zeit zu gewinnen.

„Die Ware, die sie gebracht haben, wie viel ist die wohl wert?“

„Hmm...“

„Gim, wir sind da, oder?“

„Noch einen Block weiter, das grüne Haus da."

Die Farbe des Gebäudes ist kaum mehr zu erkennen. Gruppen von Kindern spielen Fußball, wobei sie sich gegenseitig stoßen und beschimpfen. Agim sieht zu den Fenstern der Wohnung hoch. Geschlossen. Bardha scheint nicht da zu sein. Wenn sie aus dem Haus geht, schließt sie alles ab, um den allgegenwärtigen Staub draußen zu halten.

„Ich hätte schon Lust, mit ihnen ins Geschäft einzusteigen", seufzt Kiço, „die machen richtig Geld, und wir kriegen nur die Brosamen."

„Dafür sind wir in Sicherheit. Es ist besser so, weniger Geld heißt weniger Risiko."

Agim will aus dem Auto steigen, bevor das Gespräch wieder seinen gewohnten Gang nimmt, kann aber nicht, weil die Hintertüren von innen verschlossen sind. Er tippt Kiço auf die Schulter. Der dreht sich halb um.

„Was meinst du, Gim, es wär nicht schlecht, wenn wir bei denen mitmischen könnten."

„Machst du mir bitte die Tür auf?"

„Mensch, wir fressen dich schon nicht, wir wissen, dass du auf dem Ohr taub bist, aber du bist derjenige, der am besten mit Aranit oder mit Bajram reden kann."

„Und warum ich?"

„Du weißt, wie man es anstellen muss, darum."

„Nein", sagt er vorsichtig, um sie nicht zu kränken und keine Feindseligkeiten aufkommen zu lassen, „mir reicht, was ich hab, bei dem Geschäft will ich nicht mitmachen."

„Dann tu's für uns, mach für uns den Vermittler. Dir haben sie gleich vertraut, sie werden auf dich hören."

„Wieso, wollt ihr wirklich rein in dieses... Geschäft?"

Alle vier steigen aus dem Auto und passen auf, wo sie hintreten. Das Gelände ist voller Löcher und Müll.

„Nur ins Drogengeschäft, nicht in das mit den Prostituierten", sagt Kiço fest.

„Meinst du, diese beiden Dinge lassen sich so leicht voneinander trennen?“

„Warum nicht?“

„Habt ihr euch das gut überlegt?“

„Da kannst du sicher sein“, sagt Namik leicht aufgebracht, „solange die Leute Drogen wollen, was soll daran schlecht sein? Unsere Kinder brauchen was zu essen, und wenn der Bauch leer ist, gehen die guten Vorsätze den Bach runter.“

Was daran *schlecht* sein soll, will Agim einwerfen, lässt es aber bleiben. Auch er ist seit einiger Zeit nicht frei von dieser heimlichen Versuchung.

„Hast du gesehen, wie die Gäste heute mit Gold behangen waren? Als sie die Fotos von ihren Villen hergezeigt haben, hast du so einen Luxus schon mal gesehen? Und wir nagen hier am Hungertuch und sind kaum Manns genug, unseren Kindern in die Augen zu schauen. Wenn solche Megabosse in dieses Dreckloch hier kommen und Bündnisse eingehen, dann heißt das doch, dass die Geschäfte laufen und sie eine neue Basis gründen wollen in diesem Scheißland.“

„Für die läuft es, da hast du schon recht.“

Agim geht weg und grüßt mit der Hand.

„Also kurz vor acht im Hotel?“

„Ja, ja, immer weglaufen, lauf nur weg“, rufen ihm die anderen ohne Groll zu.

Doch sie steigen nicht ins Auto. Sie warten, bis ihr Freund hinter der Ecke des krummen Wohnhauses verschwunden ist, das aussieht, als könnte es jeden Moment zusammenbrechen. Sie betrachten eine Zeitlang die Umgebung.

„Grässlich, wir werden alt und sterben als Hungerleider“, schüttelt Kiço kraftlos den Kopf, „und unsere Kinder werden uns eines Tages ins Gesicht spucken, weil wir ihnen kaum ausreichend was auf den Tisch stellen können.“

Agim hat derweil die Haustür aufgeschlossen, schnell die kleine Wohnung durchschritten und sich ans Fenster gestellt. Die Männer sind immer noch da, und er hat Gewissensbisse, weil er sie nicht mal auf einen Kaffee eingeladen hat, obwohl er weiß, dass sie abgelehnt hätten. Er hatte es nicht getan, aus Angst, dass Bardha sie vorgefunden hätte, wenn sie von der Arbeit gekommen wäre. Er wollte nicht, dass Bardha sie sah. Er hatte ihr nichts davon gesagt, dass er für einen der Bosse der Stadt arbeitete. Sollte sie denken, dass er als Leibwächter für einen von der Regierung arbeitete, auch wenn diese Lüge in letzter Zeit nicht mehr recht zog: Warum habe ich dich noch nie im Fernsehen gesehen, fragte sie seit neuestem öfter. Weil ich nicht im Rampenlicht stehen will, darum, ich will mein Gesicht nicht hinter einem Politikerrücken sehen. Ingenieurwesen, das habe ich einmal studiert, es ist eine Schande. Mach dir keine Sorgen, hatte ihn Bardha getröstet, wenn dir diese Arbeit nicht liegt, hör auf damit, und zerbrich dir nicht den Kopf, dann arbeite ich für uns drei. Doch das war nur ein theoretischer Vorschlag, und Agim konnte aus ihrer Stimme kein bisschen Überzeugung heraushören. Sie war Erzieherin in einem Kindergarten, und was sie an Geld nach Hause brachte, reichte hinten und vorne nicht, auch wenn sie sich auf den Kopf stellte. In diesen Tagen waren zahlreiche Betriebe geschlossen worden, zum Glück hatte sie wenigstens nicht diese Arbeit verloren, aber was das Arbeiten für sie drei anging... Seine Frau ließ das Geld nicht kalt und daraus hatte sie auch nie ein Geheimnis gemacht. Es würde ihr gefallen, sozial aufzusteigen.

Bardha war es gelungen, sich in einen Computerkurs einzuschreiben, den ein ausländisches Unternehmen anbot, aber der Kurs war nicht umsonst, und sie hatten kein Geld übrig. Und so war sie gezwungen gewesen, von ihrem Wunsch Abstand zu nehmen.

„Warum verkauft ihr nicht die Wohnung und legt das Geld mit Zinsen an?“, hatte ihnen vor einiger Zeit Bardhas Bruder Spartak geraten. „Ihr könnt für eine Weile bei den Eltern unterkommen, bis ihr die ersten Prozente einstreicht, und dann kauft ihr euch ein anständiges Zuhause. Ich werde es so machen. Die Leute stecken ihr Geld in die Anlagefirmen und werden reich dadurch. Heute kann jeder wie ein Krösus leben, ohne einen Finger krumm zu machen.“

„Lass gut sein“, hatte ihm Agim spöttisch entgegnet, „was ist das für ein Wohlstand, wo das Geld einfach vom Himmel fällt?“

Aber es stimmte, einige Leute wurden tatsächlich steinreich, und er konnte sich keinen Reim darauf machen. Der größte Teil der Fabriken war geschlossen; die Schulen sahen aus, als hätte man ihnen die Gliedmaßen ausgerissen, ohne Fensterscheiben, ohne Bänke, ohne Schulmaterial; die Lehrer sahen sich gezwungen, auf dem Markt Gemüse zu verkaufen; die Schauspieler des Nationaltheaters verkauften gebrauchte Gegenstände, die sie aus dem Ausland brachten; die Straßen waren voll mit allen möglichen Autos aus allen vier Himmelsrichtungen der Erde; die einfachen Arbeiter schleppten sich apathisch von einer Bar zur nächsten, mehr, um die Zeit mit Schwatzen totzuschlagen, als um zu trinken. Hier in der Hauptstadt lief es noch einigermaßen, aber sobald man einen Fuß außerhalb setzte, wurde die Lage noch katastrophaler, es war, als ob man sich in einem gigantischen Bombenkrater befand, wo allein der Gestank die allgemeine Verwüstung überlebt hatte.

„Du gehst nicht mit der Zeit, das ist dein Problem“, hatte Spartak eingeworfen, „du denkst immer noch, dass man im Schweiße seines Angesichts schuften muss, um etwas zu bekommen. Aber die anderen werden wohlhabend, während dir die Puste ausgeht. Siehst du nicht, wie voll die

Lokale sind, wie schön die Leute angezogen sind, dass es eine wahre Freude ist?“

„Vielleicht ist es so, wie du sagst, dass ich unfähig bin, aber dieser Reichtum, von dem du sprichst, gefällt mir ganz und gar nicht. Mir kommt er falsch vor.“

„Was soll daran falsch sein?“

„Dieser Reichtum, von dem du redest. Wie kann man Geld mit 200 Prozent Zinsen anlegen und in Windeseile ein reicher Mann werden? Es heißt, dass man auf der anderen Seite des Meeres ganz schön seinen Rücken krumm machen muss.“

„Na und?“, brauste Spartak auf. „Jeder, wie er mag. Die sind durch Arbeit reich geworden und wir durch Pyramidenfirmen.“

„Und die dort drüben sind Idioten, weil sie arbeiten, und wir sind schlauer als der Rest der Welt.“

„Was willst du eigentlich?“

„Überzeug mich mit Zahlen und Fakten, nicht mit Gewäsch.“

Aber auch Agims Überzeugung fing an zu wanken, da er nicht mehr wusste, wie er das Knäuel an Fragezeichen entwirren sollte, das ihn im Inneren plagte.

„Mach die Augen auf und sieh dich um, das wird dich schon überzeugen.“

Zuweilen schien es, dass auch Bardha auf Spartaks Seite stand. In ihre Gespräche mischte sie sich nicht ein, sie saß nur zweifelnd da und sagte kein Wort. Und wenn sie nicht die Stimme erhob, um sich auf Agims Seite zu schlagen, hieß das, dass sie wie ihr Bruder dachte.

Dieser war eines Sonntagmittags bei ihnen aufgetaucht, mit einem Haufen Geld, das kaum in seine Taschen passte.

„Was ist das für Geld? Mein Gott...“ hatte Bardha verwirrt hervorgebracht, „wie bist du zu so viel Geld gekommen, Tak?“

„Zinserträge."

Agim hatte es die Sprache verschlagen. Er hatte Ingenieurwesen studiert, nicht Ökonomie, doch all das Geld, das die Leute von den Bäumen zu schütteln schienen, machte ihm nun noch mehr Angst. Trotzdem fühlte er sich angesichts der Geldmenge in Spartaks Händen seiner Frau und seiner Tochter gegenüber sehr schuldig.

An jenem Tag hatte Bardha, nachdem ihr Bruder gegangen war, nicht mehr mit ihm gesprochen, als ob er gar nicht da wäre. Agim war es vorgekommen, als sei sie wütend auf ihn, dass er nicht so geschickt und schlau war wie Spartak. War er wirklich so dämlich, dass er nicht kapierte, wie es in der Welt lief?

„Wenn in dem Computerkurs noch ein Platz frei ist", hatte er Bardha nach einigen Wochen gesagt, „dann schreib dich ein."

„Und womit sollen wir das bezahlen, mein Bester? Das Geld reicht nicht mal, um die Stromrechnung zu bezahlen, also was soll das."

„Schreib dich ein, tu, was ich dir sage."

„Ist es dein Ernst?"

„Mein voller Ernst."

„Hast du eine neue Arbeit gefunden und mir nichts davon verraten?"

„Noch nicht, aber bald."

„Ach so", stieß Bardha enttäuscht hervor, „warum sagst du mir dann, dass ich mich einschreiben soll..."

„Mach's einfach, wenn's geht, noch heute."

Sie tat es, ohne sich weiter den Kopf zu zerbrechen, was für eine Arbeit er finden wollte, so auf einmal, wie durch ein Wunder. Und Agim trat diese Arbeitsstelle an, die er nun hatte.

Die Freunde, die Genossen aus der einstigen Fabrik für Haushaltswaren, in der er als Ingenieur gearbeitet hatte, trieben sich auf der Straße herum, und wenn sie ihn zufällig in einer Kneipe trafen, wussten sie nicht mehr, worüber sie sprechen sollten. Als seien mit der Schließung der Fabrik auch die Brücken ihrer Freundschaft abgebrochen. Er trank höchstens einen Kaffee, wohingegen die anderen einen Brandy und ein Bier nach dem anderen aufreihten. Sie luden ihn ein, bei ihnen sitzen zu bleiben, sich mal anständig volllaufen zu lassen, aber er hatte es immer eilig, er musste nach Hause, Bardha wartete auf ihn, oder er musste sich um Lorina kümmern und... entschuldigt mich, ein anderes Mal, sagte Agim, während er eilig seinen Kaffee zahlte. Geh weiter, Alter, das übernehmen wir, sagten sie zu ihm, halb jovial, halb spöttisch. Oder kam es ihm nur so vor?

Aber dieses Thema schnitt er jetzt mit Bardha nicht mehr an. Sie hatte ihr Herzblut in diesen Computerkurs gesteckt, der ihr eventuell ermöglichen würde, eine gut bezahlte Arbeit zu finden, in einer ausländischen Firma, mit einem gehobenen kulturellen Klima, und so würden sie ihr Zuhause in Ordnung bringen können, das langsam auseinanderfiel. Sie könnten auch eine Privatschule für Lorina bezahlen, denn die staatlichen waren mittlerweile ein einziger Jammer.

„Verstehst du, Gim, vielleicht schaffen wir es auch, wir sind doch nicht blöder als die anderen, schau dir Spartak an, der hat es zu was gebracht, die haben sich ein Traumhaus gebaut und gehen jeden zweiten Abend auswärts essen."

„Schön."

„Unsere Stunde wird auch einmal schlagen, womöglich bekommst du eine Gehaltserhöhung in deinem Job, oder eine Beförderung."

„Mhm."

„Denn um ehrlich zu sein, ist dein Gehalt nicht besonders hoch."

„Stimmt."

„He!“, rief sie aufgebracht, „wieso redest du so mit mir, als ob du stumm wärst?“

Aber was sollte er ihr sagen, dass sein Gehalt deshalb klein war, weil er sich nicht in Geschäfte einmischen wollte, die ihm mehr einbringen würden? Dass die Schieber, für die er arbeitete, die niederträchtigsten Typen waren, denen er je begegnet war? Wenn sie nach Dortoben zurückgingen, arbeitete Agim für die Verbrecher, die sie zurückließen und bemühte sich dabei verzweifelt, nichts zu sehen und nichts zu hören.

„Du lebst nur noch für das Fitnessstudio“, zog ihn Bardha auf, „nicht mal abends bist du zuhause.“

„Die Arbeit, Schatz, du weißt ja, wie's ist.“

„Wieso, wer hat es schon auf unsere Politiker abgesehen, dass sie so viele Muskeln brauchen? Und sie selber werden jeden Tag reicher und fetter.“

Lorina wünschte sich, an einem Ballettkurs mit Mädchen in ihrem Alter teilzunehmen.

„Sie sollte da mitmachen“, bat ihn Bardha, doch es klang mehr nach einem Befehl als nach einer Bitte.

Sie schrieben sie in den Kurs ein, kauften ihr auch neue Kleider und Schuhe, solche, die nun aus Dortoben kamen. In der Hauptstadt hatten Luxusgeschäfte mit traumhaften Waren aufgemacht, aber Agim hatte so seine Zweifel. Schon wieder deine Zweifel, kommentierte Bardha, wieder mal kommt dir alles sonderbar vor. Als ob sie nicht auch das Recht hätten, wie andere Leute auf dieser Welt zu leben, klagte sie.

„Welche Welt meinst du, Bardha?“

„Die Welt, die große, weite Welt. Die, die wir jeden Tag im TV zu sehen bekommen. Und die, die von dort drüben zurückkehren, erzählen uns nichts davon...“

„Dass das Geld vom Himmel fällt.“

„Vielleicht fällt es nicht, aber zumindest tröpfelt es.“

„Ja, genau“, bemühte sich Agim, das Gespräch zu beenden.

Nicht nur diese Gespräche ermüdeten ihn, sondern auch das Gefühl, das er jeden Tag hatte, das Gefühl, nicht dazuzugehören. Etwas um ihn herum lief ab, eine Logik, der er sich nicht zu erwehren wusste, und gleichzeitig wusste er nicht, wie er in aller Ruhe zu seiner eigenen Logik finden sollte. Inmitten des allgemeinen Fiebers, wo scheinbar der größte Idiot stinkreich wurde, kam er sich schlimmer als ein Idiot vor, weil er weder stinkreich noch Ingenieur war.

Gerne hätte er mit dem ausgefuchsten Alten, seinem Vater, ein paar Worte gewechselt, doch der war wie aus Trotz verstorben. Als würde er nicht verstehen, dass sein kleiner Sohn ihn gerade jetzt mehr denn je brauchte.

Er starb an ebendem Tag, als die aufgebrachte rebellierende Menge die umgestürzte Statue des früheren Diktators über den Boulevard im Stadtzentrum schleifte. Dem Herrscher, der fünf Jahre zuvor gestorben war, war es über vierzig Jahre gelungen, dem Volk jeden Traum zu stehlen und zu zerstören.

An jenem Tag, als er am Kopfende des Krankenhausbettes saß, hatte Agim die Tränen nicht zurückhalten können.

„Wie bist du auf den Gedanken gekommen, dass heute dein letzter Tag auf Erden sein soll“, hatte er den Vater mit leicht vorwurfsvollem Ton gefragt, „du hast als Diabetiker schon andere Krisen überstanden.“

„Das ist die letzte, glaub mir“, hatte er geantwortet und auf seinen Handrücken geschlagen, „heute ist ein guter Tag, um sich zu verabschieden.“

Das Wörtchen *heute* zischte durch die Luft wie die Klinge einer Axt.

„Ich geh jetzt los, und komme morgen früh wieder, um nach dir zu sehen“, hatte Agim nicht locker gelassen. Zu dieser Zeit war die Fabrik, in der er als Ingenieur arbeitete, noch in Betrieb gewesen, wenngleich nur mit halber Auslastung.

„Es ist ein Fehler, jetzt zu gehen“, hatte der Vater gesagt und zu lächeln versucht, „wenn du zurückkommst, werde ich nicht mehr hier sein.“

„Komm schon, mal nicht den Teufel an die Wand. Ich bin dann weg, wir sehen uns morgen früh.“

„Gib den Töchtern einen Kuss von mir, beiden.“

Seit dem ersten Mal, als Agims Vater Bardha gesehen hatte, hatte er sie Tochter genannt. Agim war aus dem Zimmer getreten – Zimmer nannten sie es, einen Saal mit zwölf Kranken –, hatte das Krankenhausgelände jedoch nicht verlassen. Er war ums Gebäude gestrichen, in dem der Vater dahinsiechte, bis ihn die Füße geschmerzt hatten.

Als er auf Zehenspitzen wieder hineingegangen war, war der Vater eingeschlafen. Agim hatte ihm einen Kuss auf die Stirn gegeben. Der Mann hatte es gespürt, seine Hand genommen und sie festgehalten, bis er verschieden war.

Er war um 23 Uhr 58 gestorben, mit einem ruhigen, ausgeglichenen Ausdruck im Gesicht, als sei das Verpassen eines neuen Tages um bloße zwei Minuten das Vernünftigste gewesen, was er im Leben getan hatte.

Wenn Agims Vater am Leben gewesen wäre, hätte er dem Sohn nun einen guten Rat geben können, auch wenn er nie gerne Ratschläge erteilt hatte.

Ich weiß doch selbst nicht, wo es langgeht, wie soll ich da anderen Ratschläge geben, hatte er gerne zu seinem Sohn gesagt.

Aber zumindest würden sie lange miteinander reden und die Dinge sorgfältig von allen Seiten abwägen. Der Vater hatte im Ausland Humanwissenschaften studiert, bevor die Diktatur errichtet wurde, als es noch möglich war, das

Land zu betreten und zu verlassen. Drei Jahrzehnte lang hatte er Vorlesungen zum Altertum an der Staatlichen Universität gehalten.

Ich lebe, indem ich für nichts und wieder nichts mein Gehalt für dieses Fach beziehe, gestand er sich bitter zu, der Geschichtsunterricht ist etwas völlig anderes als diese Scharlatanerie, die wir hier veranstalten.

Er hatte Agim leidenschaftlich zum Studium des Ingenieurwesens ermutigt. Aus einem einfachen Grund.

Das Studium ist nicht mit der Ideologie verbunden, mein Junge, so wirst du nicht gezwungen, ein totaler Clown zu werden wie ich. Befass dich mit einer klaren Wissenschaft, selbst wenn sie trocken ist, egal, aber bewahr dir einen Rest Würde. Als Ingenieur musst du weniger Heucheleien predigen als ich. So bleibst du ein relativer Clown, kein totaler Clown wie ich.

Er lachte bitter auf.

Ein relativer Clown, wiederholte er, ein relativer!

Agim deckte den Tisch, kochte eine Nudelsuppe und wischte Staub. Er hätte auch seine Hemden gebügelt, wenn der Strom nicht ausgefallen wäre. Er sah auf die Armbanduhr: zehn vor drei. Nun müsste bald jemand kommen. Wenn nicht Bardha, dann Lorina und Spartak, dessen Frau jeden Donnerstag seine Tochter zum Essen bei sich hatte, gemeinsam mit ihren beiden Söhnen.

Vom oberen Stockwerk war plötzlich ein grauenhaftes Gepolter zu hören. Agim fuhr hoch und ging auf den Balkon, nur um irgendwie zu reagieren, zumal er wusste, dass vom Balkon aus nichts zu sehen war. Dieser Schwachkopf hackt wieder Holz, dachte er, ich dreh noch durch, Holzhacken mitten in der Wohnung.

„He!“, rief ein anderer entnervter Nachbar aus demselben Stockwerk von seinem Balkon, „he, du Idiot, hör auf mit dem Scheiß!“

„Nichts zu machen, der hört Sie nicht“, sagte Agim aus Höflichkeit, da ihn der Mann hilfesuchend ansah.

Bamm, bamm, bamm. Als sei das Holzhacken noch nicht schlimm genug, fing der Typ auch noch zu singen an. Bamm, lasciatemi cantare, bamm, con la chitarra in mano, bamm, sono un italiano, bamm, bamm, un italiano vero.

„Tun Sie um Himmels Willen was, um diesen Verrückten zu stoppen!“, rief der Nachbar weiter. „Herr Agim, Sie sind doch direkt unter ihm, klopfen Sie mal mit dem Besen an die Decke, damit wir zur Ruhe kommen.“

„Es bringt nichts“, sagte er entschuldigend, „ich hab mich schon zweimal mit ihm gestritten. Ich will nicht schon wieder...“

„He, Shaban! Shab!“

Shaban hörte bei all diesem Krach freilich kein Wort. Agim blieb unschlüssig auf dem Balkon stehen. Sollte er reingehen oder dort bleiben? Der Nachbar verschwand in seiner Wohnung und stieg in großen Schritten die Treppe hoch, bis zu der Wohnung über der von Agim und Bardha.

„He, Shab!“

Shabans Gesang wollte kein Ende nehmen.

Gott steh uns bei, ich werde wahnsinnig, sagte Agim und ging schließlich rein. Er näherte sich der Wohnungstür. Ein Stück Putz fiel von der Decke, traf ihn am Kopf und zerbröselte auf seiner linken Schulter. Der Nachbar mit den schwachen Nerven klingelte wie wild an Shabans Tür. Agim wartete einen Augenblick und ließ seine Hand auf der Klinke ruhen. Es waren Tritte gegen die Tür zu hören, und das Beil hielt inne.

„Welches Arschloch schlägt so gegen meine Türe?“

Ein Knirschen, ein Knarren.

„Was machst du hier mit meiner Tür? Das ist mein Eigentum!“

„Und was zum Henker fällt dir ein, uns mit deinem Gehacke auf den Geist zu gehen? Wir sind hier in der Stadt und nicht im Wald!“

„Das ist meine Wohnung, ich kann hier tun und lassen, was ich will.“

„Das glaubst auch nur du. Hier sind noch andere Leute außer dir! Wer hat dir ins Hirn geschissen?“

„In meinem Zuhause bin ich der Chef.“

„Und was sollen wir bei uns unten machen, wenn du keine Ruhe gibst?“

„He, langweil mich nicht.“

Shaban wollte die Tür schließen, doch der andere hatte seinen Fuß drin. Was ist nun schon wieder los, fragte sich Agim, der noch immer zweifelnd in seiner Wohnung stand.

„Nimm deinen dreckigen Fuß aus meiner Tür, sonst setzt's was.“

„Aha, was genau willst du denn machen?“

„Ich warn dich.“

„Ihr hattet wohl keine gute Kinderstube, du und deine Sippe. Es ist immer dasselbe mit euch Hinterwäldlern.“

„Berti!“, rief Shaban freudig.

Schritte über Agims Kopf.

„Ja, Papa.“

„Komm mal her.“

Bertis Schritte näherten sich der Tür.

„Und jetzt sag diese Beleidigungen nochmal zu meinem Sohn, dann wirst du sehen, wie dir der Arsch auf Grundeis geht.“

„Nichts lieber als das. Hinterwäldler seid ihr, gestern habt ihr noch in einer Höhle gehaust!“

„He du Penner, halt den Rand und mach mich nicht blöd an“, stieß Berti drohend hervor.

„Ich sag, was ich will. Ich bin Nachtwächter, ja, ich hab Nachtschichten und muss tagsüber schlafen können, und ihr veranstaltet hier diesen Höllenlärm."

„Nimm zurück, was du gesagt hast."

„Einen Scheiß nehm ich zurück. Ich sag es euch gerne nochmal: ungebildete Hinterwäldler!"

Berti war jetzt mit seiner Geduld und seinen Manieren bestimmt am Ende, fuhr es Agim durch den Kopf. Er rannte die Treppen hoch. Krach, ein ersticktes Geräusch, das Keuchen von sich prügelnden Männern. Agim war in dem Stockwerk angekommen, wo sich der Streit abspielte.

„Wem sagst du ins Gesicht, dass er ein Hinterwäldler ist? Schlag ihn zu Brei, Berti!", stachelte der Vater den Sohn an. Er stemmte die Hände in die Hüften und gaffte mit lüsternem Blick. Der Nachbar verteidigte sich, so gut er konnte.

„Shab", bat Agim den Verursacher des Zanks versöhnlich.

Der sah ihn schräg von der Seite an und entfernte einen Popel aus der Nase.

„Was gibt's, Gim?"

Agim machte ein Zeichen, dass er sich beruhigen sollte, und jetzt nicht der Moment zum Scherzen war. Shab wischte sich den Popel an der schmierigen Hose ab. Berti verkloppte den Nachbarn nach Strich und Faden.

„Berti, es reicht jetzt, Berti!"

Doch Berti dachte nicht daran aufzuhören. Er schlug dem Nachbarn ins Gesicht, und aus der Nase des Opfers floss Blut. Agim griff nach der Hand, die wieder zuschlagen wollte, und Berti hielt inne. Der Blutende taumelte die Stufen hinunter und schimpfte, so laut er konnte:

„Ihr Primitivlinge, warum seid ihr nicht in euren Bergen geblieben, in euren Holzhütten. Ihr seid unzivilisierte Wilde! Ihr Bauern habt unsere Stadt ruiniert, ich zeig euch an."

„Zeig uns nur an", höhnte Shab von oben, „die Möse deiner Mutter kannst du anzeigen, Volltrottel!"

Vater und Sohn schüttelten sich eine Weile vor Lachen. Agim schob sie in ihre Wohnung. Berti winkte zum Abschied, ohne mit dem Lachen aufzuhören. Doch irgendwie schien es Agim, als habe Bertis Gesicht einen anderen Ausdruck angenommen, besänftigt, ja fast unterwürfig.

Ob er wohl mitbekommen hat, was ich arbeite?, fragte sich Agim, als er die Tür zu seiner Wohnung schloss. Dieser Gedanke erschütterte ihn. Er zündete sich eine Zigarette an, obwohl die ihm gar nicht schmeckten, und wo steckte eigentlich Bardha, wo blieb sie so lange? Vom oberen Stockwerk war der dröhnende Bass von Berti und das Gepolter des Holzes zu hören, das sie nun auf dem Balkon aufstapelten. Und Lorina, warum kam nicht wenigstens Lorina nach Hause?

•

An diesem Abend gaben sich Lenin, Bajram, Aranit und Xhafer ordentlich die Kante. Die fernen Gäste kamen gut vorbereitet zum Treffen, mit neuen Zahlen sowie mit zwei Änderungen zu den Vorschlägen, auf die sie sich am Morgen geeinigt hatten. Alles hatte wie am Schnürchen geklappt. Auch die Qualität der Mädchen hatte nichts zu wünschen übrig gelassen, *uhhh, como reinas, qué chicas hombre, qué joder.* Schön, dass wir uns einig geworden sind. Bajram hatte sich davon überzeugt, dass die Ware, die sie von weither gebracht hatten, von exzellenter Qualität war, da gab es nichts zu beanstanden. Beide Seiten waren vollkommen zufrieden, alles war perfekt. Das zeigt, dass wir zusammen gute Geschäfte machen können, ihr seid zu beneiden hier, mit dieser geographischen Lage, das Meer so nah, ihr seid sozusagen der Nabel dieses Erdteils, genauso ist es. Wo gibt es heute einen reineren und stärker wachsenden Markt als bei euch? Wenn ihr es geschickt anstellt... Ihr seid das einzige Neuland in dieser Gegend, sogar auf der ganzen Welt. Ein Land, das bis vor Kurzem nicht wusste, was echte Kriminalität ist. Das ist ein Wunder, ein unglaublicher Reichtum, was für Ressourcen! Die Gesellschaft braucht uns wie die Luft zum Atmen, ein wenig Schmutz braucht es immer, ein Land kann nicht so steril leben. *Comprenden los caballeros? Cierto, como no?* Und die Politik braucht uns auch, von was sollen diese Witzfiguren denn leben, wenn sie sich nicht durch unsere Gefälligkeiten die Taschen füllen können? Von was? Von dem Gehalt, das sie vom Staat kriegen? Ihr seid wie kleine Kinder mit sauberen, gepuderten Popos, ihr seid wie Babys, die sich nie einkacken, aber kann der Mensch wachsen, ohne zu kacken? Allgemeines Gelächter, ein Aneinanderreihen von anerkennenden Schimpfwörtern in beiden Sprachen. Beeilt euch, bevor es zu spät ist. Wie sagt der Lateiner?

„*Carpe diem.*“

„Nutzt auch die Nacht, packt den Stier bei den Hörnern.“

„Das ist uns bewusst, wir werden derzeit von vielen Klienten kontaktiert, uns ist klar, was für Perspektiven sich uns eröffnen.“

Verpisst euch doch endlich, dachte Lenin hitzig, jetzt gebt ihr Armleuchter uns auch noch Ratschläge. Darauf haben wir gerade noch gewartet. Gott sei Dank seid ihr aus eurem verdreckten Land zu uns gekommen und glaubt, dass wir bis jetzt Däumchen gedreht haben. Ihr Zwerge, ihr wischt mit euren Ärschen den Boden, so kurz sind eure Beine.

Die letzten Worte entwichen ihm mit leiser Stimme.

„Lenin, was regst du dich auf“, zischte ihm Aranit zwischen den Zähnen zu und bewahrte dabei sein Lächeln, „hast du sie nicht mehr alle?“

„Ich ertrag diese Wichsfressen nicht länger. Ich geb einen Dreck auf die Angeberei dieser Hurensöhne von Christoph Kolumbus."

„Was hat Kolumbus damit zu tun?"

„Wenn du mich verstehst, werden die Dinosaurier auf mein Grab geschissen haben."

„Dinosaurier, aber... Lenin, ist dir nicht gut? Sprichst du im Fieber?"

„Geh scheißen."

Umarmungen, Begrüßungen, das Festmahl in einem Nobelrestaurant. Gebt ihr uns heute Nacht andere *chicas?* Natürlich, gewiss, so viel und welche ihr wollt. Sehen wir uns wieder morgen früh? Auf jeden Fall, wir bringen euch höchstpersönlich zum Flughafen, das versteht sich von selbst. Wir wissen eure Gastfreundschaft zu schätzen, ihr habt uns wirklich angenehm überrascht.

„Ah, Gott sei Dank sind sie weg. Die sind mir ganz schön auf den Sack gegangen mit all dem Gerede."

„Aber sie haben eine verdammt schöne Sprache. Wie Musik. Nicht so wie unsere", meinte Xhafer.

„Wieso, Xhaf, was ist so schlecht an unserer Sprache?"

„Wir haben eine ungehobelte Sprache, eine Proletensprache, während ihre wie Musik klingt."

„Wenn es so einfach wäre, mein Bester, als ob die Sprache an allem Schuld hat. Aber daran liegt es nicht. Brüder, ihr solltet lieber mal ab und zu ein Buch in die Hand nehmen, anstatt solchen Unsinn von euch zu geben."

Bei diesen Themen verstand Bajram keinen Spaß. Jetzt wird er wieder loslegen, dachte Xhafer, und ich hab ihn auf den Trichter gebracht. Aber Bajram hatte gar nicht die Absicht, sich mit Theorie zu befassen, ihm gingen andere Dinge durch den Kopf.

„Unser Verstand hat Schuld“, beendete Bajram mit seinem üblichen autoritären Ton das Gespräch, „die Ignoranz und die Habsucht halten uns im Griff, das ist es, was uns schadet.“

Sie gingen in ein Restaurant, das für seinen gegrillten Darm berühmt war. Man gab ihnen den besten Tisch des Lokals. Es hätte nicht viel gefehlt, und der Besitzer wäre vor ihnen niedergekniet. Ab morgen würden es die Tagediebe schwer haben, die sich vor dem Restaurant herumtrieben, um etwas mitgehen zu lassen. Hier ist das Viergestirn des Business eingekehrt, also verschwindet besser, ein Anruf, und ihr werdet lebendig begraben.

„Manchmal verstehe ich dich nicht, Bajram“, sagte der betrübte Aranit (er hatte Ana noch nicht getroffen).

„Wieso?“

„Die Habsucht, von der du sprichst, die Geldgier. Du vergisst, dass auch wir uns was unter den Nagel reißen, und wir leben doch ganz gut davon.“

„Nein, nein, da liegst du falsch, das ist was anderes. Wir arbeiten, wir bieten dem Markt Dinge, nach denen er verlangt, und er bezahlt uns dafür. Wir bieten eine Dienstleistung an, wir schnorren uns nicht durch.“

Die gegrillten Därme kamen, zusammen mit dem besten Obstschnaps, der im Land zu finden war.

„Was quält dich, Bajram“, ließ Aranit nicht locker, „du schaust so besorgt aus.“

„Überhaupt nicht, du siehst die Sorge bei den anderen, weil du selbst so voller Kummer bist. Mir gehen nur ein paar Gedanken durch den Kopf.“

„Das heißt?“

„Dass ich Pläne schmiede, nichts weiter.“

„Und was für Pläne, wenn wir fragen dürfen?“

„Dass wir noch mehr expandieren müssen, Jungs, wir müssen unseren Einflussbereich ausweiten. Wir haben einen langen Weg bis hierher zurückgelegt, aber das ist nicht genug. Wir müssen einen neuen entscheidenden Schritt machen."

„Spricht nichts dagegen, scheint mir", sagt Xhafer kauend, wobei er die Art imitiert, wie Bajram seine Gabel hält.

Xhafer wägt seine Worte ab. Er ist der Jüngste in der Gruppe, und als solcher muss er bescheiden und vorsichtig sein, jeder Schnitzer kann ihn teuer zu stehen kommen.

„Dortunten reicht nicht. Wir müssen in Dortoben besser agieren, uns einiger halber Portionen anderer Clans und anderer Nationalitäten entledigen, wir müssen sowohl unseren Besitz als auch unsere Aktivitäten ausdehnen, und wir müssen unsere Angebotspalette erweitern."

„Du scheinst schon ganz konkrete Pläne zu haben", sagt Aranit zu ihm. „Dieser Kukurec zergeht einem auf der Zunge. Warum isst du nicht, Lenin?"

„Wann wirst du endlich damit aufhören, mich so zu nennen?"

„Verzeih mir, Macht der Gewohnheit."

Aranit und Bajram lachen.

„Lacht ruhig, ihr müsst ja nicht mit so einem Namen leben."

„Ist ja gut, Leo, du hast recht, es passt auch nicht. Lenin, was hast du mit diesem Scheißkerl zu schaffen? Leo, das ist schon besser."

Sie lachen, wiehern und machen genug Lärm für das ganze Restaurant, die ganze Stadt, für den ganzen Himmel. Man isst und trinkt. Beileibe nicht alles, was die geschwätzigen Gäste heute gesagt haben, ist zum In-die-Tonne-treten. Die Mädels haben sie, und sie parieren. Sie sind Goldminen, die nie versiegen. Es genügt, sie an der kurzen Leine zu halten, damit sie nicht auf dumme Gedanken kommen. Mit den Bettelkindern läuft es gut, mit den Drogen noch besser, mit der Schlepperei der armen Teufel, die auswandern, wunderbar. Aber wir müssen aufrüsten, beharren sie, der Markt braucht ihre Kraft – Bajram lässt sie quasseln und wirkt, als sei er mit den Gedanken woanders, aber ihm entgeht nichts, auch ein Dummkopf hat zuweilen geniale Ideen –, die dortigen Banden sind weich wie Frauen geworden, diese ganzen Vorschriften, dies geht nicht, weil das in den Einflussbereich dieser Gegend oder jener Familie fällt, das geht nicht, weil es gegen die Vorschriften ist, bla, bla, bla, immer die alte Leier. Sie verdienen es, die Vormachtstellung einzunehmen, die Bosse der Bosse zu werden. Sie haben sich und den anderen bewiesen, wozu sie in so kurzer Zeit fähig sind.

„Was, wenn wir die Leibwächter von hier nach Dortoben bringen?", schlägt Aranit vor. „Wir brauchen Leute, die dort die alltäglichen Arbeiten erledigen, jetzt, wo wir uns vergrößern. Sie scheinen mir fähiger als der Durchschnitt zu sein, die werden sich schnell zurechtfinden und dann können sie zu schwierigeren Aufgaben übergehen, was meinst du? Zwei von ihnen haben sogar studiert."

Bajram überlegt lange. Die Überlegungen würden nicht so viel Zeit in Anspruch nehmen, wenn da nicht der Obstschnaps wäre. Für diesen Abend hat er eine Ausnahme gemacht und gegen die Regeln verstoßen, die er sich selbst gesetzt hatte. Sollte er sich doch dieses eine Mal betrinken, davon würde die Welt nicht untergehen. Wenn er nach Hause käme, würde ihn seine Mutter mit ihren alten Hausmittelchen schon wieder nüchtern kriegen.

„Zum Wohl, Aranit, auf euer aller Wohl. Holen wir diese Jungs mit ins Boot, schließlich müssen wir ein paar gute Leute rekrutieren, also warum nicht?" Bajram wendet sich an Xhaf: „Ist die neue Gruppe der Prostituierten bereit zur Abfahrt?"

Xhafer macht eine zustimmende Kopfbewegung.

„Ist sie bereit oder nicht? Wackel nicht mit dem Kopf, sondern sprich."

„Sie sind bereit, Chef, neun Mädchen, drei von ihnen verheiratet."

„Ah, umso besser", lacht Bajram, „ihre Männer haben ja keine Ahnung, was für einen Gefallen wir ihnen damit getan haben. Jetzt sind sie frei und können wieder heiraten, oder nicht?"

Als sie das Restaurant verlassen, lassen sie dem Inhaber ein Trinkgeld da, eines von der Sorte, das man von keinem Sterblichen erwartet.

Gut, dass es diesen Mond dort oben gibt, ein schöner Mond, der selbst einer schäbigen Stadt wie dieser zu etwas Glanz verhilft. Nicht, dass sie jetzt bezaubernd wäre, aber doch ganz nett.

„Aranit, wir werden so mächtig sein, dass jeder davonläuft, wenn er uns sieht."

„Die laufen auch jetzt schon weg, Bajram."

„Tatsache?"

„Darauf kannst du einen lassen."

Die vier lachen, Aranit etwas gequält. Ana, du Schlange, Ana, Liebes.

„Freunde der Nacht, lasst uns Schluss machen, wir sind sternhagelvoll, gehen wir schlafen."

„Wie du willst, Chef, machen wir Schluss, ich gehe aber noch ein paar Schritte zu Fuß", sagt Xhaf.

„Wohin denn, um Himmels Willen?"

Bajram hört den Klang seiner eigenen Stimme, und sie gefällt ihm nicht, sie kommt ihm lausig vor, und auch die Wörter kommen ihm lausig vor. Sie verheddern sich in seinem Mund, als sei er eine alte, zahnlose Frau, das fiese Alter, mich kriegst du nicht.

„He, Xhaf, wo treibt es dich hin, mein Lieber?"

„Ich will einen Spaziergang machen, weil ich mich nach dieser elenden Stadt gesehnt habe. Bald fahren wir nach Dortoben, und sie wird mir fehlen."

„Diese popelige Stadt?!" Leo reißt die Augen auf.

„Genau die."

Sie gehen laut lachend weiter, aber Xhaf kennt sie und nimmt es ihnen daher nicht übel.

Dieses Lachen erinnert ihn an das Lachen des Vaters, nachdem Xhafers Mutter gestorben war. Der Vater hatte sie in völligem Schweigen zu Grabe getragen. Er hatte mit ihr auch die Messer begraben, die ihr das Leben gekostet hatten, als sie vom Dach gefallen war. (Wenn nur diese Messer nicht gewesen wären, diese hinterhältigen Messer, diese wundervollen Messer, ach, wie ein Lämmchen wurde sie abgestochen, wie Wurst, ich Elender!) Der Vater hatte in der Nacht nach dem Begräbnis gelacht. Er hatte sich besoffen und war wild durchs Dorf gelaufen, lachend und fluchend, und Xhaf war ihm entsetzt gefolgt. Verschwinde, hatte ihn der Vater vertrieben, was willst du Rotzlöffel von mir, glaubst du etwa, ich bin besoffen? Hau ab, du räudiger Hund, du Sohn eines räudigen Hundes.

Xhaf kannte dieses Lachen, auch der Mond kannte dieses Lachen, aber Xhaf war zu betrunken, und er war zu weit gegangen, um noch einmal mit dem Mond Freundschaft schließen zu können. Der Mond kannte Xhafer nun nicht mehr, und Xhafer kannte sich selbst nicht mehr.

Und nicht einmal die Mutter hätte den Xhaf aus Ganzdortunten wiedererkannt.

•

„Aranit, Schatz, ich hab gehört, dass du in der Stadt bist. Und da meldest du dich gar nicht, um mich zu sehen?"

Anas Augen leuchten, schön und unschuldig wie das Licht, enganliegende Bluejeans, eine weiße Bluse mit langen Ärmeln. Die Bluse ist kurz und lässt ihren Bauchnabel frei. Die Haare zum Pferdeschwanz gebunden und nicht einmal Lippenstift. Nichts, ganz frisch. Wenn es ihm der altersbedingte Zynismus erlauben würde, käme Aranit schon fast auf den Gedanken, dass Ana in ihn verliebt wäre, so scheint es an diesem Tag zumindest. Sie küsst ihn, und er ergeht sich in Liebkosungen. Die guten Frauen, wie schaffen sie es, so viel Liebe aus ihrer Seele zu spenden?

„Ich hab dich gesucht wie meine Seele", flüstert Aranit.

„Wie was?"

Ana kichert.

„Wie meine Seele."

„Aber nach der Seele sucht man nicht, Schatz, die hat man oder man hat sie nicht."

„Ich suche danach", flüstert Aranit, „ich suche schon seit so langer Zeit danach."

„Seit wann?"

„Seit immer, ich hab das Gefühl, als hätte ich nie eine besessen."

Die Frau macht einen Schritt zurück. Sie wird sich auf keine ernsten Gespräche einlassen. Die Augen des Mannes blicken trübsinnig drein. Ana wechselt das Thema:

„Ich hab Silvana gesehen, ich hab sie genau beobachtet, wie du es mir aufgetragen hast."

„Und?"

Aranit zieht ein Etui aus der Tasche, öffnet es und holt eine goldene Kette mit einem Herz hervor, das mit kleinen Diamanten besetzt ist. Ana nimmt automatisch eine andere Haltung ein und wirft den Pferdeschwanz nach hinten. Er hängt ihr die Kette um den Hals.

„Sie hat einen Freund und weicht seit drei Wochen nicht von seiner Seite."

„Was hast du gesagt", sagt Aranit und springt auf, „das ist nicht möglich, wie kann es sein, dass..."

Er geht aufgeregt im Zimmer auf und ab. Ana lässt sich dadurch nicht aus der Fassung bringen.

„Wie kann es sein, dass Loni nichts davon weiß?"

„Weil Silvana weiß, wie sie sich vor ihm verstecken kann", lacht Ana ausgelassen. Dann geht sie zu ihm und legt ihre spindeldürren Arme um ihn.

„Wer ist dieser Knilch?"

„Es scheint ein ganz sympathischer junger Mann zu sein, höflich, aus einer guten Familie."

Sie nennt ihm den Namen eines Politikers, der Vater des Jungen, mit dem seine Tochter poussiert.

„Ach so", beruhigt er sich etwas, „das ist etwas anderes. Das ändert ja alles. Warum hast du mir das nicht gleich gesagt?"

„Warum, ist das *derart* wichtig für dich?", fragt sie und lässt das „r" noch weicher klingen, als sei ihre Sprache ebenso verwöhnt wie sie selbst. „Erzähl mir nicht, dass dein Silvanchen eine gute Partie braucht, mit einem Vater wie dir. Wenn, dann ist es eher umgekehrt, dass der Sohn von B. dich braucht."

„B. ist ein rücksichtsvoller Mann", sagt Aranit und setzt sich wieder, „einer, der seine Nase nicht in Angelegenheiten steckt, die ihn nichts angehen. Als es ihm auf unsere Stimmen ankam, haben wir sie ihm bereitwillig gegeben, aber er hat sich weiß Gott auch erkenntlich gezeigt. Den Polizeichef zum Beispiel hat er uns prompt vom Hals geschafft. Und der Hanswurst, der jetzt an seiner Stelle ist, frisst uns aus der Hand. Es gibt keine bessere Art, wie er uns hätte seine Dankbarkeit erweisen können. Wer gut erzogen ist, der bleibt so, und der Apfel fällt nicht weit vom Stamm. Wie der Vater, so der Sohn."

„Ich wusste gar nicht, dass ihr ihn so in der Hand habt. Ich bin neugierig, was es da noch für Details gibt..."

„Ana, mit der Neugier ist es wie mit den Flöhen, zuerst kitzelt es dich, aber dann..."

Sie sieht ihn merkwürdig an, mit einer Mischung aus Erkenntnis und Indifferenz. Dann greift sie Aranit zwischen die Beine und macht sich daran, seine Hose zu öffnen. Er fasst nach ihrer Hand. Nicht so, wieso, Schatz, warte doch, jetzt warte doch mal. Sie aber fährt mit ihren Bewegungen fort, und Aranit sieht sich in die Enge getrieben. In der Nacht zuvor hatte er mit geschlossenen Augen Tefta befriedigt und dabei an Ana gedacht, sodass er jetzt keinen mehr hochkriegt.

„Du hast es heute schon gemacht, du Schuft! Sag mir die Wahrheit!"

Sie streichelt ihn, setzt sich ihm in den Schoß und leckt ihm das Gesicht.

„Ana, warte doch mal, die Sache mit Silvana hat mich erschüttert und..."

„Gib's zu, du hast es gestern Nacht mit Tefta getrieben, was, hast du sie gefickt, ja?"

Bitte nicht solche Worte, will er ihr sagen, nicht bei mir, nicht hier, nicht so, ich liebe dich doch. Doch sein Geschlechtsteil hat begonnen, sich zu regen und wie durch ein Wunder steif zu werden. Sie fährt fort, es zu bearbeiten und wird noch vulgärer dabei. Bitte nicht diese Wortwahl, fleht Aranit wieder bei sich. Ihm ist, als ob er die dortuntigen Kollegen in Dortoben hört, wenn sie Frauen vergewaltigen. Diese Worte sind derart schmutzig, dass er es nicht erträgt, sie aus Anas Mund zu hören, weshalb auch das an die Oberfläche getretene Verlangen schmählich erlischt. Ana hält das erschlaffte Glied des Mannes in den Händen.

„Was ist los mit dir heute, willst du einen geilen Blowjob? Macht dich das an?"

„Nicht solche Worte", ruft er schließlich, „kannst du nicht weniger vulgär sein?"

„Weniger was? Hat es dir bisher nicht so gefallen?“

Ana steht wütend auf und geht zur Tür. Aranit stopft sein Ding in die Hose, zieht den Reißverschluss zu und läuft ihr nach.

„Ana, warum bist du jetzt so sauer?“

„Du hast mit Tefta geschlafen, gib's zu.“

„Ja“, sagt er und will ihre Hand nehmen. Sie zieht sie zurück. „Versteh mich, Liebes. Seit sechs Monaten hab ich sie nicht mehr angefasst, ich kann sie nicht immer so kränken, sie hat auch eine Seele.“

Die Frau beruhigt sich. Was ist nur mit mir los, denkt sie. Sie setzt sich in einen Sessel, und er kniet sich vor sie hin.

„Also gut, Aranit, es tut mir leid, ich weiß auch nicht, was in mich gefahren ist.“

„Du bist doch nicht eifersüchtig geworden?“

„Eifersüchtig? Nein“, lacht sie, so laut sie kann, „bist du von Sinnen? Unsere Beziehung ist klar geregelt, oder? Du wirst nicht zum Mönch, wenn wir nicht zusammen sind, und ich werd nicht zur Betschwester.“

Er sieht sie an, liebevoll, erschöpft, bekümmert. Zur Hölle mit dir, Ana, denkt er, warum verschwindest du nicht von der Erdoberfläche.

„Ich bin ein Mönch in Dortoben. Ich meine es ernst. Ich gehe dort mit keiner einzigen Frau, ich schwöre es dir“, hört er sich selber nach einer Weile sagen. „Jetzt ist es raus, bist du nun zufrieden?“

„Das ist nicht dein Ernst.“

„Ich schwöre es dir.“

„Schwör es auf Silvana.“

„Ich schwöre es auf Silvana und Gëzim.“

Sie schaut ihn an, als sähe sie ihn zum ersten Mal.

„Ach, Aranit, du scheinst ja wirklich verliebt zu sein“, sagt sie zu guter Letzt, „echt wahr?“

„Ja.“

Aranit treten Tränen in die Augen. Jetzt ist es mit der Männlichkeit endgültig aus, tobt es in ihm.

„Ich kann's nicht glauben", dreht Ana das Messer in der Wunde herum.

„Und weshalb kannst du's nicht glauben? Vielleicht, weil du nur noch mit Gaunern verkehrst, für die Liebe ein Fremdwort ist?"

Sie sieht ihn jetzt bitter an, mit einer Ironie, die er noch nie in ihren Augen gesehen hat. Sie löst ihren Pferdeschwanz und holt einen Kamm aus der Tasche, einen kleinen, weißen Kamm, so einen, der sich zusammenstecken lässt. Sie klappt ihn auseinander und fängt an, ihre langen Haare zu kämmen, ohne den Blick von ihm zu wenden.

„Was schaust du mich so an, Ana?"

„Ich dachte, du wärst auch einer von denen, Aranit", gluckst sie mit dieser Ironie, die ihm das Herz zerreißt, „sind das nicht alles deine Freunde, oder zumindest aus demselben Holz geschnitzt, oder täusche ich mich? Und jetzt redest du, als wärst du ein Heiliger."

„Du hast recht", gibt er zu und wird immer verwirrter.

Er will hier weg, er will nach Hause zu Tefta, er will sich in seinem Haus verkriechen.

„Du kannst nicht zwei Paar Schuhe gleichzeitig anziehen, mein Lieber. Du hast deine Wahl getroffen, du hast deine Schuhe an, und mir hast du im Übrigen das gleiche Modell gegeben."

„Du hast recht", wiederholt Aranit erstickt. „Ich muss jetzt los, ich... mir ist nicht wohl."

„Warte, ich will mit dir über die Arbeit sprechen, ich hab dir einen Vorschlag zu machen."

„Morgen, erzähl's mir morgen, ich rufe dich an." „Nur fünf Minuten."

„Nein", sagt er und öffnet die Tür, „ich kann jetzt nicht, morgen, morgen ist besser."

Er geht langsam die Treppen hinunter und tut so, als würde er die Leute in der Eingangshalle gar nicht sehen. Draußen knallt ihm eine Sonne ins Gesicht, die einem selbst die Eingeweide brät. Verflucht, die Hitze erschlägt einen auch noch Ende November. Die Straßen sind voller Menschen, die in den Lokalen entlang der Gehwege sitzen.

Ein Ausländer und ein Einheimischer tanzen leicht betrunken vor dem Eingang eines Restaurants. Einige Zuschauer verschiedener Nationalitäten stehen um sie herum und klatschen.

„Spring, spring, *jump!*", sagt der Dortuntige zu dem Ausländer, einem langen Lulatsch mit einem Fotoapparat um den Hals.

„What does it mean, *spring?*"

„*Jump.*"

„I don't wanna jump, I wanna dance."

„Dann *dance* doch, was hindert dich!?"

Mittwoch, 12. Dezember

Die Bosse haben Hëna für immer nach Dortunten zurückgeschickt, zusammen mit vier anderen Mädchen. Für die anderen habe ich mich nicht gefreut, sie haben nicht zu unseren Freundinnen gezählt. Sie haben sich selbst die Prostitution als Beruf ausgesucht, uns hat nicht wirklich viel verbunden. Denen macht es Spaß. Sie werden auch dort demselben Gewerbe nachgehen, in den Luxushotels. Ich habe zufällig davon erfahren. Obwohl, ich will die ganze Wahrheit sagen, ich hab gelauscht, zufällig stimmt also gar nicht. Die Geliebte von Aranit, einem der Bosse, die selber eine Art Boss in Dortunten ist, hat eine Gruppe von hiesigen Professionellen gesucht, um das Niveau der Edelprostituierten in Dortunten zu heben. Es heißt, dass jetzt auch ausländische Prostituierte nach Dortunten gebracht wurden, die eine große Konkurrenz für die einheimischen darstellen. Um das Gleichgewicht herzustellen, muss also das Niveau der einheimischen Frauen gehoben werden. Es heißt auch, dass wir in Dortunten trotzdem immer noch am gefragtesten sind bei den ausländischen Männern, denn da wir frisch auf dem Markt sind, haben wir kein AIDS.

Ich freue mich für Hëna, sie wird auch dort eine Prostituierte sein, aber zumindest muss sie nicht mehr auf den Straßenstrich. Sie wird in einem der Hotels arbeiten, und wenn sie anständige Kunden abbekommt, wird es ihr vielleicht nicht so schlecht gehen. Alles besser, als hier zu sein. Vielleicht. Es ist nur schade, dass sie jetzt nicht mehr den Schriftsetzer treffen wird, mit dem sie viermal zusammen war. Beim letzten Mal wollte er keinen Geschlechtsverkehr mit ihr, und Hëna hat ihm sein Leid geklagt, unser Leid. Scheinbar hat der Setzer ihr geglaubt. Am Ende hat er ihr das Geld gegeben, obwohl sie nichts miteinander hatten, aber sie hat es nicht genommen. Das war eine verrückte Entscheidung, weil Hëna dem Boss auch für diesen Kunden das Geld abliefern musste, denn die anderen Mädchen hatten gesehen, wie sie in sein Auto gestiegen war (sie wissen nichts davon, dass er Setzer ist, auch nicht, dass Hëna ihn mag). Wenn sie dem Boss das Geld nicht bis auf den letzten Pfennig gegeben hätte, wäre sie übel drangewesen. Und so habe ich ihr das Geld gegeben, das Er mir für die Einkäufe dagelassen hatte. Oh, es klopft...

„Warum hat das so lange gedauert?“, fragt Er, verärgert darüber, dass Er vor der Türe warten musste.

Leila zieht sich in die Küche zurück. Er schließt von innen ab und zieht sich die Schuhe aus. Ich hab Paprika geschält und hatte schmutzige Hände. Er nähert sich ihr von hinten, aber auf dem Tisch liegt noch der Stift, und Leila entdeckt ihn zu spät. Hast du geschrieben? Sie sagt nichts. Sie fährt fort, die gelben und roten Paprika zu entkernen.

Heute Abend gehst du nicht auf die Straße, ich hab es so geregelt, dass... wir gehen zusammen ins Kino, was meinst du? Sie steht auf, dreht den Hahn auf und taucht die Hände und die Paprika in das kalte Wasser im Waschbecken. Wo gehört der Stift hin, in den Flur? Kein Wort von ihr. Was ist jetzt, du hast mir nicht geantwortet, ob du gerne mit mir ins Kino gehen würdest, anstatt zu arbeiten. Sie wäscht in aller Ruhe die Paprika, lässt sie abtropfen, legt sie zur Seite und räumt die Zeitung vom Tisch, auf der sie die Abfälle hingelegt hat.

„Wie kommt das, tun sie dir in letzter Zeit Gefallen, oder wieso konntest du es so regeln, dass ich nicht auf die Straße muss?“, platzt es schließlich aus ihr heraus.

„Ich hab es mir verdient.“

„Verdient?“

Leila reißt die Augen auf. Er bietet den üblichen Anblick eines geprügelten Hundes, den sie nicht erträgt.

„Verdient?“, bohrt sie nach.

„Bitte Leila, fang nicht wieder damit an, ich weiß, du hasst mich, ich weiß, du würdest mich umbringen, wenn du könntest, aber die Sache ist nun mal verwickelt, und jetzt sitzen wir beide in der Falle, Herrgott! Freu dich doch, dass ich dich hin und wieder vor diesem Schmutz retten kann, statt mir jeden Tag aufs Neue Vorwürfe zu machen.“

Ich mache dir nicht jeden Tag Vorwürfe, nicht einmal jede Woche, will sie Ihm sagen, gibt der Versuchung jedoch nicht nach, soll Er doch schwafeln. Sie geht ins Bad und zieht aus dem lauwarmen Wasser in der kleinen Schüssel zwei BHs und zwei Schlüpfer, die sie darin mit der Hand gewaschen hat. Er folgt ihr.

„Ich hab dir ein Geschenk gekauft.“

Sie schüttet das Wasser aus der Schüssel in die Wanne.

„Ich hab dir ein Geschenk mitgebracht, das dir gefallen wird.“

„Ich brauche deine Geschenke nicht."

Wenigstens antwortet sie mir heute, sagt Er sich mit einem Anflug von Freude. Er geht, um das Päckchen zu holen. Es ist viereckig und etwas schwer. Er macht es auf, zieht das Geschenk heraus und will es ihr reichen. Sie hebt nicht den Kopf, sondern wischt die Wassertropfen auf dem Boden des Badezimmers auf. Leila. Ich schau es mir lieber an, denkt sie, sonst werde ich Ihn gar nicht mehr los. Sie steht auf und dreht sich zu Ihm um. Ihr Rücken schmerzt. Sein Mobiltelefon klingelt, und Er erstarrt. Er geht aus dem Bad, flüchtet sich ins Schlafzimmer und schließt die Tür.

Wie schön, denkt sie und freut sich still über die Schneiderscheren und die Zeitschriften mit den Schnittmusterbögen, genau solche hat sie in den Fachgeschäften gesehen, sich aber nicht getraut, sie zu kaufen. Er kommt mit einem vor Panik verzerrten Gesicht aus dem Schlafzimmer.

„Leila, ich muss los."

Keine Antwort. Er fasst sich mit den Händen ins Gesicht, presst sie gegen seine Wangen. Sie sieht Ihn fragend an.

„Mach nicht die Tür auf, und geh nicht raus", sagt Er ihr in einem bittenden Tonfall.

„Auch nicht, wenn einer von denen kommt?"

„Tu so, als ob du nicht zuhause bist."

„Bist du sicher, dass sie keinen Schlüssel haben?"

„Hundertprozentig. Ich geh los. Ich weiß nicht, ob wir ins Kino gehen können, ich... tschüss."

Er geht zur Tür. Dann kommt Er zurück. Er geht zu ihr und streicht ihr durchs Haar. Sie hat derweil die leere Schachtel auf dem Flurmöbel abgestellt und hält die Scheren in den Händen, mit den Klingen zu Ihm, sie strahlen und sind ebenso scharf wie ein Messer, sie können ebenso verletzen wie ein Messer, und sie könnte frei sein, wenn sie schnell abhaut, und man sie nicht findet. Wenn sie es schafft, Ihm die scharfen Scheren tief in den Bauch zu rammen. Nein, besser in die Nähe des Herzens, oder noch besser in die Kehle, so wird Er schnell sterben, das Herz trifft sie vielleicht nicht. Letztlich ist das keine große Sache, wer hat schon eine Mordakademie besucht, so schwer kann es gar nicht sein. Er wird zu Boden sinken, vielleicht nach Hilfe rufen, aufschreien, und der Fußboden wird sich mit Blut bedecken, auch wenn es Morde gibt, bei denen kein Blut fließt. Auf diese Art von Morden verstehen sich nur die wahren Killer, Morde ohne Blut, jemandem ein Kopfkissen aufs Gesicht drücken zum Beispiel, oder eine Überdosis verabreichen, oder was weiß ich.

„Leila."

„Was ist?"

„Sie haben eins der Mädchen getötet. Deshalb rufen sie mich."

Sie verdaut still die Nachricht. Sie legt die Scheren sorgsam auf der geschlossenen Schachtel ab.

„Sie haben mir eben Bescheid gesagt, wir müssen den Körper... entfernen."

„Wer ist es? Kenne ich sie? Hier in der Stadt?"

„Ich weiß nicht, wie sie heißt, aber es ist eines der Mädchen, die in der Stadt arbeiten, also sicher eine, die wir kennen."

„..."

„Mach keinen Schritt vor die Tür, hörst du?"

„Verstanden."

„Gott sei Dank bist du es nicht, Leila, Gott sei Dank bist du's nicht."

Wer wohl diese Unglückliche ist? Ob sie von unseren Landsleuten umgebracht wurde, von den hiesigen Kriminellen oder von einem Kunden? In letzter Zeit gibt es Rivalitäten zwischen den Banden. Die Dortuntigen machen den Dortobigen die Gebiete streitig. Wer sie wohl ist? Meine Hand will nicht schrei-

ben. Ich muss mich auf irgendeine Art beschäftigen, bis Er zurückkommt. Ob es eine von den Jungfrauen ist? Oder eine von den neuen, die sie letztes Mal gebracht haben? Die armen Jungfrauen, man näht sie unten drei- oder viermal wieder zu. Man hat sie an ältere Freier weitergereicht, die unberührtes Fleisch wollen. Diese Frauen sind durch die Hölle gegangen. Der Banker hat mir davon erzählt. Jetzt, wo ihre Vaginas weit geworden sind und sie nicht mehr als „ungebraucht" verkauft werden können, hat man sie auf den Straßenstrich geschickt, und zwar in die übelsten und gefährlichsten Bezirke. Hoffentlich ist Delina nicht darunter, hoffentlich ist es nicht Delina. In Dortunten war sie das schönste Mädchen des Viertels. Das schönste und das klügste. Sie wollte Journalistin werden, und über alle Narrenpossen von Dortunten und Dortoben schreiben. Und hoffentlich ist es auch nicht die arme Soraja. Sie ist nur noch ein halber Mensch. Aber was rede ich da? Keine von ihnen soll es getroffen haben.

Was für ein schrecklicher Tag. Vielleicht muss ich jetzt auf die Straße, jetzt wo... Ich hatte mir vorgenommen, morgen zuhause anzurufen, aber wenn ich heute auf die Straße muss, werde ich den Anruf hinauszögern. Wer ist wohl das tote Mädchen? Mutter ging es in letzter Zeit nicht gut. Ob sie wohl etwas ahnt, was ich hier tue? Bisher hat mich keiner aus dem Viertel gesehen, niemand, den ich kenne. Dieser Gedanke kam mir vor einigen Nächten, und ich konnte vor Entsetzen kein Auge zumachen. Was, wenn jemand es erfahren und meiner Familie sagen würde? Ich würde mich umbringen.

•

Der Körper der Toten liegt ausgestreckt auf dem Boden, inmitten der Anwesenden, die im Halbkreis in einer Ecke der Fabrik stehen. Sie haben den Leichnam mit einem leeren, kaffeebraunen Kartoffelsack zugedeckt, KARTOFFELN

DER SORTE BINTJE 50 KG steht darauf. Der Blick der Frauen bohrt sich in diese Buchstaben, einzig und allein, damit sie nicht woanders hinsehen müssen. Vor wenigen Minuten hat Leo die Bettelkinder aus der Fabrik gejagt. Er hat sie getreten und aus vollem Hals angebrüllt, dass sie verschwinden sollen, doch die Wut schien mehr gespielt, als echt zu sein.

„Wartet draußen, bis ich euch wieder reinhole, ihr dreckigen, verlausten Rotzlöffel!"

Als ob man auch sauber und verlaust sein könnte, denkt Delina benebelt, abgesehen davon, dass die Laus sich lieber in sauberem Haar als in dreckigem einnistet...

„Zu Befehl, Chef!", riefen sie und rannten erschrocken hinaus.

„Du, Kujtim, geh und pass auf, dass keiner von denen abhaut."

„Okay, Leo."

Es sind sechs Männer, zwei Vorgesetzte und vier mit niederen Rängen.

„Kommen noch mehr Nutten?"

„Sie bringen gerade die aus Engjëlls Gebiet."

Es sind die Motoren von zwei Autos und das Bremsen von Reifen zu hören. Kurz darauf treten Engjëll, Zef und sechs weitere Mädchen ein.

„Das wären vorerst alle, Chef. Sollen wir die anderen..."

„Nein, nein, das reicht schon, wie viele Stuten sind es jetzt?"

Er zählt sie laut.

„Zwanzig an der Zahl. Passt, das genügt."

Lenin schlendert bedrohlich zwischen den Abfällen der Lagerhalle umher. Es herrscht Grabesstille. Nur das Dröhnen der Stadt von draußen ist zu hören. Neben Delina steht Teuta und zittert wie Espenlaub. Ein winterlicher Sommerstrahl fällt auf Engjëlls blondes Haar und verleiht seinem

Gesicht eine absurde Schönheit. Wenn er nicht Gangster geworden wäre, hätte er Filmstar werden können, muss Delina denken.

„Sind wir soweit, Täubchen?", fletscht der Filmstar die Zähne.

Die jungen Frauen wagen kaum zu atmen. Er hat sich jetzt dem mit einem Sack bedeckten Leichnam genähert.

„Seid ihr bereit oder nicht? Macht das Maul auf, bevor ich mir eine von euch vornehme."

Er holt seine Pistole hervor und schießt in die Luft. Der Hall der Kugel klingt wie Pferdegewieher.

„Ja", wagt sich Delina vor.

Er deckt den Körper auf. Die Mädchen verfolgen die Bewegung der Hand auf dem Sack, der zusammengefaltet wird. KARTOFFELN DER SORTE BINTJE steht jetzt verkehrt herum, 50 KG ist noch gut zu lesen. Sie starren auf die Zahl, um nicht in das Gesicht der Toten sehen zu müssen.

„Dieses Miststück kennt ihr ja sicher. Schaut sie euch gut an und notiert euch das in euren verschissenen Spatzenhirnen. Schaut sie euch an, hab ich gesagt!"

Er zieht ihren Kopf an den Haaren hoch. Milikas Gesicht ist schwarz, geschwollen, gelb, sie hat die Augen geöffnet, ihr Mund ist schief und aufgeplatzt, getrocknetes Blut klebt am Kinn.

„Dieses Aas wollte uns verpfeifen, uns hinter Gitter bringen. Dieses Stück Scheiße hat sich bei den Bullen beschwert, als ob wir von gestern wären und nicht auch dort unsere Leute hätten. Dreckstück, jetzt versuch nochmal zu plappern, wenn du kannst!"

Er lässt den Kopf los, der mit einem tauben Geräusch auf den Zementboden fällt. Lenin zieht ein Taschenmesser hervor und klappt es auf, während er die Frauen ansieht.

„Schaut sie nur gut an, hab ich euch gesagt, dieses Flittchen, das uns erledigen wollte. Engjëll, komm her, mach schnell!"

Dieser stellt sich beflissen an seine Seite.

„Schneid ihr die Augen raus."

„Was?"

„Die Augen, raus damit, damit es all diese Stricherinnen hier sehen!"

Er reicht ihm das Messer. Der andere nimmt es und kratzt mit der Klinge an seinen Jeans.

„Ich hab noch nie einem Toten die Augen ausgerissen, Leo. Kann es nicht jemand anderes machen?", bittet er.

Leo sieht ihn böse an und reißt ihm fluchend das Messer aus der Hand.

„Du bist eine Schwuchtel, so wie alle, ihr könnt nichts außer fressen, saufen und bumsen, aber wenn ihr beweisen sollt, dass ihr Eier habt, macht ihr euch in die Hosen."

Dann beugt er sich über die leblose Masse.

Die Mädchen wenden verzweifelt die Köpfe zur Seite, um nicht sehen zu müssen. Delina und Laura verfolgen das Geschehen in allen Einzelheiten. Ihr Blick ist gelähmt und unfähig, sich von Lenins Händen zu lösen. Ein Auge fliegt zwischen Engjëlls Beine, das andere fällt auf Lenins Schuh, verweilt dort kurz unschlüssig und kullert dann über den schmutzigen Fußboden.

„Glotzt nur schön her mit euren Augäpfeln, ihr verfickten Schlampen, und dankt dem lieben Gott, dass ihr eure noch habt. Wenn ihr nicht Vernunft annehmt, steckt nächstes Mal eine von euch in diesem Sack. Schreibt euch das hinter die Ohren!"

•

Bajram verspürte dieses Mal kein Verlangen, sich mit seinen Untergebenen in ein Lokal zu setzen, weshalb er es für vernünftiger erachtete, sie in sein Haus einzubestellen, in das die meisten von ihnen noch nie einen Fuß gesetzt hatten.

Kaum dass die Männer eingetroffen waren, servierten zwei Mädchen in Abendkleidung die Getränke und verschwanden dann im oberen Stockwerk der Villa. Vielleicht hatten sie keine Ahnung davon, was an diesem Tag vorgefallen war, vielleicht wirkte aber auch Bajrams Anwesenheit beruhigend auf sie. Jedenfalls machten die Frauen einen ungetrübten und zufriedenen Eindruck. Tatsächlich wirkten sie mehr wie Kellnerinnen als wie Prostituierte.

„Ich hab die noch nie gesehen, Chef, sind sie neu?“, fragte Zef mit einem schiefen Lächeln.

Bajram hörte nicht hin und nahm in seinem üblichen Sessel Platz. Diese Männer hatten einfach kein Benehmen. Aus den Lautsprecherboxen in zwei Ecken des Salons kam Barockmusik. Bajram wich bewusst den Blicken der Anwesenden aus, um sie warten zu lassen. Gemächlich nippte er an seinem Drink und betrachtete einen nach dem anderen aus dem Augenwinkel. Mein Gott, was für eine simple Mentalität ein Teil von ihnen doch hatte, dachte Bajram. Aber das war keine neue Feststellung. Zu guter Letzt hatte er sie selbst nach diesen Kriterien ausgesucht, einen Teil mit primitivem Wesen und den anderen mit genügend intellektuellem Potenzial, um es bis zum Minister bringen zu können. Lust hätte er schon gehabt, nur solche von der zweiten Sorte auszusuchen, doch das war in der Praxis nicht zu machen. Unter anderen Bedingungen, an einem anderen Punkt der Entwicklung des Landes, aus dem sie kamen, sowie an einem anderen Punkt seiner eigenen Entwicklung, wäre das vielleicht möglich gewesen. Doch unter den gegebenen Umständen war auch diese Arbeit und selbst mit derartigen Mitarbeitern akzeptabel. Sie brachte sogar ihre eigene Befriedigung mit sich, die des Portemonnaies, und das war nicht wenig. Die Befriedigung des Geistes fand Bajram woanders. Heutzutage gab es nur wenige Menschen, die ihren Beruf aus Leidenschaft ausübten. Das war ein Luxus und kein Menschenrecht. Stendhal hatte dies gut erkannt, als er erklärte, es gäbe kein größeres Glück, als seine Leidenschaft zum Beruf zu erheben. In Ermangelung dieses Glücks bestand die Kunst darin, sich zu arrangieren und sich eine würdige Existenz zu schaffen. Und sein Leben *war* durchaus würdevoll. Auch das intellektuelle Niveau war beträchtlich, sank aber spürbar, wenn solche Sachen geschahen wie der Mord an der Prostituierten Milika, ein Mord, für den die Bezeichnung tierisch noch beschönigend war.

„Nun?", erhob Bajram endlich die Stimme gegenüber seinen Untergebenen.

Die Männer standen herum, manche mit den Händen in den Hosentaschen, andere mit ihren Gläsern. Nur Aranit saß, treu wie immer, ruhig und ausgeglichen im Sessel gegenüber von Bajram, auch wenn er eine tiefe Traurigkeit in den Augen hatte, die tiefste, die Bajram seit über einem Jahr darin entdeckt hatte.

„Nun?", wiederholte der Boss, im vollen Bewusstsein, dass eine solche hermetische Frage auch den Hartgesottensten unter ihnen in Bedrängnis bringen würde.

„Ihr seid alle in Kenntnis über die Prostituierte, die heute... von uns gegangen ist."

Schweigen. Alle waren erstarrt. Lenin faltete abwesend den Saum seines hellgrauen Sakkos und beäugte die vergrößerte Fotografie von Bajrams Mutter an der Wand.

„Habt ihr die Absicht, zu sprechen, oder muss ich ein Solo ohne Orchester spielen?"

„Was sollen wir sagen, Chef", fragte Xhafer, der hochrot im Gesicht war und so einem übergroßen Hahnenkamm glich.

„Habt ihr sie... begraben?“

„Wir...“

„Ihr was, ich höre euch nicht.“

„Wir haben sie verbrannt, Chef.“

„Aha.“

„Damit die Bullen sie nicht finden, Chef.“

„Vielen Dank, dass du meinen Verstand mit dieser Erklärung erhellst. Und die Augen dieser Unglückseligen, habt ihr die auch verbrannt?“

Die Männer wurden noch beklemmter. Aranit hielt nun den Kopf gesenkt und zählte die Knöpfe auf seiner Weste, wobei er leicht die Lippen bewegte. Xhaf drehte sich um, und Bajram stellte interessiert fest, dass die Kopfhaut unter seinen spärlichen Haaren eine feine Rosafärbung aufwies, wie der Po eines Neugeborenen. Lenins Blick bohrte sich weiter in die Fotografie von Sanija.

„Leo“, sagte Bajram mit sanfter, schleppender Stimme, „du hast meine Mutter ausreichend geröntgt, sie ist zu alt und zu beleibt für dich.“

„Entschuldigung, Chef.“

„Für was entschuldigst du dich?“

„Dass ich sie angesehen habe.“

„Ich dachte, du entschuldigst dich für etwas anderes.“

„...“

„Also, was ist, Leo? Hast du uns etwas zu berichten?“

„Dass wir den anderen Nutten eine Lektion erteilen mussten, Chef, und das weißt du.“

„Und so hast du ihnen eine Lektion erteilt?“

„Ja, so wie immer.“

„Gepriesen seist du, Leo, wenn wir dich nicht hätten, was würden wir ohne dich bloß anstellen?“

Aranit hob den Kopf und versuchte, Bajrams Blick einzufangen. Der nahm die Geste durchaus wahr, entschied aber, nicht darauf zu reagieren.

„Chef“, hob Leo mit einem klagenden und zugleich stolzen Ton an, „wenn unser Informant bei der Polizei uns nicht verständigt hätte, hätte die uns allen unser Grab geschaufelt, verstehst du? Die hat ganz schön gequasselt, sie wusste eine Menge, Daten, Details, Standorte und einiges mehr.“

„Aha“, machte Bajram mit gespieltem Erstaunen.

Jetzt reicht es aber auch mit deiner Predigt, dachte Aranit, was ist in dich gefahren? Mach's kurz und sag, was du zu sagen hast.

„Du hast recht, Aranit“, las Bajram dessen Gedanken, „ich werde es kurz machen, denn auch ich bin es müde, euch beizubringen, wie ihr euch die Schuhe zu binden habt. Ich war der Ansicht, dass ich eine starke und gescheite Gruppe zusammengestellt hätte, die nicht nur was in den Armen, sondern auch etwas im Kopf hat, aber dem ist wohl nicht so. Ich ernähre eine Bande von Blutsaugern, die einer Toten die Augen ausreißen, als ob der Tod an sich nicht schon ausreichend wäre, um die anderen zur Räson zu bringen.“

„Und ich sage, dass es nicht reicht, Chef“, wagte sich Leo vor, während er die anderen ansah, als wolle er ihnen sagen, was ist mit euch, habt ihr eure Zunge verschluckt? „Es reicht nicht, ein paar der Frauen nehmen sich in letzter Zeit zu viel raus.“

„Zum Beispiel?“

„Zum Beispiel sagen sie den Freiern, dass sie keine Prostituierten sind, dass man sie dazu gezwungen hat und dergleichen Gewäsch.“

„Wer sind diese Heldinnen? Ich gehe davon aus, dass ihr darüber Bescheid wisst.“

„Ja.“

„Und?“

„Und wir haben ihnen eine Lektion erteilt, wie es sich gehört, nicht zu hart und nicht zu mild. Wie es sich gehört.“

„Wie dem Mädchen, dem du den Arm gebrochen hast, Leo? Und die bei den Kunden eine der gefragtesten war?"

„Den Arm hat ihr Engjëll gebrochen, nicht ich."

Engjëll wurde kreidebleich im Gesicht. Flehend sah er Lenin und danach Xhaf an.

„Ich habe Engjëll damit beauftragt, sich um dieses Problem zu kümmern", brachte Xhaf zu Engjëlls Verteidigung vor.

„Und der hat ihr den Arm gebrochen, und wir mussten sie ins Krankenhaus bringen, wo wir eine Stange Geld dagelassen haben, damit der Arzt nicht ihren ganzen Körper untersuchte und entdeckt hätte, dass er es mit einer Frau zu tun hat, die von Kopf bis Fuß grün und blau geschlagen wurde, richtig? Wenn ich nicht irre, war es so."

„Ja, Chef."

„Das war also ebenso, als ob wir selbst losgegangen wären und uns bei der Polizei angeschwärzt hätten. Reicht es nicht, dass es die Bullen in letzter Zeit auf uns abgesehen haben und uns Schwierigkeiten machen?"

Aranit stand auf, es half nichts, um diese Zeit musste er Ana anrufen. Der hier hatte wieder seinen Redeanfall und wollte ums Verrecken nicht aufhören mit seinem Oratorium. Er näherte sich Bajram und gab ihm ein Zeichen, dass er sich kurz fassen sollte.

„Nein, ich werde mich ganz und gar nicht kurz fassen, Aranit, auch wenn es dir auf die Nerven geht. Jetzt, wo wir uns etabliert haben, uns erweitern und die Geschäfte fantastisch laufen, sehe ich keinen Grund, weshalb wir uns wie Barbaren aufführen sollten. Die Anfangsphase rechtfertigt einige Grenzüberschreitungen, auch was die Strenge gegenüber den Frauen anbelangt, aber jetzt doch nicht mehr. Wie mir scheint, haben diese Jungs vergessen, dass auch die Prostituierten Menschen sind. Es stimmt, dass wir sie hier zum Arbeiten hergeholt haben, um so in erster Linie uns selbst einen wirtschaftlichen Dienst zu erweisen, und dann auch ihnen, ja, sogar ganz Dortunten. Es stimmt also, dass sie uns untergeben sind und das zu tun haben, was wir ihnen sagen, weil in diesem Gewerbe seit jeher die Männer bestimmen und die Frauen gehorchen, aber das heißt nicht, dass wir sie abschlachten. Wir verfügen über die Sprache, derer man sich bedienen kann, und es gibt Mittel und Wege, um sie einzuschüchtern. Ich verstehe, dass sie verschwinden musste und ihr sie getötet habt, diese, wie hieß sie... Milika, gut, ihr habt also eine umgebracht, die uns erledigen wollte; gut auch, dass ihr sie den anderen gezeigt habt, dass es ihnen eine Lehre ist, aber das ging zu weit, man nimmt den Körper und... bringt ihn irgendwo unter, ohne solche Barbareien zu veranstalten. Die Augen ausreißen! Wo zum Teufel seht ihr solche Sachen, in Horrorfilmen? Hm, Leo, sprich! War das wirklich nötig?"

„Du hast uns gesagt, dass Ungehorsam bestraft wird, Chef."

„Und gibt es eine angemessenere Bestrafung als den Tod? Konnte man es nicht dabei bewenden lassen?"

Was hat den bloß gestochen, dass er dieses ganze Theater hier macht, dachte Aranit. Wir wissen es jetzt, du hast genug gesülzt. Bajram machte einen müden und abgekämpften Eindruck, obwohl die stilvolle Kleidung und das Parfüm dies etwas überdeckten.

„Ich habe mich immer bemüht, im richtigen Maß demokratisch und ebenso logisch zu sein. Aber das war das erste und letzte Mal, dass ihr die Dinge so auf die Spitze treibt und solche makabren Folterspielchen treibt, ohne mich zu fragen. In Ordnung? Es wird keine Verwarnungen geben, das hier ist die einzige, den ersten, den ich dabei erwische, wie er die Regeln missachtet, dem wird es leid tun, dass er auf die Welt gekommen ist. So viel für heute. Gebt euch Mühe, mehr Menschen zu gleichen als Bestien."

Oh Gott, was für eine Ansprache. Aranit kratzte sich am linken Hoden, der ihm seit einigen Tagen brannte. Die Gruppe atmete erleichtert auf und machte sich bereit zum Gehen. Eines der Mädchen kam wie ein Schatten in den Salon und begann, schnell und schweigend die Gläser und Flaschen abzuräumen.

„So, und nun hinaus mit euch! Haut ab! Kontrolliert lieber öfter während der Arbeitszeiten der Mädchen, anstatt wie Penner von einer Kneipe zur anderen zu ziehen. Die Augen des armen Geschöpfs habt ihr verbrannt, nehme ich an."

Die Gruppe erstarrte erneut. Leo, der als erster zur Tür gegangen war, verharrte mit der Hand auf der Klinke.

„Nun, Leo?"

„Den Körper haben die anderen verbrannt, Chef."

„Wer genau?"

„Engjëlli, Pirro, Isuf und Basha."

„Engjëll, hast du die Augen verbrannt?"

„Ich... ich kann mich nicht erinnern... hast du sie vielleicht genommen, Isuf... ich weiß nicht, Chef."

„Raus!", brüllte Bajram. „Raus mit euch Schweinen und findet diese Augen! Das ist ein Beweismittel, ihr Versager! Haut ab jetzt!"

Bajram war nun wütend, er schrie und tobte weiter, selbst nachdem sie schon seit einer Weile gegangen waren.

Aranit ging in den Hof der Villa, setzte sich in einen der Stühle auf der Veranda gegenüber dem mit Plastikfolie abgedeckten Pool und wartete darauf, dass die angespannte Stimmung verflog. Welcher Tag war heute? Dienstag. Es war warm für diesen Wintertag, sehr warm sogar, im Garten ließ es sich so gut verweilen, als sei es Anfang Herbst. Er sah auf die Uhr. Jetzt machte es keinen Sinn mehr, Ana anzurufen, ihre Arbeitszeit musste begonnen haben. Drinnen kam Bajram langsam zur Ruhe. Ob er ihn um einen Rat bitten sollte, was diese Sache mit Gëzim anging? Der Brief, den Tefta ihm geschickt hatte, war noch in seiner Jackentasche. Selbst nach dem dritten Lesen konnte er es nicht glauben, dass dieser Scheißkerl derart verdorben war. Dieser Nichtsnutz von Sohn würde auswandern, puh, sollte er doch verrecken, der Idiot. Wie hatte er zu seiner Mutter gesagt? Ich will in ein weit entferntes Land, so weit weg wie möglich, jenseits des Ozeans und noch weiter, wenn es geht, so weit weg wie nur möglich. Tefta hatte diesen Teil des Berichts ausradiert und durch etwas anderes ersetzt, bla, bla, bla, dass Silvana ihn herzlich grüßte und küsste und dass dieser Junge, den sie liebte, zu Tefta nach Hause gekommen war, und dass er so wohlerzogen war, ach, Aranit, genau der Richtige für unsere Tochter, er ist nicht umsonst der Sohn eines Politikers.

„Halt doch einfach den Rand", stieß Aranit wütend in Richtung Swimmingpool aus, „und erzähl mir nichts. Er mag so wohlerzogen sein, wie er will, aber sein Alter geht am Bettelstab, er wäre nichts ohne unser Geld... aber was weißt du schon, du dummes Weibsstück." Die letzten Worte sagte er mit noch lauterer Stimme.

„Mit wem sprichst du?", fragte Bajram hinter seinem Rücken.

Aranit zuckte zusammen und drehte sich um. Sein Partner hatte geduscht, die Haare klebten an seinem Kopf. Er hatte einen Freizeitanzug an, eine blaue Hosen mit Streifen, ein geschlossenes graues Hemd und eine schwarze Strickjacke.

„Ts, ts, da haben wir uns ganz schön rausgeputzt", scherzte Aranit.

„Wen hast du dummes Weibsstück genannt?"

„Die, die es verdient, Tefta."

„Was hat Tefta dir getan, dass du so schlecht über sie redest?"

„Sie hat mir einen Brief geschrieben... Hast du dich beruhigt?"

„Und was hat sie Schlimmes in diesem Brief geschrieben, Aranit? Wollen wir hier draußen essen oder in den Salon gehen?"

„Ich bin nicht recht hungrig... es sei denn... haben die Mädels was Anständiges gekocht?"

„Worauf du Lust hast, die hiesige Küche oder unsere."

„Dann unsere, wenn es davon was gibt, dann sehr gerne, sonst nichts."

„Es gibt überbackene Köfte oder Reis mit Hähnchenfleisch."

„Das zweite."

„Aranit", sagte Bajram nachdenklich, „heute wurde eine Grenze überschritten."

Aranit sah ihn einen Moment an. Sein Freund war nun ganz ruhig, aber melancholisch. Bajram hob einen Arm und eines der Schatten-Mädchen näherte sich von hinten. Er gab die Bestellung auf und wies sie an, innen den Tisch zu decken.

Sie gingen hinein und nahmen im Salon Platz. Bajrams Haus war von demselben dortobigen Innenarchitekten eingerichtet worden wie das von Aranit in Dortunten.

„Solche schrecklichen Dinge dürfen auf keinen Fall mehr vorkommen", meinte Bajram bedächtig und entkorkte den Rioja, „wir müssen uns rein halten, so wie das Geld, das in Dortunten schneeweiß gewaschen wird. Wir können es uns nicht erlauben, im Dreck zu waten, jetzt, wo alles einen Hauch von Würde bekommt."

„Einen was, bitte?"

„Einen würdigeren Aspekt, kurz: so wie es sich gehört."

„Ich werd wohl nie ganz schlau aus dir werden, obwohl ich dich schon kannte, als du ein Dreikäsehoch warst und mit deinem zerlumpten Fußball gespielt hast. Du gibst mir immer neue Rätsel auf."

„Was für Rätsel gebe ich dir auf?"

„Weil du einmal so und einmal so sagst."

Die beiden jungen Frauen servierten und zogen sich zurück. Ob er mit denen ins Bett geht?, fragte sich Aranit.

Eine Weile aßen sie schweigend. Bajram nahm die Köfte ohne Beilage, nur mit etwas Reis.

„Erklär mir das näher, Aranit, du bist zuweilen auch nicht weniger hermetisch als ich."

„Nun ja, dich hat da vorhin eine Lust gepackt, vor den Jungs zu schwadronieren, bis uns der Kopf geschwirrt hat. Das sind Barbareien und so weiter und so fort, als ob es an diesem Gewerbe irgendwas Sauberes gäbe. Ich war auch entsetzt über Lenin, dieses Tier, aber das ist eine andere Geschichte. Du bist mal Mafioso und mal feiner Herr, und das passt nicht recht zusammen. Deshalb solltest du dich endlich entscheiden, wie du uns gegenüber auftrittst. Was gibt es Sauberes an diesem Geschäft, mein Bester?"

„Du irrst, Aranit."

Bajram wischte sich den Mund mit der Serviette ab. Aranit bemerkte, dass seine Haare getrocknet waren und sich die Locken wieder auf seinem Kopf kringelten. Er war wirklich attraktiv, der Fuchs. Vor allem, wenn er sich nicht aufregte und sich so wie jetzt benahm, da war er ein faszinierender Mensch und wäre glatt als Universitätsprofessor durchgegangen.

„Was siehst du mich so an?"

Bajram streckte seine Hand nach dem Zigarettenetui aus.

„Du siehst aus wie ein Universitätsprofessor, hab ich mir grad gedacht, oder wie ein Botschafter."

Bajram brach in Gelächter aus. Er stand auf und begann, im Zimmer auf und ab zu gehen.

„Mit einer Ausnahme, Aranit: Sowohl unsere Professoren als auch unsere Botschafter sind Hungerleider, sie leben von den lächerlichen Bezügen dieses lausigen Staates, mit denen man nur den halben Monat über die Runden kommt. Aber nochmal zu dem, worüber wir gesprochen haben: Du irrst dich, wenn du sagst, dass wir Mafiosi sind und deshalb nicht zur feinen Gesellschaft gehören können. Das ist ein sauberes Geschäft, sag ich dir, vollkommen sauber."

„Ach, hör doch auf."

„Nein, hör mir zu. Du hast eine falsche Sichtweise auf dieses Problem. Setzen wir uns an den Kamin?"

Sie zogen um. Jetzt habe ich mich schon wieder vollgefressen, dachte Aranit, ließ sich auf dem Sessel nieder und räkelte sich genüsslich. Wenn Bajram nicht diese Manie hätte, pausenlos zu sprechen, hätte er jetzt ein prima Nickerchen machen können... Er war einfach nicht mehr der Jüngste, und der Tag war so lang gewesen wie die Zunge einer Frau. Hörst du mir zu oder nicht? Ja doch, ich höre. Rauchst du auch eine? Ich hab meine in der Tasche. Warum nimmst du nicht eine von meinen? Die pusten mir die Lunge weg. Zurück zu dem, worüber wir geredet haben. Lass hören. Aranit gähnte.

„Unsere Arbeit ist nicht nur nützlich und einträglich, sondern auch unbedingt notwendig, da sie der Gesellschaft einen Dienst erweist. Der Markt hat Bedarf, er hat seit Anbeginn Bedarf gehabt nach dem Fleisch der Frau. Wir handeln nach dem Vorbild, das uns die Geschichte liefert und schließen uns der langen Reihe der demütigen und besonnenen Diener an."

„Dir ist der Wein zu Kopf gestiegen, Bajram. Kann ich nicht ein wenig dösen, anstatt mir dein Gewäsch anzuhören?"

Bajram blickte ihn mit zugekniffenen Augen an und genoss die Zigarette, wenngleich sich seine Stimmung etwas verdüsterte.

„Auch die Religion befürwortet dieses Gewerbe", sagte er, nun mit autoritärer Stimme.

„Ist ja gut, du hast mich überzeugt."

„Du glaubst mir nicht, was?"

„Willst du mir weismachen, dass der Papst höchstpersönlich die Prostitution abgesegnet hat?"

Aranit lachte lauthals und machte es sich noch gemütlicher im Sessel.

„Danke dir, Bajram, das hat mich wieder wachgemacht."

„Es gibt Bücher, die das einwandfrei belegen. Es gibt Historiker, die zu diesem Thema geforscht und das ganz klar nachgewiesen haben, da steht das schwarz auf weiß."

„Mir ist das sowas von schnuppe."

„Mich dagegen interessiert auch der geschichtliche Ursprung, weil das viele Dinge erklärt und einem hilft, mit seinem Gewissen zurechtzukommen. Das Wort *Prostitution* stammt aus dem Lateinischen, es sind also die hiesigen, die es entwickelten, die sich dieses Gewerbe ausgedacht haben und nicht die Einfaltspinsel aus Dortunten. Es besteht aus *pro* und *statuere* und bedeutet mehr oder weniger *nach vorne stellen.* Im Gesetzbuch von denen, die uns mit ihren polizeilichen Untersuchungen und Kontrollen auf den Sack gehen, ist es als körperliche Dienstleistung oder als gewerbsmäßige Ausübung sexueller Handlungen festgelegt, die einer unbestimmten Anzahl an Personen zur Verfügung gestellt werden.

Der Ursprung der Prostitution ist eng verwoben mit dem Ursprung des menschlichen Lebens. Menschheit und Prostitution sind also beste Freunde, was sich in uralten Schriftstücken und Büchern widerspiegelt. Die heilige Prostitution erfuhr in der Antike eine große Entwicklung, nicht nur mit der Absicht der menschlichen Fortpflanzung, sondern auch, um den Sexualtrieb zu kanalisieren sowie die primitive Auffassung vom Mysterium des Lebens in Formen religiöser Praxis zu veredeln. Herodot berichtet davon, dass sich die Menschen in den meisten Völkern, die er kannte, vielleicht mit Ausnahme der Griechen und Ägypter, in den Tempeln sexuell vereinigten."

„Im Ernst?" Aranit riss die Augen auf.

„Ganz genau, in den Tempeln. Bei den Chaldäern, Armeniern und Phöniziern gaben sich die Frauen den Männern in den Kultstätten hin. Diese Frauen nannte man heilige Prostituierte, Segnung und Hurerei waren also nicht voneinander getrennt, ganz im Gegenteil. Außerdem enthielt jede Sprache besondere Worte, die dieses Konzept beschrieben. Im Hebräischen gab es zum Beispiel das Wort *kadessa,* das Heilige und gleichzeitig Dirne, Verführerin bedeutete.

Die heilige Prostitution hat lange existiert und wird in einigen Kulturen und Völkern bis heute fortgeführt, wie zum Beispiel in einem Teil Kambodschas, Indiens, in Britisch-Ostafrika und so weiter. Die Mädchen gaben sich den Männern in den heiligen Tempeln hin und brachten so der Gottheit ein Geschenk dar."

Bajram hielt seine Ansprache immer glühender. Warum ist er nicht Professor geworden, fragte sich Aranit. Bajram näherte sich seinem Gast und stand ihm schließlich gegenüber, wobei er ihn auf unergründliche Weise fixierte.

„Ist was?"

„Lass mich fortfahren. Kommen wir jetzt zur Ausübung des Gewerbes zum Lustgewinn, streifen wir den Heiligenschein von der Prostitution ab. Im antiken Griechenland war die Prostitution noch aus einem anderen Grund eine völlig natürliche Angelegenheit: Die Griechen unterschieden zwischen Ehe und sexuellem Verlangen oder Vergnügen. Die Ehefrau hatte die grundlegenden Funktionen inne, wie die Beaufsichtigung und Führung des Hauses, wohingegen die völlige Befriedigung der Sinne des Mannes in den Händen der Prostituierten lag. Gewiss entwickelte sich neben der Edelprostitution auch eine auf niedrigerem Niveau. In einem Dokument aus dem Jahre 594 vor Christus geht aus den Anweisungen Solons hervor, dass die Prostitution für die einfachen Massen schon damals in öffentlichen Häusern organisiert wurde. Wenn du mal die Bibel lesen solltest, wird dir auffallen, dass es auch dort von Prostituierten wimmelt. Ich will es kurz machen, denn man könnte die Ausführungen ewig fortsetzen. Auch in berühmten Kunstwerken und Büchern haben die Figuren von Prostituierten ganze Generationen von Männern zum Träumen angeregt. Erinnerst du dich an Fantina in *Les misérables* von Victor Hugo? Oder an *Manon Lescaut* von Prévost? Oder *Die Kameliendame* von Alexandre Dumas dem Jüngeren? Das ist alles geschrieben worden, Aranit, das habe ich mir nicht ausgedacht. Es ist nicht nur ein einträgliches Gewerbe, es wird hoch geschätzt, wie sollte es sonst möglich sein, dass wir armen Teufel aus Dortunten, auf die die ganze Welt geschissen und die uns schon gar nicht willkommen geheißen hat, dass wir es geschafft haben, zu so viel Geld zu kommen und dass man uns hier die Füße küsst? Hörst du mir überhaupt zu, Aranit?"

„Jaja, ich höre zu, ist schon interessant."

„Machst du dich über mich lustig?"

„Wie kommst du darauf?"

„Ach, lassen wir das, du bist heute mit dem Kopf woanders."

„Du hast es erfasst."

„Bei Ana."

„Nein, ja, auch da... Darf ich dir eine Frage stellen?"

„Sicher."

„Was soll ich mit meinem Sohn anstellen? Er bringt mich zur Weißglut."

„Warum, was hat er getan? Soweit ich weiß, ist er ein fleißiger Student."

„Er hat ein Stipendium für Jenseits des Ozeans bekommen, noch weiter weg sogar, in einem dieser arschkalten Länder."

„Na und?"

„Tefta hat mir davon geschrieben, es hat mich vor Wut rasend gemacht."

„Was soll ich dir dazu sagen? Ich sehe keinen Grund für böses Blut. Er ist jung, wenn ihn das Land einengt, soll er doch gehen. Was soll er in Dortunten schon werden, ein Pseudointellektueller ohne zwei Gramm im Schädel? Selbst die Sorte ist mittlerweile weggegangen; es sind jetzt nur noch solche da wie meine Sanija oder deine Tefta."

„Ich stimme nicht überein mit dir."

„Dann sag du mir, wie es um die Dinge bestellt ist."

„Was fehlt diesem Hund, dass er zum Arsch der Welt abhauen muss?"

Aranit brachte seine Klage fast stöhnend vor.

„Vielleicht will er ja mal die weite Welt mit eigenen Augen sehen."

„Er ist sauer auf mich, Bajram, er hasst mich. Deshalb geht er fort, sag ich dir."

„Glaub ich nicht, dass es so ist, vielleicht malst du dir alles viel schlimmer aus, als es ist."

„Der weiß inzwischen sicher, woher das Geld stammt, und..."

„Hast du mal versucht, offen mit ihm über die Angelegenheit zu sprechen und das alles sachlich zu klären?"

„Was soll ich ihm denn bitteschön sagen, Bajram? Sag du es mir, du kannst doch immer alles so gut auf den Punkt bringen. Soll ich ihm deine Theorien zur Ehrenhaftigkeit dieses Geschäfts erläutern? Ich hab diesen Weg eingeschlagen, weil ich keine andere Wahl hatte, aber dass ich mir jetzt Sand in die Augen streue..."

Bajram drehte seine Runden im Raum, halb nachdenklich, halb alarmiert. Das hatte ihm gerade noch gefehlt, dass eine der Säulen seines Unternehmens wankte, eine der fähigsten. In dem Schweigen, das sich wie eine Staubwolke zwischen ihnen ausbreitete, trat Bajram auf seinen Freund zu und richtete den Blick auf ihn.

„Wenn du nicht an das glaubst, was du tust, dann bringt es nichts, Aranit. Falls du deine Arbeit nicht liebst, dann lass es besser."

„Das habe ich nicht gesagt", versuchte sich sein Gegenüber zu rechtfertigen, „ich hab nicht gesagt, dass mich diese Arbeit nicht über Wasser gehalten hat. Wieso soll ich es abstreiten, sie hat mir auch zu Ansehen verholfen, vorher wurde ich von keinem geschätzt. Aber es lässt mich nicht los, dass uns alle Zuhälter nennen, das ist mein Problem."

Bajram konnte seinen Zorn nicht länger beherrschen. Hatte er also umsonst so lange palavert, hatte er sich für nichts und wieder nichts den Mund fusselig geredet und seine Spucke vergeudet? War es nicht mehr als eindeutig, dass dieses Gewerbe unabdingbar war? Männer wollten Sex, dafür gab es einen großen Markt, und wenn es etwas zu bestrafen gab, dann den Menschen mit seinen Bedürfnissen, nicht sie, die ihnen diese Dienstleistung anboten. Und es war ja auch nicht so, dass die Frauen nicht auch wollten. Auch die, die dir manchmal leid tun und die du deshalb sanft behandelst. Nehmen wir doch zum Beispiel deine Ana, zwingt sie irgendwer dazu, sich... entschuldige, ich will dich nicht verletzen, aber all das ist wissenschaftlich erwiesen. Es gibt Leute, die sich mit der Analyse dieses Phänomens befasst haben und befassen, und sie sind zu der Schlussfolgerung gekommen, dass es Frauen gibt, die das nur aus ökonomischen Gründen tun, oder auch wegen der Gier nach dem großen Geld. Aber es gibt auch solche, denen es einfach gefällt, mein Bester, denen gefällt die Hurerei und Punkt. Sie finden nur Befriedigung, wenn sie es für Geld tun, auch bei uns gibt es genügend von der Sorte. In der modernen Zeit haben sich die Frauen von ihren Ketten befreit. Wir Männer haben sie jahrhundertelang unterdrückt, und nun sind sie trunken von diesem Freiheitsgefühl, von der Emanzipation und so weiter und so fort. Alter, schau doch, was sogar bei uns alles passiert, die ideologische Mauer ist gefallen und mit ihr auch das Ehrgefühl.

Aranit schwieg weiter. Bajram sah ihn nun beinahe feindselig an.

„Es gibt also diese beiden Kategorien, oder wie es wissenschaftlich heißt, es gibt endogene und exogene Gründe dafür, Prostitution auszuüben."

So schloss Bajram, um dem Gespräch ein Ende zu setzen, denn ihm war völlig klar, dass er heute auch mit dem Kopf durch die Wand gehen könnte und seine Worte doch nicht Aranits harte Schale durchdringen würden.

Dem war nach lautem Heulen zumute, ohne dass er selbst den Grund verstand für die so katastrophalen Ausmaße seiner Traurigkeit. Vielleicht war es ja auch wegen dieser armen Kreatur, die man einfach so verbrannt hatte. Vielleicht auch, weil sein Sohn sicher weggehen würde, bevor er ihn noch einmal sehen und ihm sagen könnte, dass er all das getan hatte und tat, um ihnen ein komfortables Leben zu ermöglichen, ihm, Gëzim, Silvana und Tefta. Vielleicht war er wegen Ana so niedergeschlagen, die sich wahrscheinlich genau in diesem Moment, in dem er an sie dachte, in Dortunten irgendeinem Schuft hingab, und diesem Schwein sogar dieselben süßen Worte sagte, die sie auch bei Aranit gebrauchte, mit diesem butterweichen „r". Vielleicht war seine Schwermut auch aus anderen Gründen so groß, für die Aranit keine Worte fand. Tatsache war, dass er sich machtlos fühlte, seinem Kummer etwas entgegenzusetzen.

Heute Abend verspürte er den Wunsch, für sich zu sein, sich zwei Spiegeleier in der Pfanne zu braten und so zu tun, als sei er in Teftas Küche, sie war doch eine gute Frau, Gott schütze sie, langsam ein Gläschen Raki zu trinken und sich an bessere Tage zu erinnern, als alle in Dortunten gedacht hatten, dass die große Welt sie nun endlich in ihre Arme schließen würde.

Das Meer zwischen ihnen würde dann einfach so zu einer Autobahn, auf der sie wie auf Öl dahinglitten. Es würde mit dieser Welt zu einem Nehmen und Geben kommen, wie zwischen alten Freunden, die sich lange nicht gesehen haben, deren Freundschaft jedoch von dieser Trennung nicht gefährdet war. Die Häuser würden ganz von selbst schön werden, die Straßen würden sich von ganz alleine ihrer Schlaglöcher entledigen, und der Schweißgeruch würde ein für alle Mal von der Haut abfallen. Sie würden in einem großen Freizeitpark zusammenleben, wo man zu jeder Tages- und Nachtzeit feierte, wunderbare Speisen kostete und sich schlafen legte, um am kommenden Tag inmitten eines noch gewaltigeren Festes zu erwachen. Hatten sie nicht fünf Jahrzehnte lang geduldig darauf gewartet, dass dies eintreten würde, hatten sie nicht stumm gelitten und alles hinuntergeschluckt, ohne auch nur einen Menschen zu behelligen? Warum wurde ihnen dieses Schicksal nicht zuteil? Was hatten sie dem lieben Gott getan, dass er sie so stiefmütterlich behandelte?

Es wird geschehen, sagten sich die Leute in Dortunten, ganz sicher, es genügt, an einen Traum zu glauben, damit er wahr wird. Der Zauberstab würde auch ihre Häupter streifen, eines Tages, an jenem Tag, spätestens morgen. Doch auch wenn dieser morgige Tag ihnen wie ein Aal aus den Fingern gleiten sollte, sie würden ihn verfolgen, ihm auf den Fersen bleiben und darauf bestehen, Nacht für Nacht denselben Traum weiterzuträumen, bis er sich erfüllte, eintrat. Es reichte, dass sie stur blieben und nicht locker ließen, und was Sturheit anging, machte ihnen keiner was vor.

Doch es sollte nicht so sein! Die Leute hatte nach und nach ein Zweifel beschlichen, der wie ein Wurm an ihnen nagte, und sie hatten verloren aufgeseufzt, ohne zu verstehen, dass sich gemeinsam mit dem Zweifel auch die Traurigkeit wie ein Wurm in ihre Seele bohrte. Dann steht es also doch nicht geschrieben, dass auch wir Teil der glücklichen Welt werden? Ist das nun eine weitere Ungerechtigkeit?

Sie hatten den Zigeunerinnen ihre Handflächen hingestreckt, hatten die Tassen mit dem dicken Kaffeesatz umgedreht, in der Hoffnung, dass umso mehr Figuren in der Tasse auftauchen würden, je dicker der Satz auf ihrem Grund war. Sie waren auch auf diese Seite des Meeres geströmt (ob auch das Meer seine Finger mit im Spiel hatte bei dem Komplott gegen sie?) und hatten um Glück gebeten, ein wenig Glück, nur genug, um an das immerwährende Fest glauben zu können.

Selten genug hatte irgendein Sonntagskind es auch gefunden. Die anderen, neidisch, verzweifelt und all ihrer Hoffnungen und Kräfte beraubt, waren in eine tiefe Lethargie verfallen. Besser, sie schliefen, um nicht die Lüge der Welt zu sehen.

Aranit hatte das Glück am Kragen gepackt, durch diese *Dienstleistung,* die er dem Markt anbot, wie sich sein Chef und Freund Bajram ausdrückte. Er hatte das Glück wie einen reifen Pflaumenbaum geschüttelt. Er würde nicht den Schlaf eines weinerlichen Versagers schlafen, er würde es schaffen. Dank seiner Sturheit hatte ihm das Glück teure Kleidung und ein schönes Haus beschert, ein dickes Portemonnaie und ein volles Bankkonto. Aber vielleicht hatte Aranit fester als nötig zugedrückt, als er das Glück bei der Kehle gepackt hatte. Das Glück war rot angelaufen, hatte nach Atem gerungen, und nun verendete es in seinen Händen. Er spürte das, er hörte die erstickte Stimme ohne Unterlass. Und die Angst kroch ihm die Wirbelsäule hoch.

Doch das waren Dinge, die er dem Freund nicht erklären konnte, weshalb er schwieg und von den beiden

Spiegeleiern und dem Gläschen Raki träumte, am Kamin, im Haus in Dortunten, an der Seite seiner Tefta.

•

Dortunten, 20. Dezember 1995

Sehr geehrte Polizei von Dortoben,
ich bin eine Mutter, die vor lauter Verzweiflung den Verstand verliert, hier in diesem Dortunten genannten Land, das von Gott vergessen ist, nicht aber von den Kriminellen. Und die haben meine Tochter entführt. Mein Name ist Vjollca Isufi. Ich flehe Sie an, wer immer diesen Brief lesen mag, er soll ihn nicht zerreißen, sondern auf ein Amt bringen, wo man sich diesem Anliegen annehmen kann. Meine 18jährige Tochter Laura Isufi wurde mitten in der Hauptstadt dieses Staats entführt, in dem wir wohnen und der in Ihrem Land berühmt-berüchtigt ist. Man hat sie entführt, und ich vermute, dass man sie in ein Land – vielleicht Ihres – gebracht hat und sie dort schlimme Dinge tun muss, die ich mir nicht auszumalen wage, es aber trotzdem unwillkürlich tue. Helfen Sie mir. Bitte helfen Sie mir, Laura zu finden, wenn Sie in Ihrem Staat ist. Sie haben eine stärkere Polizei und sind ein stärkerer Staat als diese Bananenrepublik hier.

Laura ist ein gutes und liebes Mädchen, höflich, fleißig und folgsam. Sie wäre nie einfach so weggegangen, ohne mir etwas zu sagen. Ich kann nicht alle Gründe aufzählen, weshalb ich vermute, dass Laura entführt wurde, das würde Ihnen zu viel Zeit rauben, Zeit, die sie brauchen, um Laura und andere Mädchen aus Dortunten zu finden, die man dorthin gebracht hat, um sie zu versklaven. Hier drehen die Menschen angesichts der Ausweglosigkeit durch. Täglich verschwinden viele junge Frauen, aber unsere Polizei tut nichts. Sie wird weiterhin nichts tun. Und auch die von der Regierung werden nichts tun, alles, wozu die imstande sind, ist, sich wie Hunde in aller Öffentlichkeit anzubellen und das Volk zu bestehlen, wo sie nur können.

Ich bin keine Verrückte, die Ihnen schreibt. Ich bin eine gewöhnliche Frau, die mit dieser Last auf der Seele leben und all ihren Kummer alleine schlucken muss. Mein Ehemann Gjergj Isufi, Lauras Vater, ist Flüchtling in einem fernen Land. Ich habe ihm nichts von diesem Unheil erzählt, er würde wahnsinnig werden vor Verzweiflung. Er kann das Land nicht verlassen, sonst erlaubt man ihm nicht mehr, einzureisen, und wir brauchen das wenige Geld, das er schickt.

Wenn Sie mir nicht helfen, wird meine Laura vom Erdboden verschwinden. Man hat sie entführt, Herr Polizist, Herr Staatsanwalt, Herr Richter. Glauben Sie mir. Die Polizei hier sagt mir, dass es wohl so ist, aber sie können es nicht beweisen. Doch das Herz einer Mutter braucht keine Beweise. Hier ist alles aus dem Ruder gelaufen, es herrscht der blanke Terror. Die Eltern haben sogar Angst, ihre Töchter alleine zuhause zu lassen, geschweige denn auf die Straße. Dieses Land ist zu einem Hort der Vagabunden verkommen. Lassen Sie es nicht zu, dass auch Ihr Land davon infiziert wird. Helfen Sie uns, die Mädchen zu finden. Stellen Sie sich vor, es wären Ihre Töchter.

Meine Laura hat schwarze, schulterlange Haare, sie ist 1 Meter 75 groß, schlank. Sie hat eine Narbe unter dem Kinn, vielleicht hilft Ihnen das als Erkennungsmerkmal weiter. Sie ist in eine Baustelle gestürzt, als sie klein war, und man sieht noch die Naht. Nehmen Sie sich ein Herz, und helfen Sie uns. Ihr Volk war uns immer ein Freund.

(Bist du sicher wegen dieses letzten Satzes, fragt der Übersetzer die Frau, die ihm den Brief diktiert. Sie sieht ihn verständnislos an. Wieso, was soll daran schlecht sein, wenn ich sage, dass dieses Volk immer unser Freund war? Ähm, ich weiß nicht. Irgendwie kommt es mir so vor wie... wie diese Ausdrücke früher unter der Diktatur: die Völkerfreundschaft, das Brudervolk... der Große Bruder, der mächtige Bruder... Aber die sind mächtig, stößt Vjollca Isufi hervor und wischt sich die Tränen mit dem Handrücken ab, wenn sie mir Laura finden, sind sie die mächtigsten auf der ganzen Welt. Schreib es, es kann gar nicht sein, dass sie nicht unsere Freunde sind.)

Es kann gar nicht anders sein, wir sind Nachbarn, seit die Welt besteht. Laura ist gerade 18 Jahre alt geworden. Sie hätte sich jetzt an der Universität eingeschrieben.

Vielleicht wird sich jemand ein Herz fassen und in den Zentren in Dortoben, wo diese Scheußlichkeiten geschehen, nach ihr suchen. Ich, Vjollca Isufi, und die Großmutter von Laura, Bejte Isufi, verbleiben mit der einzigen Hoffnung, dass Sie uns helfen werden. Laura lebt, das weiß ich.

Ich danke Ihnen, Herr Polizist oder Herr Richter. Helfen Sie mir.

Vjollca Isufi

Hauptstadt, Freiheitsstraße, Block 15, Wohnung 6.

•

Soraja seufzte vor Freude, die ihren Körper erzittern ließ. Zum Glück sprang ihr das HERZ nicht mehr aus dem Leib, es kletterte nicht mehr die Wände hoch und trieb sich nicht länger an den Straßenecken herum, was sie beinahe verrückt gemacht hatte. Soraja war eine ganz normale junge Frau, völlig normal, mit einem praktischen Sinn für die Durchführung der Aufgaben, die man ihr auftrug. So war Soraja schon immer gewesen, seit sie ihre ersten Worte gesprochen hatte und später, als sie zur Schule gegangen war, besonnen und reif. Die Mutter hatte ihr das Haus anvertraut, seit sie in der ersten Klasse gewesen war. Die Eltern arbeiteten beide, ihr Vater auf Baustellen als Monteur und die Mutter als Buchhalterin in einem städtischen Betrieb. Soraja war mit dem Hausschlüssel um den Hals aufgewachsen. Sobald die Schule aus war, rannte sie nach Hause, wärmte das Essen vor, klopfte die Teppiche aus, wischte Staub, schrubbte den Fußboden vor der Wohnungstüre und machte auch die Treppe sauber, die zum Stockwerk gehörte, in dem ihre Wohnung war. Wenn sie mit allen Arbeiten fertig war und sah, dass ihr noch ein wenig Zeit blieb, ging sie runter zum Eingang des Wohnhauses. Ihre Freundinnen, die den Nachhauseweg gemächlich angetreten waren, trugen noch immer die schwarzen Schuluniformen und die Schultaschen und plapperten mit leiser Stimme von großen Geheimnissen, als hätten sie den ganzen Tag in der Schule dafür keine Zeit gehabt. Soraja nahm leidenschaftlich an diesen Gesprächen teil, bis sie ihre Mutter an einer Ecke des Blocks auftauchen sah.

Mama, ich hab alles erledigt, rief sie ihr von weitem zu und stürmte auf sie zu. Sie küssten sich, als hätten sie sich seit Jahrhunderten nicht gesehen. Schatz, Mamas Liebling, Soraja.

Gott sei Dank hatte das HERZ seine launischen Fluchten aufgegeben und riss nun nicht mehr aus. Es blieb im Körper, als ob man es mit Haarnadeln befestigt hätte und es sich darum nicht bewegen könne. Auch damals, wenn sie die überglücklichen Eltern gesehen hatte, wie sie Soraja für ihr Können und ihren Fleiß lobten, war ihr HERZ aus dem Körper entwischt. Doch es war nur vor Aufregung herumgehüpft, es war zusammen mit ihrer Stimme und ihrer Freude gesprungen. Es war ein gutmütiger Witzbold gewesen. Einst hatte Sorajas abtrünniges HERZ nur tanzen wollen.

Doch dann hatte es begonnen, sich gegenüber dem Mädchen verräterisch zu verhalten. Vor zehn Monaten hatte das HERZ die Angewohnheit angenommen, gegen die Wände oder gegen die Fensterscheiben von den Autos der Kunden zu schlagen, manchmal kroch es sogar unter die Reifen. Das geschah, wenn Soraja zwischen den anderen Prostituierten auf dem Gehsteig darauf wartete, dass neue Freier kamen und sie urplötzlich einen der Bosse ausmachte, der seinen Kontrollgang durchführte. Obwohl bei ihr alles in Ordnung war und es keinen Grund gab, sie zu bestrafen, purzelte das HERZ mit einem schrecklichen Krach aus ihrem Körper. Soraja verfolgte es mit wütenden und zugleich hilflosen Blicken.

Komm zurück, du Lump, stieß sie zwischen den Zähnen hervor und spürte, wie sie weiche Knie bekam, dieser Lump!

Aber das HERZ nahm Reißaus, trieb sich wie von der Tarantel gestochen zwischen den Fußgängern herum, landete auf dem Müll, der am Boden herumlag und versuchte, sich unter die Räder zu werfen. War es womöglich ein Zigeunerherz, dass es so umherstreunte? Es hatte eine dunkelblaue Farbe angenommen, wie Soraja entsetzt feststellen musste, woher hatte es diese sonderbare Farbe? Es wirkte irgendwie angeschwollen. Soraja fühlte sich müde und leer ohne das HERZ. Es kam auch vor, dass sie derweil in den Wagen des Kunden eingestiegen war und wie gelähmt den Preis nannte, als würde sie Worte in einer Sprache artikulieren, die sie nicht verstand. Sie verstaute das Geld in ihrem Handtäschchen und ließ den Kunden alles mit ihrem Körper anstellen, was er wollte, oder tat, was immer sich der Kunde wünschte. Alles spielte sich wie immer ab, mit dieser grauenhaften Leere in ihrem Leib, bis der Freier fertig war und sie benommen aus dem Auto stieg.

Wo hatte sich dieses gemeine HERZ verkrochen? Einmal hatte sie im Fernsehen einen merkwürdigen Film mit dem Titel *Terminator* angeschaut, in dem zwei alberne Roboter auftraten. Einer von ihnen schoss mit einer furchterregenden Waffe auf den anderen, um ihn zu töten. Die Geschosse waren so gewaltig, dass sie mal bei dem einen und mal bei dem anderen ein riesiges Loch im Körper machten, durch das der Zuschauer auf die andere Straßenseite sehen konnte. Das hielt aber nur kurz an, weil sich das von der tödlichen Waffe verursachte Loch von selbst wieder schloss. Der Körper regenerierte sich, und das Loch war nicht mehr da, zack, als ob alles nur ein Traum gewesen wäre.

So fühlte sich Soraja ohne das HERZ, als hätte der erbarmungslose Schnabel eines Spechts heimlich an ihr gepickt und sie völlig ausgehöhlt. Das Loch füllte sich erst wieder, wenn sie aus dem Auto des Kunden stieg und sah, wie das bläuliche HERZ angerannt kam und in ihren Körper sprang, wie ein übergroßer Däumling. Wenn das HERZ erneut an Ort und Stelle war, fühlte sich Soraja sicher, eine Weile, bis dieses fiese Stück ihr wieder denselben Streich spielte.

Doch das geschah zum Glück nicht mehr. Seit sie ihr den Arm gebrochen und sie fast zu Tode geprügelt hatten, ging es nicht mehr fort, und sie fühlte sich nicht mehr so verwirrt. Jetzt kam sie sich ganz normal vor, völlig normal und überhaupt nicht verrückt. Du bist *normal,* Mädel. Sprich es mir nach, sag: *Ich bin normal.* Nun sag schon!

Als man ihr den Arm gebrochen hatte, war Sorajas HERZ zwei Tage lang nicht zurückgekehrt. Das war der größte Verrat, denn das Zigeunerherz ihr je angetan hatte, seit sie gemeinsam auf die Welt gekommen waren. Das Mädchen hatte auf telepathische Weise gespürt, dass sich der Lebensmuskel dieses Mal wirklich schuldig gefühlt hatte. Seither hatte es sein Verhalten sicher bereut und sich entschlossen, sie nicht mehr im Stich zu lassen.

Das Schlagen bis hin zum gebrochenen Arm, mit all den Schmerzen, die damit verbunden waren, hatte Soraja aber auch von dem entwürdigenden Gefühl der Angst erlöst. Die Angst wohnte nun nicht mehr in ihrem Kopf. Besnik, der Verlobte, begriff, dass er Soraja jetzt auch zu Tode prügeln könnte und sie ihn trotzdem nicht mehr darum bitten würde, es nicht zu tun. Und so verprügelte er sie nicht mehr.

„Ich bring dich um, wenn ich noch einmal mitkriege, dass du dich bei den Kunden beschwerst und ihre Wünsche nicht erfüllst, kapiert? Wag es bloß nicht, aufzumucken, sonst wirst du dein blaues Wunder erleben“, hatte er beim letzten Mal gebellt.

Sie hatte ihn angesehen, ohne mit der Wimper zu zucken. Wie durch ein Wunder war die Angst verschwunden, so als hätte jemand in ihr Inneres gegriffen und die Angst von Hand entfernt, wie bei einer Art moderner Chirurgie.

Besnik war wohlhabend geworden. Eine der Prostituierten hatte Soraja erzählt, dass er in einer schönen Wohnung lebte. Er hatte zugenommen, veritable Speckröllchen angesetzt und sogar ein Doppelkinn bekommen. Er glich jetzt einem kleinen Schweinchen.

Auch als Soraja ihn kennengelernt hatte, war Besnik kein hübscher Mann gewesen. Sie hatte sich in ihn verliebt, weil er in sie verliebt war. Er hatte ihr so lange Avancen gemacht und ihr so viele Liebesbriefe geschrieben, dass sie seiner Beharrlichkeit schließlich überdrüssig geworden war und angefangen hatte, ihn zu lieben.

Seit dem Tag, an dem sie „Ja“ gesagt hatte, war er vom Stammkunden des Restaurants, in dem sie arbeitete, zu einer regelrechten Pest geworden und hatte eine krankhafte Eifersucht an den Tag gelegt. Er verbrachte die ganze Zeit in dem Lokal, vom ersten bis zum letzten Moment ihrer Schicht.

„Der einzige Unterschied ist, dass er früher das Geld seiner Eltern verprasst hat“, schnaubte der Besitzer des Restaurants verächtlich, „und jetzt von deinem Geld lebt, gutes Kind. Diese Visage gefällt mir nicht, das ist nicht der Richtige für dich."

„Er hat noch keine Arbeit gefunden, Chef, deshalb kommt er hierher."

„Der wird auch keine Arbeit finden", widersprach der Mann, „wie denn, wenn er nur zur Klette taugt, die man nicht mehr los wird. Nach Arbeit muss man suchen, die fällt nicht einfach so vom Himmel."

„Was soll's... Kein Drama."

„Ja, so sagt ihr Mädchen heutzutage, aber wenn ihr zur Besinnung kommt, haben euch Typen wie der das Blut ausgesaugt."

„Also ehrlich, Chef, wie kannst du so was sagen?"

„Weil du wie eine Tochter für mich bist, deshalb sage ich dir das. Ich mag diesen Kerl nicht und Punkt. Er ist nicht der Richtige für dich."

„Ich hab's verstanden. Lassen wir es gut sein."

Wenn sie nicht bei der Arbeit war, verbrachte sie die gesamte freie Zeit mit Nik. Wenn es Abend wurde, und er zu sich nach Hause ging, sah sie mit ihren Eltern fern.

All die schönen Dinge im Fernsehen machten sie sprachlos. Frischverliebte Mädchen und Jungen, die sorglos Spritzfahrten machten, in den Urlaub flogen und schicke Möbel für ihre modernen Apartments anschafften. Die Jungs waren schlank, elegant und durchtrainiert, ihre gut ausgebildeten Muskeln zeichneten sich deutlich unter der Kleidung ab.

„Und was haben die, was du nicht hast?", sagte die Mutter zu ihr. „Deine Augen sind schon ganz wässrig vor Neid, aber die haben bloß irgendwelche bunten Lumpen an, und damit hat's sich. Nicht die Kleidung macht dich schön, schön bist du ganz von selbst."

„Natürlich macht Kleidung schön", entgegnete Soraja lachend.

„Du bist mein Engel“, fuhr ihre Mutter mit bewunderndem Blick fort, „eine schönere als dich hätte Nik nie im Leben gefunden.“

Ob sie und ihre Mutter in einem früheren Leben Zwillingsschwestern gewesen waren? Auch ohne zu fragen, wusste die eine stets, was die andere dachte, selbst ohne ihr ins Gesicht zu sehen. Soraja wusste, dass sich ihre Mutter einen gebildeten Jungen für sie gewünscht hätte, und vor allem einen gutaussehenden. Aber da ihre Tochter ihn liebte, hätte sich die Frau nie erlaubt, sie dafür zu kritisieren.

Soraja hatte selbst nicht verstanden, wie es schließlich geschehen war, dass sie und Nik zusammenkamen. Es war auf eine so sonderbare Weise passiert.

Sie hatte sich ganz unvermittelt in ihn verliebt. Noch am Tag davor hätte sie einen Jungen wie Nik nicht einmal angesehen, klein, wie er war, mit kurzen Beinen und pickligem Gesicht. Und einen Tag später, wie aus dem Nichts heraus – verliebt.

An jenem Tag war Soraja um sieben Uhr abends mit der Arbeit fertig gewesen. Der Chef hatte ihr erlaubt, früher zu gehen. Nik war ihr gefolgt und hatte sie gebeten, ihn noch einmal anzuhören. Es war ein verrückter Februartag gewesen, der Regen ließ einen an der geistigen Gesundheit des Himmels zweifeln. Hör mir bitte noch einmal zu, hatte er sie angefleht und aus Hundeaugen angeschaut. Sie hatte ihn mit dem üblichen Unbehagen betrachtet. Aber er hat wirklich schöne Augen, hatte sie gedacht, blau, oder fliederfarben, mit langen Wimpern, wie bei einer Frau, wieso war ihr das nie aufgefallen? Blitzschnell war in ihr ein Gefühl des Mitgefühls und der Zuneigung erwacht, und einen Moment später hatte sie gespürt, dass sie ihn liebte.

Später scherzte sie oft über diesen Augenblick und sagte, sie hätte sich so schnell wie noch nie ein Mensch zuvor verliebt.

Wenn Besnik Soraja schlug, hatte sie den Eindruck, dass er mehr als alles andere mit seiner ganzen Kraft versuchte, ihre äußere Erscheinung zu zerstören. Er verprügelte sie mit einer solchen Brutalität, dass der Frau unweigerlich dieser Gedanke durch den Kopf fuhr: Er wollte sie verunstalten, sie verkrüppeln. Er gebrauchte keine schmutzigen Wörter wie die anderen, sondern schlug einfach immer wieder auf dieselbe Stelle ein, zehnmal, fünfzehn Mal, bis sie schwarz war. Das waren die schlimmsten Wunden, denn auch wenn die Oberfläche geheilt schien, war das Fleisch darunter noch immer stark versehrt und schmerzte weiter.

Den Arm hatte nicht Besnik ihr gebrochen. Xhafer und Besnik waren anwesend, doch die „Arbeit“ erledigte Lenin.

Er schlug sie auf methodische, durchdachte Weise, ohne Brutalität, systematisch, zwei Tage hintereinander. Der Grund war, dass sie sich einige Male beklagt hatte, dass zehn Kunden pro Nacht viel waren, zu viel. Sie hatte verlangt, dass man ihr die Anzahl halbierte, um die Arbeit etwas menschlicher zu machen.

Eine dortobige Prostituierte hatte ihr erzählt, dass sie in so etwas wie einer Gewerkschaft organisiert waren. Warum sollten es nicht auch die Sexarbeiterinnen aus Dortunten versuchen? Soraja hatte sich bemüht, mit den anderen Frauen zu reden. Die hatten sie schweigend angesehen, als ob sie taub wären. Vielleicht war der fatale Fehler gewesen, dass sie dieses Thema angeschnitten hatte, als Leila nicht dabei war. Doch dieser Verdacht war ihr zu spät gekommen. Jetzt hatte sie den Stein ins Rollen gebracht, und es gab kein Zurück mehr.

„Mädels, was meint ihr? Wollen wir uns nicht auch organisieren?“

Buqja, eine von denen, die am meisten einnahmen, eine der ältesten Prostituierten in Dortoben, hatte ihr geraten, den Rand zu halten, wenn es mit ihr kein schlimmes Ende nehmen sollte.

„Was sagt ihr anderen, meint ihr nicht auch, dass wir zu viel arbeiten? Schaut euch die Ausländerinnen an, die arbeiten weniger und unter besseren Bedingungen."

„Du gehst uns auf die Nerven", sagte Buqja, „was für einen Unterschied macht es, ob dich zehn Freier ficken oder mehr?"

„Warum sprichst du so ordinär?", hatte Soraja sie angewidert gefragt. „Hm, was sagt ihr anderen?"

„Schaut euch die an, hält sich für die Heilige Jungfrau Maria."

Hi, hi, hi. Ein Teil der Mädchen hatte höhnisch gelacht. Die anderen hatten Soraja nicht ausreden lassen, sondern waren in Richtung einer Ansammlung von Kunden gerannt, die sich in ihren Autos näherten. Zu dieser Zeit waren die „ordentlichen" Stammkunden an der Reihe, jene, die ihren Ehefrauen zuhause sagten, dass sie sich am Samstag mit Freunden trafen, in Wahrheit aber zu den Nutten gingen. Bei dem Versuch, ihrem Ziel wenigstens einen Hauch näher zu kommen, war es Soraja gelungen, Mynyrja am Ärmel zu fassen.

„Lass mich in Ruhe", hatte diese gezischt.

„Mynyrja", hatte Soraja sie gebeten, „hör doch wenigstens du mir zu."

„Fass mich nicht an", schrie die andere, ohne ihr in die Augen zu sehen, „geht das in deinen Schädel? Lass mich in Ruhe!"

„Aber du hast mir doch selber gesagt, dass es so nicht weitergehen kann."

„Ich hab dir nie so etwas gesagt, hörst du? Niemals!", rief Mynyrja drohend und zugleich entsetzt.

Zwei der Frauen, die keinen Kunden erwischt hatten, kamen wieder zurück.

„Hast du kapiert", schrie Mynyrja, damit es auch die anderen hören konnten, „Lügnerin!"

Soraja hatte sich in eine Ecke zurückgezogen, bis ein bekannter Kunde auf sie zukam.

Als sie mit der Schicht fertig war, warteten die Bosse auf sie. Besnik war auch dabei. Nik, bat sie ihn. Er sah sie nicht an. Sie stießen sie ins Auto und fuhren los.

Im Krankenhaus, nach der Folter, fühlte sie sich befreit. Nichts tat ihr mehr weh, weil man sie mit Schmerzmitteln vollgepumpt hatte. Es kam ihr vor, als wäre sie im Paradies. Sie betete zu Gott, dass man sie wenigstens für ein paar Augenblicke mit dem Arzt alleinließ, aber das Gebet war zu leise gewesen, um Gehör zu finden.

Der Arzt, ein junger Mann von der Notaufnahme, hatte teilnahmslos das Röntgenbild gemacht und ihren Arm in Gips gelegt. Anstatt Soraja zu fragen, wie es ihr ging, hatte er es für angebrachter gehalten, Lenin zu fragen.

„Sie ist meine Frau", sagte der mit Leidensmiene, „verstehen Sie mich, Herr Doktor, meine eigene Frau, was soll ich Armer bloß machen, wenn sie anschaffen geht? Versetzen Sie sich einmal in meine Lage... Die haben das im Blut in der Familie, die Mutter und eine Tante auch... Es war ein Kunde, der sie so zugerichtet hat, und ich will nicht, dass die Polizei kommt, weil ich Angst habe, Sie verstehen. Wir sind hier völlig auf uns gestellt..."

Wie konnte er es nur wagen, dachte Soraja benebelt.

„Lassen Sie uns bitte gehen, damit ich diese Unglückselige nach Hause bringen kann, ich werde Sie gut bezahlen, machen Sie sich darum keine Sorgen, ich bin ein großzügiger Mensch."

Der Arzt hatte sich nicht weiter den Kopf darüber zerbrochen. Weshalb sollte er sich in Dinge einmischen, die ihn nichts angingen? Das waren gefährliche Leute, diese

Typen aus Dortunten, mit denen war nicht zu spaßen. Besser, man... Und schließlich machte er hier nur ein Praktikum. Das Krankenhaus hatte auch gar keine freien Betten, sollte sie sich doch zuhause auskurieren. Vielen Dank, Herr Doktor, ich liebe meine Frau, ich liebe sie wirklich sehr, aber... Es reicht, ich bin müde und hab noch einen Haufen Arbeit vor mir, nehmen Sie sie bitte mit.

Soraja hätte gerne wenigstens der Krankenschwester ein Zeichen gegeben, aber die hatte sie keines Blickes gewürdigt. Hilfe, sagte sie, ohne dass ein Laut aus ihrem Mund kam. Lenin war nach dem Doktor rausgegangen und die Krankenschwester nach ihnen. Es ist alles aus, Hilfe.

(Erinnerst du dich, was ich dir gesagt habe, Soraja, beweis es den Leuten da drüben, mach einen guten Eindruck, und zeig ihnen, dass wir gute Menschen sind und dich erzogen haben, wie es sich gehört. Du bist unsere einzige Tochter, mehr Kinder haben wir nicht bekommen, und vielleicht ist es auch besser so. Aber mach uns dort Ehre, die sollen nicht sagen, dass wir primitiv sind. Setz dich durch, und bleib immer bei Besnik.)

Am ersten Tag, nachdem sie ihr den Arm gebrochen hatten, wurde sie in eines der Zentren gebracht, wo sie die neuen, soeben eingetroffenen Prostituierten versammelten. Mira hielt Wache, und Mynyrja war beauftragt worden, sie zu pflegen. Mynyrja, Soraja hatte versucht, mit ihr zu sprechen, hilf mir, Mynyrja. Doch die vermied jeglichen Blickkontakt. Mira stand da wie eine Polizistin, unbeteiligt und kaltherzig wie immer.

„Halt den Mund", hatte sie zu ihr gesagt, „wenn du nicht willst, dass man dir auch noch den anderen Arm bricht."

„Warum bringt ihr mich nicht gleich um?", hatte Soraja sie gefragt.

Ihr Gegenüber hatte sich eine angezündet und sich neben sie gesetzt. Mira hatte die Haare jetzt knallblau gefärbt und trug einen ultrakurzen Rock.

„Diese Frage darfst du nicht mir stellen, meine Liebe."

„Warum habt ihr uns so zugerichtet?"

„Wie, so?"

„So."

„Ich bin auch eine von euch, schon vergessen?" sagte Mira und stand auf, um ans Fenster zu gehen. „Ihr denkt, dass ich..."

„Dass du was?"

„Nichts."

Sprich, du gemeines Stück, hatte Soraja im Stillen gedacht, sprich, red dich raus, sag doch, dass sie auch dich dazu gezwungen haben, spiel nur das Opfer. Mynyrja kehrte mit einem Lappen in der Hand zurück. Wenn sie uns nur einen Moment allein ließe, nur einen einzigen, hätte Mynyrja vielleicht mit ihr gesprochen, sie hätten wenigstens ein paar Worte wechseln können, denn so drehte sie durch.

Mynyrja hatte einen abwesenden, ausdruckslosen Blick und bewegte sich wie ein Roboter. Mynyrja, sprich doch bitte mit mir.

„Wenn du mit ihr redest, kriegst du deinen Sohn nicht zu Gesicht", hatte ihr Mira gedroht, „heute ist doch euer Besuchstag, oder nicht?"

•

„Bledi, mein Schatz!"

„Mama, warum hast du mich allein gelassen? Warum kann ich nicht bei dir bleiben, Mama? Warum nimmst du mich nicht zu dir nach Hause?"

„Weil ich noch kein eigenes Zuhause habe, mein Junge, deshalb nimmt Mama dich nicht zu sich."

Weh dir, wenn du zu heulen anfängst, hat Engjëll sie gewarnt, bevor sie in die Wohnung gingen, in der er Bledi unter Verschluss hielt, wenn du heulst, ist das dein Problem, dann bist du am Arsch, klar? Ich hab meinen Teil der Abmachung erfüllt. Gibst du mir eine von diesen Tabletten, damit ich nicht weine? Spinnst du, bin ich ein Goldesel, dass ich das Zeug an dich verschwende, du Aas? Aber wenn du auf mich draufspringst, nennst du mich nicht Aas, denkt Mynyrja, dann sprichst du anders, wenn du auf mir bist, sprichst du anders.

„Bledi, mein Schatz, mein lieber, guter Bledi, ach, ich hatte solche Sehnsucht nach dir, ich hab dich so vermisst, mein Liebling, ich hab mich so nach dir gesehnt, so sehr... Lass mich an dir riechen. Hast du gut gegessen, hast du dich gelangweilt, hast du Filme angeschaut, wie geht es dir, Bledi, lass mich deine Äuglein küssen."

Sie umarmt ihn und streicht über seine Haare, die gewachsen sind. Das Kind ist kreidebleich im Gesicht und sieht aus wie ein Häftling. Sie küsst ihn, und ihm rinnen Tränen herunter, ohne dass er auch nur ein Wort sagen kann, sie drückt ihn so fest, dass er versucht, sich von ihr zu lösen.

„Mama."

„Mein Junge."

„Du erstickst mich."

„Was?"

Sie reißt die Augen auf.

„Bledi, was sagst du da?"

Die Augen der Mutter erschrecken das Kind. Es sieht den bulligen Körper von Engjëll hinter ihrem Rücken, doch nun sind es die Augen der Mutter, die es erschrecken.

„Mama, ich will zurück zu Oma und Opa."

Ihr kommt es vor, als ob ihr Sohn vier Augen hat anstatt zwei. Sein Kopf vergrößert sich, seine Ohren wachsen, seine Hände schwellen an. Mynyrja streicht sich über das

Gesicht und bedeckt es mit den Händen. Sie nimmt die Hände runter. Gott sei Dank ist er jetzt wieder normal. Sie berührt seine Ohren, sie sind nicht zu groß.

„Hast du ordentlich gegessen, Bledi?"

„Mama, ich will bei dir sein."

„Wieso, du Racker, seid ihr denn nicht jetzt zusammen", sagt Engjëll ganz ruhig, „wenn ihr euch so vermisst habt, wo ist dann eure gute Laune?"

Mynyrja steht langsam auf und setzt sich aufs Sofa. Sie nimmt das Kind auf den Schoß und legt ihr Kinn auf seinen Kopf.

„Lass mich ihn waschen, bitte", sagt sie mit matter Stimme zu Engjëll, „bitte."

„Was willst du damit sagen, dass ich mich nicht um ihn gekümmert habe?"

„Das habe ich nicht gemeint."

„Was hast du dann gemeint?"

„Dass ich ihn nur dieses eine Mal mit meinen eigenen Händen waschen will, hab ein Herz."

„Für den Gefallen musst du mir aber auch einen tun", grinst er und macht eine unanständige Geste.

„Gut", sagt sie schwach, „ich tu dir den Gefallen. Bledi, komm mit mir, Mama wäscht dich jetzt, dann haben wir mehr Zeit für uns, gut?"

„Gut, Mama."

„Kannst du uns allein im Badezimmer lassen", bittet sie den Besitzer und versucht, so unterwürfig wie möglich zu klingen.

„Okay, aber gleich danach krieg ich meine Belohnung."

Mynyrja verkriecht sich mit dem Sohn im Badezimmer. Sie wäscht ihn so langsam sie kann, seift ihn viermal ein, fünfmal, bis es dem Kind fast zu viel wird.

Aber während sie ihn wäscht, überprüft sie auch seinen Po. Gott sei Dank haben sie ihn nicht angerührt, danke, danke, danke.

„Mama, ich will bei dir bleiben. Onkel Engjëll ist böse."

„Psst, sprich nicht so laut, mein Schatz."

„Warum sind wir hierhergekommen? Warum sind wir nicht zusammen, warum gehen wir nicht nach Hause. Ich hab Angst, Mama, ich hab Angst."

Sie weint still. Das Kind sieht sie eine Weile an und fängt dann auch an, so wie sie zu weinen, lautlos. Die Tränen fallen auf das Handtuch, das um seinen kleinen Körper gewickelt ist.

Nachdem sie ihn angezogen und ihm mit ihren eigenen Händen zu essen gegeben hat, gibt Engjëll ein Zeichen, dass sein Großmut und seine Geduld ein Ende haben. Er reißt Bledi aus ihren Armen.

„Nicht hier", fleht sie ihn an, „bitte nicht hier!"

„Halt deinen verschissenen Mund."

Der Mann schließt das Kind im Nebenzimmer ein und macht sich über Mynyrja her. Er reißt ihr die Kleider herunter, wirft sie auf den Boden und stößt die Frau auf den Tisch, auf dem noch das Marmeladenglas steht und das Brot, von dem Bledi gegessen hat. Er beißt der Frau in die Brust und dringt in sie ein, ohne ihr den Slip auszuziehen. Das erregt ihn auf bestialische Weise. Er stößt so fest zu, dass der Tisch verrutscht und anfängt, sich durch den Raum zu bewegen. Ich will verdammt sein, du Flittchen, hier hast du meinen Schwengel, oh, oh, du Schlampe, verdammt will ich sein, deine Muschi ist so eng und süß, oh, oh. Er greift nach der Marmelade und kippt sie auf ihre Brust. Mynyrja sieht zur Decke und versucht, keinen Ton von sich zu geben und sogar den Atem anzuhalten. Er leckt an ihren Brüsten und schabt die Marmelade mit den Zähnen ab. Es tut ihr weh. Jaulend dringt er in ihren Körper ein. Auf der anderen Seite der Türe fängt Bledi zu schreien an. Sie sieht sich gezwungen, etwas zu sagen, nein, Bledi, es ist alles in Ordnung, bleib nicht die ganze Zeit vor der Türe stehen, es ist alles gut, der Fernseher ist an. Uh ja, du bist keine Frau, du bist eine Fickmaschine, uh, oh, aaaaahh. Jetzt mach mal schön meinen Schwanz sauber.

Wenn ich wie alle Leute lesen könnte, denkt Mynyrja, wenn ich bloß... Er boxt ihr mit der Faust in die Hüfte. Runter mit dir und mach ihn sauber, hab ich gesagt. Maaama, ruft Bledi und tritt gegen die Tür.

Sie hat keine Kraft mehr, um Worte zu finden, um ihn zu beruhigen. Sie lässt ihn weinen. Sie nimmt ein Tuch und fängt an, den Penis des Mannes zu säubern. Nicht so, sagt er und schlägt ihr mit den Fingerknöcheln auf den Kopf, leck ihn mir ab.

Sie gehorcht. Und versucht, nicht zu atmen, um wenigstens nicht den Gestank zu riechen. Er grinst und sieht ihr von oben zu. Ich schwöre, dafür sind Frauen geboren worden, Gott wäre schlauer gewesen, wenn er sie auch noch stumm gemacht hätte. Aber man kann nicht alles Gute gleichzeitig haben. Er hat die dortobigen Nutten ausprobiert, die ausländischen, doch bei keiner wird sein Ding so hart wie bei dieser Dorfmatratze. Sie nimmt das Geschlechtsteil aus dem Mund und wischt sich das Gesicht ab. Was für geile Lippen du hast, lass ihn im Mund, ich hab schon wieder einen stehen. Bitte, sagt sie, bitte. Bledi ist nun nicht mehr zu hören, er weint nicht, sondern kratzt nur mit den Fingernägeln an der Tür. Wie die Hasen, die sie einst im Dorf hielten, erinnert sich Mynyrja, als sie klein war und das Dorf arm war, die Menschen mehr schwiegen, als dass sie sprachen. Der Mann zwingt sie, den Mund wieder zu öffnen und rammt ihn ihr bis zum Anschlag rein, so tief, dass sie würgen muss. Er jault wieder auf, und Bledi kratzt nicht mehr wie ein Hase, sondern brüllt wie ein abgestochenes Lamm.

Wenn sie nur lesen könnte, denkt Mynyrja gelähmt. Sie nimmt den Penis aus dem Mund und hustet.

„Willst du es von hinten machen?“, fragt sie, nur um sich nicht weiter so erniedrigen zu müssen, „das magst du doch.“

„Gute Idee“, sagt er und steckt ihn zwischen ihre Schenkel.

Während die Kopulation weitergeht, isst sie ein Stück Brot.

„Hat es dir gefallen?“, fragt der Mann, nachdem er ein zweites Mal gekommen ist.

„Ja“, sagt sie.

„Sehr?“

„Ja.“

„Echt, he?“

„Ja.“

„Ich will verdammt sein, du bist nur zum Ficken auf die Welt gekommen. Ich hab schon eine richtige Matschbirne wegen dir.“

„Ja.“

Und was macht es schon für einen Unterschied? Egal was sie sagt, welchen Unterschied macht es?

•

Donnerstag, 14. Januar

Es ist meine Schuld, dass sie Aurora umgebracht haben. Ich weiß nicht, ob meine Eltern das verstehen oder ob sie sich noch immer selbst belügen, dass es nichts weiter als ein großes Unglück war. Ich glaube nicht, dass sie erahnen, was hier tatsächlich geschieht. Zumindest haben sie mir am Telefon nichts gesagt, davon abgesehen, dass man über solche Dinge nicht am Telefon sprechen kann.

Heute habe ich Aurora im Traum gesehen. Es war ein hässlicher Traum. Ich habe sie mit der Hand berührt, und wir haben uns so fest umarmt, dass unsere Arme eingeschlafen sind. Leila, du schaust so glücklich aus, sagte sie in einem fort. Träume sind immer so trügerisch. Unaufhörlich sagte sie: „Leila, du bist so glücklich" – und ich entgegnete: „Ja, so ist es." Im Traum fühlte ich mich so.

Ich erwachte mit diesem Glücksgefühl, das aus meinem Körper strömte, doch als ich begriff, wo ich war, zerplatzte die ganze Freude. Mir blieben nur die einmaligen Seifenblasen, als ich und Aurora fieberhaft Pläne für die Zukunft schmiedeten, in der stillen und sauberen Wohnung, ohne die Eltern, die bei irgendwem zu Besuch waren.

Aurora, Schwesterherz. Wäre ich bloß nicht nach Dortoben gegangen. Hätte ich mich bloß nicht mit Ihm verlobt, wenn unser Land nur nicht so verdorben wäre, wenn wir nur dieses Schicksal nicht erleiden müssten, wenn ich nur die Schule abgeschlossen hätte, wenn du nur die große Schwester gewesen wärst an meiner Stelle. Du hättest gewusst, wie du das Blatt hättest wenden können. Oder wärst auch du in dieselbe Falle gegangen wie die arme Entela? Sie war nur zwei Jahre älter als du. Für einige Zeit haben sie sie an eine Bande von Kinderschändern verkauft, dann haben sie sie zurückgekauft und dazu gezwungen, anschaffen zu gehen, allerdings nur in den Häusern. Wegen ihres Alters war es zu gefährlich, sie auf die Straße zu schicken, eine Minderjährige fällt eher auf. Und als sie sahen, dass sie ihnen auch so mehr Probleme bereiten konnte als eine Erwachsene, haben sie sie ganz aus dem Verkehr gezogen. Manche sagen, dass sie Entela umgebracht haben, andere meinen, dass sie eine Familie von hier adoptiert hat, irgendjemand sagte sogar, dass man sie zurück nach Hause, nach Dortunten gehen ließ. Aber das kann nie und nimmer stimmen. Es heißt, ihr Vater habe den Verstand verloren. Und auch wir verlieren den Verstand, mehr wegen der Gerüchte über das Schicksal so vieler verschiedener Mädchen als wegen dem, was wir erdulden müssen.

Zum Glück endete es nicht auch so mit dir, Aurora. Das ist das Einzige, was mich ein wenig tröstet, dass du nicht dieses Los hattest.

Vielleicht hätte auch ich es geschafft und mich retten können, wenn die Polizisten mir geglaubt hätten an jenem Tag, als ich sie auf der Straße anhielt. Ich habe ihnen alles erzählt. Dass ich illegal mit meinem Verlobten hergekommen war, dass er hier Freunde hätte, die uns mit allem versorgen sollten, so hatte er mir es vor der Abfahrt gesagt. Wir waren gekommen, um anständige Arbeit zu suchen, erzählte ich den Polizisten. Ich schwöre es Ihnen, hören Sie mir zu. Es waren zwei junge und uninteressierte Polizisten. Sie haben mich angesehen, als käme ich von einem anderen Stern.

Bitte!, sagte ich zu ihnen.

Wir sind nicht im Dienst, meinten sie, geh aufs Revier und mach da deine Anzeige.

Ich weiß nicht, wo das ist, helfen Sie mir, sie wollen mich dazu zwingen, mich zu prostituieren, ich bitte Sie. Ich fing mitten auf der Straße zu weinen an. Sie gingen in eine Bar, und ich folgte ihnen.

Willst du etwas zu essen?

Als ob ich eine Bettlerin wäre. Aber wen kümmerte es? Es reichte, dass sie mir halfen. Ich hielt daran fest, dass es sich um eine große Bande handelte, eine schreckliche, schlimmer als alle, die in den Filmen vorkamen, sie sind grausam, sie haben ihre Finger in allen schmutzigen Geschäften drin, die diesseits und jenseits des Meeres gemacht werden.

Hast du Beweise für das, was du sagst?

Ja.

Gib sie uns.

Helfen Sie mir! Aber die wollten nur in Ruhe ihren Kaffee trinken.

Komm in den nächsten Tagen auf der Polizeiwache vorbei, dann bringen wir dich zu den Kollegen, die sich um solche

Sachen kümmern, wir sind für einen anderen Bereich zuständig.

In einigen Tagen kann es schon zu spät sein, sagte ich ihnen, bitte.

Scheinbar hatte ich immer lauter gesprochen. Die Menschen ringsum sahen uns an, doch ich wusste nicht, was ich tun sollte. Ich hob meine Bluse hoch und zeigte ihnen den Bauch und den Rücken voller Blutergüsse. Der Barkeeper fasste mich an den Armen. Ich spürte noch andere Hände, die mich hochhoben und auf die Straße setzten.

Verschwinde, du durchgeknallte Lügnerin, hau ab. Weißt du, dass Strafe darauf steht, wenn man Leute in Uniform belästigt?

Ich lüge nicht. Helfen Sie mir. Ich will keine Prostituierte sein.

Ich heulte laut, da vor dem Café, wie ein kleines Kind, mit hoher Stimme, und schlug mir mit den Händen auf die Knie. Die Passanten sahen mich schief von der Seite an, aber keiner blieb stehen. Irgendwann waren die Polizisten mit ihrem Kaffee fertig und traten auf die Straße. Einer von ihnen drückte mir einen Zettel mit einer Adresse in die Hand. Mehr können wir nicht für dich tun, sagte er.

Wie hätte ich wissen können, Aurora, dass ich an jenem Tag dein Todesurteil unterschrieben hatte? Eine der Prostituierten war mir gefolgt und hatte mich ausspioniert. Sie fassten mich und setzten mich unter Drogen. Sie schlugen mich fast tot, in dieser alten Fabrik, wo sie die Bettelkinder hielten und einen Teil der Mädchen vergewaltigt haben. Wir haben diesen Ort später „das Gefängnis" genannt. Als sie mich schlugen, lachte ich, und als sie mich einer nach dem anderen vergewaltigten, immer wieder und wieder, lachte ich weiter. Und als die Wirkung der Drogen nachließ, weiß ich, dass ich geweint habe. Über dem Weinen musste ich eingeschlafen sein. Als ich aufwachte, vergewaltigten sie mich wieder. Aber da konnte ich weder weinen noch lachen. Ich erinnere mich, wie ich zu ihnen sagte:

Ich wollte Schneiderin werden. Designerin.

Von uns aus kannst du auch Ministerin werden, grinsten sie, wer hindert dich, du F...?

Als sie mir die Fotos von dir zeigten, mit den Kugeln in deinem Körper, mitten auf dem Gehweg, mit offenem Mund und den Armen auf dem Brustkorb verschränkt, den Kopf in einer Blutlache, da war ich wieder auf Drogen. Wie war das nur... nicht wie ein hässlicher Traum, auch nicht wie ein Film, aber es kam mir wie etwas Ausgedachtes vor, das einfach nicht passieren konnte, ein Alptraum, der sich gemeinsam mit dem Gift in meinen Adern in Luft auflösen würde. Ich sagte zu ihnen:

Ich mache, was ihr wollt. Was immer ihr wollt, ich tu's.

Hatte es noch einen Sinn, zu widersprechen, sag's mir, Aurora, hatte das noch einen Sinn? Was für einen Sinn sollte das noch haben? Was geschehen war, ließ sich nicht rückgängig machen. Ich wollte am Leben bleiben, um Mutter hin und wieder einen Brief zu schicken. Auch wenn ich nie zurückkehren würde in dieses Land, das uns verraten hat, sollte wenigstens sie, sie beide sollten wissen, dass sie nicht allein sind und ich an sie denke.

Ich stellte mir Vaters Augen vor, Vater, der sich über Mutters Schultern beugt, von Schuldgefühlen überwältigt. Ich entschied mich zu leben.

Sie ließen mich in Ruhe, stellten einen Wächter vor die Tür und holten eine Art Krankenschwester, die meine Wunden versorgte. Dann kam Er, um nach mir zu sehen und heulte wie ein Schlosshund. Ich spuckte Ihm ins Gesicht. Er heulte weiter.

Als es mir besser ging, brachten sie mich in eine hübsche Wohnung. Es war das erste Mal, dass ich so etwas Schönes sah, ein richtiges Liebesnest.

Mach, dass sie ordentlich arbeitet, damit du all das abbezahlen kannst, sagte einer der Bosse.

So war das, Schwesterherz. Und da bin ich nun. Ich arbeite. Wenn das Wort Arbeit auf eine solche Weise entwertet werden kann. Aber es gibt gar nicht so wenige Mädchen, die dieses Gewerbe mit Eifer betreiben. Sie nennen es eine vorübergehende Phase in ihrem Leben. Das sind die, welche die Privilegien der Chefs genießen. Sie haben Kleider, Geld, und man lässt sie sogar hin und wieder nach Dortunten gehen, damit sie dort vor den Nachbarn angeben können. Wenn sie zurückkommen, sind die Frauen glücklich, die Eltern verhalten sich unterwürfig ihnen gegenüber. Die Väter, für die sie bis gestern eine Last waren, Mäuler, die gestopft werden müssen, und die sie auch so behandelt haben, sind nun voller Respekt für sie. Das Geld hat die Liebe gekauft, Aurora, aber du bist noch klein, vielleicht wirst du das alles nicht glauben, was ich dir erzähle. Gott, wozu hat uns die Verzweiflung getrieben.

Egal. Ich erzähl's dir trotzdem. Ich bin deine dumme Schwester, die die Falle nicht gesehen hat, die man ihr gestellt hat, aber ich bin keine Lügnerin. Eines Tages, wenn auch du unter der Erde heranwächst, wirst du mir glauben. Wenn du verstehst, dass diese Dinge, die ich dir erzähle, wirklich geschehen, wirst du mir glauben.

Wir werden glücklich sein da unter der Erde. Ich bin überzeugt, dass ich bald zu dir komme, unsere Gräber werden nebeneinander liegen. Dann sprechen wir. Wie einst werden wir sprechen, bis unsere Münder ganz müde sind und die Worte kein Gewicht mehr haben.

Du wirst mir sagen: „Leila, du bist die beste Schwester auf der Welt“ und ich werde antworten: „Schwesterherz, mein Sonnenschein.“

Wenn das passieren wird, werde ich sehr müde sein. Zunächst werde ich schlafen wollen. Ich werde mich erst einmal so richtig ausschlafen müssen. Deshalb bitte ich dich, hab etwas Geduld. Ich muss mich erstmal ausruhen.

Ich bin müde. Ich bin erschöpft, Aurora.

•

Mynyrja steigt in das Auto des Kunden und lächelt ihn mit all der Herzlichkeit an, die sie aufbringen kann. Er zahlt den vereinbarten Preis und fährt an. Ob das wohl der Passende sein könnte? Hoffentlich ist er nicht zu brutal. Aber im Allgemeinen, nein, die im Auto sind meist nicht so. Wenn man sie in irgendein Haus bringt, dann ja, dann kriegt sie es mit der Angst zu tun. In jedem Fall fühlt sich die Frau im Auto sicherer als auf der Straße. Die Bosse sind in letzter Zeit wie wild geworden. Ständig kontrollieren sie wegen dem Mord an... sie hat Angst, sich auch nur den Namen ins Gedächtnis zu rufen.

„Was machen wir, Schatz?", fragt sie den Kunden.

Er sagt ihr das Was und das Wie. In Ordnung. Mynyrja macht sich beflissen an die Arbeit. Der Mann ist zufrieden, das sagt zumindest sein Gesichtsausdruck.

„Gefällt es dir, Schatz?"

„Mhm, ja, mach weiter so."

Sie macht weiter. Hoffentlich geht es möglichst lange so, damit er locker wird und sie ein wenig sprechen können, vielleicht ist ihm nach Reden, wenn er zufrieden ist. Oder soll sie lieber auf einen anderen Kunden warten? Mynyrja sieht ihn sich an.

„Was siehst du mich so an?"

„Wollen Sie es anders?"

„He, was ist mit dem Wörtchen *Schatz?*"

„Ich dachte, vielleicht stört Sie das Wort."

„Nicht im Geringsten."

„Wollen Sie ihn mir nicht reinstecken, wie wollen Sie es, ich bin ganz offen. Wollen Sie?"

„Lass dieses *Sie* weg, das nervt, seit wann seid ihr Nutten so wohlerzogen?"

„Wie du willst, Liebling. Ich auf dir? Ich bin schön eng, auch wenn ich eine Nutte bin."

„Nein, mach mit dem Mund weiter, ich hab heute keine Lust, mich groß anzustrengen, und dann lass mich an deiner Muschi riechen, der Geruch macht mich geil."

Sie strengt sich an, aber der Mann will einfach nicht kommen, und Mynyrja ermüdet. Sie sind nun in einem heruntergekommenen Stadtteil. Der Mann fährt und ist in Gedanken versunken.

„Schatz", bittet sie ihn, „konzentrier dich ein bisschen auf das, was ich mache, sonst weiß ich nicht, wie..." „Was hast du gesagt?"

„Willst du spritzen?"

„Natürlich, wofür bezahle ich dich?"

Dann versuch doch, dich ein wenig zu amüsieren, verdammt, denkt sie, aber das Geschlechtsteil des Mannes wird noch kleiner in ihrem Mund. Bitte lass ihn nicht wütend werden, dann wollen sie manchmal sogar ihr Geld zurück. Aber sein Penis ist sauber, der Mann riecht gut, wenigstens das, tröstet sie sich.

„Was willst du machen, Schatz?"

„Na, Blasen, hast du es nicht kapiert?"

„Hast du vielleicht Probleme, magst du mit mir sprechen? Ich habe auch Probleme, große Probleme."

„Sei ruhig, und mach weiter."

Sie zieht sich das Höschen aus und hebt ein Bein, so gut es in dem engen Wagen geht. Er hat derweil das Auto in einer verlassenen Gegend geparkt. Sie fährt dem Mann mit der Hand unter die Schenkel – nein, er hat weder Pistole noch Messer.

„Willst du einen Finger bei mir reinstecken?"

Sie nimmt seine rechte Hand und führt sie an ihr Geschlechtsteil. Der Mann dreht sich zu ihr und sieht sie an. Seine Augen werden wässrig, das gefällt ihm ganz besonders gut, denkt Mynyrja erleichtert. Er fährt rein und raus, steckt noch einen Finger rein, und noch einen, und einen vierten.

„So eine weiche Muschi", stöhnt der Freier.

Er hat eine Erektion, denkt sie freudig und nimmt ihn in die Hand. Sie masturbieren einander. Ein Auto fährt vorbei, der Mann erschrickt. Sie macht eifrig weiter.

„Bist du sicher, dass du nicht ficken willst?"

„Also gut."

Sie dreht sich um, sodass er in sie eindringen kann. Aufgrund der Enge im Auto verlangt es einige Anstrengung. Er schnaubt aufgebracht, flucht mit lauter Stimme und schlägt der Frau auf den Po, als sei es ihre Schuld, dass er nicht zum Orgasmus kommt. Als es endlich soweit ist, sind beide klatschnass vor Schweiß. Mynyrja krümmt sich zusammen und macht sich sauber, so gut es geht. Der Freier bringt seine Hose in Ordnung. Und jetzt?, denkt die Prostituierte und blickt in die Dunkelheit hinter den Scheiben. Die Stadt dröhnt, als wolle sie jemanden bedrohen.

„Soll ich dich dahin zurückbringen oder willst du hier aussteigen?"

„Nein, nicht hier, bitte."

„In Ordnung."

Mynyrja mustert ihn wieder von der Seite. Der Mann spürt den Blick und fühlt sich unbehaglich.

„Hat mir gefallen", sagt er zu ihr, „du hast schöne Lippen. Und einen schönen Hintern. Bist du immer in der gleichen Gegend oder an verschiedenen Orten?"

„Ich bin immer dort."

„Vielleicht sehen wir uns wieder. Ich steh auf Naturblonde wie dich."

Er lässt den Motor an, und sie fahren ein Stück, ohne zu sprechen. Langsam kommen sie zu der Stelle, wo Mynyrja aussteigen muss. Was tu ich? Warum traue ich mich nicht, was ist heute mit mir los?

„Ich kann das nicht ausstehen, wenn welche blonde Haare auf dem Kopf haben und dann schwarze Schamhaare. Eine Frage der Ästhetik. Hat mir noch nie gefallen."

„Helfen Sie mir, ich spreche Ihre Sprache nicht gut, aber ich will Ihnen sagen, dass... Wenn Sie mir helfen, müssen Sie nicht zahlen. Ich geb Ihnen das Geld zurück."

„Ach, lassen wir das jetzt. Ich will keinen Ärger wegen dir, ich hab Familie."

„Ich bitte Sie, bitte, bitte, bitte."

„Mädel, wir zwei sind fertig miteinander."

Er parkt den Wagen am Gehsteigrand, die Autos hinter ihm beginnen ein Hupkonzert. Puh, zum Teufel, flucht der Kunde.

„Hilfst du mir?"

„Steig jetzt aus, ich will das nicht hören."

„Ich bin keine Prostituierte."

„Ach nein?"

„Helfen Sie mir, ich bin nicht so eine."

„Steig aus, Mädel, das sagt ihr alle immer."

„Haben Sie ein Kind?"

„Was hat das damit zu tun?"

„Sie haben mir meinen Bledi weggenommen, meinen Jungen, helfen Sie mir."

„Ich hab dich bezahlt, denk nicht, dass du mir mit deinen Lügengeschichten noch mehr Geld abknöpfen kannst."

„Kann ich noch etwas im Auto bleiben? Ich bin wirklich keine Prostituierte. Sie zwingen mich, sie haben mir Bledi weggenommen, die Bosse zwingen uns zur Prostitution, mein Herr, verstehst du, sie halten Bledi als... Geisel. Ich hab ein Geheimnis, ein schreckliches Geheimnis. Ich hab zwei Augen, ein Beweis für..."

„Womit hab ich das verdient. Hältst du jetzt den Mund und verschwindest? Los, mach, dass du wegkommst, ich hab meine Zeit nicht gestohlen."

„Sie haben ein Mädchen umgebracht, mein Herr, ich hab die Beweise, ich weiß es. Hilf mir."

„Dann geh zur Polizei, wenn es so ist, los, ich geh nicht auf Verbrecherjagd. Ich bin ein angesehener Mann."

„Bitte, ich weiß nicht, wo die Polizei ist. Sie haben Bledi. Sie haben meinen Sohn, haben Sie ein Herz."

Er zieht mehr Geld aus der Tasche und drückt es ihr in den Ausschnitt. Die Ecke eines Geldscheins kratzt an Mynyrjas Haut.

„Und jetzt verschwinde endlich, und lass dich nicht wieder blicken. Wenn du nicht sofort aussteigst, beschwer ich mich bei deinen Chefs. Hast du gehört? Zwing mich nicht dazu."

„Nein, nein, bitte, ich steige aus, sofort. Bitte, zeig mich nicht an, Entschuldigung."

Mynyrja steigt verängstigt aus und verstaucht sich in der Eile den Knöchel. Das Auto rast davon. Sie zieht ein Papiertaschentuch raus und wischt sich die Lippen ab. Ihre Hände zittern. Sie versucht, tief durchzuatmen, um sich zu beruhigen. Eins, zwei, drei, wär ich bloß tot, Mutter im Himmel, wär ich doch tot.

„He, Schlampe, machst du's mir für umsonst? Mach es uns gratis, bitte, mir und meinem Kumpel hier."

„Verzieht euch!", schimpft sie unter Tränen.

Wenn sie nur die guten von den schlechten Kunden unterscheiden könnte. Manchmal ist auch ein anständiger darunter. Aber sie weiß nichts, gar nichts weiß sie.

Obwohl der nicht so fies war, auch wenn er ihr nicht geglaubt hat, er war höflich, sie hält sich an dieser sinnlosen Illusion fest, um sich beruhigen zu können. Bledi, Schatz. Mama ist nicht gemein. Ach, diese verdammten hohen Absätze, und jetzt hat sie auch noch eine Laufmasche. Wenn sie mich wenigstens einen Mantel anziehen ließen, jetzt, wo es kalt wird. Ob Bledi gerade schläft?

Sie kommt zum Standort. Teuta rennt eilig auf sie zu:

„Wo warst du denn so lange, der Chef war da zum Kontrollieren."

„Oh, wann denn?"

„Vor zehn Minuten, er kommt später wieder vorbei. Wie viel Freier hattest du?"

„Drei."

„Nur drei?"

„Ich hab nicht mehr finden können."

„Oh, aber das ist wahnsinnig, der wird dich vermöbeln, los jetzt, da kommt wieder einer, nimm du den, geh jetzt."

Mynyrja sieht das Auto, das sich nähert, aber ihre Beine gehorchen nicht. Teuta schiebt sie nach vorn.

„Geh, sonst warten Prügel auf dich."

„He, Hübsche, halbe Stunde, keine Minute mehr."

Mynyrja steigt ins Auto. Der Kunde ist fett, aber schick gekleidet.

„Was hast du anzubieten?"

„Ich bin keine Prostituierte, mein Herr, ich bin keine Prostituierte, glaub mir, ich bin keine..."

Sie will nicht weinen vor ihm, sie muss professionell sein, unbedingt, aber die Tränen machen, was sie wollen, sie rinnen von selbst. Der Mann stößt sie von sich weg, macht die Tür auf und wirft sie auf die Straße.

•

Es war schon eine Weile vergangen, seit die Frauen mit der Arbeit fertig waren, aber keine von ihnen kam zur Ruhe. Sie gingen im halbdunklen Zimmer auf und ab, wobei sie darauf achteten, Veli Ajkani und seine Frau nicht zu wecken, die ein Stockwerk über ihnen wohnten. Lustlos schminkten sie sich ab und nahmen ebenso lustlos eine schnelle Dusche, bevor sie sich die Nachthemden anzogen.

Lasst uns schlafen, flüsterte Suela. Wer ist müde? Ich, sagte Laura und ging zu dem Bett, auf das sich Mynyrja mitsamt Kleidern zum Schlafen fallen gelassen hatte. Sie schnarchte leise, zusammengerollt wie ein großer Igel. Nicht mal die Schuhe hat sie ausgezogen, dachte Laura mitfühlend und zog sie ihr langsam aus, als könnte sie die Fußsohlen verletzen. Seit zwei Tagen muss ich auch noch die Arbeit von einer von denen da erledigen, setzte Laura nach einer Weile an und wies mit dem Kopf auf das andere Zimmer. Sie macht es mit einem der Bosse und der erlaubt ihr hin und wieder, Pause zu machen. Welche ist das? Ariela. Uff, die ist so hinterhältig, ich hab gehört, sie scharwenzelt mit Veli herum, wenn Hajria nicht hier ist. Ob der auch mit ihr schläft? Mädels, wollt ihr zu Tode geprügelt werden, oder warum redet ihr so, sagte Suela erschrocken.

„Hast du ihn wieder getroffen?“, wechselte Laura das Thema und sah Suela fest an.

Suela war groß, schlank, mit kastanienbraunen Locken, die wie Dauerwellen aussahen, und hatte den Körper eines Models. Die Männer wollten sie alle, und sie hatte fast nur Stammkundschaft. Suela war so schön, als wäre sie einer Modezeitschrift entsprungen. Elena und Laura warteten auf die Antwort. Sie schwieg und massierte sich die Schultern. Lauras Blick bohrte sich noch tiefer in sie. Wenn man sie so sah, machte Suela den Eindruck, als wäre sie ein Wesen ohne Erinnerung, ohne Vergangenheit, ohne alles, als wäre sie in diesem Raum mit seinem Schweigen zur Welt gekommen.

„Suela?“

„Hm, was willst du?“

„Hast du ihn getroffen?“

„Schschscht.“

„Jetzt komm schon, hast du ihn getroffen?“

„Mhm.“

„Und?“

„Er weiß noch von nichts.“

„Ernsthaft? Sagst du uns die Wahrheit?“

Suela stand vom Bett auf und ging zum Kühlschrank. Die anderen folgten ihr mit den Blicken. Jetzt war nichts zu hören, nicht einmal das Atmen der Mädchen. Die Stimmung war angespannt, ihre Neugier streifte ziellos durchs Zimmer. Suela nahm einen kleinen Joghurtbecher und einen Teelöffel und setzte sich auf einen Stuhl vor den anderen.

„Mädels, wenn wir uns gut benehmen, also wenn wir die nicht ärgern“ – sie wies mit dem Kopf zur Decke – „erlauben sie uns in zwei, drei Wochen vielleicht, eine Wohnung ganz für uns allein zu haben, ohne Wächter, wie sie es ein paar von den älteren gestattet haben.“

„Hast du mit ihm geschlafen?“

„Wie kommt ihr denn darauf, auf keinen Fall. Seid ihr verrückt?“

Suela stellte den Joghurt auf dem Tisch ab, fuhr sich mit den Fingern durch die langen Haare und sah die Gruppe traurig an.

„Ich will ihn nicht mehr treffen“, sagte sie.

„Was, wieso denn nicht?“, fragten sie reihum.

„Wie, wieso? Das wisst ihr doch selber. Was würdet ihr tun, wenn ihr an meiner Stelle wärt?“

„Wir würden ihn treffen“, sagten sie wie aus einem Mund, als würden sich die drei zusammen mit ein- und demselben Menschen treffen.

Suela lagen Tausend Wörter auf der Zunge, doch sie wusste nicht, wie sie sie aussprechen sollte. Für solche Sachen brauchte es Delina. Sie beherrschte die Wörter besser als irgendwer sonst.

„Ich will nicht, dass er mitkriegt, dass ich Prostituierte bin“, sagte sie, „auf gar keinen Fall, lieber würde ich sterben, als... Gehen wir schlafen?“

Die anderen wussten, dass es besser war, das Gespräch zu beenden, wenn Suela einen solchen Ausdruck in den Augen hatte. Sie könnten sich auf den Kopf stellen, sie würden doch nicht mehr aus ihr herausbekommen.

Sie legten sich hin, wie Diebe, sorgsam, dass sich auch nicht eine Bettfeder bewegte. Doch in Gedanken waren alle drei nur bei dem Dortobigen, der in Suela verliebt war. Sie träumten davon, dass die beiden... nur Suela träumte nicht. Sie fiel in einen tiefen Schlaf. Es war besser, sich keinen Träumereien hinzugeben. Einmal hatte sie es gewagt zu träumen, und seither steckte sie in dieser elenden Situation. Für sie gab es nichts Gemeineres und Verräterisches als Träume.

Derjenige, der sich in Suela verliebt hat, heißt Mauro. Er ist neunundzwanzig Jahre alt, arbeitet als Lehrbeauftragter an der Universität und schreibt gerade seine Promotion.

Können wir nicht zusammen eine Pizza essen gehen, bittet er, zurückhaltend, weil er nicht lästig sein möchte, gleichzeitig möchte er aber auch nicht indifferent wirken, so in der Art „wenn wir Zeit zusammen verbringen, schön, wenn nicht, ist das auch okay".

Er will der Frau zu verstehen geben, dass er sehr gerne Zeit mit ihr verbringen würde, will aber nicht darum betteln. Für Mauro ist ihre Antwort so wichtig, dass er Angst hat, sein großer Wunsch könnte die Möglichkeit einer positiven Antwort ersticken. Er hat auch Angst, dass das fortwährende Fragen die Aussicht auf eine Antwort schmälert. Diese Frau ist wie aus Glas, sie spricht, als ob ihre Lippen rissig würden, sobald sie den Mund etwas weiter aufmacht, und denkt lange nach, bevor sie einen Satz beginnt.

Sie haben sich auf ganz banale Weise kennengelernt, als sie in einem Supermarkt an der Kasse Schlange standen.

„Heute habe ich eine getroffen, die ich sofort heiraten würde“, hatte Mauro unvermittelt seinem Freund Zeno gestanden, am Abend des Tages, an dem er Suela kennengelernt hatte.

„Was meinst du?“

„Ich habe eine kennengelernt.“

„Was für eine?“

„Eine, die ich auf der Stelle heiraten würde.“

„Uh, und was ist an ihr so Besonderes, dass du dieses verbotene Wort aussprichst?“

Zeno hatte gelacht und Mauro angesehen, als ob er den Verstand verloren hätte:

„Das liegt an dem Bier, ich hab dir doch gesagt, dass man nicht nur einmal im Jahr trinken soll so wie du. Du verträgst nichts und deshalb redest du jetzt wirres Zeug.“

„Ich mach keinen Spaß, und ich bin auch nicht betrunken“, hatte Mauro gesagt.

„Und wer ist diese Heiratbare, wenn man fragen darf? Du wirst sie mir doch eines Tages vorstellen?“

„Ich weiß noch nicht einmal, wo sie wohnt.“

„Wie heißt sie?“

„Suela.“

„Was ist das für ein Name?“

„Ausländisch.“

„Danke für diese erhellende Erklärung, Meister.“

Sie hatten das Thema gewechselt. Die Gruppe der Freunde, auf die Mauro und Zeno warteten, war soeben ins Café gestürmt. Im allgemeinen Chaos hatte man sich begrüßt und umarmt. Es war ein Märzabend zu vorgerückter Stunde. Wegen dem ständigen Rein und Raus beschloss der Barkeeper, die Tür zum Lokal offen zu lassen. Jungs, rief er, stellt mal jemand einen Stuhl gegen die Tür, das macht mich sonst verrückt. Von draußen drang nun der vorzeitige Duft von Mimosen herein.

Mauro hatte gesehen, wo Suela wohnte, hatte es Zeno jedoch nicht sagen wollen. Er war der Frau unbemerkt gefolgt. Morgen würde er nicht an der Haustüre kleben, durch die sie verschwunden war, weil ein anstrengender Tag an der Fakultät anstand, aber übermorgen würde er in jedem Fall dort vorbeigehen.

In den folgenden Tagen ging Mauro oft an ihrem Haus vorbei. Er heftete seinen Blick auf die Fenster und hoffte, sie möge wenigstens an den Vorhängen oder auf dem Balkon auftauchen, aber sie blieb für zwei endlose Wochen wie vom Erdboden verschwunden.

Und als sie sich treffen, ist es wieder in dem Supermarkt, und sie lächelt ihn kühl an, oder vielleicht auch nur vorsichtig.

„Ich hab dich gesucht“, sagt Mauro zu ihr, „den Kaffee, den wir letztes Mal nicht getrunken haben, wollen wir den heute trinken?“

Suela sieht zum Eingang des Ladens, als würde sie ihn überwachen.

„Hast du etwas Bestimmtes vor?“, beharrt er und betet im Stillen *Sag ja, sag, dass wir wenigstens fünf Minuten zusammen sein können,* „hast du es eilig?“, hakt er nach.

„Mehr oder weniger.“

Sie hat bezahlt, und während sie den Geldbeutel in ihrer Handtasche verstaut, klemmt sie die Einkaufstasche zwischen die Beine. Sie trägt Jeans und einen schwarzen Pullover, der bis zur Mitte der Oberschenkel reicht, auch die Jacke ist schwarz. Diese Kleidung lässt sie wie eine der Gymnasiastinnen wirken, die häufig auf der Straße zu sehen sind.

Zu guter Letzt trinken sie den Kaffee, oder besser gesagt, er trinkt ihn, während Suela an einer Cola nippt. Er erzählt ihr praktisch alles über sich. Sie hört zu und sieht ab und an zum Eingang des Cafés, so wie sie kurz zuvor immer wieder zum Eingang des Supermarkts gesehen hatte. Suela wollte nicht in das erste Lokal gehen, an dem sie vorbeigekommen sind, und so haben sie zwanzig Minuten Fußweg zurückgelegt.

„Was kannst du mir über dich erzählen", bohrt Mauro, „außer, dass du aus dem Ausland kommst?"

„Dass ich Suela heiße."

„Wie ist dein Nachname?"

„Suela."

Er sieht sie lange und forschend an.

Brüder, Schwestern, Eltern? Wer lebt bei dir zuhause? Wenn du nicht willst, dass ich gehe, stell mir keine Fragen, bittet sie, den Blick unverwandt auf den Eingang gerichtet. Ich bin ein einfaches Mädchen, das hierhergekommen ist, um zu arbeiten.

Und hast du Arbeit gefunden? Noch nicht. Wie verbringst du den Tag? Ich suche nach Arbeit. Und wem gehört das Haus, in dem du wohnst? Ich hab eine elegant gekleidete Frau gesehen, die dort rauskam und einen Wagen mit Chauffeur hatte.

Suela reißt die Augen auf und erbleicht:

„Du weißt, wo ich wohne?"

„Ich", druckst Mauro herum, „zufällig hatte ich denselben Weg wie du an dem Tag, als..."

Sie springt auf, wirft sich die Jacke über und nimmt ihre Tasche. Ihre Locken zittern, während sie zum Ausgang geht, ohne ihn nochmal anzusehen.

„Suela", sagt er bittend hinter ihr.

Sie bleibt stehen; ihr Rücken ist hart wie Zement.

„Komm mir nicht mehr unter die Augen. Von heute an kennen wir uns nicht. Ich kenne dich nicht", betont sie, „klar?"

Sie eilt davon. Wenn sie die Einkäufe nicht daran hindern würden, würde sie wie eine Wahnsinnige laufen.

Als sie in das Gefängnis-Haus von Veli und Hajria tritt, stößt sie zu allem Unglück auf eines der Mädchen, die spionieren.

„Warum die Eile?“, fragt die sie.

„Ich dachte, ich wäre spät dran für die Arbeit“, gelingt es Suela, sich rauszureden, „ich muss auch noch duschen“, fügt sie hinzu und ringt sich ein Lächeln ab.

Die andere sieht sie zweifelnd an. Suela schließt sich im Badezimmer ein.

Und was gab es da schon zu berichten? Sie regt sich über die brennende Neugier der Kameradinnen auf, die nicht aufhören, Fragen zu stellen. Suela hat keinerlei Lust, zu erzählen, sie fürchtet sich vor ihren eigenen Worten, weil diese dem Ereignis ein konkretes Gesicht geben, und das jagt Suela eine panische Angst ein.

Nach dieser Flucht hatte sie Mauro einen ganzen Monat lang nicht gesehen. Sie war, so oft es ging, in den Supermarkt gegangen und hatte jedes Mal aus den Augenwinkeln versucht, Mauro zwischen den Leuten zu erspähen. Sicher nicht, weil sie ihn wiedersehen wollte, ts, ts, ts, nein, sie wollte sich nur vergewissern, dass er ihr nicht folgte.

Oft war sie in Begleitung von Laura, doch die wusste nichts davon, dass die beiden sich in ebendiesem Supermarkt begegnet waren. Warum schaust du dich die ganze Zeit um, Suela, hatte sich Laura dann aber eines Tages gewundert. Du wirkst so nervös. Ach, es ist nichts. Komm schon, hast du jetzt auch vor mir Geheimnisse?, hatte die Freundin gekränkt gesagt. Suela fühlte sich schuldig und berichtete schließlich, dass sie Mauro nur dort gesehen hatte, und er darum irgendwo in der Nähe wohnen musste und... verstehst du? Hältst du mich für so doof? Dann lasse ich dich allein, hatte die Freundin ganz aufgeregt gesagt. Vielleicht geht er nicht auf dich zu, wenn er dich mit mir sieht. Auf was für Gedanken du kommst, hatte Suela gelacht, was spielt das für eine Rolle, ob er mich mit dir oder ohne dich sieht? Das ist doch kein kleines Kind, das sich in die Hosen macht. Ich meine ja nicht, dass er Angst hat, aber es erleichtert die Dinge. Ich will nichts von ihm wissen, hatte Suela erklärt.

Die andere glaubte ihr kein Wort und erzählte es auch den anderen Mädchen. Ist er schön, ist er groß, wie heißt er, was für Augen hat er, was arbeitet er, wie ist seine Stimme, raucht er, wo wohnt er? Wollt ihr auch noch seine Schuhgröße, hatte Suela aufgebracht gesagt. Sprecht nicht über die Sache, das ist gefährlich. Wissen wir, natürlich, mhm, wir schweigen wie ein Grab, mach dir keine Sorgen, aber du musst ihn treffen. Unbedingt. Sie lassen nicht locker. Ich denke ja gar nicht dran. Schwindlerin. Ich schwöre es. Schwöre. Bei allem, was mir heilig ist. Wie kann es sein, dass du ihn nicht treffen willst? Sie können es nicht fassen. Bei dieser Arbeit, der ich nachgehe? Nie im Leben. Nie und nimmer. Was die Arbeit anging, so gaben sie ihr recht, aber was hatte er damit zu tun?

„Mädels, können wir dieses Gespräch bitte beenden?“

Sie bewunderten Suela. Es schien ihnen, als ob sie all die schönen Dinge hatte, die sie nicht hatten. Wenn dieser ganze Schrecken ein Ende hätte, würde sie ihr altes Leben dort wieder aufnehmen, wo es stehengeblieben war, und auch den übrigen würde das Glück lachen, sie würde sich für alle zusammen rächen.

„Und wann soll dieses Wunder geschehen?“, fragte Suela ihre Leidensgenossinnen, nachdem sie ihr diese naive Ansicht unterbreitet hatten.

„Bald, es wird bald passieren“, hatte Laura ihr versichert, „du und Delina werdet es schaffen, und dann werdet ihr auch uns anderen helfen.“

„Und wo wird das sein?"

„Was?"

„Diese grenzenlose Freiheit."

„Das liegt doch auf der Hand", sagte Laura mit lauter Stimme, wie um die ganze Gruppe der Träumerinnen zu überzeugen, „außerhalb von Dortunten und außerhalb von Dortoben. Diese Länder haben uns verraten. Wenn wir uns aus dem Schlamassel befreit haben, wird in einem anderen Land das Gute auf uns warten. Wir werden weit weg gehen, irgendwohin, ganz weit weg. Ans Ende der Welt."

Mauro und Suela sahen sich wieder. Diesmal war es in einer Konditorei. Eine Frau überschüttete die Verkäuferin mit einem endlosen Redeschwall, und die Schlange derjeniger, die etwas kaufen wollten, reichte fast bis zur Tür. Mauro trug an diesem Tag einen langen, dunkelgrauen Mantel, die glatten Haare reichten ihm bis auf den Kragen. Suela hatte ihn sofort erkannt, obwohl sie ihn nicht aufmerksam betrachtet hatte. Sie hätte auch kehrtmachen und die Konditorei verlassen können, dachte sie verwirrt, doch wäre es nicht anständiger, ihn wenigstens zu grüßen?

„Guten Tag, liebe Suela", sagte er, ohne den Kopf zu drehen, „endlich. Du lebst noch."

Er drehte sich um und reichte ihr die Hand. Als sie ihm die Hand gab, versuchte sie vergeblich, nicht zu erröten.

„Du scheinst wohl nichts anderes in deiner Freizeit zu tun, als dich in Geschäften herumzutreiben", versuchte sie etwas unbeholfen zu scherzen, um Zeit zu gewinnen.

„Ja, stimmt, ich verschleudere mein ganzes Geld in den Geschäften deines Viertels."

„Wieso, wohnst du nicht in der Nähe?"

Er sagte ihr, wo er wohnte. Das war ein sicheres Viertel, dachte Suela, dort lebten wohlhabende Leute, auch Bajram wohnte dort. Mauro kaufte vier Croissants und ein Stück

Apfelkuchen. Sie nahm eine Brioche für Mynyrja und Bledi. Heute hatte sie den Besuchstag mit ihrem Sohn.

Und was, wenn ich dich zum Abendessen einlade, fragte er. Nein, danke, aber ich kann nicht. Ist es wegen einem Verlobten? Nein, sie hatte keinen Verlobten. Einen Freund? Ts, ts, nein. Kann ich dich ins Kino einladen? Ich muss los, bat sie ihn. Warum so eilig? Der Sohn von einer Freundin von mir hat Geburtstag, und ich will gratulieren. Das war nur halb gelogen. Darf ich dich dann wenigstens begleiten?

Sie waren aus dem Geschäft getreten und standen wie zwei Salzsäulen am Gehsteigrand. Auf keinen Fall. Suela sah auf die große Uhr an der Haltestelle, es war drei Uhr nachmittags. Mynyrja wartete auf sie. In Velis Haus war auch Engjëll, der gekommen war, um die arme Mynyrja zu holen. Ich muss, sagte sie. Bitte, geh nicht...

Sie ging los, in dem Wissen, dass er ihr hinterhersah. Das Verlangen überkam sie, sich umzudrehen, um ihm wenigstens zu verstehen zu geben, dass er ihr gefiel, dass es nicht so war, dass sie Mauros Gesellschaft überhaupt nicht wollte. Das hieß, sie wollte es nicht, aber so überhaupt nicht auch wieder nicht. Die Angst und das Verlangen kämpften verbissen miteinander.

Suela wünschte sich, in ihr früheres Leben zurückzukehren, als sie noch klein war. Die Eltern hatten damals immer nur mit leiser Stimme gesprochen und verängstigt dreingeschaut, aber die Kinder hatten gespielt, und die Straßen waren sauber und voller Grünflächen gewesen. Es waren Picknicke und Feste organisiert worden. Sie wollte zurück in diese Zeit, als jedes ihrer Probleme vom Vater oder vom großen Bruder gelöst worden war. Warum war dies nicht mehr möglich? Musste sie so hetzen, damit bei Engjëll kein Verdacht aufkam, dass sie sich mit einem Ausländer traf und damit sie Mynyrja das Gebäck für ihren Bledi geben konnte? Und warum mussten sie nachts, wenn

Mynyrja im Schlaf redete, ihr den Mund zuhalten, damit die Henker im oberen Stockwerk nichts hörten?

Mauro sah ihr nach, bis sie verschwunden war. Er ging zurück in die Wohnung seiner Eltern, wo er zum Abendessen eingeladen war und auch die nächsten drei Tage verbringen würde. Er schloss sich in seinem früheren Zimmer ein. Er überlegte eine lange Zeit, bis er sich zu einem Anruf entschloss. Am anderen Ende der Leitung nahm niemand ab. Er wählte eine andere Nummer und ließ es lange klingeln.

„Polizeidienststelle", hörte er schließlich eine Frau mit ausdrucksloser Stimme sagen.

Mauro hängte auf. Vielleicht war es ein dummer Verdacht, vielleicht könnte ihm sein Freund bei der Polizei auch nicht weiterhelfen, sodass alles unnötig war.

Trotzdem ging er in den folgenden Tagen häufig an dem Haus vorbei, in das Suela vor einiger Zeit hineingegangen war. Er sah auch zwei nicht sehr vertrauenserweckende Gestalten, die dort ein- und ausgingen.

„Probleme mit dem Herzen?", fragte ihn Zeno eines Abends spöttisch.

Sie hatten sich zu einem Abendessen mit gemeinsamen Freunden von der Uni getroffen.

„Nicht ganz."

„Soll heißen?"

„Diese Frau, von der ich dir erzählt habe..."

„Suela."

„Ich habe das Gefühl, dass sie in Schwierigkeiten steckt."

„Welcher Art?"

„Wie soll ich sagen, ich weiß es nicht genau. Zu Beginn kam sie mir einfach mysteriös vor, aber ich habe den Eindruck, dass ich mich getäuscht habe. Sie wirkt so verängstigt, schrecklich verängstigt."

„Kann es sein, dass du zu viele Krimis gesehen hast?"

„Ja, mach dich nur über mich lustig."

Während dieses Abendessens hatte Mauro alles versucht, um auf andere Gedanken zu kommen. Sie aßen Käsefondue. Das letzte Fondue, Jungs, bevor es wärmer wird, hatte der Gastgeber gesagt, ein Dozent an der Fakultät für Philosophie.

Zwei Monate ist es her, hatte Mauro ausgerechnet, vor zwei Monaten hatte er sie kennengelernt und wusste nichts über sie als den Namen, die Herkunft und das verdächtige Haus, in dem sie wohnte.

Eines Abends begegneten sie sich wieder, als sie mit einer anderen Frau aus dem Haus kam. Die beiden liefen gebückt und flüsterten, als wäre die ganze Welt darauf aus, sie zu beschatten. Suela, hatte Mauro ihr halblaut zugerufen, als sie vorbeiging, Suela. Das Mädchen war zusammengeschreckt. Beide waren wie auf Kommando stehengeblieben. Die andere war ein Stück weitergegangen. Suelas Gefährtin war minderjährig, wie Mauro bemerkte.

„Guten Tag."

„Wie geht's? Ich habe dich seit Tagen nicht gesehen."

Suela nickte und wandte sich um zu ihrer Begleitung. Die machte ihr ein Zeichen, aus dem Mauro nicht schlau wurde.

„Wir gehen weiter", sagte Suela, „wir können hier nicht stehen bleiben."

„Warum nicht?"

Sie ging weiter, und er folgte mit einigen Schritten Abstand. Das andere Mädchen knüllte ein Taschentuch in ihren Händen und fragte Suela etwas, die eine zustimmende Kopfbewegung machte.

„Willst du mir nicht deine Freundin vorstellen?"

„Das ist Laura."

„Freut mich, Laura, ich bin Mauro Canetti."

Das Mädchen gab ihm die Hand und flüsterte Suela wieder etwas zu.

„Hör mal“, sagte Suela bittend, „wir haben ein paar persönliche Dinge zu erledigen, ist es in Ordnung, wenn wir uns hier trennen?“

„Aber wir haben uns doch gerade erst getroffen... Wo wollt ihr hin?“

„Ins... zum Arzt.“

„Ich kann euch mit dem Auto hinfahren.“

„Nein“, sagten Laura und Suela wie aus einem Mund.

Mauro kam sich wie ein Idiot vor. Er unternahm einen letzten Versuch:

„Können wir uns die Tage mal sehen?“

„Aber nicht am Abend.“

„Das ist ein Problem“, meinte er, „tagsüber bin ich an der Uni.“

„Und ich gehe abends nicht aus“, erwiderte Suela in beinah scharfem Ton.

„Aber warum denn nicht?“

Sie starrte ihn wütend an.

„Ich verstehe nicht, warum du zu so einem Plagegeist geworden bist“, sagte sie, „und weshalb du so viele Fragen stellst. Bist du von der Polizei?“

„Was hat die Polizei damit zu tun?“

Sie biss sich auf die Lippe. Laura war wieder etwas vorausgegangen. Suela kam sich mies vor. Wenn sie ihn dieses Mal wieder so brüsk abwies, würde sie Mauro womöglich nie mehr wiedersehen.

„Wir können uns morgen Nachmittag um zwei Uhr sehen, wenn das für dich geht“, presste die Frau zwischen den Zähnen hervor.

Wie man sich denken kann, ergriff er die Gelegenheit.

Am nächsten Tag schlug sie vor, ins Kino zu gehen. Um diese Uhrzeit?, lächelte er. Sie schwieg. Also gut.

Sie machten ein Kino im Stadtzentrum ausfindig. Zuvor im Auto war Mauro aufgefallen, dass sie sich wie in einem Zustand völliger Alarmbereitschaft befand. Mach dich locker, Suela, wollte er ihr sagen, entspann dich. Aber er fürchtete, sie damit zu verletzen und sagte nichts.

Sie gingen in einen traurigen Film mit zwei schönen Hauptdarstellern, die sehr gut als Paar zusammenpassten. Gefällt dir die Schauspielerin?, fragte er Suela. Warum fragst du? Nur so, es interessiert mich, was für einen Geschmack du hast. Sie hatte so ein weiches „r", wenn sie sprach, sehr angenehm, sehr sinnlich. Ob sie nicht doch einen Freund hatte? Ach, aber weshalb benehme ich mich in meinem Alter wie ein Teenager, dachte Mauro bei sich. Wenn Zeno ihn so sehen könnte, er würde sich vor Lachen ausschütten. Im Kino, zu dieser Tageszeit, wo die Säle halb leer waren und die einzigen Zuschauer Hausfrauen und Unterstufler waren. Und wenn ihn erst eine seiner Exfreundinnen so gesehen hätte, vor allem Patricia mit ihrer giftigen Art...

Irgendwann mitten im Film nahm Mauro ihre Hand. Suela weinte, schweigend und bitterlich. Er ließ sie weinen und versuchte nicht, sie zu trösten. Er fühlte sich, als wäre eine Planierraupe über ihn hinweggerollt.

„Wir können uns schon treffen", flüsterte Suela ihm zu, als sie sich wieder etwas gefasst hatte, „ab und zu können wir uns sehen, aber nur tagsüber, weit weg von dem Ort, wo ich wohne, und nur unter diesen Bedingungen: Stell keine Fragen, verlange nicht, mich anzurufen und verlange nicht, dass wir Liebe machen."

Herrlich, genau die Beziehung, die ich mir immer gewünscht habe, sagte sich Mauro.

Doch Suelas Leben erfuhr von diesem Tag an eine spürbare Verbesserung. Wenn sie Kunden hatte, schien ihr jetzt alles leichter und erträglicher, weil sie an Mauro denken konnte. Auch die Schmutzigkeit konnte sie besser aushalten. Und es fiel ihr leichter, die Eltern oder den verheirateten Bruder am Telefon anzulügen, dass es ihr gut ginge und die Arbeit wunderbar liefe.

Wenn sie gegen Morgen von der Schicht zurückkamen, schirmten Laura, Teuta und Mynyrja sie mit ihren Körpern ab, denn sollte Mauro in der Nähe von Velis Haus vorbeikommen, durfte er um Himmels Willen Suela nicht in diesem Aufzug sehen. Aber er ließ sich dort nicht blicken, er beschattete sie nicht. Er war geduldig und hielt sich an die Abmachungen.

Auch wenn sie wusste, dass es nicht ewig so weitergehen würde, so war Mauro im Moment doch da. Und sei es nur für kurz, für noch einen Monat, für drei Treffen, oder für vier. Oder mehr? Sie gab sich jetzt Mühe mit den Freiern und verdiente eine Menge Geld.

Bitte, guter Mond, betete sie morgens, verlass mich nicht. Mach, dass er nicht dahinterkommt, was ich vor ihm verstecke, ich flehe dich an. Tu es für Dortunten. Und für Mynyrja. Und Milikas Augen.

•

Fatos T. ist mit dem Sex mit Flutura fertig und zufrieden. Sie ist eine rundliche Frau, eine von denen, die zu mehreren Orgasmen nacheinander kommen, ohne sich aus der Ruhe bringen zu lassen. Als wäre das die leichteste und normalste Sache der Welt. Jedes Mal, wenn sie lautvergnügt zu einem solchen Höhepunkt kommt, fühlt er sich wohl. Flutura stellt nie Fragen und kennt weder Scham noch Skrupel. Sie sieht ihn nicht schräg von der Seite an, sie hasst ihn nicht, im

Gegenteil, sie hat ihren Spaß mit ihm. Sie sagt, dass er einen angenehmen Körpergeruch hat, selbst wenn er sich nicht gewaschen hat und direkt von der Arbeit zu ihr kommt. Flutura schätzt ihn als Mann.

„Verhältst du dich bei den anderen auch so wie bei mir?“, fragt Fatos T. Flutura und streicht ihr übers Haar.

„Wie meinst du, das musst du mir genauer erklären“, sagt sie und spielt mit ihrer linken Brust, die so üppig und fest ist, als wäre sie dem Pinsel eines Künstlers entsprungen.

„So“, erläutert er, „wenn du so lächelst wie jetzt, zum Beispiel. Ich meine, bist du bei allen so zugänglich und bereitwillig? So freundlich?“

Sie lacht fröhlich auf, ihre Stimme ist so voll und harmonisch wie ihr Körper. Sie küsst Fatos T. auf den Mund.

„Sogar noch mehr, mein Schatz.“

„Ach“, macht er.

Er ist ein klein wenig, kaum merklich enttäuscht. Das Feuer im Kamin ist am Ausgehen. Es ist ein kalter Aprilnachmittag. Sie hat Feuer gemacht, weil sie wusste, dass er kommen würde, und sie gerne Sex beim offenen Feuer hat, wenn es zum Vergnügen und keine Arbeit ist.

„Sogar noch mehr“, betont Flutura erneut, „wenn es um Arbeit geht, muss die Qualität stimmen. Aber vielleicht wolltest du etwas anderes sagen, wolltest du wissen, ob ich auch so leidenschaftlich bei den anderen bin, ob es mir gefällt?“

„Ja, du hast recht. Gefällt es dir mit den Kunden?“

„Es ist keine Seltenheit, dass mir jemand ästhetisch gefällt. Und dem schenke ich dann einen Orgasmus.“

„Einen oder mehr?“

„Kommt drauf an.“

Sie denkt einen Moment nach.

„Ja“, sagt sie schließlich, „es kommt vor, dass ich den Wasserhahn aufdrehe und den Orgasmus in den Körper fließen lasse.“

„Verstehe ich nicht."

„Ich hab die Kontrolle darüber, ich kann das Verlangen steuern. Es gibt eine Technik dafür, aber das ist wahrscheinlich schwierig zu verstehen für dich."

Schweigen.

„Willst du was essen?"

„Nein", sagt Fatos T. und ist nun etwas verletzt. „Aber mit mir, was fühlst du da?"

„Wieso", lächelt Flutura, „habe ich dir nicht gesagt, was...?"

„Ich meine, was du wirklich fühlst, ehrlich, ohne Flunkern."

„Mit dir ist es einfach kerngesunder Sex. Ich dachte, du wüsstest das. Bloß Sex, aber schön und ohne Heuchelei."

„Und mit den Bossen?"

„Die gehen nicht mehr mit mir ins Bett, außer selten einmal Bajram. Ich bin denen zu anspruchsvoll."

„Und genießt du es mit Bajram?"

„Mit ihm ist es einfach Business."

Fatos T. steht auf und geht zum Garderobenständer im Flur. Er sucht in der Jackentasche nach den Zigaretten. Einen Augenblick steht er dort und sieht die nackte Flutura an, die noch immer ihre Brust liebkost. Sie ist im Gegenlicht; hinter ihren Schultern geht die Nachmittagssonne allmählich unter. Ein fantastischer Körper mit einem gewöhnlichen Gesicht, denkt er, ein Körper und ein Gesicht mit einer noch gewöhnlicheren Seele.

Flutura scheint seine Gedanken zu lesen: „Du analysierst mich umsonst. Oder kommst du etwa wegen der Reinheit deines Herzens hierher? Dafür hast du doch..."

„Scht", macht er und winkt ab, „lass Leila aus dem Spiel. Erwähn sie nicht. Ich will nicht über sie sprechen."

Die Prostituierte wirft sich ein schwarzes Seidenoberteil mit Spitzen im Brustbereich über. Sie räkelt sich auf dem

Sofa, dann streckt sie die Beine, steckt sie in die Pantoffeln und fährt sich durch die Haare.

„Du bist immer noch in sie verliebt, ja?“

„Ja.“

Er hat sich die Zigarette angezündet und setzt sich zu ihr. Genüsslich nimmt sie einen Zug. Sie stößt den Rauch aus und küsst den Mann. Sein Mund riecht noch immer nach Vagina. Er hat zuvor lange ihren Schambereich geküsst. Cunnilingus gefällt ihm am besten. Er ist mit der Zunge ins Innere der Frau vorgedrungen, langsam und hingebungsvoll, dann ist er mit dem Geschlechtsteil eingedrungen und hat ihren Mund mit Küssen bedeckt. Deshalb riecht nun auch sie nach Vagina, als hätte sie sich selbst geküsst.

„Wirst du diesem Metier noch lange nachgehen?“, fragt er, nachdem sie sich sattgeküsst haben.

„Natürlich.“

„Für wie lange noch?“

„Ich weiß es nicht. Vielleicht noch vier, fünf Jahre, vielleicht auch noch länger. Vielleicht bis ich alt werde.“

„Du bist jetzt ihre Geschäftspartnerin, oder?“

„Ja, ich und Ana Kaliu bekommen einen Anteil an den Gewinnen in Dortunten, nicht von denen hier. Mein Bruder ist auch ein Geschäftspartner von ihnen, von daher... Aber hier ist ihr wahres Königreich.“

Fatos T. steht auf und zieht sich langsam das Unterhemd an. Flutura sieht ihm zu. Wenn er sein Herz nicht auf so absolute Weise jemand anderem geschenkt hätte, denkt sie, hätte sie vielleicht versucht, ihn zu erobern. Wenn nicht für mehr, so doch wenigstens, um regelmäßig jemanden an den Abenden bei sich zu haben, mit dem sie ein paar Worte wechseln könnte. Das ist das Einzige, was Flutura fehlt, die Anwesenheit eines anderen Menschen am Esstisch oder am Morgen beim Aufwachen.

Fatos T. zieht sein Hemd an und knöpft es zu. Leila bereitet sich jetzt auf den Beginn ihrer Schicht vor, denkt er und stellt sich vor, wie sie im Badezimmer die Augen schminkt, als wären es nicht ihre, sondern die einer Unbekannten. Flutura steht auf und hält ihm die Jacke hin.

„Ich hab dich nie gefragt, warum du diesen Weg eingeschlagen hast", sagt Fatos T. „Wenn ich mich nicht irre, hattest du schon fast deinen Abschluss in Medizin."

„Weil ich genug hatte von der Rolle der Frau in Dortunten, die ewig einem Mann dienen muss. Ich konnte es nicht mehr mitansehen, wie mein Vater, ein erfahrener Arzt, sich die ganze Zeit im Krankenhaus rumplagte, um mit Mühe ein miserables Gehalt nach Hause zu bringen. Ich hab den Wohlstand dieses Gewerbes vorgezogen, weil ich so von niemandem abhängig bin. Ich reise gern, ich sehe gern die Welt mit eigenen Augen. Und ohne Geld kommt man nicht weit. Keine Illusionen, keine festen Bindungen, keine Sentimentalitäten, mit einem Wort: eine moderne Dortuntige. Ist es nicht das, wonach sich alle in diesem furchtbaren Loch sehnen, die Moderne?"

Er sieht sie ein letztes Mal an und gibt ihr einen Kuss auf die Wange. Wir sehen uns in einer Woche, versprechen sie einander, und jeder kehrt in seine eigene Welt zurück. Flutura geht unter die Dusche und wäscht sich ausgiebig. Als sie aus dem Wasser tritt, wickelt sie sich das Handtuch um die Haare und kümmert sich sorgfältig um ihren Körper. Sie reibt die Anti-Cellulite-Creme auf die Schenkel und trägt noch eine andere Hautcreme auf. Als sie fertig ist, bewundert sie sich in dem großen Badezimmerspiegel.

Als sie das letzte Mal in die alte Hauptstadt gekommen war, hatte Flutura ihrer Mutter einige solcher Cremes mitgebracht. Flora hatte sie umarmt und sich etwas schüchtern bedankt. Ihre Mutter war eine Frau, die sich immer wohlüberlegt verhielt. Mein Hafen und mein Brunnen der Weisheit, hatte Fluturas Vater seine Frau das ganze Leben lang aufgezogen. Mutter zeigte ihre Emotionen niemals offen, und Flutura hatte nie ohne Hemmungen mit ihr sprechen können. Sie erzählten einander nie ihre Geheimnisse. Sie liebten sich auf eine reife Weise, gesetzt, etwas verklemmt, als ob ihre Gefühle in den Händen zerbrechen würden, wenn sie sie offen aussprächen.

„Ich hab dir auch Haarfärbemittel mitgebracht", hatte Flutura versucht, sich der Mutter anzunähern, „wollen wir sie kastanienbraun färben, mit einem Kupferstich?"

Die Frau wollte ihr den Wunsch nicht abschlagen, weshalb sie die Tochter tun ließ, was sie wollte. Nach getaner Sache war ihr jedoch kein Begeisterungssturm zu entlocken.

„Hm, was meinst du?"

„Schön, sagte ich doch, gefällt mir."

„Jetzt sind die Körperlotionen an der Reihe."

Die Mutter war groß, und obwohl sie auf die 60 zuging, hatte sie einen beneidenswerten Körper. Sie hatte ihn aber Zeit ihres Lebens unter weiten, unförmigen Pullovern versteckt, als würde sie sich für ihn schämen, anstatt stolz darauf zu sein. Ob die Eltern nach über 30 Jahren Ehe noch Liebe machten?

Das ist eine Creme für die Brust, und die hier ist für die Beine, hatte Flutura eifrig und freudig der Mutter erklärt, aber die Frau blieb weiterhin unaufmerksam.

„He, gute Frau, probierst du das jetzt aus oder nicht?"

Flora hatte sie lange angesehen. Dabei waren ihre Augen vor Trauer verschleiert, dass es einem in der Seele weh tat.

„Flora?"

„Verschon mich mit diesen Sachen, Liebling. Das kommt zu spät für mich."

„Ach Quatsch, hör auf mit dieser Leier."

„Zu spät, Flutura, meine Zeit ist um. Schau aus dem Fenster. Wir ersticken im Staub, das Wasser kommt nur tröpfchenweise, und wir danken Gott, wenn Schlamm und Dreck nicht bis ins Bett gelangen. Die Stadt ist zu einer Müllkippe verkommen. Aber du hast das vergessen, du weißt nicht mehr, wie wir hier leben. Unsere Körper und Gesichter wussten ein Leben lang nichts von irgendwelchen Cremes, und jetzt würde ich damit nur lächerlich wirken, verstehst du? Es ist zu spät, Liebes, viel zu spät."

Flora hatte diesen Satz immer aufs Neue wiederholt und war tiefer und tiefer in ihre Traurigkeit versunken. Zu spät. Als ob diese beiden Wörter den Schlüssel zur Befreiung oder Vernichtung von allem in sich trügen.

Zu spät, sagte Flutura laut in das Halbdunkel der Wohnung in der Stadt, die ihr zweites Zuhause geworden war, das annehmbarste Zuhause. Durch den transparenten Vorhang streifte ihr Blick über die Terrasse des Wohnhauses gegenüber und die purpurn flackernde Neonreklame für einen Aperitif.

Sie wehrte sich mit aller Kraft gegen dieses Konzept. Niemals würde sie es zulassen, dass es auch für *sie* zu spät sein würde. Diese Krankheit des Zuspätdranseins hatte mittlerweile in Dortunten Wurzeln geschlagen, und sie würde dem Virus nicht gestatten, dass es in ihre Haut drang. Flutura hatte ihre eigenen Kriegswaffen, und bis jetzt hatten sie gut funktioniert. Es gab also Hoffnung, es gab noch die Zeit oder die Möglichkeit, dass es für sie nicht *zu spät* sein würde.

•

6. April 1996

Ich hasse Ihn. Ich hasse Ihn. Ich hasse Ihn. Ich hasse Ihn. Ich. Hasse. Ihn. Ich. Hasse. Ihn. Ich hasse Ihn. Ich hasse Ihn. Ich hasse Ihn wie den Tod. Mehr als den Tod. Ich hasse Ihn. Ich hasse Ihn. Ich hasse Ihn.

•

Als Fatos T. in die Wohnung kommt, ist Leila schon so weit.

„Tschuldigung für die Verspätung."

Sie sitzt da wie eine verwirrte Geisha und hält die Handtasche auf den Knien. Ihre Augen sind auf einen Punkt auf dem Flurboden geheftet. Sie sieht ihn weder an noch antwortet sie ihm. Er erwartet nicht, dass sie sich dieses Mal anders verhält. Er geht in die Küche und schenkt sich ein Glas Apfelsaft ein, trinkt es und kommt zurück zu ihr.

„Heb den Kopf, Leila", befiehlt er sanft.

Sie hält den Blick weiter gesenkt, steht auf und dreht sich wie üblich einmal um ihre eigene Achse. Sie ähnelt mehr einer Sekretärin als einer Prostituierten.

„Dieser Rock wirkt zu streng", bemerkt er, „zieh einen anderen an. Die Jacke geht auch nicht. Zieh dich so wie immer an. Also in den Arbeitskleidern, die..."

Leila rührt sich nicht vom Fleck. Er sieht ihre Beine an. Einst hat er wie von Sinnen diese Beine geküsst, bis hinauf, dort, wo sie vom Rock verdeckt werden. Er fühlt eine Leere im Magen und möchte sie in den Arm nehmen, sie mit zartfühlenden Worten überschütten, sie liebkosen.

„Ach Gott, Leila, du weißt doch selbst, dass du so nicht zum Arbeiten gehen kannst. Zieh dich um."

Sie gehorcht und schließt sich im Schlafzimmer ein. Später kommt sie heraus, angezogen wie eine Nutte. Sie steht dicht vor ihm und blickt ihm direkt in die Augen.

„Wir können nicht ewig wie in einem Stummfilm leben", bemüht sich Fatos T. zu argumentieren, „du hast gar keinen Grund, mich so verdrossen anzusehen, ich hab die Regeln für diesen Beruf nicht gemacht."

Er geht Richtung Tür, doch sie rührt sich nicht vom Fleck. Er steht einen Moment da, mit der Hand auf der Klinke. Er wartet darauf, dass sie sich bewegt, aber das passiert nicht, und er spürt, wie er die Geduld verliert. Gereiztheit und Müdigkeit steigen in ihm hoch. Er geht zu seiner Ex-Verlobten zurück und unternimmt eine letzte Anstrengung, um sie zu besänftigen. Er will sie so nicht begleiten, nicht, wenn sie so eine besonders große Wut auf ihn hat. Er hat Angst, dass sie sich in solchen Fällen den Kunden ganz bereitwillig hingeben und bei einem sogar noch Befriedigung empfinden könnte, und dieser Gedanke jagt ihm Angst ein.

„Lass uns gehen, Leila", sagt er schließlich erschöpft.

„Ich hasse dich", sagt sie, so trocken, als würde sie sagen: *Heute ist Dienstag,* oder: *Es wird regnen.*

„Sprich nicht so."

„Ich hasse dich."

„Es reicht jetzt."

„Ich hasse dich."

Derselbe teilnahmslose und vernichtende Tonfall. Er kann alles ertragen, aber nicht, wenn sie so spricht. Er spürt den Druck hinter den Augen, sie fangen an zu brennen.

„Lass uns gehen, Leila, bevor ich die Geduld verliere."

„Ich hasse dich."

Er versetzt ihr einen gewaltigen Faustschlag auf den Scheitel. Er schlägt ihre Schultern, zerrt sie an den Haaren, gibt ihr eine Ohrfeige auf die linke Wange, aber nicht sehr stark, wie Leila bemerkt, damit es keine Spuren gibt. Ich hasse dich, ich hasse dich, ich hasse dich, provoziert sie ihn, ich hasse dich. Sie will, dass er fester zuschlägt, und Spuren hinterlässt, und sie nicht auf die Straße muss und zwei, drei Tage zuhause bleiben, und in ihr Tagebuch schreiben kann, was so ist, wie mit Leuten zu reden, auch wenn die nichts von ihr wissen wollen.

„Ich hasse dich."

Jetzt verpasst er ihr einen Schlag in den Bauch und ruft mit verbitterter und zorniger Stimme: *Schluss! Schluss! Hör jetzt auf!* Er hält inne. Sie ist ein wenig nach vorne gebeugt, lässt aber die Tasche nicht fallen. Er sieht sie plötzlich wie gelähmt an. Ihr Lippenstift ist nach oben hin verschmiert, das Rot zeichnet einen absurden Mund, sodass sie nicht mehr Leila gleicht, sondern einem irren Zirkusclown.

„Verzeih mir, Leila, es tut mir leid. Was habe ich nur getan. Verzeih mir."

Er nähert sich, um ihr aufzuhelfen. Leila steht auf, sieht in den Spiegel und wischt sich mit der Hand den Lippenstift weg.

„Gehen wir", sagt sie.

„Entschuldigung."

„Ich bin spät dran."

„Entschuldige bitte, ich weiß nicht, was in mich gefahren ist."

„..."

Sie macht die Tür auf. Ein kleiner, lockiger Hund – der Hund der Nachbarn aus dem oberen Stock – versperrt ihr den Weg. Lass mich vorbei, knurrt Leila den Vierbeiner an, lass mich vorbeigehen, sag ich.

•

Oliver S. fühlte sich an diesem Abend, bei dem Treffen mit der Prostituierten namens Leila, wirklich schäbig. Die Begegnung hinterließ bei ihm einen bitteren Nachgeschmack, der drei Tage andauerte.

Er hatte versucht, die angespannte Stimmung mit einem *Sie haben aber einen schönen Namen* aufzulockern, doch vergeblich. Es war offensichtlich, dass die Prostituierte wie auf glühenden Kohlen saß, kein Lächeln, und das war etwas, womit Oliver S. nicht gerechnet hatte. Generell war er bis zu jenem Abend zufrieden gewesen mit dieser Lösung für sein Sexualleben, und nun dieses Mädchen hier. Die Tatsache, dass die Mädchen aus Dortunten kamen, hatte dem Kritiker ganz besonders gefallen. Sie umgab ein größeres Geheimnis, und das Verhalten der Mädchen hatte etwas Ehrfürchtiges, das ihm sehr gefiel. Mit einem Wort: perfekt.

„Nehmen Sie Platz! Setzen Sie sich, meine Dame, wo Sie wollen", hatte er zu ihr gesagt und sie dabei sorgfältig gemustert, um sich der Qualität der Begleitung zu vergewissern, die er für vier Stunden gebucht hatte.

„Sie haben aber einen schönen Namen, wissen Sie, was Ihr Name in der Sprache der einstigen Besatzer Ihres Heimatlandes bedeutet?"

„Ja", hatte sie trocken gesagt und war weiter stehengeblieben.

„Möchtest du etwas trinken?"

„Nein."

„Ist dir heute vielleicht etwas Missliches zugestoßen?"

„Nein."

„Aha."

Oliver S. war unbehaglich zumute. Er hatte sich etwas Tomatensaft eingeschenkt und in kleinen Schlucken ausgetrunken, um Zeit zu gewinnen. Er saß da und dachte, das Pflichtgefühl würde die Prostituierte schon dazu bringen, sich ebenfalls zu setzen, als Zeichen des Gehorsams. Doch sie stand weiter da, mit ihrer kleinen Handtasche vor dem Bauch, die sie fest in beiden Händen hielt.

„Setz dich!“, befahl er schließlich gereizt.

Sie setzte sich.

„Wer ist der Mann, der dich hierhergebracht hat? Ich hab gesehen, dass er dir einen Kuss gegeben hat, bevor du geklingelt hast.“

„Ist dieses Detail wichtig für Sie?“

Er hielt einen Moment inne und stand dann auf, um ganz nahe an sie heranzutreten.

„Hör mal, Leila, wenn du heute mit dem linken Fuß aufgestanden bist, so geht mich das nichts an. Ich habe keinerlei Verlangen, vier Stunden meines Lebens mit einer Frau zu verbringen, die ein Gesicht macht wie sieben Tage Regenwetter. Ich rufe jetzt bei deinen Chefs an, und unser Arbeitsverhältnis ist damit beendet. Sie geben mir das Geld zurück, das ich für dich ausgegeben habe, und jeder geht seiner Wege. Was meinst du?“

Sie zitterte etwas, erschrak aber nicht, wie es Oliver S. erwartet hatte. Dennoch setzte sie sich gerade hin und versuchte, der Finsternis in ihrem Gesicht eine angenehmere Nuance zu verleihen.

„Das ist mein ehemaliger Verlobter“, sagte sie dann mit ferner Stimme, „jetzt ist er nur noch mein Besitzer. Wenn es sich um Kunden wie Sie handelt, bringt er mich zu ihren Häusern. Ansonsten muss ich auf die Straße wie viele andere. Was wollen wir machen, mein Herr? Für das Geld, das Sie bezahlt haben, bin ich verpflichtet, *alles* zu machen. Allerdings würden Sie mir einen großen Gefallen tun, wenn Sie mir nicht die Augen verbinden oder mich fesseln würden.“

„Ich habe nicht die Absicht, dich zu fesseln.“

„Ich danke Ihnen. Womit wollen wir anfangen?“

„Zuallererst möchte ich dich entblößt sehen.“

„Wollen Sie, dass ich mich hier vor Ihnen ausziehe? Möchten Sie dabei zusehen, wie ich mich ausziehe, oder möchten Sie lieber überrascht werden?"

„Können wir es nicht etwas entspannter angehen, Fräulein? Dein militärischer Ton macht mich etwas verlegen."

Er versuchte zu lächeln, obwohl die Situation ihn aufregte.

„Ich weiß, wie ich Sie erregen kann, auch ohne einen schmeichlerischen Tonfall. Wollen Sie also, dass ich mich vor Ihnen ausziehe?"

„Ich bitte darum!"

Oliver S. betrachtete sie ausgiebig. Ausgezogen kam sie ihm weniger aggressiv vor. Nicht nur die Art, wie sie dastand, nein, auch der Ausdruck in ihren Augen schien irgendwie milder. Sie ist in ihre Rolle geschlüpft, sagte er sich. Sie hatte einen außerordentlich schönen Körper, eine kleine und zerbrechliche Kindfrau, und in ihrer Zierlichkeit mit wunderbar ausgewogenen Proportionen, bis auf den großen Busen, der auf geradezu unglaubliche Art nach oben stand, als ob er das Gesetz der Schwerkraft außer Kraft setzen würde.

Leila war tatsächlich in Hochform, sodass sich Oliver S. von dem wenig vielversprechenden Start sehr gut erholte.

Als er zu guter Letzt Bilanz zog, musste der Filmkritiker zugeben, dass er in diesen vier Stunden vollkommen auf seine Kosten gekommen war. Und es wäre noch besser gelaufen, wenn sich in den Augenwinkeln der Prostituierten nicht so beharrlich dieser traurige Ausdruck mit einer Spur von Wildheit behauptet hätte, den sie erfolglos zu verbergen suchte. Unter anderen, theoretischeren Umständen wäre es ihm unmöglich erschienen, mit einer so traurigen Frau erfolgreich den Sexualakt zu vollziehen. Doch die Realität hatte auch diesmal gezeigt, dass sie stärker war als jede Theorie. Die sexuelle Phantasie und der Fleiß der

Dirne hatten etwas Roboterhaftes, was den Mann noch mehr erregte.

Als sie sich angezogen hatte und noch eine Viertelstunde blieb, bis der Besitzer sie abholte, setzte sie sich auf einen Sessel, mit derselben Haltung wie auf Kohlen wie zu Beginn. Erst jetzt fiel Oliver S.' Blick auf die Hände des Mädchens. Mein Gott, dachte er, was für Verräterinnenhände. Sie spürte seinen Blick auf ihren Händen und vergrub sie in ihrem Haar, wobei sie geradeaus an die Wand hinter Oliver S.' Rücken sah.

„Stimmt irgendetwas nicht, mein Herr?", fragte sie mit Blick auf den unbestimmten Punkt an der Wand.

„Deine Hände erinnern mich an die meiner zweiten Frau."

„..."

„Sie ähneln ihnen vollkommen."

„Ist sie gestorben?"

Oliver S. stand einen Moment lang das Erstaunen ins Gesicht geschrieben, dann fing er sich und begann zu lachen.

„Wie kommst du darauf?"

„Irgendwie schien mir, dass Sie diese Ähnlichkeit getroffen hat... sehr getroffen hat."

„Sie ist gesund und munter."

„..."

„Sie lebt glücklich mit ihrem neuesten Liebhaber."

Oliver S. rechnete mit einer neugierigen Frage ihrerseits, aber die kam nicht, und er wurde nervös, da in ihm urplötzlich das brennende Verlangen erwachte, mit dieser Frau zu sprechen.

„Meine Gattin hat plötzlich nach vier Jahren Ehe entdeckt, dass sie lesbisch ist."

Die Prostituierte schwieg. Sie verharrte in ihrem Schweigen, bis die Klingel der Sprechanlage zweimal schellte, kurz, bestimmt und streng. Da stand sie auf und verschwand mit einem *Gute Nacht,* das ebenso finster war wie die Trübseligkeit, die nun auch von Oliver S. Besitz ergriffen hatte.

Was ist los mit mir?, fragte er sich. Obgleich er sich bemühte, sich des Nachgeschmacks von diesem so sonderbaren Treffen zu entledigen, verfolgte er ihn noch in den drei folgenden Tagen. Und aus einem Grund, den er nicht verstehen wollte, sagte er darum sogar das Treffen mit einem anderen Mädchen am gleichen Tag in der kommenden Woche ab.

•

Sie machen mich fertig, klagt die STADT leise. Sie machen mich fertig, wiederholt sie, dieses Mal laut, aber der Lärm ist zu groß, als dass irgendwer auf sie achten würde.

Es regnet. Es ist ein Regen, der wie mit Hammerschlägen auf die Haut niedergeht, und sie gerbt. Die STADT weiß nicht, wie sie diesem Chaos entgehen kann, weshalb sie nur zusieht. Zwei Missionen sind ihr im Leben zugefallen: Diese Leute geduldig in ihrer Brust zu bergen und ebenso geduldig zuzusehen, wie die Leute vom Chaos ermüden, oder wie das Chaos von den Leuten ermüdet, oder wie, warum nicht, sie selbst von allen und allem ermüdet. Und alle gemeinsam etwas verändern. Vielleicht die Art zu atmen.

Der STADT hätte es zugesagt, langsam ein- und auszuatmen, ruhig, und dem Ticktack ihres Herzschlags zu lauschen. Es hätte ihr gefallen, solche Dinge zu machen, gewöhnliche, alltägliche Dinge. Doch die Bewohner, die sich in ihrer Brust tummeln, sind auf diesem Ohr taub. Nach der Lethargie haben sie beschlossen, mit derselben grenzenlosen Hingabe an einer anderen Krankheit zu leiden, die dieses Mal *Hyperaktivität* heißt.

Sie rennen mit Hummeln im Hintern, beleidigen sich aus Leibeskräften und sind genauso schnell euphorisiert wie desillusioniert. Sie küssen und betrinken sich, werden betrogen und betrügen, rennen weiter, sehen panisch auf die Wand- oder die Armbanduhren, als käme von dorther irgendein Wunder. Sie stürzen, rappeln sich auf, eilen erneut, nicken beim Laufen ein, stolpern, sobald sie einen Moment innehalten, kratzen sich verwirrt am Kopf, verfluchen die Wege, den Himmel, verfluchen sich selbst, baden gleichzeitig in Selbstmitleid und geben sich selbst einen Kuss. Sie küssen sich. Aber ohne Zärtlichkeit. Als sei das Sichselbstküssen nur eine weitere zu erledigende Sache, eine Aufgabe, eine Handlung, die das schwere Los abwenden soll. Das Sichküssen wird wie ein Damm davor errichtet, um es aufzuhalten. Darum tun sie's. Und eilen wieder, zerstören Gebäude, bauen neue, hässlicher als die alten, zerbrechen Fensterscheiben, reißen Platten aus den Gehwegen, gehen raus und demonstrieren – wenngleich sie den Grund für die Demonstration bereits vergessen haben –, brüsten sich, beschimpfen sich und träumen dann wieder. Sie hasten erneut los, sie schwitzen, fluchen, sammeln Eisen, verrostete Autos, alte Fetzen. Sie halten Schaukelpferde unter ihren Dächern. Vielleicht werden die Pferde morgen keine hölzernen mehr sein, am morgigen Tag wird alles als wahrhaftig erwachen: die Hoffnungen, die Reichtümer, die Glückszustände und selbst diese Pferde. Auf denen sie weit herumkommen werden.

Wohin denn, möchte die STADT sie fragen.

Wenn sie bloß eine Frage stellen dürfte, seufzt sie, wenn nur einer der Bewohner ihr erlauben würde, diese Frage zu stellen.

Es prasselt weiterhin ein fürchterlicher Regen nieder, der einem auch die geheimsten Gedanken benetzt, in die trockensten Ecken eindringt und selbst die nassesten Tränen fortspült. Doch die Menschen halten nicht inne. Die STADT betrachtet die Insel der schönen und bunten

Regenschirme inmitten des Meers der verrosteten mit krummen Drähten. Sie schaut auf dieses Volk von Schirmen, das sich manisch in den überschwemmten Straßen herumtreibt und fühlt sich außerstande, die Menge aufzuhalten. Wenn ich ihnen etwas Ruhe schenken könnte, etwas Geduld, etwas... ja, was? So denkt die STADT aufrichtig. Was sollte sie ihnen schenken? Welches Geschenk wäre ihr so kostbar, dass sie es den Bewohnern schenken wollte, wenn es ihr möglich wäre zu schenken?

Jetzt mal ehrlich, sagt sie sich, sag klipp und klar, was hast du ihnen zu schenken?

Sie wird traurig, weil diese Frage ihren wunden Punkt trifft. Sie hat nichts, was sie ihnen schenken oder versprechen könnte, sie weiß nicht, womit sie die Menschen verführen könnte. Das Einzige, woran es ihr nicht mangelt, sind die Altertümlichkeiten: Altes zuhauf, Erinnerungen und Echos vergangener Zeiten, viele Vergangenheiten, zu weit zurückliegend, als dass sie es mit der Ungeduld der heutigen Leute aufnehmen könnten.

Sie hat so oft versucht, ihnen etwas Geduld nahezulegen, doch immer vergeblich. Wenn es etwas gibt, das sie aus ganzer Seele hassen, ist es dieses Wort und die Bedeutung, die es trägt: Geduld.

Haben wir uns nicht lange genug geduldet, entgegnen sie verbittert und fühlen sich zum tausendsten Male betrogen.

Seit Jahrhunderten ernähren sie sich nun schon von Geduld. Eine endlose Reihe von Leben, die voller Geduld erloschen sind. Und jetzt wollen wir rennen. Und sie rennen noch eiliger los, ohne um Erlaubnis zu fragen. So sehr sie auch schreit, um sie aufzuhalten, sie schreien und hasten noch wilder.

Die STADT weiß nicht, wie sie sich verhalten soll. Sie bemüht sich, sie lediglich zu beaufsichtigen und die Rolle des geduldigen Wächters einzunehmen – geduldig, verspottet sie sich selbst –, in die Häuser einzutreten und an den Tischen gegenwärtig zu sein, an den alten Betten, an den halb verfallenen Mauern.

„Schweigsame Hüterin", so würde die STADT gerne von ihnen genannt werden, wenn sie ebenso menschlich und sterblich wäre wie sie. Sie ist es, die sieht, was in ihrer müden Brust vor sich geht: Taschen, die auf einer Seite des Meeres mit Geld gefüllt werden und auf die andere Seite geschafft werden; Koffer von dort, die in hiesige Banken eingelagert werden; Säcke, Tütchen, Kuverts voll Pulver, die den Tod säen und dabei den unschuldigen Schlaf ihrer Kinder hüten; die Sehnsucht von Eltern nach den ausgewanderten Kindern, die schweigend brennt. Sie sieht, wie der Fluch aus den Kaminen jener Häuser aufsteigt und weiß nicht mehr, was sie tun soll. Sie weiß nicht, wo sie ein Heilmittel hernehmen soll. Wo soll sie danach suchen? Wo soll sie es stehlen oder kaufen?

Aber ist es zu guter Letzt nicht auch anderswo so?, tröstet sich die STADT. Ein schwacher Trost, und doch ein lieber, rettender, heilender Trost.

Der Regen tobt sich weiter aus, wenngleich nicht mehr mit derselben Kampfeslust, als hätte er seinen Hunger gestillt und seine Wut ausgelassen. Die Wolken scheinen sich zu öffnen, die Blitze müde zu sein. Dort unten auf den Straßen haben die Leute genug davon, Schirme in den Händen zu halten und ein Teil – die rebellischsten unter ihnen – hat sie wieder geschlossen. So haben sie die Hände frei und können unbeschwerter rennen. Sie können umarmen, brechen, reparieren, kaufen, verkaufen, wiederkaufen und wiederverkaufen.

Heute habe ich eine kleine Wohnung, aber ich habe mich entschlossen, sie zu verkaufen und mit dem Geld eine größere zu erstehen. Und wenn diese größere mich anödet, verkaufe ich sie und kaufe mir eine Villa. Wenn mir die zum Hals heraushängt, verkaufe ich sie und kaufe eine Stadt.

Und wenn ich auch die nicht mehr ertrage, dann kauf ich mir...

Der Verstand steht einen Moment still. Na ja, was soll's, dass mir jetzt nichts Gescheites einfällt. Hauptsache, ich kann verkaufen und kaufen. Wenn ich das nicht tue, werden mich die Leute auslachen, und ich habe nichts, womit ich angeben kann.

Prost, sagt der Käufer der Städte im Regen.

Das Glas in seiner Hand ist farblos, oder besser gesagt, es hat die Farbe des Regens. Der Mensch hebt sein Glas und wartet in aller Ruhe, bis sich das Getränk mit dem Regen vermischt. Das Glas füllt sich bis zum Rand, und er trinkt es in einem Zug aus.

Zum Wohl, denn Regen bringt Segen.

Die anderen schließen sich seinem Trinkspruch an und fangen dann wieder an zu laufen. Der Mann steht mitten auf dem Gehweg in der Nähe der leeren Kaffeehaustische.

Geht nur, ihr Hirnlosen, sagt der Trinksprüchler voller Genugtuung, na los, marschiert und stolziert. Ich genehmige mir noch einen. Herr Ober!

Aber vom Ober keine Spur, er wird des Wartens überdrüssig. Derweil füllt sich das Glas auf dem Tisch wieder mit Regenwasser. Der Mann lacht.

Er prostet dem Tag zu und stürzt das zweite Glas hinunter. Was macht es schon für einen Unterschied, was darin ist? Wichtig ist nur, dass man trinkt.

Der Mann schaut hoch in den Himmel. Dessen Gesicht ist voller grauer und schwarzer Flecken, als hätte man ihn zusammengeschlagen.

Du bist auch so ein Waschlappen, feixt er, alles Wasser der Welt hast du über uns ausgeschüttet. Seit drei Tagen gießt es ununterbrochen.

Der Himmel heult weiter auf, doch wird er immer leiser. Der Mann wartet. Der Himmel gibt keinen Laut von sich.

Puh, so ein lausiger Himmel!

Der Mann schlürft die letzten paar Regentropfen aus dem Glas. Er genießt sie gemächlich und lustvoll.

Warum schickst du nicht auch mal was Nützliches von dort oben, du Blödmann? Ein Stück Glück, oder eine Scheibe Ruhe, oder einen Arbeitstag? Immer nur Sonne und Regen, Regen und Sonne. Gestank und Frost und Frost und Gestank. Du lausiges Land, erbost sich der Mann noch mehr. Und du lausige Stadt!

In diesem Augenblick setzt der Regen wie auf Befehl aus. Nun kommen auch die auf die Straße, die sich untergestellt hatten. Der Marathonlauf wird immer sinnloser.

Es ist nicht meine Schuld, verteidigt sich die STADT, gekränkt durch die Beschimpfung, es ist nicht meine Schuld, dass die Welt so ist, wie sie ist.

Aber da sie über keinen menschlichen Mund verfügt, kann sie diese Dinge nicht zu Gehör bringen. Der Käufer der Städte steht auf und tritt mitten auf die Straße. Eine Reihe von Autos fahren an ihm vorbei und hupen entnervt.

Hau ab von der Straße, du Sackgesicht, brüllt jemand.

Das Sackgesicht bist du, dein Vater, dein Großvater, dein Urgroßvater und deine gesamte Sippschaft.

Die STADT blickt auf die Menge, und die kurz zuvor ausgesprochene Kränkung tut ihr in der Seele weh, aber was kann sie anderes tun, als sich selbst schweigend ihr Leid zu klagen?

•

Aus dem Hotelzimmer blickt die Gruppe der Männer hinunter auf den Hauptplatz der Stadt, auf den Teil, der von den beiden Fenstern aus zu sehen ist. Bajram hält den Vorhang mit einer Hand und in der anderen eine nichtangezündete Zigarette.

„Wir sind uns also einig", sagt er, ohne sich zu den anderen umzudrehen, immer noch den Blick auf den Platz gerichtet, „den Transfer aller Investitionen übers Meer übernimmt Aranit, um den Handel kümmern sich Xhaf und Luan, und das mit dem Geld für die Polizei und den neuen Kontakten zu den ausländischen Banken regle ich selbst. Es ist an der Zeit, vorübergehend die Zelte abzubrechen, habe ich recht?"

„Genau so ist es. Es ist angebrachter, alles zu transferieren, bevor hier die großen Unruhen beginnen", sagt der Banker in kompetentem Ton.

„Ist das sicher mit dem Zusammenbruch der Anlagefirmen, oder ist die Warnung unnötig?"

Dem Banker ist unbehaglich. Es behagt ihm nicht, mit jemandem zu sprechen, der ihm den Rücken zuwendet, weshalb er geduldig darauf wartet, dass sich Bajram umdreht. Doch der rührt sich nicht von der Stelle.

„Die Situation entgleitet", sagt der Bankkaufmann schließlich, „und die ganze Sache stinkt schon seit Langem zum Himmel. Es hätte gar nicht anders kommen können. Das Finanz- und Spekulationswesen hat seine eigene Logik. Sie können sich nicht ewig auf den Beinen halten, vor allem, wenn diese Spekulationen sich auf nationaler Ebene ausweiten. Das ist ein weites Feld, die Einzelheiten habe ich Ihnen in den vergangenen Tagen erläutert. Wie ich Ihnen auch anhand von Zahlen belegt habe, stellt das für Sie kein Problem dar. Sie sind mittlerweile so mächtig und haben derart einflussreiche ausländische Geschäftspartner, dass... dennoch ist es besser, beizeiten die entsprechenden Vorkehrungen zu treffen."

Bajram sieht weiter aus dem Fenster. Im Zimmer breitet sich völliges Schweigen aus. Er gibt Aranit ein Zeichen, dass er näherkommen soll.

„Was ist?“, fragt er unaufmerksam.

„Schau dir den an, der Selbstgespräche führt“, sagt Bajram.

„Wen?“

„Na, den da auf dem Gehweg, der mit dem Schnapsglas.“

„Und was gibt es da zu sehen?“

„Der Typ betrinkt sich mit Regenwasser.“

„Ach, Quatsch.“

„Ich schwöre es dir, ich sehe ihm schon seit einer Weile zu.“

„Kennst du den?“

„Woher.“

Aranit geht zurück zu den beiden Bankern, die wie auf Kohlen sitzen. Ob diese Speichellecker ihnen größere Dinge vorenthalten? Bajram lässt den Vorhang los und wendet sich endlich den anderen zu.

„Eines Tages wird das ganze Volk so tief sinken, dass es mit Regenwasser anstößt“, sagt er ernst, „wenn diese Regierung sich weiter nur die eigenen Taschen füllt, ohne sich den Kopf zu zerbrechen, wie sie den Leuten Arbeit geben kann, damit die Dinge ins Lot kommen.“

„Wieso“, sagt einer der Bankleute spöttisch, „verdienen die es, dass man sie Regierung nennt?“

Bajram lacht und zündet sich die Zigarette an. Er setzt sich in den Sessel und nimmt das Glas mit dem frischgepressten Orangensaft.

„Ein wenig Respekt haben auch unsere Politiker verdient, Jungs“, sagt er, halb ernst und halb im Spaß, „ein wenig Respekt haben sie verdient. Schließlich und endlich haben wir keinen Grund, uns über sie zu beklagen. Jeder hat sich seinen Teil genommen, und uns haben sie in Ruhe arbeiten lassen. Wir sind sogar besser dran. Denn wenn die aus dem Sattel fallen, werden sie herzlich wenig im Portemonnaie haben, oder? Wenn die Hanswürste wenigstens ihre Hausaufgaben ein wenig besser gemacht hätten. Bei allem, was sie während der Wahlkämpfe von sich geben, werden die Politiker doch nie die Interessen des Volks vertreten. Aber man sollte doch weiß Gott von ihnen erwarten, dass sie auch ein *wenig* die Interessen ihres Landes verfolgen, oder?"

Die Männer lachen. Die beiden Banker sammeln ihre Unterlagen vom Tisch auf und gehen vorsichtig grüßend hinaus, als würden sie auf rohen Eiern gehen. Zwei von Bajrams Jungs begleiten sie bis vor das Hotel.

Bajram fasst noch einmal die Lage zusammen und diskutiert mit den Seinen darüber, wie sie am schnellsten, am besten und am unauffälligsten agieren. Über die Details spricht er mit Aranit und Xhafer, wie die Namen der Unterzeichner der Unternehmen vertuscht werden, welcher Teil den Bankern zusteht, über die Rücklagen für die zukünftigen Politiker, nachdem die jetzigen Pfeifen gestürzt oder abgewählt werden, auch daran muss gedacht werden, noch besser als die Krankheit zu heilen, ist, sie vorauszusehen, nicht wahr? Ein weises Wort, ein weises Wort. Den Mittelsmännern auf den Gerichten und in der Polizei von Dortoben und Dortunten müssen die Zuwendungen erhöht werden.

„Wann reist du nach dort drüben?", fragt ihn Aranit, als sie mit der Unterredung fertig sind.

„Etwa in einer Woche."

„Und wie lang bleibst du dann dort?"

„So lange wie nötig, Aranit, was stellst du für Fragen, so lange ich brauche. So schlage ich zwei Fliegen mit einer Klappe: Ich besuche meinerseits die Gäste, die hier bei uns zu Besuch waren, treffe neue Abmachungen mit ihnen und bin gleichzeitig auch Tourist. Du bleibst derweil mein Vertreter, so wie immer, dass das klar ist, habt ihr anderen das gehört?"

Sie machen schweigende, zustimmende Kopfbewegungen. Sie ziehen ihre Jacken und Mäntel an und treten aus dem Hotel. In verschiedenen Gruppen verlieren sie sich in der Stadt.

Bajrams Leibwächter nähern sich wie Gespenster. Er geht ein paar Schritte, dann bleibt er stehen und wirft einen Blick auf das Stadtzentrum.

Zentrum schimpft sich das, dabei sieht es aus, als wäre es von einer Hundehorde zerfleischt worden, stellt er bedauernd fest. Eine Schande, dass es so ist. Er hat diese Stadt immer geliebt. Er liebt sie immer noch, so absurd das erscheinen mag und so wenig es ihm seine Teilhaber glauben mögen. Was er für seine Stadt getan hat, hat er aufrichtig getan. Die Grundschule, die Diskothek und die beiden privaten Kindergärten, die er hat bauen lassen, sind die schönsten und die am besten ausgestatteten in der Stadt. Soll Aranit doch quasseln, dass er so den Paten ähneln will, wie sie häufig in den Filmen beschrieben werden. Aranit will bloß seinen Stolz eindämmen. Wenn ihm danach ist, hat er eine Zunge wie ein Schwert und kann einen verrückt machen mit seiner ganzen Spöttelei. Aber schließlich tun die Filme auch nichts anderes, als die Realität nachzuahmen. Selbst wenn Bajram also die Filme kopiert, was soll daran schlecht sein? Und wenn ein Anderer Bajram selbst imitiert, umso besser.

Dieses Land braucht konkrete Taten und kein leeres Gewäsch von Politikern. Schau nur, wie dreckig sie ist, diese Stadt verdient es, dem Erdboden gleichgemacht und neu aufgebaut zu werden.

Vielleicht wird er eines Tages so mächtig sein, dass er auch das tun kann. Er wird etwas Reines errichten, schön und funktional. Er wird auch eine moderne Fakultät für Architektur erbauen, deren Unterricht auf dem Niveau der besten Hochschulen des Kontinents sein wird. Er wird die

Koryphäen der Architektur dort versammeln, um Forschungen und Projekte für diese Stadt zu machen. Die Hauptstadt des Landes braucht eine neue Architektur, bei der gegenwärtigen Bebauung kriegt man das Grausen. Von Stadtplanung keine Spur. Die gesamte Universität muss reformiert werden, aber Bajram liegt die Architektur am Herzen und damit wird er sich befassen. Besser, eine Sache richtig zu machen, als sich zu verzetteln. Die hiesigen Studenten sollen vor Ort die Architektur in ihrem innersten Wesen erfassen.

„Auf was für Ideen du kommst…“, hatte eines Tages einer seiner dortobigen Geschäftspartner geschmunzelt, „ist es nicht besser, einige Studenten nach Dortoben zu holen, anstatt die dortige Hochschule umzustrukturieren, wofür der größte Reichtum und das längste Leben nicht ausreicht? Du sprichst von einer Fakultät für Architektur, als wäre es eine Eisenwarenhandlung. Für solche Dinge braucht es Tradition, eine solide Grundlage, viel Zeit und… wie sagt man, Rom ist auch nicht an einem Tag erbaut worden, versteht du?“

„Über all diese Dinge habe ich gründlich nachgedacht, noch bevor du mich darauf hingewiesen hast. Aber ich halte nichts von der Idee, Studenten hierher zu bringen, aus dem einfachen Grund, dass die Dortuntigen, wenn sie einmal aus ihrem Land raus sind, nicht mehr zurückkommen. Sie lassen sich dann endgültig auf diesem Fleckchen Erde nieder, habt ihr das noch nicht begriffen?“

„Ist es so?“

„Genau so ist es, glasklar. Aber dieses Land braucht seine Leute und die Lösung dafür ist, vor Ort die geeigneten Bedingungen zu schaffen, anstatt sie zu entwurzeln.“

„Bajram, du sprichst wie ein Politiker“, hatte ihm der Freund entgegnet, „oder wie irgend so ein Menschenfreund.“

„Nenn es, wie du willst, aber so ist die Realität.“

„Und woher kommt diese plötzliche Liebe zu deiner Heimat, dass du dich dafür aufopfern willst?"

Bajram hatte ihn schräg von der Seite angeschaut. Wie sollte ihn der Andere verstehen? Man musste in Dortunten geboren worden sein, um zu fühlen, wie die Dortuntigen fühlten. Man musste von dort stammen, um dieses Land zu verstehen, oder zumindest eine Weile dort gelebt haben. Er hatte sich bemüht, ihm diese Dinge zu erklären, aber sein Gesprächspartner war skeptisch geblieben.

„Ihr gebt einem nur Rätsel auf", hatte er schließlich gesagt, „ihr geht alle fort, so weit euch die Beine tragen, aber mit dem Kopf seid ihr immer noch dort. Warum geht ihr dann weg? Das macht doch alles keinen Sinn. Entscheidet euch ein für alle Mal, wo ihr begraben sein wollt, man kann nicht auf zwei Hochzeiten gleichzeitig tanzen."

Bajram hatte ihn mit seinem Blick durchbohrt.

„Was schaust du mich jetzt so an?"

„Ich schaue dich an, weil ich keine Lust habe, weiter meine Spucke zu vergeuden. So sehr du dich auch anstrengst, du wirst es nie verstehen."

„Ihr seid morbid, das ist euer Problem. Ihr nährt eine krankhafte Einstellung zu diesem Land und wisst nie, ob ihr es hasst oder liebt."

„Das wissen wir, ohne jeden Zweifel."

„Das heißt?"

„Dass wir es lieben und Punkt. Selbst wenn es, vor allem jetzt, widersprüchlich und heuchlerisch klingen mag."

„Dann bleibt doch dort ... und baut euer Land auf, statt uns anderen zur Last zu fallen."

„Jetzt redest du wie ein Politiker", hatte Bajram gestichelt.

Der Andere hatte gelacht und genickt.

„Du hast recht", hatte er zugegeben, „manchmal fällt es auch mir schwer, dich richtig zu verstehen, obwohl ich dich jetzt seit Jahren kenne und wir so viele Abende wie diesen zusammen verbracht haben. Zuweilen scheint es mir, dass es ein unmögliches Unterfangen ist... ihr werdet immer ein Rätsel bleiben für den Rest des Kontinents, nicht nur für uns. Wir sind so nahe beieinander, ihr auf jener und wir auf dieser Seite des Meeres, und trotzdem verstehen wir uns nicht. Eigentlich müssten wir einen ähnlichen Charakter, ein ähnliches Verhalten haben, und trotzdem... ist es nicht so?"

„Ihr könnt uns nicht verstehen", hatte Bajram mit gesenkter Stimme geantwortet, „ihr habt die letzten fünfzig Lebensjahre nicht in einem Käfig zugebracht, und ihr wart nie *so* klein. Niemals *so* klein", hatte er erneut betont. „Ihr könnt uns nicht verstehen, das ist wie die Fabel von dem Schaf und dem Wolf. Kennst du sie?"

„Nein, wie geht die?"

„Eines Tages kam ein Hirt auf die Idee, ein Schäfchen tagelang an einen Baum zu binden, ganz nahe bei einem Wolf, der ebenso wie das Schaf angebunden war. Nach einigen Tagen ließ der Hirt das Schaf frei. Der Wolf blieb natürlich am Baumstamm angebunden. Was später mit dem Wolf geschah, ist nicht bekannt. Das Schaf aber nahm sogleich Reißaus. Sein Herz war von dem Wolfsgeheul wie von Nägeln durchbohrt worden. Der Hirt vergaß das Schaf, das so verschreckt bei dem Wolf gelebt hatte, und beschäftigte sich mit den anderen Schafen seiner Herde.

Eines Tages kehrte das Schaf zurück, worüber sich der Hirte unbändig freute. Alles schien normal und wie zuvor, doch an einem sonnigen Morgen, als sich der Hirt zusammen mit seiner Herde auf der Wiese ausruhte, näherte sich das weidende Schaf zufällig seinem Herrn. Aus Gewohnheit streckte er die Hand aus, um es zu streicheln. Das Schaf warf sich auf ihn, heulte wie ein Wolf und biss ihm in die Hand. Natürlich war der Hirte schnell genug und ließ sich kein zweites Mal beißen, sondern ließ seinen Stab auf den Kopf des Schafes niedersausen. Doch seit jenem Tag war nichts mehr wie zuvor. Das Schaf war weder Schaf noch Wolf. Manchmal mähte es wie ein Schaf, und manchmal heulte es wie ein Wolf. Die Herde ergriff das nackte Grauen, und der Hirte wusste nicht mehr, wie er mit ihm umgehen sollte. Ende der Geschichte."

Bajram hatte sich eine Zigarette angezündet und gierig daran gesaugt.

„Und das erklärt alles? Ist das nicht etwas voreilig und reichlich vage für eine Theorie?"

„Ich sagte nicht, dass das alles erklärt. Alles, was ich sagen will, ist, dass es einige Zeit braucht, bis das Schaf wieder zu dem wird, was es seit jeher war, zum Schaf."

„Und du willst dabei helfen, dass..."

„Dass wir eines Tages lammfromm werden, mein teurer Freund, dass wir unsere eigenen Hirten und nicht mehr *derart klein* sind."

„Aber eure geringe zahlenmäßige Größe ist etwas ganz Objektives, an dem man nichts ändern kann, ein kleines Land bleibt klein."

„Mir ging es nicht nur um die zahlenmäßige Unterlegenheit. Aber selbst, wenn ich bloß darauf eingehe: Beraubt man dich deiner Arme und Beine, ist der Leib natürlich amputiert und du wirkst noch kleiner. Wenn aber deine Gliedmaßen wieder angefügt werden, bist du wieder normal, oder nicht?"

„Ich verstehe dich nicht, was willst du damit sagen?"

„Du solltest dich ein wenig mit Geschichte befassen, teurer Freund", hatte Bajram ernst gesagt, „die Geschichte macht einiges klarer."

„Also, wenn das so ist, da reicht mir schon die von meinem Land. Ich hab weder Zeit noch Lust, mich mit eurer zu beschäftigen."

„Das ist ein Fehler. Ein großer Fehler“, hatte Bajram geschlossen und mit dem Freund angestoßen.

Aber so war es. Damit der Lahme sich aufrappeln und wieder laufen lernen konnte, brauchte es auch Bajrams Geld. Keine Nation war so rein, als dass sie keine Leichen im Keller ihrer Erinnerung versteckt hatte. Die Gewalt und die Tugend lebten auf ewig gemeinsam in der menschlichen Brust. *Wer ohne Sünde ist, der werfe den ersten Stein.* Er und seine Mitarbeiter waren nicht ohne Sünde, aber sie gehörten auch nicht auf den Scheiterhaufen. Bajrams zerlumptes Vaterland brauchte ihn. So wie es neue Schulen auf hohem Niveau brauchte, neue, saubere Straßen und einen ganz neuen Wortschatz.

„Damit die Erinnerung an den Wolf ein für alle Mal verschwindet“, sagte Bajram und ging weiter.

„Wie meinst du, Chef?“, fragte einer der Bodyguards.

„Ach nichts, ich habe nur laut gedacht.“

„Chef“, sagte ein anderer der Leibwächter etwas verlegen, „bist du sicher, dass du nicht mit dem Auto fahren willst?“

„Wir sind schon fast da“, lächelte Bajram, „wozu brauchen wir Autos in einem Land, das so groß ist wie meine Handfläche?“

„Wie du willst, Chef.“

Als er zuhause ankam, hatte seine Mutter den Tisch gedeckt. Es gab Börek mit frischer Milch und gebratenes Lammfleisch. Er konnte das Lachen kaum unterdrücken.

„Wieso lachst du, mein Junge, magst du es nicht?“

„Wie kommst du darauf, Mama, du hast dich selbst übertroffen, da fallen einem ja die Augen aus dem Kopf.“

•

Als sie in dieser Nacht miteinander schliefen, war Bardha so leidenschaftlich und sinnlich, dass es Agim vorkam, als wären sie zum ersten Mal zusammen im Bett. Er selbst hingegen kam sich schlaff, träge und phantasielos vor.

Bardha wartete zunächst darauf, dass er auftaute. Es waren vier Monate vergangen, seit Agim nach Dortoben gegangen war, und sie verging vor Verlangen. Doch als sie merkte, dass die Wartezeit länger andauern mochte, als sie sich vorgestellt hatte, nahm sie die Sache selbst in die Hand. Bardha belustigte dieser Gedanke, und sie flüsterte Agim ins Ohr. Er schien verletzt zu sein. Hach, Gim, verstehst du nicht? Er gab keine Antwort. Er wollte zur klassischen Stellung zurück, aber sie erhob Einspruch. Schschscht, lass mich machen, ja? Er gehorchte und wartete auf das Wunder, das sich seine Frau ausdenken würde, sie, die vor seinem Weggehen beim Sex immer so gelangweilt und einfallslos gewesen war.

Sie erwies sich als phantastisch und raubte Agim den Verstand und die Kraft. In einem Augenblick, als sie derart stürmisch bei der Sache waren, dass sie sich nicht mehr beherrschen konnten, fiel ihnen auf einmal ein, dass Lorina im Zimmer nebenan schlief, und vielleicht alles mitbekommen hatte... Sie lachten glücklich, und Bardha legte ihren Kopf auf Agims Brust.

„Hat es dir gefallen?"

„Was denkst du?"

„Ich meine, es hat dir sehr gefallen."

„Gehen wir auf den Balkon, eine rauchen?"

„Gut."

Auf Zehenspitzen traten sie auf den Balkon. Draußen war völlige Finsternis. Wie viel Uhr es wohl sein mag? Sicher schon nach Mitternacht. Soll ich nachsehen? Nein, lass, ich war nur neugierig. Die Zigaretten leuchteten wie Glühwürmchen. Bardha lehnte sich an seine Schulter.

Keine einzige Straßenlampe, dachte Agim, alles kaputt oder rausgerissen. Und auch kein Baum weit und breit, auch die alle gefällt, um Brennholz oder einen Zaun daraus zu machen. Mein Gott, wie trostlos.

„Erzähl mir von Dortoben, Gim."

Bardha rieb sich noch mehr an ihm, ihr Hunger nach körperlicher Nähe war noch immer nicht gestillt.

„Mein Gott", sagte Agim wieder, mehr zu sich selbst, „wie trostlos."

„Du bist nicht mehr an den Anblick gewöhnt, deshalb verstört er dich", bemerkte die Frau.

Ein Hund bellte dumpf und klagend. Wohin war nur der Mond geflohen?

„Gim, wie schön, dass du zu Besuch gekommen bist."

Bardha besah sich das Profil ihres Mannes. Er erwiderte ihren Blick nicht.

„Du hast uns gerettet, mit den Kleidern und mit den anderen Dingen. Jetzt können endlich auch wir wie normale Menschen leben."

Agim drückte die Zigarette auf dem Balkongeländer aus. Er ist nervös, dachte Bardha und tat es ihm gleich, vielleicht ist er müde.

„Bist du müde?"

„Ein bisschen."

„Morgen gehen wir die Sofaecke kaufen, du kommst doch mit, oder?"

„Um wie viel Uhr?"

„Wann du willst, Liebling, so gegen 11?"

Warum fragst du mich nicht, wollte er ihr sagen, warum zum Teufel fragst du mich nicht? Doch sie hüllte sich nur in den Morgenmantel, den er ihr neben vielen anderen Sachen mitgebracht hatte.

Bardha und Lorina hatten sich so sehr über Agims Mitbringsel gefreut, dass ihm die Spucke weggeblieben war.

Dass Frauen auf Klamotten standen, war ja bekannt, aber dass so ein bisschen Zeug *derart* große Freude hervorrufen konnte, schien ihm unbegreiflich. Agim hatte vor allem Lorina beobachtet, die sich unermüdlich an- und ausgezogen, sich dabei wie ein Kreisel gedreht hatte und vom Schlafzimmer, in dem der einzige große Spiegel hing, in die Küche gerannt kam. Papa, du bist der Beste, ach, danke, Papa, dieser Badeanzug ist wie in *Baywatch*, sowas von spitze, genau die Farben wollte ich, die sind gerade in Mode, woher wusstest du, dass sie in Mode sind, wer hat dir geholfen, die Sachen so gut auszusuchen, Mama, kuck mal, wie gut mir diese Hose steht, Papa, du bist super, meine Freundinnen werden ganz neidisch sein, wenn sie mich so sehen.

Er war an einem Nachmittag gekommen und hatte wirklich einen Haufen Geschenke mitgebracht, von Tampons für Bardha bis hin zu Essbesteck. Es lag auch ein Batzen Geld in ausländischer Währung auf dem alten Küchentisch.

Die beiden wichtigsten Frauen in seinem Leben hatten mehr Dankbarkeit als Liebe gezeigt, aber vielleicht war Agim das nur so vorgekommen.

Später hatten sie in einem netten, aber bescheidenen Restaurant zu Abend gegessen.

„Warum sind wir nicht ins Grand Hotel zum Essen gegangen?“, hatte Bardha gefragt, in ihre Festtagsgarderobe gekleidet.

„Hier gefällt es mir besser“, hatte Agim entgegnet, „es ist vertrauter, und man kann sich in aller Ruhe unterhalten.“

Sie hatten nur von den Kleidern gesprochen, und von den Veränderungen in der Wohnung, dass sie die Waschbecken auswechseln und so eine Badewanne wie in Dortoben installieren würden. Hier haben sogar schon die Zigeuner Badewannen, Gim. Die Vorhänge lasse ich diesmal nähen, ich muss mich ja nicht unbedingt abrackern und sie selber machen, oder? Was, wenn wir ein wenig Geld zurücklegen und zur Bank bringen?, hatte Agim vorgeschlagen. Lorina hörte gar nicht hin, was die Eltern sprachen, sie bewunderte nur sich selbst in ihrem neuen Outfit. Ach komm schon, lass mich diesmal das Geld ausgeben, mir hängt es zum Hals heraus, jeden Pfennig dreimal umzudrehen, hatte Bardha gebeten. Du wirst doch noch mehr verdienen, oder? Stimmt. Ich versprech dir, dass wir dann zu sparen anfangen, oder bring du am besten die Ersparnisse gleich selber zur Bank, besser, ich sehe das Geld erst gar nicht, dann leide ich nicht so sehr.

Sie hatte ausgelassen gelacht. Die Grübchen auf ihrer Wange ließen ihren Mund noch hübscher erscheinen. Agim hatte sich damals auf den ersten Blick in Bardhas Grübchen verliebt. In die Grübchen und in die Augen, eines blau und das andere lila.

Ich liebe dich, Bardha, wollte Agim ihr sagen, während sich die Ehefrau weiter am Wohlstand erfreute, der nach nur vier Monaten des Exils ihres Mannes an die Tür geklopft hatte.

Bardha hatte sich zu Lorina gebeugt und ihr etwas ins Ohr geflüstert. Die Augen der Tochter hatten dieselbe Farbe wie das linke Auge ihrer Mutter. Sie hatte tiefblaue und große Augen, mit seltsam langen Wimpern. Sie wird eine Schönheit werden, dachte Agim stolz und blickte auf seinen Teller. Bitte, lass keinen von *denen* in dieses Restaurant kommen, bat er inständig, lieber Gott, mach, dass ich heute verschont bleibe.

Bardha gab ihm einen Kuss. Er fasste sich wieder. Du bist ja mit den Gedanken ganz woanders. Hier bin ich, wo sonst? Er brachte ein gequältes Lächeln zustande. Das ist gelogen, ich bin mit den Gedanken woanders. Frag mich, Bardha, frag mich, frag mich jetzt, wenn wir einander nahestehen, muss mein Wunsch doch zu dir gelangen.

Doch Bardha fragte ihn nicht, weder während des Abendessens noch in jenem Moment auf dem Balkon, als das Bellen des Hundes erstarb und das Krähen der Hähne erwachte. Und nach dem Gesang der Hähne war das Gepolter der Eimer, Kanister und Fässer zu hören, die frühmorgens eilig von den Leuten herbeigeschleppt wurden, um sie zu füllen, aus Angst, die Wasserhähne könnten bald wieder versiegen. Bardha fragte ihn nicht. Sie fragt mich nicht, wiederholte Agim bei sich in einem fort, tieftraurig.

Sie wollte nur wissen, ob die Frauen in Dortoben tatsächlich so schön waren wie im Fernsehen, ob es möglich wäre, dass später auch sie und Lorina dorthin gingen und ob es möglich sei, dass er genug verdiente, damit sie sich ein richtiges Eigenheim leisten konnten anstatt dieser miesen Wohnung in diesem gefährlichen Viertel. Ob das alles möglich war?

„…“

„Hm, Gim, warum sagst du nichts?“

„Was soll ich denn sagen?“

„Na, antworte mir doch.“

„Auf was?“

„Ach, ihr Männer seid alle gleich…“

„Gleich wie was?“

„Pfff.“ Sie machte eine wegwerfende Handbewegung und ging vom Balkongeländer weg. „Lass gut sein.“

•

Als Aranit das Haus verließ, schliefen die Frauen noch. Tefta schnarchte wie ein Traktor, und Silvana hatte sicher angenehme Träume. Jetzt, da die Verlobung gefeiert war, Aranit mit dem wichtigen Politiker an einem Tisch gesessen war und die Tochter sichergestellt hatte, dass der Vater sauber war, hatte er alles, was er wollte.

Besser so. Sollten sie schlafen. Wenn sie aufwachten, würden sie sich wundern, dass er gegangen war, ohne sich von ihnen zu verabschieden. Aber auch nicht zu sehr. Hatten sie ihm nicht immer vorgeworfen, dass er sich sonderbar benahm? Jetzt hätten sie zumindest einen Grund dazu.

Im Endeffekt war er mit ihnen im Reinen, diesmal auch mit Tefta. Ana war nicht in der Stadt, und niemand wusste, wo sie war. Sie hatte ihm einen lieblichen Brief hinterlassen, als wäre er so ein Schwachkopf, der diesen Mist glauben würde.

Aranit, bitte hab Nachsicht, – wo hatte sie bloß solche Ausdrücke her? – *aber ich musste mit einem wichtigen Klienten weg. Ich erzähle dir davon, wenn wir uns wiedersehen. Ich würde auch in Dortoben vorbeischauen, aber ich weiß nicht, ob ich willkommen bin, oder ob meine Anwesenheit unerwünscht ist. Also habe ich beschlossen, nicht zu kommen. Du weißt, wo du mich findest. Ich bin in drei Wochen zurück.*

Du fehlst mir, und ich habe in letzter Zeit oft an dich gedacht, auch wenn du es mir nicht glauben magst – ach was – *und ich will ernsthaft über einige Angelegenheiten sprechen, die uns beide etwas angehen. Ich habe dir einiges zu sagen, aber das muss ich persönlich tun, es geht nicht auf dem Papier.*

Mein Liebster, du wirst in den nächsten drei Wochen in meinen Gedanken sein. In dir habe ich einen wahren Freund gefunden – klar, bei all dem Geld, das ich für dich ausgegeben habe – *und ich empfinde für dich etwas ganz Besonderes, etwas Wundervolles. Ich schaffe es nicht, mit diesen leeren Worten zu beschreiben, was ich für dich empfinde...* Bla, bla, bla. Lass gut sein, Ana, ich bin vielleicht ein Dummkopf, aber kein kompletter Idiot. Na schön, ich geb's zu, ich bin ein Idiot, aber ich mache nicht zweimal denselben Fehler. Ich werd kein zweites Mal in dieselbe Scheiße treten und mich auf dich einlassen, in der Hoffnung, dass du...

Bah... Aranit schaute in die Nacht, die ein Geräusch machte, als hätte sie Schluckauf bekommen. Was für eine Nacht. Der Frühling nahm seine volle Gestalt an, wie eine schwangere Frau, deren Körper in den letzten Wochen vor der Niederkunft allerlei süße Düfte verbreitete.

So, dieses Mal hatte er also ein reines Gewissen, auch vor Tefta. Ein reines Gewissen, weil Ana mit ihrem Weggang bewirkt hatte, dass dieses feine Gewissen rein geblieben war. Aber was spielte das für eine Rolle? Es war immer besser, ein reines Gewissen zu haben, aus welchem Grund auch immer.

Aranit drehte die Schlüssel wie einen Rosenkranz zwischen seinen Fingern hin und her, bis er den Autoschlüssel erkannte. Er öffnete den Wagen, stieg ein und machte es sich auf dem Fahrersitz bequem.

Bevor er das Haus verließ, hatte er noch einen Blick in das Zimmer seines Sohnes geworfen. Er war zum Bett gegangen und hatte über die Kante des Nachttisches gestrichen, der daneben stand. Dort hatte sein Sohn immer den Ellenbogen abgestützt, wenn er ferngesehen hatte, der Länge nach ausgestreckt und den Kopf an die Wand gelehnt.

Er wünschte ihm von Herzen, dass es ihm gut ergehen würde dort drüben, auf der anderen Seite des Ozeans. In jenem kalten und hochentwickelten Land, so abgeschieden vom Rest der Welt, dass selbst Zeitungsmeldungen über das Land nur selten hier ankamen. Er wollte seine Herkunft vergessen, der Sohn. Aber sein Familienname würde immer mit dem Namen des Vaters verbunden sein. Wenn er zum Beispiel Formulare ausfüllen müsste – was jeden Menschen zeitlebens begleitet –, was würde Gëzim schreiben? Würde er sich einen anderen Namen für seinen Vater ausdenken? Nein, das war unmöglich. Er wäre also gezwungen, den Namen seines Vaters zu buchstabieren: Aranit Dede. Name des Vaters: Aranit Dede. In diesem Augenblick würden sich Vater und Sohn treffen, sei es auch nur für einen kurzen Moment. Wenn Gëzim seinen Namen niederschrieb, würde Aranit in diesem Moment die widerwilligen Finger seines Sohnes spüren. Er würde sie spüren. Das wusste er genau.

Vielleicht war er kein guter Ehemann, weil er untreu gewesen war; vielleicht war er auch kein starker Mann, weil er sich dem Leben gebeugt und es ihn in die Knie gezwungen hatte; vielleicht war er genau das, was sein Sohn ihm vorwarf zu sein, nämlich ein Fetzen von einem Mensch, ein Waschlappen, der keine Verantwortung übernommen hatte, ein Schatten verstorbener Ideale; aber eines war sicher, und das konnte niemand in Zweifel ziehen oder Aranit schlechtreden: Er war ein Vater, er war es nicht nur geworden, sondern auch gewesen. Alles andere sollte sich zum Teufel scheren.

Aranit drehte vorsichtig den Zündschlüssel um, als würde der Motor so weniger Lärm machen. Er überlegte es sich anders und stellte den Motor wieder ab. Er öffnete das Handschuhfach auf der Beifahrerseite und durchsuchte es mit der Hand. Die Pistole war da.

Peng! malte er sich aus. Ein einziger Schuss, sicher und sauber, mitten ins Herz. Er würde es nicht verfehlen, dafür legte er seine Hand ins Feuer. Dieses gottverlassene Herz tat ihm zu sehr weh, als dass er nicht den Mittelpunkt finden würde.

Aranit legte die Pistole an ihren Platz zurück, startete das Fahrzeug und fuhr los.

Der Mond, vornehm und ungerührt in seiner Entfernung, hielt einen fahlen Schirm über das Dach des Autos.

•

Auch Qazim Shala, der zwei Viertel weiter wohnte, hatte sich gedacht, dass dies wirklich eine gute Nacht wäre, um zu sterben. Vielleicht hatte er auch gar nichts in dieser Richtung gedacht. Er schien es jedoch mit dem Sterben sehr eilig gehabt zu haben, als hätte er es schnell hinter sich bringen wollen, bevor sich der Verstand einschaltete, um ihn vor solch einer irrsinnigen Tat zu bewahren. Aber offenbar hatte Qazims Verstand diese Möglichkeit nicht in Betracht gezogen.

Als man ihn in den frühen Morgenstunden erhängt vor dem Haupteingang des städtischen Polizeipräsidiums fand, trug er eine alte Militärhose und Winterstiefel; sein Hosenstall stand weit offen.

Die Menschenmenge, die sich auf dem Platz vor dem Präsidium versammelt hatte, spann die verschiedensten Theorien über diesen offenen Hosenstall. Irgendeiner meinte, der Hosenstall müsse schon offen gewesen sein, als der Selbstmörder, bevor er zu einem solchen wurde, am Abend zuvor bei sich zu Hause diese abgetragene Soldatenhose angezogen hatte, deren ausgeblichener Farbe man ansah, dass sie ihre besten Tage schon hinter sich hatte.

Ein Bäcker war der Ansicht, dass man es hier vielleicht mit einem potenziellen sexuellen Fetischisten zu tun habe. Was hieß hier potenziell? Dass er eben nicht wirklich pervertiert war, also seine sexuellen Phantasien nicht aktiv in die Tat umgesetzt habe, sondern eher so einer war, der tief in seinem Inneren gern derartige Schweinereien ausprobiert hätte, wie Menschen dieses Schlags das eben so machen. Schämst du dich nicht?, unterbrach den Bäcker eine pensionierte Straßenreinigerin, der hängt noch am Strick, und du zerreißt dir schon das Maul über ihn. Die erdrückende Mehrheit der Gaffer stimmte mit der älteren Frau überein. Was hat das hier mit sexuellen Perversionen und dergleichen Quatsch zu tun? Er wird einfach vergessen haben, den Schlitz zuzumachen, das ist alles. Nicht jede Kleinigkeit muss dermaßen unter die Lupe genommen werden.

Ein anderer Zuschauer war davon überzeugt, dass der offene Hosenstall keinesfalls ein Zufall gewesen sei, sondern, ganz im Gegenteil, volle Absicht. Bevor der Selbstmörder seinem Leben an einem Strick am tragenden Eisenbalken des Dachs des Polizeipräsidiums ein Ende gesetzt hatte, wollte er bestimmt mal auf den Sitz der Ordnungshüter pissen. Ob irgendeiner der Anwesenden etwas gegen ein solches Verhalten einzuwenden habe? Dieser Einfall erschien doch nicht abwegig, oder? Ganz und gar nicht. Etwas Besseres hätte einem vor dem Tod nicht einfallen können. Zumindest konnte sich die arme Seele so von ihrem Frust befreien.

Der Polizeibeamte der Nachtwache, geweckt vom Lärm, den die Leute auf der Straße machten, hatte große Mühe, den Körper des Mannes von der hohen Stange zu lösen, an der er kerzengerade hing. Die Zuschauer verfolgten das Spektakel, ohne einen Finger zu rühren.

Bei Tagesanbruch begann ein warmer Wind zu wehen, der den Staub auf dem Schauplatz in einem atemberaubenden Tanz umherwirbelte. Die Menge der Schaulustigen hatte sich längst aufgelöst.

Zumindest hat es in der Nacht nicht gestürmt, dachte sich der Polizist, der den Mann von seinem Strick befreit hatte, so konnte sich der arme Kerl wenigstens in Ruhe aufhängen. Welcher Kummer hat dich wohl geplagt, Bruder, vielleicht war deine Idee mit dem Strick gar nicht so verkehrt.

•

Mynyrja hüpft auf und ab, als ob ihr kalt wäre, aber es ist warm. Der Mai ist angebrochen. Es ist sogar ungewöhnlich heiß im Vergleich zu anderen Maimonaten. So hieß es gestern in den Nachrichten.

„Was hopst du so rum?", fragt Suela sie. Mynyrja sieht sie belämmert an und gibt keine Antwort. Sie springt weiter mit schnellen, nervösen Bewegungen herum.

„Jetzt ist aber genug, hör auf, um Himmels willen", bittet sie Laura, „Mynyrja, jetzt bleib mal einen Augenblick stehen."

Sie springt noch heftiger umher. Suela und Laura sehen sie schweigend an.

„Hey, Fräuleins", ruft einer, der müßig auf einem Motorroller vorbeifährt, „macht es mir doch einmal umsonst, habt Erbarmen. Du mit dem Pferdeschwanz und den Megamöpsen, lass sie mich mal ein bisschen anfassen."

Die mit dem Pferdeschwanz grinst höhnisch und läuft mit obszön wackelnden Hüften auf und ab.

„Einen Scheiß kriegst du", entgegnet sie, „lass Kohle sehen, dann kannst du mit ihnen spielen, so viel du magst."

„Lass mich ihn einmal bei dir reinstecken, nur einmal."

„Frag Mutter Theresa."

Sie zeigt ihm den Mittelfinger. Der Vespafahrer gibt ein hohles Lachen von sich und fährt weiter. Die Abgase hüllen die Frauen ein. Etwas weiter steht eine Gruppe schwarzer Prostituierter. Der Mann hält vor ihnen an und verhandelt über den Preis.

„Lass Mutter Theresa aus dem Spiel", sagt Laura zu ihrer Landsmännin.

„Langweil mich nicht."

Sie spuckt ihren Kaugummi auf die Straße.

„Diese scheiß Zigeunerinnen, kuck, sie steigt auf seinen Roller, he, du Wichser!"

Eine der farbigen Sexarbeiterinnen setzt sich auf das Gefährt des Kunden, und die zwei verschwinden im träge hereinbrechenden Abend.

„Leck mich am Arsch, du und deine Rasse. Dreckige Negerinnen“, schimpft die mit den großen Brüsten.

„Es reicht“, sagt Suela entnervt, „halt die Klappe jetzt.“

Mynyrja hüpft noch immer wie im Fieberwahn auf und ab. Sie ist in Schweiß gebadet. Laura will ihr eine Hand auf den Arm legen. Nein, macht ihr Suela ein Zeichen, lass sie. Die mit dem Pferdeschwanz, die Lumja heißt, lacht.

„He, Mynyrja, bist du jetzt endgültig durchgeknallt? Dein Make-up ist fürn Arsch, wenn du so schwitzt.“

Mynyrja wischt sich mit einer Hand den Schweiß ab, hält einen Moment inne und lehnt sich an eine Mauer.

„Leila kommt zurück“, sagt Laura fröhlich. „Leila!“

Der Kunde mit dem Wagen, aus dem sie ausgestiegen ist, fährt die dunkle Fensterscheibe hoch und ist dann auch schon verschwunden. Leila zieht ihren Rock zurecht und kommt näher.

„Wie war er?“

„Nicht so schlimm.“

„Wollte er irgendwelche üblen Sachen?“

„Nein, er hat mich behandelt wie Aschenputtel im Hof des Prinzen.“

Leila ist blass. Sie sieht sich um, zieht die Schuhe mit den hohen Absätzen aus und steht mit Nylons auf dem Asphalt. Ich hab Durst, stammelt sie.

„Ich hab eine kleine Flasche dabei“, sagt Laura, zieht sie aus der Handtasche und reicht sie Leila.

Aus der Richtung der schwarzen Prostituierten sind Flüche zu hören.

„Sieh dir die Zigeunerinnen an“, sagt Lumja, „sieh nur, wie sie sich streiten, die Biester.“

„Hattest du immer noch keinen Freier, Lumja?“, fragt Leila sie.

„Tss, ne, bis jetzt noch nicht.“

„Schau, da kommt eine ganze Reihe Autos, schnapp dir einen", sagt Suela zu ihr mit gespielter Liebenswürdigkeit.

Mynyrja lehnt noch immer an der Wand und blickt in den Himmel. Alle drei warten, bis Lumja ins Auto eines Fettwansts mit dicker Goldkette steigt.

„Ich geh dann mal, Mädels, wir sehen uns später."

„Siehst du nicht, dass du uns jetzt schon fehlst", seufzt Suela erleichtert auf, „Gott sei Dank sind wir die los."

„Mynyrja", ruft Leila.

Die dreht nicht den Kopf, sondern bewundert weiterhin den Himmel. Leilas Blick fällt auf die blauen Flecken auf Mynyrjas Brust, die im Dekolleté sichtbar sind.

„Mynyrja, hör doch mal. Hörst du mich?"

„Ja."

„Wie können wir dir helfen?"

„Bringt mich um."

„Myni, sag sowas nicht."

„Du hast mich doch selber gefragt. Bringt mich um. Tut mir den Gefallen."

„Na toll. Und was ist mit Bledi, hast du mal an Bledi gedacht?"

„Bledi bringe ich vorher um, mit meinen eigenen Händen. Und dann hilf du mir zu sterben."

„Mynyrja, Schluss jetzt, du sollst nicht so sprechen."

„Bring mich um, Leila, wenn du mir helfen willst. Warum soll ich so weiterleben, soll das ein Leben sein?"

„Genug jetzt, Myni. Wir werden unser Letztes geben und einen Ausweg finden, verstehst du? Es muss einen Ausweg geben", sagt Laura verzweifelt, „wir werden eine Lösung finden."

„Leeres Gerede."

„Das ist kein leeres Gerede, wir werden einen Weg finden, wenn wir uns nicht so hängenlassen."

Zwei Kunden kommen vorbei. Sie bleiben stehen und rufen ihnen zu. Die Frauen machen ihnen ein Zeichen, dass sie weitergehen sollen. Die Männer gehen zu den schwarzen Sexarbeiterinnen.

„Für mich gibt es keine Rettung. Engjëll wird mich mein ganzes Leben lang verfolgen."

„Und wir werden dafür sorgen, dass er in den Knast kommt und dort verfault."

„Der findet mich, selbst wenn er im Knast sitzt."

„Das stimmt doch nicht."

„Er findet mich, überall. Er findet mich, findet mich, findet mich, immer und überall."

„Mynyrja, es reicht, denk doch auch ein wenig an uns andere. Komm, jetzt nimm dich zusammen."

„Seid nicht sauer auf mich, ich bin dumm und nicht so gebildet wie ihr, ich verdiene es nicht, dass ihr euch mit mir abgebt. Ich hab nur euch, lasst mich nicht allein, seid nicht wütend auf mich. Wenn ihr mich auch noch im Stich lasst, was wird dann aus Bledi werden?"

Mynyrja setzte sich mitten auf den Bürgersteig und weinte laut, heulte Rotz und Wasser, so wie es kleine Kinder tun. Sie heulte ohne Beherrschung und stieß ein komisches Öhöhöhöh aus, wie ein abgestochenes Kalb. Leila setzte sich neben sie und legte ihr die Hand auf den Kopf. Wein ruhig, Myni, wein, Schatz, aber nicht so laut. Mynyrja streifte die Hand vom Kopf und heulte noch lauter als zuvor. Leila stand auf. Suela und Laura weinten schweigend, um ihr Make-up nicht zu ruinieren. Die Gruppe der schwarzen Prostituierten hatte sich derweil mit den Kunden verdrückt, nur eine Frau war übriggeblieben.

„He, ihr aus Dortunten, Bullen, die Bullen kommen", schrie sie und rannte weg.

Das Polizeifahrzeug hielt vor den Mädchen, bevor sie hatten weglaufen können. Mynyrja blieb das Schluchzen im Halse stecken. Sie hob das angeschwollene und mit Farbe verschmierte Gesicht in Richtung der Polizisten.

„Was ist hier los?“, fragte einer von ihnen streng, „wo kommt ihr her?“

Sie stotterten den Namen Dortuntens.

„So? Dann kommt mal mit. Lucio, wir haben Arbeit.“

Lucio kam. Er war ein Mann um die 40.

„Lass uns diese Täubchen ins Zentrum bringen, da ist noch Platz.“

„Nein“, sagte Mynyrja entsetzt, „mich kriegt ihr nicht da rein.“

„He, lass die Mätzchen, ja? Ab mit dir.“

„Nein! Leila, hilf mir!“

Leila war vor Schreck kreidebleich geworden, ebenso Suela, wohingegen Laura Ruhe bewahrte.

„Vielleicht ist das die Gelegenheit“, flüsterte sie Leila zu, „was meinst du?“

„Was weiß ich denn!“

„Wie lange geht ihr hier schon anschaffen?“

„In dieser Gegend?“

„Ja.“

„Seit einem Jahr.“

„Und wo wart ihr davor?“

„In einer anderen Stadt.“

„Los, steigt ein, wir wollen keine Zeit verlieren.“

Der mit dem Namen Lucio blickte teilnahmslos drein und rasselte mit Handschellen.

„Also, ihr Schätzchen, zwingt uns nicht dazu, die anzulegen.“

Der jüngere Polizist griff Mynyrja am Arm und schob sie in Richtung Auto.

„Nein, Leila, sag, dass sie mich nicht mitnehmen sollen, Leila, bitte!“

„Steig ein“, meinte Leila sanft, „siehst du nicht, dass wir keine Wahl haben?“

Mynyrja widersetzte sich lauthals. Die Ordnungshüter verloren die Geduld und stießen sie schimpfend in den Wagen. Mynyrja bedeckte mit den Händen die Augen und kauerte auf dem Rücksitz, wobei sie sich hin- und herwiegte. Laura begann, stimmlos zu weinen. Leila sah starr geradeaus und wusste nicht, wie sie sich verhalten sollte. Die Polizisten beobachteten sie mit Verdruss, aber auch mit einer gewissen Neugier. Sie sprachen kein Wort, bis sie auf der Polizeiwache angekommen waren.

Dort war die Hölle los, Befehle wurden gerufen, Funksignale schwirrten durch die Luft, und die protestierenden Stimmen von Alkoholisierten und von anderen Prostituierten waren zu hören.

Man ließ sie lange warten. Mynyrja igelte sich auf dem Boden an der Wand ein, und die übrigen Mädchen entschieden sich, sie in Ruhe zu lassen. Alle waren in ihre eigenen Gedanken versunken und bemühten sich, die Angst in den Griff zu bekommen, die ihnen zentnerschwer im Magen lag.

Eine Polizistin zerrte sie wie Vieh in einen Raum, wo man sie fotografierte und auch ihre Fingerabdrücke nahm.

„Wir haben nichts gestohlen, wir sind keine Prostituierten, wir haben nichts gestohlen, wir sind keine Prostituierten, wir haben nichts gestohlen, wir sind keine...“

„Jetzt sorgt endlich dafür, dass eure Kollegin den Mund hält!“, brauste ein Polizist auf, „die macht einen ja verrückt. Wir haben schon kapiert, dass ihr so unschuldig wie Schneewittchen seid. Das sagt ihr alle. Wir kennen das zur Genüge, alle seid ihr brave Mädchen.“

Man ließ sie wieder warten, diesmal in einer Art Zelle mit vielen anderen Inhaftierten in allen Hautfarben. Die

Frauen konnten sich nicht beruhigen und schafften es nicht einmal, einander anzusehen. Alle drei beobachteten aus den Augenwinkeln Mynyrja, als sei sie der Schlüssel zur Rettung, aber dem Schrecken in den Gesichtern der anderen wollten sie nicht begegnen.

Die Bosse würden mittlerweile an dem Standort vorbeigekommen sein und hatten sicher davon erfahren, dass die Polizei die Mädchen mitgenommen hatte.

Und nun, fragte sich Leila, was wird nun aus uns werden? Und du, die du von dieser Gelegenheit geträumt und abertausend Pläne geschmiedet hast, du machst dir jetzt in die Hose, was? Hoffentlich glauben sie uns und helfen uns, dass wir nicht mehr dorthin zurück müssen.

(Wenn euch die Polizei aufgreift, dann macht eurem Leben besser gleich selber ein Ende, so Bajram.)

(Wenn euch die Bullen schnappen, fick ich noch eure Leichen, so Lenin.)

(Mädels, betet zu Gott, dass euch kein Polizist auch nur nahekommt. Ansonsten sind die ersten, die dran glauben müssen, die Penner, die ihr zuhause in Dortunten zurückgelassen habt, und dann ihr, aber ganz langsam, der Tod wird euch wie das Paradies vorkommen. – Xhaf, kühl, aber sachlich.)

(Du Flittchen, wenn dich die Bullen holen, geb ich dir die Ohren von deinem Sohn zum Essen, schön angebraten und mit etwas Rosmarin, ha, ha, ha. – Engjëll eines Tages.)

Oh Gott, steh uns bei, wenigstens dieses Mal. Mach, dass wir in gute Hände fallen.

Als alle Gebete gebetet waren und sich selbst die Angst vor Müdigkeit schlafen legte, tauchte ein dicker Polizist auf der Türschwelle auf, der eine Art Chef zu sein schien. Er brachte sie in ein Büro, in dem mehr Leute ein- und ausgingen als in einem Supermarkt.

Er sah die Frauen eine nach der anderen an. Nachdem er sich mit der Polizistin besprochen hatte, die ihnen keineswegs wohlgesonnen schien, fragte er nach ihren Namen. Er verlangte, dass sie Auskunft gaben über das, was sie taten, wie lange sie es schon taten, ob man sie bereits zuvor verhaftet hatte, auch wenn das aus den Akten nicht hervorging, und wie lange sie schon illegal in Dortoben lebten.

„Nun, meine Damen, redet ihr oder nicht? Ich hab keine Zeit mit euch zu verlieren, ich hab tausend andere Dinge zu erledigen."

Sie saßen da wie gerupfte Hühner.

„Ich kann euch die ganze Nacht hierbehalten, bis ihr mit der Sprache rausrückt."

„Wir sind keine Prostituierten", sagte Leila trocken.

Nur Mut, sagte sie sich, jetzt ist der Stein ins Rollen gebracht, komme, was wolle.

„Ich weiß, dass Sie uns nicht glauben, aber man hat uns dazu gezwungen."

„Das hören wir oft, besonders von euch aus dem Osten."

„Wir kommen nicht aus dem Osten, mein Herr, wir sind nur einen Katzensprung weit weg von Ihnen, gleich auf der anderen Seite des Meeres."

Der Mann lächelte und sah zu seiner Kollegin. Die verzog säuerlich das Gesicht. Eine Gruppe Polizisten kam lärmend herein.

„Jungs, ich will für eine Viertelstunde von niemandem gestört werden."

Sie blickten auf die Mädchen, machten scherzhafte Gesten in der Art *Wow, was für Frauen!* und gingen hinaus. Die Polizistin nahm vor einer Schreibmaschine Platz. Aus dem Flur waren die schmutzigen Flüche einer Prostituierten zu hören.

„Fangen wir bei dir an", wandte sich der Polizeichef an Leila, „wo du unsere Sprache gut sprichst und scheinbar am aufgewecktesten bist. Paola, führ bitte genau Protokoll."

Mynyrja sprang auf und wollte etwas sagen, aber die Worte blieben ihr in der Kehle stecken.

„Mein Herr", bat Leila, „bitte nicht mitschreiben. Bitte kein Protokoll. Wir haben Angst."

„Aber das ist unerlässlich, Fräulein, so ist der Ablauf. Ihr wurdet wegen einer Gesetzesübertretung verhaftet, und die Polizei muss ihre Arbeit dokumentieren."

„Nein", rief Laura mit erstickter Stimme, „wir haben kein Gesetz übertreten, die anderen sollten hier sitzen, nicht wir. Wir sind unschuldig, wir kennen Ihre Gesetze gar nicht und wollen kein Gesetz verletzen."

Mynyrja begann wieder, sich unruhig hin- und herzuwiegen, wie nachts, wenn sie im Schlaf vor sich hinredete. „Sag nichts, Bledi, sie bringen dich sonst um, sie finden uns, sie finden uns, selbst wenn wir tot sind, finden sie uns und lassen uns nicht in Frieden ruhen, Junge, was habe ich nur getan, dass ich dich hierhergebracht habe, Junge, Bledi, Schatz."

Paola und ihr Chef waren sprachlos. Laura stand auf, um Mynyrja zu umarmen.

„Schschscht, Myni, uns wird nichts passieren, wir werden hier rauskommen und keine Angst mehr haben, ja, morgen kannst du Bledi sehen, Laura schwört es dir, dass wir morgen den ganzen Tag mit Bledi verbringen."

Mynyrja senkte den Kopf und steckte wie ein kleines Kind einen Finger in den Mund. Sie jammerte, während sie am Finger saugte.

„Mein Herr", bat Leila schließlich den schweigenden Mann, „wenn Sie möchten, können wir unter vier Augen sprechen, meine Freundinnen sollen in einem sicheren

Raum warten. Ich bitte Sie, ich werde Ihnen alles sagen, was ich weiß, tun Sie uns diesen Gefallen."

„Ist eure Freundin tatsächlich krank?"

„Meinen Sie, dass sie so gerissen ist, um sich solche Geschichten auszudenken?"

Mynyrja lutschte jetzt an ihrem Daumen, Tränen liefen ihr die Wangen herunter. Suela weinte ebenfalls, lautlos.

„Gut", erklärte sich der Polizist einverstanden, „dann übernimmst du also auch für die anderen die Verantwortung, ja?"

Er gab Paola mit leiser Stimme eine Anweisung. Sie ging hinaus und kam kurz darauf mit zwei jungen Polizisten zurück. Sie nahmen Mynyrja mit sich. Laura und Suela sahen Leila an.

„Hilf uns, Leila."

„Wir sehen uns später", sagte sie ruhig.

•

25. Juni 1996

Ich erzählte der Polizei von den schrecklichen Ereignissen, Wort für Wort. Doch je mehr ich erzählte, desto unglaubwürdiger klangen meine Worte, selbst in meinen eigenen Ohren. In der Zwischenzeit hatte Mynyrja in einem der vielen Räume des Gebäudes Beruhigungsmittel verabreicht bekommen. Ich listete die Namen der Männer auf, die ich kannte und scheute mich auch nicht, die Namen oder die Spitznamen aufzuzählen, die Er erwähnt hatte. Ich versuchte, so genau wie möglich zu beschreiben, wohin man die Kinder zum Schlafen brachte, die sich als Bettler verdingten. Mir schien, die Polizei wusste nichts von dieser Kaserne. Unsere Bande, also die Bande der Bosse, die Freunde von Ihm sind, kannte ich in- und auswendig, weshalb ich etwas länger brauchte, bis ich alles erzählt hatte, ohne etwas durcheinander zu bringen. Die Polizei wollte auch etwas über die Clans in anderen Städten erfahren, aber in der Angelegenheit konnte ich nicht wirklich behilflich sein. Der Polizeichef war dennoch sehr zufrieden. Er meinte, ich hätte Licht ins Dunkel gebracht. Als ich ihnen von der Folter erzählte, von den Gruppenvergewaltigungen und den Geldsummen, die bei den Chefs abzuliefern waren, um am Leben zu bleiben, musste die Polizistin, die Protokoll führte, zweimal unterbrechen und verließ beide Male schnell das Zimmer.

Wie oft hatte ich von diesem Treffen geträumt. All die verrückten Pläne, die ich in meinen Gedanken geschmiedet hatte, die Szenarien, die ich mir ausgemalt hatte... Die Verhaftung hingegen kam rein zufällig, als wir schon jede Hoffnung verloren hatten. Auch der Polizeichef war erschüttert, versuchte aber, die Fassung zu bewahren. Er wiederholte oft, wie wichtig meine Aussage für die Ermittlungen sei. Er sagte, dass die Polizei oft Frauen aus Dortunten festnehme, sie aber nie den Mund aufmachten, und man sie wegen fehlender Beweise schließlich wieder laufenlassen musste. Warum sind Sie nie von sich aus zu uns gekommen, Sie wirken so viel mutiger? Warum? Wenn es jemand wagte, die Bosse anzuzeigen, bekamen die es im Nullkommanichts durch einen ihrer Informanten heraus, der hier unter Ihnen weilte, und brachten dieses Mädchen sofort um. Das ist unmöglich, entgegnete der Beamte aufgebracht, solche Dinge passieren bei uns nicht.

Ich erzählte ihm von Milikas verschwundenen Augen, ich versicherte ihm, dass sie bereits tot war, als sie uns um ihren leblosen Körper versammelten. Aber das war ihnen nicht genug.

In dem Moment hätte ich, ehrlich gesagt, auch gerne das Zimmer verlassen, um frische Luft zu schnappen und ein, zwei Schritte zu gehen. Und weiter?, fragte der Mann. Erzähl weiter. Sie haben Milika in unserem Beisein die Augen ausgestochen, den Körper haben sie mitgenommen, um ihn zu ver-

brennen, aber die Augen hatten sie vergessen. Und die waren plötzlich weg, ich schwöre, die Augen sind einfach verschwunden, als hätten sie Beine bekommen. Großer Gott, sagte der Polizist, ich mache diesen Job schon seit Jahren und habe schon einiges gesehen, aber das übertrifft alles.

Sie machten eine kurze Kaffeepause und brachten mir eine halbe Pizza und ein Fläschchen Orangensaft.

Anschließend sollte ich von dem Vorfall mit Mynyrja erzählen, von Bledi, der als Geisel gehalten wird, von Engjëll, von... kurz gesagt, ich erzählte ihnen den Grund, warum sie in einer noch übleren Lage war als wir anderen. Sie fragten mich, wo die Wohnung sei, in der sie das Kind gefangen hielten. Wir wissen es nicht, noch nicht einmal Mynyrja selbst weiß es. Sie halten es geheim. Mynyrja stammt aus einer entlegenen Provinz in Dortunten, eine Provinz, die so sehr Provinz ist, dass sie wie das Ende der Welt wirkt. Sie kann nicht lesen, sie kann nur auswendig ihren Namen schreiben. Engjëll holt sie immer von ihrer Schlafstätte ab, wo sie unter strenger Bewachung bei den anderen Frauen schläft und bringt sie in seine Wohnung, wo er das Kind gefangen hält. Mynyra würde nie reden, selbst wenn Sie ihr die Seele aus dem Leib prügeln, sie würden Bledi sofort umbringen, wenn sie auch nur einen Mucks sagt.

Helfen Sie uns, Herr Polizist. Er ging aus dem Zimmer und kam erst nach einer guten Weile wieder zurück.

Wir müssen Sie freilassen. Sie müssen uns helfen, diese Leute zu schnappen, und dafür brauchen wir konkrete Beweise. Aber ich habe Ihnen doch alles gesagt! Es reicht nicht. In diesem Augenblick blieb mir das Herz stehen, und ich begann zu weinen. All meine Hoffnungen, dass doch noch ein Wunder geschehen möge, waren zunichte. Ich weinte ziemlich lange. Sehr lange. Es kam ein anderer Beamter in das Zimmer, der einen höheren Rang zu haben schien.

Wir können euch auf dem Polizeipräsidium an einem sicheren Ort unterbringen. Wenn ihr Angst habt, auch nur für ein paar Tage zu denen zurückzukehren, dann werden wir euch nicht dazu zwingen. Der einzige Ausweg wäre, euch die Rückkehr in eure Heimat zu ermöglichen. Wenn wir das machen, werdet ihr uns allerdings nicht helfen können, Beweise gegen diese Leute zu sammeln, und sie bleiben weiterhin auf freiem Fuß. Verstehst du? Verstehst du, Mädchen? Wir brauchen Zeit, um Beweise für das zu finden, was du uns erzählt hast. Und bevor wir euch erlauben können, in eure Heimat zurückzukehren, müsst ihr vor Gericht gegen sie aussagen.

Ich erinnere mich daran, dass ich laut wurde, als er das sagte. Die werden uns umbringen, die werden auch unsere Eltern in Dortunten umbringen, verstehen Sie das denn nicht? Wir können auf keinen Fall gegen die aussagen, und wir können unter keinen Umständen dorthin zurück. Die werden uns finden, die finden uns überall, und dann werden sie uns töten, warum verstehen Sie das denn nicht?

An dem Punkt musste ich ihnen von Aurora erzählen. Ich prostituiere mich, weil sie Aurora töteten, um mich zum Gehorsam zu zwingen. Bislang war ich nur wegen meiner Eltern in Dortunten am Leben geblieben. Wenn ich jetzt zuließe, dass sie mich töteten, wer würde sich dann um Mama und Papa kümmern? Was, wenn sie sie auch umbringen würden?

Wir hatten also keine andere Wahl, als die Polizeistation zu verlassen und zu unseren Bossen zurückzugehen. Wir hätten sowieso zurückgehen müssen. Engjëll hatte ja Bledi. Wir sollten in der Zwischenzeit handfeste Beweise gegen sie finden, wir sollten aufzeichnen, was sie sagten und andere irrsinnige Heldentaten begehen.

Seinen Namen erwähnte ich nicht. Ich wollte dieses Thema nicht anschneiden, dass mein Verlobter mich mit Lügen an diesen Ort gelockt hat und mich... er war nicht der einzige. Nachdem sie Engjëll geschnappt und Bledi befreit hätten, dann ja. Ich tat es für Myni. Ich war ihre letzte Hoffnung. Aus Ihm hätte ich die Adresse von Engjëll herauskitzeln können, obwohl das bis dahin unmöglich gewesen war.

Mynyrja verliert den Verstand. Wenn das noch weiter so geht, verliert sie wirklich den Verstand.

Nach vielen Bitten einigten wir uns mit dem Polizisten und einigen seiner Kollegen darauf, dass sie uns vor denen eine Szene machen sollten, sie sollten uns lauthals vorwerfen, nicht kooperiert und keinen Ton gesagt zu haben.

So war es dann. Als wir die Formalitäten geklärt und uns darüber geeinigt hatten, wie wir von da an miteinander kommunizieren würden, holten die Polizisten Suela, Laura und Mynyrja dazu. Mynyrja lachte laut wie eine Irre.

Verschwindet von hier, die reinste Zeitverschwendung mit euch, wollt ihr diese Banditen in Schutz nehmen, dann nur zu. Aber dass ihr es wisst, wenn wir euch das nächste Mal schnappen, landet ihr direkt im Bau, bis ihr den Mund aufmacht.

Also gut, Leila, flüsterte mir Suela zu, hast du ihnen alles erzählt? Und was passiert jetzt mit uns? Der Polizist fluchte, damit es alle mitbekämen. Sie begleiteten uns laut schimpfend bis auf den Bürgersteig hinaus.

Was ist denn mit dem los, Mädels, sagte Mynyrja, immer noch hysterisch lachend.

Während die Polizisten ihre Rolle spielten und uns herumschubsten, erkannten wir viele Meter weiter auf der anderen Straßenseite die kleinen Bosse. Sie hatten am Fenster eines Cafés auf uns gewartet. Laura erkannte sie sofort. Mädchen, da sind sie, sagte sie mit vor Angst zitternder Stimme.

Sie steckten uns in Autos, und wir fuhren sehr lange, was bedeutete, dass wir die Stadt verlassen haben mussten. Es war also alles umsonst, die Polizei würde unsere Spur verlieren.

Die Bosse sperrten uns in verschiedene Zimmer, in einem Haus, das wir nie zuvor gesehen hatten. Sie schlugen uns und gaben uns drei Tage lang nichts zu essen und nichts zu trinken. Dieses Mal vergewaltigten sie uns nicht. Sie sperrten uns einzeln in die Zimmer, in dem Irrglauben, dieser psychische Druck würde uns brechen.

Sie vergessen, dass unser Fell schon so oft gegerbt wurde, dass uns nichts mehr erschüttern kann.

Er kam in dieses Haus und flehte mich unter Tränen an, Ihm endlich zu berichten, was wir auf der Polizei ausgesagt hätten.

Suela haben sie richtig fertiggemacht. Ich weiß nicht, warum sie sie mehr schlugen als uns, aber so war es. Sie schrie und heulte in einem fort. Ein großer Hund heulte auch irgendwo in der Nähe, und von draußen drang der Lärm einiger Bauarbeiter herein, die eine Mauer verputzten und dabei Lieder im Dialekt des Südens sangen. Ich weiß nicht, wie viele Tage wir eingesperrt waren. Sie ließen uns nicht einmal auf die Toilette gehen, was zu einer richtigen Qual wurde. Meine Nieren brannten, so dringend musste ich urinieren, aber ich traute mich nicht zu fragen, ob ich auf die Toilette dürfte, aus Angst, sie würden mich deswegen noch mehr schlagen. Andererseits wollte ich mir nicht in die Hose machen, weil die sich über mich lustig gemacht hätten, und es gibt nichts Erniedrigenderes, als von niederträchtigen Menschen ausgelacht zu werden. Also hielt ich es aus, bis mein Bauch vom Zusammenpressen steinhart wurde.

Als Er kam, bat ich Ihn, mich auf die Toilette gehen zu lassen. Zumindest diesen „Gefallen" tat Er mir.

Von Suela war nichts mehr zu hören. Ich fragte Ihn, wie es Suela ginge. Er ging, um nach ihr zu sehen. Er kam wieder und sagte mir, es ginge ihr gut. Sie würde schlafen. Aber ich glaubte Ihm nicht.

Sie hatten Suela am ganzen Körper mit Zigaretten verbrannt. Sie haben ihr mit Zigaretten das Wort Hure auf den Bauch gebrannt.

Dieses Wort auf dem Bauch! Sie haben Suela die Strafe der Einsamkeit auferlegt, die schlimmer ist als die Todesstrafe. Mit wem kann Suela jetzt leben? Wem kann sie ihre Haut zeigen? Sie müsste einen Mann heiraten, der von weit, sehr weit weg ist und dieses Wort nicht versteht, das auf dieser Seite der Erde so verbreitet ist. Sie müsste einen dieser Männer finden, deren Sprache sich nur auf den Klang stützt, nicht auf das Geschriebene.

Sie schlugen uns viele Tage lang. Er fragte seine Partner, ob er mich mitnehmen dürfe. Die Antwort lautete „Nein", aber nicht von ihrer Seite aus, sondern von meiner. Solange die anderen Mädchen dort waren, würde ich auch bleiben. Auch wenn Mynyrja weg war. Engjëll hatte sie abgeholt.

Ich versuchte, mir nicht auszumalen, was Mynyrja in der Wohnung von Engjëll durchmachen musste, weil sonst der Schmerz in meinem Herzen meinen Durchhaltewillen besiegt hätte. Wenigstens vergewaltigten sie uns nicht. Oder habe ich das schon erwähnt? Wir waren erledigt. Der Tod erwartete uns. Dessen war ich mir sicher. Sobald der Informant bei der Polizei herausfände, dass wir geredet hatten, würden sie uns töten. Wenn ein Wunder geschähe, und wir das überleben sollten, würden wir nie wieder zur Polizei gehen.

Aber seltsamerweise töteten sie uns nicht. Als sie uns rausholten, konnten wir uns kaum auf den Beinen halten. Sie ließen Suela im neuen Haus, in das Er gezogen war und in dem auch ich wohnen sollte. Suela sollte bei mir bleiben, damit ich mich um sie kümmerte, bis es ihr besser ginge. Wenigstens das taten sie. So konnte ich ihre Wunden heilen, so gut ich das vermochte.

Er überwachte uns die ganze Zeit, aber was machte das für einen Unterschied? Würde Er uns wieder schlagen? Wo würde Er ein Stückchen freie Haut finden, auf das Er uns schlagen könnte?

Als sie kamen, um Suela zu holen, ging es mir noch sehr schlecht. Ich weiß nicht, was mit Laura ist, wo man sie hingebracht hat und wie es ihr geht.

Eines Tages kam Lenin, um Ihn abzuholen. Er sah mich hasserfüllt an. Nach den Informationen, die wir erhalten haben, habt ihr wohl die Wahrheit gesagt, ihr dummen Weiber. Hörst du, Fatos? Die kleinen Vögelchen hier haben schlauerweise tatsächlich ihre Schnäbel nicht aufgemacht. Wir haben sie also umsonst geschlagen, brachte er zwischen den Zähnen hervor. Zu viel Essen ist schlecht für sie, weil sie davon fette Hintern bekommen, hi, hi, ha, aber zu viele Schläge kann's nie geben. Haben sie wirklich nicht geredet?, hakte Er nach. Das sagte Er absichtlich, um mir klar zu machen, dass sie auch bei der Polizei ihre Leute hatten. Als wäre ich eine Närrin und wüsste das nicht schon längst, dieser Idiot. Nein, Alter, sie haben sich als loyal erwiesen, den Mund verschlossen. Wir wissen schon, was für eine gute Ware wir ausgesucht haben.

Als die beiden das Haus verließen, fing ich an zu weinen. Zum ersten Mal, seit wir die Polizeistation verlassen hatten, weinte ich.

Ich bin immer noch hier. Ich hoffe, die Genesung schreitet nur langsam voran. Ich mache mir Sorgen um Suela, Mynyrja und Laura.

Vor ein paar Tagen brachte Er mir verschiedene Stoffe und eine kleine Nähmaschine als Geschenk mit. Ich habe zwei Oberteile und zwei Paar Hosen für Bledi genäht, einen Rock für meine Mutter und eine Tunika für den Stern, den ich nachts vom Fenster aus sehe. Wenn ich doch nur zu ihm hinauf könnte, um ihm mit meinen Händen die Tunika anzuprobieren, zu sehen, ob sie ihm passt, und wenn nötig, einige

Veränderungen vorzunehmen. Ich weiß nicht, wie ich ihm dafür danken kann, dass er mir nachts Gesellschaft leistet. Wenn dieser Stern am Himmel steht und mich von dort aus schweigend beobachtet, fühle ich mich weniger einsam. Darum nähte ich diese Tunika für ihn, auch wenn ich weiß, dass ich ihn nie von Nahem kennenlernen werde und ihm auch nie die Tunika überreichen kann.

Aurora, du fehlst mir.

•

„So, du Stück Scheiße, dachtest, du wärst schlau und lässt dich einbuchten."

Engjëll schreit Mynyrja die Worte ins Gesicht wie ein kaputter Wecker, der unaufhörlich schrillt. Er brüllt und läuft wie ein tollwütiger Hund in der Wohnung auf und ab. Mynyrja hat die Augen geschlossen und sitzt in Habachtstellung auf einem Stuhl. Sie ist so angespannt, dass man sie mit einer Nähnadel stechen könnte und nicht in ihre Haut eindringen würde. Sie wartet auf den ersten Schlag, doch wie mit Absicht lässt Engjëll damit auf sich warten. Wenn er nur anfangen würde, sie zu prügeln, bittet die Frau in das Schweigen des Zimmers hinein, das wäre die Erlösung. Wenn er sie schlug, riss es ihn so sehr mit, er vollzog das Prügeln mit einer solchen Leidenschaft, dass er darüber vergaß, ihr anderes Unheil anzutun. Jenseits seiner Worte – wenn sich die nur wegkratzen ließen, wenn sich das Zimmer von seiner Stimme säubern ließe – bleibt nur das Schweigen, weiß und klar.

„Ich geb dir gleich Polizei, du wolltest meine Nerven testen, was? Ich mach dich klein wie das Arschloch von einer Ratte, du Schlampe."

Wenn diese Worte nicht wären, wäre es schön ruhig, ärmlich, aber liebenswert, wie *dort,* als sie ihren gelähmten

Vater im Trog waschen musste, als sie für Petroleum Schlange stehen musste und als sie sich beeilen musste, die Bettlaken der Mutter zu reinigen, die sich wieder eingenässt hatte. Es herrschte eine Ruhe, *dort,* wenn sie all dies tat, es war so etwas wie der Geruch des Schnees, den sie nie gesehen hatte. An dem Tag, an dem sie sterben würde, das heißt, bevor sie sterben würde, und man sie fragen würde, was ihr letzter Wille sei, denn so fragten sie einen, bevor man umgebracht wurde, wenn man sie also fragte, was ihr letzter Wille sei, so würde sie sagen: Ich will einmal den Schnee sehen, einmal will ich Schnee sehen und rausfinden, wie er riecht. Mynyrja weiß nur allzu gut, dass sie ihr diesen Wunsch niemals erfüllen werden, denn hier gibt es keinen Schnee, in dieser Stadt schneit es nicht. Ob sie sich die Mühe machen würden, sie an einen Ort zu bringen, wo Schnee liegt, einzig und allein, um ihren Wunsch zu erfüllen und dadurch das ganze Geld zu verlieren, das sie mit ihren Geschäften gemacht hätten, bloß, um sie glücklich sterben zu lassen und sich zu guter Letzt als menschlich zu erweisen? Sie weiß, dass es nicht dazu kommen wird. Und trotzdem, wenn man sie fragt, wird Mynyrja nur diesen einzigen Wunsch äußern, den Wunsch, mit eigenen Augen Schnee zu sehen, obwohl sie weiß, dass...

Wenn man sie erschießt, ertränkt oder erstickt, oder wie auch immer sie ihr das Leben nehmen werden, wird sie im Traum von Schnee bedeckt sein. Der Schnee wird ihre Haut liebkosen und sie ganz hell machen, er reinigt besser als jedes Duschbad.

Sie wird den Schnee in sich hineinstecken, an alle Stellen, wo man sie beschmutzt hat, und so wird bei ihrem Tod das Fleisch ihres Leibes auch innen ganz rein sein. Wenn Bledi groß ist und ihr Grab besuchen kommt, dann wird er wissen, dass dort ein reiner Körper ruht, und er wird Blumen niederlegen, nicht auf einen Kadaver, sondern auf ein reines Wesen.

Engjëlls Schimpftirade kommt jetzt aus dem Badezimmer. Mynyrja sitzt aufrecht, presst die Hände zusammen, hält die Augen geschlossen, ihr Herz scheint stehengeblieben zu sein. Sie ist Engjëll dankbar dafür, dass er dieses Mal Bledi nicht in der Wohnung gelassen hat. Wer weiß, wo er ihn hingebracht hat, doch zumindest ist er nicht hier und hört nicht mit an, wie sie geschlagen wird. Und Mynyrja wird nicht die Fingernägel des Kleinen hören, wie sie an die Türe kratzen, hinter der er eingesperrt ist.

„Komm her, du Aas!"

Sie steht auf und geht ins Bad. Immer noch kerzengerade und mit zusammengepressten Händen, die Augen halb geöffnet, nur so weit, dass sie sieht, wo sie hintritt. Engjëll hat die Wanne mit Wasser gefüllt.

„Ausziehen!"

Mynyrja zieht sich aus. Es ist kein Schaum im Wasser. Er wird sie nicht vergewaltigen. Wenn er sonst Wasser in die Badewanne einlässt, ist da viel Schaum, weil es ihm gefällt, sie zu missbrauchen, wenn ihr Körper so glitschig ist wie ein Aal, das Glitschige erregt ihn, aber dieses Mal ist da kein Schaum, und das Wasser ist kalt, weil es nicht dampft. Er geht weg und kommt mit einer Peitsche in der Hand zurück. Er kratzt sich am Bauch und überlegt einen Moment. Sieh mir in die Augen, befiehlt er. Sie sieht ihm in die Augen. Er zwinkert ihr zu und lacht gehässig. Er kehrt ihr den Rücken zu und wühlt im Wandschrank am Ende des Flurs. Er holt ein Plastikrohr heraus, oh, denkt Mynyrja und ihr Magen krampft sich zusammen, jetzt wünscht sie sich nicht mehr so sehr wie zu Beginn, dass er sie schlägt. Der Schmerz wird größer sein als die Angst, und sie wird sich auf den Schmerz konzentrieren, auf die Schläge, die ausgerissenen Haare, um nur nicht die Angst spüren zu müssen.

Während der Folter, Myni, so hat ihr einmal Delina geraten, denk nicht daran, was dir gerade widerfährt, verstehst du? Denk an andere Dinge, und vor allem denk daran, dass die Folter irgendwann zu Ende ist. Dass Engjëll, möge krepieren, wer ihm diesen Namen gegeben hat, müde werden wird. Auch einen Menschen zu schlagen, macht müde, und so wird er früher oder später müde werden. Verstehst du, Mynyrja, verstehst du, Schatz? Ich habe gehört, dass sie große Probleme mit einer konkurrierenden Bande haben, vielleicht bringen die sie um, dann haben wir keine Besitzer mehr, und dann holen wir Bledi und flüchten alle zusammen.

Aber nach Dortunten gehen wir nicht zurück, will Mynyrja zu ihr sagen. Dort finden sie uns, oder ihre Verbrecherfreunde finden uns, für uns gibt es kein Zurück.

Denk an ein Lied, Myni, wenn er dich schlägt oder vergewaltigt, dann denk an eines der Lieder, die du als Kind gesungen hast, ja? Es steht nicht geschrieben, dass es für uns keine Rettung gibt, wir werden einen Weg finden, wir werden nicht nach Dortunten zurückgehen, wir werden irgendwohin gehen, wo wir all das vergessen und Bledi groß und schön und stark wird.

Wo gibt es einen solchen Ort, Delina?

Aber diese Frage hat sie ihr natürlich nicht gestellt. Vor Delina hat sie immer Hemmungen gehabt zu sprechen. Sie ist so gebildet, so belesen, sie kann so schön sprechen, und selbst Mynyrja gebraucht nun einige ihrer Ausdrücke.

Sie selbst hat keine Schule besucht, nur die erste Klasse, die sie auch nicht abgeschlossen hat. Und auch jene Buchstaben, die sie einst kannte, hat sie vergessen, und jetzt kann sie kaum ihren eigenen Namen schreiben, und erst recht nicht die hiesigen Wörter lesen, obwohl sie die Sprache ein wenig spricht. Es ist eine Schande, nicht lesen zu können, aber die anderen Frauen helfen ihr ein bisschen, vor allem, wenn sie auf Freier warten. Sie sagen zu ihr, Myni, siehst du den Namen von dem Geschäft da rechts, kannst du ihn sehen? Ja. Merk dir diesen Buchstaben da, das ist ein O, und der andere ist ein T. Warum setzen sie in der dortobigen Sprache zwei Ts nacheinander? Weil in dieser Sprache die Buchstaben auch so geschrieben werden können. Aber ihre Freundinnen können ihr keinen regelmäßigen Unterricht geben, wegen der Spioninnen der Bosse, die ihnen ständig auf den Fersen sind.

Hast du gehört, was ich gesagt habe!, brüllt Engjëll. Sie kommt zu sich. In die Wanne mit dir! Er schwenkt das Plastikrohr in der Luft herum. Es zischt in der Luft. Mynyrja steigt mit einem Bein ins Wasser. Stop!, schreit er, und sie erstarrt. Er wirft das Stück Plastik auf den Boden und beginnt, seine Hose zu öffnen. Hast du geglaubt, dass du diesmal nicht gebumst wirst? Raus aus dem Wasser. Sie zieht das Bein heraus. Auf die Knie und lehn deinen Körper an den Wannenrand, die Titten bleiben draußen. Sie nimmt eine Hündchenstellung ein und hält sich am Wannenrand fest. Willst du meinen Schwanz oder das Plastikrohr, hm? He, ich rede mit dir, du willst alle beide, wie ich dich kenne, ja? Du kriegst nie genug, oder? Sie schweigt, die Tränen rinnen ihr unkontrolliert herunter. Ich werd dir die Dickköpfigkeit austreiben, du Nutte, und dann versuch noch mal, zur Polizei zu gehen. Haben sie dich auch rangenommen, hä? Haben die Bullen dich durchgefickt, hast du es ihnen gleich umsonst angeboten? Machs Maul auf, bevor ich mich vergesse. Er dringt mit Gewalt in sie ein. Mynyrja spürt den Schmerz bis in den Kopf. Er steckt ihn ihr zuerst in den After, dann in die Vagina: zehn Stöße anal und zehn Stöße vaginal. Er quetscht ihre Brüste, und sie kann sich kaum mehr auf den Knien halten. Er schlägt ihr auf die Hüften.

„Ihr denkt, ihr wärt was Besseres als wir, ihr Stinkmösen aus Dortunten? Für was haltet ihr euch, ihr *Frauen,* für was Besseres als uns, hä?“

Er schlägt und missbraucht sie, wie er es Dutzende Male gemacht hat. Wie lange es auch so weitergeht, egal, wie weh es ihr auch tut, egal, Hauptsache, Bledi ist nicht da und hört diese Worte nicht. Aber das sind keine Worte, würde Delina sagen, das sind nur schmutzige, erbrochene Laute.

„Ihr meint, ihr seid was Besseres als wir, ihr Ratten? Ihr wollt so sein wie die Fotzen von hier, was, die die Männer zu Witzfiguren gemacht haben mit ihrer *Gleichberechtigung*, hm? Was geht in euren verschissenen Schädeln vor? Aber wir werden euch zeigen, wo's langgeht. Los, beweg deinen Arsch. Beweg deinen Arsch, sag ich, damit ich komme."

Aber er kommt nicht zum Höhepunkt, was ihn noch mehr in Rage bringt. Er zieht sein Geschlechtsteil aus ihrem Körper, greift nach dem Plastikrohr und steckt es ihr in den Anus. Sie schreit auf. Er stößt zu. Der Kunststoff dringt in ihren Körper ein, und er masturbiert, während er weiter zustößt, er schüttelt das elende Ding zwischen seinen Beinen und jault. Er heult das Bad an, die Decke, die Welt, und das Gift entweicht seinem Körper. Es spritzt in die Haare der Frau.

„Und nimm dieses Haargummi raus, wie oft muss ich dir das noch sagen!"

Er reißt das Band ab, das Mynyrjas langes, lockiges Haar zusammenhält und säubert sein Glied mit ihren Haaren, wobei er weiter aufheult. Die Frau ist zu Boden gesunken, das Stück Plastik ist immer noch in ihr. Ihr Po ist blutig. Er zieht das Rohr aus ihrem Körper, und das Blut ergießt sich auf den Badezimmerteppich.

„He, was machst du da, was soll das, verdammte Scheiße!"

Überall Blut, hellrotes Blut, dunkleres Blut. Er geht zum Waschbecken und hält sein geschrumpftes Glied unter den Wasserhahn, um es ordentlich sauber zu machen. Das frische Wasser macht ihm Freude, doch sein Blick weicht nicht von der bewusstlosen Frau in der Blutlache.

„Mit dir ist doch alles in Ordnung, oder?“

„...“

„Hallo, ich rede mit dir. Was ist denn jetzt schon wieder, hast du so einen empfindlichen Arsch, Landsfrau?“

Er geht in das große Zimmer, zieht sich in aller Ruhe an und greift zum Telefon. Er muss lange warten, bis jemand rangeht.

„Meine Landsfrau hier blutet wie eine Sau, bringt wen her, ja? Okay, okay, nein, ich hab sie noch nicht geschlagen, das wollte ich gerade machen, mhm, gut, ich warte, ja, gut, ja doch, nerv mich nicht. Ich warte, okay?“

Als der Andere in der Wohnung eintrifft, ist Mynyrja gerade zu sich gekommen. Sie drehen sie auf den Rücken und auf den Bauch. Nichts Schlimmes, sagt der Fachmann, vielleicht hast du ihr das Rohr ein wenig zu tief reingesteckt und den Dickdarm erwischt. Echt? Echt. Und was jetzt? Ich würde sagen, dass wir zur zweiten Phase übergehen. In Ordnung.

Sie heben sie hoch und schmeißen sie in die Wanne. Mynyrja stöhnt erstickt auf. Das Wasser färbt sich rosarot. Sie werfen auch das Folterwerkzeug ins Wasser, um es zu säubern.

„Zum Teufel mit dir, du Drecksschwein, kuck mal, wie schmutzig das ist. Mach's jetzt sauber, los.“

Mit zitternden Händen wäscht sie die Spitze des Rohrs. Sie hebt den Kopf, um ihnen in die Augen zu sehen, kann sie vor lauter Tränen jedoch kaum erkennen.

„Wollt ihr mich wirklich schlagen?“, bringt sie schließlich heraus.

Die Männer sehen einander an und brechen in schallendes Gelächter aus. Der Neuankömmling zieht seine Leinenjacke aus und hängt sie an den Handtuchhaken.

„Nein, wir machen nur Spaß.“

Sie prügeln sie mit ihren Gürteln. Das Wasser spritzt nach allen Seiten wie bei einem Wettschwimmen, aber so sehr sie auch zuschlagen, durch das Wasser werden keine großen Spuren zurückbleiben, und sie wird bald wieder arbeiten gehen können. Die Männer haben keine Lust, diese Huren auf der faulen Haut liegen zu lassen.

Sie werden nass und machen das ganze Badezimmer nass, und aus Wut darüber, dass ihre Hosen und Schuhe nass geworden sind, schlagen sie noch mehr, sie ziehen sie aus dem Wasser und verdreschen sie auf dem Fußboden.

„Ihr haltet euch für was ganz Besonderes, ihr Drecksweiber, ihr meint, ihr könnt tun und lassen, was ihr wollt, ja? Denkt, ihr werdet so wie die Ischen hier?“

Ach, wie ich mich freu, das neue Jahr ist neu, es war schön damals, sie lebten auf dem Dorf und hatten kaum Geld, sie hatten nie viel Geld, aber niemand schlug sie, und alle sagten *Ach, was für ein schönes Kind, so ein süßes Kind,* und ihre Mutter war stolz. Zu der Zeit waren ihre Eltern noch nicht krank. Ich sag danke, was auch war, und willkommen, neues Jahr. Das alte Jahr ist aus, piepst auch die kleine Maus. A B C, die Katze lief im Schnee. Siehst du, Delina? Wieder Schnee. Findet ein wenig Schnee für mich, und lasst mich dann schlafen. Ich bin todmüde.

•

Laura ist verschwunden. Seit Tagen gibt es keine Spur von ihr. Keiner weiß, wo sie sein könnte. Die Mädchen flüstern, dass ihr etwas Schlimmes zugestoßen ist. In dem Haus, in dem sie bisher waren, sind nur noch die Hausherren aus dem oberen Stock, Entelas Wohltäter, Veli und Hajria. Bloß Mynyrja haben sie dortbehalten, damit sie für sie die Hausarbeiten erledigt, und drei Helferinnen, die die Gruppen der Prostituierten während der Arbeit ausspionieren. Die

Tatsache, dass sich Veli und Hajria noch immer dort aufhalten, bedeutet, dass die großen Bosse sicher sind, dass sie nicht entdeckt werden. Aber den ganzen Rest der Sexarbeiterinnen, der Bettelkinder und der Händler haben die Bosse in verschiedene andere Städte verfrachtet.

Es heißt, dass Entela für wenig Geld jenseits des Ozeans verkauft wurde, aber niemand kann das sicher wissen. Es heißt, dass sie viele ausländische Mädchen nach Dortunten gebracht haben, die sie wie Vieh erstanden haben. Man munkelt, dass sie eine neue Stückzahl an unverbrauchtem Fleisch dorthin schaffen, also Jungfrauen, die eine wahre Goldgrube sein werden. Man sagt, dass zwei der kleineren Bosse im Gefängnis sitzen. Man sagt auch, dass die neuen Bosse aus Dortunten nicht mehr ganz so streng sind. Lenin soll getötet worden sein, Leo, und die Frauen sind in dieser Nacht erleichtert und ertragen die Kunden besser. Wenn nur dieses Schwein zur Strecke gebracht wurde, das würde sie glücklich machen, sie würden sich den Freiern sogar umsonst hingeben, als Opfergabe.

Doch am nächsten Tag ist Leo wieder da, gesund und munter. Er versammelt eine Gruppe Mädchen, auch einige ausländische sind jetzt darunter, die für dieselben Bosse arbeiten. Diese Ausländerinnen sehen zufrieden und sorglos aus. Sie kauen unablässig Kaugummi und lachen laut. Bis auf eine, die irgendwie vom Weg abgekommen zu sein scheint und mit der Orientierung auch ihren Namen verloren hat. Als sie sie fragen, wie sie heißt, murmelt sie eine Zahl.

Leo wirkt an diesem Tag geduldiger und benimmt sich anständiger ihnen gegenüber. Er legt die Standorte für die Arbeit fest und notiert sorgfältig, wer wohin geht. Schade, dass sie ihre alten Stammkunden verloren haben. Einige von denen waren richtig höflich. Zwei oder drei schienen ihnen sogar zu glauben, als sie sagten, dass sie keine Prostituierten seien.

•

Doch eines Abends, kurz bevor sie für die übliche Schicht auf die Straße mussten, hörten die Mädchen von Laura. Die Abendnachrichten im Fernsehen zeigten ein Bild von ihr. Ein Mädchen um die 17, berichtete der Sprecher mit fröhlicher Stimme, als würde er die Lottozahlen oder das Wetter und nicht den Tod einer jungen Frau verkünden. Ein Mädchen um die 17, sie trug keinen Ausweis bei sich, aber auf ihrem linken Oberschenkel stand mit Kugelschreiber ein Name geschrieben, nur der Vorname, kein Nachname, sie wurde heute in der Nähe der Stadt aufgefunden, bei einer der großen Mülldeponien. Das Opfer hatte deutliche Spuren von Misshandlung am ganzen Körper – nur an dieser Stelle wirkt der Sprecher kurz bekümmert – und einen zertrümmerten Schädel. Es wird vermutet, dass es sich um eines der zahllosen Opfer der Zwangsprostitution handelt, die seit einigen Jahren in unseren Städten blüht und mittlerweile fest in der Hand der brutalen und skrupellosen Menschenhändler aus Dortunten ist. Diese Mafiabanden haben neben dem weiten und lukrativen Netz der Prostitution auch einen großen Teil des Drogenhandels in ihrer Hand, wobei sie mit heftiger Gewalt bestehende hiesige und internationale Clans verdrängt haben. Polizei und Justiz waren und sind mit Beharrlichkeit und Ernsthaftigkeit im Einsatz...

Die Mädchen traten aus der Baracke und brachen schweigend zum Arbeitsplatz auf. Als sie dort ankamen, konnten sie nicht mehr an sich halten und fingen an zu weinen. Sie weinten schluchzend zwischen den Rufen der Passanten, der Freier und der Schaulustigen.

Sie weinten auch, als sie den Kunden ihre Dienstleistungen anboten. Die Tränen rannen unaufhörlich. Es war möglicherweise das erste Mal, dass sie auf so existentielle Weise trauerten. Dieses Zeichen, der Name, den Laura mit Kugelschreiber auf ihren Oberschenkel geschrieben hatte, bevor sie starb, ließ sie endlos und entsetzlich klagen. Sie konnten auch den Anblick des Hundes nicht aus ihrem Gedächtnis tilgen, der Lauras Leichnam dort zwischen dem Müll entdeckt und gebellt hatte, bis jemand nähergekommen war, um zu sehen, was da vor sich ging.

•

Die verschwundenen Augen von Milika weinten nun sicherlich gemeinsam mit den Mädchen um Laura, hatte Delina gedacht. Wie ein Wasserfall würde es auch aus Milikas Augen herausströmen, wo auch immer sie versteckt waren. Wer konnte wissen, wo Milikas Augen nun umherirrten. Damals hatten die Frauen nicht so geweint. Als man Milika umgebracht hatte, war der Schrecken so groß gewesen, dass sie nicht hatten weinen können.

Die Verbrecher sagten diesmal kein Wort, sie brüsteten sich nicht, rieben ihnen Lauras Leichnam nicht unter die Nase, um sie noch mehr einzuschüchtern. Sie hielten ein Treffen nach dem anderen ab. Sie stritten sich, gingen ein und aus und telefonierten.

Laura war umgebracht worden, weil sie vermutet hatten, dass sie diejenige war, die die Bande angezeigt hatte. Oder hatte vielleicht Fatos T. den Verdacht auf Laura gelenkt, um Leila von dem Verdacht zu entlasten, dass sie sie denunziert hatte? Auch sie wirkten etwas verängstigt, stellte Delina fest, während sie in Xhafers Wohnung mit Handschellen an den Heizkörper gefesselt war. Die Handschellen rieben ihre Knöchel wund.

Bei all der Ausweitung der Tätigkeiten, dem kompletten Transfer der Gelder aus Dortunten bis auf die andere Seite des Ozeans, war irgendetwas schiefgelaufen. Der Mord an Laura war dafür ein eindeutiges Zeichen. Irgendwas war faul, aber Delina konnte nicht mit Gewissheit ausmachen, was. Und je schlechter die Geschäfte für sie liefen, umso mehr malträtierte man sie. Von Zeit zu Zeit kamen sie einfach so vorbei, gaben ihr einen Tritt, nur um irgendetwas zu tun, und verschwanden wieder.

Sie ertrug das alles schweigend. Auch wenn sie Delina mit Worten provozierten, presste sie die Kiefer zusammen und gab keinen Laut von sich. Es ging in diesem Fall nicht darum, Würde zu bewahren, sondern am Leben zu bleiben.

Sie hielten sie zwei Wochen so gefangen. Als sie sie freiließen, befahlen sie ihr, sich zusammenzureißen, doch diesmal, ohne ihr zu drohen. Delina dachte für einen Augenblick, dass man sie irgendwohin bringen würde, um ihr eine Kugel in den Kopf zu jagen. Man ließ sie sich in aller Ruhe waschen, und sie versuchte, ihre Geduld möglichst lange auszunutzen, im sinnlosen Bemühen, zu verstehen, was sie mit ihr vorhatten. Das Einzige, was sich mit Sicherheit sagen ließ, war, dass die Haftstrafe zu Ende war, aber sie kam nicht hinter den Grund. Sie begriff keine der beiden Handlungen: weder, weshalb man sie bestraft hatte, noch, weshalb man sie jetzt so freiließ, mit einer Art Sorgsamkeit. So sehr sie sich auch den Kopf zerbrach, sie wurde nicht schlau daraus. Doch das Wichtigste war, dass sie es auch dieses Mal geschafft hatte.

•

Die Bosse brachten Delina zur Villa eines bekannten Kunden, des Kinokritikers. Diesmal befand sich in dem Wagen, der Delina vor dem Haus des berühmten Professors ablud, auch Bajram selbst.

„Unnötig, dir zu sagen, dass du dich gut benehmen wirst. Das versteht sich von selbst. Du kennst den Kunden", stieß einer der Feldwebel namens Agim zwischen den Zähnen hervor. Er arbeitete seit Kurzem in Dortoben. Sein Akzent und seine Grammatik waren sehr elegant, wie Delina auffiel. Noch ein Gebildeter in ihren Reihen.

„Der Kunde behält dich für zwei Tage. Er hat uns das Geld gegeben, du wirst also nicht von ihm bezahlt. In zwei Tagen kommen wir zur selben Zeit und holen dich ab. Also pass auf, was du machst?"

Seltsamerweise hatte der Mann den Satz mit einem Fragezeichen beendet. Natürlich. Zwei Tage Zeit, dachte Delina und wagte nicht, den Gedanken zu Ende zu führen. Es war ihr gelungen, das kleine Aufnahmegerät unten in ihrer Tasche zu verstauen, die die Bosse dieses Mal nicht kontrolliert hatten. Zwei Tage Zeit. (Wo bist du, Ben, seit einer Ewigkeit habe ich dich nicht gesehen und seit einer halben habe ich nicht mehr an dich gedacht. Du bist zu rein, Ben, um im Schmutz meiner Tage zu versinken, Ben, ich sehn mich nach dir. Mein Vater war ein zu wertvoller Mensch, als dass er so einen Tod verdient hätte. Ben, warst du noch einmal am Grab meines Vaters?)

„Wenn du weg bist, werde ich auch für dich zum Friedhof gehen, mach dir darum keine Sorgen. Hab ich einmal nicht mein Wort gehalten?"

Arben war anderthalb Köpfe größer als Delina, was ihn des Öfteren dazu zwang, sich hinunterzubeugen, wenn er ihr etwas Wichtiges sagen wollte. Er sah dann aus wie ein schöner Storch. Er war 1 Meter 92 groß. Hätte er nicht so eine schlanke Statur, sähe er aus wie ein Riese, aber seine schmalen Schultern hatten ihn vor der Banalität eines allzu gewaltigen Erscheinungsbilds bewahrt. Die Zartheit von Arben Hysa übte eine besondere Anziehungskraft aus, vor allem auf die dortuntigen Frauen, die die breiten Schultern und die dichten Augenbrauen der einheimischen Machos satt hatten.

„Du wirst dein Wort halten, auf jeden Fall, aber wirst du mir auch die Treue halten, hmm?“, spottete Delina albern, indem sie absichtlich ihre Stimme senkte, um den Tonfall eines drohenden Mannes nachzuahmen.

„Gib lieber acht, was du dort anstellst“, entgegnete Arben, mit beunruhigter Stimme, „du bist es, die in eine Welt voller Versuchungen aufbricht. Ich hier dagegen...“

Er hob die Schultern und ließ den Satz unvollendet.

Delina betrachtete die Traurigkeit in seinen Augenwinkeln, die dadurch nur noch küssenswerter erschienen. Ich werde mich schrecklich nach dir sehnen, Ben. Er war ein küssenswerter Junge. Du bist ein küssenswerter Junge, Ben. Du wirst mir fehlen. Du bist einer von denen, nach denen man sich verzweifelt sehnt.

„Hm, Delina?“

„Ja, Ben?“

„Wirst du an mich denken, oder werde ich mich, sobald du ins Flugzeug steigst, in ein liebes Foto verwandeln, und damit hat's sich?“

Sie lachten. Aber es war ein gekünsteltes Lachen, so wie das ganze Gespräch, das sie an diesem Tag geführt hatten, gekünstelt gewesen war. Alle beide hatten sich bemüht, beherrscht und ruhig zu wirken. Schließlich und endlich brach sie ja zu einem Land auf, das nicht sehr weit weg war von Dortunten, das Flugticket sollte also nicht übermäßig viel kosten, sie könnte also auch zweimal im Jahr in die Heimat zurückkommen, sie würden sich also sehen können, sie würde also herauskriegen, ob es nicht eine Möglichkeit gab, auch für Ben ein Studienstipendium zu finden, es gab also keinen Grund, ein großes Drama aus dieser Trennung zu machen, denn so würden sie an ihrem letzten gemeinsamen Tag dieses große Glück, das Delina vom Himmel geschenkt worden war, nur durch ihre Trauer trüben.

„Also?"

„Vertrau mir, Ben. Ich liebe dich genug, um dich nicht zu vergessen."

„Das ist alles?"

„Ich sagte dir, ich liebe dich genug, um dich nicht zu vergessen."

„Und ich liebe dich genug, um wegen deiner Abreise zu weinen", antwortete er mit einer düsteren Ernsthaftigkeit.

Darum lieb ich dich noch mehr, Ben. Mehr noch als für dein ästhetisches Erscheinungsbild und deinen scharfen Verstand liebe ich dich wegen der Seelenverwandtschaft unserer Wesen und den Augenblicken, in denen wir gleichzeitig lachen und das Gleiche denken und wegen der Tage, an denen wir uns gleichzeitig erkälten, wie siamesische Zwillinge, denn siamesischer geht gar nicht.

Doch diese Worte sprach sie nicht aus, weil sie sie schon andere Male ausgesprochen hatte. Sie wäre froh gewesen, wenn dieser Tag nicht vom Pathos aufgeblasener Worte und Gedanken geprägt gewesen wäre, die an ein Buch erinnerten, das in einem längst vergangenen Jahrhundert geschrieben worden war.

„Kommen wir nochmal auf das Grab deines Vaters zurück, Delina. Ich werde regelmäßig dorthin gehen. Und das weißt du."

„Ich weiß, mein Lieber."

Vielleicht wäre der Abschied leichter gefallen, wenn da nicht dieses noch frische Grab am Anfang des Weges gewesen wäre, den Delina morgen einschlagen würde.

Arben stellte sich den kommenden Tag vor, an dem er die Freundin zum armseligen und chaotischen Flughafen begleiten würde, der unter den Strahlen der unbarmherzigen Sonne dieser Tage noch heruntergekommener und noch mehr aus der Zeit gefallen wirken würde. Er hatte sich diese Szene während jener Woche mehrmals vorgestellt, wie sie sich im letzten Moment von ihm trennen würde. Sie würde sich besonnen und beherrscht von ihm lösen, mit einer Sanftheit und Ausgeglichenheit, wie er sie bis zu diesem Tag noch nie bei einem menschlichen Wesen gespürt hätte. Delina würde durch die Flughafentür schreiten, die zum Flugzeug führte, mit ihren großen und energischen Schritten, und er würde sie von hinten betrachten und ihr in Gedanken die Schulter küssen. Auf halber Strecke würde sie sich umdrehen und auf einen Punkt über ihm starren. Sie würde die Hand heben, um zu grüßen, er würde seine aber nicht heben. Der letzte Gruß gebührte nicht Arben. Er war klug genug, nicht mehr von ihr zu erwarten, als ihm zustand. Als letztes würde sie den Vater grüßen, der einen Monat zuvor in völliger Einsamkeit gestorben war, in einer Einzimmerwohnung aus Beton in einer der abgelegensten und gefährlichsten Gegenden der Stadt.

Wenn er nicht gestorben wäre, hätte Delina vielleicht nicht den Entschluss gefasst, wegzugehen. Und wenn sein Tod nicht eingetreten wäre und sie den Entschluss gefasst hätte, zum Studieren wegzugehen, so wäre in jedem Fall und ganz selbstverständlich Delinas Mutter gekommen, um ihre einzige Tochter zum Flughafen zu begleiten. Doch die Frau wusste, dass es in den Armen der Tochter jetzt keinen Platz für sie gab. Die Frau, die bekannte ehemalige Ballerina Bela D., war zwölf Jahre zugegen gewesen, als sie aufgewachsen war. Der Vater hingegen nicht. Das war der Grund, weshalb sich Arben Hysa nicht vorstellen konnte, Delina zusammen mit ihrer Mutter zu begleiten. Morgen würden nur sie beide da sein. Und er wusste, dass sich unter Delinas Dokumenten auch der letzte Brief befand, den der Vater, der Maler Viktor L., ihr vor seinem Tod geschrieben hatte.

„Meinst du, dass es dort, wo du hingehst, auch so heiß sein wird?"

„Das ist noch südlicher, ich denke, du kannst es dir demnach gut vorstellen."

„Kann ich", lächelte er, „du hast recht, blöde Frage."

„Ich rufe dich morgen Abend an. Dann geb ich dir die Nummer, und du rufst mich zurück."

„Wie abgemacht."

„Und sobald sie mir an der Uni eine E-Mail-Adresse einrichten, schreibe ich dir."

„Mhm."

„Und wehe, wenn du mir nicht oft schreibst. Du wirst deine stadtbekannte Faulheit nicht an mir ausleben, in Ordnung?"

„Bist du noch bei Trost? Das Ausleben der Faulheit wäre in meinem Fall ein Luxus, der mich teuer zu stehen käme. Wie könnte mir Generalin Delina vergeben?"

Sie tat so, als ob ihr sein Witz gefiel und deutete ein Lächeln an. Was für eine abgeschmackte Unterhaltung, was, Ben? Die Sonne hat uns das Hirn verbrannt. Meinst du? Gehen wir rein und trinken was? Lass uns ein Café finden, wo nicht viel los ist. In Ordnung, in Ordnung. Du wirst es schaffen, Delina. Und ich werde auf dich warten, wenn du zu mir zurückkehren willst. Du wirst mich hier wie eine verliebte Salzsäule vorfinden, wie eine Trauerweide, wie einer, der sich fade Worte ausdenkt, wie ein arbeitsloser Physiker. Es genügt der Wunsch, wieder zu mir zurückzukehren. Doch auch diese Worte sprach Ben nicht aus, denn er hatte sie bei anderen Gelegenheiten bereits gesagt.

„Schreib, Delina", sagte er, als sie in ein halbleeres Café gegangen waren und Platz genommen hatten, „alles, was dir in den Sinn kommt, bring es zu Papier. Alles, was..."

Sie sah ihn abwesend an. Ihre Augen waren feucht, wie er bemerkte. Aber man wusste nicht, ob es am Schweiß lag, den der Körper unablässig produzierte, oder an Delinas fortwährendem Gähnen.

„Uff, ich bin hundemüde", meinte sie, „hast du letzte Nacht geschlafen?"

„Bei dieser Hitze machen nicht einmal die Kamele in der Sahara die Äuglein zu, geschweige denn wir Armen."

Was schwätze ich da eigentlich sinnlos daher?, fragte sich Arben, dessen Nerven jetzt sehr angespannt waren. Der Kellner kam, und sie bestellten beide eine Limonade.

Der Brief, den Delinas Vater noch vor seinem Tod schreiben konnte, hatte nur aus einem einzigen Wort bestanden: Delina.

Das Wort war mitten auf das Blatt geschrieben, was davon zeugte, dass er keinen richtigen Brief hatte schreiben wollen.

Delina hatte sich einen Tag zuvor von Bela D. verabschiedet. Ihre Mutter war zu ihrem Geburtsort im Südosten des Landes aufgebrochen, wo auch noch ihre betagten Eltern lebten.

„Es ist besser so. Es wird mir leichter fallen, das leere Haus ohne dich zu ertragen, wenigstens für die erste Woche. Und dann..."

Bela hatte wie ein Kind mit den Schultern gezuckt.

Auf dem Bahnhof waren mehr Schafe als Menschen unterwegs. Sie warteten mit der weisen Beharrlichkeit zäher Buddhisten auf das Eintreffen des Zuges. Das gemeinsame Reisen von Tieren und Menschen war in den letzten Jahren zu einer völlig alltäglichen und allgemein akzeptierten Erscheinung geworden, sodass keiner der Wartenden den Schafen besondere Aufmerksamkeit schenkte.

„Vielleicht ist der Hirt ja attraktiv“, hatte Delina ihre Mutter aufgezogen.

Diese hatte ihr, ohne zu antworten, eine widerspenstige Strähne auf der Stirn zurechtgezupft.

„Pass auf dich auf.“

„Du auch.“

Ob es wohl ein Fehler war, dass ich nicht darauf bestanden habe, dass sie sich ein Taxi nimmt?, hatte sich Delina schon zum zehnten Mal gefragt, seit sie den Bahnhof betreten hatten. Zum Teufel, würden all diese Schafe tatsächlich zusammen mit den Passagieren reisen? Warum ließ sie Bela nicht mit dem Taxi fahren? Träge fuhr der Zug ein und Menschen wie Schafe bereiteten sich auf den Angriff vor.

„Mach dir keine Sorgen“, sagte Bela, „ich weiß, was du denkst. Aber es ist besser so. Auf den Straßen ist es noch unsicherer als im Zug. Selbst wenn ich einen Haufen Geld für ein Taxi hinlege – wer garantiert mir, dass uns nicht irgendeine Bande anhält und uns wegen zehn läppischer Lek eine Kugel in den Kopf jagt?“

Doch auch dieses Gespräch hatten Mutter und Tochter in den vergangenen Tagen bereits mehrmals geführt. Also besser mit den Schafen. Besser mit den Schafen? Sie lachten und umarmten sich fest und lange. Als sie einander wieder ansahen, hatte Bela D. den unauslöschbaren Ausdruck einer Toten in den Augen.

„Ich weiß nicht, ob ich ein rechtes oder unrechtes Leben geführt habe, Delina. Ich... du... weißt, dass ich das getan habe, was in meiner Macht stand. Heldentum war noch nie meine Stärke. Es gibt andere, die über diese Eigenschaft verfügen. Ich... Es tut mir leid, Delina. Für alles.“

„Pssst“, hatte Delina sie unterbrochen, „steig jetzt ein, die Schafe steigen auch schon zu.“

„Hast du mir nichts zu sagen?“

„Steig ein, Bela. In diesen Waggon hier, der hat sogar noch zwei heile Fensterscheiben. So kriegst du keine Zugluft ab."

„Hast du mir wirklich rein gar nichts zu sagen?"

„Nein."

Die Mutter stieg in den Waggon, der einem soeben exhumierten Dinosaurier glich.

„Sag mir etwas, um Himmels Willen", bat sie die Tochter.

Delina betrachtete die armselige Wiese, die sie umgab, auf der alles Mögliche zu sehen war außer Gras. Sie schluckte ihre Gefühle hinunter und wandte sich an die Mutter.

Ich hätte zehn Jahre meines Lebens dafür gegeben, diesen Tag noch einmal erleben zu dürfen.

Sie war weggegangen, ohne darauf zu warten, dass die Mutter etwas sagte. Es war besser, wenn sie einsam weinte, wenn der Zug anfuhr, die Schafe blökten, als würden sie abgestochen, den Fahrgästen auf die Nerven gingen und sie auf den bedauernswerten Hirten losgingen. Inmitten dieses Durcheinanders konnte Bela D. so viel weinen, wie sie wollte, es würde doch keinen kümmern. Delina hatte sich inzwischen an das unablässig stille Weinen ihrer Mutter gewöhnt. Sie war damit aufgewachsen, und so machte es keinen Eindruck mehr auf sie. Der Mensch gewöhnt sich an das Leid ebenso wie an die Angst oder die Armut. Wenn all das Teil des Lebens wird, braucht es etwas Stärkeres, um einen zu erschüttern.

Doch die Mutter hatte während all dieser Jahre auch gelacht. Sie hatte sie zuweilen lachen sehen im Laufe der langen, sich dahinschlängelnden Jahre, die das Verlangen der ehemaligen Ballerina nach Leben gründlich getilgt hatten. Doch was dem Vater während der zwölf Jahre, in denen sie aufgezogen wurde, durch den Kopf gegangen war – dieses Wissen fehlte Delina völlig.

Mit dem Fall der Diktatur war Viktor L. durch eine Generalamnestie aus der politischen Haft entlassen worden, als seine Tochter bereits zu groß war, um auf dem Schoß zu sitzen. Es war zu viel Zeit vergangen seit der erzwungenen Trennung von Bela D. und Viktor L., als dass sie zu ihrem früheren Leben hätten zurückkehren können. Auf der einen Seite hatte Delina heimlich darauf gehofft, dass dies geschehen würde. Als die Entlassung des Vaters Wirklichkeit geworden war, wurde aber auf der anderen Seite allzu deutlich, dass eine solche Lösung für beide Teile ebenso erzwungen wie schädlich gewesen wäre.

Sie hatte Vater gesehen, als er in Handschellen abgeführt wurde. Damals war sie sechs Jahre alt gewesen. Jedes Detail dieses Tages hatte sich ihr mit der allergrößten Deutlichkeit eingeprägt. Wie das Negativ einer Fotografie, auf dem sich die Reliefs der dunklen Objekte immer deutlicher abzeichnen, wohingegen sich der andere Teil, in Wahrheit hell, auf dem Negativ immer hoffnungsloser verdunkelt. Alles, was in ihrem Leben vor diesem Schlüsselmoment vorgefallen war und was sich seither abgespielt hatte, glich diesem dunklen Bereich.

„Delina, sieh nicht her. Bela, nimm das Kind", hatte Viktor L. trocken gesagt, als ihn die Soldaten die Treppe hinunterführten und ihn die zwei Offiziere unnötigerweise von hinten stießen.

Jede Einzelheit
Mutter die einen Augenblick bevor es an die Tür klopft ein paar muskelfördernde Übungen macht und sich dabei an ebenjener Türe anlehnt an die gleich geschlagen wird
sie selbst die mit lauter Stimme den Buchstaben F aus dem Lesebuch vorliest
Vater der mit einem Pinsel in seiner vom Malen bunten Hand zu Bela sagt was mache ich heute zum Abendessen deine Vor-

stellung ist sie um die gewohnte Zeit zu Ende zu schade dass wir nicht zuschauen dürfen Bela nein Schatz nicht zur Premiere komm morgen so oft du magst aber heute habe ich eine Heidenangst wieso wie ängstigt sich denn ein Heide
und das Hämmern an der Tür und Vaters Stimme
wer ist dieser Verrückte der uns die Tür eintritt
er wie er geht um zu öffnen und sich dabei die Hände an der Arbeitsschürze abwischt die voller Flecken ist
und da stehen zwei Offiziere
die brüllen als seien alle in diesem Haus stocktaub
„Bürger Viktor L. im Namen des Volkes Sie sind verhaftet Ihre Anklage lautet auf staatsfeindliche Agitation und Propaganda."
Viktor L. lächelt sein Gesicht lächelt nicht und leise murmelt er das kann nicht wahr sein doch er selbst scheint nicht daran zu glauben dass er mit diesen Worten etwas ans Licht bringen wird
Delina hält sich am Anzug fest den Mutter immer anzieht wenn sie Leibesübungen macht und sie steht wie angewurzelt da mit den Armen vor dem Bauch verschränkt
und der Offizier sagt trödel nicht lang rum und komm mit das ist ein Befehl
und Viktor L. wieder Genossen ich habe nichts getan
das werden wir sehen brüllt der andere Offizier du Hundesohn wir werden dich die Propaganda lehren
Delina schreit Papa Papa Papa Paaaapa und Bela D. drückt sie fest an sich sie würde sie auf den Arm nehmen aber ihr fehlt die Kraft
Mama was machen sie mit Papa
und hinter den Offizieren tauchen zwei Soldaten auf die bedrohlich mit den Handschellen rasseln
lassen Sie mich von meiner Familie verabschieden sehen Sie nicht dass hier ein Kind ist
daran hättest du früher denken sollen

Delina sieh nicht her Bela nimm das Kind
und das Kind erinnert sich an die Schreie der Mutter ihre Schreie die Soldaten die dem Vater die Handschellen anlegen und er wirft dem Kind einen Blick zu und dieser Blick versteinert Delina und der Schrei bleibt ihr im Hals stecken sie erinnert sich an die dröhnenden Treppenstufen und die Soldaten die hinuntersteigen und die Offiziere die den Maler stoßen und den alten sowjetischen Geländewagen der anspringt und die Bewohner des Viertels die schweigend wie Stalaktiten zusehen und Bela D. die Delina am Arm nimmt bitte Schatz bitte nicht.

Und dann das Schweigen, das vor ihr Leben fällt wie der Vorhang eines Theaters, das wegen einer viel zu langen Spielpause geschlossen bleibt.

Delina, sieh nicht her. Bela, nimm das Kind.

Viktor L. wurde zu zwölf Jahren Gefängnis verurteilt für ein Gemälde, das er noch nicht zur Ausstellung gebracht hatte. Vielleicht wurde dieses Kunstwerk aus diesem Grund für noch gefährlicher erklärt. Es war zu hinterlistig und bedrohlich in seiner häuslichen Heimlichkeit.

Fünf Monate, nachdem er in einem der härtesten Gefängnisse des Landes weggeschlossen worden war, ließ Bela D. dem Gatten in einem vorsichtig formulierten Brief – diktiert von ihrem Bruder, der eine mittlere Kaderfunktion in der Partei innehatte – mitteilen, dass sie sich entschlossen hatte, *wegen höherer Gewalt* die Scheidung einzureichen. Das war für ihn vollkommen nachvollziehbar. Es war der einzige Weg, um nicht als Familie eines Volksfeindes interniert zu werden, und Bela D. entschied sich natürlich dafür.

Delina konnte die Schule unter dem Nachnamen von Bela D. abschließen, und Bela selbst entging der Arbeit im Schlamm in den Berggegenden des Landes. Natürlich musste sie ihre Stelle als Ballerina am Nationaltheater für Oper und Ballett gegen die einer Zentralistin auf dem Postamt im Viertel eintauschen, auch dies aufgrund höherer Gewalt. Zwölf Jahre lang hieß die Tochter des Malers Devoll statt Delina Lame und als der Maler Viktor entlassen wurde, erkannte sie ihn nur an der Stimme. Während eines Jahrzehnts und zwei Jahren hatte sie den Vater nur fünfmal gesehen. Während der gleichen Zeit waren Mutter und Tochter vorsichtig wie auf faulen, rohen Eiern durchs Leben balanciert, umgeben von völligem Schweigen. Auch wenn sie von ihm getrennt waren, so waren sie doch die Ex-Frau und das Ex-Kind eines gemeinen Volksfeindes und verdienten es als solche, dass ihnen die anderen Bürger mit Feindseligkeit begegneten.

Das Gefängnis hatte dem Maler Viktor L. die Sprache geraubt. Es hieß, er habe im letzten Jahr seiner Haft einen leichten Schlaganfall erlitten, als alle anderen die letzte mentale Energie aus ihren vom Warten verschlissenen Hirnrinden kratzten. Gerade als die Mauern fielen und die Menschen die verrückte Vorstellung von einer vielleicht greifbaren Freiheit einatmeten, fiel zusammen mit den Mauern auch Viktor L.

Als er aus dem Gefängnis kam und zunächst in das verfallene Haus seiner toten Eltern zog und dann in die Einzimmerwohnung mit Betonwänden im berüchtigten Viertel der Stadt, hatte Delina bei ihm wohnen wollen. Bela D. hatte über diesen Wunsch keine Spur von Traurigkeit oder Ärger gezeigt. Delina war zu dieser Zeit im ersten Studienjahr.

„Nein“, hatte Viktor L. mühsam gesagt, „nein, Delina, das tut deiner Mutter nicht gut, das ist nicht recht. Nach all diesen Jahren... Du kennst mich gar nicht.“

Eben deshalb, hatte sie widersprochen, war am Ende aber auf den Vorschlag des Vaters eingegangen, hin und wieder zu ihm zu kommen, doch weiter bei der Mutter zu wohnen. Nach einer Weile hatte er eine Anstellung als Nachtwächter in einer Fabrik gefunden, in der es nichts mehr zu bewachen oder zu stehlen gab. Trotz tausender Widrigkeiten und über einen Bekannten in der Kunstakademie hatte Delina für Viktor L. Farbe, Zeichenpapier und Leinwand organisiert.

Am Tag, als sie ihm die Materialien gebracht hatte, hatte er die Tochter lange angesehen, ein schiefes Lächeln zustande gebracht – eine unauslöschbare Erinnerung an den Schlaganfall – und langsam „Delina" gesagt.

Dann hatte er den rechten Arm gehoben und mit dem Finger einen unbestimmten Kreis in die Luft gezeichnet. Sie hatte auf eine Erklärung gewartet, doch er hatte Papier und Stift genommen und ruhig geschrieben:

Ich bin müde, eines Tages werde ich es dir erzählen.

Delina hat sich neben ihn auf den krummen Stuhl gesetzt und ihn beinahe wütend angesehen. Sie hätte ihn gerne fest umarmt, aber es war zu spät für die beiden, um einen körperlichen Kontakt herzustellen.

„Du hast nicht vor, aus dieser Welt zu scheiden, Viktor", hatte sie ihn schließlich gefragt, „du hast nicht vor, von uns zu gehen?"

„Nein, noch nicht", hatte er ruhig gesagt. Er hielt sein Versprechen, bis Delina die Universität abgeschlossen hatte.

Zwei Monate nach Beendigung ihres Studiums fand sie ihn an einem verregneten Tag tot auf, als sie ihm das Mittagessen brachte, das in ein weißes Tuch gewickelt war und in einer Alubüchse steckte.

Viktor, hatte sie auf der Türschwelle gerufen. Er lag mit dem Kopf auf dem einzigen Tisch in der kleinen Wohnung. Er schien zu schlafen, aber sie glaubte nicht an diesen Schlaf und weckte ihn darum nicht. Sie rannte wie wahnsinnig zu den Nachbarn im unteren Stock und machte von dort einen Anruf.

„Ja, bitte?“, kam die Stimme vom anderen Ende der Leitung.

„Er ist tot, Viktor ist tot, Bela.“

Als sie den Körper vom Tisch wegzogen, fanden sie unter ihm das Blatt mit dem Wort Delina darauf. Die Ärzte meinten, dass er nicht länger als eine halbe Stunde vor Eintreffen der Tochter verstorben sein musste. Die halbe Stunde, die sie verschwendet hatte, um einen Kaffee im Stadtzentrum zu trinken und mit einer alten Schulfreundin über Banalitäten zu plaudern. In dieser halben Stunde hatte sie vorsichtig die Plastiktüte im Schoß gehalten, die das weiße Tuch umhüllte, das die Alubüchse umschloss, in dem der Auflauf mit einem Stück Lammfleisch war, von dem der Maler Viktor L. nie kosten sollte.

Delina kennt dieses Haus gut. Der imposante Wohlstand und all die Kultur, die förmlich aus den Poren der Wände zu strömen scheint, regen sie auf, beruhigen sie aber zugleich. Der Kunde ist höflich und aufmerksam ihr gegenüber.

Delina bedient ihn fleißig, wortlos, professionell. Selbst die Bewegungen zwischen ihnen sind eingeübt, harmonisch, sodass keine weiteren Erklärungen oder Anfragen nötig sind. Sie sieht sich selbst dabei zu, wie sie all diese schmutzigen Dinge tut und wundert sich nicht darüber. Mit oder ohne Absicht hat sie gelernt, eine Prostituierte zu sein, da macht es nichts aus, dass sie nicht vorhatte, es zu erlernen, muss er lächelnd denken. Wenn das wirklich ihr Beruf wäre, wäre sie eine Meisterin dieses Fachs, eine wahre Meisterin. So sehr der Mann seine Worte abwägt, wenn er normal spricht, so laut ist er während dem Sex. Ihm gefällt lauter Sex, aber mit Anstand, ohne schmutzige Worte, als ob sein intellektuelles Ich nicht von seinem schweinischen Ich zu trennen sei. Oder besser gesagt, als wäre sein schweinisches Ich schwächer als das andere. Ob man wohl außerhalb der Villa all dieses laute Kopulieren hören kann? In einem der weiten Ränder des Parks, der die Villa umgibt, befindet sich ein kleiner zoologischer Garten – der Kunde hat ihn ihr vor einigen Monaten voller Stolz gezeigt. Sie war erstaunt, als sie die Hirsche, die Enten, die Pelikane und zwei Strauße gesehen hatte.

„Ich behandle diese Tiere wie deine Bosse dich behandeln", hatte ihr der Mann damals gesagt, völlig unbeteiligt an dem, was er sagte, „ich halte sie hier unter Verschluss, ich ernähre sie, und ich gebe sie den Blicken verschiedener Gäste frei. Ich nehme ihnen also die Freiheit und nutze sie aus, aber auf der anderen Seite befreie ich sie von der Gefahr, die von diesem Dschungel da draußen ausgeht. Ist es nicht so?"

„Mit zwei kleinen Unterschieden", hatte Delina ihm entgegnet, „dass deine Tiere nur den Blicken der Besucher ausgesetzt sind, während ich mich darüber hinaus unterwerfen muss."

„Und der zweite Unterschied?"

„Der zweite Unterschied liegt darin, dass die Bosse Ausbeuter sind, die nicht versuchen, sich als kultiviert darzustellen. Sie bezeichnen sich als das, was sie sind: Frauenhändler, während Sie Sklave einer scheinheiligen Etikette sind, mein Herr, es gefällt Ihnen, sich selbst zu belügen."

„Mir scheint, du bist jetzt etwas zu weit gegangen. Ich hab nichts mit Frauenhandel zu tun. Hin und wieder suche ich die Gesellschaft und nehme die Dienstleistungen von einer von ihnen in Anspruch. Das hat doch seine Logik, oder nicht?"

„Gewiss, auf diese Weise helfen sie unseren Bossen dabei, dass ihr Geschäft blüht und sie es noch mehr ausweiten können."

Oliver S. hatte nachgedacht über das, was ihm Delina gesagt hatte, ohne sich darüber aufzuregen.

„Sie sind ein gutaussehender Mann“, setzte sie ihren Angriff fort, „erfolgreich und wohlhabend. Warum sind Sie so tief gefallen, sich mit Prostituierten abzugeben?“

„He, he, he, wieder ein Fehler, geradezu tendenziös. Ich bin nicht gefallen, sondern habe aus freien Stücken ihre Begleitung gewählt. Das ist ein Unterschied.“

„Aber Sie werden doch sicher keine Schwierigkeiten haben, in Ihrem Bekanntenkreis Frauen zu finden, die mit Ihnen ins Bett gehen.“

„Ich habe keine Zeit, um die Schritte, die der Beziehung zu einer Frau vorausgehen, zu unternehmen... Delina. Mir fehlt die Zeit, und ich will sie nicht dafür verschwenden.“

„Was soll das heißen?“

„Dass jede Minute, die ich für derlei Irrsinn vergeude, von meiner Arbeit abgeht. Gibt sich dein provozierendes Gehirn mit einer solchen Logik zufrieden?“

„Sie ist verständlich, entschuldigt aber nicht.“

„Ich gebrauche nicht gern hermetische Ausdrücke.“

„Ich spreche vom HERZ. Das HERZ“, hatte Delina leise zu dem Kunden gesagt, „wenn es denn noch irgendeinen Wert hat, dieses Organ, das im Operationssaal entnommen, zurechtgenäht und verändert wird, wenn es denn noch einen noch so kleinen Wert besitzt. Doch vielleicht sollte man den Namen dieses blödsinnigen Muskels gar nicht mehr erwähnen. Was für einen Wert könnte dieses Organ für Sie haben, das in romantischer Hinsicht mit einem gefühlsbetonten Menschen in Verbindung gebracht wird, der dem rationalen Wesen entgegengesetzt ist?“

„Oh, die Zeit des Herzens ist für mich schon lange vorbei. Habe ich dir schon gesagt, dass deine Grammatik absolut bewundernswert ist? Völlig einwandfrei. Ich habe in meiner Jugendzeit so viel Zeit mit Liebesspielchen zugebracht, dass ich mir gesagt habe, es ist genug. Es reicht. Mir bleiben nicht mehr so viele Jahre, in denen ich körperlich aktiv sein kann, sexuell aktiv, will ich damit sagen, als dass ich sie mit diesem Spiel zubringen könnte, eine Frau zu umgarnen."

„So kommt man schneller ans Ziel, nicht wahr? Sie zahlen für Delina, und Delina macht alles, was Sie wollen."

„Mehr oder weniger."

Ob dieses ganze Gejaule wohl zu hören ist?, denkt sie wieder, während sie die Launen des Kunden befriedigt. Sie hört sich aufschreien, was ihn noch mehr erregt. Es ist beinahe komisch. Wenn er sich natürlich verhalten würde, da hinter ihren Lenden... Wenn er sich dazu herablassen würde, im Elan dieser schweinischen Laune auch die groben, vulgären, befreienden Worte zu sagen, die Menschen für gewöhnlich beim Sex gebrauchen, dann hätte alles eine gewisse Natürlichkeit. So aber nimmt alles den Anblick einer geschmacklosen Theatervorstellung an. Es ist, als ob er das alles auf korrekte Weise tut, nur um sich nach ihrem Weggehen vor dem Spiegel sagen zu können, dass er auch in dieser Hinsicht vornehm war. Nein, er war kein Schwein. Er war so... kultiviert in sexuellen Angelegenheiten.

Zum Glück sah der Mann ihr in diesen Momenten nicht ins Gesicht, zum Glück war das Haus leer, zumindest hatte er ihr das gesagt, dass heute nicht einmal das Dienstmädchen...

Als sie fertig waren, gestattete ihr der Professor, ein Bad zu nehmen. Darf ich statt der Dusche den Jacuzzi benutzen? Natürlich, in aller Ruhe, keine Eile. Ich bin im Atelier, ich muss unbedingt einen Artikel zu Ende schreiben, der dringend von mir erwartet wird.

Sie drehte den Wasserstrahl des Jacuzzis bis zum Anschlag auf. Mit geschlossenen Augen stieg sie in das große, runde Becken. Sie entspannte sich lustvoll unter dem Prickeln der Wasserstrahlen und fühlte sich gut. Das Bad war so groß, dass darin problemlos eine vierköpfige dortuntige Familie hätte leben können.

Delina sprach den Namen ihres Landes mit lauter Stimme aus. Die warmen Dämpfe des Jacuzzis erstickten den Namen zugleich, ohne ihm Zeit zum Atmen zu lassen. Er wand sich noch einen Moment lang in der Luft, in einer letzten Anstrengung, sich zu befreien, dann schrumpelte er zusammen, bis er leblos auf den hellgrauen Marmorboden fiel. Dortunten, dachte Delina. Warum hatte es so kommen müssen? Warum hatten sie es auf so eigensinnige und absolute Weise verleugnet? War es ihr Land gewesen, das sie zuerst verraten hatte, oder waren sie es gewesen, die es verraten hatten? Die Verleugnung blieb in jedem Fall gegenseitig, unabhängig davon, von welchem Teil der Verrat ausgegangen war. Sie, die hastig und rastlos ausgezogen waren, waren nun ohne ein Land auf diesem Kontinent, und bemühten sich darum, irgendwann nicht einmal mehr seinen wahren Namen auszusprechen. Als würde selbst das Aussprechen dieses Namens sie den Flammen der Hölle zuführen.

Delina hätte sich von ganzem Herzen gewünscht, dieses Bad nicht im Haus eines Kunden zu nehmen. Sie wollte in Freiheit in einem Jacuzzi liegen. Und dieses Bad beenden. Sich in Ruhe abtrocknen. Die Haare zurechtmachen. Ein rotes Kleid mit feinen Schlaufen anziehen, eines von denen, die ohne Büstenhalter getragen werden. Aus dem Haus treten, ohne dass sie irgendjemand auf der Straße eine Hure nannte. Ihre Sinnlichkeit auf der Straße zeigen, wie es die hiesigen Frauen taten, und sich in der Redaktion einer Zeitung vorstellen; sie wusste sogar schon, in welcher der Zeitungen sie gerne arbeiten würde. Es war die Redaktion einer Zeitung, die sich in diesen Tagen ernster und tiefgehender als die anderen mit dem Problem Dortunten auseinandersetzte.

Delina wäre gerne eine Journalistin gewesen, sie hätte sich gerne mit ebendieser Kleidung provokant, delikat und würdevoll gegeben, gekrönt von der Natürlichkeit der Jugend, von der man weiß, dass sie nicht lange anhält. Wie gerne hätte sie dieser Welt ihre Sinnlichkeit entgegengehalten, ohne sich bedroht zu fühlen und in dem sicheren Wissen, dass abends Arben auf sie warten und sie mit seiner Geschwätzigkeit und Eifersucht umgeben würde, die dem Selbstwertgefühl so gut tat.

Delina stieg aus dem Wasser und trocknete sich ab. Oliver S. hatte sie großherzig gebeten, den Schrank zu öffnen und sich die Handtücher zu nehmen, die ihr gefielen, die Farbe zu wählen, die sie wollte. Lassen Sie mich gehen, hatte sie ihm sagen wollen, die einzige Großherzigkeit, die Sie mir erweisen können, ist mir zu gestatten, die Flucht zu ergreifen.

Gegen acht aßen sie ein exzellentes Abendessen, das von einem Luxusrestaurant in der Nähe gebracht wurde. Der Kellner bereitete alles in völligem Schweigen zu und verschwand. Der Kunde schenkte Delina Wein und Mineralwasser ein und machte ein Foto von ihr, was sie hinnahm. Auch das war Teil des Vertrags – alles, was der Kunde wollte. Der Professor reichte ihr den Salat.

„Ist das für die Sammlung?“, fragte Delina mit einem Lächeln auf den Lippen.

„Was meinst du?“

„Das Foto meine ich, kommt das in das Album mit den Fotografien der Dirnen, die in diesem Haus waren?“

„Nein.“

„Warum haben Sie es dann gemacht?“

„Einfach als ästhetische Erinnerung. Fotografie ist meine Leidenschaft. Tun die Maler nicht dasselbe mit den Frauen, die nackt posieren? Nur dass sie anstelle eines Fotoapparats einen Pinsel nehmen.“

„Es kommt darauf an, was Sie meinen. Wollen Sie damit sagen, dass Maler häufig mit ihren Modellen ins Bett stiegen oder steigen, oder dass sie das Posieren als reinen Akt konzipieren? Sie haben mich angezogen fotografiert."

Der Mann ließ die spöttische Anmerkung unerwidert.

Delina hatte Hunger und in der Tat schmeckte ihr alles, was auf dem Tisch stand. Die Bosse hatten sie dieses Mal ordentlich gefoltert. Schlimmer noch als die körperliche Tortur war der Essensentzug. Sie hatten ihr nur ein wenig Brot, ein wenig Wasser und ein paar Scheiben Käse dagelassen, sodass sie Mühe hatte, jetzt nicht als Vielfraß dazustehen.

„Es ist das dritte Mal, dass du zu mir kommst, nicht wahr?"

„Ja."

„Vergib mir meine Neugier, aber – dich zwingen sie nicht, auf die Straße zu gehen?"

Sie betrachtet ihn und ist plötzlich völlig erschlagen vor Müdigkeit. Er ist ein schöner Mann, das gesteht sie ihm zu, einer von denen, in die man sich gänzlich verlieben kann; sie kann das Syndrom Studentin-schwärmt-für-bedeutenden-Professor jetzt gut nachvollziehen.

„Man hat mich nur die ersten drei Monate dazu gezwungen, dann haben sie verstanden, dass sie auf eine bessere Art aus mir Profit schlagen können."

Er sieht sie fragend an.

„Als sie begriffen, dass es auch einen elitären Markt gibt", hier weist sie mit der Hand in seine Richtung, „kamen sie auf den Gedanken, ein paar von uns von der Straße abzuziehen. Einer der Verbrecher ist der Nachbar meiner Großmutter in Dortunten. Er erweist mir also den großen Gefallen, mich zum Beispiel hierher zu bringen."

„Entschuldige die Frage", sagt er und blickt auf seinen Teller.

Delina sieht ihn an, sie hat jetzt eine Wut auf ihn, sie schiebt den Teller von sich weg, obwohl sie noch immer Lust hat zu essen. Der Kunde fängt ihren Blick auf. Er spürt auch ihre Wut und tut absichtlich so, als ob er sich auf seinen Teller konzentriert. Schließlich hebt er den Kopf.

„Stimmt irgendwas nicht?“

„Eines der Prostituiertenmädchen haben sie umgebracht und ihrem Leichnam die Augen herausgerissen“, sagt sie trocken. „Sie haben sie anderswo umgebracht, aber uns haben sie den Leichnam gebracht, als Lektion. Wir waren dabei, als sie die Augen ausgerissen haben.“

„...“

„Ein anderes Mädchen ist spurlos verschwunden. Einen Teil von uns haben sie mit Gewalt hierhergebracht, sie haben uns entführt, als wir von der Schule nach Hause gingen. Eine haben sie gezwungen, sich zu prostituieren, indem sie ihre kleine Schwester umgebracht haben.“

„...“

„Sie glauben mir das alles nicht?“

„Ich bitte dich“, protestiert der Mann, „wir sind bei Tisch.“

„Einem Teil von uns drohen sie damit, die Angehörigen in Dortunten zu töten, wenn sie nicht weiter auf den Strich gehen.“

Oliver S. stößt den Teller weg und steht gehetzt auf.

„Ach du lieber Gott“, sagt er, „ich wollte nur ein Wochenende in Gegenwart einer Frau verbringen. Bei deinem Metier würde ein Anderer deine Gesellschaft suchen, wenn ich es nicht tun würde.“

„Mich mieten“, verbessert sie, „er wird mich mieten, genau wie Sie.“

„Nenn es, wie du willst, mieten, meinetwegen. Aber boykottieren führt doch zu nichts, verstehst du? Wenn ich boykottiere, heißt das nicht, dass es auch die anderen Kunden tun. Wir können nicht die Arbeit der Polizei erledigen. Die tun etwas, sogar nicht wenig."

„Der Herr liest also die Zeitung."

„Warum zeigst du sie nicht an? Es fehlt dir weder an Klugheit noch an Mut. Die Ordnungskräfte werden dir glauben. Du musst natürlich Beweise liefern, die anderen Mädchen müssen auch aussagen, sonst wäre es zu gefährlich."

Delina schweigt lange. Der Kunde beendet sein Mahl, wischt sich den Mund mit der Serviette ab und reinigt sorgfältig seine Zähne mit einem Zahnstocher.

„Sie haben mich entführt, einen Tag, bevor ich aus Dortunten weggegangen wäre", sagt sie langsam und geht zu der großen Glastüre. „Ich hatte ein Stipendium fürs Ausland bekommen, für ein dreijähriges Studium der Politikwissenschaft und der Philosophie. Sie haben mich einen Tag vor der Abreise entführt, ich weiß nicht, ob Sie dieses Wort bis auf den Grund verstehen. Sie haben mich unter Drogen gesetzt und hierhergebracht, an Händen und Füßen gefesselt wie Vieh auf der Schlachtbank. Dann haben sie mich in einer stillgelegten Fabrik der Reihe nach vergewaltigt. In dieser alten Halle, von der vor einiger Weile so viel die Rede war in den Nachrichten, vielleicht haben auch Sie davon gehört. Ich war auch in dieser Gruppe. Aber die Polizei konnte keine konkreten Beweismittel sichern. Das Bettelkind, das die Geschehnisse angezeigt hatte, wurde nach einer Woche tot aufgefunden. Die berühmten Ordnungskräfte, in deren Hände der Arme sein bedauernswertes Leben gab, konnten ihn nicht schützen, der einzige Zeuge lebte also nicht mehr. Sie haben uns geschlagen, bis wir nicht mehr wussten, wie wir heißen. Sie haben uns vor und nach der Massenvergewaltigung gefoltert. Seither haben sie mich nicht für einen Augenblick aus den Augen gelassen."

Oliver S. nimmt ihr gegenüber bei der Glastüre Platz und betrachtet den großen Garten, der nun ins Dunkel fällt.

„Wen hast du in Dortunten?"

„Nur die Mutter und den Verlobten."

Wieder schweigt er lange.

„Mein Vater ist einen Monat, bevor ich hierherkam, gestorben."

„Was für einen Beruf hatte dein Vater?"

Häftling, denkt sie bei sich, Maler, sagt sie.

Ohne ein weiteres Wort zu verlieren, geht der Mann und schließt sich in sein Atelier ein. Er bleibt lange dort. Als er wieder herauskommt, schlägt er Delina vor, etwas Musik aufzulegen, oder in Ruhe etwas zu lesen. Delina entscheidet sich für die zweite Option. Genüsslich bestaunt sie die Bibliothek des Kunden, sucht sich einen geopolitischen Text aus und nimmt auf einem Sessel Platz.

Der Professor macht sich einen Tee, passt auf, dass er den richtigen Wärmegrad erwischt und setzt sich auf den Sessel gegenüber von dem, auf dem Delina sitzt.

Ob das alles stimmte, was sie ihm da erzählt hatte, fragt sich der Mann, aber ohne ein Fragezeichen ans Satzende zu stellen. Wenn er das täte, müsste er auch eine Antwort geben. Und das behagt ihm gar nicht.

Sie ist eine so intelligente Frau. Von Geburt an unglücklich, denkt der Kritiker halb verwirrt, das ist das unabänderliche Los Delinas. Einer der grundlegenden Zustände des menschlichen Wesens, den dieses selten abzuwenden vermag. Wäre sie auf dieser Seite der Welt geboren, hätte diese Frau es weit gebracht. Herrje, was für blödsinnige Geschöpfe doch oft den Hörsaal bevölkern, in dem er unterrichtet. Häufig muss er seine Vorlesungen vor einem Zuhörerkreis abhalten, dem jeder analytische und schöpferische Sinn abgeht. Jungen und Mädchen, die eher an Amöben als an lebendige Menschen erinnern. Jahrzehntelange, vollkommen sinnbefreite Saturiertheit. Er nippt lautlos an seinem Tee, um nicht die Aufmerksamkeit des Mädchens auf sich zu ziehen. Das materielle Wohlergehen ließ Stück für Stück den lebendigsten Teil des Gehirns und der Seele des Menschen schrumpfen, bis hin zum Tod. Kriege hatten niemals nur wirtschaftliche, hegemoniale und derlei Gründe gehabt, sie hatten und haben stets auch einen tieferen Grund, der sich auf den ersten Blick nicht gleich erschloss: den Erhalt der Lebendigkeit von Hirn und Seele des Menschen. Ohne diesen Ausbruch, das Aufeinanderprallen von Blut, Tod und Leben konnte es keine Erneuerung, keine Auferstehung, kein Ausstreuen neuen Samens geben. Sonst würde alles veralten, auch die Hoffnungen, auch die Ambitionen auf etwas Neues, auch die Fähigkeit des Menschen, immer einen Schritt nach vorne zu machen. Und ein Schritt nach vorne hieß nicht immer ein positiver Schritt. Einfach nur ein Schritt nach vorn, unter jeder Bedingung und zu jedem Preis. Die Zeit zeigte dann, ob dieser oder jener Schritt in der Menschheitsgeschichte schädlich oder nützlich gewesen war. In jedem Fall aber waren diese Schritte unerlässlich, alles war besser als das Nichts, die Passivität, die Lethargie. In ihrem Dasein als Prostituierte mochte diese Frau alles in sich tragen, alles außer der Lethargie. Sie war das lebendigste Wesen, das er seit vielen Jahren gesehen hatte.

Unglück und Krieg brachten die beste und die hässlichste Seite des menschlichen Wesens zum Vorschein. Im Fall der Frau gegenüber hatte das Land, in dem sie geboren war, ihr Schicksal bedingt. Vielleicht hatte es auch ihre Phantasie bedingt. Der Professor trinkt den Tee aus und stellt die Tasse auf die Terrakotta-Untertasse.

Vielleicht hat das Mädchen eine lebendige, blühende Vorstellungskraft, wie es häufig in ihrem Alter geschieht, wenn die Jungen eine Opferrolle annehmen, weil es sie vom Verantwortungsgefühl für ihr Verhalten befreit. Heimlich beobachtet er sie. Es ist einfach, den Sexhändlern die Schuld dafür zu geben, was dir im Leben zustößt. Dass sie dich als Opfer ausgewählt haben, bedeutet, dass sie etwas an deinem Wesen und deinem Verhalten zu dir angezogen hat. Für sie bist du das passende Geschöpf, um ihre Ziele durchzusetzen. Sie wählen genau dich anstatt jemand anderem aus, weil du auf irgendeine, vielleicht auch indirekte Weise bereit bist, ihnen diese Gewalt über dein Schicksal zu überlassen. Nichts geschieht zufällig.

Wie viel Betrug steckt in ihrem Verhalten? Jedes Individuum verfügt in seinem Inneren über eine bestimmte Fähigkeit zum Betrügen, und auch diese Frau trägt diese Eigenschaft in sich. Vielleicht betrügt sie sich selbst mehr, als die Herrscher über das Fleisch sie betrügen. Wenn sie wirklich ein anderes Leben wollte, müsste sie es finden, ungeachtet aller Umstände.

Irgendwann hebt Delina den Kopf vom Buch und erkundet mit den Augen die Finsternis, die sich um das Haus herum breitgemacht hat. Dann wandert ihr Blick zum Kritiker. Sie setzt ein leichtes, höfliches Lächeln auf. Er ebenfalls. So ist es, schließt Oliver S. seinen Gedanken ab, solange sie in diesem Zustand verharrt, ist sie selbst die wahre Akteurin. Höhere Gewalt ist nur ein Alibi, eine Rechtfertigung, um von der Selbsterniedrigung abzulenken.

Wenn auf der anderen Seite der Glasfront im Garten anstelle der sorglos umhereilenden Eichhörnchen jemand stünde und sie zusammen sähe, so würde er denken, dass Delina und der Soziologieprofessor eines jener Pärchen wären, die einen erheblichen Altersunterschied aufweisen, aber gut zusammenpassen, und mehr als das Bett noch die Freude am Lesen teilen.

Delina stahl sich mitten in der Nacht aus der Villa, nachdem sie sich davon überzeugt hatte, dass der Kunde fest schlief. Sie entfernte sich in aller Ruhe, ohne die Angst vor dem Unbekannten, die am nächsten Tag über sie herfallen würde. Vor dem Schlafengehen hatten sie noch ein letztes Mal Sex gehabt, sodass auch das Gewissen der Prostituierten, das sich in einer Ecke ihres Ichs gebildet hatte, nun vollständig beruhigt war. Sie dachte einen Moment daran, einen Zettel zu hinterlassen, um ihn um Verzeihung zu bitten, dass sie mitten in der Nacht wegging. Schließlich entschied sie sich dagegen. Wenn er so verblendet war, tief zu schlafen, ohne sich aus der Ruhe bringen zu lassen, hieß das, dass er doch nicht so schlau war, wie er sich gab, und es ihm zu guter Letzt recht geschah. Na, Professor, halten Sie das für Hirngespinste, was ich Ihnen erzählt habe, fragte ihn Delina im Stillen. Sagen Sie die Wahrheit, meinen Sie, das sei ein Haufen Phantastereien eines kleinen Kindes? Aber ich, murmelte sie dann fast mit lauter Stimme, wieso sieze ich einen Schlafenden?

Gott sei Dank hielt der Professor keinen Hund in diesem gigantischen Anwesen. Das Mädchen verließ es leise und ohne irgendwelche Probleme.

Er würde sich wundern am nächsten Morgen, er würde sich bestimmt sehr wundern, verwirrt würde er sein und sich betrogen vorkommen. Aber sie hatte allzu lange Zeit im beängstigenden Schatten des verfluchten nächsten Tages gelebt, um Mitleid zu empfinden mit dem Kunden, auf den am nächsten Morgen eine Überraschung wartete. Auch wenn dieser Kunde ein gebildeter Gesprächspartner war.

Die Villa befand sich außerhalb der Stadt. Delina überfiel eine grausame Furcht. Vielleicht würde sie es nicht lebend bis zu den Ordnungshütern schaffen. Vielleicht standen ihre Henker hinter irgendeiner Straßenecke und feixten angesichts ihres albernen Mutes. Sobald sie zu rennen anfinge, würden sie ihren Lauf Richtung Freiheit mit dem Hieb eines Messers oder dem Knallen einer Pistole beenden. Doch zumindest gab es eine Chance von eins zu tausend, dass es Delina wirklich bis zur nächsten Polizeistation schaffte. Und ihr blieb nichts anderes übrig, um das Gelingen oder Misslingen dieser Bemühung zu beweisen, als das Rennen in Richtung Erlösung.

There comes an hour when begging stops,
When the long interceding lips
Perceive their prayer is vain.
„Thou shalt not" is a kinder sword
Than from a disappointing God
„Disciple, call again."

Die Frauenhändler ermordeten den berühmten Kunden, ohne die Absicht gehabt zu haben. Wie es in solchen Fällen öfter geschieht, glitt ihnen die Situation aus dem Ruder. Das Blut geriet in Wallung und tat das seine. Keiner von ihnen hielt sich an die goldene Regel, auf hundert zu zählen, bis sich die Nerven beruhigt hatten. Vielleicht trug zu diesem wahnsinnigen Entschluss, noch ehe er ihnen in den Sinn kam, auch die Angst davor bei, was die Flüchtige vor der Polizei aussagen würde, wenn sie sie nicht so bald als möglich wieder in ihre Klauen bekamen. Es war niemand x-Beliebiges geflohen, es hatte sich eine der wenigen davongestohlen, die man unter keinen Umständen aussagen lassen durfte. Eine von denen, die mit Worten das anzustellen wussten, was die Herrscher über das Fleisch mit dem Fleisch anzustellen wussten, diese nämlich aufs Wunderbarste an den Mann zu bringen.

Am Ort des Geschehens gab es keine ehrenhaften und unabhängigen Zeugen, doch was passierte, trug sich mehr oder weniger so zu: Als sie das Mädchen in seinem Haus nicht fanden, forderten die Händler vom Kritiker Rechenschaft. Dieser war einigermaßen erschrocken darüber, diesen Höhlenbewohnern plötzlich gegenüberzustehen, und es gefiel ihm keineswegs, sich mit ihnen unterhalten zu müssen. Dem betulichen Bourgeois wurden auch vollkommen und für seinen Geschmack viel zu plötzlich die Schwierigkeiten bewusst, in die ihn die so gar nicht korrekte Flucht der Frau gebracht hatte. Die Summe dieser Umstände hatte den Mann dazu getrieben, den Aufgebrachten auf ganz unvernünftige Weise mit Verachtung zu begegnen. Da es ihm nicht möglich war, seinen Zorn an der Prostituierten selbst auszulassen, aufgrund ihres Verrats – hatte sie nicht gesagt, dass sie niemals versuchen würde, zu fliehen, da die Bosse sonst ihre Angehörigen in Dortunten umbringen würden – ließ er ihn an den Männern aus, die ihn mit ihren dürftigen Sprachkenntnissen behelligten. Sein ästhetisches Empfinden brachte ihn zuweilen dazu, jene zu verachten, die seine Sprache nicht gut beherrschten. Dieses Benehmen war selbst für ihre primitiven Mägen zu übertrieben und beleidigend.

Das geht entschieden zu weit, mein Bester, dachte Xhaf, der vor Wut hochrot angelaufen war, du steckst bis zum Hals in der Scheiße und denkst, du wärst was Besseres?

„Ich zeig dir, was Verachtung heißt."

Er entlud sein ganzes Magazin auf einmal in ihn, auch wenn Xhaf es ab dem Moment, als er den Anderen mit Blei abfüllte, innerlich bereute. Aber der Finger war am Abzug und wenn die Kugeln erst einmal losgegangen sind, kann sie kein Mensch mehr aufhalten. Was eben geschehen war, ließ sich nicht rückgängig machen.

•

Dortunten, 30. Oktober 1996

Sehr geehrter Herr Polizist in jener Stadt,

ich habe schon viele Briefe wie diesen abgeschickt, in der Hoffnung, dass doch einer von ihnen in Ihre Hände fallen möge.

Es geht um meine Tochter, sie heißt Laura und ist vor drei Monaten 19 Jahre alt geworden. Aber als sie entführt wurde, war sie gerade erst 17 geworden.

Ich weiß nicht, an wen ich mich wenden soll. Dies ist der neunte Brief, den ich in verschiedene Städte in Dortoben schicke. Ich habe dieses Land nie verlassen und weiß nicht, wie die dortige Polizei organisiert ist. Diese Adresse konnte ich nur über einen Bekannten herauskriegen, der jetzt nach Dortoben ausgewandert ist. Die hiesige Polizei sagt mir, dass sie keine Handhabe in Ihrem Land hat und darum meine Laura in Dortoben nicht suchen kann. Sie sagen mir auch, dass sie mir nicht helfen können, weil ich keinerlei Beweise dafür habe, dass sie meine Tochter nach Dortoben gebracht haben und zu schlimmen Dingen zwingen.

Sie heißt Laura Isufi, hat lange, schwarze Haare bis zu den Schultern, schwarze Augen und eine helle, glatte Haut, wie sie nur eine junge Frau in ihrem Alter haben kann. 1 Meter 75 groß, schlank. Sie ähnelt sehr den dortigen Mädchen, daher weiß ich nicht, was für andere Merkmale ich Ihnen aufführen kann.

Es heißt, dass sich viele Mädchen dort prostituieren, und mein Herz sagt mir, dass auch meine Laura dieses Schicksal ereilt hat. Ich weiß nicht, was ich dagegen tun kann.

Verehrte Polizisten oder Polizistinnen,

ich kenne meine Tochter gut, sie würde nie weggehen, ohne mir Bescheid zu sagen, sie ist ein gutes und wohlerzogenes Mädchen. Und sie würde nie aus freien Stücken solch einen Weg einschlagen. Ein Anwalt hier hat mir geraten, keine nutzlosen Briefe zu schreiben, da Ihr Land groß, und mein Brief lächerlich sei, doch wer Kinder hat, wird mich verstehen.

Ich habe meine Tochter überall gesucht. Ihr Name war in diesem Jahr nicht auf den Listen der Verstorbenen, und Gott sei Dank ist ihr Körper auch nicht im Leichenhaus. Steht ihr Name vielleicht auf den Listen der Verstorbenen in Dortoben?

Helfen Sie mir, Laura zu finden. Wer weiß, wo sie jetzt zu leiden hat, und wir mit ihr. Es vergeht keine Nacht, in der ich nicht wegen meiner Tochter den Verstand verliere. Fassen Sie sich ein Herz. Unser Leben ist eine Hölle, seit wir Laura verloren haben.

Sie sind mächtiger als die Polizei hier, die am Monatsende nicht mal mehr Geld zum Essen hat, wie es bei allen Dortuntigen ist.

Auch ich bin arm. Ich habe kein Geld, um für die Suche nach meiner Tochter zu zahlen. Bitte helfen Sie mir. Helfen Sie uns, es gibt viele Mütter wie mich mit der gleichen Sorge. Ich sehe die Nachrichten auf einem Ihrer Fernsehsender und hoffe, dass vielleicht einmal eine Nachricht zu diesem Problem kommt. Und wenn der Sprecher nichts von solchen Nachrichten erzählt, weiß ich nicht, was ich machen soll: ob ich verzweifeln oder mich freuen soll.

Wer ein Kind hat, wird meine Qual verstehen. Doch auch wer kinderlos ist, kann es leicht verstehen.

Ich bete zu Gott und hoffe hochachtungsvoll, dass Sie mir antworten mögen. Und wenn dieser Brief nicht in die richtigen Hände gelangt, tun Sie eine gute Tat und bringen Sie ihn auf das zuständige Amt. Meine Tochter Laura Isufi und meine Schwiegermutter Bejte Isufi und ich, Vjollca Isufi, wir werden es Ihnen ein Leben lang danken.

Mit großem Respekt und ebenso großer Hoffnung,

Vjollca Isufi,
eine verzweifelte Mutter

Hauptstadt, Freiheitsstraße, Block 15, Wohnung 6.

•

Bexhet Lame und Engjëll schauen vom Auto aus den Passanten zu. Bexhet klopft zum Rhythmus eines Liedes, das ihm im Kopf herumgeht, leicht auf das Lenkrad, was Engjëll auf die Nerven geht. Mynyrja ist soeben aus dem Wagen gestiegen und eilt zum Eingang des Supermarkts.

„Bist du sicher, dass deine Nutte da, Mynyrja, noch ganz richtig im Kopf ist?“, fragt Bexhet Engjëll zweifelnd. „Kommt es dir nicht auch so vor, als ob sie nicht mehr richtig tickt?“

„So ist es“, sagt dieser finster.

Bexhet sieht ihn noch zweifelnder an. Dieses fatalistische Lächeln macht ihm Angst. An Engjëlls Schläfen sind zwei graue Haare zu sehen.

„Wie alt bist du?“, fragt ihn Bexhet.

„Hä?“

„Wie alt du bist, wollte ich wissen.“

„28. Wieso fragst du?“

„Nur so, du kriegst graue Haare.“

„Sollen sie kommen und sich wieder verpissen. Scheiß drauf.“

Der Andere versteht diese Logik nicht, lässt es aber dabei bewenden. Schließlich und endlich ist er nicht der Einzige, der sinnlos daherfaselt.

Sie haben die Prostituierte in der Nähe des Einkaufszentrums abgeladen. Sie ist ohne einen Ton ausgestiegen. Wie ein Roboter ist sie weggegangen, als ob sie Räder anstelle von Füßen hätte, mit krummem Rücken und dem Haar in die alte Bluse gesteckt. Warum gibt er dieser Armen nicht ein wenig mehr Geld, damit sie sich was zum Anziehen kaufen kann und einigermaßen passabel aussieht? Bexhet ist neugierig, fragt dann aber doch nicht nach, wozu? Es ist etwas Rätselhaftes an all dem, besser, er rührt nicht daran.

„Die letzte Nacht hat sie mit dem Sohn verbracht“, sagt Engjëll fast stolz.

„Wer?“

„Deine Mutter. Die da, Mynyrja.“

Die Frau betritt nun die großen Läden.

„Hübsch, was?“, fragt Engjëll seinen neuen Geschäftspartner freudig.

„Hübsch, ja, eine von denen, die dich um den Verstand bringen.“

„Hmmm“, macht er höhnend, „deshalb kriegt sie auch keine neuen Klamotten. Ich geb ihr nur Geld zum Essen oder mal für ein Spielzeug für den Jungen.“

„Kommt es dir nicht vor, als ob sie sich seltsam benimmt?“

„Was hast du denn mit deinem kommt's dir so vor, ich bin tausend Prozent sicher, dass sie ungefährlich ist. Ich hab den Sohn als Geisel, hihihi.“

Im Rückspiegel des Autos taucht einer von der Straßenpolizei auf seinem Motorrad auf.

„Wir stehen schlecht“, sagt Engjëll, „dieser Wichser kommt näher, ich hab keinen Bock auf den.“

Bexhet lässt den Motor an, und sie fahren weg. Obwohl er Lust gehabt hätte, die Schlampe zu beobachten, wenn sie aus dem Supermarkt kommt. Würde sie gleich in Velis Haus gehen oder sich auf der Straße herumtreiben? Tss, tss, das möchte er sehen, sie weiß doch, dass er seine Augen und Ohren überall hat. Und so doof, wie sie ist, kennt sie doch keine Straßen und Adressen, diese dämliche Analphabetin. Engjëll lacht auf, und Bexhet sieht ihn fragend an.

„Warum lachst du?“

„Weil mir nach Lachen ist, darum, muss ich dich um Erlaubnis fragen?“

„Ist ja gut, reg dich nicht auf.“

„Letzte Nacht hab ich mit ihr was angestellt, das hat sie total auf die Palme gebracht."

„Sie ist gut im Bett, nehm ich an?"

„Euch Jungs, die neu im Geschäft sind, erlaubt man nicht, die Ladies auszuprobieren?"

„Nein."

„Die Regeln haben sich geändert, ich versteh auch nicht, warum, aber so ist es. Berufsethik nennen sie das. Echt für'n Arsch. In jedem Fall ist Mynyrja Privatbesitz."

Sie sieht eine Weile aus den verdunkelten Fensterscheiben des Einkaufszentrums, bis sie sicher ist, dass er nicht zurückkommt. Ihr Herz schlägt wie verrückt. Aber wenigstens hat sie eine halbe Nacht bei Bledi geschlafen, bis dieser Schuft sie geweckt hat und... Sie muss diesen jungen Mann finden, Mauro, der sich in Suela verliebt hat, den muss sie unbedingt finden. Hoffentlich kommt er hier vorbei, wenigstens dieses eine Mal. Sie sucht ihn schon seit Wochen. Wenn nicht diese Hoffnung wäre, sie hätte Engjëll schon längst im Schlaf ein Messer in den Bauch gestoßen. Sie hat ein großes Messer aufgetrieben, eines, das man für Fleisch verwendet, ein wahres Metzgermesser. Sie hat es gut versteckt. Sie wird Engjëll töten, bevor Bledi aus Angst oder Verzweiflung stirbt, oder bevor er durchdreht. Sie wird ihn umbringen und dann den Kleinen an sich nehmen und hinaus auf die Straße gehen. Ein Polizist findet sich überall. (Wenn du sie nicht brauchen kannst, schießen sie wegen nichts aus dem Boden, und wenn du sie nötig hast, ist keine Spur von ihnen zu finden.) Sie wird einen Polizisten ausfindig machen und ihm erklären, dass sie einen Mann ermordet hat. Und so wird man sie ins Gefängnis stecken und Bledi zur Adoption freigeben. Mynyrja wird darum bitten, dass es eine intakte Familie sein soll. Für gewöhnlich sind es die, denen es gut geht, die Kinder adoptieren, die Armen nicht, weil sie selbst kaum satt werden.

Was hast du getan, Tochter, wird ihre Mutter in Dortunten sagen, wenn sie davon erfährt, dass sie einen Menschen umgebracht hat, wie kannst du nur einen Menschen töten? Aber das ist kein Mensch, Mutter, der ist kein Mensch. Ein Mensch tut so etwas nicht, um keinen Preis, glaub mir. Wenn es ein Mensch gewesen wäre, hätte ich ihn nicht umgebracht. Aber was ist er dann? Woher soll ich das wissen, Mama?

Wenn sie nur diesen Mauro von Suela findet. Nur einmal will sie etwas Glück haben, bevor Engjëll mitbekommt, dass sie sich ein wenig zu lang in diesem Laden rumtreibt. Sie kennt jetzt einen Teil der Buchstaben des Alphabets; einen Teil hat ihr Suela beigebracht, einen Teil Laura und einen Teil Leila. Doch es ist noch kein ganzes Alphabet daraus geworden.

Wenn sie bloß Mauro Canetti finden und ihm erzählen könnte, wo Suela ist. Mynyrja kennt den Namen der Stadt und der Straße, in der sie arbeitet. Sie hat es gehört, sie hat Veli belauscht. Ihr bleiben noch drei Tage, bevor Veli und Hajria aus dem Stadtzentrum weggehen und in ein neues Haus in einem weiter entfernten Viertel ziehen. Und dann besteht für Mynyrja keinerlei Hoffnung mehr, Mauro zu finden.

Sie läuft durch die Abteilungen des Geschäfts, sie nässt sich ein und sucht nach dem Zeichen für die Damentoiletten. Sie geht rein und bleibt eine Ewigkeit da drin auf der Schüssel sitzen. Sie muss auch groß, hat aber schreckliche Schmerzen von der vergangenen Nacht und schafft es nicht. Tränen rinnen an ihr herunter, während das große Bedürfnis endlich Mitleid hat und den Körper verlässt.

Als sie fertig ist, kommt es ihr vor, als hätte sie einen großen Sieg errungen. Nun kann sie nicht länger in den Läden bleiben, sie muss zu Hajria zurück, und die Hausarbeiten erledigen, bevor man Verdacht schöpft und sie schlägt. Sie muss hier raus.

Sie geht raus. Vor ihr steht einer vom Sicherheitsdienst des Einkaufszentrums. Er sieht sie streng und misstrauisch an. Sie hat nichts gekauft. Er verlangt, ihre Tasche zu durchsuchen. Mynyrja reicht sie ihm widerspruchslos. Sie weiß, dass es sinnlos ist, sich zu weigern. Sie wird rot bis zum Haaransatz. Der Mann kümmert sich nicht darum, dass die vorübergehenden Kunden herschauen. Er kontrolliert ihre Handtasche. Dann führt er Mynyrja in ein Zimmer und checkt ihre Hosentaschen, wo er nichts Auffälliges findet. Der Mann murmelt so etwas wie eine halbe Entschuldigung, doch sie hört kaum hin.

Eilig verlässt sie das Einkaufszentrum. Vielleicht wird sie Mauro niemals finden, vielleicht war auch das nur eine fixe Idee oder ein Witz, und es gab ihn nie wirklich. Wer weiß, was für ein Hirn ihn sich ausgedacht hat, sonst wäre er doch an irgendeiner Straßenecke aufgetaucht. Bleibt ihr jetzt nur noch der zweite Schritt, nämlich Engjëll zu erstechen, ohne den ersten Schritt in die Tat umzusetzen, Mauro ausfindig zu machen? Eine Weile irrt sie auf den Straßen umher, ihr Gehirn pocht wie unter Hammerschlägen, dann beeilt sie sich, zum Haus von Veli und Hajria zu gelangen.

Als sie davor ankommt, trifft sie an der Tür auf die Polizisten. Mynyrja wird zum zweiten Mal verhaftet, diesmal zusammen mit Veli und Hajria.

•

Suela stellt sich neben das Auto und wartet darauf, dass der Kunde etwas sagt.

„Wie viel nimmst du für eine halbe Stunde?", fragt er mit gesenkter Stimme.

Sie sieht bloß die obere Hälfte seines Gesichts, da er die Scheibe zur Fahrerseite hin nicht ganz heruntergelassen hat. Von weitem ist das durchdringende Geheul einer Sirene zu hören.

„Mach die Scheibe runter, damit ich dich sehen kann", sagt sie mit schleppender Stimme. Der junge Mann lässt sie herunter.

„Das Übliche", beantwortet Suela seine Frage, „zieh davon die Hälfte ab, und du hast meinen Tarif."

„Und wie viel ist das Übliche?"

„Bist du neu in der Gegend?"

„Ja, ich bin nur vorübergehend hier, sozusagen ein Besucher."

Sie sagt es ihm. Der Mann kratzt sich mit der linken Hand die rechte Wange. Suela versucht, ins Wageninnere zu schauen, aber es ist zu dunkel.

„Ich zieh mich nicht aus. Das ist die einzige Bedingung, sonst mache ich alles, was du willst."

„Wie, du ziehst dich nicht aus?"

„Im wahrsten Sinne des Wortes. Verlang nicht, dass ich irgendetwas ausziehe außer dem Höschen. Deshalb kostet es bei mir nur die Hälfte."

„In Ordnung, steig ein."

„Sicher?"

„Steig ein."

Sie steigt ein. Der Kunde gibt Gas und gleitet über die regennasse Straße. Suela ist wie erstarrt. Sie fühlt, dass da noch jemand auf dem Rücksitz ist, traut sich aber nicht, nach hinten zu schauen. Der Kunde zu ihrer Linken sieht sie an. Sie zieht sich den Rock nach unten.

„Ich bin keiner von denen, die zu Prostituierten gehen, Suela", sagt er langsam zu ihr.

„Suela", flüstert Mauro Canetti vom Rücksitz.

Sie erstarrt noch mehr. Der Fahrer schlägt den Weg in Richtung Stadtzentrum ein.

„Suela, ich bin es."

„...?"

„Ich hab mit Mynyrja gesprochen. Man hat sie festgenommen, und sie hat mir von dir erzählt. Ein befreundeter Polizist hat mich benachrichtigt, dass da eine Sexarbeiterin ist, die mich kennt und mich sprechen will. Ich hab dich überall gesucht. Sie haben eure Chefs verhaftet, Veli Ajkani und seine Frau."

„..."

„Der Freund von mir ist in der Untersuchungskommission, glaubst du mir nicht?"

„Wo fahren wir hin?"

„Zum Haus eines alten Bekannten. Da können wir offen sprechen."

„Das ist meine Arbeitszeit. Die Bosse kontrollieren jede Stunde."

Keine Antwort.

„Hast du gehört, was ich gesagt habe?"

Müde Tränen rinnen an ihr herunter, begleitet von einer tiefen, dumpfen Klage, als käme sie aus dem Inneren von ihrem und ihrer Eltern Leib, und auch der weiteren Verwandtschaft, aus dem Inneren der Erde, auf der sie hunderte, tausende Jahre zuvor geboren wurde.

•

Als die Polizeieinheit mit Leila und Mynyrja am Treffpunkt ankommt, wiederholen die Polizisten einige Male beharrlich die Anweisungen, während sie beunruhigt zu Mynyrja sehen.

„Es hängt alles von ihr ab, vor allem, ob sie uns die nötigen Details gegeben hat. Und noch mehr, ob sie es schafft, den Mann in die Falle zu locken, bevor er in der Wohnung verschwindet.“

Leila macht eine zustimmende Kopfbewegung, ohne überzeugt zu sein. Jetzt, wo der Moment der Tat gekommen ist, kann sie vor Angst den Urin nicht halten. Mynyrja weicht ihr nicht von der Seite. Sie spürt ihren glutheißen Atem auf dem Hals. In Ordnung, fragt der leitende Polizist. Schweigend macht Leila ein Ja.

Sie bringen sich vor dem Wohnhaus in Stellung, in dem Bledi gefangen ist. Mynyrja hat sich auf dem Rücksitz ausgestreckt und wagt es kaum zu atmen. Leila und der Polizist sind auf den Vordersitzen und tun so, als würden sie sich küssen. Jetzt ist der Zeitpunkt gekommen. Für gewöhnlich kommt Engjëll um diese Zeit zurück, ein paar Minuten früher oder später. Das ist das Haus, oder nicht?, versichert sich der Polizist noch einmal, wir können uns jetzt keine Dummheit erlauben, sonst geht alles zum Teufel. Doch, das ist es, sagt Mynyrja erstickt. Von weitem taucht Engjëll auf.

„Er kommt“, sagt Leila und schmiegt sich noch enger an den Polizisten, „der mit dem kurzen, braunen Mantel und der grauen Mütze.“

Der Polizist und Leila tun weiter so, als würden sie kuscheln. Der Polizist verdeckt sie mit seinem Körper, damit Engjëll sie nicht sehen kann. Jetzt, flüstert der Polizist seinen Kollegen über die Sprechanlage zu, der hier. Macht euch bereit. Sobald er den Weg zum Haus einschlägt. Engjëll geht darauf zu. Mynyrja taucht auf, macht einige verwirrte Schritte, dann beherrscht sie sich.

„Engjëll!“

Er dreht sich zur Stimme um, und sie rennt zu ihm. Bleib ruhig, denkt Leila, ganz ruhig... Bring ihn zum Sprechen.

„Was hast du hier um diese Zeit zu suchen?“

Seine Nerven sind angespannt, aber irgendwie freut er sich auch.

„Ich wollte dir das Geld von gestern bringen."

„Ist nicht morgen der Tag dafür?"

„Gestern wurde ich anständig bezahlt, es lief gut, und ich wollte nicht mit dem ganzen Geld herumlaufen."

„Hmmm, hast du's in der Tasche?"

„Wo sonst?"

„Gib es mir oben, hol's nicht hier draußen raus, dumme Kuh."

„Diesen neuen Prostituierten kann man nicht trauen, deshalb dachte ich, besser, du nimmst es an dich."

Er nimmt sie am Arm und stößt sie zur Treppe. Mit der anderen Hand nimmt er sich die Mütze vom blonden Schopf.

„Kommst kurz rauf, um deinen Sohn zu sehen, hä?"

Er grinst.

„Erlaubst du mir, dass ich ihn sehen kann, obwohl heute nicht der Tag ist? Danke Engjëll, ach, vielen Dank!"

„Wieso, was denkst du von mir, dass ich ein Schuft bin so wie die anderen?"

Die Polizisten, die sich in den oberen Stockwerken des Gebäudes positioniert haben, gehen die Treppen hinunter, während Mynyrja und Engjëll zum Aufzug eilen. Für einen Augenblick erstarrt er, als er die Männer in Uniform sieht, dann macht er auf dem Absatz kehrt, aber zwei andere, die hinter seinem Rücken lauern, werfen sich auf ihn und halten ihn an den Armen fest. Ein fünfter entwendet ihm die Pistole.

„Du Aas, du Aas, verlogene Hure, du Stück Dreck", brüllt Engjëll, während sie ihm die Handschellen anlegen.

Mynyrja hat sich in die Ecke des Treppenaufgangs verkrochen und drückt sich an die Wand. Der Schreck ist wie eine Bestie über sie hergefallen. Leila stürmt auf sie zu und schirmt sie mit ihrem Körper ab.

„Er ist weg, Mynyrja, es ist vorbei, Myni, pssssst.“

Die Polizisten führen Engjëll ab. Er wehrt sich aus Leibeskräften. Mynyrja schreit, schreit, schreit. Einer der Polizisten rennt zu ihr und legt ihr die Hand auf den Mund.

„Pssssst, es ist zu Ende, beruhigen Sie sich jetzt.“

Selbst die Hand des Polizisten kann ihren Schrei nicht ersticken. Es klingt schwer und tief, mehr wie das Heulen eines wilden Tieres als die Stimme einer Frau. Leila bricht leise in Tränen aus.

•

Suela gibt Namen, Zahlen, Funktionen und Aufgaben zu Protokoll. Vom Fenster der Polizeistation aus ist ein Teil der Straße zu sehen, auf der fröstelnd die Leute vorbeigehen, manche mit Aktentaschen unter dem Arm, andere schieben Kinderwagen, die mit Plastik abgedeckt sind, um das Kind vor dem Smog zu schützen.

Es wird dunkel. Die Straßenlaternen sind schon seit einer guten Weile an, aber es ist noch nicht so dunkel geworden, dass sich die Augenfarbe der Passanten geändert hätte. Von da aus, wo sie sitzt, kann sie die Gesichter nicht erkennen. Die Profile ziehen wie unscharfe Fotografien vor dem Fenster vorbei.

Suela hat diese Momente schon immer gern am Winter gemocht. Wenn man sich gerade mit einer Freundin unterhält und ihr direkt in die Augen schaut, um das Licht aus ihnen aufzusaugen, das die Worte nicht ausstrahlen, sondern nur die Augen. Man ist ganz ins Gespräch versunken und unmerklich ist es Nacht geworden, man hat es gar nicht mitbekommen, aber die Augen der Freundin verdunkeln sich, die Pupillen haben nun eine andere, wärmere Farbe. Selbst weniger schöne Augen bekommen in diesen Momenten plötzlich einen gewissen Zauber. Die zu klaren und hellen Augen von Manjola zum Beispiel – wo mag sie jetzt wohl sein? – werden bei diesem Licht, im Schleier des eben hereingebrochenen Abends, noch schöner.

„Fräulein“, ruft sie der Untersuchungsbeamte halblaut.

Suela dreht sich um und lächelt ihm verloren zu. Der Blick des Mannes ist von einem Schmerz gezeichnet, der kaum auszuhalten ist für das Mädchen, auch weil sie sich schuldig daran fühlt. Die junge Polizistin, die das Protokoll führt, steht auf und macht das große Deckenlicht an.

„Verzeihen Sie, ich war in Gedanken“, entschuldigt sich Suela, „wir können weitermachen.“

Sie berichtet von den Verbindungen der hiesigen Bosse mit ihren Bossen, die sie kennengelernt oder belauscht hat. Sie führt noch weitere Namen und Adressen auf. Hin und wieder unterbricht sie der Untersuchungsbeamte und blickt in eine andere Akte, die er offen unter seinen Ellenbogen liegen hat. Ihre Aussagen stimmen eins zu eins überein mit denen einer anderen Sexarbeiterin. Der Mann erwähnt ihren Namen nicht, doch Suela ist klar, dass es sich um Leila handelt. Werden sie sich wohl noch einmal sehen?

Als es dem Ende zugeht, fühlt sich Suela leer. Sie schaut wieder aus dem Fenster. Eine Gruppe von Anhängern der Hare-Krishna-Bewegung überquert die Straße. Suela erkennt sie an den orangenen Kleidern. Einen Augenblick später sind sie unter den Fenstern verschwunden, als hätten sie nie existiert.

Die Ordnungskräfte danken ihr und teilen ihr mit, dass sie noch auf sie zukommen werden. Sie muss weiter im Dienst der Justiz stehen. Auf jeden Fall.

Gleichzeitig werden wir uns dafür einsetzen, dass die Sache mit Ihren Papieren in Ordnung kommt, als Gegenleistung für Ihre Mitarbeit. Ich werde mich persönlich um die Angelegenheit kümmern. Wir können Ihnen nichts versprechen, aber wir werden alles daran setzen, dass Sie offiziell Bürgerin von Dortoben werden.

Der Mann wirkt traurig, muss Suela wieder denken. Vielleicht ist er auch gar nicht traurig, sein Blick wirkt nur so, sagt sie sich dann. Es gibt Menschen, die selbst beim Lachen aussehen, als würden sie weinen. Wie bei Hunden. Da gibt es welche, die so bekümmert dreinschauen, dass man sich am liebsten umbringen möchte. Aber was fällt mir ein, ihn mit einem Hund zu vergleichen? Ihr Schuldgefühl zwingt sie, ein entschuldigendes Lächeln vorzutäuschen, als wüsste der Andere, was ihr durch den Kopf geht.

Zwei Polizisten begleiten sie bis zur Tür. Mauro wartet davor auf sie. Auch er hat in den letzten Tagen müde gewirkt. Er hat sich länger nicht rasiert und ähnelt dadurch auffallend den Männern in Dortunten. Es war seltsam, wie die hiesigen Männer den dortigen glichen, sobald sie sich ein wenig gehen ließen.

Das gleiche Gesicht, die gleiche Rasse, sagt eine Figur in einem erfolgreichen Film eines hiesigen Regisseurs. „Mediterraneo“ heißt dieser Film. Immer, wenn Suela ihn sieht, muss sie heulen wie ein Kind. Vielleicht, weil er vom Verlassen handelt. Die Szene, in der sich die alten Freunde am Ende des Films wieder auf der einsamen Insel zusammenfinden, führt bei ihr regelmäßig zu einem unkontrollierten Tränenausbruch.

Suela winkt dem Untersuchungsbeamten und den anderen Angestellten und geht auf Mauro zu. Er hakt sich leicht bei ihr unter und drückt sie ebenso leicht an sich, ohne zu sprechen.

Sie hätte gerne noch länger mit dem Untersuchungsbeamten gesprochen. Er hätte weitere Fragen gestellt, und sie hätte geantwortet. Sie hätte erzählt, und der Schmerz wäre aus dem Magen gewichen und zu den Rippen gewandert, zum Bauch, die Beine hinunter und bis zu den Fersen. Und dann wäre er auf den Boden gerutscht, und Suela hätte sich in diesem Moment so wohl gefühlt. Es wäre schön, wenn dieses Wohlgefühl anhalten würde. Doch dieser heimtückische Schmerz würde ihr wieder in den Kopf steigen, als wäre er der Feuerring eines Drachen, der sich aufrichtet und Heimtücke in Form von Schmerzen speit. Und wieder von vorn, Magen, Rippen, Bauch, Knie, Beine, Zehennägel.

•

14. Dezember 1996, 14 Uhr 10

Man hat Engjëll festgenommen. Bledi lebt. Wenigstens mein Opfer hat etwas bewirkt. Ich kann es immer noch nicht glauben, dass sie dieses Schwein verhaftet haben. Ich wünschte, sie würden ihn grün und blau schlagen, um ihn auf seiner eigenen Haut zumindest ein Zehntel dessen spüren zu lassen, was er Myni angetan hat.

Ich fürchte, dass sie alle mit einer milden Strafe davonkommen. Und nach einiger Zeit sind sie frei und fangen wieder damit an, Schlechtes zu tun. Kein einziges der Mädchen wird vor Gericht als Zeugin gegen Engjëll aussagen, keine wird so viel Mut aufbringen. Aber wenigstens mein Opfer hat etwas gebracht, und jetzt ist Myni frei und hat Bledi gefunden.

Mama hat in ihrem Brief geschrieben, dass die Menschen in Dortunten vollkommen durchdrehen. Gut, dass du nicht auf meine Bitten gehört hast, uns hier besuchen zu kommen. Was solltest du in diesem Katastrophenzustand, schrieb sie mir. Arme Ikbal, sie glaubt, ich hätte mein Versprechen gehalten. Doch was hätte ich sonst tun können, um sie nicht zu verletzen? Es ist besser, sie glaubt, ich wäre zurückgekehrt, um sie zu sehen, auch wenn ich nie dorthin zurückgehen werde, so sehr, wie ich erniedrigt wurde. Dortunten würde mich nicht wiedererkennen, wenn ich so zurückkäme, weil ich ein anderer

Mensch war, als ich ging. Und würde ich meinem Land eingestehen, wer ich bin, so müsste ich auch zugeben, was ich bin. Und wenn ich mit meinen Geständnissen durch wäre, würde mich dieses Land nicht mehr akzeptieren. Seine Erde hat schon viel erlebt. Aber diese Art der Schande ist völlig neu, sie wird sie kaum ertragen können. Und selbst wenn sie mich akzeptieren würde, aufgrund des Pflichtbewusstseins, das sie ihren Bürgern gegenüber empfindet, dann würde ich wiederum diese Akzeptanz nicht akzeptieren. Ich habe mich in den Worten verheddert, aber so denke ich, und davon nehme ich nicht Abstand.

Ich komme auf das zurück, was in Dortunten geschieht. Mama sagte mir, dass die Leute auf den Straßen demonstrieren, gegen die, die ihnen Wohlstand versprochen haben, wenn sie ihr Geld in die Anlagefirmen stecken. Sie haben den Menschen gesagt, dass Milch und Honig fließen würden, sogar noch mehr als das, es würde Hoffnung und Manna in Form von Geldscheinen regnen.

„Sie sind aufgebracht", hat sie mir gesagt, „viele Bedauernswerte haben alles verloren, sie hatten sogar die Kleider verkauft, die sie am Leib hatten, und ihre Häuser sowieso. All ihr Geld haben sie in diese Drachenschlünde gesteckt, die ihr Geld verschlungen haben und jetzt nur noch mehr Armut speien. Die Regierung hat nichts getan, um diesen Betrug zu verhindern. Im Gegenteil, sie haben die Menschen zu Beginn ermutigt, an dieses Wunder zu glauben, das wie ein Geschenk vom Himmel fiel. Wir hielten uns für schlauer als der Rest der Welt, wir glaubten, uns ohne jede Anstrengung der Armut entledigen zu können, mit einem Augenaufschlag. Der Blitz soll uns treffen..."

Ich würde gerne mehr über dieses Chaos, die Finanzfirmen und die Finanzvorgänge dieser Art erfahren, aber ich weiß nicht, wo ich anfangen soll – mir fehlt das Wissen. Vielleicht werde ich eines Tages, falls ich am Leben bleibe, wieder zu stu-

dieren anfangen. Nicht in Dortunten, wie gesagt, irgendwo ganz anders, denn auch hier werde ich auf keinen Fall bleiben.

Wenn ich bloß einen Traum hätte, an den ich glauben könnte. Es ist viel, viel Zeit vergangen, ich weiß nicht, wie lange es her ist, seit ich auch nur einen einzigen Traum hatte. Ich möchte mir einen Traum erschaffen, der mir hilft, die Tage zu überstehen und Ihn weniger zu hassen.

Doch offenen Auges habe ich einen Wunsch, auch wenn ich weiß, dass er nie in Erfüllung gehen wird: dass die Bosse im Keim ersticken. Nicht, dass sie im Gefängnis landen, nicht, dass sie eines Tages eines natürlichen Todes sterben, am Alter, sondern dass ihr Samen in so kleine Einzelteile zerfällt, so winzig, dass er nie wieder zum Leben erweckt werden kann. Dass er völlig vom Erdboden verschwindet. An diesem Tag wäre ich glücklich. Auch wenn es lange, nachdem ich zu Staub in der Erde geworden bin, geschehen sollte. Mögen sie ausgelöscht werden. Die, die uns derart verunstaltet und uns das Leben bei lebendigem Leibe genommen und uns zerstört haben. Aber dieses schöne Ereignis wird nicht eintreten. Mögest du verdorren, Fatos. Da, nun habe ich deinen Namen zu guter Letzt doch gesagt. Möge jeder Gedanke in deinem Kopf und jedes Lächeln auf deinen Lippen verdorren. Mögest du verdorren und zu einem Geldschein werden zwischen all den anderen, die du auf deinem Bankkonto angehäuft hast. Dein Schatten soll vergessen werden. Vergessen auch die, die dich hervorgebracht haben.

So wie ich Lauras Gesicht vergesse. So sehr ich auch mein Gedächtnis anstrenge, um sie mir zu vergegenwärtigen, so erinnere ich mich doch nur an ihre Schultern und wie sie sich beim Gehen bewegten. Geschmeidig, graziös, auf eine Weise, dass man sich in sie verlieben wollte, obwohl sie eine Frau war so wie wir.

Es ist schrecklich, wenn man sich nur noch an die Schultern eines Menschen erinnert. Ich umkreise sie, um ihr Ge-

sicht zu sehen, doch sie hat kein Gesicht. Zu wissen, dass sie schöne große, grüne Augen mit schwarzen Wimpern hatte und du sie dir nicht mehr vorstellen kannst, diese Augen, nicht mal für einen kurzen Moment, nicht mal für die Dauer eines flüchtigen Grußes. Wie kann man eine Freundin grüßen, wenn man ihr nicht in die Augen sehen kann? Das quält mich so sehr, dass ich manchmal das Gefühl habe, den Verstand zu verlieren.

Sie lauern einander auf und bringen sich gegenseitig um. Der Mord an dem Professor hat großes Aufsehen erregt, natürlich, er war berühmt. Und die Polizei hat den Bossen dieses Verbrechen nicht verziehen, sie wird sie selbst aus dem Mauseloch holen, in dem sie sich versteckt halten.

Von Delina keine Spur, und im Schrank hängt noch immer das Kleid, das ich für sie genäht habe. Es ist ein weißes Sommerkleid. Ärmellos, lang und eng bis zu den Füßen, mit einem Schlitz vom Schenkel abwärts. Ob es ihr steht? Sie hat es nie anprobiert. Sie hatte mir von so einem Kleid erzählt, sie hatte es in einer Parfümwerbung gesehen. Eine Frau, die zuerst nur ein weißer Punkt auf einem goldenen Hintergrund ist, und dann größer wird, größer und größer, bis sie den ganzen Bildschirm einnimmt. Das tief ausgeschnittene Dekolleté verleiht Delina mit ihren kleinen, spitzen Brüsten eine so erotische Ausstrahlung. Aber wer weiß, ob ich ihr dieses Geschenk geben kann.

Er hat mich jetzt weggeschlossen. Als die Polizei kam, um Ihn festzunehmen, gleich nach Engjëlls Verhaftung, fand sie die Wohnung leer vor, und ich stand wie angewurzelt da und wusste nicht, was ich sagen sollte. Sie haben mich wieder gehen lassen, um herauszufinden, wo Er sich versteckt hält. Die Polizei weiß, dass ich so für immer verloren bin. Ich sagte ihnen, wenn sie mich diesmal nicht beschützen... Doch sie haben mich freigelassen, damit ich helfe, Ihn zu fassen. Und nun hält

Er mich in einer abgelegenen Gegend gefangen, in der ich noch nie zuvor war. Ich habe keine Ahnung, wie diese Gegend heißt. Ich kann nicht einmal sagen, ob wir in derselben Stadt sind. Ich habe keinerlei Kontakt zur Außenwelt.

Wohin mag Delina geflohen sein? Ob sie wohl nach Dortunten zurückgekehrt ist? Das kann ich mir nicht vorstellen. Wo mag sie hin sein? Ohne Geld, ohne Pass, ob ihr der Staat hier geholfen hat? Ob Delina wieder zu lachen gelernt hat, sie, die sich geradezu manisch über jede Kleinigkeit freute?

Kann sich der Mensch in ein Lächeln verwandeln? Ich glaube schon. Wenn er sich zu Staub verwandeln kann, kann er sich auch in ein Lächeln verwandeln.

Die zwei schlimmsten Dinge, die dir auf dieser Erde passieren können, das sind, in Dortunten geboren zu sein und Prostituierte zu werden. Alles andere lässt sich aushalten, diese zwei Dinge nicht.

Armes Dortunten.

•

Wäre es nach Bajram gegangen, er hätte es unter keinen Umständen zugelassen, dass mitten in der Stadt ein so chaotischer Bandenkrieg passierte. Aber zuweilen entglitt selbst ihm und seinen strengen Händen die Lage.

Es war nicht sein Stil, würde er später Aranit gegenüber mehrmals wiederholen, so barbarische Kriege anzuzetteln, als seien sie im Wilden Westen. Derartige Narrenpossen wären ihm selbst im Traum nicht in den Sinn gekommen. Doch die Jungs hatten eine allzu bestialische und idiotische Vorstellung von Rivalität. Seine Jungs hatten zu viele Gangsterfilme gesehen. Und in ihren Adern floss ein eigenartiger Zorn, der sich tröpfchenweise immer mehr verdickt hatte, als hätten sie ihn schon mit der Muttermilch eingesogen. So sagten es zumindest die Journalisten, wenn sie wie berauscht von den Ereignissen quasselten, in den Abendnachrichten oder in den vielen Sondersendungen, von denen die großen Fernsehkanäle des Landes nach diesem Blutbad überschwemmt wurden. Anstelle von endlosen Pseudoanalysen ohne jeden Realitätssinn hätten die Medien versuchen müssen, irgendeinen der Jungs ausfindig zu machen, die für Bajram gearbeitet hatten, sie hätten versuchen müssen, eine möglichst tiefgehende Kenntnis der Umstände zu bekommen. Das war der Kern der Sache. Es galt, das Individuum zu verstehen, eines von ihnen. Weder das beste noch das schlechteste, etwas dazwischen. Jede Theorie war so fern aller konkreten Ereignisse, dass es keinen Pfifferling wert war, sich das auch nur anzuhören.

Bajram war in letzter Minute ins Ausland entkommen. Wie durch ein Wunder hatte er sich dem Zugriff der Polizei entzogen, als er selbst schon nicht mehr daran geglaubt hatte. Man hatte eine großangelegte Aktion gestartet, um die Bosse zu fassen, ins Netz gegangen waren ihnen aber nur die kleinen und ein paar mittlere Fische.

Bajram hatte seine Flucht schon seit Langem genauestens vorbereitet. Jedes Detail war minutiös durchdacht, mit einer manischen Sorgfalt geplant, die immer mehr zugenommen hatte.

Ana wartete seit Tagen auf der anderen Seite der Grenze, in einem kleinen Nachbarstaat von Dortoben. Natürlich erzählte Bajram Aranit nichts von dieser letzten Einzelheit. Ana war nun also seine Geliebte geworden. Aber was hatte es für einen Sinn, den Anderen so sehr zu verletzen? Es war eine ganz natürliche Schlussfolgerung, klar und vollkommen logisch. Ana war viel zu jung, schön und intelligent, um ihre Tage mit einem älteren Mann wie Aranit zu verbringen. Der hatte seinen Anteil an diesem Geschäft bekommen, sogar mehr als genug. Seinen Verdienst, was die Verteilung der Gelder von Dortunten hierher und nach anderswohin anging, die Geldwäsche auf der ganzen Welt, diese Verdienste also hatte Bajram ihm mit der Ehrlichkeit eines Profis zugestanden. Doch von diesem Moment an hatte keiner dem Anderen gegenüber irgendeine moralische Verpflichtung mehr. Sentimentalität konnte einen versklaven, wohingegen dies das Zeitalter des Zynismus war, das war doch die Philosophie der modernen Epoche, nein? Einst wie Pech und Schwefel und heute einfach zwei Personen, die unter demselben Himmel lebten. Es gab zwischen ihnen keine Rachegefühle und keine alten Rechnungen zu begleichen. Alles an ihren Karrieren hatte sich verändert: das Business, die Investitionen, die Erträge, die Frauen, und sogar die Vorläufigkeit dieser ganzen Lage.

„Bleib gesund, Aranit."

„Du auch."

„Wir werden wohl nicht voneinander hören."

„Das denke ich auch."

„Aber wenn du mir einmal eine Karte schreiben willst von dort, wo du sein wirst, habe ich auch nichts dagegen."

„Für eine Karte braucht man eine Adresse, Bajram, und deine möchte ich nicht wissen."

„Ich deine schon."

„Ich werde gar keine haben."

„Ach was, selbst die kleinen Kängurus haben eine Adresse: den Beutel ihrer Mutter. Und erst recht du. Du wirst zurückkommen, um Tefta und Silvana zu holen, nehme ich an. Du wirst sie doch nicht hier lassen, so wie die Dinge jetzt stehen."

„Da hast du recht, die werd ich irgendwo in Sicherheit bringen, bevor es diesen Wichsern einfällt, zwei unschuldige Frauen zu belasten, scheinbar, um sich ans Gesetz zu halten, und in Wirklichkeit doch nur, um von ihrem eigenen Scheiß abzulenken."

„Und der Verlobte von Silvana?"

„Was kümmert mich der? Sein Vater sitzt nicht mehr so fest im Sattel."

„Womit wir wieder beim Thema sind, du wirst eine Adresse haben."

„Grüß mir Sanija, Bajram."

„Mach ich."

„Alles Gute."

„Dir auch alles Gute."

Das mit Ana zu sagen, das wäre Bajrams Ansicht nach fehl am Platz gewesen. Dennoch plagte ihn sein Gewissen ein wenig, und das war kein gutes Zeichen.

•

Den Kampf zwischen den kriminellen Banden und Untergruppen von Dortunten hatte zufällig jemand mit einem starken Fernrohr von seinem Balkon aus mitverfolgt. Der Zeuge hieß Bicio Bonanomi. Er war einer jener Junggesellen, die abends, da sie nichts Besseres zu tun hatten, am Himmel neugierig nach den Sternen und Milchstraßen Ausschau hielten. Als ob es nicht schon genug irrsinnige Kuriositäten auf dieser Erde gab, nein, die Menschen mussten auch noch im ganzen Universum danach suchen. Aber jeder hat so seine Marotten. Und auch die Neugier ist im Grunde eine Marotte.

Bico war von Geburt an kleinwüchsig. Er war kleinwüchsig, neugierig und richtete an jenem Tag sein Teleskop auf einen falschen Punkt. Man kann es kaum glauben, wenn wie mit Absicht alle Schandtaten an einer Stelle aufeinandertreffen, doch genau das geschah an jenem Abend. Und es geschah aufgrund des Kleinwuchses.

Als er auf einen Stuhl stieg, um durch das Fernrohr schauen zu können, stieß Bicio mit dem Kopf dagegen, wodurch das Rohr orientierungslos schwankte und schließlich mit Blick auf die brachen Felder zum Stehen kam, die im Frühling in ihrer Maispracht blühten. Einst, viele Jahre zuvor, hatte er auf diesen Feldern eine Frau geküsst, die einzige kleinwüchsige, die er in seinem Leben kennengelernt hatte. Und so beließ er das Teleskop in dieser Stellung, aus Gründen der Nostalgie nach diesem fernen Kuss und zumal er sich den schmerzenden Kopf reiben musste. Er blickte hinein und sah am anderen Ende eine Gruppe von Männern, die einander aufgebracht herumschubsten. Einige andere kamen eilig auf die Gruppe zugerannt. Bicio holte eine Münze hervor und drückte sie auf seine Beule. Die schlugen sich doch, oder nicht? Sie schlugen und beschimpften sich, nur die Stimmen drangen natürlich nicht bis zu ihm. Besser so. Bicio wurde nun noch neugieriger.

Einer der Männer versetzte einem anderen einen festen Tritt in den Magen, er wandte Kampfkunsttechniken an, die zu jener Zeit so beliebt und in Mode waren. Bonanomi stellte das Objektiv so ein, dass er eine möglichst großzügige Sicht auf die Szene hatte. Es mussten an die zwanzig Männer sein, die auf zwei Gruppen verteilt waren. Die Männer trugen schwere Goldketten um den Hals, wie Bicio ausmachen konnte, jene Ketten, die, wenn sie nicht aus Gold wären, auch dazu gebraucht werden könnten, um Hunde im Zaum zu halten. Diese Art von Menschen nannte man in seiner Sprache *brutti ceffi*, Galgengesichter. Er stellte eine noch breitere Sicht ein. Zwei Körper lagen auf dem Boden und bewegten sich nicht. Zwei andere prügelten sich auf ganz korrekte Weise mit konventionellen Boxschlägen. Inmitten des allgemeinen Massakers wirkte das irgendwie lachhaft. Die anderen, die sich niedermetzelten, und diese zwei Ritter der Tafelrunde, die alle Regeln eines fairen Zweikampfes befolgten. Da könnte man sich ja direkt totlachen, sagte Bicio leise. Die Dinge verschlimmerten sich zusehends. Die Schlägerei artete so aus, dass sein Herz heftig zu pochen begann. In der Zwischenzeit waren die, die sich genähert hatten, dicht herangekommen. Einer von ihnen zog ein Messer. Die bisherigen Schläger erstarrten für einen Moment und setzten dann den Kampf noch unerbittlicher fort. Der Messerträger schritt zweimal um den improvisierten Ring herum und wirbelte das Messer wie ein Zirkusdompteur in der Luft herum.

Auch die neu hinzugekommenen Schläger teilten sich in zwei Gruppen auf, von denen sich jede einer der bisherigen rivalisierenden Fraktionen anschloss. Aber die beiden Körper, die auf dem Boden dahinsiechten, bewegten sich noch immer nicht. Wie war es möglich, dass keiner von der Autobahn aus sah, was hier passierte?

Von dort, wo sich Bicio Bonanomi befand, war das Feld zu weit entfernt, als dass die Anwohner von den Balkonen oder Fenstern aus etwas sehen konnten. Zudem kehrten die Leute um diese Zeit erschöpft von der Arbeit nach Hause zurück und dachten meist nur ans Abendessen.

Aber die Autobahn war gegenüber, sah denn niemand von den vorbeikommenden Auto- oder Lastwagenfahrern etwas? Der Mann mit dem Messer urinierte in eine Ecke, ohne das Messer aus der Hand zu nehmen. Einer der Boxer spuckte mehrmals auf den Boden. Bicio kam es vor, als ob ihm auch Tränen herunterrannen, obwohl es die Dunkelheit nicht erlaubte, Genaueres zu erkennen. Der Messerträger machte in aller Ruhe seine Hose zu. Dann griff er an. Noch bevor Bicio das Fernrohr umstellen konnte, hatte er schon dem Boxer, der ausgespuckt hatte, das Messer in die Rippen gerammt.

Um Himmels Willen, die bringen sich ja wirklich um!, rief Bicio, die Polizei, ich muss die Polizei verständigen.

Doch er konnte sich noch immer nicht von dem Anblick losreißen. Der Messerträger stach ein zweites und ein drittes Mal auf den Mann ein, der zu Boden sank. Zwei Kampfgefährten des Unglückseligen machten sich daran, ihn zu verteidigen und näherten sich dem Messerträger, dieser aber schwang das blutige Messer wie ein Schwert. Aus einer Jacke kam eine Pistole zum Vorschein. Von diesem Moment an, und bis noch weitere Waffen hervorgeholt wurden, begriff Bicio nicht mehr, was vor sich ging. Das Feuer wurde eröffnet. Wegen des Höllenlärms der Autobahn waren die Schüsse nur gedämpft zu hören. Zwei Männer fielen zu Boden. Zwei weitere hatten sich eilig entfernt. Einer der Boxer, nun ohne Mitstreiter, hielt sich die Ohren zu und kauerte sich neben die beiden Leiber, die schon zu Beginn leblos dagelegen hatten. Eine Kugel erwischte den Messermann am Knie, der nach vorn sackte, ein anderer entriss ihm das Messer und rief etwas in Richtung der beiden Männer, die kurz zuvor zu zwei Autos gelaufen waren. Die mit Pistolen Bewaffneten hielten einen Moment inne und stürmten dann auf ihre Widersacher los.

Vom Auto her kamen die anderen mit Schnellfeuergewehren näher. Eine kleine Gruppe nahm Reißaus, aber die Kugeln trafen sie von hinten. Von diesem Augenblick an vermochte keine noch so laute Autobahn mehr, den Krach zu übertönen.

Als Bicio die gleichgültige Frau auf der Polizeizentrale anschrie, sie mögen sich beeilen, weil dort ein Blutbad angerichtet würde, sagte sie ihm, er solle erst seinen Tonfall ändern, denn nicht einmal ihrem Mann war es gestattet, so mit ihr zu sprechen, und einem Unbekannten sowieso nicht. Sie notierte den Namen Bicio Bonanomi. Langsam. Dann verband sie ihn mit einem von der Kriminalpolizei. Dieser ließ sich ebenso gemächlich in Kenntnis setzen.

Als Bicio wieder an seinem Teleskop stand, war das Blutbad zu Ende. Auf der Erde lagen sieben Körper, die sich nicht bewegten, und drei, die sich vor Schmerzen krümmten. Schließlich traf die Polizei ein.

Bicio Bonanomi war so verwirrt, dass er auf dem Polizeirevier noch volle zwei Stunden brauchte, um wieder zu sich zu kommen und in logischen und verständlichen Sätzen zu berichten. Man führte über alles gewissenhaft Protokoll.

„Gehören die zu ein und derselben Bande?“ fragte der Kleinwüchsige mit schwacher Stimme, nachdem er seine Unterschrift unter die Aussage gesetzt hatte.

Er sah auf die Armbanduhr: Mitternacht war vergangen.

„Das können wir noch nicht sicher sagen. Vielleicht ja, zumindest sind alle, die wir festgenommen haben, Bürger Dortuntens, aber was die anderen angeht, die verschwunden sind, wissen wir es nicht. Die Polizei wird Untersuchungen einleiten. Wir begleiten Sie jetzt nach Hause.“

„Danke.“

„Ich denke, Sie können sich vorstellen, dass wir noch auf Sie zurückkommen werden.“

„Oh, gewiss.“

„Für die Identifizierung der Gesichter und ähnliche Details.“

„Soweit ich kann, denn... in Ordnung.“

Ach, weshalb musste ich so übereifrig sein, sagte sich Bicio, und was, wenn...? Aber jetzt hatte er sich die Suppe eingebrockt, und es gab kein Zurück.

„Haben Sie keine Angst“, sagte ihm höflich der Polizist, der ihn auf dem Weg zum Polizeiauto durch den Flur begleitete, in dem die Schritte der beiden widerhallten, „wir werden alle nötigen Vorkehrungen treffen, dass Ihnen nichts Schlimmes zustößt.“

Sie stiegen in einen der Jeeps und fuhren los. Während der Rückfahrt sprachen sie nicht. Was war das aber auch für ein Tag! Der Polizist war gerädert, und Bicios Kopf fühlte sich wie ein Bienenstock an.

„Es ist wohl das erste Mal, dass Sie in einen Bandenkrieg geraten sind, was?“, meinte der Polizist, als sie die letzte Kurve nahmen und vor dem Hochhaus ankamen, in dem Bicio wohnte.

„Gott sei Dank ist es das erste Mal. Und ich will das auch nie wieder erleben!“

„Und wenn sie sich dann vorstellen, dass diese abscheulichen Dinge unser täglich Brot sind...“

„Pah.“

„Nehmen Sie heute am besten eine Schlaftablette, guter Mann, sonst werden Sie kaum ein Auge zumachen, so aufgelöst, wie Sie sind.“

„Furchtbar“, sagte Bicio mehr zu sich selbst als zu dem Polizisten, „was geht in diesen Menschen vor, dass sie sich gegenseitig so abstechen?“

Der Polizist hielt an und drehte sich mit einem äußerst dünnen Lächeln halb zu Bicio um.

„Schwierigkeiten haben die, so sieht's aus. Manche von denen haben Schwierigkeiten, anderen steckt der Teufel im Leib, und wieder anderen macht es Spaß. Gute Nacht, mein Herr, und danke für die Mitarbeit. Versuchen Sie, sich auszuruhen.“

„Machen Sie's gut.“

Wenn Bicio Bonanomi nur eine Tablette zum Einschlafen gebraucht hätte, wäre es halb so schlimm gewesen. Aber selbst nach der zweiten war es ihm nicht gelungen, das Kreisen der Gedanken zu stoppen. Er stand auf und setzte Wasser für einen Tee auf.

Er trat auf den Balkon. Die Kälte kroch ihm in die Knochen. Er hüllte sich noch mehr in den dicken Mantel ein, den er über seinen Schlafanzug geworfen hatte, und stieg auf den Stuhl vor seinem Fernrohr.

Dort drüben auf den Feldern war nun nichts mehr zu erkennen, als seien vier Stunden zuvor keine menschlichen Schicksale ausgelöscht und keine Lebewesen umgebracht worden, die noch tags zuvor ganz normal die Straße entlang gegangen waren und Pläne für den nächsten Tag geschmiedet hatten, der fünf Stunden später anbrechen würde.

Warum hast Du uns so verdorben, Gott, sagte Bicio leise in Richtung der Felder.

Er rutschte vom Stuhl und ging zähneklappernd zurück ins Zimmer. Er trank den Tee so langsam wie möglich, machte das Licht aus und igelte sich unter der Bettdecke ein.

Vielleicht schliefen jetzt auch die Familien der Dortuntigen, die in dieser Nacht gestorben waren, in diesem Land auf der anderen Seite des Meeres, dessen Namen so schwer auszusprechen war. Es hieß, es sei ein sonderbares Volk, doch Bicio hatte noch nie einen der Bewohner näher kennengelernt. Nur im Fernsehen hatte er sie gesehen, während der Nachrichten. Doch eine Frau gab es, die in dieser Nacht ruhig schlief, ohne zu wissen, dass ihr Freund oder Mann auf dieser Seite gestorben war, während sie das Abendessen gemacht oder mit den Kindern geschimpft hatte, dass sie die Zähne putzen und ins Bett gehen sollten.

•

Zwischen der Werbung für ein Reinigungsmittel und der für eine Creme gegen Zellulitis wurde in den Nachrichten eines lokalen Fernsehsenders bekanntgegeben, dass alle Opfer des Massakers, das sich am südlichen Ende der Stadt zugetragen hatte, dieselbe Staatsangehörigkeit hatten. Es handelte sich dieses Mal also bloß um ein Begleichen von Rechnungen zwischen Landsmännern, die zahlreichen Banden des eigenen Landes waren an diesem makabren Morden nicht beteiligt gewesen. Möglich, dass sich die

Dortuntigen um die Aufteilung von Gebieten gestritten hatten, möglicherweise war es auch durch alte Feindschaften dazu gekommen, die ihren Ursprung noch in der Zeit vor ihrem Weggang aus Dortunten hatten. In diesem Staat – dem ärmsten und zurückgebliebensten auf dem ganzen Kontinent – war noch immer, jetzt sogar mehr denn je, das Gesetz der Blutrache in Kraft, ein mittelalterlicher Brauch, der von Generation zu Generation weitergegeben wurde. Mit dem Fall der Mauer zwischen Ost und West sowie mit dem Wechsel des dortigen politischen Systems, das noch immer gemäß der alten diktatorischen Logik wirkte, war die Bevölkerung Dortuntens massenhaft auf die andere Seite des Meeres geströmt und hatte sich somit in einer Rekordzeit zur Paria der modernen Welt verwandelt. Der Instinkt, der sie zu Mord und Blutrache trieb, war nicht nur nicht vergessen, sondern im Gegenteil auf eine nie zuvor gekannte wilde und primitive Art an die Oberfläche getreten.

Mit dieser Nachricht, die der Sprecher stolz und mit entschlossenem Blick in die Kamera vorgetragen hatte, endete die kurze Wochenschau, auf die eine Sendung mit dem Titel „Das hässliche Entlein" folgte.

Bajram trat auf die Terrasse seiner Hotelsuite. Das Städtchen war sauber, nahezu steril, und befand sich nur wenige Kilometer entfernt von der Grenze zu Dortoben, auf der anderen Seite.

Der See erstreckte sich ebenso steril, entfremdet, unberührbar unter ihm, gerade so, als seien auch die wenigen Boote, die auf seiner Oberfläche ruhten, nicht real, sondern eine bloße Vorstellung, die mit einem Lächeln oder Augenzwinkern verschwinden könnte.

Wenn es nur tatsächlich so wäre, sagte der Boss mit lauter, zorniger Stimme und begann ein Streitgespräch mit dem Nachrichtensprecher, wenn sie sich diesmal tatsächlich wegen der Aufteilung von Gebieten gestritten hätten, aus Rache oder aufgrund ähnlicher Dinge, die sich mit Hilfe einer normalen Logik greifen ließen. Aber sie hatten sich einfach nur umgebracht, ohne jeden akzeptablen Grund. Sie hatten einander abgemurkst, sie hatten mit Waffen mit riesigen Kalibern aufeinander geschossen, aus wenigen Zentimetern Entfernung, ins Gesicht, in die Eier, in den Mund. Als wollten sie möglichst auch Merkmale, Männlichkeit und Namen der Anderen auslöschen.

Bajram zündete sich eine Zigarre an und zog fest daran. Nein, dieses Gemetzel hatte keineswegs mit dem Begleichen von Rechnungen zu tun gehabt. Der Rauch füllte seine Lungen, aber nicht die Leere, die er tief im Magen spürte. Hatte nun auch dies bisschen Glück ein Ende, das er sich mit so eiserner Geduld aufgebaut hatte? War die Lunte des Wahnsinns, der sich schon lange unter seinen Leuten verbreitete, etwa auch in seinem Verstand entfacht? War die Keimzelle der allgemeinen Verrücktheit schon in sein Gehirn eingedrungen? Da sei Gott vor.

Es war die Zeit der Waffen. Die Leute in seinem Land auf der anderen Seite des Meeres machten sich gegenseitig kalt, ohne zu wissen warum, sie kämpften, ohne zu wissen gegen wen und verloren den letzten Rest an Verstand. Hatten der Aufruhr und das Verlorensein, von denen Dortunten ergriffen war, auch einen Einfluss auf ihn selbst, Bajram? Oder war vielleicht dieser perverse Ausbruch von Irrsinn das letzte zu entrichtende Tribut, die letzte zu durchstehende Krankheit, aus der Körper und Geist dieses Landes endlich gereinigt hervorgehen würden? Eine Art Fegefeuer, brutal, aber bitter nötig für diesen Winkel der Welt.

Und danach würden sie – vielleicht – reguläre Patienten der anerkannten Krankheit des Kontinents werden, jener, die straffrei war. Vielleicht würden sie sich dann als geheilt betrachten, oder besser gesagt, sie würden sich selbst belügen, dass ihre Heilung vollzogen war.

Sollten sie sich doch ruhig belügen, wenn ihnen das guttat. Sollten sie ihr Land bei seinem wahren Namen nennen, dem Namen, den sie ihm verzweifelt abgesprochen und von dem sie sich entfremdet hatten. Sollte auch der Teil der Welt, der bis vor Kurzem das Land bei vollem Bewusstsein ignoriert hatte, es bei seinem wahren Namen nennen. Doch selbst, wenn das geschah, musste das menschliche Theater weitergehen und die Aufführung bis ans Ende des Lebens fortgesetzt werden. Die irrsinnige, von der Macht des Mammons verlachte Welt würde sich mit derselben Heuchelei weiterdrehen, mit derselben Hurerei wie bisher. Sollten die Idealisten doch den Mund so voll nehmen mit ihren hehren Zielen, wie sie wollten, und auch sie, die schlimmsten Hundesöhne, die Politiker. Sollten sie den Mund voll nehmen und wie Stricher schreiend die Worte Gleichheit, Demokratie und Menschenwürde über allem anpreisen. Bajram schiss auf alle diese Narren. Die einzig wahre Tugend der Menschheit war grenzenlose Gier. Sie trieb diese Welt an, sie brachte sie dazu, den unaufhörlichen Reigen bis zum Schluss zu tanzen. Denn wenn die Menschheit ausstarb, dann nicht aus außerirdischen, natürlichen, galaktischen Gründen und derlei Gewäsch. Der Mensch würde an seiner eigenen Gier zugrunde gehen. Diese endlose, unstillbare Gier. Der unheilbarste Tumor der Menschheit. Und da die Dinge so standen, sollten auch die Dortuntigen einen Teil vom Kuchen abbekommen, bevor es zu spät war.

Vielleicht hatten diesmal auch sie eine andere Rolle.

Die Rolle des Bettlers war ihnen über.

Fürs Erste hatte Bajram seinen Teil dazu geleistet, um dieses Land ein klein wenig zu emanzipieren, obgleich es ihm nicht gelungen war, die Sache bis zum Ende durchzuziehen. Aber momentan sagte ihm die Vernunft, dass man nicht mit dem Kopf gegen die Wand rennen sollte. Das hieß nicht, dass er kapitulierte. Es war bloß sinnvoll, sich für einige Zeit zurückzuziehen, auf die andere Seite des Ozeans zu verschwinden, dorthin, wo die wirtschaftliche und politische Macht zuhause war, das Haupt der Welt. Es war nichts weiter als eine taktische Handlung, die ihm gestatten würde, in der Zukunft neue Strategien und Projekte in die Tat umzusetzen. Fürs Erste ging er fort und ließ dabei auf dem Schachfeld ein paar kleine, unbelastete Figuren stehen, Söldner, die fleißig und hingebungsvoll über seine Interessen wachten.

Bajram sah lange Zeit auf den See hinaus, bis die Lichter des Städtchens allmählich schweigend und zögerlich angingen, wobei sie ein Gefühl der Nostalgie verbreiteten anstatt der Arroganz des Reichtums, wofür dieses Land berühmt war. Oder änderten sich die Zeiten auch in diesem kleinen Staat im Herzen des Kontinents? Obwohl die Ikone der Neutralität veraltet war und es nötig hatte, dass an ihrem Rost gekratzt wurde?

Bajram musste lächeln. Bevor es zu spät ist, sagte er spottend.

•

20. Februar 1997, morgens

Ich werde noch immer unter Verschluss gehalten. Mynyrja ist jetzt in einer Einrichtung für misshandelte Frauen, die von Nonnen geleitet wird. Ich habe durch Soraja davon erfahren. Was würde ich dafür geben, Mynyrja zu treffen, doch vorerst ist es ein Ding der Unmöglichkeit.

Soraja ist nun diesen Schuft Besnik los, er wurde bei dem Blutbad am Stadtrand getötet. Und da sie die Cousine eines anderen Schufts ist, der mittlerweile in Dortunten sehr mäch-

tig geworden ist, traut sich keiner der hier verbliebenen Banditen, von Soraja zu verlangen, dass sie für ihn arbeiten soll. Und so ist sie Prostituierte auf eigene Rechnung und verdient jetzt Geld, das sie mit niemandem teilen muss.

Nur für ein paar Monate, hat sie mir gesagt, wie soll ich hier sonst überleben ohne einen Groschen in der Tasche und ohne Hemd am Leib? Ich werde diesem Gewerbe nur noch für einige Zeit nachgehen, keine Sorge. Wenn ich genug Geld beisammen habe, gehe ich nach Hause zurück.

Ich habe mich über ihren Entschluss gewundert, aber Soraja hat sich so sehr verändert, dass ich nicht wagte, ihr etwas zu entgegnen. Und was machen schon ein paar Monate mehr oder weniger in diesem Metier? Sie hat nun ihre Stammkunden. Sie empfängt sie in der Wohnung und geht nicht mehr auf den Straßenstrich. Und wenn sie mal zwei Tage Pause machen will, zwingt sie niemand zum Arbeiten.

Eines Abends kam Soraja, um mich zu treffen. Keine Frage, die Adresse hatte sie von Ihm. Er hat uns allein im Zimmer gelassen, so konnten wir uns richtig austauschen. Soraja hat jetzt einen befreiten Ausdruck im Gesicht und einen geraden Rücken. Davor sah sie aus wie eine alte Frau. Aber die Worte kommen mit Verzögerung aus ihrem Mund und wenn man mit ihr spricht, muss man ihr alles zweimal sagen. Ich habe den Eindruck, dass sie auf einem Ohr nicht mehr so gut hört. Seit ihr bei einer der Prügeleien das Trommelfell geplatzt ist.

Ich bin bereit, ich habe einen Brief an Mutter geschrieben und einen an Vater. Und einen an Aurora, damit sie ihr ihn auf den Grabstein legen. Ich hab auch das Kleid für mein Begräbnis genäht. Weil ich keinen Zweifel daran habe, wie die Dinge enden werden. Er wird mich umbringen. Vielleicht weiß Er selbst noch gar nichts davon, dass Er sich innerlich darauf vorbereitet, aber ich weiß es, ich kann den Hass auf mich sehen, der Ihm ins Gesicht geschrieben steht und mit jedem Tag wächst.

Besser so. Ich bin müde und habe keine Kraft mehr, um zu kämpfen. Und ich habe auch keine Kraft mehr, um meinen Mangel an Kraft vor Ihm zu verbergen. Ich habe keine Kraft mehr, um am Leben zu bleiben. Sei es, wie es ist, ich habe im Rahmen meiner Möglichkeiten gekämpft. Kann sein, dass eine andere an meiner Stelle mehr Stärke bewiesen hätte. Ich bin nicht so stark und habe mich auch nie so gefühlt.

Der Hass hat mich so müde gemacht. Mehr noch, als auf den Strich zu gehen, mehr als die Angst, mehr als alles andere. Ich hasse Ihn, aber die Müdigkeit, die daraus erwächst, ist so groß geworden, dass sogar der wahre Grund der Müdigkeit versiegt, der Hass.

Es heißt, dass nach den zahlreichen Verhaftungen der Bosse Verstärkung von neuen Händlern aus Dortunten gekommen ist. Die sind in Sicherheit, weil sie die Polizei hier nicht kennt.

Heute ist es sehr kalt. Die Sonne macht einem Angst, sie wirkt wie ein riesiges, wildgewordenes Auge. Wer weiß, wie sie sich in Dortunten warmhalten. Ob es dort auch so kalt ist? Es ist eine Ewigkeit her, seit ich dorthin telefoniert habe. Beim letzten Anruf hat Vater mir gedroht, dass er selbst herkommen und nachsehen würde, was vor sich geht, wenn ich nicht käme.

Und so soll er mich sehen? Er würde auf der Stelle sterben, wenn er mich hier sehen und verstehen würde, dass ich mich prostituiere. Aber er wird ohnehin nicht rechtzeitig ankommen – ich fühle, dass mein Ende naht. Lebend werde ich nicht mehr dorthin zurückkehren.

Vielleicht könnte ich auch von hier fliehen. Warum haust du nicht ab, hat mich Soraja gefragt. Warum brichst du nicht aus der Hölle aus, in der du dich befindest? So könnte ich auf Erlösung hoffen, wenn Er mich nicht gefangen hielte, weil Er mir nicht mehr vertraut.

Er hat jetzt unglaublich viel zu tun, da die anderen getötet und erledigt sind. Jetzt, wo Bajram Ihn auf eigenen Füßen ste-

hen lässt, ist Er selbst zum Boss geworden. Ein scheinbar mildtätiger Boss. Meine Hoffnung, die dortobige Polizei würde eines Tages an meine Tür klopfen und uns verhaften, ist dahin. Ich weiß nicht wie, aber Er hat es geschafft, keine Spuren zu hinterlassen, und so lassen sie Ihn in Ruhe. Wenn die Polizei hier vorbeikäme, ja, dann gäbe es Hoffnung für mich. Doch keiner wird an diese Tür klopfen, und ich bin erledigt.

Wir leben nun in einem richtig wohlhabenden Viertel. Selbst im Traum wäre es mir nicht eingefallen, dass Er zum Boss aufsteigen könnte. Ich wusste, dass Er hinter dem Rücken der anderen Machenschaften mit Bajram treibt, aber dass es so weit kommt, hätte ich mir beim besten Willen nicht vorstellen können. Mit Seinem unterwürfigen Auftreten hat Er alle reingelegt.

Ob ich dieses Monster wirklich einmal geliebt habe? Mit welchem Gegenmittel kann ich mein Herz reinigen, in dem ein solches Ungeheuer steckt? Wieso habe ich nicht rechtzeitig Sein wahres Wesen erkannt?

Ich könnte auch fortgehen, versuchen, zu entkommen. Aber wo sollte ich hin? Ich bin müde, todmüde, und es ist besser, ich sterbe. Ich habe keine Kraft mehr, und ich kann nicht mehr kämpfen.

Besser so.

•

Mynyrja steht vor der kleinen Grube. Ihr Blick verharrt auf dem tiefsten Punkt des Lochs. Schwester Erica, die ihr gegenüber steht, spricht kein Wort. Die anderen Schwestern des Konvents beobachten die Zeremonie vom Fenster aus. Die Frau wirft einen Blick auf den sie umgebenden, mit Reif bedeckten Park, als könnte er ihr Hilfestellung leisten.

„Bist du soweit, Mynyrja?“, fragt Schwester Erica.

Mynyrja zittert fröstelnd und sieht sie mit verlorenem Blick an. Hinter dem Kopf der Nonne taucht ein weißer Lieferwagen auf, der Lebensmittel bringt. Einige der Frauen eilen hin, um die Waren abzuladen und in die Schränke einzuräumen.

„Wir können nicht länger in dieser Eiseskälte warten, Liebes."

Mynyrja zieht den kleinen Beutel aus der Kunstledertasche, der in ein weißes Baumwolltuch gewickelt ist. Das Plastik im Stoff raschelt leicht. Es ist noch kalt vom Kühlschrank, denkt sie mit erstarrtem Gehirn.

„Kann ich sie noch einmal sehen?"

„Nein", sagt die Schwester sanft, „das haben wir doch schon mehrmals besprochen, der Arzt wollte eigentlich auch nicht, dass..."

„Ich weiß, ich weiß", macht Mynyrja und schüttelt den Kopf, als sei sie eben erwacht.

Sie atmet tief durch, kniet sich hin und legt den Beutel in die Erde. Auch die Schwester kniet sich hin. Einen Augenblick sehen sie sich mit völlig verschiedenen Blicken an, die Nonne mitfühlend und Mynyrja abwesend, dann beginnen sie, das Loch mit Erde zu füllen. Nach fünf Minuten sind sie fertig. Aus einem edlen Holzkistchen, das auf dem Boden steht, zieht die Nonne ein Kreuz hervor und stellt es auf die Spitze des Erdhaufens. Mynyrja fährt fort, die Erde mit den Händen zu streicheln, in Gedanken ist sie jedoch woanders. Die Nonne steht auf und bekreuzigt sich. Danach streicht sie über Mynyrjas Haar.

„Wollen wir nun reingehen?"

„Nur noch ein bisschen."

„Willst du ein wenig allein hier bleiben?"

„Ja."

„Dann warte ich drinnen auf dich. Mynyrja, hörst du mir zu?"

Die junge Frau steht auf, streicht sich die Haare nach hinten und fährt sich mit den erdbedeckten Händen übers Gesicht, das ganz schmutzig wird. Die Oberin tritt aus der Tür des Hauptgebäudes und geht auf die beiden zu, aber Schwester Erica macht ihr ein Zeichen, dass sie stehenbleiben soll.

„Mynyrja, komm rein, sonst erkältest du dich. In einer halben Stunde holen wir Bledi im Kindergarten ab."

„Du hast noch nie ein Paar Augen beerdigt, oder?

„Nein, Liebes."

„Ich auch nicht."

„Komm jetzt."

„Aber hier drin sind nur Milikas Augen, nur die Augen, verstehst du? Der Blick ist irgendwo anders hingeflüchtet."

Die Nonne antwortet nicht, ihr fällt nichts Kluges darauf ein.

„Er ist dort."

Mynyrja zeigt in Richtung der Zweige der großen Eiche, die etwa fünf Meter weiter steht.

„Dort ist Milikas Augenlicht. Milika war so vernünftig. Selbst jetzt, wo wir sprechen, ist sie bei uns. Ich sehe sie, siehst du sie? Sag schon, siehst du sie?"

„Ihre Seele ruht im Himmel, Liebes."

„Das stimmt nicht. Ich hab die Verbrecher reingelegt, weißt du? Sie haben überall nach Milikas Augen gesucht, aber ich hab sie reingelegt, alles haben sie danach abgesucht, ich hab sie versteckt und..."

Sie lacht laut auf. Der Nonne treten Tränen in die Augen. Die Oberin ist derweil nähergekommen und fasst Mynyrja an den Schultern.

„Gehen wir hinein, Mynyrja? Der Arzt ist auch da."

„Sagt ihm, er soll mir eine Spritze geben, damit ich weinen kann. Ich will weinen."

Die beiden Nonnen bringen sie dazu, sich langsam zu bewegen, vorsichtig, als könnten sie ihr weh tun. Mynyrja wirft einen letzten Blick auf die kleine Grabstelle.

Ich komme heute Abend zu dir, Milika, Schatz, auch morgen und übermorgen, solange ich hier sein werde. Siehst du, dass ich mein Wort gehalten habe? Ich halte immer mein Wort. Jetzt, da Milikas Augen in der Erde ruhen, bin ich ruhig, ihre Seele mag weiter umherstreifen, doch immerhin kommen ihre Augen in diesem Park zur Ruhe. Auch die Seelen der Bosse streifen umher. Auch sie sind zu Staub geworden. Und selbst wer von ihnen noch am Leben ist, scheint es gar nicht mehr zu sein. Die Seelen sind ihnen davongeflogen, deshalb. Gott bewahre, dass die Seelen dieser Verbrecher irgendwo im Himmel den Seelen der toten Mädchen begegnen. Das wäre furchtbar.

Die Nonnen sind mittlerweile mit Mynyrja an der Türschwelle des Gebäudes angekommen, das als Werkstatt für die fünfzig Frauen dient, die dort Zuflucht gefunden haben. Mynyrja bleibt stehen.

„Entschuldigung", bittet sie die Nonnen, „kann ich noch ein wenig hier bleiben?"

Sie kehrt um und läuft durch den gefrorenen Park, diesmal weit weg vom Grab mit Milikas Augen.

Keiner von ihnen hat mehr eine Seele, sagt sie laut, aber die Nonnen können daraus nicht schlau werden. Wie auch? Sie haben nie mit den Bossen von Dortunten zusammengelebt. Wie könnten sie es verstehen? Schrecklich, sagt Mynyrja weiter in ihrer Sprache. Stell dir vor, Milikas Seele stößt im Himmel auf die von Lenin. Passieren könnte das schon. So groß ist der Himmel nun auch wieder nicht, als dass er Jahrtausende von Toten beherbergen, und dabei jedem einzelnen von ihnen einen eigenen Platz bieten könnte.

Sicher gab es dort oben regen Verkehr. Die Sorgen, die die Seelen mit sich trugen, führten dazu, dass sie nie Ruhe fanden. Sicherlich kreisten sie dort wie wahnsinnig umher. Und mitten in diesem schwindelerregenden Kommen und Gehen konnte es auch passieren, dass sich Opfer und Henker begegneten. Und ob die sich begegneten. Was immer Schwester Erica auch vom Paradies und der Hölle und den anderen Dingen erzählen mochte. Der Himmel war die eine Sache, man konnte ihn mit bloßem Auge sehen. Die Hölle hatte bis heute noch niemand zu Gesicht bekommen. Wenn es sie gäbe, wäre irgendjemand zumindest ein einziges Mal zurückgekehrt, um zu berichten, wie es dort war. Irgendjemand wäre von dort ausgerissen. Wenn die Dortuntigen aus Dortunten ausgerissen waren, würden die Höllenbewohner auch aus der Hölle ausreißen. Das war noch nie vorgekommen, dass die Menschen nicht versucht hätten, vor dem Leid zu fliehen. Darum würden auch die Leute in der Hölle versuchen, zu flüchten, wenn es denn so wäre, wenn es die Hölle tatsächlich gäbe.

Doch die war nirgendwo erbaut worden und alle, Gute wie Böse, waren im Himmel. Es konnte geschehen, dass Milikas Seele auf die Seele Lenins traf, der sie getötet und ihr die Augen ausgerissen hatte. Milikas Augen waren jetzt sicher dort unter der Erde, bis Milikas Eltern kommen und sie mitnehmen würden, um sie in Dortunten zu begraben.

Mynyrja betrachtet den eisigen Nachmittag ringsum. Jetzt wird sie Bledi vom Kindergarten abholen. Doch davor bekommt sie Tabletten, die sie beruhigen. Damit sie, wenn sie zum Kindergarten gehen, normal wirkt. Auch wenn die Nonnen dieses Wort nie vor ihr gebrauchen. Sie benehmen sich, als sei sie normal. Sie weiß, dass sie es nicht ist.

Sie hüpft herum, wie einst, eine Weile hüpft sie. Als sie müde wird, hält sie inne und begreift, dass sie gehüpft ist.

„Nein“, schimpft sie sich laut aus, „das gewöhnst du dir aber ganz schnell ab, kapiert?“

Sie horcht auf den Klang ihrer Stimme. Sie erscheint ihr farblos, formlos, gegenstandslos. Aber auch der Park des Konvents ist nun kein normaler Park mehr, schreit sie fast lachend. Nun, wo Milikas Augen unter der Erde sind.

„Wie kann ein Park normal sein, in dem ein Paar Augen eingeschlossen sind?“

Sie rennt zu den Nonnen, die geduldig an der Tür auf sie gewartet haben. Sie küsst beide auf die Wangen. Nach dem Kuss umarmt sie die beiden fest.

„Jetzt könnt ihr mir die Tabletten geben“, sagt sie.

•

Anstatt den jungen Mann anzuschauen, der ihr gegenüberstand, kehrte Suela ihm den Rücken zu und heftete ihren Blick auf den Bahnhof, der mit hin und her hastenden Menschen gefüllt war, mit geblähten Koffern, die in alle vier Himmelsrichtungen rannten.

Fang nicht an zu heulen, befahl sich Suela und presste die Kiefer zusammen. Mauro wartete hinter ihr. Ein pferdegroßer Hund schnaubte und drückte damit seine Unzufriedenheit über die Kette aus, die er um den Hals trug. Der Rest des Tieres steckte in einem Anzug.

„Kiki, was bist du so garstig“, rief die Hundehalterin, eine Frau um die 40, die so viel Make-up im Gesicht trug, dass sie an ein Gemälde von Jackson Pollock erinnerte, „führ dich nicht so auf, Liebes, du raubst mir noch ganz die Nerven.“

Was geht in jemandem vor, dachte Suela, der einen so großen Hund Kiki nennt? Nun, über Geschmack ließ sich nicht streiten... In zwanzig Minuten würde der Zug abfahren.

Ein junger Mann, der verwirrt zu sein schien, fragte die Passanten zwanghaft nach ihren Namen.

„Hau ab", fauchten sie ihn an.

„Wie heißen Sie, wie ist Ihr Name?"

Der Mann hatte so ausladende Segelohren, dass er sie sich über den Kopf ziehen und zu einer Schleife binden könnte, bemerkte Suela. Die Frau mit dem Hund lief an dem Segelohr vorbei.

„Wie heißen Sie? Wie ist Ihr Name, gnädige Frau?"

Kiki bellte Wieheißensie zornig an. Das Pollockgemälde strafte derweil den armen Mann mit dem Blick einer russischen Prinzessin, die zwar ihren Ruhm, nicht aber ihre Größe eingebüßt hatte. Wie heißen Sie? Noch achtzehn Minuten und der Zug würde für immer abfahren. Mauro, es tut mir so leid für alles, verzeih mir, Mauro.

„Suela."

„…"

„Suela, sieh mich bitte an."

„Wie heißen Sie", wurde Mauro von Wieheißensie gefragt.

Er sah ihn mit verlorenem Blick an. Suelas Schultern zitterten leicht.

„Mauro Canetti", antwortete er dem Wieheißensie.

„Oh, vielen lieben Dank, Sie sind der Einzige, der mir antwortet."

„Schön."

„Ich heiße Bozzo."

„Sehr erfreut."

„Und diese junge Frau, wie heißt sie?"

Suela wandte sich zu Mauro. Die Tränen hatten sich an einer Stelle unterm Kinn gesammelt, wo sie störrisch verharrten.

„Warum weinen Sie, Fräulein? Wie heißen Sie?"

Mauro machte ein verärgertes Zeichen, dass er sie in Ruhe lassen sollte, woraufhin Bozzo zwei verschreckte Schritte zur Seite tat. Ein Zug stieß einen hysterischen Pfiff aus, rührte sich aber nicht vom Fleck.

„Du verlangst eine Erklärung, Mauro", sagte Suela und machte nun keine Anstrengungen mehr, die Tränen zu unterdrücken, „du willst, dass ich dir eine Erklärung gebe, ist es nicht so?"

„Ja. Ich meine, dass du mir zumindest eine Erklärung schuldest, welche auch immer es sein möge."

„Aber was ändert sich denn, wenn du die Wahrheit weißt? Würde das die Trennung von mir leichter machen?"

Diesmal antwortet er nicht.

„Du wirst sagen, dass ich sonst intelligentere Fragen gestellt habe", beharrt Suela.

Sie legt die Hände auf ihren Pullover. Für einen Moment schließt sie die Augen. Weitere Tränen rinnen ihr die Wangen hinunter, und auch die vereinen sich mit dem großen Tropfen unterhalb des Kinns. Mauro legt die Hand unter ihr Gesicht und fängt den salzigen Wassertropfen auf, als er sich loslöst. Suela macht die Augen auf, steckt die Hände unter den Pulli und macht einige kleine Bewegungen, die er wie versteinert verfolgt. Sie knöpft das Flanellhemd auf und zieht das Unterhemd nach oben. Sie atmet tief durch und entblößt die Haut mit einer schnellen, aggressiven Bewegung.

„Lies das hier, schnell, mir ist kalt."

Mauro starrt auf die Haut, die über und über mit kleinen dunklen Flecken bedeckt ist, vielen Flecken, eine Schar vielfarbiger Stempel, wie Insekten. Er liest das eingebrannte Wort. HURE, in Suelas Sprache. Er weiß, was das Wort bedeutet in dieser Sprache, die er nicht kennt.

Sie zieht sich wieder an und zittert. Eine Frauenstimme kündigt die Verspätung eines Zuges aus dem Norden des

Kontinents an. Der Zug verspätet sich um etwa eine halbe Stunde. Mauro kämpft lange Zeit mit seiner Erschütterung.

„Suela."

„Jetzt weißt du es. Scheint dir das... ist dir das Erklärung genug?"

„..."

„Du brauchst keine Fragen mehr zu stellen, reicht dir das jetzt, reicht dir das als Grund, ja oder nein?"

„Es ist nicht recht von dir, deshalb zu gehen", sagt Mauro Canetti schleppend zwischen unverständlichen Worten.

„Was hast du gesagt?"

„Du hast kein Recht, das mit dir und mir einfach so zu begraben, nur wegen dieser Grausamkeit. Du darfst unsere Liebe nicht kaputt machen, nur weil diese Verbrecher..."

„Ach, nein?"

„Suela, verlass mich nicht."

„Ich muss, Mauro, ich kann nicht..."

„Ich flehe dich an."

„Ich muss gehen. Bitte!"

„Ich bitte dich auch, hat meine Bitte etwa weniger Gewicht als deine?"

„Das habe ich nicht gesagt, aber ich habe schon seit Langem beschlossen fortzugehen, und du wusstest es. Wir können nicht zusammenleben. Ich kann mit niemandem zusammenleben. Nicht so."

Sie bricht jetzt in lautes Weinen aus. Einige Passanten drehen sich entnervt um und gehen dann achtlos weiter.

Er versucht, sich seine Verzweiflung nicht anmerken zu lassen. Welches Recht hat er, seine Verzweiflung zu zeigen, angesichts der Ausmaße ihrer Verzweiflung? Wieheißensie hat ihnen den Rücken zugewandt, steht aber immer noch da. Hilf du mir wenigstens, bittet Mauro ihn im Stillen, aber der junge Mann konzentriert sich – vergeblich – darauf, sich selbst zu helfen.

„Wir können das mit einer plastischen Operation entfernen lassen, Suela“, wagt Mauro mit entstellter Stimme vorzuschlagen, „ich meine das...“

„Pssst.“

Sie legt ihm die Hand auf den Mund. Jetzt weint sie nicht mehr. Ihr Gesicht sieht aus wie ein Leintuch, das zu lange in der Waschmaschine geschleudert wurde. Suela küsst ihn auf beide Wangen.

„Es wäre mir lieber gewesen, wenn die Sache anders liegen würde, Mauro. Ich hätte mit dir nicht bloß ein Leben, sondern fünf verbracht.“

„Warum setzen wir uns nicht in ein Café, Suela? Warum reden wir nicht offen? Du brauchst Hilfe. Du hast kein Recht, die Dinge so zu überstürzen. Wenn du willst, dann leb nur für einige Zeit hier, in dieser Stadt, nimm dir so viel Zeit, wie du brauchst, aber geh nicht weg von hier. Du darfst nicht...“

„Wir haben über alles gesprochen, Liebster. Seit einer Woche sprechen wir miteinander, auch wenn ich dir nicht den wahren Grund gesagt habe. Jetzt bin ich todmüde, ich hab keine Kraft mehr zum Sprechen.“

„Ich auch nicht.“

„Ich geh jetzt, Mauro. Ich kann so kein Leben mit dir beginnen. Ich brauche... Ich weiß nicht, was ich brauche. Ich muss gehen. Lass mich gehen. Ich werde eine Zeitlang mit keinem menschlichen Wesen zusammenleben können.“

Sie bückt sich und nimmt den kleinen Koffer. Wieheißensie dreht sich beunruhigt um. Sie geht fort, ohne sich noch einmal umzudrehen, und Wieheißensie folgt ihr schweigend, als wäre er ihr Leibwächter. Mauro folgt ihr ein paar Schritte, doch sie bedeutet ihm mit der Hand, es nicht zu tun.

„Du hast kein Recht, dem Leben auf diese Weise den Rücken zu kehren“, sagt Mauro mit schwacher Stimme.

Aber auch er hat kein Recht, sie mit seiner Liebe zu quälen. Sie muss all das verdauen, was sie diese zwei Jahre über schlucken musste. Auch wenn sie es vielleicht nie verdauen wird. Mauro folgt ihr mit großem Abstand, doch Suela dreht sich um und fährt ihn wütend an, dass er sie in Ruhe lassen soll. Er bleibt endgültig stehen.

Er wird auf sie warten. Vielleicht wird sie eines Tages zurückkehren, sagt Mauro zu seiner Geburtsstadt. Er schwört es schweigend seinem Heimatort, während er Suelas Silhouette mit den Augen verfolgt, wie sie sich auf dem vollen Bahnsteig entfernt, er schwört, dass er auf sie warten wird, auch wenn er selbst nicht ganz an dieses Versprechen glaubt.

Vielleicht wird sie eines Tages auf wundersame Weise zurückkommen, sie wird nicht mehr diese absurde eintätowierte Bestrafung am Leib tragen, sie wird nicht mehr die Spuren der ausgedrückten Zigaretten auf der unschuldigen Seele haben, sie wird nicht auf den mit Illusionen und Verlust randvollen Bürgersteigen gegangen sein, sie wird nie einem Körperkäufer zugelächelt haben.

Sie wird voller Hoffnung sein, wie damals, als sich urplötzlich die Tore Dortuntens öffneten und die Menschenmassen des brutalsten Gefängnisses des Kontinents trunken die Straßen stürmten, berauscht von der Droge Freiheit, die sie heimtückisch mit einer tödlichen Überdosis zu Boden streckte.

Suela wird zurückkommen. Oder besser noch, sie wird kommen.

Ein reines Wesen, dessen Haare im Wind wehen und dessen Arme sich gen Himmel strecken werden.

Er wird sich unsterblich in sie verlieben. Sie wird sich ihm in die Arme werfen. So wird es sein, wenn sie zurückkehrt. Auch wenn dies nicht geschehen wird.

•

Es ist der fünfte März des Jahres 1997. Auf der anderen Seite des Meeres wartet die Hauptstadt des Staates Dortunten darauf, dass alle, die weggegangen und deren Gesichter schon fast vergessen sind, zurückkehren.

Es ist ein kalter Tag, zu kalt für fröhliche Gedanken. Die Menschen schwingen Gewehre in der Luft herum, Pistolen, Bomben, Fahnenfetzen, Hutfetzen, Hassfetzen; sie brennen Gebäude nieder, leeren Bibliotheken, fluchen, verbrennen den Atem im Mund. Die Luft ist erfüllt vom Geruch des müden Schießpulvers. (Es heißt, dass sogar Schießpulver eine Seele hat.)

Die STADT hofft, dass all das einmal ein Ende nehmen wird. Aber die Menschenmenge denkt gar nicht daran, sich der Vernunft zu öffnen. Sie ist so gierig danach, sich mit Munition auszurüsten und zu zerstören. Die Zerstörung gibt der Meute ein Gefühl der Vollkommenheit, sie erfüllt ihre Seele.

Wer kein Gewehr in den Händen hält, rennt zu den Fähren und Schiffen, um sich auf und davon zu machen. Zum Teufel mit dieser Stadt! Verflucht sei dieses Land! Seit Langem schon wiederholen sie wie ein kaputter Wecker einzig diese Sätze. Als sei nach der allgemeinen Lobotomie allein diese Idee im Kopf haften geblieben.

Jene, die sich die Taschen gefüllt haben, sind beizeiten gegangen. Die große, freie Welt hat sie mit offenen Armen empfangen und gar nicht erst lange gefragt, woher sie so satt und schwerbeladen kommen.

Die STADT ist müde von den Gedanken, die doch zu nichts führen, und besieht sich ihre Brut mit neuem Interesse. Inmitten des allgegenwärtigen Aufbruchs sieht sie, wie ein Sarg hereinkommt, geschleppt von einem Mann, der Selbstgespräche führt.

Leila, mein Schatz, da wären wir. Gut, dass du wieder zuhause bist, liebe Tochter, sagt der Mann.

Es ist der einzige Reisende, der den Weg zurück nimmt, vom Traum zurück in die Wirklichkeit. Ein Tourist mit einem Sarg. Ein feiner Tourismus. Besser als nichts, hätte die STADT gesagt, wenn in der Kiste nicht der Körper eines Mädchens läge, das einst den Namen Leila trug.

Hier herrscht eine Polarkälte, sagt der einsame Mensch am Eingang zum zerstörten Friedhof der Stadt, pah, was für ein Frost, das ist keine Kälte mehr, das ist die Hölle, bloß in kalt. Das hat uns noch gefehlt.

Seine Worte sind an niemanden gerichtet, und es würde ihm auch keiner zuhören. Eine Gruppe junger Männer mit Stahlhelmen und Gasmasken in den Händen eilt freudig in Richtung Stadtzentrum.

Für was brauchen sie diese Helme, möchte der einsame Mensch sie fragen, lässt es aber bleiben.

Zu guter Letzt ist alles etwas wert. Die Waffenlager im ganzen Land sind gestürmt worden. Und wer sie aufgebrochen hat, wollte Waffen erbeuten und keine Blumen pflücken. Denen, die zu spät kamen, ist nichts außer Helmen übriggeblieben. Besser als nichts, vielleicht lassen die sich noch verkaufen oder als Kochtöpfe verwenden, wer weiß?

Der Mensch sieht auf die Armbanduhr. Es ist Viertel vor vier am Nachmittag. Bald wird es dunkel. Was kann man bei dieser Himmelsschwärze auch anderes erwarten?

So ein niederträchtiger März. Der Einsame spuckt auf den Boden.

Er hüllt sich in seinen Soldatenmantel und schnallt den Gürtel noch enger, als würde ihm davon wärmer. Es ist ein Mann von kleiner Statur. Mit der Kapuze auf dem Kopf und den Galoschen, die ihm zwei Nummern zu groß sind, sieht er eher wie eine Frau als wie ein Mann aus. In all diesem Chaos geraten nicht nur die Gedanken durcheinander, sondern auch die Geschlechter. Und was sollte es für eine Bedeutung haben, ob man nun diesem oder jenem Geschlecht angehörte? Was zählte war, am Leben zu bleiben.

Und da soll einer nicht an Wut und Traurigkeit zugrunde gehen, sagt der einsame Mensch mit brüchiger Stimme.

Puh. Er spuckt noch einmal aus. Was für eine beschissene, gemeine Stadt, die uns das Mark aus den Knochen gesaugt hat!

Jetzt ist das Maß voll, sagt die STADT schließlich gekränkt, was habe ich euch denn bitte angetan, dass ihr meinen Körper zu einem Abfalleimer gemacht und meinen Namen noch mehr geschändet habt?

Doch selbst, wenn sie diese Frage tatsächlich dem Mann gestellt hätte, so hätte er keine Antwort gewusst. Und so zucken beide mit den Schultern, der Mensch und die STADT.

Vielleicht würden sie eines Tages herausbekommen, wo die Wurzeln dieses Mysteriums lagen und woher es kam. Das wäre ein großer Tag. Der Tag, an dem alles reingewaschen würde, die Gedanken, die Straßen voller wahnsinniger Patronenhülsen, der Himmel.

An jenem Tag würden sie sich ein letztes Mal bis zur Besinnungslosigkeit betrinken. Mit dem Rausch würden sie auch den letzten Rest Verlorenheit wegspülen. Und wenn sie aufwachten, mit vor Schmerzen dröhnendem Kopf und erleichterten Knochen, dann würden sie ein funkelnagelneues Leben anfangen.

•

In einem nächsten Leben werde ich als ein Anderer geboren, in diesem ist mir jeder Schoß verschlossen. Das war

Aranits letzter Gedanke, bevor er sich eine Kugel in den Kopf jagte. Er wiederholte diesen Gedanken laut, aber niemand hörte ihn. Sein schönes Haus war leer.

Auf welche Kopfkissen Tefta und Silvana wohl ihre Köpfe betteten, fern jenseits des Meeres, wo er sie vor zwei Wochen hingebracht und wo Gëzim sie erwartet hatte. Sie hatten genug Geld, um eine Weile anständig zu leben, ohne sich groß Gedanken machen zu müssen. Aber das Geld hatte es an sich, dass es eines Tages zur Neige ging. Und so würden sich Teftas beide Kinder etwas ausdenken müssen, um auf eigene Rechnung leben zu können. Aber bis dahin war noch Zeit, vielleicht würde Gëzim in der Zwischenzeit die dortige Universität abschließen, denn bei diesen Dingen konnte ihm kaum einer das Wasser reichen.

Ob sie um ihn weinen würden? Tefta schon, dachte er, Tefta würde auf jeden Fall weinen. Oder zumindest gefiel Aranit dieser Gedanke. Dass Tefta von ganzem Herzen um ihn trauerte.

Hier ist mir jeder Schoß verschlossen, sagte Aranit laut.

Nun würde er den Tod finden, von dem er geträumt hatte. Einen schnellen und einsamen Tod.

Gott bewahre, wie einem das Leben mitspielt, lachte Aranit, lieber Gott, wir waren beileibe keine Engel, aber auch du bist ein ganz gerissener Hund. Mit Zuckerbrot und Peitsche hast du uns in einen Zuhälterclan verwandelt, immer mit einem Bein im Grab.

Er lachte laut auf, da ihm das Bild, das vor seinen Augen entstand, eines Schriftstellers würdig erschien. Eine Bande von Luden mit einem Bein im Grab.

Der Schoß der Mutter ist geschlossen, kehrte er wieder zum vorherigen Gedanken zurück.

Nach diesen so rätselhaften wie bedeutungsschwangeren Worten setzte sich Aranit L. die Mündung der Pistole zwischen die Augen und drückte ab.

Ein kleines Loch, rein und vollkommen, wie das kleine Herz einer Blume inmitten des Ozeans der Hoffnungen dieser Welt.

•

April 1997

Mutter hat mir die Scheren, das Maßband und das Tagebuch mit ins Grab gelegt. Ich verstehe, weshalb sie auch das Tagebuch hineingelegt hat und denke, dass sie gut daran getan hat, es mir mit auf den Weg zu geben. Dieses Stück Hölle gehörte einer anderen Leila, jener, die sie nicht kennengelernt hat und auch besser nicht kennenlernen will.

Bist du sicher, dass Leilas Tagebuch auch unter die Erde gehört, hat Vater sie gefragt, als ich hierher gebracht wurde.

Sie machte eine zustimmende Kopfbewegung, und Vater war einverstanden.

Jetzt bin ich hier, Aurora. Ich muss mich nur ein wenig an diese kalte Finsternis gewöhnen, dann werde ich zu dir sprechen. Zerbrich dir nicht den Kopf, ich werde dir alles erzählen. Fürs Erste möchte ich ein wenig für mich sein. Sei nicht traurig, Schwesterherz, hab Geduld, ich werde bald ganz für dich da sein, für alle Zeit. Aber ich will nur ein ganz klein wenig für mich sein. Um den Stern zu betrachten, der mir auch auf der anderen Seite des Meeres Gesellschaft geleistet hat.

Er weiß nichts davon, dass ich ein Kleidungsstück für ihn gemacht habe. Eine hübsche Tunika, aus Seide, vornehm, für Festtage. Ich habe es ihm einige Male vom Fenster des Hauses aus gezeigt, in dem ich mit Ihm gelebt habe. Auch an den Abenden habe ich an diesen Stern gedacht, wenn die Freier ihre frustrierte Lust an meinem Körper ausgelassen haben.

Dieser Stern hat mich mehr als die anderen erstaunt und kühl angesehen. Er konnte meine Liebe für ihn nicht begrei-

fen. Er konnte es nicht glauben, wenn ich ihm von der Tunika erzählte, die ich für ihn genäht hatte. Dutzende Male habe ich zu ihm gesprochen, doch er hat mich nie auch nur eines Grußes gewürdigt. Er wollte mir um keinen Preis der Welt ein Zeichen der Freundschaft zusenden.

Und dennoch kam mir dieser Stern so einsam vor, irgendwie abgesondert von den anderen, ohne einen besonderen Namen, ohne alles, außer der ihm eigenen, flackernden Schönheit.

Die Sterne haben mich weder gekannt noch geschätzt. Ich und wir waren kein Teil ihrer Welt. Wir waren so weit weg für sie wie sie für uns.

Wir und sie gehörten zwei verschiedenen Konstellationen an, selbst, wenn wir einander gegenüberstanden.

Die Sterne haben nicht unsere Körper, unsere Geschichten und unsere Schmerzen. Wir dachten, die Freiheit würde uns schöner machen und uns die Anziehungskraft und Stärke der Sterne verleihen. Wir haben uns geirrt. Wir sind nichts als belogene, enttäuschte und gebrochene Wesen. Darum kennen sie uns nicht und reichen uns nicht die Hand.

Jetzt, wo ich hier unten in der Finsternis bin und den Stern betrachte, von dem ich träumte und den ich so schön anziehen wollte, wie ich mich selbst an den besten Tagen angezogen hätte, jetzt verstehe ich, weshalb ihm die Tunika nicht gefällt, die ich ihm schenken wollte. Es macht ihm keinen Eindruck, eine solche Kleidung lässt ihn kalt und gleichgültig. Die Sterne ziehen sich ganz anders an als wir und diese Tunika steht nur mir. Ich habe sie genäht und ohne es zu wollen habe ich ihr etwas von mir selbst verliehen, vielleicht den mir eigenen Blick, das Leiden einer Verliererin. Sterne ziehen sich nicht so an. Wir haben vergeblich davon geträumt, uns mit ihnen anzufreunden.

Nein, Aurora, so ziehen sich Sterne nicht an. Sterne ziehen sich auch nicht aus, das tun sie nur, wenn die Sonne selbst verbrennt.

Ausspracheregeln des Dortuntigen

c	wie in „**Z**igarette“
ç	wie in „deu**tsch**“
dh	wie stimmhaftes **th** im englischen „fa**th**er“
ë	wie in „**ö**ffnen“
gj	wie in „Ma**gy**ar“
ll	wie im englischen „ca**ll**“
nj	wie im englischen „**N**ew York“
q	wie beim holländischen Vornamen „An**tj**e“
rr	wie im amerikanischen „butte**r**“
sh	wie in „**sch**reiben“
th	wie stimmloses **th** im englischen „**th**ing“
v	wie in „Wagen“
x	wie im italienischen „me**zz**o“
xh	wie in „D**sch**ungel“
y	wie in „**ü**ber“
z	wie in „**S**onne“
zh	wie in „**J**ournal“

Elvira Dones, geboren in Durrës, wuchs in Tirana (Albanien) auf. Sie schreibt auf Albanisch und Italienisch und hat sieben Romane und zwei Erzählbände veröffentlicht, mehrere Drehbücher geschrieben und eine Reihe Dokumentarfilme gedreht. Ihr vielfach ausgezeichnetes Werk ist in mehrere Sprachen übersetzt. Heute lebt und arbeitet sie im Tessin (Schweiz).
Nach *Hana* und *Kleiner sauberer Krieg,* aus dem Italienischen übertragen von Adrian Giacomelli, erscheint jetzt in deutscher Erstausgabe ihr früherer Roman *Verbrannte Sonne,* aus dem Albanischen übersetzt von Florian Kienzle.

Florian Kienzle, geboren 1982, lebt und arbeitet als Übersetzer und Albanologe in München.

Die Stimme, die den Roman trägt, spricht aus dem Tagebuch von Leila. Nach Italien war die junge Frau gekommen, um Design zu studieren, doch sie wurde zur Prostitution gezwungen. Nach drei Jahren kehrt sie tot in einem Sarg auf der Fähre mit ihrem Vater nach Hause zurück. Ihr Schicksal bringt die vielen Geschichten zusammen, die sich kreuzen: ihre, die von Soraja, Elena, Laura und all den anderen Mädchen, die ein und dasselbe Los vereint.

Elvira Dones hat einen rohen und aufschlussreichen Roman über die albanische Mafia und den Frauenhandel geschrieben, bei dem deutlich wird, dass es nichts zu romantisieren gibt. Hier wird von einer Gesellschaft erzählt, die vom Wandel überfordert ist, von Träumen, die auf den Bürgersteigen Europas zerbröckeln, von Schicksalen, deren kleinstes Detail bedeutsam ist, vom skrupellosen Kampf um Geld, von der grausamen Ausbeutung der Frauen, der grenzenlosen Gewalt, dem Aussterben jedes ethischen Handelns und von kleinen Inseln der Liebe und Selbstermächtigung. In Albanien hat *Verbrannte Sonne* heftige Diskussionen ausgelöst.